DAVIDE LONGO

AM SAMSTAG WIRD ABGERECHNET

KRIMINALROMAN

Aus dem Italienischen von Barbara Kleiner und Felix Mayer

Rowohlt

Die Originalausgabe erschien 2022 unter dem Titel «La vita paga il sabato» bei Einaudi editore s.p.a., Torino.

Deutsche Erstausgabe
Veröffentlicht im Rowohlt Verlag, Hamburg, August 2024

Satz aus der Adobe Garamond Pro
bei Pinkuin Satz und Datentechnik, Berlin
Druck und Bindung GGP Media GmbH, Pößneck
ISBN 978-3-498-00371-5

FSC www.fsc.org MIX Papier | Fördert gute Waldnutzung FSC® C014496

Absonderlichkeit ist die Form des Schönen,
wenn das Schöne verzweifelt ist.

Antoine Volodine

1.

Den Kopf auf dem Kissen, den Körper zusammengekauert wie in einer primitiven Grablege, starrt Arcadipane auf das Handy, das zum dritten Mal innerhalb der letzten fünf Minuten den Sockel der Nachttischlampe erleuchtet, den Schlüsselbund, die Pistolentasche und einen dunklen Kreis auf dem Nachtkästchen von einer sehr heißen Tasse oder einem sehr heißen Glas.

Er bräuchte nur die Hand auszustrecken und das Handy auszuschalten oder ranzugehen, aber er weiß, wer ihn um diese Zeit anruft und warum, also tut er, was ein Mann in seinem Alter, seinem Beruf und seiner horizontalen Lage tun kann: Zeit schinden. Dreißig Jahre bei der Polizei haben ihn gelehrt, dass die Sekunden in der Nacht wie antike Münzen sind, die darauf angegebene Zahl hat nichts mit ihrem effektiven Wert zu tun.

Das schwache fluoreszierende Leuchten des Handys hört auf und lässt wieder Dunkelheit und Stille einkehren. Es ist ein gutes Viertel, in dem er schläft, keine frisierten Auspuffe, keine Leute, die grölend aus üblen Kaschemmen kommen, keine Betrunkenen oder Zuhälter. Nur ein paar Transvestiten der alten Schule: Arbeitszeit von dreiundzwanzig bis zwei Uhr, kurze Woche nach deutschem Vorbild, per königlichem Dekret zugeteilte Straßenecken und Halbparterre in Eigentum, Professionelle, die sich prostituieren, seitdem ihnen der erste Flaum spross, der sofort ausgerupft wurde, und die Übermütige, Witzbolde und Junkies auf der Suche nach Kleingeld in Schach halten. Im Übrigen kosten eine Schere, ein Schraubenschlüssel und eine Dose Pfefferspray weniger als ein Beschützer, und notfalls sind sie schneller zur Hand.

Das Handy fängt wieder an.

Arcadipane gibt ihm fünf, vier, drei, zwei Sekunden, ergreift es, steht vom Bett auf und geht ruhig in Richtung Bad. Was er noch weiß, ist, dass die am anderen Ende es so lang läuten lassen wie notwendig. Der letzte Gedanke des Mannes in Zivil ist, dass man wirklich bescheuert sein muss, wenn man gezwungen wird, um fünf Uhr sechsundzwanzig vom Bett aufzustehen, er weiß tatsächlich viele Dinge, also geht er ins Bad, schließt die Tür und tritt seinen Dienst an.

«Was ist?»

«Ich bin's, Pedrelli, Commissario.»

«Ich hatte gehofft, es wäre Edwige Fenech», sagt er und setzt sich auf die Toilette, ohne den Deckel hochzuklappen, «aber dieses Luder hält mich hin.»

«Sie haben recht, Commissario, die Fenech ist immer …»

«Pedrelli, es ist halb sechs Uhr morgens, kommen wir zur Sache.»

«Gewiss, Commissario. Es gibt einen Toten.»

«Ach was?»

«Das wäre nicht unsere Zuständigkeit, aber der Generalleutnant hat angerufen und ausdrücklich verlangt, dass Sie sich darum kümmern. Er hat verboten, am Telefon darüber zu reden. Wenn Sie herunterkommen wollen, ich stehe mit dem Dienstwagen vor Ihrem Haus.»

Arcadipane streckt die Hand nach den Kleidern aus, die er für Fälle wie diesen am Fenstergriff aufhängt. Er kramt in der Tasche der Lammfelljacke, die ihm seine Ex-Schwiegereltern geschenkt haben, bis er mit den Fingern die kleine Raute mit den abgerundeten Ecken ertastet, die er sucht. Er genießt ihre gummiartige und raue Konsistenz, die luftige Natur eines Fusels vom Grund der Tasche, den er nicht mitnimmt, dann packt er das Lakritzbonbon, Sucai, und steckt es in den Mund.

«Eine Angelegenheit außerhalb unseres Distrikts», sagt er kauend.

«Außerhalb des Distrikts.»

«Nicht unsere Zuständigkeit, aber der Generalleutnant ...»

«Vor einer Stunde hat er persönlich angerufen und verlangt, so schnell wie möglich vor Ort zu sein.»

«Und Botta und Lavezzi?»

«Sind schon unterwegs, Commissario.»

«Mit dem Alfa?»

«Mit dem Alfa», Pedrelli senkt die Stimme, weil er ahnt, worauf Arcadipane hinauswill.

«Während du vor meinem Haus stehst.»

«Seit etwa zwanzig Minuten, aber Sie haben nicht ge...»

«Womit?»

Pedrelli schweigt.

«Zwei neue Alfa, Pedrelli! Zwei neue Alfa haben sie uns gegeben, und du nimmst nach wie vor diesen Scheiß-Peugeot. Nein, sag's doch, sag's doch, dass du mir übelwillst! Wir versetzen ihnen ein paar Schläge mit dem Hammer, wenn dir das lieber ist, oder wir überlassen sie einen Monat lang denen vom Überfallkommando, dann vergeht dir die Angst, dass sie einen Kratzer abbekommen.»

«Aber nein, Commissario, es ist wegen all der Technik ...»

Während er der Rechtfertigung seines Vize lauscht, erkundet Arcadipane das Gesicht, das ihm der Spiegel über dem Waschbecken zurückwirft: der zerdrückte Haarkranz um den kahlen Schädel, der Zweitagebart, der schon sprießt, die tief liegenden Augen, die steinzeitliche Stirn, die Haut, die im Licht der Straßenlampen, das durchs Fenster hereindringt, dunkel wirkt. Ein bisschen wie bei Lombroso. «Commissario?»

«Hm!»

«Haben Sie gehört?»

Arcadipane steht auf und klappt die Klobrille hoch, dann besinnt er sich, wo er ist, und setzt sich wieder.

«Ich habe gehört, ich habe gehört. Bring diesen ollen Peugeot zum Largo Duca degli Abruzzi!»

«Aber ich …»

«Stehst vor meinem Haus, ich weiß», Arcadipane trocknet sich mit Papier ab, eine jüngste Errungenschaft, erleichtert durch die Positur, «aber ich sage dir, du sollst zum Largo Duca degli Abruzzi kommen», er klemmt das Handy zwischen Ohr und Schulter und beginnt sich anzuziehen. «Egal, ob du jetzt in Gedanken wieder deine drei Pünktchen setzt, okay?», er schlüpft in die Hose. «Du denkst darüber nach, während du kommst», er knöpft das Hemd zu. «Mach jetzt voran, denn ich bin mittlerweile schon gewaschen, gekämmt und angezogen.»

«Sicher, Commissario, ziehen Sie etwas Warmes an, ich habe aus der Zentrale Galoschen für alle beide mitgenommen.»

Arcadipane hält den Reißverschluss am Hosenschlitz auf der Hälfte an.

«Galoschen? Wohin zum Teufel fahren wir, Pedrelli? Ins neunzehnte Jahrhundert?»

«In die Berge, Commissario … aber ich habe nichts gesagt.»

«Wovor hast du Angst? Dass die CIA uns ausspioniert?»

«Das ist ein Lied.»

«Was?»

«Die CIA spioniert uns aus, das ist ein Lied von Eugenio Finardi.»

«Aber wen schert Eugenio Fidenco, vorwärts. Und lass den Motor laufen, sei nicht knickerig, um für den Staat Geld zu sparen.»

Arcadipane beendet das Gespräch, dreht den Wasserhahn auf, wäscht sich die Hände und wischt sich nass damit durchs Gesicht, das er heiß und voller Auswüchse findet, wie eine Knolle, die in einer Steinwüste gewachsen ist. Die Jacke hängt im Flur. Socken und Schuhe am Fuß des Bettes.

Er kommt aus dem Bad und nähert sich ihr vorsichtig, setzt

sich auf die Bettkante und macht sich ans Werk. Die Bettdecke hinter ihm bewegt sich.

«Bist du wach?»

«Hmhm.»

Er schlüpft in die Mokassins, geht zur Kommode und nimmt seine Sachen. Eine Handbreit über seinem Kopf sieht er die Seile, die unter der Decke verlaufen wie die Oberleitungen von Trambahnen.

«Es ist ein Anruf gekommen», er verteilt die vier Sucai auf die zwei Taschen, «ich muss weg.»

«Hmhm.»

«Kannst du Trepet bis zum Nachmittag behalten?»

«Hmhm.»

Er geht zum Sessel, neben dem der Hund schläft, und beugt sich über die formlose Masse.

«Du, mach keine Sperenzchen, verstanden?», flüstert er, aber nicht zu sehr, weil er will, dass sie es hört.

Trepet lässt ein unwilliges nächtliches Knurren hören, dann das *Schlapp, schlapp*, wie er es macht, wenn er seine Hoden leckt.

«Okay», sagt Arcadipane, indem er sich aufrichtet. «Ich ruf dich an, wenn ich komme, um ihn abzuholen. Schlaf jetzt.»

«Hmhm.»

Nachdem er die Jacke angezogen hat, tritt er hinaus auf den Treppenabsatz und schließt die Tür hinter sich. Er hat einen Bund Schlüssel in der Tasche, die nicht zu diesem Schloss gehören und auch nicht zu jener anderen Wohnung, zu der er ab und zu unwillkürlich, wenn er in Gedanken ist, zurückkehrt. So ist es also um ihn bestellt, sagt er sich, während er die Treppe hinuntersteigt.

Auf der Straße erwartet ihn das kalte und öde Turin, das dem Morgengrauen vorausgeht. Er schnuppert und erkennt den Geruch wieder, der ihn als Amme begleitet, wenn auch nicht zur Welt gebracht hat. Ein wilder, schnörkelloser Geruch nach

Schlamm, Stein, Eisen, Blei und Unterholz. Wenn man von einem Viertel ins andere wechselt, können Reihenfolge und Intensität variieren: mehr Eisen im Borgo Dora, Blei in Mirafiori, Stein im Zentrum, Schlamm in der Nähe des Po und Unterholz von Santa Maria del Monte dei Cappuccini aus aufwärts, aber die Haut von Turin setzt sich aus diesen fünf Elementen zusammen. Er weiß das. Weil er diesen Geruch mit dem ersten Tropfen Muttermilch in sich aufgenommen hat, etwas, an das man sich nicht erinnert und das man doch nie vergisst.

Als er die Ampel am Largo erblickt, beschleunigt er den Schritt. Er hätte Pedrelli die genaue Adresse nennen können, im Übrigen, wenn man ein Geheimnis wahren will, kann man es mit ins Grab nehmen oder es einem Piemontesen anvertrauen, was so ungefähr dasselbe ist, aber das ist nicht der Punkt. Der Punkt ist, dass …

Ein weißer Hund kommt um die Straßenecke und rettet ihn vor einem Gedanken, den er nicht zu Ende hätte führen können. Es ist ein Pit Bull oder etwas Ähnliches, stämmig, dreißig Kilo schwer, und er kommt auf dem Gehweg auf ihn zu gelaufen.

«Verdammt …», kann er gerade noch denken, als eine Frau um dieselbe Ecke biegt.

«Slash, Slash!», ruft sie und rennt ihm hinterher.

Der Hund war gerade damit beschäftigt, an einem Laternenpfahl zu schnüffeln, er dreht sich nach der Frau um und trottet weiter mit dem euphorischen Gang von Jugendlichen, die nicht wissen, wohin sie unterwegs sind, und trotzdem gut drauf.

«Halten Sie ihn auf!», schreit die Frau. «Halten Sie ihn auf!»

Arcadipane beugt sich hinunter und streckt die Hand aus. Der Hund legt die letzten Meter schlenkernd zurück, unentschieden, ob er die Liebkosung annehmen oder weiterlaufen soll. Er hat ein schönes weißes Fell mit milchkaffeebraunen Flecken und kein Halsband. Als er nah genug ist, legt Arcadipane ihm die Hand auf den Kopf. Der Hund tänzelt um ihn herum, schnüffelt an ihm, stupst ihn, er spielt.

Die Frau hat sie eingeholt.

«Halten Sie ihn bitte!», keucht sie und lehnt sich erschöpft an ein Haustor.

Arcadipane betrachtet ihr Gesicht in der Farbe von Vuitton-Handtaschen, den Morgenmantel, ein esoterisches Medaillon um den Hals, die hochtoupierten Haare, zwischen denen der blanke Schädel aufblitzt. Alles in allem betrachtet scheint sie einem Schönheitswettbewerb der Sechzigerjahre entsprungen zu sein, durch einen Nebenfluss, der fünfzig Jahre gebraucht hat, um im Hier und Jetzt anzukommen.

«Hat er kein Halsband?», fragt er sie.

«Nein, ich habe ja keins!», sagt sie und greift sich an die Stirn.

«Als er durch die Tür lief, bin ich umgekommen vor Angst, ich sah ihn schon vor ein Auto laufen, und ich musste meinen Sohn anrufen» – jetzt ist die Hand auf der Brust –, «er hat ihn für ein paar Tage bei mir gelassen, aber … Heilige Muttergottes, was für ein Hund» – jetzt ist die Hand auf dem Bauch –, «lassen Sie ihn nicht los, um Himmels willen. Ich kann ihn nicht mehr einfangen.»

Arcadipane umarmt den Hund, der sich nicht wehrt, abgesehen davon, dass er ihn abzuschlecken versucht.

«Dann kommen Sie und halten ihn, ich muss weiter.»

Die Frau macht einen Schritt, und der Hund versucht zu entkommen. Arcadipane hält ihn zurück, indem er ihn fester packt.

«Sehen Sie!», wimmert die Frau, die, wenn sie Flüssigkeit in sich hätte, wahrscheinlich weinen würde. «Er macht, was er will, und dabei hat er eine Kraft! Helfen Sie mir!»

Arcadipane schaut auf den Platz, wo er Pedrellis amarantroten Peugeot zu erkennen meint.

«Wo wohnen Sie?»

«Um die Ecke, in der Via Colombo, schauen Sie, ich hatte nicht mal die Zeit, mir etwas ...»

Arcadipane hat keine Lust zu sehen, was die Frau keine Zeit hatte anzuziehen. Er weiß nur, dass die spirituelle Miss Pergament es auf keinen Fall alleine schafft, dass der Generalleutnant nie persönlich anruft und dass eine Summe von Fehlern manchmal dazu führt, dass eine Dummheit zu begehen die einzige Möglichkeit ist. Also begeht er sie.

Kaum spürt der Hund, dass ihm der Boden unter den Pfoten fehlt, lässt er sich gegen Arcadipanes Brust fallen, der ihn nun mit entschiedener Bewegung auf die Schulter wuchtet.

«Und?», bedeutet er der Frau, die ihn mit halb offenem Mund anstarrt.

«Kommen Sie, kommen Sie», fasst sie sich.

Ein Lkw-Fahrer, der in diesem Moment die Straße entlangfährt, dreht den Kopf und betrachtet die Person im Morgenmantel, die dahingeht, gefolgt von einem Mann, der einen Hund trägt, aber vermutlich zählt diese Prozession nicht zu den zehn merkwürdigsten Dingen, die er gesehen hat, denn er schaut wieder auf die Straße, ohne langsamer zu werden.

Die Ecke ist in etwa zwanzig Metern Entfernung. Arcadipane spürt das Gewicht des Tiers, das sich friedlich an seine Schulter schmiegt, den rosa und warmen Bauch an seinem Hals, das kindliche Pochen des Welpenherzens in seinem rechten Ohr. Er sieht sich zwanzig Jahre früher an einem kalabrischen Strand in der Schläfrigkeit eines frühen Abends am Meer, eine Hand unter dem Kopf und die andere auf dem Rücken der viermonatigen Loredana, die auf seinem Bauch liegt; dann einige Zeit später auf dem Rückweg von einer verlorenen Fußballpartie, den sechsjährigen Giovanni trösten, der in einem Wagen, der nicht ihrer ist, mit ihm auf der Rückbank sitzt und weint, mit dem Kopf auf seinen Beinen einschläft, die Tränen durchnässen ihm die Hose, die Handfläche auf dieses von Wut und Schlaf warme Köpfchen gelegt.

Arcadipane, der beim Erinnern die Augen geschlossen hat, spürt etwas Warmes den Rücken hinunterrinnen. Wenig, aber zweifellos flüssig.

«O verdammt …», sagt er, ohne stehen zu bleiben, während der Hund voll des Dankes den Schädel auf seiner Schulter zurechtrückt.

Die Frau, die bisher reuig den Bürgersteig erforschend vorausgegangen war, dreht sich um.

«Er macht's», nickt sie, «er macht's», dann biegt sie um die Ecke und geht auf eine kleine Tür zu, die sie aufschließt, um zu verstehen zu geben, dass die Arbeit an der Wohnungstür endet.

Zehn Minuten später kommt Arcadipane bei ebendiesem Türchen wieder heraus. Die meiste Zeit hat er in der Wohnung der Frau verbracht und die zehn Euro abgelehnt, die sie ihm um jeden Preis als Entschädigung geben wollte, sowie mit noch mehr Nachdruck das Unterhemd und das Hemd des Ehemanns – Gott hab ihn selig –, die sie ihm nach einer Wäsche, die er im Bad vornehmen konnte, auch nur obenherum, anbot.

Pedrelli wartet am vereinbarten Ort mit dem amarantroten Peugeot und ausgeschaltetem Motor.

«Guten Tag, Commissario. Ich habe eben abgestellt, da Sie sich verspäteten.»

«Fahr los», sagt Arcadipane und legt den Sicherheitsgurt an.

Pedrelli kontrolliert, ob die Fahrbahn frei ist, und setzt den Wagen in Bewegung. Er trägt eine uni Windjacke über einem mausgrauen Anzug mit hellblauem Hemd und granatroter Krawatte. Die Haare immer kurz, immer ordentlich gescheitelt auf dem Streichholzkopf.

«Jetzt kannst du mir sagen, wohin wir unterwegs sind, oder nicht?»

«Nach Clot, Commissario», sagt Pedrelli und nickt, die Augen aufmerksam auf die Straße gerichtet.

«Und wo zum Teufel ist das?»

«Im Alve-Tal.»

«Und das wiederum?»

«In der Provinz Cuneo, das Navi gab anderthalb Stunden Fahrzeit an.»

«Botta und Lavezzi brauchen mit dem Alfa anderthalb Stunden. Wenn wir Glück haben, sind wir zum Mittagessen dort. Können wir wenigstens die Heizung einschalten, oder ist das eine deiner Yoga-Praktiken gegen das Altern?»

«Immer zu Scherzen aufgelegt, Commissario!»

«Um sechs Uhr früh kommt das spontan.»

Pedrelli stellt den roten Hebel auf fünf. Das Maximum wäre sechs, aber wir wollen ja nicht übertreiben, dann legt er die zweite Hand wieder auf das Lenkrad, exakt in Position 9 und 15.

«Was wissen wir über den Toten?»

«Nichts. Der Generalleutnant hat gesagt, wir würden vor Ort aufgeklärt.»

Arcadipane bringt die Füße unter dem Handschuhfach an die Lüftungsstutzen, aus denen Wärme auszuströmen beginnt. «Da sieh an.»

«Ich glaube, es ist wegen der verschwundenen Frau.»

«Warum? Gibt es da auch eine verschwundene Frau?»

«Die Frau des Toten. Aber auch darüber werden sie uns …»

«… vor Ort aufklären.»

Pedrelli bringt den Kopf Richtung Windschutzscheibe und schnuppert.

«Haben Sie was dagegen, wenn ich die Heizung ein wenig niedriger stelle? Eine Katze muss auf die Kühlerhaube gepinkelt haben. Sie spüren die Wärme des Motors, aber dann wird man den Gestank nicht mehr los …»

«Mach sie aus, mach sie aus», sagt Arcadipane und dreht den Kopf zur Seite, um an sich zu riechen, «so hole ich ein bisschen Schlaf nach.»

«Gewiss, Commissario, ich wecke Sie, kurz bevor wir ankommen.»

«Gut, weck mich vor Ort, so lassen wir uns aufklären», bestätigt Arcadipane, während er ganz lässig die rechte Hand zur Kurbel des Fensters gleiten lässt. Nur einen Spaltbreit.

2.

Nachdem er auf der Umgehungsstraße von Cuneo von einem zögerlichen Überholmanöver zuungunsten einer Ape erwacht ist, hat Arcadipane in der folgenden Dreiviertelstunde nacheinander das Fenster hochgekurbelt, Mariangela eine Nachricht geschickt, um die monatliche Ablieferung des Unterhalts, die für diesen Vormittag vorgesehen war, aufzuschieben, eine zweite Nachricht an Loredana gesendet des Inhalts «Wie ist die Prüfung gelaufen?» und Smiley, Antwort «Sie ist übermorgen», wütender Smiley, vier Sucai gelutscht und mit der Sehnsucht eines schweizerischen Söldners an die Wärme des Betts und dieses warmen Körpers gedacht, von dem er noch nicht weiß, ob …

«Wir müssten fast da sein», sagt Pedrelli zum dritten Mal, während er den Peugeot im furiosen Wechsel vom ersten und zweiten Gang über die Haarnadelkurven hochjagt. Das einzige Anzeichen von Zivilisation ist eine Wasserleitung, unter der sie hin und wieder durchfahren, wobei sie reflexartig den Kopf einziehen. Im Übrigen ist alles, was sie sehen, vergilbtes Gras, Kiefern und Felsen, nachdem sie die letzte standardmäßig ausgestattete Ortschaft mit Rathaus, einer Piazza, einem Kriegerdenkmal und zwei Bars hinter sich gelassen haben.

«Da ist es!», Pedrelli zeigt auf das Ortsschild.

Eine Kehre noch, und sie haben Clot vor sich: eine Handvoll Häuser, eher alt als antik, eine Piazza, ein Hotel und ein Gebäude, das eine Schule oder ein Schlachthof sein könnte. Was zwischen sie und diese Gottesgaben tritt, ist ein Typ mit

Leuchtweste, der mit einem dieser Wimpel bei Radrennen Zeichen macht.

Arcadipane richtet sich in dem Sitz auf, der ihn verschluckt hat, und kurbelt das Fenster herunter.

«Seid ihr von der Polizei?», fragt der Typ, der das Gesicht von Chuck Norris und den Körper eines Asketen hat.

«Wir sind von der Polizei, wohin müssen wir?»

Der Mann beugt sich vor, um den Fahrer zu sehen.

«Fahrt hinauf nach Chiossi», und er weist in die Richtung, «dort findet ihr die Schotterstraße nach Gias Vej. Ihr erkennt sie, weil da Leute von der Forstverwaltung bei den Absperrungen sind.»

Arcadipane schaut dorthin, wo das Tal sich öffnet und der blaue Himmel auf perverse Weise dazu einlädt hinaufzufahren.

«Wie lange braucht man?»

«Mit dem hier?», sagt der Mann und stützt sich mit dem Ellbogen auf das Wagendach.

Arcadipane mustert ihn. Der Mann nimmt den Ellbogen zurück.

«Zwanzig Minuten», sagt er und dann, nachdem er sich in Sicherheitsabstand gebracht hat: «Wenn euch nicht beim ersten Loch die Ölwanne kaputtgeht.»

Pedrelli lenkt den Wagen über den Platz bis zu einer der zwei Straßen, welche die Kontinuität der Gebäude unterbrechen. Steinhäuser mit abblätterndem Putz, ein paar gusseiserne Balkongeländer, ein bisschen Holzvertäfelung, aber ohne Angeberei. Das Hotel stammt, wie die Schule oder was immer das ist, aus den Sechzigerjahren und kündet von der ungesunden Schwärmerei des Architekten für Glasbetonbauweise. Die Buchstaben an der Fassade besagen *Sosta del pellegrino*, aber es gibt an dem Platz keine Kirche oder Kirchturm, der sich über das Dorf erhebt.

«Es ist wirklich ein abgelegener Ort», sagt Pedrelli, als wären sie ein Paar auf der Suche nach einem Feriendomizil.

Die eingeschlagene Straße entpuppt sich nach wenigen Minuten als Militärstraße, das erkennt man an der Geduld, mit der sie sich dem Berghang anschmiegt, eine Mischung aus höherer Ingenieurskunst, Größenwahn und Arbeitskosten gleich null. Obwohl es Ende Oktober acht Uhr morgens ist, liegt das Licht auf allen Dingen fahl und schon winterlich.

Der Jeep steht neben ein paar Absperrungen. Zwei Männer von der Forstbehörde steigen aus. Der jüngere, um die fünfunddreißig, hat die Augen von einem, der Diskotheken inmitten von Maisfeldern frequentiert; der um zehn Jahre ältere dagegen scheint sich eben abgeschminkt zu haben. Beide sind wohl irgendwann mal mager gewesen.

«Commissario Vincenzo Arcadipane», er zeigt den Ausweis vor, «und das ist mein Vize.»

Der Nachtschwärmer nähert sein Gesicht dem Dokument und nickt, aber statt die Absperrung zu entfernen, steckt er die Hände in die Taschen.

«Es muss ein ganz schöner Schlamassel passiert sein dort oben, hm?»

Arcadipane schaut ihn an, dann den Kollegen.

«Was wisst ihr davon?»

«Weniger als nichts», sagt der andere, den das Abschminken offenbar gar nicht entspannt zu haben scheint. «Wir frieren uns hier seit vier Stunden den Arsch ab, und man sagt uns nichts.»

Vom Akzent her sind beide heimische Produkte, aber der Ältere ist vom Schlag derer, der sich in der Bar die Zeitung zurücklegen lassen, um damit den Ofen anzuheizen, während der Jüngere auf den Lokalteil und auf den Sportteil gelegentlich doch einen Blick wirft, gerade so viel, um auf dem Laufenden zu sein und mitreden zu können.

«Fest steht», sagt er, «dass ihr ein schönes Heer da hinaufbringt! Da außer euch Berechtigten keiner hinfährt, könnten wir vielleicht …»

«Die Straßensperre entfernen und tun, was man euch gesagt hat?»

Der Forstbeamte kratzt sich unter der Mütze am Kopf, wahrscheinlich, um der Hand etwas Harmloses zu tun zu geben. Der andere, der der lebende Beweis dafür ist, dass ein Scheißcharakter sich durch Schönheitsoperationen nicht bessern lässt, ist zu den Absperrungen gegangen. Arcadipane hat das Handy rausgeholt.

«Ist hier kein Netz?»

«Nein, vom Dorf aufwärts ist kein Empfang», sagt der Jüngere in dem gefährlichen Ton, den er in der Diskothek anschlägt, wenn nach zwei Uhr früh der Alkoholspiegel der Männer hoch und die Gruppe der Frauen auf wenige Exemplare geschrumpft ist.

«Sind die Carabinieri oben?», fragt Arcadipane, der weiß, dass er jetzt seine volle Aufmerksamkeit hat.

«Ja, sie waren als Erste da.»

«Wenn sie von hier sind, haben sie Satellitenverbindung, nehme ich an.»

«Wir und sie haben sie.»

«Ihr Glücklichen», sagt Arcadipane lächelnd. Der junge Mann beginnt ihm jetzt sogar zu gefallen. «Es wird den ganzen Tag viel zu tun sein, lasst euch ablösen oder heißen Kaffee bringen.»

«Danke», sagt der junge Mann, «alles in Ordnung so.»

Arcadipane nickt, kurbelt das Fenster wieder hoch und macht Pedrelli Zeichen loszufahren. Der Peugeot fährt zwischen den geöffneten Absperrungen durch, während der ältere Forstbeamte zufällig anderswohin schaut.

«Sag nichts …», bemerkt Arcadipane.

Pedrelli gehorcht und konzentriert sich auf die zu vermeidenden Schlaglöcher im Boden.

«… ich arbeite daran.»

«Verlieren Sie nicht den Mut, Commissario, man braucht

Zeit und Geduld, um die emotionale Haltung zu den Dingen zu verändern. Um die Wut zu verwandeln und unserem inneren Kind zu erlauben …»

«Ich habe gesagt, ich arbeite daran, Pedrelli, fahr zu.»

«Gewiss, Commissario.»

Clot verschwindet und taucht unter ihnen wieder auf, die Häuser zur Hälfte von der Sonne beschienen und zur anderen von dem Staudamm beschattet, der sich ein paar Kilometer weiter oben erhebt wie die Hand eines betrunkenen Vaters. Die Kirche, die man zunächst nicht sah, sieht man jetzt, abseits und mit dem Dorf nur durch einen Pfad verbunden. Dahinter gibt sich ein Viereck gepflegter Wiese als Friedhof aus.

«Da ist Lavezzi», sagt Pedrelli und lenkt den Wagen auf den Hang, wo der Mann auf sie wartet.

Lavezzi, eng anliegende Samthose, Lederjacke und Timberland-Stiefel, macht ihnen Zeichen, sie mögen auf der leicht abschüssigen Wiese neben dem Subaru Forester der Carabinieri parken, neben dem Alfa, den sie hätten benutzen können, und einer Handvoll anderer Fahrzeuge, darunter ein Lieferwagen. Er hat das neutrale Gesicht, mit dem er gewöhnlich morgens in die Zentrale kommt oder diese nach zehn Stunden Dienst wieder verlässt. Vorstehende Backenknochen, Nase, die etwas Weibliches hat, und Boxerkinn.

Arcadipane hat ihn seit rund fünfzehn Jahren in seiner Truppe, und doch weiß er von ihm nur, dass er in einer Einzimmerwohnung über der elterlichen Bäckerei wohnt, dass er in Gefühlsdingen kurze käufliche Kontakte in bar oder als Darlehen mit variablem Zinssatz vorzieht und dass er einst Schlumpf-Figuren sammelte, um sie dann für dreitausendzweihundert Euro an einen Banker aus Ivrea zu verkaufen. Ein ausgezeichneter Polizist, wenn es darum geht, jemanden zu beschatten, während er bei Verhören mit drei abschneidet und mit vier minus, sobald unter den Zeugen oder Verdächtigen Frauen zwischen sechzehn und fünfundfünfzig Jahren sind.

«Guten Morgen, Commissario», grüßt Lavezzi ihn, «haben Sie gesehen, was für ein Aufgebot?»

Arcadipane betrachtet den Jaguar, der in der Mitte der Wiese steht, Fahrertür und Kofferraum offen. Rund um den Wagen sind im Abstand von einem Meter in drei konzentrischen Quadraten Laufplanken angebracht worden, zwanzig Zentimeter über der Erde. Die rot-weißen Bänder sperren einen weiteren Bereich ab. Er muss vor Sonnenaufgang von den großen Scheinwerfern beleuchtet worden sein, die an die Generatoren auf dem Lieferwagen angeschlossen sind. Auf dem Gelände bewegen sich ein Dutzend Leute: die von seiner Einheit, die vom Polizeipräsidium Cuneo und die von der Kriminaltechnik. Mit Erleichterung erkennt Arcadipane den schlaffen Hintern von Amedeo Sarace, der zur Hälfte in dem zu untersuchenden Auto steckt.

«Wer ist der Glückliche?», fragt er.

«Terenzio Fuci», liest Lavezzi, «siebenundachtzig Jahre, wohnhaft in Rom, Via del Babuino, Eigentümer der Filmproduktionsfirma Veronica Film.»

«Nie gehört», sagt Arcadipane, während er zu dem Wagen hinabsteigt, der wie ein Magnet all die Leute, ihn inbegriffen, angezogen hat. «Wer ist das, eine Art Filmstar?»

«Nicht eigentlich», sagt Lavezzi, «sein Bruder war Amilcare Fuci.»

«Wer? Der Politiker?»

Lavezzi blättert in seinem Notizbuch.

«Zwischen 64 und 73 zweimal Minister und graue Eminenz der Democrazia Cristiana bis zu seinem Tod 1988.»

«Okay, jetzt wissen wir, warum der Generalleutnant um vier Uhr früh zum Telefon gegriffen hat. Sonst noch was?»

«Der Gefreite Labarbuta», Lavezzi zeigt auf einen Carabiniere, der sie aus etwa zwanzig Metern Entfernung beobachtet, «war als Erster zur Stelle nach einem anonymen Anruf in der Station Alve um 23 Uhr 46, der einen Toten meldete, hier an diesem Ort namens …», er blättert in seinem Notizbuch, «Gias Vej, aber ich bin mir nicht sicher, ob man das so ausspricht.»

«Lassen wir es gut sein. Also?»

«Die zwei Carabinieri, die gegen eins hier eintrafen, fanden den Wagen, wo er jetzt steht …»

«Was für ein Wagen ist das?», fragt Arcadipane, wobei er sich bückt, um unter dem Absperrband durchzugehen. «Was hast du, Pedrelli? Schaffst du's, oder müssen wir dich tragen?»

«Ein Jaguar XJ 40, Baujahr 89, 6 Zylinder. Dieser hier obendrein ist eine limitierte Edition, Ledersitze in Milchkaffeebraun, Instrumentenanzeige nur in Englisch, eins von den Autos, die nie an Wert verlieren.»

«Haben die Carabinieri Tür und Kofferraum offen vorgefunden?»

«Nein, alles zu, Scheinwerfer und Motor aus, an war nur die Innenbeleuchtung. Wegen des Anrufs, des Autotyps und des ungewöhnlichen Orts sind der Gefreite und sein Untergebener näher rangegangen und haben gesehen, dass die Hände des Mannes ans Lenkrad gefesselt waren, also haben sie die Tür geöffnet und den Tod festgestellt. Die Geldbörse war in der Innentasche des Mantels auf dem Rücksitz. Darin sechshundertdreißig Euro in bar, drei Kreditkarten, zwei EC-Karten und die Ausweispapiere. Botta hat versucht, das iPhone zu entsperren, das in der Manteltasche war. Von der Ehefrau dagegen keine Spur und keine persönlichen Gegenstände.»

Sie gehen hintereinander auf einer der Laufplanken. Pedrelli ist Letzter, merkwürdig verlangsamt. In etwa zehn Metern Entfernung kann Arcadipane das Opfer auf dem Fahrersitz sehen. Sarace hebt den Kopf an, um den Hals zu untersuchen. Wissend, dass dies ein Moment ist, in dem er niemanden in der Nähe haben will, hält er inne.

«Sind wir sicher, dass die Ehefrau bei ihm war?»

«Sicher nicht, aber …», Lavezzi blättert, «sie sind gestern Abend in Clot angekommen, wo sie ein Zimmer gebucht hatten. Sie haben im Hotelrestaurant gegessen, und dann gegen halb zehn hat der Wirt sie hinausgehen, ins Auto einsteigen und vom Platz aus die Straße nehmen sehen, die in dieser Richtung hinaufführt. Die Ehefrau saß auf dem Beifahrersitz.»

«Apropos, Commissario», setzt Pedrelli an, aber Sarace zieht den Kopf aus dem Wageninneren, er sieht sie und macht ihnen Zeichen, näher zu kommen.

«Später, Pedrelli», sagt Arcadipane und geht auf das Auto zu. «Aber was hast du? Du bist ja bleich wie die Wand.»

Als er bei dem Wagen angekommen ist, wartet er, dass Sarace die Gummihandschuhe abstreift.

«Hey, Amedeo, wie geht es dir?» Sie geben sich die Hand.

«Ich bin hundertfünfzig Kilometer von zu Hause weg. Weißt du, dass es Leute gibt, die meinen Beruf an weniger entfernten Orten als diesem hier ausüben?»

«Das ist der Vorteil, wenn man sich einen Namen gemacht hat.»

«Was du nicht sagst! Wie geht es Mariangela?»

«Ausgezeichnet, seitdem sie mich nicht mehr um sich hat.»

«Das war Teil der Ratschläge, die ich als Arzt geben zu müssen meinte. Hat sie schon einen neuen Freund?»

«Etwas mehr als das.»

«Das ist das Beste in solchen Fällen, also bin ich sicher, dass du nicht daran gedacht hast. Besser so, man hat noch genug Zeit, sich mit der harten Wirklichkeit des Verfalls zu konfrontieren. Grüß sie von mir, und sag ihr, wenn es nicht im Widerspruch zu meiner Ethik gestanden wäre, hätte ich mich selbst ins Spiel gebracht.»

«Wird gemacht. Reden wir von der Arbeit?»

Sarace bringt seine toupierten Haare in Ordnung, die durch das Dach im Inneren des Wagens zusammengedrückt worden sind: Er ist hässlich wie zu Zeiten, als Hässlichsein sogar so etwas wie ein Türöffner sein konnte. Die Zeiten von Nicola di Bari, um genau zu sein. Nicht von ungefähr tritt der seit fünfundzwanzig Jahren jeden Freitag und Samstag als Solostimme in einer Band auf, die die Provinzlokale Over Sixty bespielt, wie Dik Dik, Pettenati, Camaleonti, Ricky Shayne, Bokes, Fred Bongusto, Don Backy, Califano. Der blaue Anzug und das gebauschte Hemd unter dem Mantel zeugen davon, dass der Anruf am vorigen Abend ihm nicht einmal die Zeit gelassen hat, nach Hause zu fahren und sich umzuziehen.

«Der Mann ist tot», sagt er, nachdem er etwas getan hat, das in seinem Beruf nur jemand tun kann, der kurz vor der Pensionierung steht, nämlich sich am Schauplatz des Verbrechens eine Zigarette anzuzünden, «aber wenn du eine Zweitmeinung willst, kannst du ein sechsjähriges Kind befragen. Im Übrigen kann ich dir sagen, dass er erwürgt wurde, Zeitpunkt zwischen einundzwanzig und ein Uhr nachts, momentan kann ich keine genaueren Angaben machen. Was ich dir allerdings sagen kann», und er deutet auf den Hals des Mannes, der jetzt sichtbar ist, weil Sarace den Kopf hochhält, «ist, dass, um ihn zu erdrosseln, fast mit Sicherheit ein Elektrokabel verwendet wurde, wie das, mit dem seine Hände gefesselt sind. Siehst du den dunkelroten Fleck am Hals? Man nannte es Flachdraht, die zwei Drähte liefen parallel in dieser Art Ummantelung. Wurde bis in die Siebzigerjahre verwendet, dann änderte sich die Norm. Aufgrund einer komplizierten Überlegung, die du nicht verstehen würdest und die ich erst gar nicht versuchen will, dir zu erklären, könnte ich wetten, dass die Hände post mortem ans Lenkrad gefesselt wurden. Was bedeutet, dass dieses Kabel», er deutet auf den schmutzig weißen Flachdraht, der um die Hände des Mannes geschlungen ist, «das Mordwerkzeug sein könnte.»

Arcadipane betrachtet Terenzio Fuci: alt, starr, offen stehender Mund, dichtes und welliges graues Haar. Von den vier Dingen beneidet Arcadipane ihn nur um eines, überdies entspricht der maßgeschneiderte Wollanzug, den der Tote trägt, nicht seinem Geschmack. Die Füße in Wildlederschuhen sind fest gegen die Pedale gedrückt, die Beine gestreckt in dem, was ein letztes Aufbäumen gewesen sein muss.

«Sein Mörder saß hinter ihm?»

«Mit Sicherheit, und das Interessante ist, dass er den Draht nicht zugezogen hat.» Mit Kraft schiebt er den Rumpf des Mannes nach vorn. «Wie du siehst, im Nacken keine Würgemale, die sind nur am Hals zu sehen. Wäre er dreißig Jahre jünger gewesen, hätte er sich womöglich losmachen können, aber das Alter, die Panik, die Atemnot ... das ist Teil der animalischen Reflexe, sich dem Gevatter zu überlassen, der uns alle erwartet, oder sich zu wehren. Es ist eine Frage von Sekunden, man kann nie sagen, was wir in einer Situation wie dieser tun würden.»

«Amen.»

«Das ist wohl angebracht.»

«Und sonst?»

«Ich hatte zunächst nicht darauf geachtet, aber bemerkst du diesen Geruch? Vielleicht hat er sich im Augenblick des Hinscheidens voll gepinkelt. Das kommt vor.»

«Sonst noch was?», fragt Arcadipane und tritt beiseite.

«Ein bisschen Blut, aber wenig, auf dem Sitz der Ehefrau, willst du es sehen?»

«Wenn wir schon so arschfrüh aufgestanden sind ...»

Auf einer der Planken gehen sie um den Wagen herum. Sarace zieht einen Gummihandschuh an, den er in der Manteltasche hatte, und öffnet die Beifahrertür. Er weicht einen Schritt zurück, um Arcadipane das Vergnügen des Do it yourself zu lassen. Der Fleck ist klein, aber gut sichtbar in der Mitte des Ledersitzes.

«Sicher, dass es Blut ist?»

Sarace beschränkt sich darauf, sein Zigarettenetui aus der Tasche zu holen, um etwas Asche dort hineinfallen zu lassen.

«Und es ist nicht von dem Toten?»

«Das ist noch nicht untersucht worden, aber Terenzio Fuci weist weder Wunden oder Abschürfungen auf, noch Spuren von Blut an Mund, Nase oder Ohren. Es sei denn, es handelt sich um einen älteren Fleck, was ich jedoch bezweifle … In ein paar Stunden wissen wir, ob das Blut von Fuci, der Ehefrau oder dem Mörder stammt. Ich setze auf die Frau.»

«Nach der wir suchen, nicht wahr, Lavezzi?»

«Bisher haben wir die Umgebung durchkämmt und einen Teil des Waldes, aber ohne Ergebnis. Der Zivilschutz und die Carabinieri stellen Suchtrupps zusammen, um den Radius zu erweitern, und jeden Moment müssten die Suchhunde eintreffen.»

Arcadipane steckt ein Sucai in den Mund und zerkaut es, er nimmt das Innere des Wagens in Augenschein, den Kamelhaarmantel auf dem Rücksitz, die vier Münzen auf der Ablage unter der Handbremse, einen Parkschein, den runden, rot-gelben Anhänger mit der Wölfin, der vom Schlüssel herabhängt, die nach einer Seite ausgehakte Sonnenblende, wahrscheinlich verschoben in dem Versuch, sich loszumachen, ein Programmheft der Oper Rom, das auf die Bodenmatten gefallen ist, den vollen Aschenbecher, aus dem der Stummel einer Zigarette herausragt: eine von diesen dünnen, wie sie diejenigen bevorzugen, die sich den Anschein geben wollen, nicht so zu rauchen wie alle anderen. Und dieser Blutfleck vom Umriss eines Kaffeetässchens.

Das ist der Moment, in dem er weiß, dass er denken muss wie Bramard, da er ihn nicht bei sich haben kann, seinen Ex-Chef, Mentor, Freund und nach vielen Jahren immer noch ein von Geheimnis umgebenes Objekt.

Corso Bramard, der auf dem Schauplatz des Verbrechens auftauchte und beiseitetrat. Bramard, der fragte, aber nicht zu viel. Der keine Hypothesen aufstellte und nicht laut nachdachte. Der keine voreiligen Schlussfolgerungen zog, auch wenn er einen blutbesudelten geständigen Täter und das in einer Plastiktüte sichergestellte Tatmesser vor sich hatte. Schauen, überlegen und die Karten in der Hand behalten. Der Versuchung widerstehen, auf die Frage, weshalb man überhaupt hier sei, zu antworten, sei es wegen des Gehalts oder, wie in ihrem Fall, aus einer Art Manie heraus. Oder: «Wer war es?» Diese Frage ist immer falsch, wenn man sie am Anfang stellt. Denn sie blendet, wie in die Sonne zu schauen, es endet damit, dass du sie nicht mehr siehst, und wenn du den Blick abwendest, entgeht dir auch der Rest. Das hat Bramard ihn gelehrt in den Jahren, in denen sie zusammengearbeitet haben, oder besser gesagt, in denen er ihn hat arbeiten sehen. Da ist immer eine kleinere und bescheidenere Frage, von der man ausgehen kann. Eine Frage, die in diesem Fall lautet: Was machten Fuci und seine Frau an diesem Ort, nachts, in einem Jaguar mit Nummernschild Rom?

Das würde Bramard sich fragen, wenn er dort wäre, und das fragt Arcadipane sich, während er sein Sucai kaut.

Er denkt an Bramard, von dem er monatelang nichts gehört hat. Am Leben muss er sein, sonst hätte er es erfahren, aber wie es ihm geht … Im Grunde ist es immer so zwischen ihnen gewesen. Sogar die Male, wenn sie sich nach beendeter Arbeit spät in der Nacht am Tresen einer Bar wiederfanden, wussten sie beide, dass es da nichts gab, was es wert gewesen wäre, besprochen zu werden. Das zu tun, hätte den eigentlichen Grund zunichtegemacht, weshalb sie um diese Zeit zusammen waren: ein Zeitpolster zu schaffen, bevor man nach Hause ging. Deshalb waren die Orte, an denen Tod und Schlechtigkeit verhandelt wurden, nach Dienstschluss immer voller Leute. Tatsache ist, dass in diesen Fällen reden bedeutet, der Dummheit, die von der Müdigkeit herrührt, Tür und Tor zu öffnen, dem «Wer hat mehr gesehen?», dem Versuch, sich davon zu überzeugen, dass die fortgeschrittene Zeit keine Wirkung mehr auf einen hat, dem Zynismus, der hemmungslosen Melancholie, der Niedergeschlagenheit, der Bosheit. Also trinkt man lieber schweigend neben einem Freund oder Kollegen.

«Commissario?»

Arcadipane dreht sich zu Pedrelli um.

«Das ist Vera Ladich!», sagt Pedrelli.

«Vera Ladich wer?»

«Die Frau von Terenzio Fuci ist Vera Ladich!», sagt Pedrelli. «Seit zehn Minuten versuche ich, Ihnen das zu sagen, Scheiße noch mal!»

Arcadipane sieht seinen Untergebenen an, der seit dem 13. Mai 1992 kein Schimpfwort in den Mund genommen hat, dann den Jaguar, die Laufplanken, die Scheinwerfer und den Lieferwagen mit der Hundestaffel, der eben neben dem Peugeot geparkt hat.

«Aber Vera Ladich ist …»

Ein Militärhubschrauber fliegt über ihnen und verschluckt die zweite Hälfte des Satzes.

Sie beobachten ihn, wie er einen Kilometer weiter unten über die Wassermasse fliegt, die gegen die dünne Staumauer drängt, eine Ellipse über dem See dreht, zu dem die Hänge des Tals sacht absinken, und wieder aufsteigt, um den nördlicheren Teil abzusuchen.

«Wie wurde sie noch genannt?», fragt Sarace und nimmt einen letzten Zug aus der Zigarette.

«*Mademoiselle le look*», flüstert Pedrelli.

«*Mademoiselle le look*», sagt der Mediziner und nickt, dann drückt er die Kippe aus und steckt das Zigarettenetui ein, wie um zu sagen, dass er seinen Teil getan hat, jetzt ist Arcadipane dran.

3.

Das Zimmer ist ein Rechteck, drei mal vier Meter, eingerichtet mit schlichten Möbeln, die eher an ein Haus am Meer denken lassen als an ein Drei-Sterne-Hotel im Gebirge. Lokales Tannenholz, aber keine Schnörkel oder sonstiger Schnickschnack wie in Gaststuben üblich. Das Bett ist ein Doppelbett, der Schrank, in dem eine Moncler-Daunenjacke und ein Poncho aus Alpaka hängen, ist zweitürig. Auf der Kommode stehen zwei kleine Koffer in Standardmaßen 55 × 20 × 4, und im Bad ohne Dusche, aber mit Badewanne gibt es ein leeres Schränkchen und zwei Etageren, wo Terenzio Fuci und Vera Ladich ihre jeweiligen Toilettentaschen abgestellt haben.

«Ich wollte einen Moment mit Ihnen sprechen», sagt Pedrelli und geht auf Arcadipane zu, der über das Bett gebeugt in Augenschein nimmt, was Botta zusammengetragen hat. Er macht sich jetzt im Bad zu schaffen.

«Ist es dringend oder sachlich zwingend?»

«Keins von beiden, Commissario.»

«Dann können wir es aufschieben. Nachrichten von den Suchtrupps?»

«Nichts.»

Arcadipane sieht auf die Uhr. Dreizehn Stunden sind vergangen. Eine unsinnige Zeit, um einem Mörder auf die Spur zu kommen, besorgniserregend im Fall einer entführten, verletzten oder in den Wäldern verlorenen Frau. Eine Katastrophe, wenn diese Frau Vera Ladich ist.

«Neuigkeiten von Lavezzi?»

«Er ist noch vor Ort, sie untersuchen Fußabdrücke und Reifenspuren. Ich versuche, ihn anzurufen.»

Pedrelli geht aus dem Zimmer. Wie alle Piemonteser ließe er sich lieber in aller Öffentlichkeit die Hämorrhoiden operieren, als im Beisein von jemand anderem zu telefonieren.

«Nichts Relevantes, Commissario», sagt Botta, aus dem Bad kommend, «nur gängige Medikamente und Hygieneartikel, wenn Sie selbst einen Blick darauf werfen wollen …»

«Nein, schauen wir uns lieber an, was du hier hingelegt hast.»

Botta geht zum Bett, wo er ein Dutzend Gegenstände ausgebreitet hat, die er aus Koffern, Kommoden und Schubladen genommen hat. Er ist eine Handbreit größer als Arcadipane, also von normaler Statur, schlank, immer gut angezogen, aber nie elegant. Er ist zweiunddreißig Jahre alt, aber genauso gut könnte er fünfzig sein, denn er gehört zu dem Typ Mensch, die aus irgendeinem Grund beim Firmungsfoto stehen bleiben. Sie wachsen heran, sie bekommen Bart, Krawatte, Ausbildung, Erfahrungen und dreizehntes Monatsgehalt; einige, wie Botta, befassen sich sogar mit menschlichem Dreck, machen Rafting, haben den Segelschein, eine Verlobte und eine Pistole, bleiben aber immer der Junge von zwölf Jahren, während seine Altersgenossen schon vor den Traualtar treten. Da ist nichts Schlimmes dabei: Er ist ein Goldjunge, der mit der Zeit auch ein guter Polizist werden wird. Und dann sind methodische Typen wie er, sauber, ohne viel Heckmeck, in der Mannschaft ein Geschenk des Himmels.

Schließlich und endlich sind wir alle an irgendeiner Kante des Lebens ins Stocken geraten. In Arcadipanes Fall ist ein Fünftel 1975 in diesem Hotel in Andorra geblieben, ein weiteres Fünftel in einer Wohnung im vornehmen Turin, in die sie mit der Sittenpolizei eindrangen, ein Fünftel die Momente gemeinsamer Arbeit mit Bramard, ein weiteres Fünftel auf einem Bürgersteig neben einer Frau, die er nie zuvor gesehen hat und die stirbt, und das letzten Fünftel teilt sich auf alles Übrige auf. So gesehen, ist es komisch, dass die Personen, die du liebst, mit denen du Wohnung und Bett teilst, Jahre und Sorgen …

«Commissario?»

Die mit der Firmung wie Botta sind jedenfalls eine Kategorie für sich. Mindestens die Hälfte der Persönlichkeit, die sie sind, ist auf diesem Foto geblieben. Wie bei den Kriminellen. Niemand wird kriminell, wenn eine Hälfte von ihm nicht in dem Augenblick gefangen geblieben ist, den er nicht hätte erleben sollen: eine Demütigung, erfahrene, gesehene oder ausgeübte Gewalt, Entzug, Neid, unerlaubte Lust, als unverdient gefühltes Glück. Verstehst du diesen Moment, verstehst du den Kriminellen. Alles Dinge, die er ins Visier genommen hat in …

«Commissario?»

«Hm!»

«Im Scheckheft sind alle Ausgaben vermerkt, aber abgesehen davon, dass Fuci ein akkurater Typ gewesen sein muss, sehe ich keine Einträge, die uns sonderlich weiterbringen.»

«Einträge.»

«Dann sind da zwei Romane, ich glaube von der Frau, Visitenkarten eines Augenarztes, eines Restaurants, einer Kunstgalerie, einer Werkstatt, die Sofas und Sessel neu polstert, alle in Rom. Vitamine, ein homöopathisches Schlafmittel. Diese Mappe hier mit alten französischen Zeitschriften. Schlüssel, ich nehme an, zu ihrer Wohnung. Aber keine digitalen Geräte.»

«Ist das schwerwiegend?»

«Im Mantel von Terenzio Fuci haben wir ein iPhone gefunden, Zeichen dafür, dass er mit der Technik vertraut war, aber im Zimmer gibt es weder Computer, Tablet noch elektronischen Organizer. Der Wirt hat gesagt, dass die Frau, als sie hinausgingen, eine normale Damenhandtasche bei sich hatte, sonst nichts. Vielleicht haben Personen dieser Schicht Mitarbeiter, die sich um alles kümmern. Ich kenne keine Personen dieser Schicht.»

«Nein, ich auch nicht. Hat man das Handy entsperren können?»

«Ja, vor allem berufliche Nachrichten oder von Freunden. Einige Kontakte überprüfen wir, aber in keinem Gespräch deutet er etwas von diesem Ort oder einer Reise an. Das leichte Gepäck lässt vermuten, dass sie beabsichtigten, maximal zwei oder drei Tage von Rom weg zu sein. Bleibt die Tatsache, dass wir nicht wissen, weshalb sie hier waren.»

Arcadipane nickt.

«Du hast gesagt, da sind französische Zeitschriften?»

Mit seinen Händen eines Zwölfjährigen, lang, weiß und ohne Harm, schlägt Botta die Mappe mit steifem Deckel auf.

«Es sind achtzehn Nummern von ‹Le milieu du siècle›, ich glaube, das ist eins dieser Blätter, die Fortsetzungsromane publizierten. Die Hefte stammen alle von Samstag, zwischen November 1852 und März des folgenden Jahres. Daraus setzte sich offenbar dieser Roman zusammen …»

Botta blättert in der ersten der Zeitschriften. Sie bestehen aus wenigen Seiten in großem Satz, wie Beilagen mit Sonderangeboten eines Einkaufszentrums, nur ohne Farbe und ohne Preise. Dafür, dass es hundertfünfzig Jahre alt ist, ist das Papier nicht einmal sehr vergilbt.

L'histoire d'une jeune femme pas du tout désolée.

«Was heißt das?»

«Soweit ich weiß, ist das Französisch. Geschichte einer jungen Frau, die nicht verzweifelt, verfasst von … Philippe Rouen.»

«Ist das von Wert?»

«Ich weiß nicht. Ein Freund meines Vaters hat ein Buchantiquariat. Ich kann mich informieren.»

«Frag den Freund deines Vaters. Aber was macht denn Pedrelli mit diesem Telefon?»

Schritte im Flur. Das Hotel hat Böden und Treppen aus Holz. Die Wände sind weiß mit mehr oder weniger schönen Bildern, fast alles Tuschezeichnungen. In Nischen ein paar kleine Skulpturen. Wenigstens keine Hirschgeweihe oder ausgestopfte Tiere. Keine Hängelampen, nur Wandleuchten mit roten Stoffschirmen.

Pedrelli kommt bei der Tür herein, er hat das Satellitentelefon in der Hand.

«Ich habe mit Lavezzi geredet, vielleicht sprechen Sie besser direkt mit ihm.»

Arcadipane streckt die Hand nach dem Telefon aus, das an die ersten schnurlosen Telefone erinnert.

«Im Haus funktioniert die Satellitenverbindung nicht, Commissario.»

Sie öffnen die Tür zu dem kleinen Balkon, der zur Rückseite hinausgeht. Arcadipane knöpft die Jacke zu. Die Sonne steht noch hoch, scheint aber resigniert auf das Tal herab.

«Lavezzi? Hörst du mich? Okay, sprich.»

Pedrelli sieht, wie das Gesicht seines Vorgesetzten beim Zuhören nach und nach finsterer wird.

«Was ist denn das für eine Geschichte?»

Arcadipane schüttelt den Kopf zu seinem Vize gewandt, der hat im Lauf von zwanzig Jahren Lebensgemeinschaft Spiegelneuronen, so groß wie Biberratten, entwickelt, tut nun also das Gleiche und wirkt verzagt.

«Aber haben sie gründlich gearbeitet, sind wir da sicher?» Schweigen. «Einverstanden, aber bevor wir hier abziehen, will ich noch eine Überprüfung. Und ruf die Hunde zurück. Sie sollen von dort noch mal anfangen. Ich will ja nicht, dass sie vor lauter Ziegen, Kühen und Eichhörnchen verrückt werden. Halt mich auf dem Laufenden, verstanden? Jede halbe Stunde, um zwei bist du hier, wir müssen den Ort auf den Kopf stellen.»

Arcadipane gibt Pedrelli das Telefon zurück und legt die

Hände auf das Geländer. Etwa zehn Meter von dem Balkon entfernt beginnen die Häuser, anspruchslos und alle gleich. Auf den Dächern Steinschindeln. Keine Erneuerungen in letzter Zeit, wenige Dachrinnen. Einst mochte das Dorf über den Daumen gepeilt zweihundert, zweihundertfünfzig Einwohner gezählt haben. Die Gässchen machen es nur zu Fuß zugänglich.

«Ein tristes Los», sagt er.

Pedrelli schweigt und wartet.

«Rund um den Wagen gibt es auf der ganzen Wiese keinen Schuhabdruck, abgesehen von denen des Gefreiten und seines Kollegen. Und die einzigen Reifenabdrücke sind die vom Jaguar und vom Forester der Carabinieri.»

«Und der Mörder?»

«Geflügelt.»

«Gevögelt?»

«Mit Flügeln.»

Pedrelli sieht ihn an und kichert. Arcadipane befürchtet schon das Schlimmste.

«Da mussten sie aber große Flügel haben, um die Ladich davonzutragen.»

Arcadipane betrachtet dieses Männlein, das mehr oder weniger seine Statur hat, aber die Hälfte seines Leibesumfangs und seiner Probleme. Nach fünfzig Jahren Leben in Turin hat er sich noch nicht mit der Tatsache abgefunden, dass der Humor der Piemontesen wie alte Elektroheizungen nur zwei Stufen kennt: aus oder an. Kein Temperaturregler. Und Pedrelli ist nicht der Typ von Elektroheizung, die du dir bei minus zwanzig Grad wünschst.

«Hören Sie, Commissario, wo wir nun einen Moment Zeit haben …»

«Sicher haben wir einen Moment Zeit, Pedrelli, und einen ermordeten Toten, der im Quirinal zu frühstücken pflegte, eine verschwundene Schauspielerin, in die die halbe Welt verliebt war, einen Schauplatz des Verbrechens voller Schlamm, aber ohne einen Abdruck; sechs vom Mossad ausgebildete Hunde, die die Spur von Vera Ladich aus zwei Metern Abstand vom Wagen nicht erschnüffeln, einen Hubschrauber, der sinnlos seine Kreise zieht, mich, der ich nach Pisse stinke, und den Generalleutnant, der jede Stunde anruft … Und ob wir einen Moment Zeit haben, Pedrelli, wenn du willst, hol nur das Sudoku hervor, rufen wir auch Botta dazu, der ja fast so etwas wie ein Steuerberater ist!»

Pedrelli schaut auf die Staumauer, während er das große Telefon in seine Windjacke gleiten lässt.

«Tut mir leid wegen Ihres Problems …»

«Welches Problem?»

«Mit über fünfzig passiert das schon mal … Aber es gibt natürliche Heilmittel dagegen. Ich kann meinen Kräuterfachmann fragen, ohne Namen zu nennen, natürlich. Ich lasse alles anschreiben, als wäre es für mich.»

Als Arcadipane begreift, fährt er sich mit der Hand über den Kopf, der sich glühend anfühlt.

«Hör mal, Pedrelli, tu so, als hätte ich dein Angebot angenommen, hm! Ist der Wirt unten?»

«Gewiss, er wartet am Ausschank.»

«Dann gehe ich hinunter, und du kommst mit mir.»

«Gern, Commissario.»

«Freu dich nicht zu früh, das könnte deiner Haut schaden. Während ich mit ihm rede, informierst du dich, ob es in diesem gottverlassenen Kaff etwas gibt, wo man Kleider oder Ähnliches kaufen kann, einverstanden?»

«Brauchen Sie einen Hut? Im Peugeot habe ich …»

«Ich weiß schon, was ich brauche, können wir jetzt gehen?»

Der Eigentümer des Hotels heißt Ottavio Claro, er ist fünfzig und schön. Die Ehefrau Marta ist neunundvierzig und ebenfalls schön. Arcadipane hat das bemerkt, als er eintrat, während sie sich ohne allzu viel Erklärungen die Schlüssel aushändigen ließen: Die Durchsuchung habe Vorrang, zumal sie hofften, ein Element zu finden, das den Mord und das Verschwinden aufklären könne.

Als er sich dem Schanktisch nähert, ist Arcadipane überzeugt, die Schönheit des Mannes sei letztinstanzlich entschieden, aber nein. Claro trägt einen Bart wie ein amerikanischer Gründervater und hat die gegerbte Haut des Alpinisten, klare, reine Augen. Die Frau, die an der Tür zur Küche erscheint, erhöht den Einsatz noch. Keine Schminke, keine Kosmetik, die Haare sogar ein wenig in Unordnung, und doch …

«Braucht ihr mich auch?», fragt sie mit einer Stimme, die weder weiblich noch hart ist, nur vollkommen ihre.

«Die Straße ist gesperrt, meine Tochter ist nicht in der Schule, sie ist zu Hause.»

Arcadipane betrachtet diese beiden groß gewachsenen, schönen, trainierten und sichtlich funktionierenden Körper. Körper, wie sie einst einmal auf eine halbe Million zustande kamen, jetzt ein bisschen häufiger, aber dennoch nicht so spontan und unverfälscht. Zwei Körper, die sich in diesem Fall zu einem Paar zusammengetan hatten. Für die Tochter würde man einen Platz hinter Panzerglas im Louvre reservieren müssen.

«Ja, Signora, wir haben die Straße gesperrt. Das war notwendig. Ich spreche mit Ihrem Mann, Sie halten sich bitte zur Verfügung. Danke.»

Marta Claro nickt, ohne zu lächeln, weil die Umstände das nicht verlangen und weil sie das nicht braucht. Ottavio Claro stützt die Unterarme auf die Theke, sie kommen aus dem karierten Hemd hervor, weder muskulös noch mager, genau richtig, wie alles Übrige.

«Ich höre», sagt er aus Berufsroutine.

«Haben Sie Terenzio Fuci und Vera Ladich eingecheckt? Wenn ja, um wie viel Uhr?»

«Unmittelbar nach ihrer Ankunft.» Ottavio Claro holt unter dem Schanktisch eine kleine Konsole mit Tastatur hervor, gibt etwas ein und schaut auf den Bildschirm. «Das war um 17.18 Uhr.»

«Wenn Sie eine Kopie der Ausweise gemacht haben, könnten Sie sie mir bitte zeigen?»

Der Mann öffnet eine Schublade und leistet der Aufforderung Folge. Arcadipane kontrolliert die Daten, die übereinstimmen, und hält sich bei dem Personalausweis von Vera Ladich auf, geboren 1944 in Basovizza, italienische Staatsbürgerin, wohnhaft in Rom in der Via Babuino etc. Beruf: eine Lücke mit zwei Gedankenstrichen. Das Foto, nur wenige Jahre alt, lässt ihr im ernsten Ausdruck und in den großen Augen alle verdiente Gerechtigkeit widerfahren.

«Wussten Sie, wer sie waren? Vor allem die Frau?»

«Inwiefern?» Ottavio Claros Stimme ist kaum männlicher und weniger neutral als die seiner Frau. Jede Silbe ein eingeschlagener Nagel.

«Ob Sie wussten, wer sie waren und was sie im Leben so machten.»

«Nein.»

«Hat es Sie nicht verwundert, dass sie zu dieser Jahreszeit aus Rom kamen?»

«Wir haben nicht viele Gäste, aber es ist immer noch ein Hotel. Wer eins braucht, kommt gewöhnlich von auswärts.»

«Richtig, und haben sie Ihnen den Grund ihres Aufenthalts genannt? Oder haben Sie ein zusätzliches Formular, mit dem Sie das erfragen?»

«Sie haben es nicht gesagt, und wir fragen nicht danach.»

Arcadipane betrachtet das Päckchen Tabak, das aus der etwas westernmäßigen Jeans des Mannes hervorschaut.

«Meinem Kollegen haben Sie gesagt, das Zimmer sei reserviert gewesen.»

Ottavio Claro geht zum Analogen über und nimmt ein Heft zur Hand. Er beugt sich darüber und blättert darin, die

Haare sind oben am Kopf andeutungsweise ein wenig schütter. Wenn Arcadipane größer wäre, könnte er die lichte Stelle sehen und einen Mangel an ihm feststellen.

«Vor zwei Wochen, am 13. Oktober, hat die Signorina Brocani angerufen, um auf den Namen Veronica Film, Rom, sechs Zimmer zu reservieren. Für zwei Nächte.»

«Wie sechs? Wie viel Zimmer haben Sie denn insgesamt?»

«Sechs. Sie wollte das ganze Hotel und das Restaurant mieten. Sie hat für zweiundzwanzig Personen Vollpension bestellt, was unsere maximale Kapazität ist. Am Tag darauf kam die Überweisung, und ich habe Zimmer und Restaurant reserviert.»

«Und haben Sie sich nicht gewundert, als sie dann nur zu zweit erschienen?»

«Ich habe gefragt, ob die anderen noch kommen würden. Herr Fuci sagte mir, beim Film käme so etwas öfter vor. Er hat nichts von Rückerstattung erwähnt, und ich hätte sie ihm auch nicht gewähren können.»

«Und dann?»

«Dann habe ich ihnen das Zimmer gezeigt, die Frau hat gesagt, das sei in Ordnung so; und sie haben gefragt, was es zum Abendessen gibt. Ich habe typische regionale Gerichte vorgeschlagen, sie haben gesagt, auch das sei in Ordnung, und ich habe sie dann gegen acht am Tisch wiedergesehen.»

Pedrelli kommt durch die Tür herein, die eine kleine, unaufdringliche Glocke hat. Arcadipane bedeutet ihm mit dem Blick, er solle ruhig bleiben und warten. Links vom Tresen und der Tür liegt der Speisesaal mit einem Dutzend Tischen, alle gedeckt.

«Gibt es in dieser Zeit Touristen?»

«Nicht viele, aber es geschieht immer wieder, dass jemand wegen der Fresken in der Kirche kommt, Kunsthistoriker oder Studenten, die eine Dissertation über den Meister von Clot schreiben. Wenn Sie wollen, hier ist ein Prospekt.»

Arcadipane sieht nur flüchtig hin.

«Und dann sind da die Techniker vom Staudamm. Sie kommen einmal in der Woche zur Wartung der Anlage, einmal im Monat zur Überprüfung der Turbinen und einmal im Jahr zur planmäßigen Wartung und Inspektion. Das Hotel wurde 1959 zur Beherbergung des Personals gebaut, das das Wehr errichtet hat, wir haben also ein Abkommen. Mein Vater hat es gepachtet, und wir haben den Vertrag mit der Nachfolgegesellschaft erneuert.»

«Eine komplizierte Sache.»

Der Mann holt den Tabak aus der Tasche und beginnt, sich eine Zigarette zu drehen.

«Nicht so sehr. Wer wegen des Staudamms kommt, erhält eine Ermäßigung von zwanzig Prozent, die anderen nicht. Das ist alles.»

Arcadipane beobachtet schweigend die Hände bei der Fertigstellung des Produkts. Er weiß, dass auch Pedrelli hinter ihm den Blick nicht vom harmonischen Zusammenspiel dieser Finger wendet. Zum Glück wird die Zigarette nicht ganz perfekt, aber die Art, mit der er sie in die Brusttasche steckt … ah, die wohl!

«Also», fängt Arcadipane wieder an, «werden Sie ausreichend Gelegenheit gehabt haben, die beiden Gäste während des Abendessens zu beobachten.»

«Ja, ich habe sie bedient. Meine Frau kümmert sich um die Küche.»

«Ich hoffe nur, dass sie schlecht kocht.»

Der Mann begreift nicht. Auch bei ihm steht der Regler des Heizöfchens auf null. Irgendetwas sagt ihm, dass es im Dorf in dieser Hinsicht nicht viel zum Warmhalten gibt.

«Wie sind sie Ihnen vorgekommen? Haben sie miteinander gesprochen? Haben sie geschwiegen? Komplizenhaft, gelangweilt, verärgert, Meinungsverschiedenheiten? Ein Gefühlsumschwung, eine Geste, die Ihnen aufgefallen ist? In Ihrem Beruf werden Sie häufiger Paare beobachten. Daraus, wie sie sich bei Tisch benehmen, lassen sich eine Menge Dinge ableiten, nicht wahr?»

Ottavio Claro nimmt die Zigarette aus der Brusttasche, befeuchtet ein Ende mit den Lippen und steckt sie wieder weg.

«Ich bin kein großer Beobachter», schließt er, «sie kamen mir normal vor. Er hat ein paar Bemerkungen zu mir gemacht …»

«Was für Bemerkungen?»

«Ich erinnere mich nicht genau.»

«Das habe ich mir gedacht.»

«Er hat jedenfalls mehr geredet. Sie war freundlich, aber reserviert. Er hatte mehr Appetit, die Signora dagegen hat keinen Hauptgang genommen. Am Schluss haben alle beide meiner Frau Komplimente gemacht.»

«Haben sie Sie an den Tisch gerufen?»

«Nein, sie sind ins Zimmer hinaufgegangen, und als sie wieder herunterkamen, haben sie am Tresen einen Kaffee getrunken, sie einen koffeinfreien Americano. Meine Frau hat aus der Küche herausgeschaut, und sie haben ihr gesagt, dass sie gut gegessen hätten, dann sind sie hinausgegangen.»

Arcadipane bemerkt, dass sie jemand aus der Küche beobachtet. Ein kleines Mädchen mit roten Haaren, sieben oder acht Jahre alt. Sehr schön, aber man hätte sich mehr erwartet.

«Das ist unsere Tochter Ester.»

«Hallo Ester.»

«Hast du eine Pistole?»

«Brauchst du etwas, Ester?», fällt der Vater ihr ins Wort. «Sonst geh zur Mama in die Küche.»

«Nein, lassen Sie sie. Ich habe auch mal kleine Kinder gehabt, auch wenn ich mir da jetzt nicht mehr so sicher bin.»

«Ottavio hat ein Gewehr», sagt Ester.

«Ach ja, und wer ist dieser Ottavio?»

Das Mädchen zeigt auf den Mann, mit dem Arcadipane spricht.

«Ah, das wird er für die Bärenjagd benutzen!», sagt er, dann zum Vater gewandt: «Aufgeweckt, hm! Schön, dieses Den-Vater-beim-Namen-Nennen, sehr modern.»

«Das ist, weil ich adoptiert bin», sagte Ester, «und auf Bären schießt man nicht. Sie waren vor uns da. Man muss sie respektieren.»

Unter den grünen Augen des Mädchens, die ihn unvoreingenommen, aber auch mitleidlos mustern, sucht Arcadipane in seinen Taschen nach einem Sucai und findet keins. Er begnügt sich damit, den Finger an die Lippen zu führen, der ein wenig Zucker und einen Hauch von Geschmack angenommen hat.

«Geh und sag der Mama, sie soll die Zimmer für die Herren herrichten», sagt Ottavio Claro. Und dann zum Commissario: «Ihr Kollege» – und er deutet auf Pedrelli, der immer noch an der Tür steht – «hat mich gebeten, Panini vorzubereiten, weil ihr unterwegs essen werdet.»

«Sicher, sicher, Panini sind gut. Eine letzte Sache, während Sie mir einen Kaffee machen. Für den Kollegen nichts, er ernährt sich makrobiotisch.»

«Vielleicht einen Tee», sagt Pedrellis dünne Stimme.

«Einen Tee also, aber lassen Sie ihn nicht zu lange ziehen.»

Ottavio Claro dreht sich um und zeigt ihnen das pythagoreische Dreieck seines Rückens. Er klopft aus, befüllt, zieht den Hebel.

«Als Terenzio Fuci und Vera Ladich gestern Abend hinausgingen, wie waren sie da angezogen?»

«Das habe ich vorhin schon Ihrem Kollegen gesagt.»

«Ich weiß, sagen Sie es mir noch mal», bemerkt Arcadipane trocken. «Wissen Sie, die Verständigung zwischen uns ist nicht so gut.»

Der Mann bemerkt die Veränderung im Tonfall. Das sieht

man an den Schultern, sie heben sich kaum merklich, er dreht sich aber nicht um. Eine Minute der Stille tritt ein, gerechtfertigt durch die Prozedur des Tee-Aufgießens. Pedrelli nutzt sie, um an den Tresen zu kommen. Ottavio Claro stellt die Tasse und das Teekännchen hin. Pedrelli kann auswählen zwischen grünem Tee, schwarzem Tee und English Breakfast.

«Der alte Herr trug einen eleganten Mantel und einen Anzug, Jackett und Hose in Grün. Sie eine Jacke, vielleicht Rentier, auf jeden Fall Leder, eine Wollmütze und einen lachsfarbenen Schal. Die Hose war kariert.»

«In welcher Farbe?»

«Braun und rot, glaube ich.»

«Schottisch, und die Schuhe?»

Der Mann gießt sich ein Glas Wasser ein, macht Zeichen, ob sie auch wollen. Arcadipane deutet an, ein ganz klein wenig.

«Er flache Straßenschuhe. Ich glaube, teuer. Sie auch flache Schuhe mit breitem Absatz. Nicht sehr hoch. Aber breit. Ein bisschen komisch, wenn man in die Berge fährt. Sie hatten eine quadratische Metallschnalle.»

Arcadipane trinkt den Kaffee in zwei Schlucken, Ottavio Claro betrachtet ihn anders. Nicht gut und nicht schlecht, aber anders. Optimal. Pedrelli wartet, dass der grüne Tee sein ganzes Aroma entfaltet.

«Der Bürgermeister kommt in etwa zehn Minuten ins Rathaus», sagt Claro. «Er war unterwegs zu einer Fortbildung. Er möchte Sie und den Gefreiten sehen.»

«Es gibt einen Bürgermeister?»

«Clot ist Gemeinde», sagt Ottavio Claro.

Arcadipane betrachtet den kleinen Platz hinter der Glastür. Aus dieser Perspektive, mit dem sich öffnenden Tal, dem mittäglichen Licht und den grünen Bergen im Hintergrund ist es fast ein schöner Ausblick. Andererseits gibt es auch in Turin Häuser, die man von außen nicht anschauen kann, so hässlich sind sie, aber von innen ist die Aussicht großartig. Das Haus, in dem er groß geworden ist und in dem seine Ex-Frau und seine Tochter immer noch wohnen, ist im Grunde so eines. Auch wenn der Ausblick mit Ausnahme vom Badezimmerfenster aus nichts Besonderes ist. Also ist es doch nicht so eines.

«Wussten Sie wirklich nicht, wer Vera Ladich ist?», fragt Arcadipane.

«Nein», sagt der Mann und räumt das Tässchen weg. «Man hat mir gesagt, sie arbeite beim Film, aber Kino gibt es hier keins, und ehrlich gesagt bin ich auch nicht daran interessiert.»

Arcadipane nickt.

«Kein Kino, aber einen Bürgermeister habt ihr. Wie viele Einwohner seid ihr?»

«Siebenunddreißig.»

Arcadipane schaut auf die Uhr. Vierzehneinhalb Stunden, dass Vera Ladich unauffindbar ist.

«Verkauft einer der siebenunddreißig Sucai?»

4.

Arcadipane wirft einen Blick auf die Uhr über der Tür, hinter der die Frau vor fünf Minuten verschwunden ist. Fast dreizehn Uhr.

Er wippt von den Zehen auf die Fersen, von den Fersen auf die Zehen, um die Knöchel zu lockern. Seine Beine sind taub, die Nieren im Eimer, der Kopf aufgedunsen. Er ist um Mitternacht ins Bett gegangen, um zwei Uhr eingeschlafen und seit fünf Uhr auf den Beinen. Immer noch besser als Vera Ladich, die seit sechzehn Stunden tot, verletzt oder gefangen ist. Er sieht auf das Handy, kein Anruf, keine Nachricht von den Seinen.

Die Ladeninhaberin kommt mit einem Turm aus fünf Schachteln zurück, die sie auf der Verkaufstheke abstellt. Während sie auspackt, betrachtet Arcadipane ihre strumpflosen Beine unter dem knielangen Rock. Langgestreckte Waden, nichts Schlaffes. Auch die Haut im Gesicht ist straff für eine, die bestimmt die siebzig überschritten hat. Die leuchtenden, glatten Haare sind von einem Grau, das an Flusskiesel erinnert. Nicht die Frau, die man sich in einer Kurzwarenhandlung wie dieser erwartet, die hingegen die Kurzwarenhandlung ist, die man sich an einem Ort wie diesem erwartet: vorwiegend leere Regale, Poster von Mannequins, die jetzt Großmütter sind, und im einzigen Schaufenster Pyjamas, die auch in einem Pflegeheim in Oslo verboten wären.

«Hemden habe ich diese hier», sagt sie, die ihre Fähigkeit zur knappen Synthese schon vor ihrem Abgang ins Hinterzimmer unter Beweis gestellt hat.

Eines ist weiß, eines blau und das andere von einer unwahrscheinlichen Lachsfarbe. In den anderen beiden Schachteln sind Rippunterhemden, die alle passen würden.

«Stimmen die Größen?», fragt Arcadipane.

«Ich weiß nicht, welche Größe wollen Sie?»

Arcadipane betrachtet den abgebrochenen Zahn, den die Frau zwischen halb geöffneten Lippen sehen lässt. Die Wahrheit ist, dass er sich seit der Trennung und dem sich daraus ergebenden Umzug aus dem Fundus an Unterhosen, Unterhemden, Hemden und Socken bedient hat, den Mariangela in den zwanzig und mehr Jahren ihrer Ehe für ihn zusammengetragen hatte. Angesichts der Schachteln auf seinem Schrank war er zu der Überzeugung gelangt, bis zum Grab ausgestattet zu sein. Totenkleid inbegriffen.

«Es ist nur, gewöhnlich kümmert sich meine Frau …», stottert er. «Und ich habe es wirklich sehr eilig.»

Mit vier schnellen Bewegungen der Augen schätzt die Frau Hals, Schultern, Bauch und Ehering ab, den er nicht trägt.

«Vom Sehen her ist das hier das Einzige, das Ihnen passt», sagt sie.

Arcadipane überquert den Platz in U-Form, um den sechs Männern vom Zivilschutz und den vier von der Bergwacht plus einigen Freiwilligen aus dem Weg zu gehen, die um eine auf dem Kühler eines Land Rover aufgeschlagene Landkarte herumstehen. Der Koordinator ist ein Typ, der aus Turin heraufgekommen ist und den Botta behauptet von speläologischen Exkursionen im Karst her zu kennen. Angesichts der Unzugänglichkeit von Menschen, die ihren Spaß daran haben, sich in zweihundert Meter unter der Erde hinunterzulassen und dabei die Pobacken zusammenzukneifen, in der Hoffnung, dass sie nicht in Wasser eintauchen, hat Arcadipane seinem Untergebenen aufgetragen, den Kontakt zu halten und ihm jede halbe Stunde Bericht zu erstatten, was Botta durch erhobenen Daumen erledigt. Eben, zwölf Jahre, das Firmungsfoto. So gut wie sicher, dass er auch ein paar Jahre bei den Pfadfindern nicht ausgelassen hat.

Pedrelli wartet vor der Tür dessen, was sie für die Schule oder einen Schlachthof gehalten haben, was hingegen das Rathaus ist.

«Der Bürgermeister ist da», erstattet er Rapport, während sie den kleinen Korridor entlanggehen, der zur Treppe führt, «da ist auch der Gefreite und ein Typ aus Mailand.»

«Ein Typ?»

«Ein Anwalt.»

«Das hat uns gerade noch gefehlt, was zum Teufel will …?» Arcadipane bemerkt auf dem Treppenabsatz die Tür zu den Toiletten. «Sag, dass ich in einer Minute da bin.»

Er nimmt die Behindertentoilette, weil er Platz braucht. Er zieht die dicke Jacke, Hemd und Unterhemd aus und legt sie auf den Pullover neben das WC. Das kalte Wasser unter den Achselhöhlen verursacht ihm partielle Muskelstarre, aber er verrenkt sich trotzdem in dem Versuch, sich den Rücken zu waschen, während er mit der anderen Hand die Tropfen auffängt, bevor sie ihm in die Arschspalte laufen. Mit Papiertüchern trocknet er alles ab, zieht das saubere Unterhemd und Hemd an, stopft die vollgepinkelten Teile in die Tüte der Kurzwarenhandlung, zieht die Jacke wieder an und geht hinaus.

Im Sitzungssaal gibt es in der Mitte einen ovalen Tisch und zehn Stühle. Keine Fahne oder sonstiger amtlicher Dekor, was den vier Männern, die Arcadipane in dem Raum versammelt findet, das Aussehen einer jämmerlichen Aufsichtsratssitzung oder von als Geiseln Genommenen verleiht. Als er die auf dem Tisch ausgebreitete Landkarte wiedererkennt, denkt er hingegen an Freunde, die sich seit der Mittelschule nicht gesehen haben, unterschiedliche Wege eingeschlagen und, wer weiß, warum, beschlossen haben, eine Jagdpartie zu unternehmen, wo der Dickste am Ende angeschossen wird.

Mit der von der Tüte freien Hand schüttelt er die des Gefreiten Labarbuta, den er ein paar Stunden zuvor in Gias Vej kennengelernt hat, wo der Carabiniere ihm das von Lavezzi Berichtete bestätigte: der anonyme Anruf, das Auffinden der Leiche, die Abwesenheit der Frau, Uhrzeiten, Umstände und eingeleitete Maßnahmen, um das Gerät ausfindig zu machen, von dem der Anruf kam. Für einen fünfzigjährigen Carabiniere in der Verbannung in dieser Bergregion hat er ihm den Eindruck eines patenten und bereitwilligen Mannes gemacht.

Er stellt ihm den Bürgermeister Beppe Dro vor, während der Mann im anthrazitfarbenen Zweireiher das selbst übernimmt.

«Ich bin Rechtsanwalt Alberto Spurio. Signorina Brocani hat mich heute Nacht angerufen und mir berichtet, und da ich schon einmal in Mailand war, hielt ich es für angezeigt, persönlich zu kommen. Signorina Brocani hingegen habe ich geraten, wegen eventueller Anrufe in Rom im Büro zu bleiben. Ich hoffe, das war recht so. Selbstverständlich ist Signorina Brocani bereit, den nächsten Flug zu nehmen, falls das für notwendig erachtet wird.»

Arcadipane legt die Tüte auf den Tisch, doch als er die Nähe des Bürgermeisters bemerkt, lässt er sie zu Boden gleiten.

«Signorina Brocani ist die Sekretärin, die im Hotel die Zimmer reserviert hat?», fragt er.

«Ja, die persönliche Sekretärin von Dottor Fuci seit vierzig Jahren, also auch von Vera.»

«Sie hingegen?»

«Offiziell Rechtsberater der Veronica Film, aber ich arbeite seit über zehn Jahren für den Dottore und Vera. Vor mir hat die Kanzlei meines Vaters die Produktionsfirma und die Familie Fuci betreut, also können Sie sich vorstellen, was für uns …»

«Sicher, sicher. Wer hat die Versammlung einberufen?»

«Das war ich», sagt der Bürgermeister, der unter sechzig ist, sich aber von Jugend an hinter diesen fünfzig Kilo zu viel versteckt, «das schien mir meine Pflicht, ja, es tut mir leid, das nicht früher getan zu haben, ich war unterwegs wegen eines Lehrgangs zur Verwaltung von Gebirgsregionen.»

«Okay, jetzt sind wir hier», sagt Arcadipane und breitet die Arme aus, empfangsbereit für alles, was da an Nützlichem kommen mag.

Bürgermeister Dro bestätigt mit der linken Hand die Scheitelung seiner Haare, die zu beiden Seiten des dicken Kopfes herabhängen. Wären sie etwas sauberer, könnte die Geste sogar anmutig sein.

«Also», sagt er, «da gibt es einige Informationen, die zu teilen mir nützlich erschien, aber … da der Anwalt mich auf die … Beschränkungen hingewiesen hat … will ich es ihm überlassen …»

Anwalt Alberto Spurio stellt ein Köfferchen auf den Tisch, das man sich nach seinem Anzug schwarz vorgestellt hätte, hingegen ist es aus Aluminium, die Ecken mit Leder verkleidet.

«Danke, Herr Bürgermeister», er öffnet die Aktentasche und holt daraus eine Reihe Sammelmappen hervor, die alle gleich sind.

«Bevor der Herr Bürgermeister Ihnen mitteilt, was er für nützlich erachtet, fühle ich mich verpflichtet, Ihnen im Interesse meiner Mandanten Terenzio Fuci und Vera Ladich diese Geheimhaltungsklausel zu unterbreiten. Das Abkommen betrifft alles, was vom Bürgermeister oder eventuell von mir an dieser Stelle mitgeteilt wird und was wir anschließend in den dafür vorgesehenen leeren Feldern auf Seite 3 festhalten werden. Es sei darauf hingewiesen, dass dieses Abkommen in jedem Fall als bindend zu betrachten ist, sei es, dass Signora Ladich wohlbehalten unter uns zurückkehrt, wie wir alle hoffen, sei es, dass sie tot oder gar nicht aufgefunden wird. Damit das klar ist, was immer der Ausgang der Ereignisse ist, nichts von dem, was wir uns in diesem Raum sagen werden, darf an Dritte weitergegeben werden. Die Geheimhaltungsklausel sieht Geldbußen und rechtliche Sanktionen vor und ist fünfunddreißig Jahre lang gültig, vom Todesdatum des Dottor Fuci an, also ab heute.»

In der Stille, die sich im Raum ausbreitet, lässt der Ofen ein kleines Pfeifen hören, Gas, das dem Holz entweicht und das Arcadipane an Trepets Verdauungsprobleme erinnert.

Er lächelt und greift nach einer der Mappen. Er blättert darin.

«Das wird seine Zeit gebraucht haben, vierzehn Seiten zu schreiben!»

«Meine Mandanten hatten einen Entwurf bei mir hinterlegt, aber tatsächlich, die durch die Umstände notwendigen Ergänzungen sind der Grund dafür, dass ich erst vor einer Stunde und nicht schon früher gekommen bin. Selbstverständlich können Sie sich den Text in aller Ruhe durchlesen.»

«Selbstverständlich. Was sagst du, Pedrelli, unterschreiben wir? Sie, Herr Bürgermeister, haben schon unterzeichnet, nachdem Sie sich mit dem Anwalt beratschlagt haben?»

Der Bürgermeister dreht den Terminkalender, den er aufrecht vor sich hält, und kehrt das obere Ende nach unten. Der gefütterte Parka kann die Smileys aus Schweiß, die das blaue Hemd unter der schlaffen Brustmuskulatur zeigt, nicht verbergen.

«Machen wir es so», sagt Arcadipane, «während ihr die vierzehn Seiten durchlest, bereite ich einen Haftbefehl auf Ihren Namen und den des Anwalts vor, wegen Behinderung der Justiz, unterlassener Hilfeleistung, Begünstigung des Mordes ersten Grades, Verbergen einer Leiche, Unterdrückung, Vernichtung und Verschleierung von Informationen, die geeignet wären, eine verschwundene Person wieder aufzufinden, und vorsätzlicher Nachlässigkeit im Amt.»

Beppe Dro hält den Terminkalender mit der kurzen Seite nach unten.

«Lassen Sie sich nicht beeindrucken», sagt der Anwalt, «die meisten dieser Verbrechen gibt es gar nicht.»

«Wie viele gibt es nicht?», fragt Arcadipane und fixiert nach wie vor den Bürgermeister.

Alberto Spurio schließt den Aktenkoffer und stellt ihn auf den Boden, genau parallel zu der Tüte mit der vollgepinkelten Kleidung. Aber keiner der jeweiligen Besitzer weiß das.

«Sie müssten sie mir wiederholen, vorausgesetzt, Sie sind dazu imstande, aber schätzungsweise mindestens drei.»

«Bleiben weitere vier, Herr Bürgermeister, ausreichend für einen Haufen Probleme. Und sollte Vera Ladich zu spät aufgefunden und ihr Tod als durch rechtzeitiges Eingreifen vermeidbar eingestuft werden, dann wären es fünf oder sechs, ganz zu schweigen davon, dass ich an diesem Punkt ...»

Pedrelli legt ihm eine Hand auf den Arm.

Beppe Dro dreht wieder seinen schwarzen Terminkalender herum, der den Aufkleber einer Rallye trägt. Unverwandt schaut er auf das lachsfarbene Hemd dieses Commissario, den zu treffen er wahrscheinlich weder je gedacht noch gewollt hätte, schon gar nicht mit diesem Hemd. Der Ofen hat an Hitze verloren und angefangen, einen organischen Geruch zu verströmen, wie es geschieht, wenn das Feuer auf einen Hallimasch, eine Waldhenne, einen Klapperschwamm oder sonst etwas trifft ...

«Vera Ladich ist als Anna Mattalia hier in Clot geboren», sagt der Bürgermeister, «1946.»

Arcadipane spürt, wie Pedrellis Hand von seinem Ellbogen auf den Tisch gleitet, als hätte sie plötzlich an Kraft verloren. Er betrachtet den Anwalt Alberto Spurio, der ruhig und manierlich auf dem rustikalen Stuhl wie aus einem Polentalokal sitzt. Er ist einer der Männer, die sogar das Feuer in einem Kamin, ein Glas Rotwein oder das Eintauchen in eine heiße Badewanne unangenehm werden lassen können. Und was für Arcadipane schlimmer ist, er hat nichts mit dem Mord an Fuci und dem Verschwinden von Vera Ladich zu tun. Solche Männer sind nie Kriminelle, weder große noch kleine. Sonst wäre das zu einfach. Und die Polizei bräuchte keine Männer wie ihn und Bramard.

«Wollen Sie weitermachen?», fragt Arcadipane ihn.

Spurio zieht die Mappen zu sich heran, richtet sie mit zwei trockenen Schlägen auf den Tisch gleich aus und legt sie zu seiner Linken ab.

«Warum nicht?», sagt er. «Liebesgeschichten gefallen im Grunde allen.»

«Ja», sagt Pedrelli, wer weiß, warum.

Spurio öffnet zwei Knöpfe an seinem Zweireiher und stützt die Ellbogen auf den Tisch.

«1958, als die Arbeiten am Staudamm begannen, war Italien auf der Höhe des Wirtschaftsbooms. Man brauchte Elektrizität, viel Elektrizität, um die Produktion und den Konsum zu fördern, aber da das Land weder Öl noch Kohle hat, optierte man mit Weitsicht für die Wasserkraft. Und in der Tat, unsere Berge …»

«Könnten Sie das bitte in weniger als vierzehn Seiten erzählen?», unterbricht ihn Arcadipane.

Der Anwalt lächelt schief.

«Amilcare Fuci, der Bruder von Dottor Terenzio, war einer der Männer, die an die Entwicklung des Landes glaubten, aber im Unterschied zu vielen Politikern auch in seiner Partei war er imstande, sie auch zu realisieren. Deshalb schickte er sich an, die ICA ins Leben zu rufen, ein staatliches Unternehmen zum Bau neuer Wasserkraftwerke. Unter den fünfzehn möglichen Standorten, für die Gutachten erstellt wurden, war dieser hier in jeder Hinsicht der geeignetste, also war Clot der erste Staudamm, den die ICA baute und in Betrieb nahm. Im Gefolge der Tragödie von Vajont und der dort begangenen Fehler änderte sich die Sichtweise der öffentlichen Meinung auf die Wasserkraft. Viele Vorhaben wurden gestoppt, aber dieser

Staudamm hier, wie andere in diesen Jahren gebaute, ist sicher. Beweis dafür ist, dass es seit dem Bau weder zu Unfällen noch zu Alarmsituationen gekommen ist.»

Arcadipane bemerkt das leise Vibrieren einer Nachricht am Handy in seiner Tasche. Er sieht nach. Es ist Botta, der berichtet: «Die neuen Mannschaften dehnen den Radius der Suche aus. Keine Neuigkeiten von den Hunden. Hubschrauber zum Tanken zurückgeflogen. An der Straßensperre unterhalb des Orts haben sich einige Neugierige und ein paar Lokalreporter versammelt. Vorerst wurde die Sperre wie abgemacht mit einem Erdrutsch begründet. Man sollte jedoch davon ausgehen, dass die großen Zeitungen und das Fernsehen sich bald für die Sache interessieren werden.»

Eilig tippt Arcadipane «OK».

«Entschuldigen Sie», und er gibt Spurio Zeichen weiterzumachen.

«Wenige Monate nach der Einweihung der Anlage bat Amilcare Fuci seinen Bruder, ihn zu begleiten und die Arbeiten in Augenschein zu nehmen. Dottor Terenzio war zu der Zeit schon Inhaber der Veronica Film und dabei, sich in der Welt des italienischen und internationalen Films eine Position zu schaffen. Sie blieben fünf Tage im Ort, in dem von der ICA erbauten Hotel. Die Ingenieure zeigten ihnen den Staudamm und die Kraftwerkszentrale, aber Dottor Terenzio, stets auf der Suche nach neuen Gesichtern für die Leinwand, war vor allem beeindruckt von der Physiognomie der Einwohner von Clot. Und unter diesen fiel ihm besonders eine junge Frau auf.

«Wie jung?»

Spurio richtet den Stapel mit den Mappen gerade aus, sie hatten sich aber nicht groß bewegt.

«Sechzehn Jahre.»

«Während Dottor Terenzio Fuci damals wie alt war?»

«Sechsunddreißig.»

«Jemand, der nichts von Mathematik versteht, würde das für mehr als das Doppelte halten. Dottor Terenzio Fuci verliebt sich also in diese Sechzehnjährige, von der wir jetzt wissen, dass sie wie hieß?»

«Anna Mattalia», sagt der Bürgermeister aus seiner Benommenheit erwachend.

«Entschuldigung, Folgendes möchte ich klarstellen», greift Alberto Spurio ein. «Vera Ladich ist kein Künstlername, sondern eine neue Identität, die Vera gewählt hat und in der sie sich voll und ganz wiedererkannte. Anna Mattalia existierte für sie nicht mehr, also würde ich es vorziehen, dass wir von ihr als Vera Ladich sprechen. So vermeiden wir Missverständnisse, die uns von dem einzigen Ziel ablenken könnten, welches ist, sie aufzufinden.»

Arcadipane schließt die Lammfelljacke, die ihm seine Ex-Schwiegereltern geschenkt haben, ein wenig, weil der Ofen fast aus ist, ein wenig, weil der Bürgermeister sie unentwegt wie hypnotisiert anstarrt.

«Der sechsunddreißigjährige Dottor Fuci kommt also den Staudamm besichtigen, den der Bruder baut, und vor Ort verliebt er sich in die sechzehnjährige künftige Vera Ladich. Er nimmt sie mit nach Hause und macht sie im Lauf von zwei Jahren zum Filmstar.»

Zum ersten Mal zeichnet sich auf dem Gesicht von Alberto Spurio ein nicht ganz professioneller Ausdruck ab.

«Irre ich mich?», fragt Arcadipane.

«Sie banalisieren in offensiver Weise den Beginn einer Beziehung, die fünfzig Jahre gedauert hat. Und zwei außergewöhnliche Menschen miteinander verbunden hat.»

«Also hat er sie nicht mitgenommen?»

«Dottor Fuci war Junggeselle und ohne Bindungen. Er hat niemanden mitgenommen. Vera erwiderte seine Gefühle und beschloss, ihm zu folgen.»

«Und den Namen zu wechseln und sich um zwei Jahre älter

zu machen. Merkwürdig für eine Frau und noch merkwürdiger für eine Schauspielerin.»

«Vera Ladich war in dem Moment keine Schauspielerin. Die Entscheidung, das Geburtsdatum zwei Jahre vorzuverlegen, wurde einvernehmlich getroffen, weil das beide vor unnützem Tratsch bewahren würde. Angesichts der politischen Rolle des Bruders genoss die Familie Fuci erhöhte Aufmerksamkeit. Dass es sich nicht um eine vorübergehende Schwärmerei handelte, erscheint mir im Übrigen ...»

«Ich habe verstanden, ich habe verstanden, die große Liebe, um Himmels willen!»

Arcadipane steht vom Stuhl auf und beginnt um den Tisch herumzugehen. «Die Sache hatte also nichts mit dem Gesetz zu tun, das einer Sechzehnjährigen verbot, ohne schriftliche Einwilligung der Eltern eine Ehe einzugehen? Denn ich sehe Papa und Mama Mattalia, geboren zu Beginn des zwanzigsten Jahrhunderts in Clot, nicht die Erklärung unterschreiben, die ihrer sechzehnjährigen Tochter erlaubt, mit einem doppelt so alten Filmproduzenten, den sie tags zuvor kennengelernt hat, nach Rom zu gehen.»

«Hingegen haben sie genau das getan», sagt Spurio. «Sie haben die Erlaubnis unterschrieben. Auch wenn es mir wenig mit den aktuellen Vorkommnissen zu tun zu haben scheint, kann ich selbstverständlich eine Kopie des Dokuments beibringen.»

«Was mit was zu tun hat, das wägen wir ab. Was sagen Sie, Herr Bürgermeister? Wie wurde das hier aufgenommen? Hat man wirklich Blechdosen ans Auto gehängt und mit Reis geworfen?»

Der Bürgermeister dreht den Kopf, um Arcadipane zu sehen, der hinter ihm steht.

«Ich war etwa zehn Jahre alt, aber in erinnere mich an keinen ‹Skandal›. Polemik gab es, wenn, dann wegen des Baus des Staudamms. Einige Familien sind nach Frankreich ausgewandert oder weiter hinunter ins Tal gezogen. Zu Anna Mattalia mag die Gemeinschaft ihre Meinung gehabt haben, aber es war jedenfalls eine private Angelegenheit.»

Ein Handy läutet. Da gibt es diesen Blickwechsel, wo für den Bruchteil einer Sekunde alle glauben, es wäre ihres, dann steht der Gefreite auf, entschuldigt sich und verlässt den Raum. Der Bürgermeister ergreift die Gelegenheit, um die Sitzung aufzuheben und sich der Zangenbewegung zu entziehen, mit der Arcadipane hinter ihn getreten war. Er geht zum Ofen, nimmt ein Holzscheit aus dem Korb und legt es auf die noch glühenden Scheite. Er schließt und öffnet die Luftklappe ein paarmal, um die Flamme anzufachen.

«Ist sie je ins Dorf zurückgekehrt?», fragt Arcadipane.

«Nicht, dass ich wüsste», sagt der Bürgermeister.

Mit seinen eins neunzig in Parka, Barchenthosen und Clarks kann Arcadipane nicht umhin, den ungelenken Heranwachsenden zu erkennen, den alle auf einmal als «gestandenen Mann» zu bezeichnen anfingen, ohne dass er recht begriff, wieso.

«Ist es also plausibel, dass der Wirt des Hotels und seine Frau sie nicht erkannt haben?»

«Als Anna Mattalia fortging, waren sie, glaube ich, Kleinkinder. Ich selbst, der ich einige ihrer Filme gesehen habe, hatte Mühe, sie zu erkennen, als Ihr Kollege mir ein Foto aus jüngster Zeit zeigte.»

«Seit wann hat sie sich ins Privatleben zurückgezogen, Herr Anwalt?»

«Ihr letzter Film ist von 1973. Seitdem ist sie nicht mehr öffentlich in Erscheinung getreten.»

Auch der gestählte Anwalt Spurio zeigt jetzt Anzeichen von Ermüdung. Die Nacht, die er mit dem Verfassen dieser Verschwiegenheitserklärung verbracht hat – jetzt könnte er diese dazu verwenden, das Feuer zu schüren.

«Ich denke, Sie können uns sagen, warum Vera Ladich und

Terenzio Fuci gestern hier waren, nicht wahr?», fragt Arcadipane ihn.

«Nein, weder ich noch Signorina Brocani haben die geringste Ahnung.»

«Ist das möglich?»

«Das ist das Erste, was ich die Signorina gefragt habe, da ich von dieser Reise nicht unterrichtet war. Sie hat mir geantwortet, sie habe das ganze Hotel für zwei Nächte reserviert, wie Fuci sie gebeten hatte, ohne weitere Begründung.»

«Kannte die Signorina die Bedeutung, die Clot für Fuci und Ladich hatte?»

«Wir haben das Thema nie angesprochen, aber ich nehme an, dass ja. Ich glaube, sie dachte so wie ich: Der Tod von Veras Bruder vor ein paar Monaten, der seit Jahren in einer Klinik außerhalb Roms untergebracht war, könnte in ihr den Wunsch geweckt haben, ihren Geburtsort wiederzusehen. Ich stelle mir vor, Vera wird Dottor Fuci gebeten haben, an den Ort zurückzukehren, wo sie sich kennengelernt haben. Die Tatsache, dass weder sie noch der Dottore irgendjemandem gegenüber ein Wort darüber haben verlauten lassen, bestätigt mir den sentimentalen und strikt privaten Stellenwert dieser Reise. Auch mit dem Auto zu kommen, was bei der Entfernung eigenartig ist, sagt mir, dass, wenn nicht geschehen wäre, was verhängnisvollerweise geschehen ist, womöglich niemand von dieser ihrer ‹Flucht› erfahren hätte.»

Seit der Anwalt zu sprechen begonnen hat, geht Arcadipane um das Oval des Tisches herum und befindet sich nun an einem der beiden Fenster, die auf den Platz hinausgehen, wo der Gefreite mit einem Carabiniere spricht, der mit einem Dienstwagen, einem Golf, angekommen ist. Der Untergebene trägt ein Köfferchen umgehängt. Der Gefreite legt die Kopfhörer hinein, die er bis dahin aufgehabt hat, nimmt das Köfferchen und geht auf die Tür des Rathauses zu.

Arcadipane wartet, bis er in den Raum eingetreten ist, dann

geht er zum Tisch und legt den Finger auf Clot, das die auf der Fläche ausgebreitete Karte in sehr großzügigem Maßstab darstellt.

«Hören bitte auch Sie zu», sagt er zu dem Gefreiten. «Die Straße bleibt vorerst gesperrt. Von Ihnen, Herr Bürgermeister, erwarte ich mir, Ihren sechsunddreißig Einwohnern begreiflich zu machen, dass jede Ortsveränderung begründet und genehmigt werden muss. Wenn sie Verwandtenbesuch erwarten, sollen sie ihn verschieben. Wenn sie etwas dringend Notwendiges brauchen, sollen sie es bestellen, die Männer an der Straßensperre werden es für sie besorgen und ihnen zukommen lassen. Es ist die klassische Situation: Keiner verlässt den Klassenraum, bis herauskommt, wer den Kompass des Mitschülers geklaut hat, oder einer bereit ist, dessen Namen zu nennen.»

Der Bürgermeister hört neben dem Gefreiten zu. Keiner der beiden hat sich wieder hingesetzt.

«Ich will, dass Sie uns und den Carabinieri Hütten, baufällige Gebäude und jedes Loch in dem Gelände nennen, das auf dieser Landkarte nicht erscheint. Diese Wiese: Hat der Name Gias Vej eine besondere Bedeutung? Gehört sie jemandem, oder wird dort eine Tätigkeit ausgeübt, von der wir wissen sollten?»

«Das ist Staatsgrund. Man hat von dort aus einen weiten Blick auf den See, in der schönen Jahreszeit kommen deshalb Touristen zu einem Picknick oder zum Spazierengehen hierher. Und die Kühe, wenn sie mit Lkws auf die Alm gebracht werden. Sie fahren bis zum Ende der Straße, laden sie aus, um sie Ende September wieder abzuholen. Von dem Zeitpunkt an bleiben die drei Hütten, die noch benutzt werden, leer.»

«Wir haben das überprüft, Commissario», sagt Pedrelli.

«Gut, wie lange haben wir noch Licht?»

Der Bürgermeister sieht auf eine große Digitaluhr, die er am Handgelenk trägt, und drückt mit seinen Holzfällerfingern ein paar kleine Knöpfchen.

«Die Sonne geht um 18.23 Uhr unter, aber das Licht wird mindestens eine halbe Stunde früher weniger.»

«Okay, da bleiben uns ein paar Stunden. Fahren Sie mit Pedrelli hinauf zur Wiese. Ich möchte, dass Sie sich umschauen und mir sagen, ob Sie etwas sehen, was anders ist, als es sein sollte: ein verrückter Stein, ein abgeschnittener Ast, ein Vogelschiss oder Kuhfladen. Kümmern Sie sich nicht darum, ob es Ihnen wichtig vorkommt oder nicht, Sie berichten, okay?»

«Gewiss.»

«Los, geht jetzt.»

Pedrelli springt auf, als schrecke er aus einer wachsamen Benommenheit auf. Er geht zur Tür, und im Raum bleiben sie zu dritt. Arcadipane sitzt neben dem Anwalt, die Beine ihm zugekehrt. Die Knie fast in Kontakt mit seinen Schenkeln.

«Es ist egal, ob ich Ihnen unsympathisch bin», sagt Arcadipane, «hören Sie mir gut zu.»

«Sie sind mir nicht unsympathisch. Auch ich bin außerhalb des Berufs nicht so unerträglich, wie es Ihnen scheint.»

«Sie haben das Beispiel schlecht gewählt, denn ich hingegen bin es. Und in der Tat, meine Frau hat mich verlassen, meine Kinder haben beschlossen, mich zu ertragen, und der einzige Freund, den ich habe, ist sterbenskrank und würde es mir nicht sagen. Also ...»

«Glauben Sie, man hat sie entführt? Nein, antworten Sie mir nicht. Ich formuliere die Frage anders: Glauben Sie, dass man ihn umgebracht haben könnte, um sie zu entführen?»

«Nein.»

«Ihrer Ansicht nach sollten wir uns nicht auf eine Lösegeldforderung einstellen?»

«An wen sollte die gerichtet sein? Es gibt weder Nachkommen noch direkte Erben. Abgesehen von der Wohnung und den Kontoguthaben ist alles auf die Produktionsgesellschaft eingetragen, und es wäre sehr kompliziert, das zu entflechten.»

«Könnten Sie das?»

«Das könnte ich, aber angesichts der Komplexität der Operationen und der dafür notwendigen Zeit müssten die Erpresser entweder naiv oder sehr geduldig sein.»

«Ich danke Ihnen für Ihre Aufrichtigkeit.»

«Das ist keine Aufrichtigkeit, das ist eine professionelle Einschätzung.»

«Das ist der Grund, weswegen meine Frau mich verlassen hat.»

«Aus welchem Grund?»

«Sie konnte nicht mehr unterscheiden zwischen Aufrichtigkeit und professioneller Einschätzung.»

Anwalt Spurio sieht ihn an, steht auf, sammelt seine Sachen ein und verlässt den Raum, in dem es allen so vorkommt, als wären sie beim Betreten noch ein Dutzend Jahre jünger gewesen. Der Ofen ist ein Grablicht. Die Temperatur ist auch grabmäßig.

«Lassen Sie mich hören», sagt Arcadipane.

Der Gefreite holt den PC aus der Tasche, schaltet ihn ein und sucht die Datei. Arcadipane hört zu, den Blick unverwandt auf die Landkarte gerichtet, den See, seine Form eines schlafenden Tiers.

«Carabinieri Alve», sagt die Stimme dessen, der an jenem Abend Dienst hatte. Stille, kaum ein Atemzug, kein Keuchen. «Carabinieri, sprechen Sie.» Lange Stille. Kein hörbarer Atemzug. «Es gibt einen Toten in Gias Vej.» Klick.

«Lassen Sie mich das noch einmal hören.»

Der Gefreite führt den Befehl aus. Arcadipane hört das Telefongespräch ein zweites Mal und denkt, dass er einen unbequemen Toten hat, eine verschwundene Diva, ein Gebirgsdorf, verschlossen wie eine Auster, und all jene, mit denen er gesprochen hat, auch die Unangenehmsten, Feindseligsten und Bockigsten, haben die Wahrheit gesagt. Auch diese Stimme lügt nicht, auch diese sechs Wörter lügen nicht, gesagt von einem nicht mehr jungen Mann, der einen Schal oder ein Taschentuch vor den Mund hält. Keine erkennbare Dialektfärbung.

Das ist ein Problem.

Die Leute meinen, Informationen, erhärtete Tatsachen seien das, was zur Lösung eines Falls führt, hingegen sind Lügen und Halbwahrheiten das einzige nachgiebige Terrain, wo man graben kann. Und momentan ist das hier Granit.

Der Gefreite ist ans Fenster getreten und macht ihm Zeichen, näher zu kommen.

Arcadipane nimmt seine Tüte mit den vollgepinkelten Sachen und geht zu ihm.

«Er hat von dort aus angerufen», sagt der Gefreite und zeigt auf den blauen Hörer eines öffentlichen Telefons zwischen dem Lebensmittelgeschäft und der Kurzwarenhandlung. «Komisch die Vorstellung, dass der Mann, den wir suchen, um 23.46 Uhr unter dieser Laterne stand und telefonierte, oder nicht?»

5.

Sie parken auf einem internen Parkplatz. Es ist dunkel, fast acht Uhr. Ein paar Krankenpfleger lassen nach Dienstschluss Dampf ab, indem sie unter ihresgleichen eine letzte Zigarette rauchen, bevor sie sich in die Welt vor dem Tor stürzen. Dasselbe, was auch Polizisten, Gefängniswärter, Missionare, Lehrerinnen tun und all diejenigen, die einen Zentimeter näher als andere am Übel und am Schmerz sind, auf die es keine Antworten gibt. Vor einem Moment hat Arcadipane das gedacht, und da ist er nun und geht zwischen ihnen hindurch, Pedrelli in seinem Gefolge.

Sie steuern auf die kleine Nebentür zu, wohin man sie gewiesen hat. Man bräuchte eine Magnetkarte, aber die funktioniert scheint's seit ein paar Wochen nicht, also «drücken und hineingehen», hat man ihnen gesagt. Und das tun sie.

Der unterirdische Korridor könnte der in einem Stadion oder einem Sportpalast sein. So sehen Krankenhäuser in ihrem Untergeschoss eben auch aus: Rohre, Heizkessel, Abstellräume. Kabel, Abflussstutzen und sogar ein Klo, wo Arcadipane zum zweiten Mal an diesem Tag pinkelt.

An den Waschbecken stehen sie nebeneinander, hinter sich das Wasserrauschen der Spülung. Auf der Fahrt im Auto war Arcadipane ständig am Telefon: Polizeichef, Forstverwaltung, Bürgermeister, Staatsanwaltschaft und zuletzt Generaldirektor. Er hat zusammengefasst, rekapituliert, gedreht und gewendet und versucht, das Nichts, das sie in Händen haben, mit dem Gold der Möglichkeiten zu verbrämen. Die Synthese, die vom anderen Ende der Leitung kommt: «Keine Zeit verlieren, Vera

Ladich finden, die Presse fernhalten; und auch wenn ihr dieses verdammte Stillschweigeabkommen nicht unterschrieben habt, tut so, als hätte man es euch auf den Rücken tätowiert.»

«Heute hatten wir keine Sekunde Ruhe, hm, Commissario?»

«Ja.»

«Das ist aber auch das Schöne an dieser Arbeit, nicht wahr?»

«Nein. Gehen wir, wir sind zu spät dran.»

Sie steigen die Treppe hinauf. Keiner von beiden ist je in diesem Krankenhaus gewesen, aber die Auskünfte erweisen sich als zuverlässig, und nach ein paar Kehrtwendungen stehen sie vor der doppelten Tür, die sie suchten. Sie läuten an der Klingel zu dem, was die Wäscherei zu sein scheint. Während sie warten, bohrt Arcadipane mit dem Finger in einer Ecke der Hosentasche nach einem Zuckerkrümel, der einst Teil eines Sucai war. Das Loch, das er entdeckt, ist der Beweis dafür, dass nichts anderes übrig bleibt, als diesen einer Grablegung würdigen Tag zu beschließen. Er verweilt ein wenig bei den Haaren auf dem Schenkel, dann springt die Tür auf, und sie sind drin.

«Kommen Sie», sagt ein langer, gekrümmter Schatten aus dem Hintergrund und geht.

Sie treffen ihn wieder vor einer zweiten Tür.

«Ich bin Battantier», sagt der Mann, der in Wirklichkeit ein Junge ist, «der Anatomopathologe vom Dienst.»

«Wie groß bist du?»

«Zwei Meter und drei Zentimeter. Folgt mir.»

Der Raum hat nichts mit Medizin, mit Fortschritt und mit Leichenschau zu tun. Er ist ein Spielzimmer mit Postern von Basketballspielern, einem Korb mit der Aufschrift «Wenn du es schaffst», einem eindeutig gestohlenen Autobahnschild, leiser elektronischer Musik im Hintergrund und Wimpeln von amerikanischen Colleges. Die Leiche von Terenzio Fuci, römischer Filmproduzent, siebenundachtzig Jahre alt, Bruder von Amilcare Fuci, Mann des Vatikans innerhalb der Democrazia

Cristiana und Mann der Democrazia Cristiana im Vatikan, liegt auf einer Bahre inmitten von alledem, ein Tuch bedeckt ihn bis zu den Brustwarzen, die dichte Mähne dient als Kissen, und ein DIN-A4-Blatt liegt auf der Brust, darauf mit Kuli geschrieben: «Priamos: Also bestimmten die Götter der elenden Sterblichen Schicksal.»

«Wie zum Teufel kannst du dir das erlauben?», fragt Arcadipane.

«Ich bekomme Stellenangebote aus den Vereinigten Staaten. Täglich ein paar. Setzt euch, ich gehe mir die Hände waschen.»

Sie beobachten ihn, wie er seine Gestalt eines Pterodactylus in Air-Jordan-Schuhen zum Waschbecken bewegt und sich ohne Seife frisch macht. Der Kittel, den er trägt, ist der eines Lagerarbeiters. Am länglichen Schädel hat er ein paar Beulen, die so groß sind wie Mispeln. Knochensache. Die sehr langen und mageren Hände bewegen sich nicht, sie gleiten.

«Was machst du denn dann noch in Cuneo?», fragt Arcadipane von dem roten Sofa aus, auf dem er Platz genommen hat, an der Seitenlehne, um zwischen ihm und Pedrelli eine Stelle frei zu lassen.

«Ich habe eine pflegebedürftige Mutter. Solange sie am Leben ist, ist Cuneo my own town.»

Battantier kommt und setzt sich zwischen sie auf das Sofa. Von dort aus können sie die Umrisse des Körpers unter dem Laken und Fucis Profil sehen, das nicht schön, aber auch nicht banal ist.

«Signor Terenzio wurde mit dem Kabel erwürgt, mit dem man ihm nach dem Tod die Hände gefesselt hat. Kein ähnliches Kabel, dasselbe. Ich weiß, dass Sarace euch das schon vorweggenommen hat, im Übrigen grüßt ihn von mir, unvergesslich seine Vorlesungen, aber ich bestätige euch das mit dem Siegel des Dogmas. Das Interessante ist jedenfalls, dass es sich dabei um ein ‹langsames› Erwürgen gehandelt hat.»

«Was heißt das?»

«Das ist eine Technik des Bondage und bestimmter erotischer Praktiken, die uns in diesem Fall als Bestätigung dienen.»

«Ich verstehe nicht.»

«Kehle, Augen und andere Indikatoren sind sehr ähnlich dem, was man bei Personen feststellt, die Bondage, ob erotisch oder sadomasochistisch, über die Grenzen hinaus getrieben haben. Das heißt, dass derjenige, der Signor Terenzio erwürgt hat, Momente des Zuziehens, die Ersticken verursachten, mit Momenten des Loslassens abgewechselt hat, die dem Betreffenden ‹einen Moment Luft› verschafften. Nie war das Bild zutreffender als hier.»

Arcadipane spürt, wie Pedrelli auf seiner Seite des Sofas erbebt. Er kann ihn nicht sehen, weil Battantier, der im Stehen drahtig erschien, alles in allem seine Masse hat. Die Knie allein, Knorpel und Knochen, könnten mehr wiegen als das Herz eines erwachsenen Rinds.

«Ich sehe nicht, dass er etwas Derartiges tun könnte», sagt Arcadipane.

«In der Tat hat er das nicht getan und auch nicht die Person, die ihn ermordet hat. Es bestehen also zwei Möglichkeiten. Entweder handelte es sich um eine Person mit geringer Kraft, krank, verletzt, im Sterben liegend, behindert, ein Kind, das die Spannung nicht zu lange aushalten kann, aber das schließe ich aufgrund der Gleichförmigkeit der Aktion ‹Zuziehen – Loslassen› und der Tatsache, dass das Kabel seine Position am Hals nicht verändert hat, aus, sie wären mithin Frucht eines wirklich außergewöhnlichen Zufalls.»

«Oder?»

«Oder es handelt sich um jemanden, der genau diesen Effekt erzielen wollte; das heißt, die Agonie des Signor Terenzio zu verlängern, ihm Momente der Hoffnung zu verschaffen, gefolgt von erneuter Verzweiflung. Es genügte ihm nicht, ihn zu töten, er wollte, dass er fühlte, dass er getötet wurde. Das ist keine schöne Sache, von unserem Standpunkt aus gesehen, aber es bringt den realen Wunsch jedes Mörders zur Entfaltung. Das Destillat des Mords, der geheime Wunsch jedes Killers, wie der Dunking für jeden Basketballspieler.»

«Spielst du Basketball?»

«Nein, nie, ein grotesker Sport.»

Der Junge holt aus der Tasche des Kittels ein Döschen mit Lavendelbonbons und nimmt eines heraus.

«Kennst du Bramard?»

«Ist er am Leben oder tot?»

«Ich glaube, am Leben.»

«Dann kenne ich ihn nicht. Habt ihr weitere Fragen? Sonst mache ich weiter.»

«Mach weiter.»

«Die Blutprobe auf dem Beifahrersitz stammt von Vera Ladich, das ist außer Zweifel. Das platte Elektrokabel hingegen kommt von einer italienischen Firma, die etwa fünfzehn Jahre lang, zwischen 1952 und 1964, Hunderte Kilometer davon produziert hat.»

«Ich dachte, du kümmerst dich nur um Körper.»

«Deshalb wollen sie mich ja in Amerika. Das nur nebenbei. Das Kabel stammt aus einer Anlage, es ist also nicht neu. Aber es war nie den Unbilden des Wetters ausgesetzt, Regen oder Schnee, will ich sagen, also war es an einem geschlossenen Ort. Das ist alles.»

«Alles.»

«In Wirklichkeit gäbe es ein paar Dinge, aber da man mir nicht genehmigt hat, Signor Terenzio zu öffnen, dürfte ich sie nicht wissen.»

«Man hat es dir nicht genehmigt. Warum?»

«Morgen früh fliegt er vom Flughafen Levaldigi aus nach Rom, sie wollen alles in der Hauptstadt machen, von mir hat man verlangt, die Proben zu nehmen, die sich im Lauf von Stunden verändern könnten. Und das habe ich getan. Offiziell.»

Der Junge lehnt sich nach hinten, um das Döschen wieder in die Tasche zu stecken. Das Quietschen des Sofas vermittelt Arcadipane eine Vorstellung davon, was es bedeutet, einen solchen Körper zu bewegen.

«Kann ich ein Lavendelbonbon haben?»

«Ich verstehe das Problem.»

«Dann nehme ich zwei, danke. Und was kannst du uns inoffiziell sagen?»

«Er hat keine Drogen genommen, sehr wenig Alkohol, zwei Gläschen Wein, er war gesund, hat nie schwere körperliche Arbeiten verrichtet, und im Magen hatte er Kastanien, Brennnesseln, Pilze, Knoblauch und Gerste, also hatte er zu Abend das gegessen, was im Tal die ‹alte Suppe› genannt wird. Und dann Viagra. Nicht gestern Abend oder an den Tagen davor, aber ab und zu hat er es genommen.»

«Wie konntest du das herausfinden, ohne ihn zu öffnen?»

«Vor Jahren habe ich ein Spiel mit zwei langen Stäbchen gelernt … Besser, ihr wisst das nicht. Ich müsste jetzt gehen, ich habe, wie gesagt, eine pflegebedürftige Mutter. Sonst wäre ich in Amerika.»

Der Hof ist jetzt leer, keine Autos und kein Krankenhauspersonal, nur zwei Ärzte, die sich über ihren Schichtdienst beklagen. Sie gelangen zu dem Peugeot, der im Bereich der Langzeitpatienten eines Krankenhauses einen genau zugewiesenen Platz haben müsste. Der Verkehr in Cuneo ist intensiv, will sagen, es ist keiner unterwegs. Arcadipane schaut auf sein Handy, Pedrelli fährt.

«Ich habe im Hotel vier Zimmer reserviert: für Sie, Lavezzi, Botta und mich. Unsere Zimmer sind im zweiten Stock. Die anderen habe ich nach Hause geschickt, sie kommen morgen früh wieder. Es sind nicht genug Zimmer für alle da, und so locker sie es mit den Dienstzeiten auch nehmen, sind sie doch in der Gewerkschaft.»

«Das hast du gut gemacht. Fahr bitte einen Moment rechts ran.»

Der Wagen legt einen Teil des großen Kreisverkehrs zurück und kommt zwei Handbreit vom Gehweg zum Stehen. Mit einer raubtierhaften Bewegung packt Arcadipane die Tüte mit den vollgepinkelten Sachen, öffnet die Tür und ist draußen.

«Was machen Sie, Commissario?» Er lehnt sich fast ganz auf den Beifahrersitz.

«Ich fahre nach Turin. In fünf Minuten habe ich einen Zug.»

«Aber von oben hat es geheißen …»

«Ich muss mich um den Hund kümmern. Ich lasse das Handy an, und morgen früh bin ich beizeiten im Dorf.»

«Aber ich habe gedacht, man könnte die Reise nutzen … den ganzen Tag schon will ich mit Ihnen sprechen …»

Arcadipane schaut auf die Uhr an der Fassade des großen Bahnhofs.

«Los, ich habe fünf Minuten.»

«Ach nein, nichts … Ich wollte mich bei Ihnen entschuldigen, weil ich die Geduld verloren habe.»

«Du hast die Geduld verloren.»

«Bei der Achtung und dem Respekt, den ich vor Ihnen habe … mir dieses hässliche Wort entschlüpfen zu lassen. Nicht um den Fehler kleinzureden, aber seitdem ich verstanden habe … Kann ich Ihnen ein Geheimnis anvertrauen?»

«Wenn es weniger als zwei Minuten dauert.»

«Paola habe ich das nie gesagt, weil es nicht schön ist, Vergleiche anzustellen, auch dann nicht, wenn sie schmeichelhaft sind wie …»

«Pedrelli, der Zug.»

«Als ich Paola kennenlernte, hat sie mir Eindruck gemacht, weil sie Vera Ladich glich, die mir so sehr gefiel. Ich hatte ihre Filme gesehen, ich sage ja nicht, dass ich richtiggehend verliebt war, aber … Nun, ich wusste, dass sie mit Terenzio Fuci verheiratet war.»

Arcadipane sieht Pedrelli an, während er in einem Winkel seines Mundes nach dem im Feld eroberten Bonbon sucht. Er hat Pedrellis Frau vier- oder fünfmal gesehen, und selbst mit zwanzig konnte er sich nicht vorstellen, dass sie Vera Ladich geglichen haben sollte. Um ehrlich zu sein – Gott bewahre –, glich sie nicht einmal der Leiche einer Vera Ladich, die seit zwanzig Stunden im Kofferraum eines Autos oder einen Meter unter der Erde lag.

«Sehr romantisch, Pedrelli, wir sehen uns morgen, wenn irgendwas ist, ruf mich an.»

Gemessenen Schritts geht er durch die Bahnhofshalle, der Ticketschalter ist zu, es gibt Automaten, aber er würde eine Ewigkeit dafür brauchen, er wird die Fahrkarte im Zug lösen. Der Zug steht an dem Gleis, wo er hingehört. Bunt bemalt, die Türen offen. Arcadipane springt hinein, legt die Tüte auf den gegenüberliegenden Sitz und lässt sich auf den eigenen fallen. Der Waggon ist leer.

Seit dem Morgen ist es das erste Mal, dass er sitzt und niemanden vor sich hat, mit dem er sprechen oder dem er zuhören muss, ohne etwas, woran er denken oder das er aufmerksam betrachten muss. Er hat Hunger, er bräuchte eine Dusche, aber zuvor möchte er schlafen. Aber da hat er schon wieder das Handy in der Hand.

«Bevor ich es vergesse …», entschuldigt er sich bei sich selbst.

Er sucht in den Kontakten und wählt die Nummer. Während er hört, wie es am anderen Ende läutet, steigen zwei schwarze Jungs ein, fünfzehn Jahre. Sie tragen den Trainingsanzug und die Tasche eines Fußballclubs im Nachbarort.

«Amedeo? Ich bin's, Vincenzo.»

«Das habe ich mir gedacht, dass du anrufen würdest. Hast du Battantier getroffen?»

«Ja, ich fand ihn ein bisschen … aber bist du sicher, dass man ihm trauen kann?»

«Möchtest du ihm die Hausschlüssel geben, damit er die Pflanzen gießt?»

«Ich habe keine Pflanzen.»

«Als Anatomopathologe ist er ein Genie. Sie rufen ihn alle zwei Tage aus Amerika an und bitten ihn, für das FBI zu arbeiten. Er geht nicht hin, weil er eine pflegebedürftige Mutter hat.»

«Er hat was?»

«Die Mutter? Ich weiß es nicht.»

«Und am Kopf?»

«Was ist mit dem Kopf?»

«Diese Beulen …»

«Was für Beulen?»

«Groß wie Kiwis … Auf dem Schädel, man sieht sie auf zehn Meter Entfernung, Mensch!»

«Ah, das sind Sachen, die er sich subkutan spritzt. Einmal kam er mit einem Kropf in die Vorlesung, wir haben alle geglaubt, es wäre echt, auch wir Dozenten, aber am Tag darauf war er verschwunden. Im folgenden Jahr hat er auf Englisch eine Studie über die Resorptionsfähigkeit des Körpers bestimmten Substanzen gegenüber veröffentlicht. Als sie das in Amerika gelesen haben …»

«… rufen sie ihn jeden zweiten Tag an, ich habe verstanden, es ist auf jeden Fall ekelhaft!»

«Wie lange hast du ihn gesehen, zehn Minuten? Stell dir vor, seine Freundin …»

«Der hat keine Freundin.»

«Da täuschst du dich.»

«Er hat keine.»

«Er hat jede Menge davon, sie rufen ihn jeden Tag an …»

«Leck mich am Arsch, Amedeo.»

«Sehr gern, aber ich fürchte, du würdest mich auch dort anrufen. Entspann dich.»

6.

Der Bahnhof Lingotto verhält sich zum Bahnhof Porta Nuova wie die ersten Erkundungen an den eigenen Geschlechtsteilen zum Sex: Er ist peripher, relativ sauber, wenig belebt, er nimmt etwas vorweg, was du begehrst, und zeigt dir an, dass du, sofern es keine Verspätungen oder Schadensfälle gibt, anfangen kannst, dein Gepäck zusammenzusuchen, weil das Ziel nicht mehr fern ist.

Deshalb beobachtet Arcadipane mit einem Hauch von Trauer die Menschen, die aussteigen und der Unterführung zustreben. Fast wie ein Verzicht wirkt das.

Sein Vater hat sechs Jahre lang in der Fabrik im Lingotto gearbeitet, um dann wieder nach Mirafiori zurückzukehren und dort bis zur Pensionierung in einer metallmechanischen Fabrik zu produzieren: nach wie vor Fiat-Zubehör, das jedoch ein bisschen länger unterwegs war, bevor es in ein Automobil dieser Marke eingebaut wurde. Damals war der Zug, in dem Arcadipane jetzt unterwegs ist, der Zug der Nachtschichtler. Hunderte Männer und Frauen, die die staatliche Eisenbahn vom Teppich der Langhe, Roero und des weiteren Umlands absaugte, um den Staubsaugerbeutel dann in den immer wachen Fabriken auszuleeren.

Die Schichten des Vaters finanzierten Arcadipane die Ausbildung zum Buchhalter, in der Hoffnung, dass er sich später einmal mit den Bilanzen wie Vittorio Valletta auf der Kommandozentrale von irgendwas wiederfinden würde. Doch da ist er nun: fünfzig Jahre alt, Polizei und von der schmutzigsten Sorte, ein Regionalzug mit blauen Sitzen und eine Tüte mit vollgepinkelter Kleidung, die er sich selber wird waschen müssen.

Vor dem Fenster sieht er die ehemalige Fabrik vorbeiziehen, die in ein Kongresszentrum und ein Shopping-Center verwandelt wurde. Wie der Zug nach und nach beschleunigt, aber ohne zu übertreiben, denn das Zentrum ist schon nah, erkennt er den Turm des Centro Traumatologico Ortopedico und den orangen Lichtschein des Molinette-Krankenhauses, dessen Gebäude nicht über drei Stockwerke hoch sind. Er holt das Handy heraus, scrollt in den Kontakten bis zu Bramard. Ein Druck auf die grüne Taste, und in einem dieser ein paar Kilometer Luftlinie entfernten Zimmer würde ein Bildschirm aufleuchten. Stets vorausgesetzt, er ist da. Stets vorausgesetzt, er ist am Leben.

Während sie in den Bahnhof einfahren, vibriert das Telefon in seinen Händen und lässt ihn hochfahren. Er liest den Namen auf dem Display und verdreht die Augen zum Himmel.

«Ich habe die Bahnsteiguhr vor mir, Pedrelli, wir sind vor fünfundfünfzig Minuten auseinandergegangen.»

«Ich wollte Ihnen Bescheid geben wegen der Fingerabdrücke im Auto und auf der Karosserie. Identifizieren ließen sich die von Ladich, Fuci und ihrer Sekretärin, Signorina Brocani.»

«Schlecht.»

«Dasselbe gilt für das öffentliche Telefon. Keine Fingerabdrücke, nur altes und verwischtes Zeug, der Anrufer hat Handschuhe benutzt oder abgewischt.»

«Sehr schlecht.»

«Um vollständig zu sein, Botta und Lavezzi, die mit mir hier am Tisch sitzen …»– *«Lavezzi und Botta»,* hört man Lavezzi sagen –, «haben die Häuser durchsucht und die Dorfbewohner befragt, mit besonderem Augenmerk auf diejenigen, die am Platz wohnen. Niemand hat um die Zeit rings um das öffentliche Telefon etwas bemerkt. Um ehrlich zu sein, haben alle erklärt, sie hätten geschlafen.»

«Bei dem, was dort oben los ist!»

«Lavezzi und Botta ... Los, Jungs, lasst das ... haben sich die Kirche aufschließen lassen und sich auch dort umgesehen, aber nichts. Die Suchtrupps und die Hunde sind für heute heimgekehrt. Lassen wir den Mut nicht sinken, Commissario. Sehen wir uns morgen früh?»

Mit einem zweimaligen Ruck hält der Zug an. Arcadipane nickt, als ob Pedrelli ihn sehen könnte, und beendet den Anruf. Nach dem elektronischen Signal beginnt vor dem Fenster der eine oder andere Kopf vorbeizugehen, Regentropfen rinnen über die Scheibe.

Der Bahnhof ist ein Labyrinth aus OSB-Platten: Die lange Hand der Mailandisierung beginnt, die Gewölbe aus dem neunzehnten Jahrhundert und die großen unnützen Räume, die den Ankommenden aufnahmen, zu monetarisieren. Das letzte Aufatmen, bevor man in die Stadt eintaucht, die kauft und arbeitet, wird erstickt. In ein paar Monaten werden sich hier Geschäfte, Cafeterien, Paninerien, Buchhandlungen, Kleider, Sonnenbrillen, Koffer, Medikamente und elektrische Haushaltsgeräte aneinanderreihen. Keine Gratis-Toiletten mehr und keine Gepäckaufbewahrung, die war schon zu viel der Zerstreuung.

Außerhalb der Arkaden der Piazza Carlo Felice regnet es, wie erwartet. Besser so, denkt Arcadipane, denn wenn es eine schöne und bescheidene Stadt gibt bei Regen, dann ist es Turin. Nicht wie Paris, wo man sich sofort bei den ersten Tropfen, sofern man sie nicht von zu Hause mitgebracht hat, eine Liebe suchen muss, und dann kommt noch hinzu, dass in Paris alles teuer und mit Crème fraîche überzogen ist. Turin dagegen bleibt, wenn es regnet, die Stadt, die es ist, nur nass: die normale Zeit, bis das Monoxid sinkt und das Pflaster glasiert, und die Steine der Bauten finden für ein paar Stunden die klare Luft der Berge wieder, von wo sie kommen. Es ist immer schön, etwas heimkommen zu sehen. Ganz gleich, was.

Arcadipane geht das erste Stück Wegs unter den Arkaden

des Corso Vittorio, doch dann zieht er es vor, in die Via San Secondo einzubiegen. Er hat eine Topografie im Kopf, wo er um zehn Uhr abends allein essen kann, insbesondere, wenn es regnet. Keine Chinesen, keine Kebab-Buden, Thai- oder sibirische Lokale, sondern Trattorien und Restaurants, die überlebt haben, indem sie sich hinter Schildern von Kfz-Werkstätten verstecken, hinter Plisseevorhängen oder Schaukästen, in denen die Speisekarte nie wechselt, weil das Schlüsselchen verloren gegangen ist.

Aber ihm ist nicht danach.

So geht er zwanzig Minuten, die Füße tun ihm weh in den Mokassins, der Regen nässt ihm die von der Häuserwand abgewandte Schulter und die Tüte. Wenige Leute unterwegs, die meisten mit Schirm und / oder Hund. Unter denen mit Schirm ein paar Prostituierte, die ihn mit einem Heben des Kinns grüßen, ein Polizist, der dreißig Jahre im Dienst ist, ist wie ein Verrückter, der laut schreiend durch die Stadt läuft, wer kennt den nicht, wenigstens vom Sehen?

Er geht an seinem Alfa 33 Quadrifoglio vorbei, den er am Abend zuvor in der Straße geparkt hat. Natürlich hat er drei Strafzettel bekommen, die der Regen schon in ein rosa Heftchen verwandelt hat.

Er läutet und wartet. Gewöhnlich dauert es nicht lang, wenn man bedenkt … Tatsächlich springt die Tür auf. Der Flur ist sauber, ordnungsgemäß, der Aufzug vom Anfang des zwanzigsten Jahrhunderts in Schmiedeeisen. Während Arcadipane auf ihn wartet, bewegt er die Plastiktüte, die er den ganzen Tag mit sich herumgetragen hat, dann denkt er an das lachsfarbene Hemd, das er anhat: zwei überdurchschnittlich hässliche Dinge, wobei es mit dem Durchschnitt auch schon nicht weit her ist. Er macht kehrt, lehnt die Haustür an, sodass sie nicht einschnappt, geht zum ersten Papierkorb und beseitigt eins davon.

Im dritten Stock ist die Wohnungstür angelehnt.

«Ich bin's», sagt er und schlüpft aus den Schuhen, indem er die andere Zehenspitze dagegenhält, dann zieht er die nasse Jacke aus und hängt sie auf einen der Bügel, die an den Seilen im Korridor baumeln.

Sie sitzt im Wohnraum, den Rücken ihm zugekehrt, auf dem tabakfarbenen Sofa. Sie schreibt auf einem Laptop nur beim Licht der Stehlampe. Über die Rücklehne hinaus ragt der Kopf mit zusammengenommenen und mit einem Inbusschlüssel festgesteckten Haaren, der Nacken würde in die Hand eines kleinen Jungen passen. Alles genau so, wie er sie beim ersten Mal beim Betreten des Studios gesehen hat. Außer dass sie damals auf einem Sessel saß, keinen Inbusschlüssel trug und nicht am Computer schrieb, aber in Anbetracht des Scheißtages hält Arcadipane es nicht für angezeigt, den Augenblick durch unbedeutende Details zu ruinieren.

«Schönes Hemd», sagt sie, ohne sich umzudrehen.

Vielleicht wäre es besser gewesen, dieses wegzuwerfen und die Tüte zu behalten, denkt er und sucht dabei mit den Augen Trepet, will sagen, den offiziellen Grund, warum er hier ist. Der Hund ist aber nicht zu sehen. Sicher ist er im Schlafzimmer und mittlerweile eins mit dem Teppich.

«War er lästig?»

Ariel dreht sich um und stützt den Arm auf die Kissen.

«Abgesehen von der Ironie, dass eine verkrüppelte Psychotherapeutin mit dem dreibeinigen Hund eines ehemaligen Patienten herumläuft, meinst du das? Nein, wäre es nicht so, dass ich immer Herpes Tieren vorziehe, hättest du mich fast überzeugt.»

Arcadipane sieht sie an. Vor fünf Jahren, geleitet vom Zufall und der Verzweiflung, ist er zum ersten Mal in ihr Studio gekommen. Vor sechs Monaten hat sie ihn in ihr Bett gelassen. Letztlich kennt er sie seit fünf Jahren und weiß noch immer nicht, was sie eigentlich ist, eine Psychotherapeutin, eine Psychologin oder was sonst.

«Es tut mir leid», sagt er. «Wie oft musstest du raus mit ihm?»

«Zweimal. Aber beim ersten Mal habe ich ihn von einer Patientin runterbringen lassen, die besessen ist von den Vorwürfen Fremder, nur habe ich vergessen, ihr einen Hundebeutel mitzugeben, beim zweiten Mal von einer fünfzigjährigen Nymphomanin, die ihn benutzt haben wird, um jemanden im Viertel anzulocken. Hast du Hunger?»

«Nein.»

«Zum Glück.»

«Du, hast du gegessen?»

Ariel hält den leeren Pizzakarton hoch.

«Nach der Übergabe solltest du generell die Tür schließen», sagt Arcadipane und deutet auf den Eingang.

«Warum? Ich kann es kaum erwarten, dass du mich überraschst, während ich Sex habe. Du weißt schon, diese Art Sex, die ich ab und zu mache, auch wenn du da bist.»

«Es ist nicht deswegen …»

«Also kreuze ich das Kästchen ‹Stimmt zu› an. Hast du Hunger?»

«Das hast du mich schon gefragt.»

«Vielleicht hast du in der Zwischenzeit ja welchen bekommen. Es ist ein Viertel Pizza im Kühlschrank. Ich habe sie nicht aufgegessen, weil ich bemerkte, dass sie Obamas Vize glich.»

Arcadipane schaut in Richtung Küche. Es gibt keine Türen zwischen den Räumen. Die einzige ist die zum Bad. Die Türöffnungen sind über einen halben Meter breit. An den Fenstern keine Vorhänge, der Fußboden Parkett, die Beleuchtung alles Stehlampen.

«Ich nehme Trepet und gehe», sagt er. «Morgen muss ich früh raus. Ich darf nicht darüber sprechen, aber wir sitzen in der Patsche.»

«In der Tat», sagt sie, nickt und tippt etwas auf dem Laptop, den sie wieder aufgeklappt hat, «die Astronomen können neunzig Prozent der Materie im Universum nicht finden, aber ihr mit der Ladich …»

Arcadipane schaut auf den Bildschirm, den sie hochhält: zu weit weg, um die Überschrift zu lesen, aber das Foto genügt.

Er geht zum Sofa, legt die Krücken beiseite und setzt sich, den Kopf in den Händen.

«Hast du hundert Euro dabei?», fragt sie.

«Nein, und ohnehin könnte ich nicht wieder dein Patient sein.»

«Bloß weil du diese Sachen mit mir machst? Glaubst du, sie sind hundert Euro in der Stunde wert? Wenn du so denkst, dann teile ich dir mit, dass du mir achtundneunzig siebzig schuldest, jedes Mal, wenn du glaubst, eine Sitzung beglichen zu haben.»

Arcadipane dreht den Laptop zu sich, den Ariel wieder auf ihre Beine gelegt hat. Er liest den schlecht geschriebenen und ungenauen Artikel, aber von dem, was das Geheimhaltungsabkommen betreffen sollte, steht da nichts. Vorerst sind es nur sie, die wissen, dass Vera Ladich Anna Mattalia ist.

«Siehst du?», sie zeigt auf die dritte Zeile in dem Artikel. «Es ist ‹eine Geheimaffäre›, heißt es da. Das muss stimmen, weil auch die anderen Quellen das bestätigen. Aber meiner Meinung nach ist es jedenfalls besser, die Spätnachrichten im Fernsehen und die Zeitungen morgen abzuwarten. Ich möchte mir nicht vormachen, dass es geheim war, um dann zu erfahren, dass es das gar nicht ist.»

«Aber wie zum Teufel haben sie das angestellt?»

«Wie viele Leute sind es denn, die nach ihr suchen?»

«Polizei, Carabinieri, Zivilschutz. Feuerwehr, Bergwacht und freiwillige Helfer.»

«Keine Blauhelme der UNO? Dafür scheint das Dorf nett, wie heißt es?»

«Clot.»

«Da, schau dieses Foto … Man bekommt sofort Lust, ein Wochenende dort zu buchen und es jemandem zu schenken, der einen missbraucht hat.»

Arcadipane lässt sich gegen die großen Kissen sinken, die Hände im Nacken verschränkt. Mit dem Blick folgt er den Seilen, die in Richtung der Küche verlaufen, der Fenstertür, dem Schlafzimmer, der Diele und der Stereoanlage.

«Hast du ihre Filme gesehen?», fragt er.

«Warum, du nicht?»

«Vielleicht, aber ich erinnere mich nicht. Warum wurde sie so genannt?»

Ariel antwortet nicht und tippt. Das ist etwas, woran Arcadipane gewohnt ist, wenn sie dort auf dem Sofa sitzen. Er betrachtet die Seile, und sie schreibt, liest, surft, schaut sich Filme an oder hört Musik und unterbricht sich nur, um ihm eine Bosheit zu sagen, die ihn bluten, heil werden und hierbleiben lässt. Es kommt jedenfalls nicht oft vor, dass sie gemeinsam auf dem Sofa oder am Tisch sitzen. Wenn das geschieht, dann in dieser Wohnung. Seine Wohnung ist im sechsten Stock ohne Lift. Das erklärt jedoch nicht, warum sie nicht einmal aus essen, ins Kino oder zusammen einkaufen gegangen sind.

«Willst du schauen, oder kitzelst du lieber den Bonobo in dir?»

Ohne die Position zu verändern, lenkt Arcadipane die Augen auf den Bildschirm. Er hat nicht die geringste Idee, was ein Bonobo ist, und sie weiß das, geht in Vollbildmodus und spielt eines der Videos ab, die YouTube am rechten Rand aufgelistet hat.

«Das ist ein Ausschnitt aus *Sofia, fünfundzwanzig Jahre* von 1965. Ich glaube, das war ihr zweiter Film, durch den sie zum Star wurde.»

Arcadipane betrachtet diejenige, die für alle Vera Ladich ist, geboren 1944 im umkämpften Basovizza, sie geht auf dem spärlich bevölkerten Gehweg einer städtischen Straße. Er weiß jetzt, dass dieses Mädchen in dem Moment vielmehr neunzehn Jahre ist und eben aufgehört hat, sich Anna Mattalia zu nennen, und dass sie in diesem gottverdammten Kaff geboren ist, das Clot ist und bleibt. Was sie nur bis zu einem gewissen Punkt was anginge, hätte sie nicht beschlossen, zurückzukehren, sich entführen und einen toten Ehemann und einen Blutfleck zu hinterlassen.

Auf dem Bildschirm fährt das Auto neben der Protagonistin her, sie ist bekleidet mit Hosen, blauem Pullover und blauer Jacke, die sie wie ein norwegischer Kapitän offen trägt. Die schwarzen Haare fallen ihr lose auf die Schulter. Das Auto folgt weiterhin Vera Ladich, die vorangeht und sich nicht umdreht. Sie weiß, dass der Fahrer dieses Wagens bereit ist, so lange im Schritt neben ihr herzufahren wie nötig, um einen Blick von ihr zu erhaschen. Das weiß Vera Ladich, wie Anna Mattalia es gewusst haben muss, wenn sie als Mädchen über die Piazza von Clot ging.

«Wohin gehst du, Sofia?», fragt der Mann am Steuer des Autos und lehnt sich bei offenem Fenster hinaus. «Bleib bitte stehen!»

Jemand auf dem Gehsteig wendet sich ihm zu, sie aber nicht. Sie schlendert weiter mit dem Ausdruck von einer, die ein so fernes Ziel erreichen muss, dass es sinnlos ist, jetzt daran zu denken.

«Siehst du, wie sie beschaffen ist?», sagt Ariel und weist auf sie. «Kleiner Busen, schmale Hüften, groß, lange Beine, schmale Schultern, Nacken eines Jungen? In Frankreich begann man Frauen dieses Typs zu sehen, hier aber dominierten noch die Schönheiten mit vorgehaltener Waffe wie Mangano, Loren und Cardinale. Frauen, die mit dem Maschinengewehr wo eindringen, alle an die Wand stellen und den Panzerschrank knacken, verstehst du?»

«Überhaupt nicht.»

«Lärm, Schüsse, Rauch, Blut. Sie dagegen: Schau sie an!

Eher Taschendiebin, nicht wahr? Eine, der man am nächsten Tag eine weitere Uhr schenkt, die einen denselben Bus nehmen lässt, weil man hofft, sie zu treffen. Und dann stellt sich heraus, dass sie das aus Berufung macht, nicht aus Notwendigkeit. Fast aus Langeweile. Schau, schau, was sie jetzt macht!

Ein Fahrrad überholt das Auto und klingelt. Der Mann am Steuer wird zum Gespött der ganzen Straße. Sie sind in Rom, in einem nicht wirklich zentralen Viertel.

«Du hast recht, wütend zu sein, Sofia», sagt der Mann, jetzt in flehendem Tonfall, «ich habe einen Fehler gemacht, ich hätte mit dir darüber sprechen müssen.»

«Du musstest!», sagt sie und macht zum ersten Mal den Mund auf, aber ohne sich umzusehen.

Dann endlich bleibt sie stehen.

Das Auto hält auch an. Und mit ihm die Kamera. Der Mann steigt aus, holt sie ein, man sieht, dass er sie gern umarmen möchte, doch ein Funken verbliebener Selbstachtung lässt ihn in einem Meter Entfernung haltmachen. Sie umgeben von unsichtbaren Stacheln. «Sofia», sagt er, «ich wollte wirklich nicht ...»

Sofia wendet sich um und fixiert ihn, unmerklich lenkt sie den Blick auf die Kamera und wird Vera Ladich. «Dann wird mir das Böse kein Leid antun», sagt sie. Den Bruchteil einer Sekunde setzen Sofia, Vera Ladich und Anna Mattalia ihren Gang fort und lassen den Mann und denjenigen, der seit vierzig Jahren diese Szene mit der unauflöslichen, katastrophalen Gewissheit anschaut, dass er diese Augen nie mehr wiedersehen wird, allein. Das war der letzte Blick.

«Hast du verstanden, warum sie *Mademoiselle le look* genannt wurde?»

Arcadipane hat verstanden, was einer verstehen kann, der einen Augenblick lang gar nichts mehr verstanden hat.

«Das machte sie in jedem Film», sagt Ariel, «mitten in einer Unterhaltung, in irgendeiner Szene schaute sie in die Kamera und sagte ein paar Worte, mit diesen Augen. Es war Godard, der sie *Mademoiselle le look* nannte, in einem Interview, in dem er ihr vorschlug, da die Filme, in denen sie auftrete, eine schlechte Kopie der seinen seien, mit dem zu arbeiten, der diese Art Kino erfunden hat.»

«Ist sie darauf eingegangen?»

«Nein.»

«Woher weißt du diese Dinge? Du warst ja noch gar nicht auf der Welt.»

«Rühr nicht mit dem Finger in deiner Wunde. Jedenfalls bin ich bis neunzehn wenig ausgegangen, weil ich mich schämte.»

«Ich verstehe.» Arcadipane versucht, sich zerknirscht zu geben.

«Ich hatte viele Pickel, und mein Vater hatte all ihre Filme auf VHS. Ich glaube, ihr und dem Unterschreiben der Schecks für den Unterhalt meiner Mutter verdankt sich die kräftige Muskulatur seiner rechten Hand.»

Ariel greift nach dem Seil über dem Sofa und steht auf.

«Ende der Lektion über Film. Solltest du Interesse haben an dem Rabatt von einem Euro und dreißig, du findest mich im Bett.»

Während sie sich entfernt, schaut er auf das Schaukeln ihres Körpers, die gebogenen und mageren Beine, die kleinen Pobacken unter den Gesäßtaschen einer Jungenhose, die sie auf Seiten für Teenager einkauft. Den mageren Rücken und die sehnigen Arme, die sie halten.

«Wenn du Kipling, Saramago oder Spider-Man nicht gelesen hast, kannst du das nicht verstehen», hatte sie bezüglich dieser Seile zu ihm gesagt, als er zum ersten Mal den Fuß in ihre Wohnung setzte. Da er nur annäherungsweise weiß, wer Spider-Man ist, beschränkt er sich seither darauf, ihr dabei zuzusehen, wie sie sich kraft ihrer Arme durch diese Zimmer fortbewegt, die ihr Notre-Dame, ihre Bühne, ihr imaginärer Freund sind, ihr Behindertenausweis und ihr Sieg. Ähnlich diesen schwarzen orthopädischen Schuhen, auf die sie sich versteift, unter den khakifarbenen Hosen und dem Secondhandpullover.

Ariel ist zur Tür gelangt. Eine Hand am Türrahmen, während die Beine ein paar Sekunden lang das Gewicht tragen, und schon hält sie sich an dem Seil im Schlafzimmer.

Arcadipane beobachtet sie vom Sofa aus. Sie gelangt ans Bett, knöpft die Hose auf und streift sie mit einer Hand bis zu den Knöcheln hinunter. Sie zieht den Pullover aus und ist nur noch in Unterhemd und Slip. Die Haut makellos gespannt über den ungleichen Hüften. Die leichte Wölbung der Bauchmuskeln. Das Relief der Rippen unter dem blauen Stoff. Die Sehnen, zwischen denen die Achseln absinken.

Arcadipane steht auf und schaltet die Bodenlampe aus.

Nachdem er die Schwelle überschritten hat, sieht er Trepet an, der, den Bauch nach oben auf dem Teppich liegend, schläft. Die Hängebacken vibrieren in der Atembewegung. Krümel an den Lippen. Die rosa Kugel des Bauchs unterbrochen von den zweifarbigen Hoden.

«Irgendwann müssen wir wohl darüber reden», sagt er.

«Worüber?», sagt Ariel schulterzuckend. «Über die Tatsache, dass ich ein superklasse Model der *Vogue* bin, aber sie haben die Seite zerknautscht, und du ein hässlicher Bulle mit einem der harmonischsten Schwänze, die man je gesehen hat?»

Mit der Technik des verwundeten Soldaten, der sich zu den eigenen Linien zurückzieht, ohne den Feind je aus den Augen zu lassen, gelangt Ariel zum Kissen, kriecht unter die Decke und löscht das Nachttischlämpchen.

Arcadipane steht im Dunkeln und lauscht dem Blasebalg von Trepets Atem. Eine Sekunde, zwei, dann beginnt er, das lachsfarbene Hemd aufzuknöpfen.

«Morgen muss ich sehr früh raus.»

«Hm, hm.»

7.

Wir hatten sie ermahnt, natürlich, aber bei all diesen Leuten – einer der Freiwilligen sagt es seiner Frau, die Frau im Vertrauen der Schwester … Nein, die Kollegen von den Carabinieri, glaube ich nicht … die Straßensperre behalten wir bei … Nein, keine Beschwerden im Dorf … Ob sie bereitwillig zusammenarbeiten? Der Bürgermeister so ziemlich, aber abgesehen von ihm … Man braucht ja nur zu sehen, dass sich kein Einziger für die Suchtrupps gemeldet hat. Sicher, sie sind fast alle alt … Ja, wir haben alle siebenunddreißig befragt, klar … Sie haben geschlafen, und was schlimmer ist, das könnte sogar stimmen … Am Telefon gibt es keine Fingerabdrücke, und die Stimmanalyse hat nichts ergeben, zu verstellt … Wirklich komisch ist, Fingerabdrücke kann man abwischen, aber Fußabdrücke und Reifenspuren auf einem solchen Boden … und eine Person entführen, auch wenn sie ohnmächtig ist, betäubt oder … In Ordnung, reden wir lieber nicht davon … Ja, auch ich hatte eine Großmutter im Heim, die legte Mehl in den Kühlschrank. Wirklich Mehl? Im Dorf weiter unten im Tal gibt es am Geldautomaten eine Überwachungskamera, die einen Ausschnitt der Bundesstraße zeigt: Es sind zehn Autos im betreffenden Zeitraum, aber bei keinem der Fahrzeughalter irgendetwas Auffälliges … Ich glaube, auf die eine oder andere Weise ist Vera Ladich nicht weit weg … Sicher, hoffen wir, dass auf die eine und nicht auf die andere Weise … Ich treffe jetzt meine Männer und den Gefreiten … Zusammenarbeit gut, ja, in den Grenzen der unterschiedlichen Formationen … Wir bringen uns alle zwei, drei Stunden auf den neuesten Stand, und unterdessen ermitteln wir in alle Richtungen … Die Entführung ist, wenn Sie meine Meinung wissen wollen, die am wenigsten plausible Vermutung, aber wenn es sich um jemand handelt, der weiß, was er tut, könnte er auch, da haben Sie recht, ein paar Tage abwarten, bevor er eine Forderung stellt … Ja, wir haben auch die Möglichkeit eines Fanatikers in Betracht gezogen, aber die Ladich tritt nicht in der Öffentlichkeit auf, gibt seit vierzig Jahren keine Interviews … Mina … Sicher, aber mir scheint, sie singt immer noch, nicht wahr? Nutzlos, Vergleiche anzustellen, das bringt uns nicht weiter … DNA morgen oder übermorgen … Nein, das Wetter ist schön, kalt, aber schön, im Übrigen sind wir hier auf tausendsiebenhundertirgendwas Meter Höhe … Am Nachmittag, entweder ich oder Pedrelli, sicher, wir bleiben in Kontakt. Bis bald.»

Arcadipane beendet das Telefonat und sieht die Ampel auf Gelb umspringen, danach unausweichlich auf Rot. Er kontrolliert die Magnetuhr am Armaturenbrett, dann fragt er sich, welche Mühseligkeiten die Insassen der anderen Autos vor ihm plagen mögen, um 6.42 Uhr in der nicht zentralen Via Cigna. Die seinen kennt er gut, mit Vor- und Nachnamen, einige von langer Dauer, wie der, der auf dem Rücksitz sabbert.

Die Ampel springt auf Grün, und die unselige Kolonne rückt vor. Sobald es möglich ist, biegt er ab in den Lungo Dora Firenze, um die Nadelöhrkreuzung mit dem Corso Emilia zu umgehen. Er fährt in mäßigem Tempo, der Alfa, der im dritten Gang seinen Königsgang hat, und die Dora, die daneben fließt, unsolide und zerzaust wie eine räudige Katze. Willst du Turin sehen, herausgeputzt für das erste Mal gemeinsames Ausgehen? Schau den Po an. Willst du eine Vorstellung davon bekommen, wie es nach zwanzig Jahren wirtschaftlichen Aufs und Abs und zwei oder drei schlecht verwundenen Streits aussieht? Schau die Dora an.

Auf den Flügeln dieser Gedanken gelangt er nicht zufällig vor die Wohnung seiner Kindheit, dann seiner Ehe, seiner kleinen und nun großen Kinder – einer Wohnung, zu der er als Einziger keinen Schlüssel hat: Nachkommen, Ex-Ehefrau und dieser Scheißkerl von einem Fremden eingeschlossen. Er parkt vor der Bar, die eben jetzt aufmacht. Ab und zu kommt er hierher, wenn er von den wirklichen Kriminellen genug hat. Es erleichtert ihn, dass hier alles Kleinkram ist, kleine Diebstähle, illegale Beschäftigungen, Betrug an alten Leuten, Klonen von Handys und Handel mit gefakten Karten, um die Fußballspiele der Serie A sehen zu können. Delinquenten, die außerhalb der Ausübung ihres Berufs sogar anständige Leute sind, mit einer beträchtlichen Last an persönlichem und familiärem Unglück. Es gibt welche, die fahren kilometerweit, um sich vor einem neugeborenen Albino-Rhinozeros von Zärtlichkeit übermannen zu lassen, ihm dagegen reicht es zur Rührung, wenn er einen kleinen Dieb mit einem alten Kathodenfernseher im Arm sieht, den er soeben in einem Souterrain gestohlen hat.

«Wer ist da?», fragt Mariangelas Stimme in der Gegensprechanlage.

«Vincenzo.»

«Mh … Was machst du hier? Komm rauf.»

Hässlicher, aber sauberer Hauseingang, die Farbe müsste aufgefrischt werden. Treppenhaus in falschem Marmor und Aufzug aus Plastik in Lackoptik. Die Sechzigerjahre: *égalité, modernité,* und tun wir so, als ob. Doch hinauf bringt ihn der Aufzug wie als Kind, zum großen Stolz der Mutter, die, bevor sie nach Turin kam, die einzige Himmelfahrt bei der Jungfrau in ihrem Dorf gesehen hatte.

Mariangela ist an der Tür, schon angezogen für die Schule und noch halb geschminkt. Nur in Hausschuhen.

«Komm rein, ich mache gerade Kaffee. Lass die Schuhe an, heute kommt die Putzfrau.»

Arcadipane tritt über die Schwelle und taucht ein in den

Geruch von Kaffee, Wäsche, Schuhen, Bohnerwachs und dem im Lauf von sechzig Jahren zubereiteten Gebratenen und Gedünsteten zum Abendessen, bei denen er nicht immer zugegen war. Er holt Mariangela in der Küche ein, die eine zweite Tasse aus dem Schränkchen genommen hat. Sie hat ein paar hundert Gramm zugelegt, an den Stellen, die sich auch früher schon aufnahmebereit zeigten, aber immer noch schön, da gibt es nichts.

Arcadipane holt aus der Innentasche den Umschlag, den er seit zwei Tagen mit sich herumschleppt. Bevor er ihn auf den Tisch legt, führt er ihn zerstreut an die Nase, als wollte er sich die Lippen damit kratzen. Er riecht nur nach Schaf, zum Glück, wie jedes Ding, das mehr als zwei Stunden in dieser Tasche bleibt.

«Soll ich es noch mal wiederholen?» Sie schüttelt den Kopf.

«Wenn nicht, bin ich nicht zufrieden.»

Mariangela schiebt ihm den Kaffee hin, den sie schon mit zwei Löffelchen Zucker gesüßt hat.

«Es gibt …»

«… Daueraufträge …»

«…zu festen Daten und …»

«… ich habe keinen Grund, hier vorbeizukommen. Es genügt ein kurzer Anruf vorher.»

«Woran du dich auch diesmal nicht gehalten hast!»

Arcadipane nickt ernst und trinkt den Kaffee. Da ist etwas anders… vielleicht die Vorhänge, aber vielleicht ist es das matte Licht, das um diese Zeit von dem blauen Haus gegenüber zurückstrahlt. Es ist jedenfalls kein Geheimnis, dass die Demontage in Gang ist: verschwunden der Tafelaufsatz, die Obstschale mit den Faunen, die kristallene Blumenvase, die Zeitungswiege, die schmiedeeiserne Lampe. Ersetzt? Von wegen! An ihrer Stelle die Leere. Oder im Fall der Lampe eine Papierkugel. Wenn ihnen die jemand zur Hochzeit geschenkt hätte, hätten sie das für einen Scherz gehalten, von schlechtem

Geschmack wie der Teller mit der Gurke. Sogar das Puzzle der Isola Bella, das die Kinder während der Quarantäne wegen der Masern gelegt hatten, musste vor einem Jahr einem Ausstellungsplakat über die Etrusker weichen. Ausstellungsplakate an allen Wänden. Florenz, Bologna, die Festung von Bard, Alba, Ferrara, Genua, Brescia. Triest, Venedig. Orte, wo sie und Giampiero an den Wochenenden oder an ihrem freien Tag gewesen waren, der für beide, was für ein Zufall, auf den Montag fällt, zumal er Lehrer für Kunstgeschichte, Vizedirektor und Vorsitzender der Stundenplankommission ist.

«Vincenzo?»

Was hatte er ihr zu bieten? Abgesehen von der obligatorischen Woche in Bergeggi und ein paar exotischen Abstechern nach Policoro und Marina di Camerota? Zum Fischmarkt an der Porta Palazzo brachte er sie. Samstags um achtzehn Uhr, wenn sie abbauten und Garnelen, Doraden und Schwertfische zum Preis von Fischhaschee abgaben.

«Vincenzo?»

«Hm?»

«Was denkst du?»

«Nichts. Wie geht's Loredana?»

«Gut. Sie hat gesagt, ich soll sie um sieben Uhr wecken, aber ich lasse sie noch ein bisschen schlafen. Sie hat bis spät gelernt, und Montag hat sie die Prüfung. Ja, wenn du fünf Minuten Zeit hast, wo du schon vorbeigekommen bist, setz dich, es gibt da zwei, drei Dinge, über die ich mit dir reden wollte.»

Arcadipane sucht die Uhr auf der Abzugshaube, verschwunden. Er sieht auf seine Armbanduhr.

«Ich sollte eigentlich gar nicht in Turin sein! Ich habe es wirklich eilig, aber wenn es wichtig ist, setze ich mich ins Auto und rufe dich von dort aus an. Ist es was mit den Kindern?»

«Wenn du keine Zeit hast, hast du keine Zeit. Wir reden ein andermal darüber. Ich stelle mir vor, ihr seid mit der Sache Ladich beschäftigt.»

«Woher weißt du das?»

«Ich weiß nicht, ich frage dich!»

«Das war keine Frage. Ich bin kein Studienrat, aber ich erkenne eine Frage. Seit vierzig Jahren habe ich beruflich damit zu tun. Am Ende hat sie ein gebogenes Zeichen.»

«Was weiß denn ich? Du kommst um sieben Uhr früh hierher, kannst keinen Moment bleiben, um zu reden, du bist aufbrausend … Ich habe die Nachricht im Radio gehört und habe mir gedacht, dass du unter Druck …»

«Weil ich, wären da nicht die Ladich und ihr toter Mann, nichts tue. Ich bin nicht unter Druck. Ich wache auf, mache mir einen Kaffee und setze mich vor den Fernseher!»

«Hast du einen Fernseher?»

«Nein, ich habe keinen. Was hat das damit zu tun?»

«Wenigstens ein Espressokännchen?»

«Sicher habe ich ein Espressokännchen, glaubst du etwa, ich lebe in einer Obdachlosenunterkunft?»

Mariangela räumt Arcadipanes Tasse weg, ein kleines Lächeln auf den Lippen, das sie nicht zu verbergen trachtet. Sie war nie eine, die beleidigt ist oder wütend wird, warum sollte sie, jetzt, da es nicht mehr ihre Aufgabe ist, zu vermitteln, zusammenzuhalten und zu flicken. Jetzt, da sie genau die ist, die sie sein wollte, als sie zu ihm sagte: «Ich habe dich geliebt, aber …», will sagen eine Frau, die diese Jahre überstanden hat, die zwei Kinder großgezogen hat, nicht sonderlich schön, aber solide wie Kochtöpfe von einst, und die dann gesagt hat: «Meinen Teil habe ich gegeben, meine Herrschaften! Was übrig bleibt, ist für mich.»

«Also?»

«Was also?»

«Bist du nur gekommen, um Loredana guten Tag zu sagen?»

«Nein. Ich bin außerhalb von Turin wegen dieser Angelegenheit mit Vera Ladich. Ich wollte Trepet bei dir lassen.»

«Ist gut, Loredana wird sich freuen. Wo ist er?»

«Ich weiß nicht, wir suchen ihn.»

«Trepet!»

«Trepet, was?»

«Wo hast du den Hund gelassen, Vincenzo?»

Arcadipane denkt nach.

«Im Auto», sagt er mit demonstrativer Ruhe. «Es wäre sinnlos gewesen, ihn mit heraufzunehmen, wenn ihr ihn nicht hättet nehmen können.»

«Na, na, heute Morgen bist du aber wirklich …», und Mariangela schüttelt den Kopf, um die Intensität und die Extension dieses «Wirklich» zu unterstreichen.

Arcadipane geht zur Tür und öffnet sie nonchalant.

«Ich schicke ihn dir im Aufzug hoch», sagt er mit lauter Stimme. «Grüß mir Loredana.»

Er schließt die Tür und stürzt die Treppe hinunter, zwei Stufen auf einmal nehmend, versucht, auf den Zehenspitzen aufzukommen, um nicht zu viel Lärm zu machen. Der Hauseingang ist voll mit Gerätschaften des Reinigungsdienstes, aber zum Glück ist der Boden noch nicht nass. Er setzt über den Eimer mit den Besen hinweg und ist auf dem Gehsteig. Der Wagen ist vor der Bar geparkt, aber die drei Kunden, die mit der Kaffeetasse in der Hand darum herumstehen, verheißen nichts Gutes.

«Dieser Mistkerl!»

Mit den Füßen steht er auf dem Mittelstreifen des Corso und erkennt schon einige Schaumstoffstücke auf der hinteren Ablagefläche.

«Bastard.»

Er öffnet die hintere Tür und packt Trepet, der mit den Zähnen an der Nackenstütze festhängt, sie ist mittlerweile schon zur Hälfte zerfetzt. Er schüttelt und zieht ihn, aber der Hund lässt nicht los.

«Ein Scheißkerl bist du!»

Der Hund sieht ihn schief an. Es scheint so, als würde er

lachen, aber sein Kiefer ist blockiert. Die drei aus der Bar sind wieder hineingegangen, verfolgen die Szene hinter der Glasscheibe im Warmen.

Schließlich gibt Trepet nach.

Arcadipane überquert die Straße, hält ihn von sich weg wie eine nicht explodierte Sprengstoffladung.

«Entschuldigung», sagt er, den Hauseingang durchquerend, wo eine Frau und ein Junge angefangen haben, den Boden zu putzen.

Er öffnet den Aufzug und wirft den Hund hinein, drückt den Knopf des Stockwerks und geht hinaus.

«Schickst du ihn herauf?», ruft Mariangela vom vierten Stock aus. «Vincenzo, Vincenzo.»

8.

Als Arcadipane den Zündschlüssel im Schloss herumdreht, gibt der Alfa einen letzten Seufzer von sich, fast wie mit angehaltener Luft, stirbt ab und lässt als Erbe nur das Schaukeln des Duftbaums zurück.

Er nimmt die Tüte mit achthundert Gramm Sucai, steckt sie in die Reisetasche, steigt aus und findet Pedrelli zwanzig Meter von der Wagentür entfernt, zudringlich wie ein unbefugter Einparker.

«Guten Tag, Commissario.»

«Warum auch nicht», antwortete Arcadipane, stellt die Tasche hin und schlüpft in die Jacke.

Pedrelli wirft einen Blick auf die mit Paketband umwickelte Nackenstütze, dann auf die Uhr.

«Ich musste meine Kleider abholen, den Hund unterbringen, und die Straße ist voll von Leuten, die ihre warme Wohnung verlassen, um an kalte Orte zu reisen, wo das Handy kein Netz hat und Schauspielerinnen verschwinden», sagt Arcadipane, «also sag nichts und bring mich zu dieser …»

«Gemma Lunel, die Gemeindesekretärin», sagt Pedrelli und weist in die Richtung, in die sie sich bewegen sollen.

«Die erst jetzt merkt, dass sie uns etwas Wichtiges zu berichten hat?»

«Sie war auf einer Fortbi…»

«Sie auch! Das sind ein Bürgermeister und eine Sekretärin auf fünfunddreißig Einwohner, was verdammt noch mal müssen die sich fortbilden? Ansonsten irgendwelche Neuigkeiten?»

«Leider nein.»

Arcadipane kramt in der Tasche und steckt schnell ein Sucai in den Mund. Er hat versäumt zu sagen, dass er, nachdem der Rollladen des Lebensmittelgeschäfts in der Via Aosta unerklärlicherweise um sieben Uhr morgens noch heruntergelassen war, gezwungen gewesen ist, von der Autobahn ab- und jedes beschissene Kaff anzufahren, in der Hoffnung, irgendwo einzutreten, den Blick zu heben und das bauchige Glas mit seinen bevorzugten Bonbons zu erblicken, lose und in eine jahrhundertealte Schicht Zucker gebettet, die von ihren Vorgängern eingedellt ist. Was erst im vierten Geschäft geschah, in einem Ort, an dessen Namen er sich nicht erinnert, derart benebelt war er vom Entzug. Sicher, das alles ließe sich vermeiden, indem man in einer Bar oder einem Supermarkt die abgepackten kauft, vorausgesetzt, man ist bereit, als Notbehelf auszugeben, was eine moralische Niederlage ist.

«Wissen Sie, was ich bemerkt habe, Commissario?»

«Vera Ladich, in der Bar.»

«Schön wär's, hä?»

«Hä, hä … In welches Büro müssen wir gehen? Sie sind siebenunddreißig und haben ein Rathaus mit zehn Büros.»

«Kommen Sie, Commissario, ich gehe vor. Ich bin in das kleine Geschäft am Platz gegangen, um zu sehen, ob ich eine Teekanne auftreiben kann, und habe die Bonbons bemerkt, die Sie so gerne essen. Sie verkaufen sie nach Gewicht, wissen Sie?»

«Das ist nicht hygienisch, Pedrelli. Und dann bin ich nicht wegen der Bonbons hier. Ist das das Büro?»

«Ja, das Einwohnermeldeamt!»

«Ich stelle mir einen Wust an Akten vor.»

«Bitte sehr.»

Jenseits der Tür ein Raum, ausgestattet mit einem Schreibtisch in Metall, drei Stühlen aus Schulzimmern, zwei stählernen Registern und einem Regal, in dem sich alte Ordner stapeln. Ein mit Pellets zu heizender Ofen und eine Lampe, die nicht an ist, weil die beiden Fenster, die zur Hinterseite des Rathauses und zum Staudamm hinausgehen, im Augenblick genügen. Wie ein Fremdkörper auf einem Tisch an der Wand ein PC, angeschlossen an einen Drucker.

Am Schreibtisch sitzt eine Frau knapp über fünfzig, hartes Gesicht, schwarze Haare. Als ganz junger Mensch war sie wahrscheinlich weniger schön, jetzt sind die Augen sanfter geworden, der Mund entspannt. Sie ist eine der Personen, die in der Jugend zornig waren und in denen, obwohl sie das nun überwunden haben, ein Echo dieser Gewitter nachhallt. Weshalb sich niemand in ihrer Umgebung wohlfühlt.

In der Tat steht der Bürgermeister Beppe Dro neben dem Tisch, auf dem nur ein geschlossenes Notizbuch liegt. Es ist klar, dass sie ihretwegen da sind. Andererseits sind auch Pedrelli und Arcadipane ihretwegen da, es dürfte also nicht schwerfallen, zur Sache zu kommen.

«Das ist Gemma Lunel, unsere Sekretärin», sagt der Bürgermeister umständlich.

«Sicher», sagt Arcadipane, der die Tür offen gelassen hat, zum Zeichen der Eile. «Da sind wir.»

Die Frau schiebt sich eine Locke hinters Ohr. Normalerweise trägt sie eine Brille und ist es gewohnt, sie hinter den Brillenbügel zu legen, jetzt aber hat sie keine Brille auf, und die Locke fällt wieder nach vorn.

«Der Bürgermeister wird Ihnen gesagt haben, dass ich …»

«Sicher, sicher, die Fortbildung.»

«Gestern Abend, als ich heimkam, habe ich im Kalender nachgesehen und festgestellt, dass ich heute Morgen einen Termin mit Signora Ladich und ihrem Mann gehabt hätte.»

«Ach ja?» Arcadipane tritt einen Schritt näher.

Die Frau schlägt den Kalender auf und weist auf die Seite, hält ihn jedoch zu sich gewandt.

«Um zehn», sagt sie.

«Wegen?»

«Des Kaufs dreier Grabstellen.»

«Drei Grabstellen. Und wie kommt es, dass Sie uns das erst jetzt sagen?»

Die Frau ist den Tränen nahe und sieht Arcadipane an, dann den Schreibtisch, als wollte sie sich entschuldigen für all die Jahre, die sie ihn ohne auch nur ein Dankeschön benutzt hat. Beppe Dro legt ihr eine Hand auf die Schulter. Eine Geste des Trostes, aber doch immerhin eine Pranke von gut vier Kilo.

«Sie müssen verstehen», sagt der Mann, «dass wir an derartige Situationen nicht gewöhnt sind. Ich persönlich habe der Signorina Bescheid gegeben, die sofort von Florenz aufgebrochen ist.»

«Die Fortbildung hat in Florenz stattgefunden?»

«Ja», bestätigt die Frau, «als der Bürgermeister mich anrief, um mir zu erzählen, was geschehen war, habe ich mich an den Termin erinnert, aber in dem Durcheinander und der Eile der Abreise habe ich nicht daran gedacht, dass es nützlich sein könnte, das anzugeben. Ich bin wirklich untröstlich.»

«Wer hat diese Verabredung ausgemacht und wann?»

Gemma Lunel schlägt den Kalender wieder auf, sie hatte die betreffende Seite mit dem Finger offen gehalten.

«Die Signora, glaube ich. Vor drei Wochen.»

«Sie glauben?»

«Die Anruferin hat sich als Signora Fuci vorgestellt. Sie verlangte Informationen über die Verfügbarkeit des Grunds, die Praktiken des Erwerbs, die Vorgänge …»

«Haben Sie sie wiedererkannt?»

«Nein.»

«Haben Sie nicht gedacht, Signora Fuci könnte Vera Ladich sein?»

«Nein.»

«Aber wie alle hier wussten Sie, dass Vera Ladich Anna Mattalia war, geboren in Clot und verheiratete Fuci.»

«Sicher, auch wenn ich damals noch ein Kind war, diese

Geschichte war hier in Clot in Umlauf. Ich brachte aber den Nachnamen Fuci nicht in Verbindung mit …»

«Nur hier in Clot?», fragt Arcadipane.

«Was meinen Sie?», platzt der Bürgermeister heraus, er hat die Hand von der Schulter seiner Untergebenen genommen und in die Tasche des Parkas gesteckt, der jetzt ein Murmeltier einzuschließen scheint.

«Wir haben tausend Vorkehrungen getroffen, um den Mord und das Verschwinden geheim zu halten, aber nach wenigen Stunden war die Nachricht durchgesickert. Über die Geschichte von Anna Mattalia hingegen, die Vera Ladich wird, in fünfzig Jahren kein Ton. Keiner, der eines Abends ins Tal hinunterfährt, zu viel trinkt und sich entschlüpfen lässt, dass diese berühmte Schauspielerin hier geboren wurde. Kein Anruf bei entfernten Verwandten, der auf die Sache anspielt. Wie viele Einwohner hatte Clot 1962?»

Der Bürgermeister sieht Gemma Lunel an.

«Etwa hundert, glaube ich, aber wenn Sie wollen, kann ich nachschauen.»

«Hundert Einwohner 1962, dann Kinder und Enkel, aber das Geheimnis dringt über Clot nicht hinaus.»

«Die Menschen hier können Ihnen gleichgültig vorkommen», versucht der Bürgermeister zu erklären, «aber wenn eine Familie in Not ist, wissen wir zu helfen. Im Fall der Familie Mattalia hat das bedeutet, die Sache geheim zu halten, und so ist es geschehen.»

Arcadipane macht ein paar Schritte auf das Fenster zu. Die Linie des Deichs begrenzt den blauen Himmel und verbindet die beiden Seiten des Tals. Kalt, aseptisch, imposant, trotz seiner nicht außergewöhnlichen Dimensionen.

«Sehen wir uns diese Grabstellen an.»

Sie gehen durch das Dorf, wo die Mehrzahl der Häuser unbewohnt oder von Leuten bewohnt sind, die die Stille lieben und gern heimlich durch die Fensterläden spähen. Die Gebäude gleichen sich von der Struktur und vom Material her, alle sind einstöckig. Auf den Balkonen beeindruckt die Abwesenheit all der Dinge, die einen im Lauf des Lebens begleiten: Blumentöpfe, Wäscheständer, Schuhe, Eimer, Spielzeug, Höckerchen, Aschenbecher, Gießkannen und Besen unterschiedlichen Verschleißgrades.

Der Bürgermeister geht voraus. Sie nehmen eine Abkürzung, die schnell zur Wiese wird. Ein Weg führt über sie hinweg. Etwa hundert Meter, und der Pfad steigt am Berghang empor zur Kirche, die Clot von oben bewacht: alt und grau. Ohne Verzierungen und ohne Kirchturm.

«Wie haltet ihr das bei Beerdigungen?», fragt Arcadipane.

«Der Sarg wird auf den Schultern getragen», sagt der Bürgermeister und nickt. «Wie eh und je.»

Arcadipane folgt Dro und Lunel, seinerseits gefolgt von Pedrelli, der mit seinen Fellschuhen und seiner Freizeitwindjacke einen Forschungsreisenden aus dem neunzehnten Jahrhundert abgeben könnte, aufgenommen in irgendeinen Bocciaclub. Das Wetter ist seit zwei Tagen gleich: Blauer Himmel, wenige Wolken, aber die Sonnenstrahlen kommen im Dorf lauwarm und müde an. Was dem schneidenden Wind und der Trostlosigkeit der kalt geborenen Dinge das Feld überlässt.

Sie nehmen die erste von zwei Spitzkehren in Angriff, die von unverputzten Steinmauern voller Schimmel und Kakteen gestützt sind. Gemma Lunel trägt Stretchhosen, in denen sie gar keine schlechte Figur macht. Eine Gemeindeverordnung muss Schals, Mützen und Handschuhe verbieten, denn Arcadipane sieht sie bei niemandem. Pedrelli mit seiner anarchistischen Ader gehorcht der Anweisung nicht und trägt einen kleinen roten Schal und eine Skimütze. Arcadipane hält sich daran, weil er über die fraglichen Kleidungsstücke nicht verfügt.

Am Ende des Aufstiegs stehen sie vor der Kirche, die plump und niedrig ist, wie sie von fern auch schien. Das Grau der

Fassade ist von zwei Bändern eines bläulichen Steins unterbrochen, auf denen man in Relief und asymmetrisch angeordnet kleine Gesichter mit blinden Augen sieht.

«Sie ist aus dem dreizehnten Jahrhundert», erklärt der Bürgermeister, «aber Untersuchungen haben ergeben, dass darunter ein Bau liegt, der auf vor das Jahr tausend zurückgeht.»

«Der Friedhof?»

«Ist dahinter.»

«Gehen wir.»

Sie gehen an der Seite der Kirche entlang, die nur drei kleine Fenster aufweist. Arcadipane bemerkt andere Reliefs. Zwei Gesichter, ein vierbeiniges Tier, einen Baum, ein Wappen. Nicht größer als ein Zeichenblatt und mittlerweile von den Unbilden des Wetters abgeschliffen. Der Friedhof ähnelt denen, die er in englischen Filmen gesehen hat. Eine Wiese von der Größe eines kleinen Fußballplatzes, eingefasst von einer niedrigen Mauer, Gras, Gräber, Grabsteine, manche Grabstätten von Marmorplatten bedeckt.

«Welches sind die Grabstellen?»

Gemma Lunel führt sie in die entlegenste Ecke, von wo aus man das unter ihnen liegende Tal sehen kann, nicht aber den Staudamm, der von der Kirche und einem Berghang verdeckt ist.

«Die hier», sagt sie und weist auf ein Stück Wiese abseits von den übrigen Gräbern.

«Waren andere zur Verfügung?»

Sie schaut sich um, wie um zu sagen, eigentlich überall.

«Als ich ihr den Lageplan mit den verfügbaren Plätzen geschickt habe, sagte sie, sie sei an diesen drei interessiert.»

«Hat sie gesagt, für wen?»

«Man ist nicht gehalten, das zu tun. Gewöhnlich kauft man die Grabstellen, die dann für die Familie bereitgehalten werden. Man weiß ja nie ...»

«Sicher, sicher! Aber welche Meinung haben Sie sich heute

dazu gebildet? Da es sich um Vera Ladich handelt, werden Sie vermutet haben …»

Gemma Lunel denkt nach, und wenn sie nachdenkt, hält sie die Augen nicht still.

«Vor ein paar Monaten ist der Bruder gestorben, sie könnte die Absicht gehabt haben, ihn zurück ins Dorf zu bringen.»

«Das ist einer. Und die anderen beiden?»

«Ich weiß nicht, vielleicht sie und ihr Mann, in der Zukunft. Aber von heute aus betrachtet …»

«Sie setzen also auf den Bruder, Vera und ihren Mann.»

Gemma Lunel schaut verwirrt um sich.

«Die Signorina hat gesagt, dass Vera Ladich nichts Genaueres geäußert hat», greift der Bürgermeister ein, der bis dahin abseitsgestanden ist wie ein Sarkophag. «Soviel wir wissen, könnte ihr Besuch ausschließlich Erkundungscharakter gehabt haben, aus Neugier!»

«Aus Neugier! Von Rom im Auto, um Grabstellen in Clot zu begutachten.»

«Das kann ich Ihnen nicht sagen, und die Signorina glaube ich auch nicht. Es sind zwei Nächte, dass ich nicht schlafe, und das Telefon läutet ununterbrochen. Dann sind da die vom Zivilschutz, die Mannschaften, denen muss man auch was zum Essen bringen, etwas Warmes … Kurzum, ich verstehe, dass Sie Ihre Ermittlungen anstellen müssen, aber Sie sehen ja, wir sind im Ausnahmezustand. Diese Sache hat uns überrollt …»

«Sicher, sicher, sagen Sie mir nur noch eins, dann lasse sich Sie gehen und die Mannschaften mit Essen versorgen … wo sind die Eltern von Anna Mattalia begraben?»

Der Mann sieht die Sekretärin an, am Ende seiner Kräfte.

«Ich glaube, dort hinten.» Er deutet auf die Kirche.

Sie folgen ihm bis zu einer Gruppe von Gräbern, die nicht alt sind und nicht neu.

«Das sind sie, sehen Sie? Chiaffredo Mattalia und Costanza Dro, verheiratete Mattalia.»

«Ihre Verwandte, die Mutter?»

«Nicht direkt, aber Familiennamen gibt es im Dorf sieben, in gewisser Weise also …»

«Sicher, in gewisser Weise … Der Vater ist 1997 gestorben und die Mutter zehn Jahre später. Ist Anna Mattalia auch zu ihrer Beerdigung nicht gekommen?»

«Nein, meines Wissens nicht», sagt der Bürgermeister. «Wenn es einen Todesfall gibt, ist es Tradition, dass alle im Ort am Begräbnis teilnehmen.»

«Also waren Sie bei diesen Begräbnissen?

«Natürlich.»

«Und Sie haben sie nicht gesehen?»

«Nein, und angesichts der Tatsache, dass ein Fremder nicht unbemerkt bleiben würde, kann ich schließen, dass sie nicht vor Ort war. Aber ich müsste jetzt wirklich gehen.»

«Sicher, sicher, eine Sache noch, Signorina … Gäbe es freie Grabstellen näher bei den Eltern?»

Gemma Lunel steckt die Hände in den blauen Teddymantel, den sie trägt. Im Lauf von Minuten scheint sie um einige Jahre gealtert, auch wenn die Kälte sie eigentlich konservieren müsste.

«Ich habe den Lageplan nicht bei mir», sie zuckt mit den Schultern, «aber ich glaube, ja. Auch weil die, die ich Ihnen gezeigt habe, am weitesten entfernt sind.»

«Ah ja, ich sehe es. Die Kirche ist geschlossen?»

«Wir öffnen sie nur auf Anfrage.» Die Schuhspitzen des Bürgermeisters zeigen in Richtung Ausgang. «Während der Besichtigung müssen entweder ich, die Signorina oder der Amtsdiener anwesend sein. Nach den Restaurationsarbeiten haben wir eine Alarmanlage eingebaut und erheben eine kleine Eintrittsgebühr: acht Euro pro Person.»

«Wird hier also keine Messe gelesen?»

«Nein, sie wird schon seit vielen Jahren nicht zelebriert. Im Übrigen hat Clot keinen Pfarrer.»

«Geht man nicht zur Messe?»

«Doch, in Alve. Die Pfarrei hat für Samstagnachmittag und Sonntagmorgen einen Shuttle-Bus organisiert, auch für die Feiertage. Gratis.»

«Wie angenehm. Jetzt lasse ich Sie frei, ich weiß ja, dass ich Sie im Rathaus finde, richtig? Auch Sie, Signorina, sollten sich nicht wegbewegen. Sagen Sie allfällige Fortbildungskurse ab.»

Der Bürgermeister und die Frau machen sich auf den Weg, er einen Schritt voraus. Als sie aus dem Friedhof heraus sind, gehen sie nebeneinanderher und wechseln ein paar Worte, während sie den Hang hinuntersteigen, womöglich darüber, wie stumpf und lästig dieser Commissario ist. Was ihm am Anfang seiner Karriere bisweilen missfallen konnte, ihn in seinen Glanzzeiten mit Stolz erfüllte, jetzt aber ist wie eine Wollfluse in den Socken zwischen den Zehen: keine schöne Sache, aber unvermeidlich. Also muss man sie beseitigen und ihr nicht zu viel Gewicht beimessen.

Pedrelli ist blass, eingemummelt und nachdenklich, wobei nur Letzteres eine Neuheit ist.

«Was ist, Pedrelli?»

«Nichts, Commissario.»

«Einmal hast du das Wort Scheiße in den Mund genommen. *Ego te absolvo*, habe ich dir doch schon gesagt, Gehe hin in Frieden.»

«Es ist nicht deswegen.»

«Was ist es dann?», seufzt Arcadipane.

«Erinnern Sie sich an *Moliendo Café?*», fragt Pedrelli und trällert das Lied. «Cuando la tarde languidece tenacen las sombras. Era la quietud los cafetales …»

«Nein.»

«Rita Pavone hat es 1962 beim Festival der unbekannten Talente von Ariccia vorgetragen. Sie war siebzehn. Nur ein Jahr älter als Anna Mattalia.»

«Ruf den Haftrichter an», Arcadipane knöpft sich den Kragen zu, «er soll sofort Haftbefehl erlassen.»

«Aber nein, Commissario, was sagen Sie denn da …? Ich dachte nur, der Organisator dieses Festivals war Teddy Reno. Bei der Gelegenheit haben sie sich kennengelernt. Und Teddy Reno war sechsunddreißig, wie Terenzio Fuci.»

«Dann müssen wir zwei Haftbefehle ausstellen lassen. Gibt es weitere Verdächtige?»

Der Vize zuckt mit den Schultern und beginnt eine Hand mit der anderen zu kneten.

«Der Bürgermeister hat gesagt, dass Vera Ladich nicht zur Beerdigung ihrer Eltern gekommen ist, also denke ich, dass die Eltern auch nicht an ihrer Hochzeit teilgenommen haben. Auch der Vater von Rita Pavone ist nicht zur Trauung gegangen, als sie in der Schweiz geheiratet haben, wegen des Altersunterschieds und weil Teddy Reno schon einmal verheiratet war. Und doch, nach fünfzig Jahren sind die beiden noch immer zusammen» – er wischt sich mit dem Handrücken die Nase –, «genau wie Terenzio Fuci und Vera Ladich, bevor er starb. Alles, was damals hergestellt wurde, war solider, die Elektrogeräte, die Häuser, die Autos … Auch die Liebesbeziehungen, nicht wahr, Commissario?»

Arcadipane steckt die Hände in die Taschen.

«Willst du dich trennen?»

«Aber nein, was sagen Sie denn da, Commissario, in unserem Alter …? Nicht weil … jeder hat seine eigenen Geschichten … Nein, es geht um meine Tochter …»

«Sie war doch zusammen mit diesem Studienkollegen, oder? Liebe und Eintracht.»

«Ja, aber …»

«Was hat sie angestellt? Ist sie jetzt doch wieder mit einem alten Mann zusammen?»

«Nein, alt nicht, aber … Man macht sich so seine Gedanken. Anscheinend findet sie nie den Richtigen.»

«Mir scheint, sie findet mehr als einen Richtigen.»

«Ja, aber …», sagt Pedrelli, zum Glück hat er die Ironie nicht mitgekriegt, «Eltern sind schließlich froh, wenn sie sehen, dass die eigenen Kinder ein bisschen gesettelt sind. Jetzt geht sie, scheint's, mit einem, der Bitcoins verkauft.»

«Was verkauft er?»

«Kryptowährung.»

«Aha, Kryptowährung.»

Während er sich umschaut auf der Suche nach etwas, was ihm helfen könnte, das Thema zu wechseln, und nicht dem Bedürfnis nachzugeben, unverzüglich ins Dorf hinunterzugehen, bemerkt Arcadipane auf dem Platz Bewegung. Es ist Lavezzi, der sie gesehen hat und mit Gesten bedeutet, er solle das Handy ans Ohr legen.

Arcadipane holt seines aus der Tasche. Kein Netz.

«Funktioniert deins?»

Pedrelli sieht nach.

«Nein, der Bürgermeister hat gesagt, es funktioniert nur im Dorf und am Staudamm.»

Beim Abstieg kommen sie ins Rutschen, an einem bestimmten Punkt riskieren sie, mit dem Hintern am Boden zu landen, und sie erreichen die Wiese. Wie sie allmählich näher zu den Häusern kommen, gibt Arcadipanes Handy das Zeichen für entgangene Anrufe und Nachrichten. Er sieht nach: drei Anrufe und eine Nachricht auf der Mailbox. Er klickt sie an und schaltet auf laut: «Guten Tag, ich bin Polizeioberwachtmeister Nazareno von der Dienststelle Pregliasco. Ich habe versucht, Sie anzurufen, aber ich erreiche Sie nicht. Rufen Sie mich bitte an, sobald Sie können. Danke.»

Arcadipane geht weiter und wartet darauf, dass das Handy Netz anzeigt.

«Aber wo zum Teufel ist Pregliasco?», sucht er sich zu orientieren, während sie fast den Dorfrand erreicht haben, wo Lavezzi sie erwartet.

«Kennen Sie die Äpfel von Pregliasco nicht, Commissario?», sagt Pedrelli. «Das ist eine ganz besondere Sor…»

«Sicher, Pedrelli. Schau, da ist Lavezzi, der ist ein Fan von Äpfeln und Rita Pavone … Ich muss diesen Anruf hier machen, aber ihr werdet mich nachher bestimmt auf den neuesten Stand bringen, hm?»

9.

Der Wagen der Carabinieri wartet an der Einfahrt zum Kreisverkehr, was sie als Treffpunkt vereinbart haben. Mit der Giulietta, die zu nehmen Arcadipane Pedrelli gezwungen hat, stellen sie sich neben den Punto. Während sein Vize fuhr, hat er das Lunchpaket verzehrt, das Marta Claro seit zwei Tagen für die mit den Ermittlungen befassten Mannschaften herrichtet. Drei großzügig belegte Panini, Aufschnitt, Käse und Omelett, ein Stück Kuchen, Wasser und ein halber Liter Wein, den er nicht getrunken hat, trotz der Versuchung. Alles gut, aber da bleibt die Tatsache, dass er seit sechsunddreißig Stunden nichts Warmes zu sich nimmt, und auch der Schlaf …

Das Fenster des Punto geht herunter. Am Steuer ein junger Carabiniere, das reine Gesicht eines Sizilianers, dem, da würde Arcadipane wetten, der erste Bart schon im Norden gesprießt ist.

«Guten Tag, Commissario», grüßt er mit dem Akzent, der in der Familie weitergegeben wird wie gewisser Rosenschmuck für Hüte.

«Es sind fünf Minuten, kommt ihr mir nach?»

Pedrelli folgt dem dunkelblauen Wagen bis zur Abbiegung in einen Feldweg, wo er stehen bleibt und den anderen Wagen unter Holpern weiterfahren sieht.

«Er geht nicht kaputt, Pedrelli, und wenn, dann musst nicht du das bezahlen, fahr zu, ich bitte dich.»

Es sind ungefähr vierhundert Meter Gerumpel, vorsichtiges Ausweichen, Stehenbleiben und kalter Schweiß, dann finden sie sich inmitten von Feldern wieder, auf denen Kiwi, Birnen, vor allem aber Äpfel wachsen. Die Erntesaison ist vorbei oder fast, an den Bäumen hängt noch die eine oder andere Frucht, angeschlagen oder spät dran.

Der Polizeioberwachtmeister Nazareno, der aus dem Auto ausgestiegen ist, zeigt kurze, stämmige Beine, darüber ein Rumpf, der in der Länge nicht dazu passt. Die anderen Teile sind vorschriftsmäßig. Saubere Schuhe, wie bei einem Carabiniere selbstverständlich, Hut und Schulterstück mit der roten Litze, die seinen Dienstgrad anzeigt.

«Der Stabskorporal lässt sich entschuldigen, er konnte nicht kommen», lügt er, «aber mit dem Ende der Erntesaison hat es einige Reibereien gegeben.»

«Was für Reibereien?»

«Eine Untersuchung des Fernsehens über die Arbeitsverträge für die saisonalen Erntehelfer. Hier ist alles nach Vorschrift, Leute, die seit Jahren kommen, mit guten Beziehungen zur Dorfgemeinschaft, aber wenn man die Arbeitszeiten anschaut, den Arbeitsschutz … das ist ja auch recht so …»

«Also hat er Sie geschickt?»

«Ja», sagt der junge Mann schlicht, was bedeutet, dass der Stabskorporal, sein direkter Vorgesetzter, ihm gesagt hat, wenn er diese Sache hervorkramen wolle, möge er das tun, aber seine Angelegenheit und außerhalb der Dienstzeit.

«Ist das der Wagen?»

«Ja», sagt der Carabiniere wieder und geht darauf zu.

Der Panda steht am Ende der Trasse für die Traktoren, hellblau, einsam und bescheiden. Ungefähr fünfzehn Jahre alt, gut gepflegt, Winterreifen schon montiert.

«Die Saisonarbeiter, die hier ernten, haben ihn bemerkt. Nachdem sie ihn ein paar Tage lang dort stehen sahen, haben sie ihrem Aufseher Bescheid gesagt, der ihn uns vor drei Wochen gemeldet hat.»

Der Carabiniere öffnet den Wagen mit dem Schlüssel, den er in der Tasche hatte.

«Der Schlüssel steckte im Zündschloss, der Wagen war offen. Wir haben das Nummernschild überprüft, er ist zugelassen auf Masimine Orusa, achtundsechzig Jahre alt, ledig, wohnhaft in Saluzzo. Keine Diebstahlanzeige, also haben wir versucht, sie ausfindig zu machen, aber am Telefon antwortete sie nicht. Wir haben Kontakt zu den Kollegen in der Dienststelle von Saluzzo aufgenommen, die zu ihr nach Hause gegangen sind und geläutet haben, aber nichts, also haben sie die Tür aufgebrochen, falls etwas passiert sein sollte, doch die Wohnung war leer, alles in Ordnung.»

Arcadipane späht in den Wagen, auch da alles ordentlich. Sauberes Armaturenbrett, keine Gegenstände auf den Sitzen, nichts Verdächtiges.

«Freunde oder Verwandte?»

«Keine Verwandten, und die Nachbarn im Haus haben sie seit ein paar Tagen nicht gesehen. Sie war Krankenschwester im Krankenhaus in Savigliano, aber in den letzten Jahren arbeitete sie bei einem Verein mit, der Kranke im Endstadium zu Hause pflegte. Scheinbar war sie sehr beliebt bei den Patienten. Eine ruhige Frau, ohne Laster, weder Vorstrafen noch Schulden … nichts.»

«Frühere Ehemänner oder aktuelle Lebensgefährten?»

«Nichts.»

«Was habt ihr dann getan?»

«Wir haben Anzeige erstattet, und nach der gesetzlichen Frist wurde sie in die Datenbank der vermissten Personen aufgenommen, aber es gibt viele Fälle von Leuten, die verschwinden. Fast nie steckt dahinter ein Delikt. Ich bin erst heute misstrauisch geworden, als ich in der Zeitung von dem gelesen habe, was oben in Clot passiert ist.»

«Ist denn die Signora auch in Clot geboren?»

«Ja, sie ist tatsächlich in Clot geboren und war nur um ein Jahr jünger als die Schauspielerin, die ihr sucht. Da habe ich es für meine Pflicht gehalten, die Sache anzuzeigen.»

«Da haben Sie gut daran getan», sagt Arcadipane, der um den Wagen herumgeht und darüber nachdenkt, dass diese Orusa ein Jahr älter war als Vera Ladich. Er öffnet die Beifahrertür, und da ist der Fleck, nicht auf dem Sitz, sondern auf der Rücklehne, mehr etwas Hinuntergelaufenes als ein Fleck.

«Es scheint Blut, aber seid ihr sicher?», fragt er.

«Ehrlich gesagt, verstehe ich nichts davon.»

«Habt ihr es nicht analysieren lassen?»

«Da wir keine Anhaltspunkte haben, hat der Stabskorporal gedacht, auch wenn es Blut ist, die Signora war schließlich Krankenschwester, vielleicht könnte sie …»

«Sicher, sicher. Persönliche Gegenstände?»

«Das Auto war so, wie Sie es sehen: keine Handtasche, keine Ausweise, abgesehen vom Fahrzeugschein im Handschuhfach. Auch zu Hause keine Papiere, aber alles Übrige ist scheint's da: Kleidung, PC, ein paar Schmuckstücke von geringem Wert und ein Vorrat an Medikamenten, die sie für die Patienten verwendete. Das Einzige, was fehlt, ist die steife, orangefarbene Stofftasche, mit der sie ihre Besuche machte. In der Wohnung war sie nicht und im Auto auch nicht.»

«Ich verstehe. Dieses Auto steht also seit drei Wochen hier?»

«Etwas länger. Als die Erntehelfer bei uns Anzeige erstatteten, hatten sie das Auto schon zwei oder drei Tage lang gesehen. Da die Signora keine Angehörigen hat, haben wir Antrag auf gerichtliche Hinterlegung gestellt. Sie hätten schon längst kommen sollen und es abholen, aber das braucht seine Zeit.»

Arcadipane schaut noch einmal in das gepflegte Innere des Autos, dann legt er die Hände auf die Nieren und lässt den Blick über die Felder ringsum schweifen: Äpfel, Kiwi, Äpfel, Birnen, Kiwi, Äpfel. Über alldem ein Himmel mit tief hängenden, formlosen Wolken, die man, wie es scheint, nicht zu ernst zu nehmen braucht.

«Orusa, Ma…?»

«Masimine, als Name etwas französisch. In den Tälern hier machte man das gern.»

«Orusa, Masimine, genau. Und wie heißt du?»

«Nazareno, Massimo.»

«Sehr gut, Nazareno, Massimo, du fährst jetzt zurück in deine Dienststelle und bestellst deinem Stabskorporal, dass er uns einen sehr genauen Bericht mit Datum, Uhrzeit und Umständen der Auffindung des Wagens abliefern muss. Er wird das dich machen lassen, zur Strafe, du aber nimm es als Auszeichnung. Schreib auch den Namen des Besitzers des Feldes und die der Pflücker rein, die dort gearbeitet und ihn zuerst gesehen haben, verstanden?»

Nazareno nickt und kratzt sich den Bart, den er nicht hat.

«Also habe ich nicht eure Zeit vergeudet?»

«Das hätte ich gern, aber ich habe Angst, dass es so nicht ist. Die Sache geht hiermit an uns über, klar? Sag dem Stabskorporal, dass wir einen von unseren Leuten schicken, um das Auto und diesen Fleck zu untersuchen. Wenn er kommt, will ich, dass du ihn in Empfang nimmst. In der Zwischenzeit schicke ich noch jemand anderen, der die Wohnung der Signora Orusa in Saluzzo überprüft.»

«Dann sage ich den Kollegen in Saluzzo Bescheid, dass ihr Kontakt mit ihnen aufnehmt.»

«Tu das, aber ich will, dass du bei dem Lokaltermin dabei bist. Mit dem Stabskorporal werde ich mir einig, er hat ja mit dem TV-Beitrag genug zu tun, da wollen wir ihm nicht noch mehr Arbeit aufhalsen. Meine Nummer hast du. Ruf mich an, falls dir noch irgendetwas einfällt.»

«Ist gut, Commissario.»

«Eine letzte Frage: Es kann sein, dass die Leute, die ich hierherschicke, etwas komisch wirken. Schert euch nicht darum. Insbesondere, wenn eine Frau kommt … Sie ist sehr eigen, ich brauche dir nicht zu erklären, inwiefern, das wirst du selbst sehen. Tu, was sie dir sagt, lern etwas und komm ihr nicht zu nahe, klar? Das mag sie nicht. Von den beiden, die das versucht haben, braucht der eine beim Zielen kein Auge mehr zuzumachen, und der andere muss noch immer jeden Abend seine Eier mit Eis kühlen. Ah, das ist Pedrelli, mein Vize. Nützlich und harmlos.»

«Verstanden.»

Arcadipane geht auf die Giulietta zu, dreht sich um und sieht ihn an, den Daumen nach oben, um zu fragen, ob er alles mitbekommen hat.

«Alles klar», sagt der Carabiniere, der zur Hälfte erfreut und zur anderen Hälfte schon bei den Scherereien ist, die ihm sein Stabskorporal machen wird.

Pedrelli ist bereits im Auto, als Arcadipane sich neben ihn setzt. Die ganze Länge des Feldwegs über schweigen sie und denken an ihre Angelegenheiten, was in Arcadipanes Fall bedeutet: Masimine Orusa, achtundsechzig, geboren in Clot, und in Pedrellis Fall: die Ölwanne und all die komplizierten Teile, die man heutzutage, wer weiß, warum, unten an den Autos anbringt.

«Das ist eine Ermittlung mehr, das ist wahr», bringt Pedrelli seinen Optimismus zum Ausdruck, als die Reifen wieder Asphalt unter sich haben, «aber sie könnte der andren zugutekommen.»

«Sicher, das ist, wie sich in der Krankenhausdusche das Bein zu brechen, während man wegen etwas anderem stationär ist.»

Ein paar Kilometer schweigend. Der Motor verlangt nach dem vierten Gang, ohne Gehör zu finden.

«Als Sie dem Carabiniere gesagt haben, es könnte eine Frau kommen, dachten Sie da …»

«Ich weiß nicht, ich muss darüber nachdenken.»

Kreisverkehr, ein paar Kurven, ein Kilometer im Schritttempo hinter einem Traktor, der Gott sei Dank an einem bestimmten Punkt sich selbst aus dem Verkehr zieht und auf ein Feld einbiegt.

«Bestimmt könnte eine wie sie …»

«Ich habe gesagt, ich muss darüber nachdenken, Pedrelli. Fahr zu.»

Sie kommen durch ein kleines Dorf, eins von denen, die an der durch sie hindurchführenden Straße eine Bäckerei, einen Tabakwarenladen, eine Trattoria, Radarfallen, die Kirche und einen Kebabimbiss aneinanderreihen. Bevor Pedrelli noch einmal auf das Thema zurückkommt, holt Arcadipane das Handy aus der Tasche und geht das Adressbuch durch, aber nur kurz, denn Amedeo ist an vierter Stelle: Er klickt die Telefonnummer an und wartet. Drei-, vier-, fünfmal Läuten, dann geht am anderen Ende jemand ran, schweigt aber.

«Sarace? Hörst du mich. Da ist ein Auto, das du dir anschauen musst.»

Schweigen.

«Sarace? Wo bist du?»

«Leck mich doch, ich bin dort, wo ich dachte, du würdest mich nicht anrufen.»

10.

Um zehn nach sieben frühmorgens kriecht der einzige Sonnenstrahl, der an diesem Sonntag, dem 27. Oktober, dem Dorf Clot beschieden ist, übers Gebirge, über den Staudamm, durch die Fensterläden im zweiten Stock des Hotels *Sosta del pellegrino,* um dort auf das linke Kissen in dem französischen Bett zu fallen, in dem nur zwei Stunden zuvor Arcadipane Schlaf finden konnte.

Gestört worden war seine Nachtruhe durch die traditionelle Suppe, das Lamm, die Kastanien, die Kohlrouladen und den «selbst gemachten Wein, dem man das aber nicht anmerkt», vor allem aber durch die Gedanken, die ihn unaufhörlich von Terenzio Fuci zum Bruder Amilcare Fuci führten, von Vera Ladich zu Rita Pavone, von Masimine Orusa zu Anna Mattalia, von der Entführung zur Lösegeldforderung, vom anonymen Anruf zum Elektrokabel, vom Blutfleck zum Fehlen von Spuren, von dem Anruf bei Bramard zum Anruf bei Isa. Das Ganze untermalt von dem spanischen Lied, das Pedrelli …

Arcadipane setzt sich im Bett auf und kratzt sich mit den Händen den Kopf, als wüsste er nicht mehr, wo der Einschaltknopf ist, und als würde er Zeit sparen wollen, indem er blindlings irgendwohin drückt. Er hat einen Pullover, halb Wolle, halb Polyester, an, den er um drei Uhr nachts willkürlich aus der Tasche gezogen hat, als es ihm zulässig erschien, nicht weiter auf das gluckernde Wassergeräusch in dem einzigen vorhandenen Heizkörper zu hoffen.

Er sieht auf die Armbanduhr: fast achtundfünfzig Stunden, seit Vera Ladich zuletzt lebend gesehen wurde. Und Masimine

Orusa? Im Abstand von einem Jahr im selben Kaff geboren, unterschiedliche Leben, aber im Lauf von ein paar Wochen und in einer Entfernung von etwa achtzig Kilometern verschwunden, haben beide einen Blutfleck auf dem Beifahrersitz hinterlassen. Zufall? Zu schön, um wahr zu sein, zwei Dinge lernt man nämlich, wenn man die fünfzig überschritten hat: Zufälle gibt es weniger, als wünschenswert wäre, und die Frauen, die etwas wert sind, schlafen schon mit jemand anderem.

In dem kleinen, aber durch Perlenschnüre abgetrennten Bad kann man die Wassertemperatur kalt oder brühend heiß einstellen. Arcadipane bereitet sich im Waschbecken einen temperierten Mix, dem gegenüber allerdings die unteren Körperteile, im strikt längenmäßigen Sinn, nicht auf der Höhe sind. Dasselbe macht er im Bidet, wo er sich untenherum wäscht und auf den Knien auch die Achseln. Er hätte die Achseln auch am Waschbecken waschen können und dann ... Denkt er, während er frische Unterhose, Socken, Unterhemd anzieht und das lachsfarbene Hemd zuknöpft, das alles in allem noch tragbar ist. Hose, Schuhe, Jacke und die Treppe hinunter.

«Wollen Sie einen Kaffee, oder warten Sie auf Ihre Kollegen?», fragt Marta Claro von der Küchentür aus. Sie trägt ein Tuch piratenmäßig um den Kopf geschlungen, von wo die Haare kaum gewellt herabfallen. Das Gesicht von einer, die schon seit einigen Stunden wach, aber das gewohnt ist. Schön – unnütz, das zu sagen – und auf der Hut – unnütz, das Gegenteil zu erhoffen.

«Den Kaffee, bitte.»

Der Boden ringsum und unter den Tischen ist schmutzig von Erde. Arcadipane tritt ans Fenster, das auf den Platz geht, und beobachtet die Männer vom Rettungsdienst und die Freiwilligen, die nach dem Frühstück rauchen. Einen Tag, maximal zwei, denkt er, dann basta. Die Hunde haben sie schon am Vorabend nach Hause geschickt, was sie tun konnten, haben sie getan. An ihrer Stelle kommen heute die Taucher. Er glaubt nicht an den See als letzte Ruhestätte von Vera Ladich, aber sicher ist sicher.

«Ich habe Ihnen zwei gebracht», sagt Marta Claro und stellt das Tablett auf den einzigen gedeckten und unberührten Tisch, «ich habe gesehen, dass Sie gestern …»

«Das ist gut so …», kommt Arcadipane ihr zuvor und setzt sich.

«Zu essen wäre da … das Frühstücksbuffet», und sie weist auf den großen Tisch an der Wand, den die Männer draußen auf dem Platz leer gefegt haben, «Joghurt, Kekse, Croissants, Brot mit selbst gemachter Marmelade und der Butter von hier? Sonst habe ich zwei Kuchen gebacken, mit Äpfeln und mit Amaretti.»

«Davon je ein Stück. Und ein Glas Mineralwasser.»

Die Frau geht. Von hinten gesehen, haben Hüften und Schultern etwas Maskulines, aber von einem schönen Mann, wie der Ehemann. Arcadipane kippt den ersten Kaffee hinunter. Verbrannt und zweitklassige Marke, aber er mag es, wenn der Anfang des Tages nicht Gefahr läuft, besser zu sein als das, was folgt. Nie hat er die Musikberieselung im Wartezimmer beim Zahnarzt oder in den Aufzügen von Scheidungsanwälten ertragen.

Die Stücke Kuchen kommen, Marta Claro hat ihr Budget von fünfzig Worten erschöpft, also stellt sie sie hin und geht. Von hinten gesehen, haben Hüften und Schultern etwas Maskulines, aber … Arcadipane bemerkt, dass er das vor einer Minute schon einmal gedacht hat. Das nächste Stadium würde sein, es nicht zu bemerken. Das dritte, es zu denken, nicht zu bemerken und es zu jemandem zu sagen – jedes Mal, wenn es einem in den Sinn kommt. Das vierte Stadium übernimmt dann hoffentlich jemand anders.

Die Tische sind gedeckt, aber nicht besetzt. Pedrelli wird in seinem Zimmer den Sonnengruß machen, nachdem er mit den Mannschaften gesprochen, seinen grünen Tee getrunken und einen Spaziergang gemacht hat. Wenn er keine Nachricht geschickt oder an der Tür geklopft hat, dann, das versteht sich, weil es keine Neuigkeiten gibt. Botta und Lavezzi trifft man schwerlich vor acht im Büro, außer auf ausdrückliche Aufforderung, geschweige denn hier. Andererseits, wie viele Stunden arbeiten sie am Tag für wie viel in der Lohntüte? Und die unbezahlten Überstunden? Wann sie abbauen? Sie sind seit fünfundzwanzig Jahren unterbesetzt.

Während er den Kuchen mit den Amaretti im Mund hat, kommt eine Frau mit Besen, schwarzem Müllsack, Eimer und Schrubber in den Raum. Sie sieht ihn nur flüchtig an, kurz und neutral, dann geht sie zum Buffet, beginnt, es aufzuräumen, und wirft das, was übrig bleibt, wahllos in den Sack.

Arcadipane mustert sie: dunkler Rock, schwarze Hausschuhe, brauner Rollkragenpulli, eine dicke Strickweste, ebenfalls braun. Die Haare grau, aber nicht ganz, zu einem Knoten gebunden. Um die sechzig, aber der Busen noch fest und etwas Jugendliches in den Bewegungen, das alle im Dorf haben.

«Wir haben eine schöne Unruhe gebracht, hm?», sagt Arcadipane.

Die Frau nimmt eine Ecke des schwarzen Sacks und windet ihn um den Knauf des Stuhls, damit er aufrecht bleibt. Das einzige Anzeichen, dass sie nicht völlig taub ist, ist ein leichtes Schulterzucken.

Arcadipane nimmt den Apfelkuchen in die Hand und geht wieder ans Fenster. Die Kleintransporter mit den fünfzehn Männern sind weg. Abgesehen von dem Alfa 33, dem beschissenen amarantfarbenen Peugeot und der Giulietta, ist der Platz leer. Das einzige Licht, das brennt, ist das vom Lebensmittelladen, während an der Tür des Kurzwarengeschäfts die Läden geschlossen sind. Zwischen den beiden Geschäften der blaue Hörer des öffentlichen Telefons, von dem aus zwei Abende zuvor der Mann angerufen hat.

Warum?, fragt er sich. Wenn er soeben Fuci ermordet

und die Ladich entführt hat, konnte er doch abwarten, dass jemand das Auto fände. Er hätte Stunden gewonnen, vielleicht sogar einen Tag. Es sei denn, er brauchte diese Zeit nicht … Nein, die Hunde hätten ihn auch drei Meter unter der Erde gefunden. Das hat er bei diesem Mann aus Orbassano gesehen, den der Nachbar im gemeinsam genutzten Gemüsegarten an der Umgehungsstraße vergraben hat. Sicher, der Stausee …

Ein Kleinbus mit zwanzig Sitzen kommt über die Steigung der Straße herauf, fährt auf den Platz und hält bei dem runden Schild der Haltestelle, wenige Meter von dem Telefon entfernt. Der junge Mann am Steuer, ungefähr zwanzig Jahre und lange Haare, öffnet die Tür, bleibt aber sitzen und stellt den Motor nicht ab. Im Bus ist außer ihm niemand.

Arcadipane dreht sich um zu der Frau, die jetzt angefangen hat, den Boden rund um den Tisch mit dem Frühstücksbuffet zu fegen.

«Wie oft am Tag kommt der Bus?», fragt er.

«Zweimal», sagt sie, ohne ihn anzuschauen, «aber das ist der von der Pfarrei.»

Arcadipane möchte sie schon fragen, wie viele Leute zur Messe nach Alve fahren, als sein Handy in der Tasche vibriert. Er nimmt es heraus und sieht nach. Eine SMS von Sarace: «Das Blut in dem Panda ist von Masimine Orusa. Nichts weiter zu vermelden. Wenn du ihn findest, grüß mir den Entführer oder den gerontophilen Serienmörder.»

Was bedeutet gerontophil? Er steckt das Handy wieder ein. Wird was Medizinisches sein.

«Darf ich Sie fragen, wie Sie heißen?»

«Caterina Rubet», sagt sie, weiterhin den Blick nicht von der Arbeit mit dem Besen hebend.

«Sechzig?»

«Achtundsechzig im Dezember.»

«Würde man nicht meinen», bemerkt Arcadipane und

nickt, während er ein Stück von dem Kuchen isst. «Also werden Sie Anna Mattalia gekannt haben.»

Die Frau hört auf, um das Buffet herum zu kehren, und sieht ihn an.

Tausende Male ist Arcadipane von Menschen angesehen worden, die etwas zu verbergen, zu verleugnen, zu vertuschen oder anderen in die Schuhe zu schieben hatten, und doch hat ihm nur bei einer Gelegenheit im Abstand von wenigen Minuten jemand zwei identische, leere Blicke wie den hier zugeworfen.

Acht Uhr morgens, eine Schleife des Po wenig außerhalb der Stadt, eine aus dem Fluss geborgene Frau, aber erwürgt, bevor sie dort endete. Bei der Leiche hatte Sarace die Fragen gestellt, die er stellen musste, und hatte die Antworten bekommen, die ihm zustanden. Das alles unter dem aufmerksamen und doch abwesenden Blick der Frau, die schon in dem schwarzen Sack lag. Dann war er den Uferhang hochgestiegen, hatte den Schotterweg erreicht und in der Tasche den Autoschlüssel gesucht, ohne ihn zu finden. Wegen diesem verdammten Schlüssel war er den Weg zurückgegangen und hatte sich an der Seite Saraces wiedergefunden, der noch immer mit der Leiche beschäftigt war, und empfing von der Frau denselben Blick wie zuvor: leer und aufmerksam. Das Leben war weitergegangen, in seiner Bescheidenheit, aber dieser Blick nicht. Seitdem er bei der Polizei ist, war das einer der fünf Momente, da er begriff, dass seine Arbeit nicht, wie die Leute meinen, das Ende eines Lebens betrifft, sondern den Augenblick, in dem jemand es für immer eingefroren hat. Etwas, was mehr mit dem Ausbruch des Vesuvs in Pompeji zu tun hat als … Arcadipane beißt in den Kuchen, den er in der Hand hält.

«Also kannten Sie sie oder nicht?», sagt er kauend.

«Das Dorf ist, was es ist.» Sie zuckt mit den Schultern, während sie ihre Arbeit wieder aufnimmt. «Ihre Mutter war Cousine meiner Mutter.»

«Also waren Sie und Anna Mattalia Cousinen.»

«Zweiten Grades.»

«Cousinen zweiten Grades und nur ein Jahr Altersunterschied. Ihr werdet auch Schulkameradinnen gewesen sein. Früher gab es in kleinen Dörfern wie diesem manchmal nur eine Klasse, von der ersten bis zur fünften. Wenigstens in der Basilikata war das so.»

«Ich erinnere mich nicht.»

«Erinnern Sie sich nicht, dass sie eine einzige Klasse waren, oder erinnern Sie sich nicht, dass Anna Mattalia mit Ihnen in einer Klasse war?»

Die Frau nimmt den Wischmopp und beginnt, unter dem großen Tisch zu putzen. Eine komische Methode, da doch der ganze Raum voller Erde und Brösel ist, denkt Arcadipane, der freilich nie in einem Restaurant geputzt hat. Und auch zu Hause nur selten.

«Und danach?», fragt er.

«Nach was?»

«Mit vierzehn, fünfzehn Jahren. Ihr werdet miteinander zu tun gehabt haben?»

«Wenig», antwortet sie. «Mit achtzehn war ich schon verheiratet.»

«Aber Anna Mattalia war sechzehn, als sie von Clot fortging, Sie siebzehn. In diesem Alter reden die Mädchen miteinander, vertrauen sich ihre Geheimnisse an, oder nicht?»

«Ich hatte keine Geheimnisse anzuvertrauen, mit achtzehn.»

«Sie waren schon verheiratet, umso besser für Sie. Habt ihr miteinander geredet oder nicht?»

Die Frau stellt den Mopp beiseite, nimmt wieder den Besen und macht sich zwischen den Tischen zu schaffen.

«Nein, und dann war sie tagsüber in Cuneo in der Schule», sagt sie.

«Wann? Nach Beendigung der Mittelschule?»

«Das Jahr danach. Für die Krankenschwesternschule musste man vorher ins Internat. Ihr Vater wollte das nicht. Als man dann extern an einem Tag kommen und gehen konnte, hat er sie lassen.»

«Zuerst wollte er aber nicht.»

«Vielleicht hatte er schon kapiert, was für eine sie war», sagt die Frau und zuckt mit den Schultern, ihre Art, so gut wie alles zu sagen.

«Was für eine?»

«Eine, die meint, Plattenhören ist weniger Mühe, als den Rücken auf den Feldern oder über den Büchern krumm zu machen. Tatsächlich war sie nach einem Jahr schon wieder zu Hause. Man sieht, dass ihr die Disziplin der Schwestern nicht passte.»

Arcadipane schaut hinaus, wo der Junge in dem Kleinbus mit seinem Handy spielt. Er trägt ein kariertes Hemd offen über einem Sweatshirt mit kindlichem Muster. Bislang ist niemand in den Bus eingestiegen.

«Sie kannten auch Masimine Orusa, nehme ich an.»

«Die Orusas waren von hier», sagt die Frau und nickt, «aber es werden vierzig Jahre sein, dass ich die Tochter nicht sehe.»

«Sie ist Krankenschwester in der Nähe von Saluzzo. Erinnern Sie sich, ob sie damals auch die Krankenschwesternschule besuchte? Ob sie und Anna Mattalia Freundinnen waren?»

«Keine Ahnung.»

«Sie wissen ja, wie das ist in diesem Alter, deine Freundin schreibt sich in einer Schule ein, und da beschließt du, dieselbe Schule zu besuchen. Dann schlägt man verschiedene Wege ein, aber man bleibt in Kontakt.»

Die Frau unterbricht ihre Arbeit und schaut ihn ein drittes Mal in dieser Weise an.

«Sind Sie fertig?»

Arcadipane fixiert sie.

«Mit dem Frühstück», sagt die Frau und weist auf das mittlerweile kalte Tässchen Kaffee auf dem Tisch. «Sind Sie fertig?»

Arcadipane schüttelt den Kopf, er mag ihn verbrannt, zweitklassige Marke und kalt, also kann er ihn da stehen lassen. Ein paar Minuten lang verfolgt er die Frau beim Arbeiten, die sich jetzt daranmacht, unter den Tischen und rundherum zu fegen, mit Ausnahme der Fliesen in seiner Nähe.

«Sie hätten das nicht gemacht, glaube ich zu verstehen.»

«Was?», fragt die Frau und nimmt zum zweiten Mal den Mopp zu Hilfe.

«Diesen Ort hier verlassen, um einem geliebten Mann zu folgen. Und doch möchte ich wetten, dass der größte Teil der Frauen für ein Leben wie das der Vera Ladich wer weiß was geben würde.»

«Jeder gibt, was er kann. Wenn Sie zur Seite gehen, mache ich da sauber, dann wäre ich fertig.»

Arcadipane tritt an das Fenster daneben. Die Frau legt an dem Platz, wo er stand, sofort mit dem Mopp los. Kein Besen.

«Und was können Sie mir über den Bruder Aldo sagen? Er hieß Aldo, Ihr Cousin, oder?»

«Das ist von Natur aus so.»

«Sicher, von Natur aus, aber das war ein schönes Unglück für eure Familie.»

«Die Familie fängt bei der Haustür an. An ihrer stand Mattiola und an unserer Rubet.»

Die Frau entfernt den Abdruck eines Stiefels auf den Fliesen direkt unter dem Fenster. Einer von der Mannschaft, der zwischen einem Kaffee und einem Panino nach dem Wetter schauen ging oder einen Spaltbreit aufmachen wollte, weil er den ersten Zug an der Zigarette nicht abwarten konnte. Dann richtet sie sich auf und sieht ihn an. Ein viertes Mal. Immer auf dieselbe Weise.

«Meinen Sie, ich weiß nicht, was Sie von mir hören wollen?»

Arcadipane steckt das letzte Stück Apfelkuchen in den Mund, ohne Rücksicht auf die Brösel.

«Was will ich von Ihnen hören?»

«Dass einer von hier sie ermordet hat. Womöglich ich …»

«Vera Ladich ist also tot? Sagen Sie es nur freiheraus, ich nehme schließlich nicht Protokoll auf.»

Die Frau sieht auf den Tisch hinüber, wo dieser Kaffee sie wirklich stört.

«Vera Ladich hat es hier nie gegeben. Das können Sie in Ihr Protokoll schreiben, wenn Sie wollen.»

«Anna Mattalia hingegen?»

«Die ist vor fünfzig Jahren gestorben, als sie in diesen Wagen gestiegen und nach Rom gefahren ist.»

«Dann haben also nicht Sie sie ermordet? Der Tag hätte sich gut angelassen, so aber muss ich weitersuchen.»

«Suchen Sie nur, hier im Dorf findet sich nicht einer, der sich wegen so einer die Hände schmutzig macht.»

Die Frau fängt wieder an zu wischen. Arcadipane sieht ihr zu, wie sie mit dem Mopp von einem Vor und Zurück zu einer Kreisbewegung übergeht.

«Sie musste kommen, um weitere Scheiße anzurichten, diese elende Hure», brummt sie, einen halben Meter von seinen Füßen entfernt.

Ein mechanischer Ausstoß lässt die Fensterscheiben erzittern.

Der Junge hat den leeren Bus angelassen. Ein paar Manöver, eine Beschleunigung, und der schäbige Umriss des Fahrzeugs verschwindet hinter der Steigung, wo das Licht intensiver ist, und lässt eine ganz horizontale Dieselwolke zurück.

Die Zeit, zuzuschauen, wie das Dorf auch die absorbiert, und Arcadipane nimmt das Handy, um die beiden Anrufe zu tätigen, die er schon vor Stunden hätte machen müssen. Das Tässchen mit dem kalten Kaffee ist verschwunden. Rings um seine Füße eine schmutzige und trockene Insel von der Größe eines Brunnens.

11.

Spielhöllen, Bordelle und Krankenhäuser sind die letzten Orte, an denen ein Dienstausweis noch etwas wert ist. Das ist der Grund, weshalb Arcadipane um zehn Uhr fünfunddreißig im zweiten Stock aus dem Fahrstuhl steigen, der gelben Linie auf dem Linoleum folgen und an der Tür der Abteilung läuten kann, wo bis elf Uhr keine Besuche erlaubt sind.

Die Krankenschwester, die öffnet, muss am Ende ihrer Schicht sein, denn sie gibt sich mit der bloßen Absicht, etwas aus der Tasche zu ziehen, zufrieden. Oder man hat ihr von unten Bescheid gegeben.

«Die fünfte links», sagt sie, bevor sie sich abwendet und wieder ihren Geschäften nachgeht.

Arcadipane folgt ihr auf dem Flur, auch wenn sie nicht vorausgeht, unterdessen zählt er die Türen. Ein paar Schritte vor der fünften bleibt er stehen und kratzt sich an der Nase, sucht sich davon zu überzeugen, dass der Geruch von Krankenhäusern nicht unangenehmer ist als früher.

Im Zimmer stehen drei Betten, eins frisch bezogen, eins belegt von einem jungen Mann ohne Haare, und im dritten bei der Tür liegt Bramard.

«Ich möchte wetten, seitdem ich dir gesagt habe, dass ich komme, hast du nichts anderes getan, als auf die Tür zu starren», sagt Arcadipane.

«Auch nicht, als sie versucht haben, mich mit einem Klistier abzulenken.»

Arcadipane wirft einen Blick auf das Bett unter dem Fenster, das aus nicht eingestehbaren Gründen das beunruhigendste ist. Dann auf den jungen Mann im Bett in der Mitte. Sein Gesicht schaut aus den Laken hervor, schön, nur ganz leicht geschwollen, ohne Augenbrauen. Aus seinem Mund kommt ein leises Schnarchen, das man an einem anderen Ort gar nicht hören würde, aber in der pneumatischen Stille des Zimmers wohl.

«Was hat er?», fragt Arcadipane leise.

«Er schläft», sagt Bramard.

«Aha», sagt Arcadipane, als hätte er genau das erfahren, was er wissen wollte.

Er tritt ein und geht an Corsos Bett, unentschieden, was er mit den Händen machen soll, entweder in die Jackentaschen stecken, aber das gehört sich nicht; sie einfach herabhängen lassen, aber er ist hier nicht in der Bar; oder sich irgendwo abstützen, aber das ist alles Eigentum des Krankenhauses … man weiß ja nie.

«Und du?», fragt er, nachdem er an ihm zehn Kilo mehr festgestellt hat als beim letzten Mal im März, als sie sich wegen des Falls Shun gesehen hatten, aber immer noch zehn Kilo weniger als der Bramard, den er gekannt hat.

«Willst du die Langversion, oder kommen wir gleich zur Sache?»

«Entscheide du, du weißt ja, dass es mich nicht wirklich interessiert.»

Bramard fährt sich mit der Hand durchs Gesicht, eine Hand, unter der sich vielleicht ein angedeutetes Lächeln verbirgt.

«Im April habe ich beschlossen, die Transplantation machen zu lassen.»

«Im Monat davor warst du noch nicht dieser Meinung.»

«Das würde die Langversion erfordern.»

«Vergiss es. Die Kurzversion.»

«Die Kurzversion beinhaltet zwei Monate Injektionen und Transfusionen vor der Transplantation, danach zwei Monate Isolierstation im Krankenhaus. Zwei Monate zu Hause bei

Reisschleim, und jetzt bin ich seit drei Tagen hier, um zu untersuchen, ob die Dinge gelaufen sind, wie sie sollten, oder ob man von vorn anfangen muss.»

Arcadipane nickt, kurz war die Version ja, dann lenkt er den Blick auf das metallene Nachtschränkchen, auf dem eine Feldflasche steht und eine Packung Taschentücher, zwei Bücher, die Brille, das Handy, zwei Bleistifte und ein Notizbuch. Wenn er neulich abends, während er nach Turin zurückkehrte, die grüne Taste an seinem Handy gedrückt hätte, hätte dieses hier geläutet und vielleicht das Ritual des gedünsteten Apfels am Ende der Mahlzeit oder die Quizsendung im Fernsehen gestört, jetzt wirft der Apparat das Zerrbild von drei Betten und einem Deppen zurück, der mit herunterhängenden Händen dasteht.

«Ich bin dich nie besuchen gekommen», sagt er.

«Du wirst zu tun gehabt haben», schließt Corso, bevor er die Feldflasche nimmt, gemächlich den Deckel öffnet und einen Schluck trinkt.

Arcadipane betrachtet ihn: der magere Hals, wo der weiße Mehrtagesbart die raue Haut nicht zu verdecken vermag, die vortretenden Venen, die Sehnen. Die Bresche, durch die das Alter Tag für Tag diesen scheinbar unbezwingbaren Körper einzunehmen begonnen hat. Instinktiv schaut er auf die Schultern und findet sie, wie er hoffte, kantig und fest unter dem T-Shirt mit der Aufschrift «Immer aufwärts, oder fast», Festungen, dazu bestimmt, lang standzuhalten, bevor sie fallen, aber zuletzt.

«Machen wir es so?», fragt er. «Auf die gewohnte Art?»

«Ich dachte, es bis zum Grab so zu halten, oder hat sich etwas geändert?»

«Wenn sich bei dir nichts geändert hat», und er betrachtet die Geräte hinter dem Kopfteil des Bettes. Anschlüsse, Knöpfe, Kabel und Schildchen mit der Anzeige von Voltzahl und Warnhinweisen. Dinge, die bis vor ein paar Jahren unvorstellbar waren, und doch ist das alles noch zu grob, grau, mechanisch. Besser ist da schon der kleine, weiße Monitor auf dem dreibeinigen Hocker. Die Zahlen, die grün und rot blinken, mit einem leisen, beruhigenden Summen …

«Vincenzo?»

«Hm?»

«Machen wir weiter?»

«Machen wir weiter. Was ist jetzt dran?»

«Das Neueste von der Familie», sagt Corso, dann kontrolliert er die Uhrzeit auf seiner Cyma-Armbanduhr. «Aber schnell, denn in einer Viertelstunde kommt Elena. Deine Kinder?»

Arcadipane erlaubt sich endlich die Hände in den Jackentaschen.

«Es ist leichter, mit einem Boss im Hochsicherheitstrakt zu sprechen, aber nach den Nachrichten zu schließen, müsste Loredana die letzte Prüfung ihres Bachelors ablegen, sie läuft einem nach, der von ihr nichts wissen will, und versucht abzunehmen, indem sie sich an drei Abenden in der Woche auf einem in einem Souterrain fest montierten Fahrrad abstrampelt. Giovanni könnte nächstes Jahr in der Serie B spielen, aber da müsste er von Modena weggehen, wo seine Verlobte, die Athletin ist, trainiert. Da ist es tröstlich, dass auch wer keine Transplantation durchgemacht hat oder Vera Ladich verpasst, keine rosigen Zeiten durchlebt, nicht wahr?»

«Ein bisschen. Mariangela?»

«Immer noch mit dem Fuzzi von Lehrerkollegen zusammen, immer noch schön, und immer noch hat am Ende sie recht. In letzter Zeit kommt sie mir allerdings komisch vor, ich würde mich nicht wundern, wenn sie eines Tages mit den Papieren für die Scheidung daherkäme. Ein Tag wie heute, da ich sie nachher sehen werde. Deine angenommenen Kinder?»

«Ani fühlt sich pudelwohl in der Dritten Gymnasium, Matei japst in der Ersten Hotelfachschule.»

«Tochter Eigenbau dagegen?»

Bramard nimmt noch einen Schluck, dann stellt er die Feldflasche auf das Nachtkästchen.

«Martina ist seit dem Eingriff in Italien, offiziell, um mir nah zu sein, aber ich glaube, die Sache mit dem deutschen Verlobten läuft nicht so recht. Elena geht es gut, und sie wird in» – er kontrolliert die Uhrzeit auf der Cyma – «zwölf Minuten hier sein. Also erzähl.»

Arcadipane denkt an diese Frau, die Bramard eine neue Familie und teilweise auch ein neues Leben geschenkt hat. Schön, stark, hart ist sie und kann ihn nicht ausstehen. Schnell schaut auch er auf die Uhr: neun vor elf, aber vor allem zweiundsechzig Stunden, seit denen Vera Ladich nicht zu finden ist, dann kehrt er zurück zum Gesicht dieses Mannes, den er vor sich hat und der trotz totaler Abwesenheit von Ehrgeiz und Unduldsamkeit gegenüber Hierarchien mit dreißig der jüngste Kommissar Italiens war. Der Mann, der fünf Jahre lang alle Fälle löste, die man ihm anvertraute, wie ein Mathematiker, der eine komplexe Gleichung berechnet, ohne einen einzigen Schritt an die Tafel zu schreiben und ohne dass jemand a posteriori erklären könnte, wie er zu dem Ergebnis gekommen ist. So ging es bis zum letzten Mord, in den die zwei Menschen verwickelt waren, die er liebte und die sein erstes Leben waren, was aber auch der einzige Fall war, den er nicht gelöst hat. Nicht rechtzeitig jedenfalls. Von da an hat dieser selbe Mann den Polizeidienst quittiert, um zuerst Alkoholiker, dann Gymnasiallehrer und schließlich Gefährte von Elena zu werden, und in gewisser Weise wieder Vater, und hat nach und nach den Alkohol durch eine mehr kabbalistische und einsamere Art des Sterbens ersetzt. Auf diese Weise hat er zwanzig Jahre lang überlebt, die Gesetze der Schwerkraft und der Wahrscheinlichkeit überwindend, jedes Mal, wenn er von seinen nächtlichen Kletterpartien ohne Sicherung zurückkam. Das ist also der Mann, der da vor ihm liegt, mit weißem Haar, kurz und schütter, aber immer noch dicht im Vergleich zu seinem. Der Mann, der ihm diesen Beruf als Erbe hinterlassen hat, die Obsession, ihn auszuüben, und der ihn seit fünfundzwanzig Jahren lehrt. Schwer zu glauben, aber dieser Mann war all dies. Er könnte seinen Finger auf jede der Nähte legen, die diese Momente zusammenhalten. Das ist der Grund, weshalb er hier ist. Weshalb Bramard akzeptiert, dass er hier ist. Weshalb zwischen ihnen auch «Ich hatte viel zu tun» passt.

«Wo fange ich an?», fragt er.

«Bei dem, was ihr habt.»

«Dann sind wir auch gleich schon fertig, denn da sind weder Schuhabdrücke noch Reifenspuren vor Ort. Keine Fingerabdrücke im Wagen und am Telefon, von dem der anonyme Anruf kam. Keine DNA. Nichts in ihrem Hotelzimmer. Nichts von der Autopsie, wenn wir die Frage der verzögerten Strangulation ausschließen, wovon ich dir am Telefon erzählt habe. Nichts bei den Suchtrupps und nichts bei den Hunden. Nichts von der Tatwaffe, was ein altes Elektrokabel ist, das man überall bekommt. Kurz und gut, abgesehen von der Frage der Grabstellen auf dem Friedhof, die auch ins Leere zu führen scheint, wissen wir nicht einmal, warum Vera Ladich nach so vielen Jahren nach Clot zurückgekehrt ist, und vor allem, warum sie und ihr Mann nachts auf diese Alm hinaufgefahren sind.»

«Und was habt ihr zu Masimine Orusa?»

«Keine Beziehungen, keine Laster, keine Schulden oder Mauscheleien. Ein ruhiges Leben, so sehr, dass niemand ihr Verschwinden angezeigt hat. Wir gehen verstärkt der Frage nach, ob sie in Medikamentenhandel verwickelt sein könnte, aber wir sprechen von einer bloßen Luftnummer. Abgesehen von dem Blutfleck auf dem Autositz, der Tatsache, dass sie in Clot geboren ist und dass sie und Anna Mattalia als Mädchen ein paar Jahre dieselbe Schule besucht haben, haben wir einen Dreck.»

«Bist du bei ihr zu Hause gewesen?»

«Noch nicht.»

«Und bei Vera Ladich?»

«In Rom? Da sind die Hauptstadtkollegen gewesen.»

«Und das Haus der Familie im Ort?»

«Da sind Botta und Lavezzi gewesen. Es steht leer, seitdem die Eltern tot sind.»

«Geh auf jeden Fall persönlich hin oder schick jemanden, der zu finden weiß, was er nicht sucht. Du weißt, von wem ich rede, hast du sie schon angerufen?»

«Sie antwortet nicht.»

«Sie wird antworten. Was sagen die Leute in Clot?»

«Außer ‹Lass uns in Frieden, *terrone*›? Alle haben sie gehasst, aber keiner hätte ein Motiv, das nicht fünfzig Jahre alt ist. Im Übrigen kennst du die Menschen in den Bergen besser als ich. Apropos, wie lange behalten sie dich hier?»

«Das hängt vom Ergebnis der Untersuchungen ab, aber die Antwort ist in jedem Fall nein.»

Arcadipane schaut diese Augen aus Schiefer an, über die er mehr als eine Naturkatastrophe hat hereinbrechen sehen und die sich dann wieder mit Flechten überzogen hat. Nicht eigentlich Vegetation, aber doch Leben, wenn auch in seiner primitivsten und zähesten Form.

«Könntest du wenigstens …?»

Bramard schüttelt den Kopf, nein, nichts könnte er wenigstens.

«Im Grunde ist es ruhig dort, die Luft ist gut, und wenn du leichte Kost zu dir nehmen musst …»

Der junge Mann im Bett nebenan stößt einen der Laute aus, die bei Kindern dem Aufwachen vorausgehen. Etwas, was der vorsichtigen Fühlungnahme des Fußes mit dem Wasser gleichkommt, um dessen Temperatur zu testen, bevor man sich entschließt hineinzugehen. Das Wasser muss ihm zu kalt erschienen sein, denn nach einem Schnalzen mit den Lippen fängt er wieder an zu schnarchen. Bramard hat sich unterdessen dem großen Fenster zugewandt, vor dem sich das Licht in dieser halben Stunde kaum bewegt hat. Auch Arcadipane schaut auf diese Portion Himmel und Stadt. Die Oktoberwolken über Turin lassen an Kohlenhydrate denken, an Culottes, an das Wort «Verlassenheit» im aktiven wie im passiven Sinn.

«War das also alles?»

«Alles was?», sagt Bramard

«Ich hatte auf einen Ratschlag gehofft. Du hast im Fall von verschwundenen Personen ermittelt, oder nicht?»

«Du meinst meine Tochter, die ich nach fünfundzwanzig Jahren wiedergefunden habe, und das war nicht mein Verdienst.»

«Die anderen Fälle.»

«In den anderen Fällen weißt du, wie es gelaufen ist, du warst dabei. Die Fälle von Entführungen werden gelöst, wenn jemand einen Fehler begeht und wenn dieser Jemand nicht du bist. Und dann ist das hier keine Entführung.»

«Ach nein?»

«Nein, und du weißt das, sonst wärst du nicht hier.»

Arcadipanes Blick gleitet von Bramards Profil zu seinen Händen, die ausgestreckt auf dem Bett liegen, von derselben erdbraunen Farbe wie die Decke: zwei in der Wüste verlassene Panzer nach einem alten Krieg. Rost, Kraft, Vergessen … Zu denken, wie stark sie gewesen waren, erregt Zärtlichkeit, aber auch das gefährliche Gefühl, dass, sollte jemand sie wieder in Bewegung setzen …

«Erinnerst du dich an diese Ladich?», fragt er.

«Ich habe nicht jeden Tag an sie gedacht, aber ich erinnere mich an sie.»

«Und warum?»

«Warum was?»

«Warum haben sich alle an sie erinnert? Es gab andere schöne Schauspielerinnen.»

«Ich hatte einen Pullover, den ich sehr mochte. Ich habe ihn ein paarmal benutzt, und dann ist er, wer weiß, wie, abhandengekommen. Nie mehr wiedergesehen. Ich war zweiundzwanzig. Das ist der einzige Pullover, an den ich mich erinnere.»

«Ist das ein Gleichnis? Wie in der Bibel? Wenn es so ist, übersetz es mir, denn ich habe sie nie kapiert.»

«Die anderen Schauspielerinnen sind auf der Leinwand gealtert, in den Illustrierten und im Fernsehen. Vera Ladich nicht. Sie hat sich auf dem Höhepunkt ihrer Schönheit zurückgezogen.»

Arcadipane streichelt die beruhigenden Umrisse der Sucai, die er in der Tasche hat. Er wählt eines aus und will es schon herausholen, aber dann denkt er, dass Bramard womöglich nicht kann … er kann kein Sucai lutschen vor einem, der aus gesundheitlichen Gründen nicht … einem, der vor über dreißig Jahren einen Pullover verloren hat und noch immer daran denkt.

«Bist du sicher, dass du nicht …?»

«Ich bin mir sicher.»

«Die Zeit läuft, aber du könntest in Ruhe darüber …»

«Ich habe schon nachgedacht.»

«Es ist wegen Elena, sag die Wahrheit!»

«Sicher ist es wegen Elena.»

«Du hast Angst, sie könnte wütend werden.»

«Ich habe keine Angst, ich bin mir sicher.»

«Wenn das so ist …»

«So ist es.»

Arcadipane hat schon den Mund geöffnet, um es auf anderem Wege zu probieren, als er das Gefühl von jemandem verspürt, der eine Sache verspätet wahrnimmt im Verhältnis zu dem, wie er sollte. Manchmal ergeht es einem so mit dem Regen. Es regnet nicht, und man hat nicht das Gefühl, dass es regnen wird, aber man verspürt das leise Schuldgefühl dessen, der irgendwie hätte daran denken sollen. Wenn man jung ist,

ist das eine elektrische Angelegenheit, betäubend und ätzend wie ein Bild von Escher, könnte Arcadipane denken, wenn er wüsste, wer Escher ist, und wenn die Kunst für ihn nicht seit zwei, drei Jahren von einer fremden Sache zu etwas geworden wäre, das auf den Sack geht. Im Alter hingegen erklärt dieses Gefühl, warum so viele alte Leute mit Regenschirm herumlaufen, auch wenn der Himmel nichts Böses verheißt.

Er dreht sich um.

«Oh, hallo Elena!»

Die Frau sieht Arcadipane unverwandt an, ohne sich zu einem Lächeln zu zwingen. Keiner von beiden weiß genau, seit wann sie da im Türrahmen lehnt, aber wahrscheinlich zu lang. Wie bei allen Frauen ihres Typs ist ihr Körper darauf programmiert, mit Überschreitung der zweiundfünfzig Jahre mit einem Schlag zu altern, aber vorerst sind bei ihr die etwas harte Schönheit, das sanfte Blond der Haare intakt, sowie die absolute Weigerung, etwas, was sie als ihr Eigentum betrachtet, mit irgendjemandem zu teilen. Es gibt Dutzende harmloser Tiere, in deren Höhle einzudringen nicht einmal einem großen Raubtier einfiele. Andererseits ist Arcadipane weder ein großes Raubtier noch eines, das gewöhnlich in die Höhle anderer schlüpft, aber es sind zweiundsechzig Stunden …

«Bist du im Begriff zu gehen, oder bist du gerade gekommen?», fragt sie.

«Nein, nein, ich war schon dabei, mich zu verabschieden, unten wartet Mariangela auf mich», das war nur zur Hälfte wahr, aber die Vorstellung, jemand, der nicht verantwortlich ist für die hässliche Person, die du bist, erwartet dich, ist immer ein guter Trumpf.

«Wie findest du ihn?»

Aufgrund seiner *déformation professionelle* interpretiert Arcadipane die Frage ein paar Sekunden lang in polizeilicher Weise, aber Gott sei Dank besinnt er sich noch rechtzeitig.

«Gut! Schöne Farbe und ein paar Kilo mehr. Wirklich

gut … Sicher, das dauert seine Zeit, aber wer rechtzeitig anfängt … Beim nächsten Mal gebe ich euch ein paar magische Knoten, die ein Freund aus dem Süden heraufbringt. Heute hatte ich es eilig, und dann dachte ich …»

«Er hat dir Nein gesagt, hoffe ich», unterbricht sie ihn, sie hat einen Sack über der Schulter und nicht die Handtasche.

«Sofort, noch bevor ich ihn fragen konnte», beeilt sich Arcadipane zu sagen.

Sie wendet sich Corso zu, den Arcadipane, seit sie gekommen ist, nicht gewagt hat anzuschauen, und Corso macht ihr wahrscheinlich ein Zeichen, denn Elena löst sich von der Tür und geht zu einem der drei Schränkchen unter dem Fernseher.

«Also ciao Corso», sagt Arcadipane an diesem Punkt und nutzt das für einen ersten Schritt aus der Höhle. «Wenn du etwas brauchst …» Er dreht sich ein letztes Mal zu Corso um, der ihn ernst und amüsiert ansieht. «Sonst in aller Ruhe, wenn du zu Hause bist … Jetzt gehe ich und überlasse euch euren …», und er tritt durch die Tür und bekommt das Ende eines Satzes erlassen, den zu bilden er nicht die Zeit gehabt hat.

Einmal in Sicherheit, lehnt er sich an den ersten Meter Wand, holt ein Sucai aus der Tasche, steckt es in den Mund und erlaubt sich einzuatmen, bis der Zucker dem Lakritz gewichen ist.

Aus dem Inneren des Raums hört man Elenas Schritte. Jeder Mann, der mehr als drei Monate mit einer Frau zusammengelebt hat, kennt diese Art von Schritt. Sie erinnert an Hagel auf Regenrinnen. Hartes Zeug, das auf hartes Zeug trifft, und wer von beiden als Erstes zerbricht, muss selbst zusehen.

«Komm, setz dich», hört er Bramard zu ihr sagen.

Er stellt sich diese Hände vor, die zur Hälfte zum Klettern gemacht sind und zur Hälfte zum Umblättern eines Buches, wie sie sich vom Bett heben, um ihr Platz zu machen.

«Ich räume die Sachen hier weg, und dann gehe ich», sagt

sie mit Worten, so hart wie ihre Schritte. «Matei kommt um eins mit dem Bus nach Hause.»

«Und du hast ihm das Mittagessen zum Warmmachen vorbereitet, komm einen Moment her.»

Arcadipane hört, wie sich die Badezimmertür öffnet, sie etwas abstellt, dann ins Zimmer und zum Bett geht. Das folgende Schweigen ist schon eine kleine Kapitulation: Sie hat sich gesetzt. Auch das hätte er von Bramard lernen können, was hätte er selbst hingegen getan? Den Fernseher eingeschaltet.

«Ich habe es gestern im Radio gehört», sagt Elena. «Ich wusste, wenn sie ihm den Fall übergeben …»

«Ich wusste das auch.»

«Das hätte keinen Sinn ausgerechnet jetzt, wo du dich zu erholen beginnst …»

«Ich stimme dir zu.»

«Das wäre dumm.»

«Sehr dumm.»

«Und dann hattest du es versprochen.»

«Ich habe es versprochen. Hast du mit dem Arzt geredet?»

Da sind keine Geräusche zu hören, und Arcadipane stellt sich vor, dass sie lächelt. Wenn Frauen lächeln, ist das, als ließen sie Luft in den Raum strömen. Wenn sie lachen, ist es dagegen fast wie ein Windstoß.

«Die Werte sind alle gut», sagt sie, «sie warten auf den Chefarzt, um die Entlassungspapiere zu unterschreiben.»

Arcadipane versteht, dass sie sich bei der Hand genommen haben … für das Folgende ist er schon zu weit weg, um es zu erahnen.

Er gelangt an die Tür am Ende des Korridors und zieht die Lammfelljacke enger um sich. Die Zeit, in den Aufzug einzusteigen, noch ein Sucai in den Mund zu stecken und den Knopf E zu drücken, dann schließen die Türen den Vorhang hinter einem Mann, allein und steinzeitalterlich, der seine Diva finden muss.

12.

Der sonntägliche Verkehr in der Stadt lässt ihm die Zeit, zu fahren und die drei Telefonate zu führen, die er führen muss. Bei Pedrelli keine Neuigkeiten, abgesehen von den Tauchern, die mit ein paar Schlauchbooten angekommen sind und sich an die Arbeit gemacht haben, dann ist da vielleicht noch etwas … aber eine Lächerlichkeit, sagt er … komm, sag schon, eine Lächerlichkeit ist besser als das Nichts, das wir haben, oder? Ich überprüfe das noch mal, und ich zeige es Ihnen, wenn Sie hier sind, Sie sind doch auf dem Weg, nicht wahr?

Beim Ministerialdirigenten die übliche Schelte … Sehen Sie nicht, was in den Zeitungen abgeht? Er lügt, dass er es sieht, dagegen liest er die Zeitungen nicht, wenn da die Fälle, an denen er arbeitet, breitgetreten werden … und dann der Druck von oben, die Fucis, die noch viele alte Freunde in der Politik haben … Arcadipane versucht, ihn mit den Tauchereinheiten zu beschwichtigen … Ja, Feuerwehr, Suchhunde und Taucher vermitteln den Eindruck, dass recht viel geschieht … Keiner denkt daran, dass, sofern man etwas findet, das zu neunzig Prozent etwas Totes ist … wir setzen alle verfügbaren Ressourcen ein … Lügen, die für die ersten Stunden gelten, maximal einen Tag, von da an zählt allein die altbewährte Fußtruppe aus Zeugen- und Nachbarnbefragung, Überprüfung von Bankkonten, aufgeschnappten Halbsätzen, Mails, SMS, ein bisschen Stöbern im Privatleben … Das Problem ist in diesem Fall, dass, um das Leben des Fuci und der Ladich aufzurollen, mehr Vorsichtsmaßnahmen und Genehmigungen vonnöten sind als zur Entfernung des Turiner Grabtuchs Christi aus seiner Vitrine. Und ein Toter und eine Vermisste sind zusammen genommen ein Fiasko, da Mord und Entführung verschiedene Strategien erfordern. Das ist, wie ein Kind satt zu kriegen, das zunehmen muss, und das andere, das abnehmen muss: Es endet damit, dass man etwas auf den Tisch stellt, was keinem von beiden gut oder schlecht bekommt, aber das ist das, was sie tun … auch wenn er das dem Ministerialdirigenten so nicht sagen kann. Sicher, Dottore, wir haben ein paar Spuren, auch im Hinblick auf die andere Frau … Was für eine andere Frau? Die Orusa, ich habe Ihnen von ihr erzählt … Viele Dinge, viele Fäden, die man zusammenhalten muss, ich möchte nicht in Ihrer Haut stecken. Wir hören uns heute Abend mit Neuigkeiten, gewiss.

Den dritten Anruf unternimmt er, während er versucht, zwischen einem japanischen Auto und einem Passat einzuparken. Zum dritten Mal an diesem Morgen ist die Nummer nicht erreichbar, oder das Handy ist ausgeschaltet.

Er schließt den Wagen ab, und miserabler Laune geht er an einer der Seiten des achteckigen Platzes entlang, den er sich ausgesucht hat, um ein bisschen Abwechslung und Zerstreuung zu finden, nach zwei Tagen in diesem Sanatorium von Clot, aber er hat vergessen, dass Sonntag ist. Kein Markt also, keine chinesische Kleidung, kein Fisch, Gemüse, Schreie, Gewürze, Taschendiebstahl, keine traditionellen Metzger, Karren, Kühltruhen aus den Vierzigern, Käsehändler. Sonntags wirkt Porta Palazzo wie Clot, nur schmutzig, ohne Staudamm und mit ein wenig tröstendem Sonnenschein. Im Übrigen eine Handvoll unbedarfter Touristen und ein paar Obdachlose, bereit, die Abfälle vom Markt am Samstag noch ein drittes Mal zu durchwühlen, und wir sprechen hier von denen, die sich in Gullys und Rinnsteinen ansammeln.

Sie sind verabredet vor dem Weinladen, der natürlich geschlossen ist. Ohnehin wäre das kein Ort, um sich hinzusetzen und etwas zu trinken, Damarco verkauft nur. Und wenn man eintritt, muss man sich in Acht nehmen, weil die Gänge zwischen den Flaschen, die die Wände bis zur Decke hinauf tapezieren, auf Schulterbreite der Sechzigerjahre geeicht sind: klein von Statur und auch ein bisschen rachitisch. Wie die Türen an den alten Häusern im Gebirge. Womit wir wieder bei Clot wären.

Mariangela wartet vor dem herabgelassenen Rollladen. Sie schreibt gerade eine Nachricht, was an sich schon irritierend ist. Vor allem aber hat sie Trepet mitgebracht, der schön brav zu ihren Füßen liegt mit seiner Leine, die eine Kette ist. Was noch irritierender ist.

«Entschuldige die Verspätung», sagt Arcadipane, ohne den Bastard irgendwelcher Aufmerksamkeit zu würdigen.

«Du bist nicht zu spät dran», sie tippt die letzten Worte ein, dann sieht sie ihn an und lächelt. Ihr Gesicht ist immer ausgeruht, auch wenn sie viel arbeitet, denn wenn sie schläft, schläft sie und basta. Sie grübelt nicht, überlegt nicht hin und her, sie nimmt nichts auseinander und setzt es wieder zusammen. Bilanz macht sie jeden Abend vor dem Zubettgehen, und die Zahlen stimmen fast immer. Sollte doch ein Sümmchen übrig bleiben, so landet es in der kleinen Ampulle des Gefühlsstaus, einer Art Fundus, und fällt unter die Kategorie: «Ach, wie extravagant das Leben doch ist! Zum Glück hält es immer eine Überraschung bereit.» Und sie geht ins Bett ohne schwere Gedanken und auch ohne …

«Vincenzo?»

«Ach, es ist alles geschlossen, ich hatte nicht daran gedacht, dass Sonntag ist.»

«Während ich wartete, habe ich mich ein wenig umgesehen …»

«Also war ich zu spät.»

«Nein, du warst nicht zu spät, ich war früh dran.»

«Auf der Galerie, habe ich gesehen, haben ein paar neue Lokale aufgemacht … musst du was essen?»

«Nein, einen Kaffee und schnell eine Kleinigkeit, man erwartet mich im Gebirge.»

Sie gehen in Richtung Galerie, was das erste Krankenhaus Turins war, natürlich von Pfaffen eingerichtet und betrieben, dann entkernt und in etwas verwandelt, das der Stadt als Vestibül diente. Der Vorraum, wo die zugewanderten Süditaliener, die entlang der Dora lebten, den Dreck abstreifen durften, bevor sie ihren Fuß ins Zentrum setzten. Eine Frage der guten Erziehung, des gesunden Menschenverstands und der Disziplin, wie die meisten Dinge, die Turin ausmachen. Was unter dieser Stadt von Barbaren pulsiert, versteht man erst nach einigen Jahren – sofern man es verstehen will. Wenn man Polizist ist, auch nach ein paar Monaten. Aber man muss imstande sein, zwischen Kriminalität und Primitivität zu unterscheiden. Vor allem wissen, was das Zweite bedeutet. Was im Fall von Arcadipane nicht …

«Ist das recht?»

«Ja, ist recht», sagt Arcadipane, ohne den Namen des Lokals anzuschauen, und auch nicht, was für eine Art von Lokal es ist.

Im Inneren zwei Paare, eins mit zwei Kindern. Eine alte Frau, die isst, und zwei junge Mädchen, die an einem Tablet herumspielen. Studentinnen, die sich sonntags online vergnügen oder die auf den letzten Drücker für eine Prüfung lernen … Nach dem, wie sie aufgemacht sind, würde man auf Letzteres tippen. An den Wänden im Lokal hängt altes Spielzeug. Auf allen Tischen steht ein Schild mit der Aufschrift «Gratis-WLAN».

«Was kann ich euch bringen?», fragt die Bedienung, während sie noch nicht die Jacken ausgezogen haben.

«Ich sehe, ihr habt verschiedene Gerichte.» Mariangela legt ihren Kunstpelz auf den Stuhl. «Was geht einigermaßen schnell?»

Die Frau denkt nach, als ob sie vor einer halben Stunde im

Lokal vor einem zudringlichen Mann Zuflucht gefunden oder als ob sie ihn gesucht hätte. Sie ist um die fünfzig, gibt aber nicht auf. Dick aufgetragene Farben.

«Das Couscous brauche ich euch nur warm zu machen», findet sie den Faden, «während wir das Tajine frisch zubereiten, sonst haben wir Hamburger aus Kichererbsen und Quinoa, norwegischen Lachs, Spinatnocken oder zwei Portionen Matambre, ein argentinisches Gericht aus Rind und Schwein. Wir sind sehr offen für Kontaminationen.»

«Gebe ich also der Lebensmittelkontrolle Bescheid», brummt Arcadipane.

«Was haben Sie gesagt?»

«Ich nehme das Couscous», lenkt Mariangela sie ab. «Aber ich komme ein andermal in Ruhe zum Kosten. Und ein Glas Weißwein.»

«Einmal Couscous», wiederholt sie. «Was darf es für Sie sein?»

«Einen Caffè lungo und einen Toast.»

«Toast haben wir nicht, aber ich kann Ihnen ein Wrap Fuji machen.»

«Das wäre?»

«Die Füllung besteht aus Avocado, Ziegenkäse, griechischem Joghurt, karamellisierten Zwiebeln, das alles eingerollt in ein Kamut-Fladenbrot.»

«Ist Schinken dabei?»

«Nein, es ist vegetarisch.»

«Kann man Schinken hineintun?»

«Ich glaube, ja.»

«Einen Kaffee und dieses Dings da mit Schinken.»

Während der Unterhaltung konnten sie sich setzen, die Stühle sind aus Schmiedeeisen, die die Alten mit Hämorrhoiden fernhalten sollen. Und dann ist es kalt, es ist nie schön, im Kalten zu essen.

«Alles in Ordnung, Vincenzo?»

«Aber ja, es ist wegen dieser Sache mit Vera Ladich.»

«Ich meinte die Gesundheit … ich will mich ja nicht in deine Sachen einmischen, aber du riechst nach Krankenhaus.»

Von wegen Spürhunde, denkt er, ich könnte sie an einem Halstuch der Ladich riechen lassen und sie im Gebirge aussetzen.

«Nein, nein, ich war wegen der Arbeit dort … Also, was musst du mir sagen?»

«Es sind drei Dinge …»

«Drei? Wenn ich das gewusst hätte, hätte ich ein Bollito misto bestellt.»

«Es geht schnell, aber die Sachen sind etwas heikel, also ist es wichtig, dass du sie richtig aufnimmst.»

Da haben wir's, denkt Arcadipane, die Unterlagen für die Scheidung. Trepet zu Angelas Füßen sieht ihn mit unverhohlenem Groll an und bringt dadurch seinen Willen im Fall einer Gütertrennung klar zum Ausdruck.

«Die erste Sache geht Loredana an. Sie weiß nicht, dass ich mit dir spreche, also bitte ich dich …»

«Aber ja, aber ja, den ganzen Tag empfiehlt man mir Zurückhaltung. Los, fangen wir an.»

Die Frau kommt wieder mit dem Wein und dem Kaffee. Mariangela hilft ihr, die Sets und die beiden Papiertüten mit dem Besteck richtig aufzulegen, was für die Frau wie der Stapellauf der Titanic scheint und was, wenn sie allein gelassen wäre, sicherlich zu demselben Ergebnis führen würde.

«Also», hebt Mariangela an, sobald sie gegangen ist, «Loredana hat mir erzählt, sie hat dich mit einer Frau gesehen, und ist zu dem Schluss gekommen, dass das deine neue Lebensgefährtin ist.»

«Wo?», lässt Arcadipane sich entschlüpfen, dann schämt er sich, aber nicht genug, um die Frage zurückzuziehen, von der nur er weiß, was sie impliziert.

«In einer Bar im Crocetta-Viertel.»

Er war immer vorsichtig gewesen, aber an jenem Morgen gingen sie gemeinsam hinunter, er hatte Hunger, und die Bar war gleich gegenüber … Aber was machte Loredana um acht Uhr früh hier, wo die Universität doch ganz woanders war … und dann, was konnte sie gesehen haben? Er war schließlich kein Siebzehnjähriger, der an dem Tischchen vor den Scheiben des Lokals zu schmusen anfängt … auch weil, wenn er isst, dann isst er. Gut und schön, dass man heutzutage alles miteinander vermischt, Schinken, Kiwi und Marmelade, gewisse Bedürfnisse hält man aber doch besser auseinander. Er erinnert sich noch gut an den Fall, da sie an einem Hühnerknöchelchen erstickte, während sie und ihr Mann …

«Vincenzo?»

«Es wird eine Zeugin gewesen sein, eine Person, die ich im Zusammenhang mit der Arbeit getroffen habe, ehrlich gesagt, erinnere ich mich nicht.»

«Das ist nicht der Punkt, es ist nur, um dir zu sagen, dass Loredana unsere Trennung verarbeitet hat und offen dafür wäre, deine mögliche neue Partnerin kennenzulernen, falls du das für angezeigt halten solltest.»

Arcadipane hasst diese komplizierten Konjunktivformen. Aber wer drückt sich schon so aus. Das ist, wie wenn man beim Sport immer auf dem Siegertreppchen stehen will. In der Tat, selbst diejenigen, die sie beherrschen, verwenden sie nicht.

«Ich weiß nicht, wer diese Person ist», fährt sie in der gleichen Weise fort, «und sicher bist du mir keine Rechenschaft schuldig. Aber wenn es sich nicht um eine dieser Gelegenheitsbekanntschaften handelt, die du dir online verschaffst …»

«Aber welche Gelegenheitswas? Die sich wer verschafft? Das war im Zusammenhang mit der Arbeit, wir ermittelten in Sachen … und dann ist das eigentliche Problem ja wohl, dass ich Loredana auf dieser Dating-Plattform getroffen habe! Läuft denn jetzt alles verkehrt herum? Verwandeln wir Wein in Wasser?»

«Werd nicht aufbrausend!»

Aufbrausend, wer sagt schon «aufbrausend»?, denkt Arcadipane, dem das «angezeigt halten solltest» noch im Magen liegt.

«Ich weiß, du hast verstanden, was ich meine.»

«Ja, ja, ich habe verstanden, können wir weitermachen?»

Als ob sie das Ende der ersten Station des Kreuzwegs abgewartet hätte, kommt die Kellnerin mit ihren Bestellungen.

In prekärem Gleichgewicht stellt sie die Teller ab, wünscht guten Appetit und geht zurück an den Tresen.

Das Wrap, das Arcadipane vor sich sieht, hat die Farbe, die Form und zum Glück nicht die Ausmaße eines Staubsaugerbeutels, der ausgewechselt gehört. Der Kaffee wird zu diesem Zeitpunkt kalt sein. Er trinkt ihn. Wie erwartet lauwarm.

«Die zweite Sache», sagt Mariangela, während sie den ersten Bissen des Couscous zu sich nimmt und dazu ein Gesicht macht, das besagt: «Gar nicht schlecht, wirklich nicht schlecht, dieses Couscous», «betrifft Giovanni und Saude.»

«Giovanni und Saude», wiederholt Arcadipane, der noch immer überlegt, ob die Rolle ein Vorne und ein Hinten hat.

«Vor etwa zehn Tagen sind sie zum Abendessen gekommen.»

«Von Modena!»

«Ein Tagestrip, ich glaube, Giovanni musste seinen Manager treffen.»

«Der Stoffel! Hätte er mir doch sagen können, dass er nach Turin kommt.»

«Ich glaube, er hat es dir gesagt, schau in deine Nachrichten, jedenfalls sind sie zum Abendessen gekommen, sehr nett wie immer, sie haben eine Flasche Wein mitgebracht.»

«Warum? Trinken sie?»

«Sie sind beide Profi-Sportler, Vincenzo, keine Mönche. Isst du nicht?»

«Ich wollte warten, bis es kalt wird.»

«Aber es ist kalt!»

«Ich wollte warten, bis es warm wird! Also, sie sind zum Abendessen gekommen und …»

«Zum Abendessen gekommen, wir schenken Wein ein, und sie sagt: ‹Nein, nein danke.›»

«Sie trinkt halt keinen Alkohol, na und?»

«Das stimmt nicht, bei anderer Gelegenheit hat sie ein wenig Wein getrunken. Also bringe ich rohen Schinken auf den Tisch, den besonderen, den sie seit Kurzem in Cuneo machen …»

«Wenn du erlaubst, möchte ich von Cuneo nichts hören.»

«Und sie sagt: ‹Nein danke.›»

«Also?»

«Also dasselbe hat sie mit dem Tartar und mit den geriebenen Karotten gemacht», sagt Mariangela, «während sie anstandslos einen ordentlichen Teller Orecchiette und zwei Scheiben Rollbraten mit Kartoffeln vertilgt hat. Ich denk mir nichts dabei, um ehrlich zu sein, aber als sie gehen, rechnet Gian Pietro mir zwei und zwei zusammen.»

«Warum, war auch Giampiero bei dem Essen dabei?»

«Hätte er nicht dabei sein sollen?»

«Ich weiß nicht, ich wusste nicht einmal, dass sie nach Turin gekommen waren. Unter anderem hilft Giampiero dir also dabei, zwei und zwei zusammenzurechnen und …»

«Es kann Zufall sein, sicher, aber ich würde mich nicht wundern … das wäre ein Coup für uns, nicht wahr?»

«Was für ein Coup?»

Mariangela legt die Gabel ab und sieht sich um wie auf der Suche nach Hilfe. Sie trinkt einen Schluck.

«Es sind etliche Jahre vergangen, aber du solltest dich erinnern, was es bedeutet, wenn eine Frau keinen rohen Schinken isst, kein rohes Fleisch und kein rohes Gemüse. Und keinen Wein trinkt.»

Arcadipane forscht in den Mäandern des Gedächtnisses, gibt in die Suchmaschine ein Diät, Allergie, Unverträglichkeit der Farbe Orangerot im Essen. Als die Auskunft «keine Suchergebnisse» erscheint, klickt er auf «Weitersuchen», und beim vorletzten Bissen seiner Rolle hellt es sich auf, um sich gleich wieder zu verfinstern.

«Unmöglich.»

«Warum sagst du das?»

«Verlieren wir keine Zeit mit solchen Sachen. Das gibt es nicht … sie sind jung … sie sind Sportler … und dann, muss sie nicht zur Olympiade? Sie wird ihn sechs Präservative überziehen lassen, nicht ohne sie vorher mit der Fahrradpumpe getestet zu haben.»

«Aber Vincenzo, was sagst du denn da?»

Er steckt den letzten Bissen dieses merkwürdigen Dings in den Mund, das am Ende nach rohem Fisch schmeckt, obwohl es den gar nicht enthielt. Vielleicht.

«Ich sage, es ist spät, sehr spät. Was ist sonst noch?»

Mariangela trinkt ein Schlückchen Weißwein, rückt die Serviette auf dem Schoß zurecht.

«Ich würde lieber mit mehr Ruhe drüber sprechen, aber da du es immer so eilig hast …»

«Im nächsten Leben kreuze ich unter dem Punkt Arbeit auch das Kästchen achtzehn Wochenstunden an.»

«Außerdem scheint mir nicht, dass du gut eingestellt bist …»

«In den nächsten Tagen könnte es noch schlimmer werden, aber wenn es nicht dringend ist …»

«Das ist es aber …»

«Also?»

«Es betrifft die Wohnung, ich wollte mit dir über einen eventuellen Verkauf reden.»

«Welche Wohnung?»

«Die einzige, die wir haben, und die einzige, die auf uns beide eingetragen ist.»

«Aber was sagst du denn da? Warum sollten wir sie verkaufen?»

«Weil sie groß ist und die Nebenkosten, vor allem die Heizkosten, nicht mehr zu stemmen sind. Giovanni geht seine eigenen Wege. Loredana möchte den Master in Bologna oder Padua machen. Du lebst zur Miete, und ich glaube nicht, dass du allein oder zu zweit in einer Hundertvierzig-Quadratmeter-Wohnung aus den Sechzigerjahren mit drei Schlafzimmern und den allfälligen Renovierungsarbeiten leben willst.»

Arcadipane wischt die Finger an der Serviette ab, die er schon mal abgewischt hat.

«Schon seit einer Weile sprechen Gian Pietro und ich darüber, näher zur Schule zu ziehen. Eine kleine Wohnung würde uns genügen, mit einem Gästezimmer für die Kinder, wenn sie kommen wollen. Wenn wir die Wohnung verkaufen, könnte ich meinen Teil des Erlöses in den Kauf des neuen Objekts investieren. Du bekämst die andere Hälfte und könntest dir auch etwas kaufen, aber das ist deine Entscheidung. Außerdem könnten wir etwas für die Kinder zurücklegen. Giovanni wird nicht immer Fußball spielen, und Loredana hat noch viele Jahre Studium vor sich, bis sie selbstständig ist.»

«Nein.»

«Was heißt nein?»

«Nein, wir verkaufen sie nicht.»

«Hör mal, Vincenzo, ich weiß, dass da viele Dinge dahinterstehen … Es ist die Wohnung, die deine Eltern sich gekauft haben …»

«Mit einem Darlehen mit fünfundzwanzigjähriger Laufzeit.»

«… und wo du aufgewachsen bist, aber mittlerweile funktionieren die Familien anders. Ich will damit sagen, auch wenn Giovanni und Loredana Kinder haben, ist es nicht gesagt, dass sie in Turin oder in dieser Wohnung leben wollen.»

«Dann werden sie sie verkaufen.»

«Du weißt, dass die Preise in diesen Vierteln weiterhin fallen werden, um etwas dabei rauszuholen, müssen wir jetzt tätig werden. Ich habe ein Angebot.»

«Ein Angebot.»

«Da ist eine rumänische Familie, vielköpfig …»

«Du willst die Wohnung an Rumänen verkaufen.»

«Ich tue so, als hätte ich das nicht gehört, Vincenzo.»

«Nein.»

Mariangela sieht sich um, will feststellen, ob die anderen Gäste sie beobachten. Am neugierigsten sind die zwei Studentinnen, die an diesem Punkt einen Vorwand haben, um nicht zu lernen. Auch eines der Paare verachtet den Streit nicht, während das mit den zwei Kindern, die am Tablet spielen, die zweite Portion Tiramisu löffelt, überschattet von der sonntäglichen Entropie.

«Wir sprechen ein andermal darüber», schließt Mariangela salomonisch und übersetzt ihr wahres Gefühl in ein unmerkliches Rucken des Tisches.

«Wir sprechen überhaupt nicht darüber, für mich ist die Sache erledigt.»

Mariangela mustert ihn einen Moment lang, dann steht sie auf und schlüpft in ihren kurzen Pelzmantel, ein Vorgang, den Arcadipane mit schiefem Blick verfolgt, da er mit verschränkten Armen auf den Boden unter dem Tisch starrt. Woraufhin Mariangela ihre Handtasche nimmt und zur Tür geht.

Arcadipane hört, wie sie sie öffnet, und erst da kreuzt sein Blick den von Trepet.

«Trepet!», fährt er herum, in dem Versuch, auf ihn hinzuweisen.

Mariangela, einen Fuß noch im Inneren des Lokals, bleibt stehen, dabei handelt es sich weder um eine Meinungsänderung noch um ein Zögern, es unterstreicht nur ihre Entscheidung. In der Tat setzt sie nach einem Augenblick auch den anderen Fuß hinaus, lässt die Tür hinter sich zufallen und geht, ohne sich umzusehen.

Das sind Momente, in denen ein Mann drei Möglichkeiten zur Wahl hat, zwei würdelose und eine katastrophale: sofort hinterherlaufen, eine Nachricht mit weichgespülten Entschuldigungen schicken oder sich in der Vorstellung aalen, recht zu haben.

Da Arcadipane die schlechteste gewählt hat, verlässt er das Lokal erst nach zehn Minuten und zwei weiteren Kaffees.

Schon nach wenigen Metern muss er die Illusion aufgeben, wie ein x-beliebiger Mann beim Sonntagsspaziergang mit dem Hund an der Leine zu wirken. In der Tat geht niemand spazieren und schleppt dabei einen Sandsack hinter sich her, der Widerstand leistet. Er versucht es noch ein paar Meter, dann gibt er auf, beugt sich hinunter und löst die Leine.

Trepet schaut ihm zu, wie er sich entfernt, und als die zwei Meter Abstand erreicht sind, womit er ihm folgt, setzt er sich in Bewegung.

Arcadipane kontrolliert sein Handy. Kein Anruf, keine Nachricht. Er wählt die Nummer, die ihm seit dem Morgen einiges an Frustration verschafft. Wunderbarerweise antwortet sie schon nach zweimal Klingeln.

«Es ist Sonntag, was willst du?»

Arcadipane könnte anfangen bei der Frage des Du gegenüber einem Vorgesetzten, aber das hat er versucht, mit dem soeben gesehenen Erfolg. Um die Wahrheit zu sagen, er hat es in allen nur erdenklichen Weisen mit Isa Mancini versucht: sie triezen, ihr Freiraum geben, ihr zu Leibe rücken, sie ignorieren, ihr Ratschläge geben, ihr Vater, Onkel, Freund sein, ihr nichts oder alles durchgehen lassen. Am Ende war die Alternative jedenfalls die zwischen sich schwarz ärgern, aber ihr Talent in der Mannschaft haben, oder sich in den Bauch beißen und sie versetzen lassen. Und so hat er am Ende verfügt ... Einstweilen. Wenigstens so lange der Kollege, dem sie beinah ein Auge ausgekratzt hätte, am Schreibtisch vor seinem Büro saß, um ihm tagtäglich in Erinnerung zu rufen, wozu dieses Polizistin gewordene Miststück imstande war.

«Seit heute Morgen versuche ich, dich zu erreichen», sagt

er, «habt ihr von der Straßenwacht keinen Bereitschaftsdienst?»

«Nein. Und jedenfalls ist das nicht mein Diensttelefon.»

«Also antwortest du auf deinem privaten Handy nicht?»

«Nicht Sonntagmorgen, und wenn ich eine Nummer sehe, die mir nicht gefällt, in diesem Fall beides. Was brauchst du?»

«Wir arbeiten an dem Fall …»

«Ladich.»

«Ja, aber es hat sich in den Ermittlungen eine andere Piste ergeben.»

«Masimine Orusa.»

«Wo steht das geschrieben? Nicht einmal wir haben die Verbindung vermerkt!»

«Nirgends steht es geschrieben. Abends gehe ich die Lokalnachrichten durch, gebe die interessanten Sachen in ein System mit einem Algorithmus ein, der die Daten abgleicht.»

«Ist gut, ist gut, fang nicht damit an. Ich will, dass du in dieses Dorf mit Namen Pregliasco fährst. Dort wurde das Auto der Orusa gefunden. Da ist ein Carabiniere, jung und tüchtig, mit Namen Nazareno. Ich habe ihm Bescheid gegeben, dass du kommst, aber ruf vorher kurz an. Er zeigt dir das Feld, wo das Auto stand, und bringt dich zur Wohnung der Frau in Saluzzo. Untersuch Computer, die Wohnung, alles, was du findest. Sie und Vera Ladich haben sich seit Jahren nicht gesehen, wir müssen herausfinden, ob sie irgendwelchen Kontakt hatten, etwas Gemeinsames. Ist das klar?»

«Klar ist es, aber es fehlt etwas.»

«Was fehlt?»

«Etwas, das klingt wie: ‹Würdest du mir bitte helfen?›»

Arcadipane sieht den Wagen, wo er ihn abgestellt hat. Die erste gute Nachricht, seitdem er heute auf den Beinen ist.

«Machen wir es kurz, willst du mir dabei helfen oder nicht?»

«Nein.»

«Was heißt Nein?»

«Ich bin krankgeschrieben.»

«Was hast du? Wie lang?»

«Ein paar Tage. Wenn ich wieder im Dienst bin und du dann noch Hilfe brauchst, frag meinen Vorgesetzten, ob er mich abstellen kann. Dann schau ich vielleicht auf einen Sprung vorbei.»

«Ein paar Tage …wenn ich wieder im Dienst bin … vielleicht … Aber was habt ihr denn heute alle?»

«Ein Leben. Schon mal gehört?»

«Nein.»

«Eben, ist Bramard auch dabei?»

«Nein.»

«Hast du nicht mit ihm gesprochen?»

«Doch, aber er erholt sich von der Operation. Er kann nicht.»

Schweigen auf der anderen Seite.

«Hat er sie dann doch machen lassen», fragt Isa, und der Ton ist ganz anders.

«Nein, er erholt sich von einer Operation, die er nicht hat machen lassen. Sicher doch hat er sie machen lassen. Ich schicke dir eine Nachricht mit Namen und Telefonnummer des Carabiniere, okay? Sprich mit ihm, fahr hin und gib mir Bescheid. Morgen rufe ich deinen Chef an und rede mit ihm. Am Sonntag will ich ihn nicht stören.»

«Warum, ist Sonntag?»

Arcadipane unterbricht die Verbindung im selben Moment, in dem sein Schlüssel die Zentralverriegelung des Alfa 33 löst. Er öffnet die hintere Tür und wartet, dass Trepet mit der zerstreuten Miene näher kommt, mit der er diese demütigende Prozedur über sich ergehen lässt, dann hebt er ihn hoch und setzt ihn auf den Rücksitz.

Nachdem er das Unangenehme hinter sich gebracht hat, studiert der Hund die mit Klebeband zusammengeflickte Nackenstütze.

«Untersteh dich», sagt Arcadipane und knallt die Tür zu, dann setzt er sich ans Steuer und wirft die Leine auf die Fußmatte des Beifahrersitzes. Er dreht sich um und schaut Trepet in die Augen, der den Blick übelwollend erwidert.

«Berge, Kälte, Bären, Wölfe», sagt er. «Das ist jetzt alles deine Sache.»

Er hat noch Zeit, sich herumzudrehen und den Motor anzulassen, da vernimmt er von hinten das *Schlapp, schlapp*, das er traurigerweise kennt.

Er steckt ein Sucai in den Mund, fährt aus dem Parkplatz heraus und beschleunigt, wobei er einen letzten Fetzen Papier vom Markt aufwirbelt. Die Uhr, die in das Eisengerüst der Halle für Fleischwaren und Käse eingelassen ist, zeigt ihm an: vierundsechzig Stunden.

13.

Der Abend hat sie bei den letzten Häusern von Clot überrascht, und sie treten in das Tal hinaus, gehen seitlich an einem Kiesbett entlang, das für die Wassermenge, die jetzt hindurchfließt, zu breit ist. Vielleicht Residuum eines Hochwassers des Bergbaches, bevor der Staudamm ihn zurückdrängte, oder Ergebnis der periodischen Entleerungen des Sees. Arcadipane hat jedenfalls zu viele Sorgen und muss sich zu sehr darauf konzentrieren, wohin er die Füße setzt, um an das Kiesbett und an die Wartung des Staudamms zu denken. Im Unterschied zu Pedrelli, der über diese abgerundeten Kiesel hüpft wie ein Krebs auf den Wellenbrechern einer Mole. Wohl wahr, dass Gymnastik, Diät und eine Frau, die keine ungleichen Socken zusammensteckt … Aber auch er hat schwere Zeiten gehabt … als seine Tochter wegen eines alten Eisfabrikanten aus der Bahn geriet … Von wegen hüpfen, der arme Pedrelli, in diesen Monaten schlurfte er durch den Flur im Präsidium, dass man Lust bekam, ihm ein Paar braune Filzpantoffeln mit Reißverschluss zu schenken.

«Also, Commissario, hier müssen wir hinaufgehen.»

Arcadipane mustert den Abhang voller Pflanzen und Gestrüpp links vom Bachbett.

«Wo hinauf?»

«Sehen Sie die Spur da?», Pedrelli deutet auf einen Punkt in der dichten Vegetation.

«Eine Spur von was?»

«Eine Andeutung von Weg. Der junge Mann vom Zivilschutz hat mir die Sache in der Bar erklärt, dann hat er mich hier herauf begleitet … es ist nur am Anfang ein bisschen beschwerlich.»

Arcadipane seufzt und macht Zeichen weiterzugehen, was Pedrelli leider tut.

Nach einigen Minuten schlagen sie sich durch das dichte Unterholz, klammern sich an Farne, Wurzeln und ein paar Birken, von denen sie in der Dämmerung das Weiß der Stämme erkennen. Arcadipane hätte gern auf die Partie verzichtet, aber er weiß, dass vor dem Abendessen der rituelle Anruf des Ministerialdirigenten kommt, irgendetwas muss er ihm auftischen, wenn auch mit Fantasie ausgeschmückt, er muss etwas finden. Die Taucher hat er schon am Morgen angeführt, und Neuigkeiten an dieser Front gibt es, trotz einer ersten Erkundung, nicht.

«Da ist der Weg», sagt Pedrelli, indem er die Füße auf einen sauberen, fast ebenen Pfad setzt.

Arcadipane tritt zu ihm und holt tief Luft, das Leder der Mokassins ist mit den geschwollenen Füßen eins geworden. Vielleicht würde er sich in der Stadt ein Paar geeignete Schuhe besorgen müssen. Im Keller bei Mariangela könnten noch die Kampfstiefel vom Offizierslehrgang liegen. Eine Sache von dazumal, etwas Unverwüstliches. Er hätte sie gern Giovanni vermacht, diese Kampfstiefel, aber die Rumänen werden sie anziehen, das ist es. Nicht weiter schlimm. Er hat Rumänen immer gemocht. Und was will man mit einer diskutieren, die deine Wohnung verkaufen will?

Er schaut auf Pedrelli, der auf diesem bequemen Pfad schon losgegangen ist.

«Aber dieser Weg», fragt er, «wo fängt der an?»

«Ich glaube, bei der Kirche.»

«Und warum haben wir ihn dann nicht bei der Kirche genommen, statt uns die Beine zu brechen?»

«Ich glaube, hier lang ist es schneller.»

«Wer hat dir das gesagt? Ah, der neue Freund vom Zivilschutz, den du in der Bar kennengelernt hast! Und dann wirst du keine Taschenlampe mitgenommen haben? Hol sie raus und mach sie an, oder willst du sie eingeschaltet in der Tasche lassen, um die Eier auszubrüten?»

Pedrelli holt die Taschenlampe raus, schaltet sie ein und setzt sich wieder in Bewegung. Sie sind noch nicht weit gegangen, als der Lichtkegel seitlich von dem Pfad den Austritt eines großen Stollens beleuchtet, so groß wie das Hinterrad eines Traktors. Die Öffnung ist von einem halbrunden Gitter verschlossen, mit einem Vorhängeschloss daran.

«Ich hoffe, da drin haben sie schon nachgeschaut», sagt Arcadipane.

«Gewiss, Commissario, Tunnels, Leitungen, Wasserschlösser, alles, so sagt Sergio.»

«Sergio!»

«Der Junge vom Zivildienst hat gesagt, seine Mannschaft hätte diesen Stollen als Entlastung des Sees gefunden.»

«Abfluss als Entlastung des Sees.»

«Stellen Sie sich die Spüle in einer Küche vor … dieses Loch, wenn sie zu voll ist … Sollte zu viel Wasser reinlaufen, muss es irgendwohin abfließen … das ist ein Sicherheitsmechanismus … das hier ist die Leitung, durch die das Wasser fließen würde, wenn der Wasserpegel des Sees … ich weiß nicht, ob ich mich verständlich gemacht habe …»

«Wie Piero Angela, wenn er die alten Römer erklärt. Was haben sie darin gefunden?»

«Nichts, sonst hätten sie uns Bescheid gegeben …»

«Pedrelli, ich habe einen Tag hinter mir, an dem ich drei Leute getroffen habe und die drei Leute mich in Rage gebracht haben, du treibst also ein gefährliches Spiel.»

«Aber nein, Commissario, ich habe Ihnen ja gesagt, es ist eine Lappalie, aber es schien mir richtig, es Ihnen persönlich zu zeigen.»

Pedrelli schiebt einen Strauch beiseite und beleuchtet eine

Bronzetafel, die unmittelbar neben dem Abfluss in den Stein eingelassen ist.

«Enrico Mangiaracina und …» Arcadipane tritt näher hin, um zu lesen: «Domenica Cotti, verheiratete Mangiaracina. Wer ist das?»

«Ich habe den Bürgermeister und ein paar Leute im Dorf gefragt. Es ist eine eher lange Geschichte, wenn Sie wollen, erzähle ich sie Ihnen, während wir ins Hotel zurückkehren.»

«Von wegen ins Hotel zurückkehren, es ist so lauschig hier! Ist dir nicht aufgefallen, dass es dafür, dass wir Ende Oktober um sechs Uhr abends in einem Wald unterhalb eines Sees sind, kein bisschen feucht ist?»

«Wie Sie meinen, Commissario. Der Bürgermeister sagt, der Bau des Staudamms habe vier Jahre gedauert und es habe keinen nennenswerten Arbeitsunfall gegeben, nur ein paar normale Verletzungen. Das ist ziemlich ungewöhnlich angesichts der Ausmaße des Bauvorhabens. Die einzigen Opfer waren der Ingenieur Mangiaracina und seine Frau.»

«Die Frau des Ingenieurs! Und was machte sie auf der Baustelle?»

«Nichts, sie ist ihren Mann besuchen gekommen, der Prüfingenieur war. Wie es aussieht, hat er seine Frau eines Nachts mitgenommen, diesen Stollen zu besichtigen, eine Unvorsichtigkeit, eine romantische Kühnheit, sicher ein Unglück … die Überwölbung des Stollens ist eingestürzt und hat sie beide getötet.»

Arcadipane lenkt den Blick von Pedrelli weg. Zwischen den Bäumen, die jetzt alle gleich aussehen, heben sich die Konturen des Damms schwarz vor dem Himmel ab, der noch einen Rest Kobaltblau bewahrt.

«Die Frau kommt ihn besuchen, er nimmt sie nachts mit in den Entlastungsstollen, der zusammenbricht.»

«Soweit ich verstanden habe, hatten die Arbeiter einen Vorrat an Sprengstoff vor Ort zurückgelassen, mit dem sie am folgenden Tag die Konturen der Öffnung bereinigen wollten. Die beiden sind wo hingetreten, wo sie nicht sollten, oder haben etwas berührt, was sie nicht berühren sollten, der Sprengstoff ist explodiert und hat den Stollen einstürzen lassen.»

«Und der Prüfingenieur wusste nichts von dem Sprengstoff? Was für ein Ingenieur war denn das? Es gibt eine Akte über den Vorgang, oder nicht?»

«Ich habe mir erlaubt, im Präsidium ein paar Nachforschungen anzuordnen. Die Sache wurde von den Carabinieri im Tal bearbeitet, wenn es Berichte gibt, ist das in jedem Fall auf Papier von vor fünfzig Jahren, wer weiß, wo das hingekommen ist?»

«Die Baufirma?»

«Mit staatlicher Beteiligung, aber Anfang der Achtzigerjahre wurde sie von einem Privatunternehmen aufgekauft. Um die Archive einzusehen, müsste man nach Rom fahren.»

Arcadipane schaut auf den Staudamm, der mittlerweile vom gleichen Schwarz ist wie der Himmel. In Clot bricht die Nacht ohne Vorankündigung herein.

«Und im Dorf erinnern sie sich an die Geschichte nur so?»

«Das ist, was ich rekonstruieren konnte, indem ich zwei Worte vom einen, drei von einem anderen und das Schweigen von einem Dritten zusammenfügte. Sie wissen ja, wie die sind … In der Gemeinde gibt es keine Unterlagen. Der Bürgermeister sagt, wären Ortsansässige betroffen gewesen, vielleicht, aber da es sich um Auswärtige handelte …»

«Die konnten ruhig in die Luft fliegen.»

«Mehr oder weniger …»

«Und wir gehen dem nach», sagt Arcadipane. «Vielleicht hat es ja nichts mit Fuci und Ladich zu tun, aber …»

«Vielleicht nicht, Commissario», Pedrelli beleuchtet wieder die Gedenktafel, «aber wenn Fuci am Abend des 24. Oktober ermordet wurde …»

Arcadipane beugt sich hinunter und liest, diesmal laut:

ENRICO MANGIARACINA UND DOMENICA COTTI, VERHEIRATETE MANGIARACINA, WEIHTEN AN DIESEM ORT DEM FORTSCHRITT UND DER ZUKUNFT ITALIENS IHREN GEIST UND IHR LEBEN.
25. OKTOBER 1962

Er richtet sich auf und spürt dabei Wirbel für Wirbel. Der Wald ringsum ist erfüllt von kleinen Geräuschen. Harmloses Rascheln, Tropfen, der ferne Ruf eines Vogels, der die Nachtschicht antritt.

«Genau fünfzig Jahre», sagt er.

«Fast genau einundfünfzig Jahre, Commissario.»

Er holt ein Sucai hervor und nimmt es zwischen die Lippen, wo er es lässt. Den Staudamm, dessen Präsenz man nicht mehr bemerkt, nimmt man jetzt als sanft wahr, wie jedes Gitter, das tagsüber Gefängnis und nachts Sicherheit bedeutet.

«Gewiss, das könnte bloßer Zufall sein», stellt er fest und lässt das Sucai in den Mund gleiten.

«Wahrscheinlich», sagt Pedrelli und beleuchtet den Pfad.

«Wahrscheinlich», sagt Arcadipane, während er sich hinter ihm auf den Weg macht.

14.

Der Sonnenstrahl um zehn nach sieben trifft Arcadipane wach an, schon mit der morgendlichen Dusche im Lebenslauf. Dusche, die dreizehn Minuten gedauert hat: zehn, um das kalte und warme Wasser zu regulieren, und drei, um sich schnell zu waschen, da es ihm nicht gelungen ist. Dann Wäschewechsel, ein frisches Hemd, das nicht lachsfarben ist, eine neue Hose, von Halbleinen zu blauem Cordsamt wechselnd mit nur einem Knopf, einmal kurz mit dem Handtuch für untenherum über die Schuhe wischen, weil der Ausflug mit Pedrelli ins Unterholz auf den Mokassins seine Spuren hinterlassen hat, und er ist fertig zum Hinuntergehen.

Es ist noch nicht halb acht, als er den Speisesaal betritt, wo die vier von der Tauchereinheit ihn mit einem «Guten Morgen, Commissario» begrüßen. Sie sind in den zwei frei gebliebenen Zimmern untergebracht, und am Abend zuvor haben sie beim Rauchen auf der Piazza ein paar Worte gewechselt. Sie sagen, das Wasser des Stausees sei für seine Lage auf einer Höhe von 1800 Metern ungewöhnlich kalt, vermutlich, weil auch durch Quellwasser gespeist. Welches Wesen auch immer in dieser Jahreszeit hineingerät, wenn nicht entsprechend ausgerüstet, bleibt jedenfalls nicht länger als zwei oder drei Minuten am Leben. Es sind weise, schweigsame Männer, und ihr Brustkorb ist breit wie ein Ehebett, wie bei Tiefseetauchern, Wasserballspielern und Hafenarbeitern üblich. Leute mit kurzem Haar, die ihre Arbeit fast zu Franzosen gemacht hat, obwohl alle in Italien geboren sind und einer in Turin. Es gibt Berufe, die einen sofort nach Frankreich orientieren, das ist so. In der Tat sprechen sie wenig und haben Blicke à la Yves Montand, rar und tödlich. Man bekommt fast Lust, Frau zu sein, wenn sie so schauen, auch weil man als Mann keine Chance gegen sie hat.

Nachdem sie gegrüßt haben, beugen sie die Köpfe über ihr Frühstück. Arcadipane geht zu seinem Tisch, wo der Platz von Pedrelli merkwürdigerweise noch unangetastet ist, wohingegen die Plätze der anderen beiden unangetastet sind, was aber nicht merkwürdig ist. Aus der Küche kommt Ottavio Claro, der als Mann von Welt beim Erscheinen der Taucher seine Frau Marta in die Küche verbannt hat. Was die Schönheit angeht, muss er keine Rivalen fürchten, aber hier ist die Rede von Blicken à la Yves Montand. Die Schönheit der Großen Chinesischen Mauer steht außer Zweifel, aber sie hat Dschingis Khan nicht aufhalten können, was sich nicht umsonst auf Yves Montand reimt.

«Was darf ich bringen?», fragt er knapp.

«Caffè doppio, Mineralwasser mit Kohlensäure und einen Toast mit Schinken und Käse.»

«Toast gibt's nicht, aber da hätten wir Kürbiskuchen mit Brombeermarmelade, wenn Sie wollen.»

«Abgemacht.»

Der Mann geht. Arcadipane steht vom Tisch auf, um an das gewohnte Fenster zu treten. Wenn er mit einem Fall befasst ist, abgesehen von Essen, Autofahren oder Aufs-Klo-Gehen, kann er absolut nicht still sitzen. Draußen nichts Bemerkenswertes. Der Himmel ist von einer dünnen Wolkenschicht bedeckt, die sein Blau erahnen lässt.

Die Tochter der Claros kommt aus der Küche, offene Jacke, Sweatshirt und Jeans, und richtet sich ein paar Meter von ihm bei dem anderen Fenster ein. Das Mädchen stellt das Tablett auf den Tisch, legt den Schulranzen auf einen der Stühle und holt Heft und Federmäppchen hervor. Auf dem Tablett sind eine Schüssel Milch, ein Stück Kuchen und eine Mandarine.

«Gehst du zur Schule?», fragt Arcadipane, der wie alle Erwachsenen eine sehr eingeschränkte Vision vom Leben eines Kindes hat, folglich nur ein paar Fragen, mit denen er es quälen kann.

«Ich muss», steckt sofort sie das Feld ab.

«Wer bringt dich hin?»

«Der Bus.»

«Derselbe, der auch zur Messe bringt?»

Das Mädchen versteht nicht oder erahnt die Albernheit der Frage, also beginnt sie eine Seite in ihrem Heft farbig auszumalen, auf dem sie schon mit kräftigen Strichen eine Zeichnung angelegt hat.

«Zeichnest du?»

Das Mädchen schaut auf. In ihren Augen ist deutlich die Furcht zu lesen, dass in Zukunft alle Begegnungen so ausfallen könnten.

«Stella, nicht wahr?

«Ester.»

«Schöner Name.»

«Meistens merken ihn sich die Leute», sagt sie, legt den Stift beiseite, um den Kuchen in die Milch zu tunken. Sie beißt ein enorm großes Stück davon ab. Das Licht, das verhangen durch die Fenster hereinfällt, auf dem Rot ihres Haars, die Milch, die Quecksilberfarbe der Brombeeren, all das bildet fast eine Relieffigur. Vielleicht tut Arcadipane deswegen ein paar Schritte auf sie zu, wie auf ein nächtliches Feuer.

«Lebst du gerne hier?»

«So lala», bedeutet sie mit der Hand, weil sie den Mund voll hat und das Blatt nicht beschmutzen will.

«Es gibt keine Kinder hier», sagt sie, nachdem sie hinuntergeschluckt hat. «Wie heißt er?», fragt sie und weist auf das Ding, das hechelnd um den Tisch herumwuselt.

«Trepet.»

Sie beugt sich hinunter, um ihm besser dabei zuzuschauen, wie er Kuchenkrümel und wer weiß was sonst noch aufleckt.

«Trepet», sagt sie, «komm her, Trepet», und zu Arcadipane: «Er ist aber nicht wirklich ein Hund.»

«Wie meinst du das?»

Sie sieht ihn erneut an, streckt die Hand aus, in der sie das Stück Kuchen gehalten hat, er kommt und leckt sie ihr.

«Er ist mit anderen Tieren gekreuzt.»

«Ich weiß nicht. Wenn ich ihn genommen habe, bin vielleicht auch ich mit anderen Tieren gekreuzt.»

Das Mädchen kichert und tunkt mit der abgeschleckten Hand noch ein bisschen Kuchen ein. Sie hat gemerkt, dass es jetzt ernst wird. Kinder heben ab zu fernen Planeten und kommen zurück, wenn sie verstehen, dass es ernst wird. Kinder haben keine Zeit zu verlieren. «Wie spät ist es?», fragt sie.

«Fünf nach halb acht.»

«In fünf Minuten kommt der Bus, willst du eine Zeichnung? Ich habe deinem Freund auch eine geschenkt.»

«Pedrelli?»

Ester zuckt mit den Schultern, wer weiß, ob das Pedrelli war oder einer von den anderen beiden? Und dann, hat das was mit den ernsten Dingen zu tun? Sie holt aus dem Ranzen ein Lineal hervor, und mit der Geschwindigkeit und Präzision eines Buchbinders legt sie es auf das Heft, drückt es fest an und reißt mit der anderen Hand die Seite heraus.

Arcadipane nimmt das Blatt, das ihm gereicht wird.

«Wie schön, was ist das?»

«Warum sagst du, es ist schön, wenn du nicht weißt, was es ist?»

«Ich habe mich hinreißen lassen, was ist es?»

«Ein Bär.»

«Ist er brav, oder muss ich Angst haben?»

«Du musst keine Angst haben», sie beginnt, ihre Sachen einzuräumen, «weil du mit Bären gekreuzt bist.»

«Und woran merkt man das?»

«Du hast keine Haare auf dem Kopf, bist aber sonst behaart.»

Arcadipane konzentriert sich wieder auf das Werk. «Was macht er? Holt er sich Honig von einem Baum?», und er zeigt auf den Baum.

Ester reckt den Hals, überprüft, schaut ihn an.

«Das ist kein Baum, das ist ein Telefon, siehst du nicht, dass er Münzen zum Telefonieren hat?»

«Ah, da sind sie ja.»

«Das ist die Kacke, die er eben gemacht hat.»

«Auch ich telefoniere, während ich kacke, wir sind wirklich Verwandte.»

Frohlockend steht Ester auf, erleichtert vor allem für ihn, der sich im letzten Moment noch gerettet hat, sie nimmt den Rucksack und geht grußlos hinaus.

Arcadipane kehrt an seinen Tisch zurück, an den Ottavio Claro kommt. Er setzt sich, während der Mann vor ihm ausbreitet, was er mit einem Tablett gebracht hat. Er betrachtet die Zeichnung, die auf dem Tisch liegt.

«Wie alt ist sie, acht?», sagt Arcadipane und zeigt auf das Mädchen, das an der Piazza in einen gelben Bus mit neun Plätzen steigt.

«Acht, aber mit dem Restaurant, immer unter Leuten … Er hier, geben wir ihm was?»

«Verdienen würde er ja nichts, aber wenn ihr ein paar Abfälle habt … auch nur ein Stück hartes Brot.»

«Ich sage Marta, sie soll ihm einen Napf herrichten.»

Ottavio Claro geht, kurz angebunden wie immer. Arcadipane trinkt den Kaffee, der schlechter ist als gestern.

«Geh mir nicht auf die Nerven, von mir kriegst du nichts», sagt er, weil er Trepets Blick auf dem Stück Kuchen ruhen sieht, das er gerade zum Mund führt.

Zehn Minuten später sind sie draußen. Er raucht, den Rücken an die Wand gelehnt, Esters Zeichnung schaut zusammengerollt aus seiner Tasche, während Trepet seine Schnauze in den von Marta Clara bereiteten Napf versenkt. Ab und zu hebt er das Gesicht voller Tomatensauce und sieht Arcadipane herausfordernd an, als ob er einen selbst erlegten Damhirsch unter den Pfoten hätte.

«Du bist lächerlich», sagt Arcadipane.

Um dem Anblick auszuweichen und sich die Beine zu vertreten, geht er auf die Piazza, wo neben ihren Autos der Kleintransporter der Taucher mit dem Anhänger für die Schlauchboote geparkt ist. Der Morgen hat schon das Licht vom Tag, und vom Tag hat er die Kälte, die Stille und die Bescheidenheit. Im Lebensmittelgeschäft ist Licht. Das Kurzwarengeschäft ist geschlossen. Alles wie immer. Dazwischen das Telefon.

Arcadipane raucht und geht zu dem Apparat. Die blaue Plexiglashaube, die ihn überwölbt und teils Erinnerungen an eine andere Epoche wachruft, Telefonate vom Meer aus, Schlangestehen mit den Telefonmünzen in der Hand und quälendes Warten zu Hause, um sie zu empfangen. Unglaublich, dass auch er solches Herzklopfen für Frauen empfunden haben soll, an deren Namen er sich jetzt nicht erinnert. Unglaublich, dass zu der Zeit sogar Bramard derartige Telefonate geführt und erwartet hat. Nein, Bramard nicht, das Beispiel ist schlecht gewählt. Bramard war sicher einer von denen, die den nächstbesten Zug nehmen und ohne Vorankündigung aufkreuzen. Solche Gesten, die die Mädchen baff zurücklassen. Auch er selbst hätte das tun können, aber er hat es nie getan. Er hätte die ganze Reise mit Grübeleien zugebracht, wenn ich sie nicht antreffe, die Fahrkarte hinausgeschmissenes Geld, und wenn sie mit einem anderen zusammen ist oder sie sagt: Ah, da bist du ja, freut mich, aber man versteht, dass es sie gar nicht so freut. Und dann die Rückreise im Kursbuch heraussuchen. Ja, Bramard fuhr gar nicht ans Meer, er antwortete ihnen auch nicht am Telefon. Unerreichbar, in den Bergen … so dachte das Mädchen die ganze Zeit an ihn. Bramard war eindeutig das falsche Beispiel. Eher Pedrelli, vielleicht.

Eine Frau, auch sie nicht allzu jung, kommt mit einer Stofftüte aus dem Lebensmittelgeschäft, darin der Einkauf.

«Guten Tag», sagt Arcadipane.

Die Frau antwortet mit einem gezwungenen Kopfnicken, tritt ihm fast auf die Füße und verschwindet in der ersten Seitengasse.

Arcadipane kehrt zurück zum Telefon. Er betrachtet seine blauen Umrisse, die gar nicht so vintagemäßig sind, das Display, die Nummerntasten plus Stern- und Rautetaste, den Schlitz für die Telefonkarte, die Aufschrift «NoiCom», Wimpel und Logo der Region Piemont, die Klappe für die Münzrückgabe.

Er wendet sich zum Hotel hinüber und schaut auf die Fenster im ersten Stock, er sucht nach etwas, was er glaubt, in den vergangenen Tagen bemerkt zu haben: Im letzten Fenster rechts sind einige Tierfiguren an die Scheibe geklebt. Er nimmt das Blatt aus der Tasche, rollt es auf und betrachtet die Zeichnung, dann die Straßenlaterne über ihm.

Während er den Platz mit großen Schritten überquert, trifft er auf Trepet, der nach beendeter Mahlzeit zu ihm kommt. Als der Hund ihn seitlich an sich vorübergehen sieht, weicht er zurück und trottet hinter ihm her, sodass er noch durch die Haustür kommt, bevor sie zufällt.

Arcadipane drückt die Klingel, die auf dem Tresen steht. Das Klingelzeichen lässt die Köpfe der vier Taucher in die Höhle gehen, die, da sie von Berufs wegen nicht auf dem Wasser schweben müssen, beim zweiten Omelett angelangt sind.

Ottavio Claro kommt aus der Küche, gestört durch die Klingel, die bloß zur Dekoration da zu sein scheint, aber als er Arcadipanes Gesicht sieht, bleibt er stehen, den Stuhl zwischen sich und dem Tresen.

«Um wie viel Uhr geht Ester gewöhnlich schlafen?»

«Um wie viel Uhr ...»

«... geht sie schlafen, das ist nicht schwer, um wie viel Uhr?»

«Unter der Woche gegen halb neun.»

«Und nicht unter der Woche?»

«Freitag und Samstag ist sie hier bei uns im Restaurant, bis Marta die Küche zumacht und sie ins Bett bringt, während ich die letzten Dinge aufräume.»

«Wie spät ist das?»

«Das hängt von den Gästen im Speisesaal ab, zehn, halb elf.»

«Elf Uhr, dann baden, Pyjama anziehen, das dauert ... Noch eins: Benutzen das Telefon auf der Piazza viele Leute?»

«Das würde ich nicht sagen. Wir haben es 2000 bei der Region für die Touristen beantragt. Da die Handys kein Netz hatten, kamen sie zu uns herein, um das Zählertelefon zu benutzen ...»

«Ganz schön nervig ...»

«Das haben *Sie* gesagt, jedenfalls haben sie 2008 die Relaisstation eingerichtet. Seither ... ist der Empfang für alle Server gut. Ehrlich gesagt, habe ich seit Jahren niemanden mehr gesehen, der es benutzt hätte.»

«Und die Karten?»

«Was für Karten?»

«Telefonkarten. Verkauft ihr die?»

«Nein.»

«Und wer im Dorf verkauft sie?»

«Hier im Dorf niemand, ich weiß nicht einmal, ob man sie in der Stadt noch kriegt.»

Arcadipane fixiert ihn ein paar Sekunden lang, dann geht er in Richtung Treppe. Zwei Stufen auf einmal nehmend, geht er ein Stockwerk hoch, zwei, ein Stück Flur und steht vor Pedrellis Tür.

«Pedrelli!», er klopft. «Pedrelli?»

Drinnen Stille, dann: «Kommen Sie herein, es ist offen.»

Etwas sagte ihm, dass er kein großes Schauspiel antreffen würde, aber der Mann in Unterhemd und Unterhose, der mit gekreuzten Beinen auf einem kleinen orientalischen Teppich sitzt, den er offenbar von zu Hause mitgebracht hat, bietet ein Bild, das jedem erspart bleiben sollte, der nicht wenigstens für ein Schulmassaker verantwortlich ist. Ganz zu schweigen von der fahlrosa Schüssel am Boden und von der Teekanne, die Pedrelli sich in ein Nasenloch schiebt.

«Was machst du da?», fragt Arcadipane im Ton von einem, der seinen Sohn mit Neigung zur Selbstverstümmelung in seinem Zimmer eingeschlossen mit einem eindeutigen Gegenstand antrifft.

Pedrelli nimmt den Ausgießer der Teekanne beiseite und beugt sich vor, um das Wasser durch das andere Nasenloch auszuprusten.

«Jala Neti, Commissario, beugt Erkältungen vor, Nasennebenhöhlenvereiterungen und Entzündungen im Allgemeinen. Nur Wasser und ein bisschen Salz. Das ist eine Yogaübung, die jeder jeden Tag machen sollte.»

«Kein Interesse», blockt Arcadipane ab, der ihn nur aus Ungläubigkeit so weit hat kommen lassen. «Du musst sofort zwei Dinge tun.»

«Gewiss, Commissario.» Pedrelli steht auf, nicht ohne die Teekanne mit yogamäßiger Achtsamkeit auf dem kleinen Teppich abgestellt zu haben.

«Erstens», sagt Arcadipane, «will ich eine Liste von denjenigen im Dorf, die weder einen Festnetzanschluss noch einen Handyvertrag haben. Nein, diese Sache machst du als zweite, denn es wird nicht viel dabei herumkommen.»

«Gewiss, Commissario, wenn Sie mir die erste Sache sagen, mache ich die hier an zweiter Stelle.»

«Aber was ist denn mit dir los, willst du mir Eile machen? Vor einer Minute hattest du eine Teekanne in der Nase, und da willst du *mir* Eile machen, der ich seit zwei Stunden auf den Beinen bin und schon jede Menge kluge Überlegungen angestellt habe?»

«Entschuldigen Sie, Commissario», er zieht sich zusammen wie eine Spinne, «ich würde mir nicht erlauben …»

«Nichts bereuen, Pedrelli, da verlieren wir nur noch mehr Zeit!»

«Gewiss, Commissario, sagen Sie.»

«Zweitens rufst du die KTU an und sagst ihnen, dass ich sie binnen zwei Stunden rings um das Telefon an der Piazza sehen will …»

«Aber die Fingerabdrücke haben wir doch schon …»

«Ich will die Fingerabdrücke auf den Münzen im Apparat. Da werden nicht viele sein, es benutzt ja niemand mehr, also Vorsicht mit denen, die da sind, okay? Keine Dummheiten!»

«Gewiss, Commissario, ich rufe sofort an. Wissen Sie, wer den Schlüssel hat?»

«Was für einen Schlüssel?»

«Zum Telefonapparat.»

«Was weiß denn ich von dem Schlüssel? Frag den Bürgermeister oder frag die zuständige Telefongesellschaft; und wenn sich keiner findet, dann sollen sie alles kaputt schlagen, aber einstweilen ist da noch eine andere Sache.»

«Gewiss.»

«Zieh dir was an, wir haben ja schon einen Toten und eine Vermisste, du holst Botta und Lavezzi heraus und schickst sie, dieses Telefon zu bewachen, niemand darf es anfassen, verstanden?»

«Ich übernehme das, Commissario.»

«Du übernimmst das nicht, du musst diese anderen Sachen erledigen.»

«Es ist nur … ich habe mir erlaubt …»

«Was hast du dir erlaubt? Raus mit der Sprache, Pedrelli! Du verstopfst dir ein Nasenloch mit einer Teekanne, du gehst in den Wald und umarmst Bäume, gehst in eine Tanzschule im Parri-Viertel, um Tänze der Indigenen Amerikas zu lernen, und jetzt schämst du dich und willst nicht heraus mit der Sprache?»

«Ich habe Botta und Lavezzi nach Hause geschickt.»

Arcadipane kaut auf etwas herum, das kein Sucai ist und auch nichts anderes.

«Gestern Abend haben sie mich gebeten, ob sie nicht nach Turin zurückfahren könnten», Pedrelli streckt die Hand aus. «Ich habe gedacht … auch für die Familie …»

«Von wegen Familie! Der eine hat Gesellschaft nur gegen Bezahlung, und der andere hat eine Verlobte alle zwei Wochen, wie eine Illustrierte, welche Familie sollen sie denn …?»

«Ich weiß, ich weiß, Commissario, aber sie sind seit vier Tagen hier, bezahlte Überstunden gibt es keine mehr … Es sind brave Jungs, über die Maßen diensteifrig, aber sie sind auch in der Gewerkschaft.»

«Über die Maßen …»

«Wie bitte, Commissario?»

«Jetzt rufst du sie über die Maßen an und sagst ihnen, sie sollen ihren Hintern über die Maßen hochkriegen, und ich will sie über die Maßen in zwei Stunden hier haben, okay?»

«Gewiss, Commissario, ich werde auf die Ungewöhnlichkeit der …»

Arcadipane hebt eine Hand, um ihn zum Schweigen zu bringen.

«Was ist, Commissario?»

Arcadipane tritt ans Fenster und sieht hinaus. Flüchtig streift ihn der Gedanke, dass Pedrelli sich still und leise das Zimmer genommen hat, das auf die Piazza geht, und ihm dasjenige untergejubelt hat, das die anmutige Aussicht auf die Staumauer bietet, doch schon läuft er zwei Stufen auf einmal nehmend die Treppe hinunter. Trepet, der auf dem Treppenabsatz vom Hinauflaufen verschnauft, kann sich gerade eben noch wegducken, damit er über ihn hinwegsetzen kann, und ihm resigniert zum Ausgang nachschauen.

Draußen spürt Arcadipane die Kälte wie eine Ohrfeige auf dem von den letzten zehn Minuten erhitzten Gesicht. Er sucht in der Tasche, wo keine Flusen und kein Zucker mehr sind, er findet ein letztes Sucai und steckt es in den Mund. Der alte Renault Scénic RX4 in der Farbe trockenen Laubs sucht einen Platz, wo er niemanden behindert. Wen denn schon?

Mit der Hand grüßt er seine Tochter Martina, die eben den Motor abgestellt hat und gemessenen Schritts auf die andere Seite des Wagens hinübergeht, rechtzeitig, um die Hände in die Taschen zu stecken und so auszusehen, als wäre sie seit Sonnenaufgang da.

«Ich wusste, dass du kommen würdest», sagt er, sobald die Autotür sich öffnet.

«Das glaube ich nicht.»

«Ach nein?»

«Nein, weil ich selbst es auch nicht wusste.»

Arcadipane dreht sich um zum Hotel, wo er hinter dem Fenster die gespenstische Figur Pedrellis noch in Unterhemd und Unterhose erahnt. Dreißig Jahre arbeiten sie nun zusammen, und er hat ihn nie anders als in Hemd und Hose gesehen. Im Grunde hat er auch noch nie eine verschwundene Schauspielerin gesucht, den Mann verstanden, dem er jetzt den Rucksack aus den Händen nimmt, oder länger als eine Sekunde einem Zeugen Jehovas zugehört.

«Kommt», sagt er, «für alle Fälle habe ich zu Mittag für vier aufdecken lassen.»

15.

Seit etwa zehn Minuten stehen sie mit verschränkten Armen da, das Gesäß auf den Kofferraum des Alfa 33 gestützt, der auf dem oberen Teil der Wiese steht, wo drei Abende zuvor der Jaguar von Terenzio Fuci das Epizentrum dieses Erdbebens wurde.

Auf dem Schauplatz bleiben nur die Absperrbänder zurück, die den Umfang der Szenerie markieren. Autos, Laufplanken, Scheinwerfer: weggeräumt.

Die Untersuchungen sind gemacht, was gefunden werden sollte, ist gefunden, in diesem Fall nichts. Wenn diese Absperrbänder verschwunden sein werden, wird der Boden wieder der sein, der er immer war: eine leicht abfallende Wiese am Ende eines Feldwegs mit ein paar großen, flachen Steinen, die die Monotonie des Grüns unterbrechen, und einem schönen Ausblick auf den See, in dessen Mitte jetzt das Schlauchboot der Taucher schwimmt.

Bramard betrachtet all das schweigend, nachdem er zehn Minuten zuvor nach der genauen Position des Wagens gefragt hat, und wenig mehr. Arcadipane raucht und lässt ihn machen. Er weiß, wie Bramard am Schauplatz des Delikts arbeitet. Auch das hat er von ihm gelernt. Das ist der Grund, warum er schweigt, ab und zu Trepet ruft, der, verführt vom Geruch alter Kuhfladen, herumtollt. Der Hund hebt die Schnauze, als ob eine Fliege ihn gestreift hätte, erforscht das Panorama und nimmt seine Suche wieder auf.

«Kann ich das Telefonat noch einmal hören?», fragt Bramard.

Arcadipane holt das Handy heraus und spielt die Aufnahme ab. «Carabinieristation Alve.» Stille, ein Atemzug. Lange Stille und kein Atemzug. «Es gibt einen Toten in Gias Vej», und die Verbindung wird unterbrochen.

«Also?», fragt Arcadipane.

«Es ist ein Mann.»

«Bei der Transplantation haben sie auch den Humor nicht vergessen, sehe ich. Was sagst du zu den Münzen im Telefon? Machen wir uns da Illusionen?»

«Er hat den Hörer abgewischt oder Handschuhe benutzt, folglich ist er nicht völlig unbedarft, aber es ist kein Profi, meiner Ansicht nach. Schauen wir, welche Karten wir bekommen.»

«Und die, die wir haben?»

«Als da wären?»

«Der Anruf, das Elektrokabel, das Fehlen von Spuren, Fuci, der Anna Mattalia 1962 nach Rom mitnimmt, die Familie, die die Brücken abreißt, die Tafel zum Gedenken an den Unfall, das Dorf, das sie auf dem Scheiterhaufen verbrannt hätte, Masimine Orusa und der andere Blutfleck in ihrem Panda.»

«Gute Karten, aber sie kommen aus verschiedenen Spielen.»

«Was soll das heißen?»

«Das heißt, wenn du außer einem Buben eine Karo-Vier und einen Joker hast … kannst du nicht viel ausrichten.»

«Tatsächlich? Verstehe ich nicht.»

«Ich auch nicht, aber ich glaube, dass dieses Verbrechen und das Verschwinden von Vera Ladich das Ergebnis von Partien sind, die an verschiedenen Orten, zu verschiedenen Zeiten und mit verschiedenen Karten gespielt werden, im Grunde hast du deswegen Kontakt zu uns gesucht, oder?»

«Zu wem habe ich Kontakt gesucht?»

«Zu Isa und dem Unterzeichneten. Einer für die Partie Clot, die andere für die der Orusa.»

Arcadipane steckt ein Sucai in den Mund.

«Ob Isa kommt, weiß ich nicht.»

«Sie kommt.»

«Wenn du es sagst. Und ich?»

Bramard holt aus der Tasche seiner grün-rot-braun karierten Jacke zwei Tupperware mit gedünsteten Äpfeln und einen kleinen Frischkäse. Er trägt weder Mütze noch Schal, und nur einer der fünf Knöpfe ist zugeknöpft.

«Du fährst nach Rom.»

«Nach Rom?» Arcadipane dreht sich zu ihm um und sieht ihn an.

«Fuci und Ladich haben fünfzig Jahre in Rom gelebt und gearbeitet. In Rom waren Amilcare Fuci, das Bauunternehmen, das den Staudamm gebaut hat, und auch die Klinik, in der der Bruder von Anna Mattalia untergebracht war, oder nicht?»

Arcadipane mustert die grauen und ausgelatschten Clarks, die unter Corsos Jeans hervorschauen. Nie hat er ihn mit Sportschuhen, Stiefeln oder Mokassins gesehen. Birkenstock-Sandalen von April bis September, Clarks in den übrigen Monaten. Das war's.

«Kannst nicht du nach Rom fahren?»

«Ich bin ein pensionierter Lehrer», sagt Bramard und packt den Frischkäse aus, «was soll ich in Rom?»

«Und Isa? Sie hat den Polizeiausweis, und ich könnte …»

«Isa in Rom? Drei Stunden, und sie hat zwei Anzeigen und einen Platzverweis. Und wen kennt Isa in Rom?»

«Und ich, wen kenne ich?»

«Die Pes.»

«Die Pes! Die mit dem Fall Lanteri? Aber das war vor zwanzig Jahren. Die wird jetzt in Pension sein!»

«Ich bin auch in Pension, aber sie kennt Rom, weiß, wo man anklopfen muss, was man wen fragen muss.»

«Das wusste sie! Komm schon! Sie wird womöglich tot sein, Gott hab sie selig.»

«Wie du willst, dann fahr nicht. Es ist ja keine Eile.»

Arcadipane dreht sich um und sieht ihn zum ersten Mal an, seitdem sie hier sind. Das ruhige und konzentrierte Gesicht, an das er sich jetzt erinnert, ist ruhig und konzentriert, nur um ein paar Jahre älter. Das ist alles. Das labfarbene Gesicht ist abgestimmt auf das wenig lichtvolle Grau der Berge ringsum.

«Es ist keine Eile?», er schaut auf die Uhr. «Vera Ladich ist seit fast neunzig Stunden verschwunden!»

Bramard rollt das Stanniolpapier des Käses zu einem Kügelchen und steckt es in die Tasche.

«Wenn sie tot ist, haben wir Zeit, weil sie tot ist», er nimmt die Tupperware mit den Äpfeln, die auf der Motorhaube erhitzt wurden. «Wenn sie am Leben ist und sie keine Eile haben, uns das wissen zu lassen, dann bedeutet das, dass auch wir keine Eile haben. Sie werden sie am Leben erhalten.»

Arcadipane beobachtet ihn, wie er das Gefäß öffnet, den Blick auf die Schwingen eines großen Vogels gerichtet, der über dem Wald auf ihrer Rechten seine Kreise zieht. Wie die Soldaten, die lernen, ihr Gewehr im Dunkeln zu laden, hat derjenige, der ein paar Monate im Krankenhaus verbracht hat …

«Was machen wir, die wir keine Eile haben, wenn du aufgehört hast, deine gedünsteten Äpfel zu essen?»

Einmal aufgeklappt, teilt sich der Deckel in zwei Teile, die Bramard in einen gar nicht unpraktischen Löffel verwandelt.

«Wir werfen einen Blick auf das Haus der Mattalia und auf das der Orusa, aber vorher würde ich gern beim Einwohnermeldeamt des Dorfs vorbeischauen. Ich denke, du hast Zugang zu Daten über die Einkommensverhältnisse, oder?»

Arcadipane nickt, das sind Aufgaben für Pedrelli, unterdessen bewertet er diesen Löffel, der bis vor einer Sekunde nicht existiert hat. Dasselbe Gefühl hat er angesichts von Ariels manueller Apfelschälmaschine empfunden, mit einer Vorrichtung zum Entfernen des Kerngehäuses, Schäl- und Schneidefunktion. Einfache, aber geniale Ideen, auf die jeder kommen könnte, aber auf die eben nur einer kommt. Wie in *Nel blu dipinto di blu.*

«Du hast mir noch nicht gesagt, wie du Elena überzeugt hast», fragt er.

Bramard schaut auf Trepet, der sich, seit er das Rascheln des Käsepapiers gehört hat, zu seinen Füßen hingesetzt hat.

«Martina», sagt er, «muss kontrollieren, dass ich mich nicht zu sehr strapaziere, und Bericht erstatten. Conditio sine qua non.»

Arcadipane schaut ihm zu, wie er ein paar Löffel voll isst.

«Wir sind ja vielleicht übel dran, hm?»

«Warum du?»

«Ich, weil sie mir die Wohnung verkaufen will!»

«Tröste dich», sagt Corso und zuckt mit den Schultern, «mich braucht sie gar nicht zu fragen, ich habe ihr das Haus überschrieben.»

Einer der Taucher kommt an Bord des Schlauchboots, während ein zweiter an der Oberfläche schwimmt. Der See ringsum ist reglos und straff gespannt wie ein Billardtuch, das aus einem Leichentuch geschnitten ist. Weder Freund noch Feind, wie etwas, was auf einen höheren Grad verweist.

«Isst du den anderen Apfel nicht?», fragt Arcadipane.

16.

Der Bürgermeister steckt den Schlüssel ins Schloss und dreht ihn dreimal herum. Das Haus hat keinen Stromanschluss mehr, aber obwohl die Sonne immer hinter den Bergen bleibt, reicht das Licht, das durch die Eingangstür hereinfällt, um die zwei Meter Diele bis zur Treppe zu erhellen. Arcadipane tritt als Erster ein. Bramard hinter ihm, während der Bürgermeister und Gemma Lunel, als sie einen Schritt über die Schwelle gesetzt haben, zögern, wie wenn der Techniker im Bad die Waschmaschine repariert und man nicht weiß, ob man dabei bleiben oder ins andere Zimmer gehen und so tun soll, als würde man sich um seine eigenen Dinge kümmern. Im Zweifelsfall bietet man gewöhnlich ein Glas Wasser oder einen Kaffee an. Etwas, was die beiden in keiner Weise tun können.

«Kommt», hilft Arcadipane ihnen aus der Verlegenheit.

Die Küche ist mittel in allem, in der Größe, in der Höhe der Decke, im Wert der Sechzigerjahre-Möbel und in dem Staub, der sie bedeckt, gar nicht einmal so dick, dafür, dass sie seit sechs Jahren leer steht. Mit den Händen in den Taschen der kanadischen Jacke betrachtet Bramard die wenigen Bilder an den Wänden: derbe Landschaften, abgesehen von einem Poster mit Gebirgskräutern. Das alte graue Telefon auf der Kredenz, der Tisch mit Marmorplatte, nur zwei Stühle.

«Was für ein Mensch war der Bruder von Anna?», fragt Corso.

Der Bürgermeister und Gemma Lunel stehen an der Küchentür, sie einen Schritt weiter drinnen, weil Beppe Dro den Rahmen ganz ausfüllt.

«Ich war etwa zehn, als er mit der Schwester wegging», sagt der Bürgermeister und breitet die Hände aus, «ich erinnere mich an ihn als groß, mager und sehr seltsam. Nicht, dass er etwas Besonderes getan hätte, meistens streunte er ums Dorf herum … manchmal auch mit uns Kindern. Er liebte Vögel. Er suchte immer ihre Nester.»

«Aber er war zwanzig», stellt Bramard fest. «Arbeit? Freundinnen?»

«Arbeit keine, ich glaube, er half seiner Familie mit den Hühnerställen, nicht viel. Freundinnen, soweit ich weiß, auch keine. Er war schön, wie alle Mattalias.»

«Wie alle hier in der Gegend», unterbricht ihn Arcadipane.

«Na, ich nicht», kichert der Bürgermeister, aber keiner lacht.

Bramard steht beim Sofa: Armlehnen aus Holz und groß geblümte Kissen. Es gibt weder Fernseher noch Radio im Raum.

«Was sagten Sie über Aldo Mattalia?»

«Von einer Freundin habe ich nie etwas gehört. Schon als kleiner Junge war er sehr in sich gekehrt, vielleicht auch intelligent, aber seltsam, wie ich Ihnen sagte. Er hatte einen Sprachfehler, er stotterte, und einige Finger an der Hand waren kürzer. Ich erinnere mich daran, weil wir Kinder … Sie wissen ja, wie es auf dem Dorf ist …»

«Nie gewalttätig? Auch nicht, wenn er gehänselt wurde?»

«Aldo Mattalia? Nein, der lebte in seiner eigenen Welt, was die Leute so redeten, hörte er, glaube ich, gar nicht, und dann war unsere Gemeinschaft imstande, mit Problemen dieser Art umzugehen. Solche Fälle waren nicht selten in den abgelegenen Bergdörfern.»

Mit einem Ruck öffnet Bramard eine Schublade, die klemmte: Besteck, Küchengeräte. In der daneben alte Gas- und Stromrechnungen und Sterbebildchen. Alles so, als ob die Mattalias vor wenigen Stunden hinausgegangen wären. Nur der Staub und der alte, halb offen stehende Kühlschrank deuten auf eine längere Abwesenheit hin.

«Haben die Eltern ihn in der römischen Klinik nie besucht?»

«Nein», sagt Gemma Lunel, «ich glaube, wenn sie Clot verließen, dann nur, um immer am selben Tag zurückzukehren.»

Bramard folgt mit dem Blick den über Putz verlegten Elektroleitungen an den Wänden und der Decke. Nicht neu, weiß, aber rund. Arcadipane sieht ihm dabei zu. Er weiß, was er sucht, aber er hatte schon Botta und Lavezzi gebeten, das zu kontrollieren.

«Sie müssen damals, stelle ich mir vor, ihre Einwilligung zu der Einweisung gegeben haben», sagt Bramard und sucht dabei den unteren Teil der Wände ab, «sonst hätte die jüngere Schwester Aldo nicht mitnehmen oder in einer Klinik unterbringen können.»

«Ich habe Ihnen gesagt, das sind Privatangelegenheiten der Familien», sagt der Bürgermeister. «Es wird Unterlagen dazu geben. Ich vermute, dass sich um die Kosten immer Fuci und Anna gekümmert haben. Die Mattalias hätten das nie …»

«Siebenundfünfzigtausend Lire», sagt Arcadipane.

Der Bürgermeister und Lunel verstummen.

«Das ist die Summe, die die Mattalias 1962 monatlich von der ICA bekamen, ebenso wie alle Familien in Clot. Eine Summe, die die Kosten einer Klinik wie der, in der Aldo war, nicht decken konnte, aber die jedenfalls dem Gehalt eines Facharbeiters entsprach. Eine Summe, die durch die Währungsreform, die Einführung des Euro jetzt …»

Arcadipane holt sein Notizheft hervor, blättert die Seiten durch, wobei er sich mehr Zeit lässt, als die wenigen Seiten verlangen würden.

«…zu tausenddreihundertsechsundachtzig Euro geworden ist. Das, stelle ich mir vor, steht auch euch zu, außer den Einkünften als Vermesser und denen als Gemeindesekretärin der Signorina.»

«Das ist korrekt», sagt der Bürgermeister, «aber für die Aufgabe als Bürgermeister …»

«Bekommen Sie nur eine Aufwandsentschädigung, ich weiß, das ist eine noble Geste, anerkennenswert. Aber zurück zu dem Abkommen zwischen ICA und den Einwohnern von Clot, das eine Leibrente vorsah …»

«Das Wort ‹Leibrente› ist irreführend, es handelt sich um eine Entschädigung für die Enteignungen, für die Wegnahme von Weiden und Wäldern und eine Gefahrenzulage.»

«Gefahrenzulage.»

«Das Dorf liegt zwei Kilometer unter dem Staudamm.»

«Entschädigung, die bis wann läuft?»

«Das Abkommen sieht vor, bis zehn Jahre nach Stilllegung und Rückbau des Staudamms.»

«Also so lange, wie das Kraftwerk in Betrieb und der Staudamm stehen bleiben.»

«Das war das Abkommen, das die ICA vorgeschlagen hat und das die Einwohner unterzeichnet haben.»

«Nicht alle», sagt Bramard, als spräche er zu dem Wettermännchen, das er in der Hand hat. Das Rosa der auf Hochglanz polierten Patina zeigt schlechtes Wetter an, das draußen nicht herrscht. Der Kieselerde und dem Chlor reicht offenbar die ständige Feuchtigkeit des Hauses.

«Die Dörfer in diesen Tälern haben nach dem Zweiten Weltkrieg einen Bevölkerungsschwund durchgemacht, als viele Familien auf der Suche nach Arbeit nach Frankreich auswanderten oder tiefer hinunter in die Täler. Clot hingegen hat in diesem Jahrzehnt nicht einen Einwohner verloren, während es in einem einzigen Jahr die Hälfte seiner Bevölkerung eingebüßt hat, die Einwohnerzahl ist von 183 auf 98 geschrumpft. Mehr als zwanzig Familien sind im Lauf von sechs Monaten abgewandert.»

«Wie ich dem Commissario bei unserer ersten Unterredung sagte, der Bau des Staudamms spaltete die Gemeinschaft in zwei Lager. Es gab viele Gegner, die Gründe kann man sich leicht vorstellen, aber am Ende beschloss die Mehrheit, das Land abzutreten.»

Bramard stellt die kleine Statue auf einer Truhe ab, die sich gegen eine Wand duckt wie ein kraftloses Tier mit kurzen Beinen.

«Hat die Mehrheit genügt?»

«Nein, in der Tat unterschrieben die Gegner ein anderes Abkommen.»

«Das was vorsah?»

Der Bürgermeister sieht Gemma Lunel an, ein wenig, um sie zu fragen, ob sie sich an die genauen Zahlen erinnert, ein wenig, um sie zu beruhigen, das sind Informationen, die in den Akten festgehalten sind, keine Geheimnisse, vor allem aber fragt er sich mit ihr nach dem Grund, der diesen Typen da veranlasst hat – nicht einmal ausgewiesen hat er sich und scheint auch nicht so recht bei Gesundheit –, sie zur Inaugenscheinnahme eines Hauses zu schleppen, das nach Schimmel und Salpetersäure stinkt, wenn sie über all dies im Gemeindesaal in der Nähe eines Ofens hätten reden können. Eigentlich ein Blickwechsel von nur wenigen Sekunden, aber behäbige Menschen haben Blicke mit sehr großem Fassungsvermögen.

«Sechs Millionen achthundertvierzig Lire pro Familie», sagt Gemma Lunel, die die Haare heute zusammengebunden hat, was ihr steht, und ein Paar Straßenschuhe trägt.

«Plus Kauf des Hauses und des Eigentums, stelle ich mir vor», folgert Arcadipane.

«Sicher, wer blieb, hatte das Vorkaufsrecht auf das Land und die Häuser, aber in Wirklichkeit kaufte die ICA alles, abgesehen von den Ländereien.»

«Also gehört der Großteil der leer stehenden Häuser im Dorf der ICA?»

«Der Gesellschaft, die deren Immobilienanteil übernommen hat, um genau zu sein.»

«Und die heute den Staudamm betreibt. Die ADIS, eine Privatgesellschaft.»

«Richtig.»

«Die den Einwohnern weiterhin die Entschädigungen zahlt, aus öffentlichen Geldern, gemäß dem Vertrag, der das vorsah.»

«Gewiss.»

«Alles klar», sagt Bramard. «Schauen wir uns oben um.»

«Müssen wir auch mitkommen?»

«Nein, nein», Arcadipane geht zwischen dem Bürgermeister und Gemma Lunel durch und auf die Treppe zu. «Wenn Sie die Schlüssel bitte auf dem Tisch liegen lassen, auch die vom Haus der Orusas, ich lasse sie Ihnen ins Rathaus bringen. Sie können gehen, danke.»

Der erste Stock besteht aus zwei Zimmern: dem Elternschlafzimmer, noch mit den Decken auf dem Bett, und dem Zimmer, in dem Anna Mattalia und ihr Bruder schliefen, bevor sie nach Rom gingen, jetzt eingenommen von dem Skelett eines einzigen Einzelbetts ohne Matratze. Im Übrigen schäbige Schränke, ausgetretene Holzböden und Nachtschränkchen, die man auf jedem Trödelmarkt für zwanzig Euro findet.

Bramard betrachtet die Elektroleitungen, ähnlich denen im Erdgeschoss.

«Wir haben das bedacht», sagt Arcadipane, «aber sie sind alle an ihrem Platz.»

Bramard geht im Zimmer auf und ab wie im Inneren einer Larve, die Leben beherbergte und jetzt nur noch dessen kalter Abdruck ist. Arcadipane folgt ihm mit Blicken, es durchzuckt ihn der Gedanke an Trepet, eingeschlossen im Wagen, und an die einzige intakte Kopfstütze, bis er sieht, wie Bramard stehen bleibt und auf einem Bänkchen an der Wand etwas fixiert.

«Was ist das?»

«Marienkäfer. Vor dem Winter sucht die Pionierin eine geschützte und helle Stelle, sie gibt Pheromone ab, die die anderen anlocken, dort versammeln sie sich dann.»

«Um es warm zu haben?»

«Auch. Aber Marienkäfer sind giftig, vor allem der farbige Mantel. Ein Agglomerat wie das hier ist eine Art giftiger Bissen, um Räuber zu entmutigen.»

Arcadipane denkt zurück an all die Male, die er Marienkäfer auf den Finger genommen hat, um sie den Kindern zu zeigen und sie dann auf ihre kleinen Hände krabbeln zu lassen. Da hatten gerade noch die Marienkäfer gefehlt, um seine Glaubwürdigkeit als Vater in Zweifel zu ziehen!

«Wo ist das Haus der Orusas?», holt Bramard ihn in den abgeschlossenen Raum zurück.

«Ich glaube, es ist das da.» Arcadipane weist auf jenseits des Fensters. «Die sind hier alle gleich, aber das der Orusas hatte, erinnere ich mich, einen blauen Streifen.»

Bramard streckt die Hand nach der Klinke der Fenstertür aus, hält aber inne, wie jedes Mal, wenn plötzlich ein Gedanke ihn durchfährt, doch dann kommt wieder Leben in seine Hand, und er drückt die Klinke herunter.

Der kleine Balkon, auf den sie hinaustreten, ist kurz und eng. Der Abend hat sich auf das Dorf herabgesenkt. Einige Straßenlaternen beleuchten Ausschnitte von Mauern, Teile von Dächern, Fenster, Abschnitte von Gässchen und einen Brunnen. In einer von ihnen das Haus der Orusas.

Bramard dreht sich um und inspiziert die Mauer oberhalb der Fenstertür. Eine Laterne ist dort oben angebracht, aber sie ist nicht angeschlossen. Dass sie angeschlossen gewesen sein muss, bezeugen ein paar Schellen und der Abschnitt hellerer Farbe, die sie verbindet.

«Verdammte Scheiße», sagt Arcadipane, während er sich umdreht, um abzuschätzen, wer von außen auf den Balkon steigen konnte.

Direkt neben dem Haus steht einer dieser alten Backöfen, dessen Dach schief gegen den Balkon lehnt. Da hat Arcadipane die Antwort, die alle Polizisten verabscheuen: «Jeder.»

17.

Dass sie den Speisesaal betreten hat, erkennt man an der Art, wie die Taucher ihre Blicke von dem Brot erheben, das sie ganz *à la française* mit Butter bestreichen, und zum Eingang lenken.

Nachdem er sich persönlich davon überzeugt hat, schaut Arcadipane Bramard an, der jedoch Martina ansieht, die auf ihr Handy schaut, während Pedrelli, Botta und Lavezzi an einem anderen Tisch sitzen und man nicht sieht, was sie anschauen. Heute Abend ist im Speisesaal viel los.

Nachdem die Straßensperre am Nachmittag aufgehoben wurde, sind die Journalisten ins Dorf und seine Ausläufer geströmt. Die Wagemutigsten sind zu Fuß bis zum Ort des Verbrechens hinaufgestiegen, andere sind in die Wälder ausgeschwärmt auf der Suche nach einem suggestiven Bild oder einem Schnappschuss, der den Eindruck des Geheimnisvollen wiedergibt; die Gutgläubigsten sogar auf der Suche nach einer Spur, einem Indiz, vielleicht wenigstens einem Finger, wenn nicht dem ganzen Körper, kalt oder warm. Fast alle haben versucht, mit den siebenunddreißig Einwohnern zu sprechen, die sich in ihren Häusern verbarrikadierten, ohne sich in ihrem Alltag allzu sehr beeinträchtigen zu lassen. Einzige Ausnahme die harmlosen Erklärungen des Bürgermeisters, die die Journalisten ausschmücken werden, und das ist gut so.

Zum Glück verabscheuen Zeitungs- und Fernsehkorrespondenten Kälte, Stille und das Fehlen von Handyklingeln, daher sind die zum Abendessen im Hotel *Sosta del pellegrino* Gebliebenen nur ein Dutzend. Unter ihnen Ceste, ein legendärer Name der Turiner Lokalpresse, den Arcadipane aus offenkundigen Motiven kennt. Ein gegenseitiges Hilfsabkommen, das Bramard ihm als Erbe hinterlassen hat. Von daher die Pastis, die Arcadipane, Bramard und Ceste am Tresen miteinander trinken, bevor sie an verschiedenen Tischen Platz nehmen. Höflichkeiten wie unter alten Megären und wenige Worte über die Tatsachen: ein Austausch, aus dem jeder der Beteiligten, wenn nicht unbescholten, so doch wenigstens mit der Illusion hervorgeht, nicht alles preisgegeben zu haben. Eine Unterhaltung, aus der Arcadipane mit nach Hause nimmt, was ihn interessiert: Die Presse hat das Verschwinden von Vera Ladich noch nicht mit dem von Masimine Orusa in Verbindung gebracht, will heißen, dem Grund, weshalb Isa am Eingang zum Speisesaal steht, unter den Yves-Montand-Blicken der Taucher.

Die Haare sind wie vor ein paar Jahren: glatt, schwarz, auf einer Seite rasiert, sonst überall lang. Seit dem letzten Mal, als er sie gesehen hat, sind die Kreolen an den Ohren wieder aufgetaucht, die schwarze Lederjacke, die engen schwarzen Jeans und die schwarzen Springerstiefel. Nicht mit dabei sind momentan der Nasenring und der kleine Löffel in der Unterlippe.

Isa bemerkt sie und geht auf sie zu, über der Schulter eine Tasche im Stil von *Verdammt in alle Ewigkeit.* Während sie an den vier Tauchern vorbeigeht, fixiert sie sie so intensiv, dass ihre Blicke sich verbiegen, wie Uri Geller es mit Besteck machte.

«Hallo Bramard.»

«Hallo Isa. Das ist meine Tochter Martina. Arcadipane kennst du ja.»

Arcadipane macht ein minimales Zeichen. Martina lächelt und hebt die Hand zu einem lautlosen Hallo. Isa nickt, es ist gut so. Isa lässt die Tasche auf den Boden fallen und setzt sich auf den freien Platz.

«Geht's dir gut?», fragt Bramard sie.

«Gut, und dir?»

«Gut.» In den folgenden Minuten des Schweigens dröhnt der Lärm an den anderen Tischen wie ein Formel-1-Rennen.

«Mir geht's auch gut», bricht Arcadipane das Schweigen, «außer ein bisschen Ischias … lasst die Hosen an zum Schlafen, die Bettlaken kaufen sie bei Picard. Apropos, ich bitte Pedrelli nachzufragen, ob Platz für dich ist.»

«In meinem Zimmer ist ein Einzelbett frei», sagt Martina. «Wenn dir das recht ist.»

«Für mich ist das okay», sagt Isa und hebt dabei die Schultern mit der Begeisterung eines Heranwachsenden, der ein Fotobuch über die historischen Schiffe auf dem Po geschenkt bekommt.

Ottavio Claro tritt an den Tisch, wenn die Schönheit ein Motorrad wäre, würde er eine Husqvarna fahren. Im Übrigen, wenn die Schönheit ein Motorrad wäre, hätten fast alle an diesem Tisch eins: Martina eine Triumph mit Motor von heute, aber Stil der Siebzigerjahre; Isa ein Sammelsurium von geklauten Einzelteilen; Bramard eine BMW, die die Paris-Dakar mitgemacht hat, aber mit ein wenig aufmerksamer Wartung die eine oder andere Rallye … Arcadipane hingegen wäre genau der, der er ist, mit fünfunddreißig hatte er eine Ciao, und das war's.

«Da heute Abend ein bisschen Betrieb ist», sagt Ottavio Claro, «haben wir ein Menü zusammengestellt. Als Antipasto haben wir einen Teller mit fünf Häppchen: Tartar, geräucherte Forelle, Tomino aus Rohmilch, russischer Salat und Polenta mit Kabeljau, *brandacujun.*»

«Im russischen Salat, wie ist da die Mayonnaise?», fragt Isa.

«Hausgemacht, mit Eiern von eigenen Hühnern.»

«Dann nur eine große Portion Polenta mit *brandacujun.*»

«Ich alles», sagt Arcadipane.

«Ich auch», sagt Martina.

«Ich lasse das Antipasto aus.»

Ottavio schreibt auf.

«Dann haben wir Minestrone, Leber oder Steak saignant mit Beilagen.»

Arcadipane und Martina Steak saignant. Isa und Bramard Minestrone, Isa mit Beilagen. Wein nur für Arcadipane. Claro schreibt auch das auf und geht.

Arcadipane schaut Isa an, die ein Stück Brot abgebrochen hat und es kaut, die Augen auf einen Punkt am Ende des Speisesaals gerichtet.

«Wie das?», sagt er grinsend. «Du konntest ein halbes Menü vertilgen, ohne einen Blick auf die Karte zu werfen, und jetzt dies nicht und das nicht, bist du Vegetarierin geworden?»

«Ich habe den Kabeljau genommen.»

«Also zum Islam konvertiert. Denn schwanger kann ich mir bei dir wirklich nicht vorstellen!»

Während sie weiterhin diesen Punkt fixiert, der jetzt unendlich fern geworden zu sein scheint, öffnet sie die Jacke und lässt eine leichte Wölbung unter dem grauen Militärpullover sehen.

Arcadipane hält sein Glas wenige Zentimeter vor den Lippen an. Er sieht zu Bramard, der ihm mit dem Kopf Zeichen gibt, dass das nichts ist, er solle trinken, was Arcadipane tut, ohne die Augen von dieser Wölbung zu lassen, die Isa jetzt wieder unter der Jacke verborgen hat.

«Wie weit bist du?

«Siebzehnte Woche.»

«Also kommt es im März zur Welt?»

«Es kommt im März zur Welt; ich weiß nicht, ob es ein Junge oder ein Mädchen ist; wir haben noch keinen Namen ausgesucht; der Vater ist weder zufrieden noch unzufrieden, weil ich es mit dem Samen eines Spenders gemacht habe; ja, ich bin lesbisch; ja, es hat beim ersten Versuch geklappt; es kostet so viel wie ein Kleinwagen, aber Ratenzahlung ist nicht möglich, man kann es nicht als Gebrauchtwagen weiterverkaufen, und es gibt auch nicht so viele Farben zur Auswahl;

nein, die Idee, den Polizeidienst zu quittieren, ist mir nie in den Sinn gekommen; ja, ich habe eine Partnerin, sie ist fünfzehn Jahre älter als ich und ist nicht bei der Polizei; sie macht Skulpturen aus Eisen, zwei Meter große Mücken, die in China sehr geschätzt werden; ja, sie reist viel; ja, ich habe Angst bei der Vorstellung, mich allein um das Kind kümmern zu müssen; will jemand jetzt hören, warum ich mir den Arsch aufgerissen habe, um an diesen Ort zu kommen, oder bin ich tatsächlich in einer dieser Kochsendungen zur Mittagszeit gelandet, wo empfohlen wird, viel Wasser zu trinken – und ‹Warum zur künstlichen Befruchtung greifen, wenn es so viele Kinder zu adoptieren gibt?›?»

Zur allgemeinen Erleichterung kommt Ottavio Claro in dem Moment mit den Tellern. Von den fünf Vorspeisen nimmt Arcadipane mit gesenktem Blick das *brandacujun* in Angriff, von dem er nicht weiß, was es ist, aber er empfindet in irgendeiner Weise eine Übereinstimmung mit seinem aktuellen Seelenzustand.

Isa isst ein wenig Polenta, dann, sich mit dem Schweigen als Antwort zufriedengebend, zieht sie aus der Tasche ihrer Jacke ein Blatt und legt es in die Mitte des Tisches.

Arcadipane betrachtet es: Es sind einige Zeilen darauf gedruckt, in sehr kleiner Schrift, die klar den Eindruck vermitteln, die Rückseite von etwas zu sein. Arcadipane streckt die Hand aus, um es zu nehmen.

«Zuerst müssen wir eine Vereinbarung treffen», sagt Isa.

«Was für eine Vereinbarung?», fragt Arcadipane, die Hand über dem Blatt ausgestreckt.

«Nach dem Mutterschaftsurlaub will ich in die Mordkommission zurück.»

«Ich habe dir das vor fünf Monaten vorgeschlagen, nach dem Fall Shun», Arcadipane zieht die Hand zurück, «du hast Nein gesagt!»

«Kabeljau enthält viel Phosphor, iss fünfzehn Portionen davon, so kommst du am Ende des Essens vielleicht von allein auf das Warum.»

Arcadipane lässt die Polenta stehen und widmet sich dem russischen Salat. Bramard rührt in seiner Minestra, um sie abzukühlen, behält aber das Blatt im Auge. Martina sieht ihnen zu, wie man Morra-Spielern zuschaut, wenn man nicht zählen kann.

«Das hängt nicht von mir ab», sagt Arcadipane. «Es gibt eine festgelegte Zahl von Mitarbeitern, und im Augenblick sind wir vollzählig.»

«Mir ist auch Mailand recht.»

«Weil deiner Meinung nach die in Mailand Achtstundentag machen? Pisapia hat ihnen gesagt, dass nur zu Bürozeiten gemordet wird?», er kaut den russischen Salat, der gut ist, aber da ist ein in Essig eingelegtes Gemüse … «Bei der Straßenpolizei kannst du die Tagschicht beantragen, aber bei uns, was machst du, wenn nachts angerufen wird? Wie willst du zwischen einer Beschattung oder einer Hausdurchsuchung stillen? Du weißt, welche Zeiten wir haben, oder hast du das vergessen?»

«Ist das also ein Ja oder ein Nein?»

«Behalten wir die Sache im Auge, und wenn eine Stelle frei wird, vielleicht in zwei Jahren … wenn du dann noch der Meinung bist …»

Ruhig legt Isa ihre Gabel am Tellerrand ab, nimmt das Blatt und steckt es wieder in die Jackentasche.

«Wir hören uns wieder, wenn ich einen Ratschlag zum Stillen brauche», sagt sie lächelnd.

Die schroffe Bewegung, womit sie den Stuhl zurückschiebt, erregt die Aufmerksamkeit der Nachbartische, vor allem die der Journalisten. Isa packt die Tasche und geht zur Tür. Während sie an ihnen vorbeigeht, versuchen die Taucher es diesmal erst gar nicht: Keinem käme in den Sinn, mit der Handinnenfläche ein Messer aufzuhalten, das mit der Spitze nach unten fällt. Wobei: vielen sehr wohl, aber das behalten sie für sich.

Als sie im Ausgang verschwunden ist, ist Bramard der Erste, der seinen Blick auf das Fenster lenkt. Isa erscheint hinter der Scheibe, schlängelt sich zwischen zwei geparkten Autos durch und entfernt sich im Licht der drei Laternen, die den Platz erhellen.

«Sie spielt sich ein bisschen auf», sagt Arcadipane lächelnd und kreuzt den Blick Martinas. «Dein Vater und ich kennen sie!»

Sie gelangt an ein Auto, das ein Pathfinder sein könnte, offenbar bringen die Mücken aus Eisen in China gut was ein.

«Ich glaube, sie fühlt sich wirklich angegriffen», stellt Martina fest, als die Blinklichter die Öffnung des Wagens anzeigen.

«Aber nein», schnaubt Arcadipane. «Man muss ihr nur ein bisschen Leine lassen, und du wirst sehen …»

Isa steigt ein. Sie hören den Lärm des großen Motors, der anspringt.

«Besser, du gehst», sagt Bramard, indem er einen Löffel Suppe nimmt und zum Mund führt.

«Mit Verlaub», sagt Arcadipane.

Der Gang, mit dem er die Tür erreicht, möchte der von jemandem sein, der keine Eile hat, aber die kurzen Beine verlangen eine Schrittfrequenz, welche den Eindruck der Lässigkeit nicht fördert. Martina sieht auch ihn vor dem Fenster erscheinen und auf den Pathfinder zulaufen.

«Ob er es schafft?», fragt sie.

Isa hat die Scheibe heruntergelassen, hört zu, stellt aber den Motor nicht ab.

«Wenn dieses Blatt Papier wirklich zählt, wahrscheinlich ja. Andernfalls könnte ihr die Genugtuung wichtiger sein. Wie geht's mit Thomas?»

Martina nimmt ein Stück Käse vom Teller und steckt es in den Mund.

«Mehr oder weniger genauso, aber der Ausgang ist unsicherer.»

«Der im Auto, das bist du oder er?»

«Ich.»

«Und er läuft.»

«Er läuft, aber wenn er mich überzeugt und wir wieder hineingehen, ändert das nicht viel.»

«Das wievielte Mal ist das?»

«Das dritte oder vierte Mal.»

Sie beobachten Arcadipane, der gestikuliert und spricht. Isa schaut auf die Windschutzscheibe.

«Das wollte ich dir sagen, Papa, auch wenn Elena eingewilligt hat, brauchst du nicht zu glauben, dass sie nicht wütend ist.»

«Ich weiß.»

«Sie zieht Bilanz.»

«Ich weiß.»

«Meiner Meinung nach müsstest du …» Martina verstummt, als sie Isa mit Arcadipane wieder hereinkommen sieht, er, der ihr im Abstand von zwei Metern folgt. Sie setzen sich, sie holt das Blatt heraus und legt es in die Mitte des Tisches, diesmal mit der Vorderseite nach oben.

«Ich war in der Wohnung von Masimine Orusa, zusammen mit diesem Carabiniere.»

«Nazareno», unterbricht Arcadipane sie, vielleicht um den Eindruck zu erwecken, dass sie draußen genau darüber gesprochen haben.

«Die Medikamente stimmen mit den Rezepten überein und entsprechen ihrer Arbeit als Pflegerin von Kranken im Endstadium. Wenn etwas fehlt, handelt es sich um Mengen, die jedenfalls nicht an illegalen Handel denken lassen. Was das Privatleben betrifft, ein paar Ansichtskarten von Kolleginnen, Dankesbriefe von Patienten und Angehörigen von Patienten. Die Wohnung gehörte ihr, gekauft 1971. Fotos gibt es keine. Die einzige gerahmte Aufnahme im Eingangsbereich ist die einer Landschaft in Schottland oder vielleicht Irland. Auf der

Rückseite das Jahr des Drucks, 1973, aber es sind keine Personen auf der Aufnahme. In den Schubladen alles in Ordnung, niemand hat die Nase da hineingesteckt, was bedeutet, dass die Carabinieri eine Durchsuchung light oder gar keine gemacht haben.»

Bramard nimmt das Brot und lässt ein paar Brocken in die Minestra fallen. Er rührt mit dem Löffel um und isst ein Stück.

«Im PC keine Mails, Dokumente oder anderes, was an Kontakte zu Vera Ladich denken lassen könnte», sagt sie mit vollem Mund. «Da sind ein paar Filme, aber das sind sentimentale Komödien aus den Achtzigerjahren, also keine Ladich. Sie mochte Lyrik, schrieb ein paar kleine Sachen und war in Kontakt mit einem lokalen Zirkel. Alles auf Okzitanisch oder einem ähnlichen Dialekt.»

«Und das da?» Bramard deutet auf das Papier.

«Hinter das Möbel in der Diele gefallen», nickt sie.

«Wo ich dir beigebracht habe nachzuschauen», sagt Arcadipane.

Isa mustert ihn.

«Was machst du jetzt? Gibst du mir den Ring der Großmutter, der in der Familie weitergereicht wird?»

«Kann ich das sehen?», beendet Bramard die Angelegenheit.

Isa nimmt das Blatt und reicht es ihm.

«Es ist der Einlieferungsbeleg eines Einschreibens», sagt sie, «vor vier Monaten von Masimine Orusa an Lupita Lozano geschickt, professionelle Krankenschwester mexikanischer Herkunft, zweiundvierzig Jahre, emigriert zunächst nach Deutschland, dann nach Italien, wo sie seit 1998 in Rom gemeldet ist. Ich habe an eine Korrespondenz mit einer Kollegin gedacht, jemandem, mit dem Masimine Orusa auf der Arbeit oder bei einer Fortbildung Freundschaft geschlossen haben könnte. Ich habe das überprüft; Lupita Lazaro hat nie für irgendwelche Gesellschaften, Einrichtungen oder privat in Norditalien gearbeitet, während Masimine Orusa immer Verträge in der Provinz Cuneo hatte. Die letzte Fortbildung liegt sechs Jahre zurück, und sie hat nie welche außerhalb der Region gemacht.»

«Aber wer zum Teufel ist diese Lupita?», fragt Arcadipane.

Isa schiebt mit dem Löffel den Rest der Polenta zusammen. Der Kabeljau ist schon eine Weile verschwunden.

«Lupita Lozano», sagt sie, «arbeitet seit sieben Jahren in der Villa Greppi, in der Klinik außerhalb von Rom, wo Aldo Mattalia, der Bruder von Anna Mattalia, seit 1962 untergebracht war und wo er vor vier Monaten verstorben ist», sie leckt die Wölbung des Löffels ab. «So viel zu Lupita Lozano, vorerst.»

18.

Der Lärm des Speisesaals wird gedämpft, als sie die Hoteltür hinter sich schließen, und verschwindet ganz, sobald sie von der Piazza in das erste Gässchen einbiegen. Bramard und Martina gehen nebeneinander, die Ärmel der Jacken streifen sich, das einzige Geräusch ist das ihrer Schritte. Wenige erleuchtete Fenster. Von drinnen gedämpfte Geräusche, die aus einer sehr tiefen Höhle kommen könnten.

Ein paar Schritte zur Verdauung, das der Vorwand, mit dem sie sich vor dem Dessert, das Isa und Arcadipane bestellt haben, vom Tisch erhoben haben, aber Bramard sucht mehr die Stille, Martina weiß das und schweigt.

«Was hältst du davon?», fragt Bramard.

«Dass ein guter Geruch nach Holzfeuer in der Luft liegt.»

«Und sonst?»

«Dass, wenn alle auf der Welt mit Holz heizen würden, in fünf Jahren die Wälder ausgerottet und die Menschheit mit Kohlenmonoxid vergiftet wären. Die Poesie entspringt immer der Katastrophe, oder?»

Sie sind am Rand des Orts, von wo aus sie die Kirche sehen, senkrecht vom Mond beschienen, der fast voll ist. Kein anderes Licht. Sie halten die Hände in den Taschen.

«Gehen wir bis dorthin?»

«Okay.»

Sie überqueren die Wiese und gehen die Serpentinen hinauf, die sie allmählich über die Häuser hinausführen. In dem Maße, wie sie sich entfernen, gibt Clot seine Umrisse eines Tiers zu erkennen, das mit dem Kopf auf seinen Genitalien schläft. Die Luft hat ihr Gleichgewicht zwischen kalt und rein, dicht und leicht, präsent und präsent. Eine Kohärenz, die Bramard nur im Gebirge findet, und das ist der Grund, warum das Gebirge sein Ort ist. In wenigen Minuten stehen sie vor der Fassade.

«Von außen ist sie nicht schön», sagt sie, «aber die Fresken im Inneren scheinen fabelhaft für einen so kleinen Ort.»

«Geschaffen hat sie Johannes Van der Drift, ein holländischer Maler, der Anfang des sechzehnten Jahrhunderts in ganz Europa berühmt war. Scheinbar war er auf der Flucht vor Gläubigern in Frankreich oder Schlimmerem; und die Grenze überschreitend auf Pfaden, wo man ihn nicht fassen konnte, ist er in dieses Dorf gelangt. Er bat um Gastfreundschaft, und sie wurde ihm gewährt. Vermutlich dachte er, das sei ein geeigneter Ort, um zu verschwinden, während er auf der Suche nach einem Gönner war. In dem Jahr, das er hier verbrachte, hat er zahlreiche Briefe an italienische Höfe geschrieben und die Kirche ausgemalt. Daher ist er bekannt als der Meister von Clot.»

Martina betrachtet den winzigen Ort unter ihnen. Den Weg, der sie hierhergeführt hat.

«So nach dem Motto, eines Abends ins Pub gehen und dort U2 antreffen, die nach einem Bier beschließen, für zwanzig Personen zu spielen.»

«Etwas in der Art.»

Sie blickt auf die Fassade, in die vor Zeiten eine Hand diese kleinen steinernen Gesichter eingelassen hat.

«Das ist eine Tradition, die auf die Kelten zurückgeht», erklärt Bramard. «Es spielt an auf die Köpfe der Feinde, die am Eingang des Dorfs aufgepflanzt oder an den Hauseingängen aufgehängt wurden, um feindliche Besuche abzuwehren oder böse Geister fernzuhalten.»

Sie gehen an einer der Wände der Kirche entlang, etwa dreißig Schritte. Der Mondschein verlängert die Schatten der tiergestaltigen Reliefs, verleiht ihnen Bewegung.

«Die Tiere dagegen …»

«Hör auf, den Lehrer zu spielen», sie hakt sich bei ihm ein, «ich weiß doch, dass du Polizist bist. Das hast du nie abgelegt, stimmt's?»

«Zum Glück, sonst wärst du nicht …»

«Was ist?»

«Der Mondschein. Auf den Fenstern der Kirche.»

«Sehr romantisch, du solltest Elena anrufen und es ihr erzählen, ich kann nicht auch für diese Sachen die Vermittlerin sein.»

Bramard tritt ein paar Schritte zur Seite. Er schaut auf die Fenster der Kirche, dann in die Richtung, wo er weiß, dass hinter einem Felsvorsprung die Wiese liegt, auf der Terenzio Fuci gefunden wurde und Vera Ladich nicht.

«Hast du Lust, etwa zehn Minuten zu fahren?»

19.

«Hör mal … da wir allein geblieben sind … ich möchte nicht, dass … kurzum … wir haben uns verstanden, oder nicht?»

«Nein. Wir können auch schweigen, während wir auf das Dessert warten.»

«Okay.»

Isa widmet sich wieder ihrem Handy. Vielleicht schreibt sie ihrer Partnerin. Arcadipane hat sie ein einziges Mal gesehen, diese Angela, aber so leicht vergisst man nicht jemanden, der einem den Kopf abreißen und ihn in einen Geranientopf stecken möchte. Er fragt sich, wie sie als Mutter sein mag, denn in diesen Fällen … eine wird mehr die Mama sein, und die andere? Zwei Mamas? Was für ein Albtraum.

Isa hebt den Kopf und mustert ihn, als hätte sie seine Gedanken mitbekommen. Arcadipane schlägt die Augen nieder und spielt auf dem Tisch mit einem Brösel.

«Commissario!», ruft ihn Pedrelli.

Arcadipane sieht sich um und sucht ihn im Saal. Er hat das Handy am Ohr und macht ihm Zeichen, er solle näher kommen.

Arcadipane macht ihm Zeichen, wenn, dann solle *er* näherkommen. Während man auf das Dessert wartet, darf man nie den Tisch verlassen. Das ist der heikelste Moment. Der Kellner kommt, sieht einen nicht und denkt, dass man es sich anders überlegt hat. Man kommt zurück, fragt, und das Dessert ist nicht mehr da: Die letzte Portion ist an einen gegangen, der es sich im umgekehrten Sinn anders überlegt hat, erst wollte er es nicht, aber als er es dann vorbeitragen sah …

«Commissario», kommt Pedrelli angetrottet. «Es ist das Labor, es ist, scheint's, wichtig.»

«Warum rufen sie nicht direkt mich an?»

«Sie sagen, Sie sind nicht zu erreichen.»

«So ein Quatsch!», er nimmt das Telefon zur Hand: Es riecht nach Bergkiefer. Pedrelli ist der einzige Mensch, der den ganzen Tag mit dem Handy herummacht, er spuckt darauf, er wischt es ab, um das Ohrenschmalz davon zu entfernen, er steckt es in die Tasche, wirft es auf den Autositz, und am Ende des Tages riecht es nach Bergkiefer.

«Arcadipane hier, was ist? ... Seid ihr sicher? Okay, gib mir den Namen», er macht Pedrelli Zeichen, er solle ihm was zum Schreiben geben. «Ist das ein deutscher Name?», fragt er, während er sich Notizen macht, dann klopft er auf den Tisch, um Aufmerksamkeit zu erlangen. «Nein, die Akte schick mir per Mail, ich kontrolliere das nachher, jetzt gehen wir», er steht auf und macht Isa Zeichen, sich in Bewegung zu setzen. «Schick es mir auch aufs Handy, jetzt gib mir bloß die Adresse ...» Er verfinstert sich. «Was soll das heißen, es gibt keine Adresse? Okay, wir kommen allein zurecht, du schick alles und hör auch die Carabinieri ... Ah, das kommt alles von ihnen ... okay, dann höre ich sie später selbst genauer ... ciao, ja, ja. Danke.»

«Was ist los?», fragt Isa.

Arcadipane ist schon in die Jacke geschlüpft.

«Die Münzen, wir haben einen Fingerabdruck, der sich zuordnen lässt.»

«Was für Münzen?», fragt Isa.

«Ich erklär's dir unterwegs. Pedrelli, ruf die beiden, sie sollen den Amaro stehen lassen. Aber dalli!»

Die Journalisten müssten diese vier Bullen mit Interesse beobachten, die aus dem Saal eilen, ohne das Tiramisu und die Apfeltarte, die Ottavio Claro bringt, eines Blickes zu würdigen. Sie müssten die Möglichkeit in Erwägung ziehen, sich dieser überstürzten Flucht anzuschließen, ja, hinterherzulaufen, aber wenn Journalisten Feierabend machen, machen sie Feierabend, und wenn sie Feierabend machen, trinken sie. Und dann ist es draußen kalt, und in der Redaktion sind Nachrichten auf die letzte Minute nicht gern gesehen.

Ganz zu schweigen davon, dass da drei herrenlose Tiramisu und eine Apfeltarte warten.

20.

Martina fährt das Fenster herunter und streckt den Kopf hinaus.

«Bist du sicher, dass wir das können?»

Die Scheinwerfer beleuchten Corso, der Zeichen macht voranzufahren. In der Hand hält er das Absperrband, das er abgenommen hat.

«Was?»

«Ich sage, ich weiß nicht, ob das eine gute Idee ist.»

«Komm, komm langsam voran.»

Martina zieht den Kopf wieder ins Wageninnere und lässt den Scénic im Schritttempo in das leicht abschüssige, nach einer Seite hin offene Quadrat hinabrollen. Sie hat Angst, dass die Bremsen versagen, dass das Auto Fahrt aufnimmt und ins Dunkel des Waldes und dann bis hinunter in den See rollen könnte. Das scheint absurd, in Afrika ist sie auf Straßen gefahren, die im Vergleich dazu … und auch in Brasilien, wenn es in Rocinha regnet …

«Noch ein wenig, neben diesen großen flachen Stein …»

«Aber ich sitze auf!»

«Du sitzt nicht auf, der Jaguar war niedriger … So, noch einen halben Meter. Stopp, halt hier an.»

«Schalte ich den Motor aus?»

«Schalt den Motor und die Scheinwerfer aus.»

Martina tut es und macht Anstalten auszusteigen.

«Bleib am Steuer sitzen, bitte, und schalte die Innenbeleuchtung ein.»

Martina tut, was ihr gesagt wird. Durch die Windschutzscheibe, auf der sich das Mondlicht spiegelt, sieht sie, wie ihr Vater sich im Zickzack rückwärts gehend entfernt, wie ein Wünschelrutengänger, ohne den Wagen je aus dem Blick zu lassen.

21.

Keine Klingel, wie an allen Häusern in diesem beschissenen Dorf, sagt sich Arcadipane, bevor er einige Schritte zurück tut und hinauf auf die drei Fenster im ersten Stock schaut, zwei dunkel und eins erleuchtet.

«Bürgermeister!», ruft er mit lauter Stimme. «Bürgermeister!»

Nichts. Und auf dem Handy antwortet er auch nicht. Vielleicht, weil er genug hat von den Journalisten.

Lavezzi macht sich am Schloss zu schaffen. Er ist gut in solchen Dingen, nach dem Grund dafür fragt man besser nicht. In der Tat öffnet er es. Sie steigen die Treppe hinauf, alle fünf, Pedrelli als Letzter. Vor dem Ratssaal, wo sie sich unlängst versammelt haben, ist eine Tür in Mahagonifurnier, die zu einer Wohnung führt. Sie klopfen. Nichts. Sie klopfen noch einmal.

«Bürgermeister!», wiederholt Arcadipane.

Die Tür wird ein wenig geöffnet, und in dem Spalt von zwanzig Zentimetern erscheint das Pflanzenfressergesicht von Beppe Dro.

«Was ist los?»

Er ist im Shirt. Was er untenherum anhat, kann man nicht erkennen.

«Wir müssen reden», sagt Arcadipane.

«Geht in den Sitzungssaal, er ist offen, ich ziehe mich an und komme.»

«Besser hier, keiner nimmt Anstoß.»

Beppe Dro tritt beiseite, und sie gehen hinein. Das Zimmer, wo gekocht wird, geht über in den Wohnraum und ist weniger als grauenhaft und mehr als banal. Ein paar Drucke der Arte Povera, ein Sofa, zusammengestoppelte Stühle, eine moderne Designerküche, ein Fernseher mit großem Bildschirm, ein Glastisch. Die Spielekonsole, die verlassen auf dem Boden vor dem Flachbildschirm des Fernsehers liegt, suggeriert Arcadipane eine pathologische Verknüpfung zwischen dem Traum eines Fünfzehnjährigen und dem Albtraum eines Mannes mit einem Bein im Greisenalter.

«Wer ist Ludwig Ubac?», fragt er.

Der Bürgermeister ist in die Mitte des Raums getreten, als müsste er einen Verkehr regeln, den es nicht gibt. Die Tatsache, dass er rote Baseballshorts bis zum Knie mit der Nummer 32 trägt, ist nicht zu seinem Vorteil.

«Wie, wer ist das? Es ist Ludwig!»

«Und warum haben Sie uns das nicht gesagt?»

«Was?»

«Von den Vorstrafen?»

«Pah, es ist, dass …» Beppe Dro unterbricht sich, um zu überlegen. «Das sind alte Geschichten. Und dann ist Ludwig nicht aus dem Dorf.»

«Er ist nicht aus Clot?»

«Doch, aber er lebt außerhalb der Gemeinde. Auf dem Hügel. Er hat mir erzählt, dass ihr die ganze Hangseite abgesucht habt, irgendwer muss dann auch bei ihm vorbeigeschaut haben.»

«Nehmen Sie die Landkarte und zeigen Sie mir, wo er wohnt, denn es konnte keine Adresse von diesem Typen festgestellt werden.»

Beppe Dro verschwindet hinter der Tür, die zum Schlafzimmer führt. Arcadipane hat noch nie von einem Rathaus mit angeschlossener Wohnung des Bürgermeisters gehört, aber er hat von einer Menge Dinge nicht gehört, an die zu denken jetzt nicht der Moment ist. Aus dem Schlafzimmer dringt das Geräusch von aufgezogenen Schubladen und noch etwas anderes.

«Kommen Sie auch heraus!», versetzt Arcadipane mit lauter Stimme. «Ich habe schon gesagt, dass wir keinen Anstoß nehmen.»

Beppe Dro kommt aus dem Schlafzimmer, die Karte in der Hand, und verdeckt mit seiner massigen Statur Gemma Lunel fast ganz, die hinter ihm einen Morgenmantel zubindet, der entschieden nicht ihrer ist, da er ihr bis zu den Füßen reicht.

Arcadipane denkt, dass die arme Frau doch im Schrank ein paar Sachen unterbringen könnte, wenn man bedenkt, dass die Geschichte sicher seit Jahren geht, aber er weiß auch, dass Leute, die sich zusammen in die Waagrechte begeben, die Momente in der Senkrechten auf die unterschiedlichste Weise interpretieren. Sein Glück ist, dass er mit der Zeit und mit dem Beruf gelernt hat, sofort zu kapieren, ob diese Weisen ein Verbrechen darstellen, dessen Motiv oder dessen Ergebnis. Und das ist hier nicht der Fall.

Die Neutralität diesbezüglich kann man ihr wahrscheinlich am Gesicht ablesen, denn Gemma Lunel geht, ohne zu fragen, an die Spüle und beginnt, eine Espressokanne für acht herzurichten. Der Bürgermeister hat die Karte auf dem Tisch ausgebreitet.

«Hier.» Er zeigt mit dem dicken Finger auf einen Punkt. «Hier wohnt Ludwig.»

Er weist auf einen Punkt oberhalb des Stausees, Arcadipane könnte nicht sagen, wie hoch oben, weil er nichts von Landkarten und von Maßstäben versteht.

«Haben wir die Gegend abgesucht?» Er weist Pedrelli auf die Karte hin.

«Ja, ja, ich weiß nicht, wer das übernommen hat, aber es wurden alle Behausungen und Unterkünfte überprüft. Sie haben überall nachgesehen. Also sicher auch im Haus dieses Ubac.»

Arcadipane denkt nach.

«Wie weit ist das vom Dorf entfernt?», fragt er den Bürgermeister.

«Es sind rund vierzig Minuten zu Fuß.»

«Und nicht zu Fuß?»

«Es gibt keine Straße. Man kommt nur auf dem Fußweg dahin.»

«Und von Gias Vej aus? Wie lang dauert das zu Fuß?»

«Eine halbe Stunde.»

«Lebt nur dieser Typ dort?»

«Ja, er hat immer allein gelebt.»

«Telefon?»

«Nein … Es ist ein … sonderbarer Mensch.»

«Sonderbar in dem Sinn, dass er das Gewehr beim Ausgang und drei Pistolen in der Küche hat? Wir hatten keine Zeit, das zu überprüfen, aber unter den Vorstrafen ist Waffenhandel.»

«Aber nein, das ist eine alte Geschichte … Übertrieben. Er hat nicht einmal ein Jagdgewehr.»

Aus dem Küchenbereich dringt das Blubbern der Kaffeekanne, langsam mit Induktion, dann sehr schnell.

«Also kennen Sie ihn gut.»

«Ich kenne ihn, wie man einen Ubac kennen kann!» Beppe Dro zuckt mit den Schultern. «Als Familie waren sie immer etwas …»

«Absonderlich.»

«Auch der Vater war ein scheuer Typ», er nickt, «die Mutter weniger, aber sie lebten sehr zurückgezogen. Die Eltern sind gestorben, als Ludwig noch keine dreißig Jahre alt war, und von da an hat er immer allein gelebt. Er kommt ins Dorf für seine Einkäufe, einen Schwatz, Tabak, dann kehrt er wieder nach Hause zurück.»

«Immerhin hat er die Leibrente.»

«Nein, er nicht. Er hatte Anspruch darauf, hat sie aber nie bezogen.»

«Und wovon lebt er?»

«Von wenig, glaube ich.»

Die Lunel stellt die Tässchen auf den Tisch und reicht jeweils zwei. Arcadipane dankt ihr mit einem Blick dafür, dass sie einfach gemacht hat, ohne zu fragen. Jeder nimmt einen Kaffee, nur Pedrelli entschuldigt sich, dass er um diese Zeit … In Wahrheit zu jeder Zeit.

Jetzt, da er Isa und Gemma Lunel nah beieinander sieht, erahnt Arcadipane keine Ähnlichkeit zwischen ihnen, aber eine typologische Affinität, würde er sagen, wenn er den Begriff kennte und die Worte, ihn zu definieren, hingegen beschränkt er sich darauf, sie verstohlen anzuschauen und seinen Kaffee zu trinken, bis er das Tässchen abstellt und ins Hier und Jetzt zurückkehrt.

«Warum haben Sie gesagt, er gehört nicht zum Dorf?»

«Das ist eine alte Geschichte. Den Ort, wo er wohnt, haben sich die Gemeinden von Clot und die von Assiglio immer streitig gemacht. Alte Zwistigkeiten, die sich durch Epochen hinzogen, heute gehört dieses Gebiet, obwohl es nach der Seite von Clot liegt, vom Kataster her zur Gemeinde Assiglio.»

«Dann wärt ihr also achtunddreißig, mit Ludwig Ubac.»

«Ja, aber er ist in der Gemeinde Assiglio gemeldet. Wenn er denn überhaupt gemeldet ist.»

«Weil er ein etwas absonderlicher Mensch ist.»

Beppe Dro trinkt seinen Kaffee und nickt.

«Könnte er mit einem Bären verwechselt werden?»

«Was meinen Sie? Vom Charakter her?»

«Nicht vom Charakter her. Ein Kind, das ihn nachts sieht, könnte ihn für einen Bären halten?»

Der Bürgermeister sieht Arcadipane an und versucht, den Hintersinn der Frage zu verstehen, da er ihn nicht findet, lenkt er seinen Blick auf Gemma Lunel.

«Er ist so groß wie Beppe», sagt diese (wie zärtlich, denkt Arcadipane … Beppe!), «aber schmäler. Und tatsächlich trägt er im Winter eine Lammfelljacke ohne Ärmel.»

«Lammfell wie dieses hier?» Arcadipane zeigt auf die Jacke, die er anhat.

«Nein, nicht glatt … mit dem Fell des Lamms außen.»

«Okay, Bürgermeister», Arcadipane klatscht in die Hände, «Hose, Schuhe, und Sie begleiten uns.»

Acht Minuten später sind sie auf der Piazza, alle außer Gemma Lunel.

«Fahren wir im Auto nach Gias Vej?», fragt Arcadipane.

«Von dort oben muss man durch den Wald, und der Weg verliert sich … tagsüber wäre das kein Problem. Aber jetzt …» Dro schaut zu der an einer Seite leicht eingedellten Mondscheibe. «Der Mond scheint, aber unter den Bäumen … Es ist besser, wir gehen von hier aus zu Fuß, meiner Meinung nach.»

«Machen wir es, wie Sie sagen. Du, Pedrelli, gehst zurück ins Hotel und hörst den Staatsanwalt wegen eines Durchsuchungsbefehls, wenn er Fragen stellt, erklärst du ihm, dass wir vorgegriffen haben wegen Verdachts auf eine Straftat, wenn er keine Fragen stellt, hältst du den Mund. Wir nehmen das GPS mit und bleiben in Kontakt. Du, Isa, bleibst bei Pedrelli.»

«Für was zum Henker bin ich dann hierhergekommen?»

«Kein aktiver Einsatz, hat dein Chef ermahnt, und er hat recht. Ich nehme dich nicht mit in das Haus dieses Typen, wenn etwas passieren sollte … Nimm den Wagen, wenn dir das nicht passt, und fahr heim, jetzt haben wir keine Zeit zum Diskutieren», er schaut auf die Uhr. «Wenn er derjenige ist, den wir suchen, dann hat er Vera Ladich seit sechsundneunzig Stunden in seiner Gewalt!»

Sie entfernen sich von der Piazza, Pedrelli und Isa auf dem Weg ins Hotel zurücklassend. Der Bürgermeister geht voraus durch ein Gässchen, dann durch ein anderes, dann auf einem Weg, der ansteigt und sie zwingt, hintereinander zu gehen. Während er Beppe Dro folgt, betrachtet Arcadipane seine Mokassins, denen er ein Denkmal errichten müsste, das allerdings bald in memoriam sein würde. Er sucht in der Jackentasche nach einem Sucai, nichts. In den Hosentaschen zwei. Eins steckt er flugs in den Mund.

Der behäbige Mann, der vor ihm geht, öffnet eine Schneise in der Luft, was ihm Mühe abnimmt. Zu blöd, dass ihm ab und zu dieses in Essig eingelegte Gemüse … Geduld, die Sucai beruhigen den Magen, beschließt er.

Er schaut auf die Uhr, zwanzig nach zehn. Was zum Teufel machten der Bürgermeister und die Lunel so früh schon im Bett? Es gibt zwei Möglichkeiten, denkt er, entweder glühende oder abflauende Leidenschaft.

Bleibt die Tatsache, dass keins von beiden ein Verbrechen ist.

22.

Bramard betrachtet den Scénic, der in fünfzig Metern Entfernung hält, die Windschutzscheibe ein weißes Rechteck, die das Mondlicht reflektiert, Martina unkenntlich hinter diesem Schleier.

Er steigt zwei oder drei Meter weiter hinauf, wie er das seit zehn Minuten tut, dabei hält er sich am Rand der Lichtung, er bleibt wieder stehen und schaut in Richtung Auto, jetzt sieht er Martina durch das Seitenfenster. Er legt einen Stein auf den Boden und geht etwa zehn Schritte weiter, bis er mit einem anderen Stein wieder einen Punkt markiert.

Schätzungsweise sind es fünf oder sechs Meter, von wo aus er Martina durch das Seitenfenster klar erkennen kann. Dasselbe würde auf der anderen Seite des Wagens geschehen, aber da fällt das Gelände jäh ab. Folglich muss derjenige, der Fuci gesehen und angerufen hat, hier gestanden haben. Genau dort, wo Corso sich jetzt befindet, ein paar Schritte höher oder tiefer. Aber warum?

Er kehrt zum Wagen zurück und sagt Martina, dass sie aussteigen kann.

«Sind wir fertig? Es ist kalt.»

«Fast. Nimm bitte die Taschenlampe aus dem Handschuhfach.»

Gemeinsam gehen sie zu der Stelle, die Corso zwischen den beiden Steinen eingeschlossen hat.

«Was suchen wir?»

«Ich weiß es nicht.»

Martina schaut auf den Boden, wie sie es Corso tun sieht,

ohne sich von ihm zu entfernen. Langsame, diskrete Schritte. Es gibt Spuren, aber auf diesem Boden sind mittlerweile Dutzende Personen entlanggelaufen.

Sie dringen in den Wald ein, wo die Luft eine andere Konsistenz hat, als ob jemand über ihnen einen Deckel aufgelegt hätte. Im Gebirge merkt man sofort, dass die Bäume eine Erweiterung der Erde sind, deren Fortsetzung. Dieselbe Materie. Eine uralte Allianz, so sehr, dass, wenn die Erde den Wald zu entwurzeln oder dieser die Oberhand zu gewinnen scheint, sie in Wirklichkeit ein neues Abkommen schließen. Einen Teil opfern für das Wohl des Ganzen. Die Menschen können diese Verbindung spüren, aber sie sind davon ausgeschlossen. Und nur selten verstehen sie das.

«Papa …»

«Ja.»

«Wir sind in einem Wald, es ist kalt und Nacht, und ich habe Elena versprochen, auf dich aufzupassen. Praktisch tust du all das, was du nicht solltest.»

«Du hast recht», sagt Corso weiterhin suchend, «immerhin habe ich die Gemüsesuppe gegessen.»

«Na ja … Was ist? Was hast du gefunden?»

Martina kommt näher.

«Was ist das?»

Corso hebt zwei kleine Stückchen Holz auf und zeigt sie ihr.

«Das sind kleine Stäbchen», stellt sie fest.

«Von jemandem abgebrochen, siehst du?»

«Na und?»

«Diese Stäbchen waren hier und hier als Stützen angebracht.» Er steckt sie ins Erdreich. «Dieses andere Stück dagegen», er zeigt ihr eine Astgabel, «diente als Übergang. Und dann gab es bestimmt noch andere Holzteile, die hier herumliegen.»

«Was ist das?», fragt Martina. «Eine Zeichnung?»

«Eine Schlingenfalle, sie dient dazu, kleine Vögel zu fangen. Wer sie gebaut hat, kennt sich aus, denn er hat einen guten Ort gewählt, hier am Rand der Lichtung. Bestimmt hat er einen Köder hineingelegt: Himbeeren, Körner, Brombeeren. Und wenn es die eine hier gibt, gibt es sicher auch noch andere.»

«Und wo ist die Schlinge?»

«Gewöhnlich ist sie aus Metall oder Plastik. Als er die Falle zerstörte, hat er sie mitgenommen. Er legte keinen Wert darauf, bekannt zu machen, dass er hier gewesen ist.»

«Aber wer? Derjenige, der ...» Martina hält die Hände still, die sie vor Kälte aneinanderreibt. «Verflucht, Papa! Du hast mich im Auto auf dem Platz des Toten sitzen lassen?»

«Ich musste herausfinden, von wo aus er sehen konnte.»

«Gar nichts musstest du herausfinden, verdammt, Papa, entschuldige, wir sind an dem Ort, wo einer ermordet und wo Vera Ladich entführt wurde, und du benützt mich als Köder? Jetzt gehen wir, sofort. Du sagst es Arcadipane, sollen die daran denken ...»

«Ja, ja, geh schon zum Wagen. Ich sehe mich noch ein wenig um.»

Bramard entfernt sich. Martina schnaubt und sieht auf das Auto, sehr fern und wehrlos inmitten der Wiese.

«Papa», flüstert sie. «Wo bist du?»

«Hier bin ich. Folge der Taschenlampe. Ich habe noch eine gefunden.»

23.

«Aber was zum Teufel ist das?», fragt Arcadipane. «Ein Container?»

«Eine Art ...»

«Und wie haben sie einen Container hier heraufgebracht?»

«Das ist eine lange Geschichte», sagt der Bürgermeister nickend. «Ich habe es euch gesagt, dass er ein bisschen ...»

«Absonderlich ist, schon gut, schon gut.»

Arcadipane hebt den Kopf, um über den Felsen hinauszuschauen, hinter dem sie versteckt sind. Die Behausung, in der Ludwig Ubac lebt, ist weniger ein Container als eine mobile Baustellenwohneinheit. Das ändert nichts an der Sonderbarkeit dieses in zweitausend Meter hingeschissenen Kubus auf einem Plateau mit jahrhundertealten, vereinzelt stehenden Tannen, zu dem man nur auf dem Weg gelangt, auf dem ihnen eben die Puste ausgegangen ist. Eigentlich eher Arcadipane, um ehrlich zu sein: Der Bürgermeister ist genetisch gerüstet, Botta trainiert wie ein Seminarist und Lavezzi mit all dem bezahlten Sex ...

Arcadipane beobachtet das Blechrohr auf dem Dach, aus dem ein Rauchwölkchen aufsteigt, Zeichen dafür, dass im Inneren etwas Wärme erzeugt. Die zwei Fenster an der Seite sind mit einem dunklen Tuch verhängt, vielleicht eine alte Decke, die jedoch ein wenig Licht durchlässt.

«Lavezzi!»

«Ja, Commissario.»

«Komm her und hör mir gut zu.»

Lavezzi huscht zu ihm herüber, wobei er den Felsvorsprung des Bürgermeisters umgehen muss.

«Du pirschst dich jetzt mit viel Vorsicht an, okay? Schau, ob ein Geräusch zu hören ist oder ob du durch eines der Fenster hineinschauen kannst. Ich will wissen, ob die Ladich da drin ist und was dieser Ludwig macht. Wenn er schläft oder das Silberbesteck poliert, kommst du zurück und erstattest Bericht, und wir brechen die Tür auf. Für Höflichkeitsfloskeln ist später noch Zeit. Ich will nicht an eine zwei Zentimeter dicke Blechplatte klopfen, die der dann mit Kugeln durchlöchert.»

Lavezzi nickt, oder so scheint es jedenfalls. Der Mondschein breitet großzügig Schatten um die Tannen, überzieht das Plateau rings um den Container mit Zebrastreifen. Und sie sind in einer schwarzen Zone.

Arcadipane verfolgt Lavezzis gebücktes Laufen und fährt sich mit einer Hand über das rechte Ohr, wie jedes Mal, wenn ein Untergebener etwas ausführt, was nicht ohne Risiko ist.

Erbe aus der Zeit, als er es war, der vorausgeschickt wurde. Eine Lehrzeit, aus der er alles in allem nicht schlecht hervorgegangen ist, wenn man eine Garbe von Kugeln ausnimmt, die durch die Tür kam, vor der er drohend gerufen hatte: «Aufmachen, Polizei!», wie er es in Filmen gesehen hatte. Er hatte Glück. Eine Kugel erwischte sein eines Ohrläppchen und sonst nichts. Vier Fingerbreit weiter links und … Dagegen nähten sie es ihm wieder an, und es ist nichts mehr davon zu sehen.

Beim Container angekommen, duckt Lavezzi sich unter einer der Fensteröffnungen mit dem Rücken gegen das Blech. Er streckt sich hoch und versucht hineinzuschauen, aber bald schon zieht er den Kopf wieder zurück. Er bleibt ein wenig so, dann kommt er in gebückter Haltung wieder.

«Die Fenster sind verhängt», sagt er kein bisschen außer Atem, «aber ich habe die Stimmen eines Mannes und einer Frau gehört.»

«Sicher?»

«Man versteht nicht, was sie sagen, aber es sind ein Mann und eine Frau.»

Arcadipane sieht den Bürgermeister an.

«Sie haben gesagt, er lebt allein, oder?»

«Immer allein gelebt.»

«Ist es möglich, dass er eine Freundin hat? Eine Verwandte, die ihn besuchen gekommen ist? Eine, die er bezahlt?»

«Er ist über siebzig!»

«Genau deshalb müsste er bezahlen!»

«Nein, das würde ich ausschließen. Ich habe nie etwas von Verwandten gehört. Und wer hier heraufkommt, muss durchs Dorf. Das wüsste man.»

Arcadipane steckt das letzte Sucai in den Mund. Er hat vergessen, von dem Vorrat im Zimmer mitzunehmen, und auch der ist bald aus. Er weiß, er müsste Pedrelli rufen, jemand von Cuneo oder von Turin aus in Bewegung setzen, sogar um die Unterstützung der Carabinieri unten im Tal ansuchen, aber es ist ja bekannt, wenn ein Zahn gezogen werden muss, passen nicht mehr als zwei Hände in den Mund.

«Sie, Herr Bürgermeister, bleiben schön ruhig hier, verstanden? Wir gehen rüber. Lavezzi bricht die Tür auf, Botta und ich gehen rein, mit der Waffe im Anschlag. Wenn jemand fragt, wir haben geklopft, und als wir keine Antwort bekamen, sind wir rein. Merken auch Sie sich das, Bürgermeister. Los jetzt.»

Arcadipane steht auf, nicht mit athletischem Schwung, aber doch passabel für sein Alter, und mit gesenktem Kopf hinkt er in Richtung Container. Im letzten Abschnitt des Anstiegs hat ein Mokassin den Geist aufgegeben, seine Sohle hängt jetzt heraus wie die Zunge eines Cockerspaniels. Sprung und Schritt, was in den Augen der Untergebenen wie ein Kriegstanz erscheinen könnte oder ein Berufsgeheimnis, in das sie eben an diesem Abend eingeweiht werden. Arcadipane hat keine Zeit, darüber nachzudenken, denn schon sind sie an der Tür. Er schöpft tief Luft, und unterdessen lauscht er: Eine Frauenstimme meint auch er zu erkennen. Er gibt Lavezzi Zeichen, zur Tat zu schreiten, der nimmt vor der Tür Aufstellung, die einem Fußtritt von ihm nicht standhalten zu können scheint und tatsächlich auch nicht standhält.

Arcadipane könnte nicht sagen, ob er beim Eintreten geschrien hat oder ob das Botta und Lavezzi waren.

Woran er sich ein paar Stunden später erinnern wird, ist der Geruch des Ofens, Angebranntes auf dem Boden einer Pfanne, einen Sessel, Dinge an der Wand, was Bücher sein könnten, und eine einzige Glühbirne über dem hellen Holztisch in der Mitte des Raums.

Und an diesem Tisch sitzend Ludwig Ubac, Bramard und Martina, die sie ansehen.

Sie mit aufgerissenen Augen, Bramard ruhig, als ob diese Tür der Wind aufgestoßen hätte. Und Ludwig Ubac.

Nun, es würde ein Buch erfordern, wenn er es schreiben könnte, um zu sagen, was alles in den Augen dieses Mannes lag.

24.

Am Dienstag, dem 29. Oktober des Jahres 2013 um 0.42 Uhr, schreitet der Unterzeichnete Arcadipane, Vincenzo, Offizier der Gerichtspolizei, Hauptkommissar der Abteilung für Tötungsdelikte der Kriminalpolizei Turin, dazu ermächtigt vom Stellvertretenden Staatsanwalt der Republik Novizi Manlio, zur Vernehmung des Ubac Ludwig, geboren am 15. September 1940, wohnhaft in der Nähe von Clot (CN), keine genaue Adresse ausfindig zu machen, Nationalität italienisch, ledig, arbeitslos. Der Befragte verzichtet auf Rechtsbeistand, obgleich er darauf hingewiesen wurde, dass seine Erklärungen gegen ihn verwendet werden können. Die Vernehmung wird aufgezeichnet unter dem Aktenzeichen 8745-bv und anschließend von Vizekommissar Pedrelli Attilio transkribiert.

Kriminalbeamter fragt: Am Freitag, dem 25. Oktober um 23.46 Uhr, haben die Carabinieri von Alve einen Anruf erhalten, der einen Toten bei Gias Vej anzeigte. Haben Sie diesen Anruf getätigt?

Der Vernehmungszeuge antwortet: Ja.

KB: Als Sie anriefen, kannten Sie da die Identität des Toten?

VZ: Nein.

KB: Warum haben Sie bei den Carabinieri nicht Namen und Nachnamen angegeben?

VZ: Ich habe Vorstrafen. Ich wollte in nichts hineingezogen werden.

KB: Was für Vorstrafen?

VZ: Ihr wisst es. Ihr habt meine Tür eingetreten.

KB: Davon später. Wie erlangten Sie Kenntnis von dem Toten in Gias Vej?

VZ: Ich ging im Wald spazieren.

KB: Um wie viel Uhr?

VZ: Um elf.

KB: Sie gehen immer um dreiundzwanzig Uhr im Wald spazieren.

VZ: Ich habe keinen Fernseher.

KB: Wie Sie sehen, findet das keiner hier lustig. Sie gingen im Wald spazieren und sahen den Toten.

VZ: Ich sah das Auto mit eingeschalteten Scheinwerfern, ich ging näher hin und sah den Toten.

KB: Wie nah gingen Sie hin?

VZ: Auf dreißig Meter.

KB: Genau dreißig Meter?

Schweigen.

KB: Sind Sie nicht näher hingegangen, um zu sehen, ob es dem Mann schlecht ging oder ob er Hilfe brauchte?

VZ: Nein, er war tot.

KB: Aus dreißig Metern Entfernung waren Sie sicher, dass er tot war?

VZ: Ja.

KB: Wie haben Sie das gemacht, nachts und aus dieser Entfernung?

VZ: Der Mond schien auf seine offenen Augen. Es gibt nur einen Grund, warum ein Mensch nicht mit den Wimpern schlägt.

KB: Und die Frau?

VZ: Da war keine Frau.

KB: Sie haben keine Frau gesehen, im Auto oder ringsum?

VZ: Nein.

KB: Was haben Sie dann getan, als Sie den Mann und keine Frau sahen?

VZ: Ich bin ins Dorf hinunter und habe telefoniert, das habe ich Ihnen ja gesagt.
KB: Es ist Ihnen nicht in den Sinn gekommen, den Bürgermeister oder jemand anderen zu rufen und zu der Stelle zurückzukehren?
Schweigen.
KB: Wissen Sie, wer die Frau ist, die Ihrer Ansicht nach nicht in diesem Wagen war?
VZ: Ich habe davon gehört.
KB: Wo haben Sie davon gehört? Im Fernsehen, im Radio, aus Zeitungen, hier im Dorf?
VZ: Ich habe keinen Fernseher, auch kein Radio. Man hat es mir im Dorf erzählt. Im Lebensmittelgeschäft.
KB: Als Sie das Auto und den toten Mann sahen, wussten Sie also nicht, dass es sich um Terenzio Fuci handelte, den Ehemann von Vera Ladich.
VZ: Ich kannte ihn nicht.
KB: Und Vera Ladich, die kannten Sie schon?
VZ: Ich kannte Anna Mattalia.
KB: Die, wie Sie wissen, zu Vera Ladich wurde. Wie gut kannten Sie Anna Mattalia?
Schweigen.
KB: Wie gut kannten Sie Anna Mattalia?, habe ich Sie gefragt.
VZ: Wir kannten uns als Jugendliche.
KB: Wart ihr Freunde?
VZ: So ziemlich.
KB: Bedeutet «so ziemlich» Freunde, enge Freunde oder Verlobte?
Schweigen.
VZ: Nur Freunde.
KB: Wie lange hatten Sie sie nicht gesehen?
VZ: Seitdem sie von hier wegging.
KB: Aber Sie wussten, dass sie zurückgekommen war, oder?

Ich glaube, von dem Augenblick an, als Vera Ladich ihren Fuß ins Hotel gesetzt hat, habt ihr das alle hier gewusst.

VZ: Ich wusste es nicht. Ich komme einmal in der Woche ins Dorf.

KB: Hassten Sie sie auch?

VZ: Ich hasse niemanden.

KB: Sie hassen niemanden, aber als Sie sie nach fünfzig Jahren wiedersahen, was haben Sie da gedacht? Mal ehrlich, von Mann zu Mann ... Haben Sie gedacht, sie ist alt geworden? Dass sie immer noch eine schöne Frau ist? Dass Sie es damals nicht geschafft haben, aber jetzt ...

VZ: Ich habe sie nicht gesehen. Ich wusste nicht, dass sie ins Dorf zurückgekehrt war.

Schweigen.

KB: Also wissen Sie nicht, wo sie jetzt ist?

VZ: Nein.

KB: Als jedoch die Männer vom Zivilschutz zu Ihnen kamen, haben Sie ihnen nicht erlaubt, Ihre Wohnung zu betreten.

VZ: Es bestand kein Grund.

KB: Aber als sie zwei Stunden später mit einem Beamten von uns wiederkamen, gab es einen Grund. Warum haben Sie Ihre Meinung geändert?

VZ: Ich wollte keinen Ärger mit der Polizei.

KB: Weil Sie Vorstrafen haben. Sie haben zwei Festnahmen und drei Anzeigen von der Finanzpolizei und den Carabinieri wegen Schmuggels und dem, was man heute Begünstigung der illegalen Einwanderung nennt. Die erste Festnahme ist von 1965, die letzte wegen dieser Vergehen von 1999. Das sind über dreißig Jahre einer ehrenhaften Karriere. Können Sie das erklären?

VZ: Was gibt es da zu erklären: Früher einmal war das ein Beruf.

KB: Welcher Beruf? Schmuggler? *Passeur*, wie ihr das hier nennt?

VZ: Mein Vater übte ihn aus, mein Großvater übte ihn aus ...

KB: Und auch Ihr Urgroßvater, der mir ziemlich egal ist. Üben Sie ihn noch immer aus?

VZ: Nein, ich bin zu alt. Aber wenn ich könnte, würde ich es tun.

KB: Sicher, denn Sie sind ein Philanthrop, ein Mäzen, ein Schindler. Nur schade, dass die reich waren, während Sie in einem Container hausen. Apropos, wie haben sie den hier heraufgeschafft?

VZ: Den haben die vom Staudamm heraufgebracht.

KB: Wann?

VZ: Unser Haus stand am Flussufer in dem Abschnitt über dem Wehr, es war also dazu bestimmt, im See unterzugehen. Als man anfing, von dem Staudamm zu reden, war mein Vater unter den Gegnern, doch dann wurde er krank und starb. Die Gesellschaft bot uns an, das Haus an anderer Stelle wiederaufzubauen, auf dieser Seite des Tals, meine Mutter und ich wollten das nicht. Mein Vater hatte gesagt, dass mit dem Bau des Staubeckens diese Hangseite abrutschen würde.

KB: Dass sie abrutschen würde. Also? Der Container?

VZ: Wir haben den Container dort oben vorgezogen, außerhalb der Gemeinde von Clot. Das war eine Idee meines Vaters gewesen: Er wollte nicht wegziehen, aber auch nicht im Dorf bleiben, das ihm das Haus genommen hatte. Der Container wurde mit einem Hubschrauber vor Ort gebracht.

KB: Wie alt waren Sie da?

VZ: Etwa zwanzig.

KB: Also leben Sie seit zweiundfünfzig Jahren in diesem Container. Haben Sie wenigstens ein Bad?

Schweigen.

KB: Nach Ihrer letzten Festnahme wegen Begünstigung der illegalen Einwanderung vor vierzehn Jahren haben Sie eine saftige Ordnungsstrafe bezahlt. Nun sieht es nicht so aus,

als hätten Sie Geld, ein Bankkonto oder eine Pension, und Sie beziehen nicht die Entschädigung, auf die Sie Anspruch hätten. Wovon leben Sie?
VZ: Ich lebe von wenig. Im Wald gibt es alles, was man braucht. Und im See gibt es Forellen.
KB: Ist es das, worüber Sie mit meinem Freund und seiner Tochter gesprochen haben? Fischfang, Überlebensstrategien und Vogelfallen? Graben Sie auch Löcher mit gespitzten Pfählen, wie man das in Filmen sieht? Vielleicht ist Ihnen außer den Vögelchen ab und zu auch eine Gämse willkommen, ein Wildschwein oder ein Hirsch, hm? Alles gewildert natürlich.
Schweigen.
KB: Sie haben mir allerdings gesagt, dass Sie ins Lebensmittelgeschäft gehen. Wie machen Sie das, legen Sie das Beutegut auf die Wursttheke? Womit bezahlen Sie den Einkauf und den Tabak?
VZ: Ich habe noch offene Kredite.
KB: Und außer Krediten haben Sie wohl auch ein Gewehr irgendwo? Denn Sie wirken nun wahrlich nicht wie einer, der von Spatzen und Beeren lebt!
VZ: Nie ein Gewehr gehabt.
KB: In der Tat, was soll einer mit einem Gewehr, wenn er all das Dynamit hat!
Schweigen.
KB: Wollen wir darüber reden?
VZ: Sie haben die Unterlagen, oder nicht?
KB. Natürlich habe ich die. Es heißt, die Überwachungskamera an einer Baustelle im Nachbartal hätte einen Mann aufgezeichnet, der mit Sicherheit Sie waren, während er drei Kisten Dynamit für Gesteinssprengungen beiseiteschaffte. Außerdem heißt es, wegen dieses Diebstahls seien Sie angeklagt und zu fünf Jahren Gefängnis verurteilt worden, von denen Sie ... alle fünf abgesessen haben, wegen

schlechter Führung. Vor sieben Jahren kamen Sie heraus. Was die Unterlagen nicht sagen, ist, dass es im Lauf von zehn Jahren in der Umgebung drei weitere Diebstähle von Sprengstoff für Bau und Steinbrüche gegeben hat. Sie wurden nur des einen dieser Diebstähle bezichtigt, aber ich glaube, Sie wissen, wo all dieses Zeug abgeblieben ist. Ich weiß, dass Sie trotz der Aussicht auf Strafminderung nicht sagen wollten ...

VZ: Wenn ich es damals nicht sagen wollte, warum sollte ich das heute tun?

KB: Wenn einer in der Patsche sitzt wie Sie jetzt, ist jedes Anzeichen von gutem Willen von Nutzen. Haben Sie dieses Dynamit verkauft? Leben Sie von dem Erlös? Oder ist Ihnen das Geld ausgegangen, und Sie haben an eine Entführung gedacht?

Schweigen.

KB: Also schreiben wir ins Protokoll, dass Sie in der Nacht von Donnerstag auf Freitag hinaufgegangen sind, um nach Ihren Fallen zu sehen, und das Auto mit dem Toten darin gesehen haben, nachts und aus dreißig Metern Entfernung, und dass Sie dann hinuntergegangen sind, um einen anonymen Anruf zu tätigen, weil Sie Angst hatten, wegen Ihrer Vorstrafen in die Sache verwickelt zu werden? Ist das die endgültige Version?

VZ: So ist es geschehen. Kann ich jetzt gehen?

KB: Das glaube ich kaum!

25.

Um zwei Uhr fünfundvierzig legt Corso Bramard das letzte Blatt auf die sieben schon gelesenen, dann nimmt er das Messer vom Tisch und teilt den auf dem Teller verbliebenen Toma-Käse in zwei Hälften. Er spießt eins der Teile auf und reicht es Arcadipane, der benommen von der Uhrzeit, der Müdigkeit und dem Milchzucker seit zehn Minuten auf das Häufchen Rinde in der Mitte des Tischtuchs starrt.

«Käse um drei Uhr nachts», sagt er, während er die Hand nach dem Stück ausstreckt. «Das hättest du sagen können, dass du Gesellschaft bei einem begleiteten Suizid wolltest.»

Das Knacken des Grissino, das gebrochen wird, hallt im leeren Speisesaal wider. Die Tische ringsum sind schon gedeckt für das Frühstück am Morgen, auf ein paar stehen noch die leeren Schnapsflaschen der Journalisten, die es spät haben werden lassen.

«Also?», fragt Arcadipane.

«Also was ich von dem Protokoll halte? Dass Pedrelli dir beim Schreiben die Konjunktive korrigiert.»

«Was du von dem Protokoll hältst, weiß ich. Was zum Teufel habt ihr dort gemacht?»

Bramard bricht ein Stück Käse ab, mit den Lippen, nicht mit den Zähnen. In ein paar Wochen der weiteren Reifung würde das nicht mehr möglich sein.

«Ich habe es dir gesagt», bringt er kauend vor, «ich bin den Schlingenfallen nachgegangen, und wir sind zu dem Haus gelangt …»

«Das ist ein Container.»

«…zu dem Container, er ist herausgekommen, ich habe ihm das mit den Fallen erzählt, und er hat uns hereingebeten.»

«Was soll das heißen, er hat euch hereingebeten? Hast du ihm gesagt: ‹Ich bin ein pensionierter Lehrer, und ich würde gern über die Fallen sprechen, die Sie in der Nähe des Wagens aufgestellt haben, in dem Terenzio Fuci ermordet wurde – ah, das ist übrigens meine Tochter, auch sie möchte über die Fallen sprechen, die Sie in der Nähe des Wagens aufgestellt haben, in dem Terenzio Fuci ermordet wurde›? Ist es so gelaufen?»

«Ungefähr so.»

«Und hast du nicht daran gedacht, er könnte eine Waffe haben? Er könnte euch verschwinden lassen, und ich würde nicht einmal wissen, dass ihr dort wart?»

Corso nimmt einen weiteren Grissino. Er kaut so lange, bis der Käse wieder zu Milch und der Grissino zu Weizenmehl wird.

«Das glaube ich nicht», zieht er den Schluss.

Arcadipane steckt das letzte Stück dieses Käses in den Mund, der nach alten Strümpfen stinkt, deren Konsistenz hat und, was schlimmer ist, auch so schmeckt. Die Uhr an der Wand zeigt fünf vor drei an, und draußen herrscht dieselbe Stille wie um zehn Uhr morgens, um zwei Uhr nachmittags oder um sechs Uhr abends.

«Am Feuer sitzen und über Fallen reden, warum sollte man sich da nicht auch ein Gläschen genehmigen?»

«Ein Schnaps, den er selbst brennt. Er heißt Suco.»

«Ein Schnaps, den er selbst brennt.» Arcadipane starrt ihn an. «Du gehst nachts zu einem Verdächtigen nach Hause, ohne Bescheid zu sagen, und trinkst die erstbeste Sache, die er dir kredenzt. Du bist auch rekonvaleszent, verdammt noch mal! Wenn Elena erfährt, was du angestellt hast, legt sie mich in Seifenlauge ein! Hat er wenigstens etwas Nützliches gesagt, während ihr diesen Fusel getrunken habt?»

Bramard nimmt ein Stück Käserinde und schabt sie mit

dem Messer ab, was einen gelben und harten, aber noch genießbaren Grieß ergibt.

«Dass sein Vater ihm das Fallenbauen beigebracht hat und dass er Ludwig heißt, weil seine Mutter Beethoven liebte.»

«Zu schade, dass wir euch unterbrochen haben! Du warst einen Schritt davor, ihn zu einem Geständnis zu bewegen.»

Bramard schaut auf dieses letzte Stück Käse, das dort gewonnen wurde, wo nur Abfall schien. Er betrachtet es und dreht es in der Hand, als ob das Licht es durchdringen und in der Stille etwas hervorbringen würde. Dann steckt er es in den Mund. Ein paar Sekunden lang essen sie schweigend. Vor einer Karaffe Wasser, dem leeren Teller, den letzten Grissini, der Käserinde, einem Messer und dem Protokoll.

«Durchsucht ihr das Haus?», fragt Corso.

«Das ist kein Haus, das ist ein Container, sicher durchsuchen wir ihn.»

«Wer?»

«Pedrelli und weitere zwei, die ich habe heraufkommen lassen. Lavezzi und Botta hüten deinen Trinkkumpan, warum?»

«Ich habe keine Schallplatten oder Geräte zum Abspielen derselben gesehen, in diesem Haus.»

«Trinken geht auch ohne Musik …»

«Gib mir Bescheid, wenn ihr etwas findet.»

«Was denn? Platten?»

«Im Protokoll hast du geschrieben, dass die Mutter eine Beethoven-Liebhaberin war. Wenn sie Platten und etwas zum Abspielen hatten, ist es merkwürdig, dass er sie weggeworfen haben sollte. Schallplatten schmeißt man nicht weg, insbesondere, wenn sie jemandem gehört haben, der einem nicht gleichgültig ist. Es ist leichter, sich von Kleidung zu trennen, von Büchern, aber Platten, Brillen oder der Personalausweis …»

Arcadipane betrachtet das Wasser, das keiner von ihnen angerührt hat, auch weil keine Gläser auf dem Tisch stehen. Er denkt an das, was ihm von seiner Mutter und seinem Vater geblieben ist. Die Eheringe, die er in einem Schächtelchen aufbewahrt, ein Ring, den er Mariangela Jahre vor ihrer Hochzeit geschenkt hat; der Satz Briscola-Karten, den sein Vater immer in der Tasche bei sich trug; die vergoldete Armbanduhr, die ihm die Kollegen zur Pensionierung geschenkt hatten; das Hochzeitskleid, das Loredana erst kürzen und dann verlängern wollte und schließlich färbte für ein Schulfest, das, wie er dann herausfand, ein Maskenball war, was ihn kränkte; ein Fahrrad mit Felgenbremsen, das niemand von ihnen je benutzte; drei Fotoalben, in denen diese zwei schlichten Menschen seinen Eintritt in den Polizeidienst festgehalten hatten; sein Diplom; Ferien am Meer; den einen oder anderen Onkel aus dem Süden; Geburtstage, Firmungen und Feste, deren Anlass in Vergessenheit geraten war, alles begleitet von Spumante aus dem Supermarkt. Das einzige wirkliche Erbe war also die Wohnung. Die ihm Mariangela jetzt verkaufen will.

«Müssen wir ihn deiner Meinung nach dabehalten?», fragt er.

«Im Wagen gibt es keine Fingerabdrücke von ihm und auf der Wiese keine Fußspuren. Weswegen willst du ihn festhalten? Der anonyme Anruf? Behinderung der Ermittlungen? Unterlassene Hilfeleistung für einen Toten?»

«Dann lügt er deiner Meinung nach nicht?»

«Nicht im linearen Sinn.»

«Was zum Teufel soll das heißen, ‹nicht im linearen Sinn›?»

«Nicht, wie wir uns das vorstellen. Es gibt viele Spielfelder, das wissen wir mittlerweile, er könnte auf einem der Felder lügen und auf dem anderen die Wahrheit sagen.»

«Diese Sache mit den Feldern macht mich ganz wirr.»

«Deshalb musst du nach Rom fahren.»

«Ich will nicht nach Rom fahren. Wir haben jetzt einen möglichen Tatverdächtigen.»

«Wie du willst. In jedem Fall ist es besser, ihn freizulassen und zu schauen, was er so treibt.»

«In der Art ‹Er führt uns zu Vera Ladich›!»

«Das glaube ich nicht.»

«Mir reicht's, gehen wir schlafen!»

Sie steigen gemeinsam die Treppe hinauf, nachdem sie auf dem Tisch zwei Grissini und ein Häuflein Käserinde, ein Messer und das Protokoll haben liegen lassen. Arcadipane bemerkt es nach der ersten Treppe und geht zurück, um die Papiere zu holen. Während er wieder hinaufgeht, verfängt sich die Sohle des einen Mokassins in einer der Geländerstützen und bringt ihn aus dem Gleichgewicht. Ein bescheidener Sturz, passend zur Uhrzeit und zur Abwesenheit von Zuschauern. Ein einfaches Zusammenrollen am Ende des Tages.

Er bleibt ein paar Sekunden auf der Stufe sitzen, auf der er gelandet ist, und starrt den Schuh an. Bramard wartet auf dem Treppenabsatz und betrachtet die Holzstatue, die dort die Mauerecke ausfüllt, als ob sie wirklich viel Aufmerksamkeit verdient hätte.

Arcadipane steht auf und holt Bramard ein. Die alte Technik des «Links vor» wieder hervorkramend. Im ersten Stock ist im Flur nur gedimmtes Licht, unter den Türritzen kriecht die eisige Kälte der Zimmer hervor.

Nie hatten sie sich gesagt: «Bis morgen», «Schönen Abend» oder «Gute Nacht». Sie verließen das Büro zu Zeiten, da der Abend herum war, die Nacht zur Hälfte, das Bett ein Ort für Grübeleien und ohne auch nur die Aussicht auf einen Kaffee, der Sex ein Analgetikum. Und ans Morgen dachte man besser nicht. So ließ der, der als Erster hinausging, die Tür offen und sagte: «Schließ du zu.» Das war's. Eher eine Bitte als ein Befehl: «Dass wenigstens du etwas abschließen kannst», wohl wissend, dass keiner von beiden irgendetwas abschließen würde.

«Morgen würde ich gern einen Blick auf die Kirche und diese Fresken werfen», sagt Bramard, die Hand schon auf der Klinke.

«Wir lassen uns die Schlüssel vom Bürgermeister geben.»

«Du musst nach Rom fahren.»

«Ich denk darüber nach.»

«Du musst mit dieser Krankenschwester sprechen und mit Fucis Sekretärin.»

«Schauen wir mal.»

«Verstehen, was hinter dem Unfall des Ingenieurs und seiner Frau steckt.»

«Vielleicht schicke ich Pedrelli und Lavezzi. Sonst noch was?»

«Nein.»

Aus dem Zimmer von Martina, das jetzt auch Isas Zimmer ist, dringen gedämpft Stimmen. Arcadipane beugt sich vor zur Tür.

«Sie reden», sagt er.

«Sieht so aus»

Ein Lachen von Martina und dann eins, das nicht von Martina ist.

«Ich habe sie nie lachen hören, du?»

«Nein.»

Arcadipane tut gebückt einen Schritt auf ihn zu, wie jemand, der etwas Vertrauliches sagen will.

«Glaubst du das?»

«Was?»

«Diese Geschichte, dass sie schwanger ist … der Spender. Kann man denn solche Sachen wirklich machen?»

Bramard sieht ihn an.

«Ja», sagte er und öffnet die Tür zu seinem Zimmer. «Aber für uns beide ist es jedenfalls zu spät.»

26.

Eine Reihe von Männern, den Kopf unter einer Kapuze, die Hände auf der Schulter des Vordermanns. Eine blinde Reihe von sechzehn Körpern, vereint durch die Hände und durch einen Strick, der sie in der Leibesmitte zusammenbindet. Die Kleidung ist bescheiden, die Füße nackt und die Arme kräftig, aber keiner von ihnen hat die Haltung eines Sklaven oder Gefangenen. Die Hände könnten die Säcke von den Köpfen streifen, den Strick lösen und fliehen, und doch ist alles an ihren Körpern dem Zwang zur Blindheit ergeben.

Ein Spiel? Ihre Kleidung lässt nicht an einen besonderen Anlass denken. Es gibt keine Anzeichen eines Fests oder irgendwelcher Feierlichkeiten. Es gibt keine Zuschauer. Und dann ist Nacht, auch wenn der Mond Tageshelle verbreitet, das verrät der dunkelblaue Himmel, an dem der eine oder andere Stern blinkt. *Die amerikanische Nacht,* vierhundert Jahre bevor das Kino sie erfand.

Bramard lenkt den Blick auf den Mann an der Spitze des Zugs, der den Strick hält. Der einzige ohne Kapuze.

Im Dreiviertelprofil dargestellt, ist er im Begriff, sich von einer Gruppe von Häusern zu entfernen, um die Männer zu dem Gebirge im Hintergrund zu führen. Sein Gesicht sieht man kaum, aber er hat dunkles Haar und scheint weder jung noch alt. Man würde sagen, er sei groß, kräftig, wie diejenigen, die er an einen Ort bringt, von dem sie nichts wissen können und sollen. Über der Schulter trägt er einen Quersack, den man sich gut gefüllt vorstellt, wie die Krüge, die er in der rechten Hand hat, während die linke den Strick hält.

Bramard erhebt sich von der Bank an der Seitenwand, von wo aus er das Fresko betrachtet, und geht den Mittelgang zwischen den zwei Reihen Bänken entlang, die einzige Einrichtung. Die Kirche ist klein, das Kirchenschiff noch kleiner, zwanzig Schritte genügen, um sich an der Eingangstür wiederzufinden. Er hebt den Blick und schaut von diesem Punkt aus.

Im Lauf der Jahre hat er viele Kirchen im Gebirge besucht, vor allem kleine. Er hat sie betreten, um sich vor dem Regen zu schützen, und aus dem Bedürfnis nach Kühle und Stille; wegen des Geruchs, den sie haben, wegen der von Tausenden Gläubigen glatt geschliffenen Steine, um sich jedes Mal über den zärtlichen und eitlen Ehrgeiz zu wundern, dem diese Kirchlein ein Denkmal setzen. Um sich allein zu fühlen, um sich zu retten, niemals aber aus Glauben.

Deshalb weiß er, dass das, was er sieht, etwas anderes ist. Die Hand, die diese Szene auf die Wände gebannt hat, ist nicht die eines guten Wandermalers oder die eines begeisterten Handwerkers, den das Schicksal oder die Familie für die Farben ausersehen hat, statt fürs Holz, die Schmiede, fürs Getreide, das Vieh, fürs Korn oder das Schwert. Wer sich auskennt, unterscheidet auf den ersten Blick eine bescheidene Technik von einer ausgezeichneten Hand, aber alle, auch wer wie er wenig oder nichts von Malerei versteht, erkennt die Signatur des Talents.

«Was für ein Stück ist das?»

«Wie?»

«Welches Stück aus dem Evangelium oder der Bibel ist das an der Wand? Das, wo Abraham dem Pharao die Sklaven raubt?»

«Warum?»

«Ich weiß nicht, das sind doch Sklaven, oder?»

«Ich weiß es nicht.»

Arcadipane holt zwei Sucai hervor und legt sie auf die

Handfläche. Bramard schüttelt ablehnend den Kopf. Arcadipane nimmt eines und lässt das andere in die Tasche gleiten.

«Willst du etwas sehen?»

Sie gehen durch das Kirchenschiff in Richtung Altar, ihre Schritte hallen in der kalten und abgeschlossenen Luft wider. Die Seitenwände in den Zwischenräumen zwischen den kleinen Fenstern sind in Fresken aufgeteilt, ebenfalls von der Hand Johannes', der in den anderthalb Jahren seines Aufenthalts, so hat Bramard in der Broschüre gelesen, jeden Tag und vielleicht auch etliche Nächte daran gearbeitet hat.

«Wurde kontrolliert, dass da keine unterirdischen Gänge oder Räume sind?», fragt Arcadipane, als sie fast den Altar erreicht haben.

«Sie haben eine Art Ultraschall eingesetzt. Da ist nichts, nur das, was man sieht.»

Bramard verlangsamt den Schritt unter der großen Kreuzigungsszene, die die Wand hinter dem Altar einnimmt, dann lenkt er den Blick auf den gotischen Bogen rechts davon. Dort, wo die Morgensonne beim gegenüberliegenden Fenster hereinfallend auf die Mauer trifft, hat Johannes Van Drift 1506 die Madonna des Labreno gemalt.

Bramard betrachtet die junge Frau, deren Ausdruck zwischen Vorwitz und Scham schwankt. Der Salamander liegt wie eine Brosche auf dem Busen, auf der Seite des Herzens: ein schwarz-gelber Flecken vor dem zarten Blau des Renaissancekleids. Das offene Haar ist noch nicht das einer Braut, aber auch nicht eines Mädchens, das noch keine sein will, es fällt ihr über die andere Schulter. Nur eine dem Kamm entschlüpfte Locke ringelt sich am Hals, im leuchtenden Schwarz mit dem kleinen Reptil wetteifernd.

«Was schaust du an?»

«Die Madonna des Labreno.»

«Ist das ein Insekt, was sie da trägt?»

«Ein Salamander. Labreno heißt auf Okzitanisch Salamander.»

«War das üblich?»

«Was?»

«Sich einen Salamander aufs Kleid zu setzen?»

«Nein, in der Tat gibt es keine andere Madonna mit Salamander. Was wolltest du mir zeigen?»

Sie gehen unter der kleinen türlosen Öffnung hindurch, die hinter dem Altar zur Apsis führt. Es ist, als ob man in ein anderes Gebäude käme. Ein kleiner, halbrunder Raum mit kahlen Wänden und zwei hohen, schmalen Fenstern, die von innen mit schweren Holzläden verschlossen werden können. Die Wände sind unverputzt, der Fußboden aus ungewöhnlichen, stierblutfarbenen Ziegeln. Der Raum ist leer, nicht wie Räume, aus denen die Möbel oder Gegenstände weggeräumt wurden, sondern für deren Abwesenheit geschaffen. Vielleicht wurde er einst benutzt, um die sakralen Gerätschaften aufzubewahren, aber die einzige Wand, an der ein Schrank hätte Platz finden können, ist auch die einzige, die verputzt und mit Fresken geschmückt ist.

Während Arcadipane auf eines der Fenster zugeht, betrachtet Bramard die Figur in dem Rechteck. Die gleiche, die im Kirchenschiff eine junge Frau war und den Labreno am Busen trug, stillt jetzt ein zweijähriges Kind. Neben ihr ein älterer Mann, der sie um die Taille fasst. Er hat schulterlanges, spärliches, rötliches Haar. Seine Haut ist nicht mondgleich wie die der Frau, sondern flandrisch. Die Nase ist bedeckt von Sommersprossen, die das Kind geerbt zu haben scheint, zusammen mit dem rötlichen Blond der Haare. Die Frau zwischen ihnen wirkt nicht glücklich, sondern vollendet.

«Kommst du oder nicht?»

Bramard reißt sich von dem Anblick los und geht zu dem Fenster, aus dem Arcadipane, sich auf die Zehenspitzen stellend, hinausschaut. Aus Solidarität tut Bramard so, als würde er den Hals recken, auch wenn seine zwanzig Zentimeter mehr das nicht erfordern würden. Die Öffnung geht auf den Friedhof. Zwischen den Gräbern sind drei Personen. Die eine ist soeben eingetreten und geht, die andere kniet und jätet Unkraut, die dritte, von hinten gesehen, schaut reglos auf ein Grab, und das ist Ludwig Ubac.

«Hast du ihn laufen lassen?»

«Was sagst du denn da? Siehst du nicht, dass er ein Pappkamerad ist? Wir haben ein Dutzend davon aufstellen lassen, um Durcheinander zu schaffen. Es freut mich zu sehen, dass es klappt.»

Bramard hört auf, so zu tun, als würde er den Hals recken.

«Möglich, dass das Grab seiner Eltern auf dem Friedhof ist.»

«Wenn er sie nicht unter dem Container vergraben hat, zusammen mit den Schallplatten. Jedenfalls müsste irgendwo Lavezzi sein, der ihn im Auge behält.»

«Warum hast du mich also gerufen?»

«Um dich zu stören, du weißt, dass mir Gemälde und die, die sie betrachten, auf den Sack gehen.»

«Sollte ich zu ihm gehen und mit ihm reden?»

«Auch wer die korrekten Konjunktivformen benutzt, ist mir nicht sonderlich sympathisch, in letzter Zeit.»

Bramard durchquert die Apsis und widmet der heiligen Familie einen letzten Blick. Unter dem Fresko sind in gotischen Lettern einige Verse angebracht. Im Unterschied zu den anderen Inschriften in der Kirche sind diese hier nicht auf Latein, sondern in der Langue d'oc. So glaubt er jedenfalls, da er sie nicht übersetzen kann.

Er geht durch das Kirchenschiff zurück und betrachtet die Szenen auf den Seitenwänden, wo Figuren im Hintergrund der Hochzeit von Kanaa beiwohnen, der Auferstehung des Lazarus, der Vertreibung der Händler aus dem Tempel. Die Gesichter der Frauen sind hart und ohne Urteil, die der Männer gezeichnet, die Nasen manchmal schief, die Ohren groß und deformiert.

Draußen erwartet sie schneidende Kälte, die nach Schnee riecht, aber der Himmel hat nicht die entsprechende Kompaktheit, und in den blauen Rissen nistet noch ein wenig Sommer.

Bramard geht um das Gebäude herum und trifft auf einen alten Mann, der vom Dorf heraufgekommen ist. Ein Nicken, und schon ist er am Eingang des Friedhofs. Der Karte folgend, die er sich vom Fenster aus eingeprägt hat, bewegt er sich zwischen den Gräbern, aber als er an den Punkt kommt, wo Ludwig sein müsste, ist der Mann nicht da. Er sieht sich um. Er geht auf das Mäuerchen zu, das den Friedhof einfasst, und sucht in Richtung auf die Serpentinen, die zu den Häusern hinunterführen. Auch hier nichts.

Er geht zurück zu dem Grab, an dem er ihn hat stehen sehen. Ein Grabstein, zwei Namen: Giuseppe Ubac und Rachele Ara. Die Jahreszahlen und neben dem Namen der Frau ein kleiner Davidstern.

Bramard schaut nach dem Alten, den er beim Eingang getroffen hat. Er legt gerade einen kleinen Tannenzweig auf einen weißen Grabstein. Mühsal zeichnet sein Profil, grobe Backenknochen, die Fingerknöchel zerbrochen und recht und schlecht wieder zusammengewachsen. Er hält nach dem anderen Ausschau, der Unkraut gejätet hat. Sein Gesicht ist, scheint's, von der gleichen Art.

«Du bist ihm ja geradezu um den Hals gefallen!»

Die Stimme überrascht ihn nicht, denn er hat den kaputten Mokassin heranschlappen hören.

«Hast du die Männer auf den Fresken in der Kirche gesehen?», sagt er.

«Nein.»

«Nicht den heiligen Josef oder Jesus, die anderen. Die Komparsen. Die Gesichter, die Nasen und die Ohren.»

«Sie haben Gesichter, Nasen und Ohren, ja.»

Bramard zeigt auf den Alten ein paar Gräber weiter, dann auf den, der Unkraut jätet.

«Das sind zwei Alte. Finster, schiefe Nase, hässliche Ohren, aber es ist alles da. Weitere aufsehenerregende Entdeckungen?»

«Ubacs Mutter hieß Rachele Ara», Bramard weist auf den Grabstein. «Der Davidstern neben ihrem Namen ist das einzige religiöse Symbol auf dem Friedhof. Es gibt keine Kreuze auf den Gräbern, weder an der Fassade noch im Inneren der Kirche.»

Arcadipane sieht sich um.

«Da ist die Kreuzigung hinter dem Altar.»

«Wo das Kreuz aber nur drei Balken hat.»

Arcadipane sieht, wie der Alte das Säckchen zusammenpackt, in dem er das ausgerissene Unkraut gesammelt hat, und zum Ausgang geht. Bleibt noch der andere, der zuletzt gekommen ist. Auf den Gräbern gibt es weder Fotografien noch Blumen. Nur Tannenzweige auf dem weißen Stein oder im Gras.

«Was bedeutet das?», fragt er, während er das Sucai hervorholt, das er in die Tasche gesteckt hatte.

«Ich weiß es nicht.»

Arcadipane nimmt das Sucai in den Mund und wirft dabei den Kopf ein wenig nach hinten, als wäre es eine Tablette, von der man hofft, dass sie wenigstens ein Problem löst.

«Also, was ist das?», sagt er mehr feststellend als fragend. «Die Karte in einem neuen Spiel?»

«Neu für uns», sagt Bramard und nickt, «für sie ist das wohl eine Sache von Jahrhunderten.»

27.

Die Piazza eines winzigen Dorfes, die Dunkelheit ist eben hereingebrochen, und drei Straßenlaternen schaukeln über den Dächern von wenigen Autos, wovon das eine ein Alfa 33 mit zusammengeflickter Nackenstütze ist, das andere ein alter amarantfarbener Peugeot. Ein öffentliches Telefon, ein Lebensmittel- und ein Kurzwarengeschäft, Fassaden aus Stein und die stille Anwesenheit der Berge. Ein Ensemble, das in der Summe ganz natürlich zu wehmütigem Erinnern führen müsste, wenn nicht zu innerem Frieden, oder im Fall Arcadipanes wenigstens zur Lust auf Cognac, eine warme Decke und Hundekraulen. Jedoch diese selben Größen zusammengenommen ergeben in Clot als Resultat eine kalte und schneidende Null, als ob das Dorf dieser Addition eine unsichtbare Variable hinzufügte, eine phantasmagorische Zahl, die die anderen Elemente annulliert.

Eine komplexe mathematische Überlegung, die Arcadipane im Geist seit zehn Minuten auf die griffige Formel «Scheißkaff!» bringt, während er auf und ab geht und am Telefon mit dem Generalleutnant spricht, der natürlich unzufrieden ist.

«Das ist eine Entscheidung, die wir getroffen haben … Sicher, sie hat ihre Risiken … Selbstverständlich, selbstverständlich … zwei Männer beobachten ihn ständig … Ja, ich habe die Zeitungen gesehen, aber zum Glück sind wir hier abgeschieden, eingeschlossen, fast würde ich wagen zu sagen … Ein Glück, sicher, Sie hingegen, stelle ich mir vor, alle spielen sich als Sherlock Holmes auf … Rom? Ich war schon im Aufbruch, doch dann kam der Fingerabdruck von Ludwig

Ubac und das Eingeständnis des Anrufs ... Sicher, das steht fest, den Telefonanruf hat er getätigt, das haben wir ins Protokoll aufgenommen ... Nein, es bestanden in letzter Zeit keine Verbindungen zu dem Opfer oder zu Masimine Orusa ... Die Taucher sind heute Morgen abgezogen, aus dem See wurde nichts geborgen, zum Glück ... Wir haben eine Reihe von Fährten, das stimmt, aber wenn Sie meine Meinung wissen wollen, dann ist es so, als käme jede Karte von einem anderen Spieltisch ... Nein, nicht Monopoly ... ich habe nur laut nachgedacht ... Gewiss, lassen wir die gewagten Metaphern ... Die Durchsuchung von Ubacs Container ... da sind wir gerade dabei ... ja, ein Container ... das ist eine lange Geschichte, ich will nicht Ihre Zeit rauben, zumal es Abendessenszeit ist ... Aber wo denken Sie hin, wir leben von Panini ... Sicher, Rom ... Das wäre nützlich, eine Stadt, die man kennen sollte ... die Arkanen der Macht ... zweifellos ... Sie werden als Erster unterrichtet ... Ihnen und der Signora ebenfalls.»

Arcadipane lässt das Handy in die Tasche gleiten und macht ein wenig Gymnastik mit der Hand, die ganz zusammengezogen ist von der Kälte. Trepet, der ihm in seinem Auf und Ab gefolgt ist, mustert ihn reglos aus dem üblichen Abstand von zwei Metern. Der gedrungene Körper scheint der Kopf eines Enthaupteten, der von einem Schafott herabgerollt ist und den ganzen Tag von den Kindern als Ball benutzt wurde.

«Los, komm her», Arcadipane streckt eine Hand aus, um sich für den Gedanken zu entschuldigen.

Die Augen des Hundes erforschen ihn unerbittlich, die Schlechtigkeit, die ihn aufs Schafott geführt hat, ist noch lebendig in ihm.

Arcadipane geht die Nachrichten durch, die er im Lauf des Tages hat eingehen hören: telefonische Angebote, die Bank, zweimal Werbung, der Provider, der ihn darauf hinweist, dass 8 Euro 99 Cent von seinem Konto abgebucht werden, aber dass sie ihm damit einen Gefallen tun. Am Morgen hat er eine Nachricht an Loredana geschickt, um sich nach der Prüfung zu erkundigen. Keine Antwort. Dabei schien ihm, es sei heute. Oder gestern? Morgen? Mariangela fragen – nicht daran zu denken, da seit dem Mittagessen der Zwietracht an dieser Front Stille herrscht. Zeichen dafür, dass die Möbel mit dem handgeschriebenen Schild AMIAT schon auf dem Bürgersteig gelandet sind, oder dass Mariangela als Frau voller Vertrauen in die Menschheit, wie sie ist, sich erwartet, dass er in sich geht und mit einer Blankovollmacht über die Wohnung aufkreuzt, samt ein paar mit Giampiero zu leerenden Bieren und einem an der Accademia della Crusca erworbenen Master über Konjunktiv.

«Da kann sie lange warten!», er schüttelt den Kopf, während er seine Nachrichten durchscrollt. Konnten sie beide nicht so sein wie er und Giovanni? «Neuigkeiten?», hat er ihm um 9.45 Uhr geschrieben, um 9.46 Uhr die Antwort: «Alles paletti.» Prompt, synthetisch, essenziell, ganz zu schweigen davon, dass die Geschichte mit der Schwangerschaft nun wirklich ein Blödsinn ist.

Er hat einen traurigen Blick für das Grau der ihn umgebenden Steine übrig. Gott, wie gern er in der Bar im Viertel mit Sicht auf die Mülltonnen ein Glas Weißen trinken würde! Wie sehr ihm der Gestank der Dora fehlt, die räudigen Tauben, die in zweiter Reihe geparkten Autos ohne Warnblinkanlage, die abstrakten Zeichnungen, die auf dem Bürgersteig von den Typen hinterlassen wurden, deren Hund weich geschissen hat und die sich jedenfalls Mühe gegeben haben, das zu beseitigen. Mit einem Wort: die Zivilisation. Seit wann muss er ohne auskommen? Zwei Monate? Sechs? Acht?

Er geht ins Hotel, gefolgt von Trepet, dem er die Tür aufhalten muss. Ein Gruß für Ottavio Claro, der hinter der Theke zugange ist, und sie sind im Speisesaal.

Am runden Tisch sitzen Isa, Martina, Bramard sowie Pedrelli, weil Botta und Lavezzi im Wald sind, um den Container zu beaufsichtigen, und es keiner übers Herz gebracht hat, ihn allein zu lassen. Auch die Taucher sind abgezogen, und die Suchtrupps sind mittlerweile auf wenige Mythomanen beschränkt, die durch den Wald streunen und sich an ihren reflektierenden Jacken erfreuen. Bleiben noch die Journalisten, aber auch sie sind dezimiert durch die Gesprächigkeit des Dorfes und ein paar lokale Vorfälle, die sich in der Zwischenzeit ereignet haben. Nicht locker lassen nur zwei alte Füchse der Lokalpresse, eine Fernsehjournalistin und ihr Kameramann, die von der bezahlten Dienstreise profitieren und es jede Nacht krachen lassen, und ein Typ mit einer mysteriösen Akkreditierung «Totally news», der ganz allein redet, aufnimmt, interviewt, schneidet und montiert und nebenbei alle harten Eier vom Buffet verspeist. Leute, die Arcadipane für alle Fälle von Ottavio Claro an die Tische am anderen Ende des Saales hat verbannen lassen, sodass man beim Essen reden kann, ohne konspirative Töne anschlagen zu müssen.

«Wir haben schon angefangen», sagt Pedrelli, als Piemontese liebt er es, das Offensichtliche zu konstatieren, da liegt man nie falsch.

Arcadipane zieht die Jacke aus, hängt sie über die Stuhllehne und setzt sich. Auf dem Teller Tartar albese wie Martina. Isa, Corso und Pedrelli haben ihren Riso in bianco fast aufgegessen. Über seinen hat Pedrelli das übliche graue Pulver gestreut, das er auf alle Speisen gibt. Eine heilsame Substanz mit unaussprechlichem Namen, vermutlich die Asche irgendeines Guru.

«Isa, fängst du an?»

Isa macht Zeichen, man solle einen Moment warten, sie muss erst schlucken. In der vergangenen Nacht hat er sie ein paarmal aufstehen hören, vielleicht um sich zu übergeben. Von seinem Standpunkt aus war das eine Abwechslung zu dem Geröchel der Journalistin und ihres Kameramanns, die jenseits der Zimmerwand eine Viehherde versammelt zu haben schienen.

«Heute war ich bei den letzten Patienten von Masimine Orusa», sagt Isa, die blass und mit geröteten Augen sogar noch schöner ist, «drei Frauen und zwei Männer. Alle alt, bis auf einen mit zweiundvierzig Jahren.»

«Nur fünf Patienten hatte sie?»

Isa sieht ihn an, die anderen essen nur.

«Sie ist seit fast einem Monat verschwunden», sagt sie.

«Na und?»

«Sie kümmerte sich um Patienten im Endstadium.»

«Aaaah, sicher, na sicher», geht Arcadipane ein Licht auf, «mach weiter.»

Isa nimmt eine Gabel voll, um die Peinlichkeit verdampfen zu lassen.

«Patienten und Angehörige reden von ihr als zugewandter Person. Zuverlässig, professionell, aber auch liebevoll. Sie war seit fünf Jahren in Pension, arbeitete aber weiter zu Hause, in einigen Fällen als Freiwillige, in anderen Fällen gegen eine Aufwandsentschädigung nach Gutdünken der Familie.»

«Kurz, ein Engel.»

«Sie hat nie Immobilienbesitz oder bedeutende Summen als Erbe von ihren Patienten erhalten. Eine wohlhabende Familie, die ihr fünftausend Euro zukommen lassen wollte, hat sie gebeten, das Geld einer Ausbildungseinrichtung für Krankenhauspersonal in Ghana zu spenden. In den letzten Monaten hat sie offenbar einige Fälle abgelehnt. Leute, die auf Empfehlung Kontakt zu ihr suchten, bekamen zur Antwort, sie könne keine weiteren Kranken übernehmen.»

«Warum?»

«Das Alter, die Patienten, die sie schon hatte, das Bedürfnis, ein Maximum an Aufmerksamkeit zu gewährleisten. Alles plausibel, aber …»

«Aber?»

Isa trinkt einen Schluck Wasser.

«Der jüngere Mann, den sie in der Zeit besuchte, als sie verschwand, ist ein Universitätsprofessor», sagt Isa. «Er unterrichtet Eschatologie.»

Arcadipane wirft einen Blick in die Runde, aber niemand reagiert, also schiebt er die Versuchung zu fragen beiseite und nimmt eine weitere Leerstelle in seinem Leben in Kauf.

«Wie es aussieht, sprachen sie häufig von dem Moment, der ihn erwartete. Der Mann beschreibt Masimine Orusa als eine Frau, die einen unerwarteten Umgang mit dem Tod gefunden hatte. Eine Mischung aus schwarzem Humor, pantheistischer Vision, christlicher Nächstenliebe, Mystik und gnadenlosem Materialismus.»

Arcadipane hört ein paar Sekunden auf die Kaugeräusche, die ihn umgeben, dann sucht er Trost in Trepets Augen. Der Hund hat auf Anhieb in Martina das schwächste Glied der Kette ausgemacht, er betrachtet sie mit flehentlicher Ergebenheit. Als Arcadipane zerstreut die Hand sinken lässt und versucht, ihn mit einem Grissino zu bestechen, erntet er von dem Tier einen flüchtigen Blick, den der bekommt, der Klosterschwestern belästigt, dann akzeptiert Trepet mit Abscheu den Grissino und wendet sich wieder der jungen Frau zu. Arcadipane lenkt seine Aufmerksamkeit auf den Teller, nimmt eine Portion Tartar und steckt sie in den Mund.

«Mach weiter, mach weiter. Ich dachte gerade über den melancholischen Pantheismus nach.»

«Vor ungefähr einem Monat», fährt Isa fort, «während einem ihrer letzten Besuche, bevor sie verschwand, hat der Professor Masimine Orusa gestanden, erinnert er sich, seine größte Angst bestehe darin, dass ihn im Jenseits eine enorme Einsamkeit erwarte. Er sagt, Orusa habe ihn lang umarmt, was sie noch nie getan hätte, und ihm versichert, er brauche keine Angst zu haben, denn im Jenseits würde sie ihn erwarten.»

«Hat sie das gesagt?», fragt Arcadipane. «Sie würde ihn erwarten?»

«Etwas in der Art.»

Corso schiebt sorgfältig die verbliebenen Reiskörner auf dem blau gerandeten Teller zusammen.

«Neulich hast du gesagt, fast alle Medikamente in der Wohnung der Orusa entsprechen den ärztlichen Rezepten», sagt er.

«Sie kann einfach die Medikamente verabreicht und die Rezepte behalten haben. Zu kontrollieren, wie viele und welche Medikamente fehlen, ist nicht leicht, viele Patienten sind nicht mehr am Leben.»

«Wenn du Lust hast, wäre es jedenfalls die Mühe wert, es zu versuchen.»

«Wenn die Carabinieri mir die Wohnung aufschließen.»

«Ich rede mit Nazareno», sagt Arcadipane. «Morgen?»

«Oh, ich muss nach Hause. Donnerstag ist der Ultraschall.»

«Auch ich kehre morgen in die Stadt zurück», sagt Martina. «Wenn du das Donnerstag gemacht hast, schickst du mir dann ein Foto von dem Kleinen?»

Bramard hustet kurz. Ottavio Claro trägt die Teller ab und stellt die Schüssel mit der Gemüsesuppe auf den Tisch, die die anderen bestellt haben, während Arcadipane draußen war.

«Ich hätte gern ein Beefsteak.»

«Heute Abend gibt's kein Fleisch, aber Marta kann Ihnen ein Omelett machen: Zwiebeln, Spinat oder *rugnusa*.»

«Was ist *rugnusa*?»

«Ich glaube, es ist aus Resten gemacht», sagt Martina. «In Südamerika nennt man es *tortilla rica*.»

Arcadipane hat nicht verstanden, aber das Wort Reste reicht ihm, und er wählt Zwiebeln. Spinat kommt gar nicht infrage, immer versuchen sie, ihm den unterzujubeln, damit sie nicht allein sind, einen Grund wird es dafür geben.

«Die Durchsuchung bei Ubac?», fragt er, sobald Claro gegangen ist.

Pedrelli rührt in der Minestra, mit der er seinen Teller gefüllt hat, das Gesicht verrät schlechte Nachrichten.

«Überall gesucht, alles zuunterst zuoberst gekehrt, auch das Wetterdach hinten raus, man hat nichts gefunden, was an Ladich oder Fuci denken ließe.»

«Die Schlingen habt ihr gefunden?»

«Ja, aber das ist synthetisches Material, ähnlich wie Angelschnur.»

«Kein Elektrokabel?»

«Modernes Zeug, kein Flachdraht. Jedenfalls ist der Container nicht ans Netz angeschlossen, sondern an ein paar Paneelen mit wenigen Kilowatt, die er selbst zusammengebastelt hat. Im Übrigen benutzt er Öllampen und Taschenlampen mit Solarzellen. Den Elektrodraht könnte er vom Balkon des Mattalia-Hauses genommen haben, wie Sie gesagt haben. Wir haben die Asche im Ofen des Containers untersucht, sollte er etwas verbrannt haben, ein Schlag ins Wasser.»

«Schallplatten?», fragt Bramard. «Etwas zum Abspielen von Musik?»

«Nein. Bevor wir abzogen, wurde jedenfalls alles fotografiert. Was ich mir erlaubt habe mitzunehmen, um es euch zu zeigen», und er holt aus seiner mausgrauen Jacke eine Plastiktüte, «ist das hier.»

Arcadipane, der Einzige, der keinen Löffel in der Hand hat, nimmt die Tüte, darin sind Zettel, die Trambahnfahrscheinen ähneln.

«Was ist das?»

«Kinokarten», sagt Bramard, der sie nicht einmal angeschaut zu haben scheint.

«Oder von irgendeiner Theateraufführung», sagt Pedrelli, während er die Überreste des Gurus auf die Minestra streut. «Ich habe gedacht, es wäre nützlich, das zu überprüfen.»

«Gut gemacht», nickt Arcadipane, der sich in diesem Moment, als er die Eingangstür des Hotels zuschlagen hört, erinnert, dass er vor einer Minute auf der Piazza die Scheinwerfer eines Autos hatte ausgehen sehen und dachte, dass dieses Auto verdammt … Um sich dann zu sagen, dass das nicht sein konnte … Andererseits, warum sollte sie … und wenn es auch so wäre, wie sollte sie wissen, dass das Hotel genau das ist, in das er sie jetzt eintreten sieht, mit den Krücken und einem Rucksack?

Arcadipane hebt langsam die Hände und legt die Handflächen auf das Tischtuch.

«Guten Abend», hört er Claro von hinter der Theke aus sagen, aber Ariel kommt schon auf den Tisch zu, den Parka offen über den anomalen Bewegungen des Beckens und den gebogenen dünnen Beinen.

Die anderen, die einen raschen Blick auf den Eingang geworfen haben, hören auf zu essen und fixieren sie. Auch die Journalisten wahrscheinlich, da man im Saal nur das *Tock Tock* der Krücken hört, vermischt mit dem weniger präzisen Geräusch der orthopädischen Schuhe, die über das Parkett teils gehen, teils schleifen.

Arcadipane springt auf, und ohne auf den Lärm des Stuhls zu achten, der umgefallen ist, geht er auf sie zu und hält sie ein paar Meter vom Tisch auf. Wer jetzt hereinkäme, könnte an einen Bodyguard denken, der einen Fan abfängt, der sich, wer weiß, wie, in das Restaurant eingeschlichen hat, wo ein gealterter Rockstar nach dem letzten Konzert seiner Karriere zu Abend isst. Etwas, was sich zu einem Schuss aus einer Feuerwaffe entwickeln könnte, zu einer peinlichen Szene des Abwimmelns, zu einer Nacht voller Sex, einem simplen Autogramm oder zu einer Einladung, am Tisch Platz zu nehmen. Das, wenn Arcadipane und Bramard ein Bodyguard und ein Rockstar wären. Da sie aber ein Bulle und ein Ex-Bulle sind, geschieht Folgendes: Bevor Ariel den Mund aufmachen kann, streckt Arcadipane die Hand aus, damit sie ihm die Krücken gibt, woraufhin er sie auf die Arme nimmt wie ein Kind, die

Beine herabhängend und das Kinn an seiner Schulter, und in Richtung Treppe geht.

Während sie sich entfernen, betrachtet Ariel die vier am Tisch Sitzenden, die sie nie gesehen hat, von denen sie aber mit Ausnahme der jungen Frau mit rötlichem Haar sagen könnte, wer sie sind. Die vier erwidern die Blicke, bis sie und Arcadipane hinter der Biegung der Treppe verschwinden, das Geräusch der Krücken, die gegen die Wand schlagen.

Als Erste beginnt Isa wieder zu essen, Pedrelli als Letzter.

So fahren sie ein Weilchen fort, in Stille, während von hinten im Saal wieder Stimmen dringen und auch ein Lachen, das aber nicht böswillig ist.

«Er hat die Jacke vergessen», sagt Pedrelli und beugt sich hinunter, um den Stuhl wieder aufzuheben.

Alle drei schauen auf die Lammfelljacke, die über der Lehne hängt.

«Und den Hund auch», bemerkt Isa.

Sie essen weiter. In der Luft der Geruch nach dem Omelett mit Zwiebeln, das Ottavio Claro für alle Fälle bringt.

28.

«Du kannst ruhig sagen, dass du dich für mich schämst.»

«Ich schäme mich nicht für dich.»

«Warum nicht? Ich schäme mich für dich.»

«Das ist nicht wahr.»

«Sicher ist das wahr.»

«Dann ist das eine hässliche Sache.»

«Seit dreißig Jahren hast du einen Platz in der ersten Reihe, um ermordete Menschen zu sehen, und dann sagst du, *das* sei eine hässliche Sache? Manchmal rührst du mich so, dass ich mich nicht mehr für dich schäme. Nein, das stimmt nicht. Ich schäme mich.»

«Mach, was du willst. Ich schäme mich nicht für dich.»

«Nie sind wir ins Restaurant essen gegangen. Ans Meer gefahren. Ins Kino und etwas trinken gewesen. Morgens gehen wir gemeinsam hinunter, frühstücken aber in verschiedenen Bars. Du weißt, warum, oder?»

«Nicht, weil ich mich schäme.»

«Kann sein, jedenfalls ist es, weil ich mich für dich schäme.»

Schweigen.

«Geben wir es zu, keiner von uns beiden hat ein Problem damit, sich als Freak zu akzeptieren. Du läufst seit Jahren herum und verfolgst Leute, bloß weil sie ihre Antipathie für ihresgleichen in etwas drastischer Weise bekundet haben, ich habe meine Arbeit und dieses fantastische Privatleben … Aber wir wissen, was die Leute denken würden, wenn sie uns zusammen sähen! Und das gefällt uns gar nicht.»

«Ich weiß es nicht. Was würden sie denken?»

«Sie würden an ein Bild von Schiele über einem Bild von Botero denken oder umgekehrt, was noch schlimmer ist. Entschuldige die Metapher aus der Malerei, ich bin davon ausgegangen, dass du nicht wüsstest, wer Schiele oder Botero ist … hoppla.»

«Warum also bist du mit mir zusammen?»

«‹Mit mir zusammen sein›, wie du redest! ‹Eine hässliche Sache›, ‹mit mir zusammen sein›, was machst du denn jetzt? Heftest du mir die Orchidee an die Brust und führst mich zum Studentenball? Gewinnen wir den Preis für das schönste Paar: er klein, hässlich, halber Analphabet, aber mit einem harmonischen Schwanz, sie ein Krüppel, schön, scharfsinnig, aber mit defekter Bremsvorrichtung für die Zunge?»

Arcadipane, der bis zu diesem Zeitpunkt an die Decke gestarrt hat, wendet ihr den Kopf zu, aber nicht ihrem Körper. Er könnte nicht sagen, ob die Erleichterung, die er verspürt, daher rührt, dass er die Nachttischlampe aus Holz und Rauchglas nicht mehr sieht, oder von ihrem Profil.

«Also hättest du nicht zu kommen brauchen.»

«Wenn ich nicht beschlossen hätte, mich ins Auto zu setzen und zu dir zu fahren, bestünde diese Möglichkeit in der Tat, aber es stimmt auch, dass es Schnellbinder-Portale gibt, wie du weißt, und da ich im Grunde auf Fotos eine wahre Wucht bin und die Mehrzahl der Männer, wenn sie sich unter den Achseln gewaschen, die Unterhosen gewechselt und sich diese Idee in den Kopf gesetzt haben, sich bestimmt von ein Paar orthopädischen Schuhen nicht abschrecken lässt … Wenn dein Fall nicht genügte, um Rechtsgeschichte zu schreiben, denk dir, man hat in Pompeji den Abdruck von zweien gefunden, die während der Katastrophe miteinander vögelten. Er oben, den Rücken dem Vesuv zugekehrt, während sie ihn an der Schulter berührt, vielleicht um ihn auf das Geschehen aufmerksam zu machen. Wenn sie ihm gesagt hätte, angesichts des pyroklastischen Stroms aufzuhören, hätte er ihr vermutlich geantwortet, dass bestimmte Dinge ihn nicht beeindruckten. So ist sie gestorben mit dem Bedauern, dieser Schnepfe von Cornelia recht geben zu müssen, die seit Jahren die Ansicht vertritt, dass die Männer nie wissen, wann es an der Zeit ist abzusteigen.»

Schweigen. Dunkelheit, aber nicht genug, weil das Licht der Straßenlaternen durch das Fenster hereinfällt. Im Zimmer ist es kalt, dennoch sind sie in Unterhemd und Slip. Eine fragwürdige Wahl, wie einen Bogen zu kaufen und keine Pfeile. Sie liegen quer auf dem Bett, ohne Kissen. Sie hat ein Profil, das auf jede Sache passen würde, sogar auf die offene Badezimmertür im Hintergrund.

«Warum redest du so?»

«Betreibst du Gegenanalyse: ‹Spiegel im Spiegel›, oder versuchst du, dir einen Teil der hundert Euro wieder ins Portemonnaie zu stecken?»

«Ich gebe dir keine hundert Euro.»

«So hast du auch gesagt, als du zum ersten Mal in mein Studio kamst.»

«Da ging es mir schlecht, hm?»

«Was ist das? Nach dem Studentenball kommt jetzt die Tour ‹Wie wir waren›? Schau, ich habe noch keine Vergangenheit, die ich beweinen könnte! Wenn du also morgens wach wirst und dein Kissen ist nass, sollst du wissen, dass das nicht ich war, weder oben noch unten. Du bist es, der nachts wimmert. Apropos, wie geht es deiner Frau?»

«Sie will die Wohnung verkaufen.»

«Weise Frau, vermutlich werden sie und ihr Verlobter eine kleine Neubauwohnung nehmen und werden so viel Glück haben, dass die Baugesellschaft sie rechtzeitig fertigstellt, anstatt mit der Anzahlung zu verschwinden und damit ihr Alter zu ruinieren, wie es dir an ihrer Stelle ergehen würde. Womöglich bauen sie ihnen auch bessere Fenster und Türen ein als vorgesehen, weil es ein Sonderangebot gab. In jedem Fall neue Balken, neues Bett, neue Leitungen. Hoppla.»

«Ich schäme mich nicht für dich.»

«Halt nicht die andere Backe hin, sie ist in jedem Fall hässlich.»

«Und du hast mir nicht geantwortet.»

«Du meinst, warum … Nein, ich könnte es wirklich nicht sagen! Abgesehen von deinem harmonischen Schwanz, meinst du?»

«Du solltest nicht so reden!»

«Warum? Hat deine Frau dir das nie gesagt?»

«Das sind private Dinge, und ich möchte nicht über …»

«Sie hat es dir nicht gesagt, ich habe verstanden. Das ist schade, einer lebt über Jahre mit van Gogh zusammen und sagt ihm nie, dass seine Bilder nicht übel sind. Es stimmt, dass sich in deinem Fall die negativen Seiten nicht in einem abgeschnittenen Ohr und dem Wahnsinn erschöpfen, also wird es keine Tage ohne Diskussion gegeben haben, aber es ist dennoch grausam. Ich hoffe, es hat jemand anderer übernommen. Ein Androloge, ein Proktologe, der auf den ersten Blick vorne und hinten verwechselt, ein Kumpel beim Kicker. Für die Zukunft kann ich dir ein Empfehlungsschreiben geben. Was ist? Bist du eingeschlafen?»

«Nein, es ist nur, ich muss morgen früh aufstehen.»

«Früh, um welche Uhrzeit?»

Arcadipane schaut auf seine Armbanduhr. Die sanfte Müdigkeit, die er im Lauf dieser wenigen Sekunden mit erhobenem Arm verspürt, erinnert ihn an bestimmte Male des Nachhausekommens, als Kind, nachdem er nachmittags auf der Straße oder im Hof gespielt hatte. Die kraftlosen Beine, die die Stufen bis in den dritten Stock hinaufsteigen, weil man die Aufzugschlüssel den Kleinen nicht gibt, gewisse Gerüche nach Schweiß und nach Essen vermischen sich, das bald eingelöste Versprechen, etwas zu essen und zu trinken und den Körper hinzuwerfen und auszuruhen, ohne ihn notwendig waschen zu müssen …

«Bist du eingeschlafen? Weil ich 23 Euro ausgegeben habe, die durch die Inflation mittlerweile schon 23,70 Euro geworden sein dürften!»

«Der Wecker steht auf halb fünf.»

«Wohin fährst du? Deine Frau ermorden, weil sie dir die Wohnung verkaufen will? Ich verstehe, dass einer im Alter lieber zu Hause arbeitet, aber …»

«Nach Rom.»

«Nach Rom? Bist du verrückt geworden? Dort ist man an Leute wie dich nicht gewöhnt! Es wird damit enden, dass du Scherereien bekommst. Was willst du in Rom?»

«Eigentlich wäre das vertraulich.»

«Für hundert Euro bin ich an das Berufsgeheimnis gebunden, die beiden, die jenseits der Wand ein Wettrennen veranstalten, scheinen mir an anderem interessiert, und das Mädchen im anderen Zimmer, das sich alle zwanzig Minuten übergibt …»

«Sie ist schwanger.»

«Wer? Die mit den roten Haaren oder Lisbeth Salander?»

«Isa.»

«Und die mit den roten Haaren, wer ist das? Nein, sag's mir nicht. Hypothese A: die Verlobte von Lisbeth. Hypothese B: Bramards Tochter, wenn Bramard derjenige ist, der schön ist wie ein zerknitterter Kaschmirpullover. C: Du bist weniger dumm, als ich dachte, und ich bin nicht die einzige Gestörte, die sich durch gewisse genitale Harmonien angezogen fühlt.»

«Sie ist Bramards Tochter.»

«Die er wiedergefunden hat, nachdem …»

«Die, und mein Zug geht um sieben Uhr zehn ab Turin.»

«Was tust du, willst du mich hetzen?»

«Von mir aus können wir auch unter die Decken kriechen und schlafen.»

«‹Unter die Decken kriechen›! Für 23 Euro und zwei Stunden Autofahrt? Also hast du wirklich gut daran getan, dass du zu mir in Therapie gekommen bist, weil du einen Realitätssinn hast wie ein Programmdirektor der RAI.»

«Sollen wir dann Liebe machen?»

«‹Liebe machen›, ‹zusammen sein›, ‹es ist …›.»

«Kannst du das lassen?»

«Okay, aber du liegst oben, in Ordnung?»

«Es würde mir aber gefallen, wenn du mal oben wärst.»

«Sicher, wenn Google Earth uns dann fotografiert, sehe ich aus wie eine, die bäuchlings auf dem Pitcher's Mound eines Baseballfelds liegt.»

Stille, er schließt die Augen.

«Ist gut, ich geh nach oben.»

Sie zieht sich den Slip aus, zieht ihm seinen aus.

«Unter einer Bedingung.»

«Lass hören.»

«Da es in Rom Schuhgeschäfte gibt: Dieser mit Klebeband zusammengehaltene Mokassin …»

«Ich weiß.»

«Sieh zu, dass du einen gleichen findest, denn ohne, glaube ich, kann ich dich wirklich nicht mehr sehen.»

Und sie geht nach oben.

29.

Bramard sitzt an demselben Tisch wie vor zehn Minuten. Auf demselben Stuhl. Aber jetzt ist er allein.

Ohne ein Wort über die Szene zu verlieren, die sie eben miterlebt hatten, die sie aber ganz offensichtlich bis zur Sprachlosigkeit verblüffte, waren Isa, Martina und er zu einem Spaziergang hinausgegangen, der durch Trepets Bedürfnisse gerechtfertigt war. Pedrelli hatte die Kollegen begleitet, die aus Cuneo gekommen waren, um Botta und Lavezzi abzulösen, die bei Ludwig Wache hielten. Danach waren Corso, Isa und Martina ins Hotel zurückgekehrt und hatten sich Gute Nacht gewünscht, ohne vereinbaren zu müssen, wer sich um die Jacke und den Hund kümmern würde. Da er in Arcadipanes Zimmer angeregt sprechen hörte, hatte er die Jacke an die Türklinke gehängt, während er den Hund mit zu sich genommen hatte.

Nachdem er sich auf dem Bett ausgestreckt hatte, blieb er ein paar Minuten im Dunkeln so liegen. Es war keine bestimmte Stelle, die ihm wehtat, aber jedes Gelenk vom kleinsten Fingerknöchel bis zu den großen Beckenknochen schien ausgeleiert und weniger fest. Und dazu diese Übelkeit … nur Isa hätte das verstanden. In alledem war die Schlaflosigkeit eine alte Freundin.

Er hatte die Nachttischlampe eingeschaltet und die fünfte der neunzehn Nummern von «Le milieu du siècle» zur Hand genommen, das Blatt, das man in Vera Ladichs Zimmer gefunden hatte. Der Fortsetzungsroman darin verlief nach einem Schema, das Corso gut kennt: ein junges Mädchen aus einer nicht reichen, aber gut situierten Familie in Douai in Frankreich, unweit der Grenze nach Belgien stammend. Der Vater, ein großzügiger und beliebter Mann, ist nicht reich, besitzt aber Land, auf dem ein großes Kohlevorkommen entdeckt wird. Da Monsieur Dubois nicht ausreichend Mittel hat, die Kohle abzubauen, gründet er zusammen mit anderen Bürgern der Stadt, die zu investieren bereit sind, eine Gesellschaft, doch als er krank wird und dann stirbt, eignen sich seine Gesellschafter, unterstützt von einigen, zum Meineid bereiten Mitbürgern, das Land, die Kohlemine und den gesamten Besitz der Familie Dubois an. Ihres Hauses beraubt, gezwungen, bei Verwandten an der Küste Unterschlupf zu finden, beginnen die Mutter Camille, der kleine Jean und die vierzehnjährige Colette den Abstieg in Armut und Erniedrigung.

Von den zehn Stunden, die das Abendessen vom Frühstück an demselben Tisch trennen, hatte Bramard zwei Stunden mit der Lektüre von weiteren sechs Episoden des Romans verbracht, enorm viel Zeit im Vergleich zur Anzahl der gelesenen Seiten, aber da er keine Übung im Französischen des neunzehnten Jahrhunderts hatte … Ein paar Stunden Schlaf, eine teilweise damit zugebracht, an die Decke zu starren und an die seltsame Frau zu denken, die während des Essens gekommen war, kurzer Schlaf, eine weitere halbe Stunde der Betrachtung Trepets gewidmet, der auf dem Badezimmerteppich zusammengerollt lag, und in der ersten Morgendämmerung hatte er sich wieder angezogen.

Eine Runde über den Platz wegen der Bedürfnisse des Hundes, das Fehlen der einschlägigen Beutel, als Ersatz eine Einkaufstüte, die Ottavio Claro zur Verfügung stellt, den er in der Zwischenzeit fragt, ob Arcadipane schon abgereist ist. Antwort: «Ich glaube, er und sein Vize sind sehr früh aufgebrochen, sie haben nicht einmal gefrühstückt», ein Filterkaffee, bevor Martina herunterkommt, noch ein Frühstück mit Martina, als ob es das erste wäre. Grüner Tee für beide und ein Stück Kuchen ohne Butter, extra für ihn zubereitet, Umarmung und Abreise der Tochter. «Bist du sicher, dass du ohne Auto auskommst, in ein paar Tagen komme ich dich wieder abholen.» Ein zweiter Caffè lungo, jetzt, da er ohne Aufsicht ist, und um sieben Uhr zwanzig öffnet er mit Vorsicht, angesichts der prekären Bindung der Seiten, die zwölfte Fortsetzung der *Histoire d'une jeune femme pas du tout désolée*. In der festen Absicht, sich mindestens eine Stunde für ein weiteres paar Kapitel und ebenso viele Filterkaffees zu nehmen.

«Hallo.»

Bramard blickt über den Rand seiner Weitsichtigenbrille. Ariel steht zwei Schritte entfernt, eine Hand auf den Tisch gestützt. Trotz der Krücken hat er sie nicht herankommen hören, Zeichen dafür, dass am Vorabend ein wenig Show mit im Spiel gewesen war. Sie hat den Rucksack auf, den Parka schon an.

«Möchtest du frühstücken?»

«Wer zahlt?»

«Mir hat niemand was gesagt, ich denke, die Polizei.»

«Dann ja.»

Bramard schiebt ihr den Stuhl zurecht. Sie stellt den Rucksack am Boden ab, praktisch auf Trepet, der ein leises Knurren hören lässt, sich aber nicht von der Stelle rührt. Sie setzt sich.

«Also», sie deutet auf die Zeitung, «gelingt Napoleon III. die Restauration dieses Kaiserreichs?» – Zeichen dafür, dass sie Französisch auch auf dem Kopf liest, die Geschichte kennt und hundert Dioptrien auf hundert hat, sodass sie die klein gedruckte Jahreszahl unter dem Titel des Blatts lesen kann. Außerdem ist sie geistreich und hat die Schönheit von ungenauen Dingen. Elemente, die bestätigen, dass sie nichts mit Arcadipane zu tun hat.

«Was nimmst du?»

«Einen lauwarmen Cappuccino … auf dem Teller, was war das?»

«Ein Kuchen für Kranke.»

«Dann für mich einen für Gesunde.»

Bramard nützt die Gelegenheit, dass Marta Claro an dem Tisch unter dem Fenster ein weiteres Frühstück aufdeckt, und bestellt.

«Hast du Fragen?», fragt Ariel.

«In Bezug auf was?»

«Bezüglich der Tatsache, dass Arcadipane, so nenne ich ihn, und ich miteinander vögeln, aber er schämt sich für mich, auch wenn er sagt, Nein, und ich mich für ihn, darauf kann ich dir mein Wort geben. Oder bezüglich der dreiundzwanzig Jahre Altersunterschied, die nichts sind im Vergleich zur Unvereinbarkeit und Unvergleichlichkeit unserer Gehirne. Außerdem kann ich keine Garantie übernehmen, dass er nicht zerstört aus dieser Geschichte hervorgeht, in welchem Fall er jedenfalls eine Therapeutin zur Hand hätte. Und übrigens, ich weiß nicht, ob du es bemerkt hast, ich bin ein Krüppel.»

«Ich habe verstanden», sagt Bramard, der sich früher eine Zigarette angezündet hätte, um dreißig Sekunden zum Nachdenken zu gewinnen. «Jedenfalls habe ich keine Fragen.»

«Also fragst du dich nicht, warum ich gekommen bin? Und keine Doppeldeutigkeiten mit sexuellem Hintergrund, ich ertrage sie nicht, und sie könnten jedenfalls keine Idee davon vermitteln, welche Belagerung von Stalingrad wir uns heute Nacht geliefert haben. Im Vergleich dazu schienen die Zimmernachbarn der Krieg der Falklandinseln. Weil du mich schon fragst, ich habe die Entscheidung zu kommen vergangene Nacht getroffen, als ich aufwachte, die Hand ausstreckte und neben mir Leere spürte. Per Assoziation kam mir Arcadipane in den Sinn, so nenne ich ihn. Also habe ich versucht aufzustehen, aber ich bemerkte, dass ich ein Krüppel bin. In der Dunkelheit habe ich geschrien! ‹Wann ist das passiert?›, habe ich mich gefragt. Dann habe ich mich erinnert, dass ich von Geburt an so war, und gefolgert, dass ich wirklich tief geschlafen haben muss. Jetzt gehe ich da hinüber und tue mir weh, habe ich mir gesagt. Ich habe mich an den Computer gesetzt und nach einem hässlichen, schmutzigen und hundert Jahre zurückgebliebenen Ort gesucht, wo jemand, der mit dem Film zu tun hat, ums Leben gekommen ist und ein alter Blödmann immer noch versucht herauszufinden, wie die Dinge in Wahrheit gelaufen sind. Google hat mir zwei Möglichkeiten gegeben, nur dass Ostia Lido zu weit weg war, da bin ich also.»

«Du bist sehr intelligent», sagt Bramard und nickt, «aber ich möchte nicht auf deiner Couch landen.»

«Ich habe keine Couch, meine Patienten strecken sich direkt auf dem Ehebett aus, wie der Fall Arcadipane zeigt, wie ich ihn nenne. Und auch du bist sehr schön, auch die Mädchen von gestern Abend, als ich Arcadipane, wie ich ihn nenne, da bei euch am Tisch sah, dachte ich, dass es ihm sehr gut gelungen ist, den Masochismus unter der Menge von anderen Problemen zu verstecken. Zum Glück war da nicht der kleine Mann, an den sich niemand erinnert.»

«Pedrelli.»

«Pedrelli. Wie heißt er noch gleich? Siehst du? Ich habe ihn schon vergessen. Deine Tochter ist abgereist?»

«Vor Kurzem.»

«Und Lisbeth Salander? Frühstückt sie auf Knien vor der Kloschüssel?»

«Sie ist schwanger.»

Der Cappuccino und der Kuchen für Ariel kommen, oder vielleicht bemerken sie erst jetzt, dass Marta Claro am Tisch steht, die Augen von jemandem, der einer Tischtennispartie im Zeitraffer zugesehen hat. Ariel nimmt ihr das Tablett aus den Händen.

«Ich halte es», sagt sie. «Ich kleckere mich voll. Bist du der Vater?»

«Wie bitte?», sagt Marta Claro.

«Nichts, ich habe mich auf ihn bezogen. Gut und schön, dass man heutzutage die reinsten Wunder wirkt, aber man sollte es ja nicht übertreiben.»

Marta Claro nickt, man weiß nicht, zu was, und geht.

«Also», sagt Ariel und beißt in den Heidelbeerkuchen, «bist du der Vater?»

«Spender.»

«Verdammt, seid ihr faul, jedes Mittel ist euch recht, um gleich zur Zigarette danach zu kommen. Arcadipane, wie ich ihn nenne, weiß, dass ihr euch mit einigen Vorsichtsmaßnahmen vermehrt habt?»

«Nein.»

«Und warum sagst du es mir?»

«Du hattest es schon begriffen.»

«Schlagfertige Antwort, sehr in der Manier von Eastwood, auch wenn du mehr Herzog ähnlich siehst. Weiß deine Tochter, dass sie einen Bruder von einer bekommt, die mehr oder weniger in ihrem Alter ist?»

«Drei Jahre älter.»

«D'accord. Hast du die Absicht, es ihr zu sagen?»

«Ich denke darüber nach.»

«Wow, du bist ja wirklich einer, der den Stier bei den Hörnern packt. Ich würde es ihr sagen, bevor sie mit der Mutter des Brüderchens ins Bett geht. Ein Therapeut wacht jeden Morgen auf und weiß, dass irgendwo auf der Welt irgendetwas in der Art passiert, und er ist sich sicher, dass er für dreißig Jahre ausgesorgt hat. Zurück zu uns, findet ihr diese Vera Ladich?»

«Vermutlich.»

«Tot, hm?»

«Ich wünschte, es wäre so einfach.»

«Und weiß er es?»

«Arcadipane, wie du ihn nennst, weiß viel mehr Dinge, als er glaubt oder zu wissen vorgibt. Deswegen ist er ein guter Polizist und ein miserabler … alles Übrige.»

«Tja, aber da ich mit allem Übrigen zu tun habe … Jetzt muss ich gehen, die Unterhaltung war …», sie steht auf, das halbe Stück Kuchen zwischen den Lippen, «die Unterhaltung war sehr …», die Zeit, um die Krücken zu nehmen, und schon hat sie den Kuchen verschlungen. «Man sieht sich.»

Bramard folgt ihr mit Blicken bis zur Tür. Der Hotelinhaber grüßt sie, sie erwidert den Gruß nur flüchtig und strebt dem Ausgang zu, vielleicht aus Angst, zahlen zu müssen. Er sieht sie durchs Fenster auf ihr Auto zugehen und in den Golf einsteigen, mit einer Mühe, die schon das Ergebnis langen Trainings sein muss, den Wagen anlassen und losfahren. In der Blickrichtung auf das Fenster bemerkt Bramard das Mädchen, das Arcadipane zuerst von dem Bären und dem Telefon erzählt hat. Die Tochter der Eigentümerin. Er grüßt sie mit einem Winken. Das Mädchen erwidert den Gruß. Sie zeichnet und frühstückt dabei. Ihre Haare sind durchscheinend, aber vielleicht kommt das von der zunehmenden Helligkeit vor dem Fenster.

Bramard nimmt den Cappuccino, den Ariel hat stehen lassen. Er trinkt einen Schluck davon, auch wenn er Milch wirklich meiden sollte. Er setzt die Lektüre der *Histoire d'une jeune femme pas du tout désolée* fort. Er ist an dem Punkt angelangt, wo Colette nach dem Tod der Mutter und der Unterbringung des Bruders in einem Heim im Dienst einer zynischen adeligen Dame gelandet ist, die sie anfänglich in jeder Weise schikaniert, sich aber von Seite zu Seite als wertvolle Lehrmeisterin entpuppt. In der Tat bringt die Herzogin ihr bei, sich mit erbarmungsloser Hellsicht in einer Welt von mächtigen, eitlen und stumpfsinnigen Männern zu bewegen, die …

Isa kommt mit ihrer Tasche die Treppe herunter.

«Ich fahr los», sagt sie und bleibt in einer gewissen Distanz vom Tisch stehen.

«Wie geht es dir?»

«Es geht mir so: Wenn ich kotze, geht's mir gut, und wenn ich nicht kotze, ist mir übel. Und jetzt kotze ich gerade nicht.»

«Vielleicht solltest du einfach nach Hause fahren.»

«Um mich aufs Sofa zu legen, Kräutertee zu trinken und mir von Angela die Füße massieren zu lassen? Eher frage ich hier im Hotel, ob sie jemand zum Tellerwaschen brauchen.»

«Schwierig, hm?»

«Sehr. Deine Tochter ist aber super. Hoffen wir, dass das nicht nur an der Mutter liegt.»

«Zum größten Teil.»

«Also werde ich meinen Teil dazu tun. Wie ich es mir gedacht habe. Was brauchst du?»

«Wer sagt dir, dass ich etwas brauche?»

«Das Blatt Papier, das aus deiner Hemdtasche schaut. Arcadipane ist weg, Martina auch. Arcadipanes Freundin, glaube ich auch, also stelle ich mir vor, es ist für mich.»

Bramard lächelt. Er entfaltet das Blatt. Sie schielt hinüber und sieht, dass es sich um eine eher lange Liste handelt.

«In anderthalb Stunden habe ich eine Verabredung mit diesem Carabiniere, um noch mal in die Wohnung der Orusa zu gehen, gut möglich, dass der Vormittag dabei draufgeht. Das solltest du bedenken.»

«Okay, was du schaffst», er gibt ihr das Blatt.

Sie nimmt es und liest.

«Das sind ein paar Aufsätze über die Fresken in der Kirche», sagt Bramard, «ich habe gestern mit einer Buchhandlung in Cuneo und mit der Bibliothek gesprochen. Sie legen sie für dich beiseite. Da sind auch Name und Telefonnummer von einem der beiden Autoren, Corrado Dao, er war Grundschullehrer hier in Clot in den Jahren des Staudammbaus, aber ich glaube, er war immer nur an Kunstgeschichte interessiert. Er ist der Erste, der über die Fresken geschrieben hat. Die Bezeichnung ‹Meister von Clot› verdankt sich ihm. Ich habe versucht, ihn anzurufen, aber er antwortet nicht. Er wohnt in Centallo, wenn du kannst, schau vorbei, er ist sehr alt, frag nach, ob er Lust hat, auf ein Gespräch ins Dorf zu kommen.»

«Ist gut.»

«Noch zwei Dinge. In den Archiven der Bibliothek in Cuneo wird ein Text aufbewahrt, der aus dem Kloster Santa Maria degli Angeli stammt. Es ist ein Brief aus der Mitte des sechzehnten Jahrhunderts an die Mönche des Klosters von einem Schüler von Johannes Van Drift. Ich habe es Arcadipane gesagt, der hat Befehl von oben geben lassen: Sie bereiten eine Fotokopie davon vor, die sie dir aushändigen werden.»

«Zum Glück, dass ich mich ausruhen sollte. Die letzte Sache?»

«Die Filme von Vera Ladich. Kannst du sie mir irgendwie beschaffen? Ich möchte sie gern noch mal sehen.»

«Ich kann sie dir auf einen Stick kopieren.»

«In jeder Weise, die für einen Neandertaler in Sachen Technologie zu handhaben ist.»

«Ist gut, heute Abend hoffe ich alles zu haben.»

«Der Ultraschall ist morgen?»

«Morgen Nachmittag, aber ich habe beschlossen, heute Nacht hier zu bleiben. Angela klebt zu sehr an mir.»

«Wenn du wiederkommst, reden wir darüber.»

«Machst du Witze?»

«Ich weiß nicht.»

«Ist gut. Mach auch du ruhig.»

Der Cappuccino ist mittlerweile kalt, ungenießbar, Gott sei Dank. Bramard bricht ein Stück von dem Kuchen ab, legt es auf die Handfläche und gibt es Trepet zu fressen. Auf der Piazza lassen ein paar Autofahrer den Motor im Leerlauf aufheulen, als ob sie bis gestern ausschließlich Motorrad gefahren wären. Dann gleitet Isas Pathfinder am Fenster vorbei und verlässt den Platz. Bramard beugt den Kopf über die Angelegenheiten von Colette und der Herzogin. Trepets warme Zunge erkundet sorgfältig die Zwischenräume seiner Finger.

«Sind das alle deine Töchter?»

Er hebt den Blick zu dem Mädchen.

«Nein, keine der beiden.»

Das Mädchen zeichnet, ohne ihn anzuschauen. Die Farben ein bisschen überall verstreut, Pinsel und Wachsstifte durcheinander.

«Ich dachte, das wären deine Töchter.»

«Nur die mit den roten Haaren wie du, aber jetzt ist sie nicht da.»

Ester klappt das Heft zu und trinkt ihre Milch aus.

«Und wohin ist die mit den roten Haaren gegangen?»

«Zur Arbeit. So hat sie mir jedenfalls gesagt.»

Sie hat die Farben in ein steifes Etui getan, das sie jetzt zusammen mit dem Heft in den Rucksack steckt, aber ab und zu schaut sie zu Corsos Tisch herüber. Es ist klar, dass ihr Interesse dem Hund gilt.

«Meine Haare sind ingwerrot. Marta hat das im Internet nachgeschaut. Die von deiner Tochter sind anders.»

«Das kommt mir auch so vor. Kennst du schon Trepet?»

Ester lässt den Rucksack auf dem Stuhl, nur eine der Schnallen geschlossen, und tut ein paar Schritte auf Corsos Tisch zu. Sie schaut Trepet an.

«Wo ist sein Herrchen?»

«Er arbeitet auch.»

«Sucht er die Frau vom Film?»

«Hmhm, ja.»

«Papa sagt, die werden sie nicht finden. Suchst du sie nicht?»

«Erst mal frühstücke ich. Und meiner Meinung nach finden wir sie. Ich glaube, da ist der Schulbus.»

Ester dreht sich um und widmet dem Kleinbus einen Blick, der von sehr mäßigem Interesse zeugt.

«Ist er jetzt allein?»

Sie spricht von dem Hund.

«Sein Herrchen hat ihn mir anvertraut, aber ich könnte vielleicht Hilfe brauchen. Vorausgesetzt, Trepet gefällt dir.»

«Nicht so sehr.»

«In der Tat ist er nicht schön, aber wenn du ihn besser kennenlernst …»

«Ich hatte einen Bruder, der noch als Kind gestorben ist, weil er so war wie Trepet. Ich habe ihn nicht kennengelernt, aber Marta hat mir ein Foto gezeigt, auf dem er normal aussah, weil er unter einer Decke im Bettchen lag. Deshalb haben sie dann mich adoptiert. Es tut mir weh, wenn ich daran denke, aber wenn er nicht gestorben wäre, hätten sie mich womöglich nicht genommen.»

«Ein wenig traurig, aber korrekt.»

Ester streckt eine Hand aus, Trepet kommt und schnuppert daran.

«Wenn du von der Schule nach Hause kommst, meinst du, dann kannst du dich ein wenig um ihn kümmern?»

«Ich glaube, ja.»

Zwei Minuten später ist sie verschwunden und der Schulbus auch.

Bramard beginnt wieder in der *Histoire d'une jeune femme pas du tout désolée* zu lesen, aber etwas hält seinen Geist woanders gefangen. Trepet sieht sich um, als würde er sich fragen, warum all diese Leute sich mit ihm beschäftigen und wo der Typ mit den wenigen Haaren abgeblieben ist, der ihm gewöhnlich zu essen gibt.

30.

Der Lautsprecher im Wagen weckt ihn, als der Zug seine Fahrt schon verlangsamt.

Obwohl benebelt von den fünf Stunden unbequemem Schlaf, unterbrochen von den Kaffees vom Servicewagen, weiß Arcadipane, dass Pedrelli sein Gepäck schon heruntergeholt und eine Nachricht an seine Frau Paola geschickt hat, die endet mit «… wir fahren jetzt in den Hauptbahnhof Rom ein».

«Commissario, wir fahren in Roma Termini ein.»

Arcadipane weiß auch, dass er, sobald er die Augen aufmacht, die kleinen von Pedrelli vor sich sehen wird, die ihn aus einem Abstand von zwanzig Zentimetern erforschen. Eine Sache, die man bei einer Mutter tolerieren kann, wenn man Kind ist, und, einmal erwachsen, bei den zwei, drei Frauen, die zu lieben einem widerfährt, wozu ein paar Krankenschwestern beim Erwachen aus der Vollnarkose hinzurechnen sind, aber Pedrelli … Pedrelli nein.

«Ist mein Gepäck oben?», fragt er.

«Ich glaube … ich schaue gleich nach.»

Arcadipane öffnet die Augen, überzeugt, den Moment abgewendet zu haben, aber nun hat er den Unterleib von Pedrelli, der seine Tasche in der Gepäckablage sucht, vor sich. Der Zug steht fast, die Leute drängen sich im Korridor. Vor den Fenstern viel Licht und wenig los auf dem Bahnsteig.

«Da ist Ihre Tasche, Commissario, steigen wir aus?»

«Steigen wir aus, steigen wir aus.»

An den Bahnhof Roma Termini erinnert er sich von den häufig nächtlichen Aufenthalten und Umstiegen bei langen

Reisen in die Basilikata. Vergilbte Erinnerungen an erschöpfte Eltern, Panini, Sprudelgetränke, Koffer, Schweiß, *Amica*, *Intrepido*, *Sorrisi e Canzoni TV*, und jenes Mal, als er, während er *Diabolik* las, durch das Fenster zwei von der Bahnhofspolizei einen fetten Taschendieb zu Boden werfen und dort festhalten sah und gedacht hatte: «Alles, nur nicht Bulle!»

«Sie haben gesagt, sie warten vor der Buchhandlung in der Halle auf uns», sagt Pedrelli, der mit dem unerträglichen Eifer dessen vorangeht, der etwas ausführt, was er sich gründlich überlegt hat. Der Bahnhof ist belebt, wie es der Bahnhof einer Hauptstadt sein kann: fremde Touristen, Pendler, Tagediebe, aber auch Leute, die so wirken, als würden sie sich seit Stunden in diesem großen Tiegel herumtreiben, in der Hoffnung, noch ein wenig von dem Fleisch am Knochen abzubekommen. Nichts Besonderes also, aber nach Clot kommt es Arcadipane vor, als wäre er am ersten Tag des Schlussverkaufs bei *Rinascente*. Und dann das Licht, Licht überall.

Der Kollege, der sie vor dem Eingang der Buchhandlung erwartet, ist einer von denen, die sich, um als Zivile durchzugehen, besser das Gesicht operieren lassen und die Polizeiuniform anziehen würden, aber das gilt offenbar auch für sie, da er sie auf fünfzig Meter schon ausgemacht und ihnen mit erhobenem Arm gewinkt hat.

«Sehr erfreut, Colajanni», er drückt beiden die Hand, «der Wagen steht hier draußen.»

Während sie ihm folgen, studiert Arcadipane ihn so viel, wie genügt, um ihn in die Kategorie weiße Turnschuhe, Lederjacke, eng anliegendes Hemd, Röhrenhosen, schwarzes Haar mit zu viel Gel und schmale Flanken einzuordnen. Ob sich seine Seele in den fünfzehn Dienstjahren verhärtet hat oder ob er zur Polizei gegangen ist, weil er schon als Junge so war, macht einen gewaltigen Unterschied, aber man müsste ihn mindestens eine Woche bei der Arbeit sehen, um das herauszufinden. Was er hofft, nicht tun zu müssen.

Sie gehen an den Taxis entlang, die vor dem Bahnhof aufgereiht stehen. Die Fahrer sitzen im Auto und lesen, hören Radio oder hantieren mit dem Handy. Der eine oder andere grüßt Colajanni. Der BMW steht am Ende der Schlange. Ein paar Taxis haben sich hinter ihm eingereiht, aber als die Fahrer kommen, machen sie Zeichen, dass das in Ordnung ist.

Colajanni setzt sich ans Steuer, Arcadipane und Pedrelli geraten ins Zögern, wie sie sich setzen sollen, dann wählen sie die ungewöhnliche Anordnung Pedrelli vorn, Arcadipane mit den zwei Gepäckstücken hinten.

«Gute Reise gehabt?», fragt Colajanni, den das offenbar einen feuchten Kehricht interessiert, wie fast alle, die eine derartige Frage stellen.

«Gut.»

«Wir haben Abkommen mit zwei Hotels. Eins ist in Trastevere, das andere in Prati, dann wären da noch zwei außerhalb, aber die würde ich euch nicht empfehlen. Das in Trastevere hat vier Sterne, aber nachts ist auf den Straßen mehr los. Das in Prati hat drei Sterne, ist ruhig und sauber, und man isst auch nicht schlecht, während das in Trastevere keine Küche hat. Sucht es euch aus, und ich bringe euch hin. Ihr stellt das Gepäck ab, duscht euch, eine kurze Siesta, wenn ihr wollt, wenn ihr wohin müsst, habt ihr meine Nummer, und ihr ruft mich an. Solange ihr in Rom seid, bin ich rund um die Uhr zu euren Diensten», er kichert, das merkt man daran, dass die stählerne Halskette gegen die andere, eher ein Strandkettchen, schlägt, «und wenn ihr Informationen braucht, fragt mich, ich kenn mich aus, ich weiß schon, wen man fragen muss. Also Trastevere oder Prati?»

«Wir fahren ins Büro der Veronica Film», sagt Arcadipane. «Signor Fucis Sekretärin erwartet uns.»

Colajanni mustert ihn im Rückspiegel: Der Polizist hat das Gesicht eines Seemanns, und in der Tat hat er kapiert, dass gerade nicht der Wind weht, den er sich vorgestellt hatte.

Aber auf See muss man sich nach dem Wind richten, der da weht.

Er lässt den Motor an, legt den Gang ein und fährt in Schrittgeschwindigkeit an der Litanei von Taxis entlang. Ein paar weitere Grüße per Hand, und schon sind sie eingetaucht in den Verkehr. Draußen ist Frühling, auch wenn das allenfalls eine Verlängerung des Sommers sein kann. Und das Licht, dieses Licht! Arcadipane schließt die Augen und hört auf, Pedrelli und Colajanni zu lauschen, die Konversation machen: die verkehrsberuhigten Zonen, die öffentlichen Verkehrsmittel, der Smog auch in Turin, das leidige Problem mit der Ausbesserung der Fahrbahndecke in jener Straße, in der Pedrelli seit dreißig Jahren eine honette, stabile und dekubitusgefährdete Ehe führt. Mit geschlossenen Augen lässt er zu, dass ihm dieses Licht durch die Lider, das Gesicht und in die Brust dringt, endlich die Klausur der untersten Knöpfe aufhebend, und berührt das, was darunter ist, über dessen Natur er nach der Nacht, von der er sich noch ein paar unerlaubte Gerüche bewahrt, immer weniger sicher ist und die ihn eher erschreckt.

31.

Auf einem Felsen sitzend, den er vor ein paar Jahren mit zwei Griffen und einem Sprung erklommen hätte, holt Bramard tief Luft und schaut auf die Absperrbänder, die noch immer das Rechteck umgeben, wo alles sich zugetragen hat. Sie bewegen sich kaum in einem schwachen Bergwind.

Es ist ihm oft passiert, dass er im Abstand von Wochen, Monaten und sogar Jahren an den Ort eines Verbrechens zurückgekehrt ist. In einigen Fällen waren das Abschnitte eines Bürgersteigs, über den in der Zwischenzeit Dutzende von Personen hinweggegangen waren, in anderen Fällen von neuen Mietern bewohnte Wohnungen, die das Opfer nicht kannten oder die es gekannt, aber sich bereits abgefunden hatten.

Die Vibration hielt an.

Keinerlei dunkle Anwesenheit. Kein Anzeichen von Schändlichkeit. Nur eine leichte Schwingung, die jemand, der nicht weiß, was an dem Ort geschehen ist, nicht zuordnen könnte. Die verspürt Bramard jetzt. Er steht auf und wirft einen letzten Blick auf die von platten Steinen gefleckte Wiese, deren blaugrüne Reflexe an Schlangenhaut erinnern: Ophiolite vulkanischen Ursprungs, aus der Zeit, als dieser Boden Meeresgrund war, dann aufgefaltet zum Meer des Kohlegesteins. Er ahnt, dass, wenn er damals zugegen gewesen wäre, wenn er eine Erinnerung an all das bewahren könnte, was diese Erde gewesen war, bevor der Mensch sie besiedelte, dann wüsste er auch, was Terenzio Fuci und Veronica Ladich zugestoßen war, die in all diesem Werden und Vergehen, diesem Zusammenschieben und Wiederauferstehen nichts weiter sind als ein jüngstes Kapitel. Beweis dafür ist, dass dieses Quadrat weiter gewachsen ist, die Steine weiter der Erosion ausgesetzt waren und die Alpen um den Bruchteil eines Millimeters höher geworden sind, als Resultat der Verschiebung tektonischer Platten einer achtzehntausend Jahre alten Eiszeit.

Vorsichtig steigt Bramard von dem Felsen. Er überquert die Wiese und geht in den Wald, wobei er zum See hinabsteigt, der sein Dunkel heute zu Blau gewechselt hat. Er möchte sich von Ludwigs Container und der Bewachung, der er ausgesetzt ist, fernhalten. Seitdem er nach dem Verhör entlassen wurde, ist der Mann fast immer zu Hause geblieben oder hat sich in der näheren Umgebung aufgehalten. Er hat die Rückgabe der Werkzeuge erbeten, die er zur Bearbeitung des Holzes braucht, und der Bitte wurde entsprochen. Einmal ist er ins Lebensmittelgeschäft hinuntergegangen, und einmal hat er in der Kurzwarenhandlung ein Paar Socken und ein Flanellhemd gekauft, womit er sich wahrscheinlich für den Winter rüstet. Bramard braucht nicht mit ihm zu reden, weil dieser Mann ihm präsent ist. Er führt ein Leben, das in gewisser Weise auch seines hätte sein können, wenn die Weichenstellung seinen Zug nicht in eine andere, aber nicht zu ferne Stadt umgelenkt hätte. In Ubacs Kopf war viel von dem seinen und umgekehrt. Viel, aber nicht alles. Auch dessen ist er sich gewiss. Und in dieser kleinen Abweichung nistet das, was Ludwig Ubac über den Tod von Terenzio Fuci, aber vor allem von Vera Ladich weiß und nicht sagt.

Bramard bleibt an einem Abhang stehen, von dem aus er den Gebirgsbach, der den Stausee speist, bis zum Talabschluss hinauf sehen kann, den Wald, der zurückweicht, um zunächst Wiesen, dann dem nackten Felsen die Gipfel zu überlassen. Mit dem Blick gleitet er darüber hin wie mit dem Finger über den Rücken einer Frau. Er erinnert sich an fast nichts mehr von Michelle, auch nicht an ihren Rücken, den er so sehr mochte. Zu spät, um sich zu fragen, warum sogar das, wofür man gelebt hat, dem Vergessen anheimfallen kann. Zu wenige die Sonnenuntergänge, die ihm noch bleiben, um auch nur einen zu versäumen bei dem Versuch, sie zu verstehen.

Dann ist es, als ob die Augen in diesem Meer von Bäumen eine Unvollkommenheit entdeckten, eine dieser winzigen Narben, die die Echtheit einer Haut ausmachen. Er sieht genauer hin, schätzt rund fünfhundert Meter von dort aus, wo er ist, und geht los, sich auf gleicher Höhe haltend.

Er kommt zu Mittag an, und eine weitere halbe Stunde braucht er, um den Punkt zu finden, von wo aus diese anomale Neigung der Baumstämme besser sichtbar ist. Wenige Grad nur, aber eine Linie teilt den Wald und durchschneidet klar den Berghang. Unterhalb dieser Linie neigen sich die älteren Bäume in Richtung Tal, oder ihre Stämme haben sich der Schwerkraft nachgebend gebogen.

Den Blick auf den Boden geheftet, geht er seinen Weg zurück, bis er sie findet, in einigen Abschnitten klar erkennbar, anderswo von Gras überwachsen: eine Spalte, die Abbruchkante einer Lawine, die die Vegetation fast völlig überdeckt und die nachrutschende obere Platte zum Teil geschlossen hat. Aber die Narbe bleibt, in der Erde und im Gedächtnis der Bäume.

Er geht zum See hinunter, wo er zwanzig Minuten später ankommt. Ein Weg führt um ihn herum, den einige zum Panoramaweg hätten machen wollen, aber es ist klar, dass er mittlerweile nur wenig begangen wird. Er dreht sich um und schaut auf den Hang, den er eben heruntergekommen ist, den Wald, die Wiese, von der er ausgegangen ist: gut sichtbar der Felsen, auf den er gestiegen ist, von den Absperrbändern könnte er nicht sagen, ob man sie sieht oder ob er das nur glaubt, weil er weiß, dass sie dort sind.

Er geht am See entlang, auf dem man die Fische springen sieht, wenn sie nach Insekten schnappen, und als er die Höhe des Damms erreicht, lässt er das Drehkreuz hinter sich, das den Durchlass für alles, was nicht zu Fuß geht, verhindert. Schwer vorstellbar, dass ein Auto bis dorthin gelangen sollte, aber die Breite würde die Durchfahrt eines Kleinwagens erlauben. Vermutlich eine Vorsichtsmaßnahme, um die Zufahrt für die Wartungsfahrzeuge zu ermöglichen.

Als er die Mitte des Weges erreicht, beugt er sich zum Wasser, das etwa fünfzehn Meter tiefer still gegen die Deichmauer drückt, dann zur anderen Seite, wo die Mauer hingegen zweiundneunzig Meter hinabfällt, bevor sie auf die Stufen und den bescheidenen Bach trifft, der Clot etwas von diesem Wasser bringt. Das Dorf lugt sein paar Kilometer weiter unten hervor, die Kirche bewacht es von oben, wie ein einzelner Schuh.

Auf der anderen Seite der Deichkrone angekommen, nimmt er den Weg, der das Tal entlang zwischen Sträuchern und Erlen hinabführt bis zu dem Entlastungsstollen, wo Arcadipane und Pedrelli ihm die Gedenktafel für den Ingenieur und seine Frau gezeigt haben. Er steht und betrachtet sie, als er jemanden kommen hört. Es ist einer der Alten aus dem Dorf, er hat ihn schon einmal gesehen, auch wenn er sich nicht erinnert, wo. Er hat eine Hippe in der Hand und kommt gebeugt mit winzigen Schritten herauf. Er könnte neunzig Jahre alt sein, aber wie alle hier sieht er jünger aus.

«Buongiorno.»

«Bon matin», antwortet der Mann.

Bramard wartet ab, um zu sehen, ob er die Absicht hat, stehen zu bleiben. Er hat nicht die Absicht.

«Ich wollte Euch eine Sache fragen, die Ihr vom Ort seid.»

Der Mann geht weiter, ohne sich um ihn zu kümmern, aber er kratzt sich am Ohr, als wollte er seine Bereitschaft anzeigen. Das Ohr erinnert an einen Blumenkohl, wie das vieler alter Männer im Ort. Dagegen tragen weder der Bürgermeister noch Ottavio Claro Spuren dieser Verletzung des Knorpels.

«Auf der anderen Seite unterhalb von Gias Vej habe ich eine Einkerbung gefunden.»

Der Alte weiß offenbar nicht, was eine Einkerbung ist, und kann nicht so tun, als ob.

«Einen Spalt», Bramard zeichnet mit der Hand einen horizontalen Riss, «als ob der Berg angefangen hätte abzurutschen.»

«Die *Putèlo*», sagt der Alte, der weder Bramards Hand noch das, worauf sie sich bezieht, angesehen hat. «Mein Großvater sagte, sie war immer da, aber sie rührt sich nicht.»

«Also ist es ein sehr alter Erdrutsch.»

Der Mann antwortet nicht.

«Gehen Sie Holz holen? Kann ich Ihnen helfen?»

«Nur ein bisschen Erlenholz, um Sucho zu machen, das lohnt sich nicht.»

Bramard könnte etwas sagen oder nicht, der Alte ist schon fort.

32.

«Seid ihr sicher, dass ihr noch jemanden antrefft? Es ist fast sechs Uhr.»

«Wir haben mit dem Direktor gesprochen», sagt Arcadipane, ohne den Blick vom Handy zu wenden.

Jetzt sitzt er vorn, Pedrelli hinten, um auf das Gepäck aufzupassen. Seitdem sie die Umgehungsstraße verlassen haben, hat der BMW sich schnell von Wohnblocks und Autosalons frei gemacht, um die wenig befahrene Straße einzuschlagen, auf der sie nun unterwegs sind. Ringsum Häuserblocks, aber auch erste Ausläufer von Feldern.

«Ihr müsst es ja wissen», schließt Colajanni.

Arcadipane erwidert nichts. Er versucht, Pedrelli im Seitenspiegel zu erkennen, und mit einem schrägen Blick sieht er, dass er das Kinn auf die Brust hat sinken lassen, die Hände gefaltet. Er schläft. Sie sind um vier Uhr aufgestanden, zurück nach Turin, fünf Stunden Zugfahrt, Colajanni, einmal pinkeln in einer Bar, der Wagen mit laufendem Motor auf sie wartend, und dann in die Via Babuino, wo Signorina Brocani sie im Hauseingang empfing.

Arcadipane denkt an die Büros der Veronica Film, die sie vor einer halben Stunde verlassen haben, im Erdgeschoss eines prachtvollen Palazzos aus dem siebzehnten Jahrhundert. Im Inneren eine Handvoll Räume, mehr im Stil eines Konsulats als einer Filmproduktionsfirma: antike Schreibtische, kostbare Möbel, Teppiche und Lampen, wovon eine die gesamte Beleuchtungsabteilung von Ikea ersetzen würde, hohe, mit Fresken ausgemalte Decken. Wäre die Veronica Film in Turin, wären diese Lampen eingeschaltet, wohingegen hier das natürliche Licht auch Ende Oktober und im Erdgeschoss großzügig flutete und die dunklen Möbel, den muffigen Geruch der Teppiche, die apokalyptischen Vorhänge, die Hässlichkeit der beiden Mädchen, die Arcadipane vorbeigehen sah, und des voluminösen Mannes, der sich in einem Flur mit Pads einen Kaffee bereitete und die noch schlimmer war, aufwog. Sicher hat auch das Licht seine Grenzen, hatte er gedacht, während Signorina Brocani in ihrem Kostüm sie in dem Raum Platz nehmen ließ, der wahrscheinlich das Büro von Terenzio Fuci gewesen war.

«Das ist das Büro des Dottore», hatte sie in der Tat gesagt. Im Übrigen konnte in diesem Fall nicht die Rede von Hässlichkeit sein: Die Brocani hatte nicht die für hässliche Menschen typischen verschobenen Proportionen, Arcadipane kannte sich da aus. Die Haare waren sorgfältig gekämmt und in einer dem Alter entsprechenden Farbe, die Haut am Hals war noch straff, und diese Zähne mussten sich einst auch zu einem Lächeln haben entblößen können, wenn auch nur einem förmlichen. Eine Frau von vielleicht fünfundsechzig Jahren, eine Handbreit größer als Arcadipane, die sich auch ohne körperliche Aktivität ihre schlanke Linie bewahrt hatte. Eine Frage der Gene.

Es war nicht das, was die Frau war oder sagte. Die Themen waren alle da: die Bestürzung über den Tod des Dottor Fuci, die Sorge um die Signora, die durchwachten Nächte in Erwartung eines Anrufs, die Gewalt, die sie alle sich antun mussten, um jeden Morgen zur Arbeit zu kommen und die Projekte voranzubringen, aber Dottor Fuci hätte das bestimmt so gewollt. Die Verwirrung, die Fragen, die sie sich auf den Fluren zuerst laut, mittlerweile nur noch mit Blicken stellten. Die quälende Vorstellung, dass ihr ein Detail entgangen sein könnte, etwas, was nützlich sein konnte, um zu verstehen, um die Signora wiederzufinden. Entgangen ausgerechnet ihr, die mit sechzehn zur Veronica Film gekommen war, mit einem Diplom als Maschinenschreiberin. Sie, die sie seit fünfzig Jahren bei Signor Fuci und der Signora war!

Alles richtig, sicherlich auch wahr, aber Leid, Hoffnung, Zweifel und Sexualität haben mit dem Warmen und dem Schmutzigen zu tun, während Signorina Brocani immer das Saubere bevorzugt hatte. Es gibt solche Menschen. Sie wählen den Schatten nicht wegen einer Vorherbestimmung zum Bösen, sondern weil Licht bleich und alt macht. Es spendet Leben, aber indessen nimmt es sich dieses auch zurück. Es setzt die Zeiger der Uhr in Gang.

Sie war der Unterhaltung präzise und pünktlich gefolgt.

Auf der anderen Seite war Arcadipane hier, um sich ein paar detailliertere Informationen zu besorgen, und das rasch. Das Privatleben des Paars konnte man nur als zurückgezogen definieren: Dottor Fuci stets herzlich, Vera reserviert (hatte er das schon gehört?), wenige Freunde, ab und zu Wochenenden auf Procida oder in ihrer Villa am Braccianer See, Kino, Theater, die Konzertsaison und die wenigen Veranstaltungen beim Erscheinen der von ihnen produzierten Filme, an denen meistens nur Signor Fuci teilnahm.

Apropos die Veronica Film: eine Produktionsfirma fernab vom Glamour der Sechziger- und Siebzigerjahre, als sie mit den Streifen mit Vera als Protagonistin den Kurs des italienischen Kinos, und nicht nur des italienischen, bestimmte, jedenfalls ein gesundes und angesehenes Unternehmen, das sich heute auf die Produktion von Dokumentarfilmen verlegt hat, vor allem für die Fernsehprogramme des Vatikans.

Die Standardfragen, auf die Signorina Brocani schon während ihres Telefonkontakts geantwortet hatte: die Reservierung des Hotels in Clot, die Tatsache, dass sie im Dunkeln war über den Grund dieser Reise; nein, vom Kauf der Grabstellen auf dem Friedhof wusste sie nichts; ja, natürlich kannte sie die Umstände, unter denen Dottor Fuci und Vera sich begegnet waren; ja, sie war es, die Vera jeden Donnerstag zum Besuch bei ihrem Bruder begleitete; ja, für Signora Ladich war es ein großes Leid, ihn vor vier Monaten zu verlieren, aber es war auch wahr, dass Aldo sich schon seit geraumer Zeit von der Welt zurückgezogen hatte. Daraufhin hatte sie sie wieder zur Haustür begleitet, wo Colajanni auf sie wartete und mit seinem Handy herumspielte.

Arcadipane streckt die Beine aus, was auf dieser Autofahrt das ist, was der Erholung noch am nächsten kommt. Tatsache ist, dass von dem Treffen mit Signorina Brocani auch jetzt, da er es im Geist noch einmal durchgegangen ist, recht wenig in den Maschen des Netzes zurückbleibt. Das war der erste Grund, weswegen sie nach Rom gekommen sind. Bleibt nur auf die Begegnung zu hoffen, zu der sie unterwegs sind, was die zweite ist.

«Wir sind gleich da», sagt Colajanni, als hätte er seine Gedanken gelesen.

Während sämtlicher Autofahrten hat Arcadipane gesehen, wie er mit nur einem Daumen lange Nachrichten ins Handy tippt, die andere Hand fest am Lenkrad verankert und die Augen flink wie ein Wiesel von der Straße zum Display und wieder zurück.

«In welchem Viertel sind wir hier?»

«Marcigliara. Das Naturschutzgebiet ist genau hier. Da gibt es wahrhaft paradiesische Flecken.»

Arcadipane denkt, dass «paradiesische Flecken» ein Ausdruck ist, den nur diejenigen verwenden können, die spitze Schuhe anziehen und die Haare auf eine bestimmte Weise nach hinten frisieren. Pedrelli ist aufgewacht, hat aber noch keinen Ton gesagt. Der Wagen fährt auf einer Landstraße, die entweder auf das Gemäuer einer teilweise eingestürzten Kirche oder auf einen Bauernhof im Hintergrund zuläuft, der sich, je näher sie kommen, immer mehr als eine Villa entpuppt.

«Straßenschilder kennen die hier nicht, hm?»

«Wo kommen wir denn dahin?» Colajanni kratzt sich mit einem Fingernagel einen Schneidezahn. «Diese Villa zeigt nicht einmal das Navi an. Ich habe mich nicht verfahren, weil drei Kilometer entfernt eine Osteria ist, die ich kenne».

Der BMW biegt in den Feldweg ein und fährt den Hügel hinauf, auf dem die Villa Greppi steht, umgeben von einem Park, der seinem natürlichen Wachstum überlassen ist, wie die Wipfel der über die Einfassungsmauer hinausragenden Bäume bezeugen.

Vor dem Tor bleiben sie stehen. Colajanni lässt das Fenster herunter, das er den ganzen Tag über ein paar Fingerbreit offen gelassen hat, und hupt, dann dreht er sich um und fragt, was er sagen soll.

«Sag Arcadipane.»

Als man auf der anderen Seite auf sie zukommt, tut er das, und das Gittertor öffnet sich.

Die Villa erscheint und verschwindet hinter den Bäumen, die nach und nach weniger werden und ein zweistöckiges Gebäude aus dem achtzehnten Jahrhundert freigeben, in späteren Zeiten vielleicht noch mal verändert, in U-Form und mit Türmchen an der Rückseite.

Eine Krankenschwester in aquamarinblauer Uniform und weißen Schnürschuhen erwartet sie. Vor dem Eingang stehen keine weiteren Autos, Zeichen dafür, dass das Personal hinten hinaus einen eigenen Parkplatz hat. Die Frau ist um die fünfundzwanzig, Asiatin, glänzendes Haar, mager, aber mit Formen, was erklärt, warum Colajanni, der nicht mit ausgestiegen war, um die Brocani kennenzulernen, jetzt hingegen den Wagen verlässt, sich vorstellt und ihnen nachschaut, den Hintern auf die Kühlerhaube und einen Fuß auf die Stoßstange gestützt, wie sie die Treppe hinaufsteigen, bis zur letzten Stufe.

«Der Direktor erwartet Sie im Salon», sagt die junge Frau, als sie die Tür durchschritten haben.

Abgesehen von ihrer Uniform ist da nichts, was verraten

würde, wo sie sind: keine Rollstühle, Infusionen, Rollatoren und kein Geruch nach Gemüsesuppe. Was bestätigt, dass für Reiche auch nicht die Geisteskrankheit oder das Alter die wahren Gleichmacher sind.

Sie werden in einen Raum geführt, wo Arcadipane nicht erst aufschaut, so sehr hat er genug von Fresken. Und dann fühlt er die Kleider am Leib kleben, den Nacken verspannt und die Müdigkeit im unteren Rücken pochen. Er weiß allerdings, dass dies ein Moment ist, der die Reise lohnen könnte, also … Auch Pedrelli scheint nicht groß in Form, da der Marmorboden dieselbe Farbe hat wie sein Gesicht. Abgesehen vom frühen Aufstehen, dem Essen außerhalb seiner Ernährungsgewohnheiten und der für beide eingeschränkten Möglichkeit des Wasserlassens, muss man in seinem Fall auch die Veränderung des Breitengrads in Richtung Äquator berücksichtigen: Einen Piemontesen ohne Vorsichtsmaßnahmen nach Süden zu versetzen, ist, wie ihn auf einem Fest allein zu lassen, wo er, wie er feststellt, den Gastgeber nicht kennt.

Im Salon stehen acht runde Tische, nicht groß, jeder mit zwei Stühlen. Auf allen Tischen Damasttischdecken, was an ein Buraco-Turnier auf höchstem Niveau denken lässt. Der Direktor kommt herein. Er ist nicht älter als fünfundvierzig, hat aber viele Stunden Tennis auf dem Buckel. Trotz der Bräune und der Tennisspielerfrisur lässt etwas an ihm an ein leichtes, tief verwurzeltes physisches Leiden denken.

«Willkommen», begrüßt er sie mit einem Lächeln. «Ich dachte mir, Sie im Spielsaal zu empfangen, ist weniger formal als im Büro.»

«Gut», antwortet Arcadipane. «Ich nehme an, Sie wissen, warum wir hier sind.»

«Gewiss», und er lehnt die Hüfte in wirklich zwangloser Manier an einen der Tische. «Ich habe Lupita rufen lassen, aber ich stehe in jeder Hinsicht vollständig zu Ihrer Verfügung. Wie Sie sich denken können, ist in der Stadt von nichts anderem die Rede. Dottor Fuci kannten wir alle, und Signora Ladich erst: Was in den Zeitungen geschieht, beweist, dass jemand auch für Jahrzehnte aus der Welt verschwinden kann, aber wenn er so viel gesät hat … Für uns waren die beiden wie Familienangehörige. Ich leite die Villa Greppi seit 2000, aber als Aldo kam, war mein Vater der Verwalter. Dies um zu sagen, dass unsere Gäste für uns sind wie Verwandte. Stellen Sie sich vor, wir haben die Herzogin bei uns, die hier ist, seitdem sie neunzehn war, und jetzt ist sie sechsundneunzig.»

Arcadipane versucht, ein erstauntes, kein bestürztes Gesicht zu machen, bemerkt aber am Direktor eine Anspannung der Kinnlade. Was geschieht, wenn das Messer des rhetorischen Schwungs auf ein Stück Butter stößt, das aus dem Gefrierfach kommt.

«Wie viele Patienten haben Sie?»

«Acht Gäste», korrigiert er sofort. «Im Moment sieben. Nachdem Aldo von uns gegangen ist, ist einer der Plätze frei, aber wir ziehen es vor, sorgfältig auszuwählen. Zum Glück haben wir eine sehr lange Warteliste.»

«Die Kosten liegen hoch, nehme ich an, darf ich fragen, wie hoch?»

«Wenn Sie mich das im Rahmen Ihrer Ermittlungen fragen, bin ich, glaube ich, gehalten zu antworten.

«Nein, das war bloße Neugier von mir. Aber Sie haben schon geantwortet.»

Pedrelli ist an eine der großen Fenstertüren getreten, die auf die Terrasse gehen. Jenseits der steinernen Brüstung liegt das letzte Licht auf den Feldern und Hügeln, ein paar Villen in der Ferne und eine diagonale Linie von Zypressen, unter denen eine Straße entlangführt. Man würde sagen, Pedrelli könne die Augen nicht von all dieser Sanftheit wenden, aber vielleicht fixiert er ja nur einen Fliegenschiss auf der Fensterscheibe.

«Kann ich Ihnen etwas anbieten, während wir auf Lupita warten?»

«Nein danke. Signorina Brocani hat mir gesagt, die Besuche der Signora Ladich wären sehr regelmäßig gewesen.»

«Äußerst regelmäßig. Dass sie einen Donnerstag ausgelassen hätte, ist nicht vorgekommen, seit ich hier bin. Gewöhnlich kam sie morgens gegen neun und kehrte am Spätnachmittag nach Rom zurück.»

«Also aßen Signorina Brocani, Vera Ladich und der Bruder zusammen zu Mittag?»

«Nur Schwester und Bruder. Signorina Brocani und der Chauffeur waren … unabhängig. Wir haben sehr viel Platz für die Angehörigen unserer Gäste. Auf Wunsch gibt es auch Appartements.»

«Vera Ladich hat sie nie benutzt? Ist sie nie über Nacht dageblieben?»

«Nicht dass ich wüsste.»

«Ist sie auch nie allein gekommen, ohne die Brocani?»

«Personen dieses Bekanntheitsgrads können sich nur schwer allein bewegen, vor allem in Rom. Das ist der Preis des Erfolgs.»

«Ich nehme an, Sie haben viele Gäste, die aus diesen Kreisen kommen.»

«Bei Schwierigkeiten eines Familienangehörigen oder der Person selbst kann die Bekanntheit eine Verschlimmerung des Leidens bedeuten. Das einzige Gegenmittel ist da Diskretion, und Diskretion ist eines unserer Gebote.»

Dieser Unterhaltung mit einem Prospekt überdrüssig, schaut Arcadipane Pedrelli an, in der Hoffnung, ihn zu reaktivieren, aber sein Vize widmet sich nach wie vor mehr dem Draußen als dem Drinnen. In dem Moment öffnet sich eine Tür, nicht die, durch die sie gekommen sind, und auch nicht die, die den Direktor eingelassen hat. Eine Frau, die Lupita Lozano sein könnte, steckt ihre Nase herein.

«Komm, Lupita», bestätigt der Direktor die Vermutung.

Die Frau, die ganz so aussieht, als wäre sie zweiundvierzig Jahre alt, Mexikanerin und Krankenschwester, wie Isa gesagt hatte, tut ein paar nicht eben unbefangene Schritte in ihrer aquamarinen Uniform, dann kehrt sie um, als hätte sie es sich anders überlegt, schließt die Tür, die sie angelehnt gelassen hatte, und geht zum Direktor. Außer Pedrelli ist auch die Sonne endgültig untergegangen, der Lüster im Saal geht an, ohne dass jemand einen Schalter betätigt hätte. Dasselbe scheint mit Pedrelli zu geschehen, der sich umdreht.

«Sind Sie Lupita Lozano?», fragt Arcadipane.

«Ja», antwortet die Frau mit einer Stimme, die ein leiser Windhauch forttragen könnte. Sie ist so groß wie Arcadipane, das Gesicht eines kräftigen Mädchens und die Demut derer in den Augen, die Mühe wenig verspüren.

«Guten Abend, wir möchten Ihnen ein paar Fragen stellen. Herr Direktor, Sie erlauben doch?»

«Sicher. Ich war nur hier, um Sie vorzustellen. Lupita, das ist Commissario Arcadipane und …»

«Pedrelli.»

«Agente Pedrelli. Eine Verpflichtung verlangt meine Anwesenheit in der Stadt, aber Sie können mich rufen, wann immer Sie es für nötig halten. Betrachten Sie Villa Greppi und meine Person als Freunde der Familie Fuci und vollauf zu Ihrer Verfügung.»

«Sicher, sicher», sagt Arcadipane, «gehen Sie nur.»

Der Mann gibt Lupita Lozano einen sportlichen Händedruck, eine Sache wie unter Mannschaftskollegen, die sich Mut machen, und geht.

«Sehr herzlich, Ihr Chef.»

Lupita nickt, den Blick nicht gesenkt, aber auch nicht direkt in die Augen schauend.

«Waren Sie die Krankenschwester von Aldo Mattalia?»

Die Frau nimmt eine merkwürdige Haltung ein, wie auf das Kommando «Rührt euch», einen Fuß vorgesetzt und die Hände auf dem Rücken. Eine Positur, vielleicht Frucht der Arbeit, die sie viele Stunden auf den Beinen hält, wer weiß.

«Wir sind nicht fest zugeteilt», sagt sie, «wir arbeiten nach dem Rotationsprinzip mit allen Gästen. Das ist eine Art, Gemeinschaft herzustellen, aber es stimmt, dass zu Aldo eine besonders enge Verbindung bestand, jeder Gast hat seine Vorlieben, und auch wir ...»

Die Frau spricht ein Italienisch, das Arcadipane mit seinem zu vergleichen sich schämen würde. Mehr als den spanischen hört man auch ein wenig den deutschen Akzent durch, Anzeichen dafür, dass die wenigen in Deutschland verbrachten Jahre ihre Art zu sprechen und also auch zu denken geformt haben. Das sollte man präsent halten, notiert er sich.

«Kompliment für Ihr Italienisch. Haben Sie es studiert?»

«Ich bin seit 1998 in Rom und habe meinen Abschluss hier in Italien gemacht. Das war eine Voraussetzung, um die Stelle in der Villa Greppi zu bekommen.»

«Darf ich fragen, warum Sie Deutschland verlassen haben?»

«Ich habe einen Italiener aus Rom kennengelernt. Jetzt bin ich getrennt und habe zwei Kinder.»

«Ich auch», sagt Arcadipane nickend und fragt sich sofort, was zum Teufel er da redet. Die Müdigkeit, die Zugfahrt, die schlaflose Nacht mit Ariel, gut und schön, aber ... Und Pedrelli könnte ihm doch in einer schwierigen Lage auch etwas unter die Arme greifen ... Dabei muss man noch froh sein, wenn der sich auf den Beinen hält! Piemontesen können ihre Angel wirklich nur in ihrem eigenen Fischteich auswerfen, ist doch wahr, sonst ... «Commissario», ruft sein Vize ihn zurück.

«Ja, ja, ich war in Gedanken», er fährt sich mit einer Hand übers Kinn, um die Sache glaubwürdig zu machen. «Was sagen Sie mir über Aldo Mattalia? Was für ein Typ war er?»

«Ein sehr guter Mensch, fügsam.»

«Das ist aber kein Ort für gute, fügsame Menschen und basta, sonst müsstet ihr den Park mit Zelten füllen, oder täusche ich mich?»

Die Frau schaut in Richtung Fenster, als ob die Bedrohung

durch die Vorhänge etwas Reales an sich hätte. Ihr Blick trifft auf den Pedrellis, der ihr den Fluchtweg versperrt. Also lenkt sie ihn auf einen der acht Tische, den nächsten.

«Ich weiß nicht», sagt sie. «Ich habe ihn als alten Menschen kennengelernt. Kann sein, dass er als junger Mann anders war. Er sprach wenig, war eingeschlossen in seiner eigenen Welt. Manche Menschen kommen hierher, weil es draußen schwierig für sie ist. Sie sind nicht krank.»

«Er hatte jedoch eine Diagnose: Autismus dritten Grades, schwere Defizite in der sozialen Kommunikation, eingeschränkte und repetitive Verhaltensweisen, extreme Schwierigkeiten, Veränderungen anzunehmen …»

«Ja», sagt Lupita Lozano, aber Arcadipane denkt, dass alle diese Störungen, wenn auch in abgeschwächter Form, in der Tat auch er … Dann bemerkt er, dass Pedrelli ein paar Schritte gemacht hat, und kehrt in die Gegenwart zurück.

«Kennen Sie eine Frau namens Masimine Orusa?»

Diesmal hält Lupita Lozano seinem Blick stand. Schwer zu sagen, ob wegen der Merkwürdigkeit der Frage oder aus dem Bedürfnis, gut nachzudenken, bevor sie antwortet.

«Nein, die kenne ich nicht.»

«Haben Sie nie einen Brief von ihr bekommen?»

«Nein.»

«Ich frage Sie das, weil wir in ihrer Wohnung den Einlieferungsschein eines Einschreibens gefunden haben, das an Sie unter Ihrer Adresse in Rom geschickt wurde.»

«Es tut mir leid, ich weiß nicht, wer diese Frau ist.»

«Vera Ladich hingegen kannten Sie, stelle ich mir vor.»

«Sicher.»

«Sie waren Freundinnen.»

Zum ersten Mal lächelt Lupita Lozano, aber das ist wegen der Absurdität der Behauptung. Sie eine Freundin von Vera Ladich! Wenn Arcadipane Anwalt wäre, würde er die Frage zurückziehen wollen. Aber wenn es nun mal so ist …

«Wie würden Sie die Beziehung zwischen Signora Ladich und ihrem Bruder definieren?»

«Ausgezeichnet.»

«Da mussten Sie nicht lange überlegen.»

«Ich habe selbst einen Bruder, und ich habe keine solche Beziehung zu ihm.»

«Ich glaube allerdings, dass Sie Ihren Bruder nicht für fünfzig Jahre in ein Heim gegeben haben.»

«Nein, aber er lebt in England.»

Arcadipane fragt sich, ob das ein linguistisches Problem oder Ironie ist. Er sieht zu Pedrelli, der lächelt. Merkwürdig, dieser Mann.

«Gut», schließt Arcadipane. «Ich hätte es lieber gesehen, wenn Sie gesagt hätten, dass Sie Masimine Orusa kennen, aber Sie waren trotzdem sehr freundlich. Wir stehlen Ihnen nicht weiter Ihre Zeit.»

«Buonasera», sagt Pedrelli.

«Buonasera», sagt Lupita Lozano. Dann dreht sie sich um und geht mit sichereren Schritten, als sie gekommen war, zur Tür.

«Signora Lozano», hält Arcadipane sie zurück.

Sie bleibt stehen, den Körper schon halb über der Schwelle.

«Werden die Gäste hier wirklich so gut behandelt?»

Lupita lächelt. Neben dem antiken Lack des Türblatts entfalten ihre Haare ihren vollen schwarzen Glanz.

«Die hier drin sind», sagt sie, «oder ihre Verwandten könnten durch einen Telefonanruf in zwei Stunden Villa Greppi kaufen.»

«Eine klare Auskunft.»

«Buonasera», sagt Pedrelli noch einmal.

«Buonasera», und Lupita Lozano verschwindet hinter der Tür.

So, das war's. Sechsunddreißig Stunden kein Auge zugetan, und das ist das Ergebnis.

33.

Nachdem er vom Staudamm zurückgekehrt war, hat er sich eine Stunde lang ausgeruht oder es zumindest versucht, hat ein paar Kapitel des Fortsetzungsromans gelesen und ist dann den Rest des Nachmittags im Dorf herumgegangen, in der Hoffnung, jemandem zu begegnen. Die Ausbeute war gering: zwei Frauen, die den Lebensmittelladen, der auch als Tabakkiosk dient, aber nur drei Zigarettenmarken und eine Tabakmarke im Angebot hat, betreten und wieder verlassen haben; ein alter Mann, der schnell wieder verschwunden war; der ein oder andere Blick aus einem Fenster. Außerdem der Bürgermeister, der mit dem Auto gekommen und wieder gefahren ist, die Journalisten, die ihre Zelte abgebrochen haben, weil die Redaktionen sparen müssen und sie zur Ordnung gerufen haben, und Signora Lunel, mit der er ein paar unverbindliche Worte gewechselt hat.

Er hat Elena angerufen, die nicht zu einem Gespräch aufgelegt war. Also hat er sie gebeten, ihm Ani zu geben, mit der er dann über die widersprüchlichen Antworten auf eine Multiple-Choice-Aufgabe gesprochen hat, die sie bei einer Prüfung über die Figur des italienischen Intellektuellen im frühen Mittelalter lösen musste, es war eine Eins minus geworden. Matei war im Fußballtraining, und wenn am Telefon alle beide maulfaul sind, lässt man es ohnehin besser bleiben. Er hat Martina angerufen, derzeit nicht erreichbar. Er hat Arcadipane angerufen, keine Antwort.

Jetzt ist es Viertel nach sieben, aber er hat keine Lust, ins Hotel zurückzugehen, wo er zum Abendessen schon Hühnerbrust und Agnolottini in brodo bestellt hat. Ihm bleibt nur eine Alternative zum Abendessen: *L'histoire d'une jeune femme pas du tout désolée* zu Ende zu lesen und dann das Licht auszumachen, doch zum Glück sieht er in diesem Moment, wie sie einparkt, aussteigt und, in der Hand eine Supermarkttüte, auf die Bank vor dem Rathaus zukommt, auf der er sitzt.

«Bist du verrückt geworden?», fragt Isa.

«Der heutige Tag hätte in der Tat diesen Effekt haben können.»

Sie betrachtet ihn unentschlossen, stellt dann die Tüte ab, setzt sich auf den freien Platz auf der Bank und lehnt sich mit dem Rücken an die Wand.

«Gitanes Maïs», sagt er und nimmt damit ihre Frage vorweg. «Die habe ich seit Jahren nirgendwo mehr bekommen.»

«Und wo hast du sie jetzt aufgetrieben?»

«Dreimal darfst du raten», antwortet er und deutet mit einem Kopfnicken auf die andere Seite des Platzes, wo die beiden Geschäfte liegen, die inzwischen geschlossen sind. «Und wie war's bei dir?»

«Wie soll's schon gewesen sein … erst Wellness, dann Kosmetikerin, dann Friseur, und dann ein Aperitif, bei dem ich einen Typen kennengelernt habe, mit dem ich danach stundenlang in seiner Dachterrassenwohnung gevögelt habe, von der aus man über ganz Cuneo sieht, bis er mir bei der dritten Flasche Champagner angeboten hat, mich zu heiraten und dem Kind sein Immobilienimperium zu überschreiben.»

«Hast du alles bekommen?»

«In der Tüte sind die beiden Aufsätze und die Kopien von diesem dämlichen alten Dokument, auf die ich in dieser beschissenen Bibliothek ewig lange warten musste, angeblich, weil sie sie nicht gefunden haben, obwohl völlig klar war, dass sie sie noch gar nicht gemacht hatten. In der schwarzen Tasche hier ist ein alter Laptop von mir, da sind die Filme von Vera Ladich drauf. Nur mit Corrado Dao, dem Grundschullehrer, hat es nicht geklappt. Ich war bei ihm, er ist auf den Balkon gekommen, ich hab ihm erklärt, worum es geht, aber er meinte, er ist zu alt, um ins Dorf zu kommen, und was er über die Fresken weiß, steht alles in seinem Buch.»

«Ist er denn wirklich so alt?»

«Na ja, er ist sechsundachtzig, jung ist er nicht mehr. Und du? Abgesehen davon, dass du versuchst, dich mit diesen Zigaretten umzubringen?»

«Ich drehe die Karten, die wir haben, wieder und wieder um und habe noch immer kein klares Bild. Oder zu viele Bilder, aber sie passen hinten und vorne nicht zusammen.»

«Dann hoffen wir mal, dass unsere beiden Bersaglieri bei der Porta Pia den Durchbruch schaffen.»

Bramard raucht. Isa reibt mit dem Absatz ihres einen Springerstiefels über die Spitze des anderen. Der Platz ist schon in der Dunkelheit versunken. Nur im Hotel und hinter ein paar Fenstern brennt noch Licht.

«Hast du es vor?»

«Was?»

«Denn wenn du es vorhast, dann lass uns das jetzt klären, wo uns niemand sieht.»

Bramard streckt eine Hand aus und legt sie auf Isas Bauch. Er schließt die Augen und raucht weiter.

«Hast du den Löffel dann schon abgegeben, wenn es auf die Welt kommt, oder willst du es wenigstens noch ein paar Jahre lang aufwachsen sehen?»

«Ich glaube, das ist nicht allein meine Entscheidung.»

«Warum? Angela und ich sind uns einig. Wir werden es ihm nicht sagen, aber wenn du willst, kannst du es jederzeit sehen. Oder ich schick dir Fotos. Das ist dann zwar ein bisschen so, als wäre es im Gefängnis, aber wenn dir das lieber ist …»

«Ich meinte das andere. Den Löffel.»

«Ach so. Das ist deine Sache. Also, ich ess jetzt was und geh dann ins Bett. Morgen fahr ich zeitig los. Gibt's in den nächsten Tagen irgendwas zu tun?»

Langsam nimmt Bramard die Hand von Isas Bauch, holt den Umschlag aus der Jackentasche und gibt ihn ihr.

«Hast du Zeit, dir diese Eintrittskarten anzuschauen? Die haben wir bei Ludwig gefunden. Ich weiß nicht, ob sich feststellen lässt, von wann und wo sie stammen, aber ich glaube, wenn jemand das herausfinden kann, dann du.»

«Mein lieber Mann, das sind aber große Gefälligkeiten», sagt Isa und lässt den Umschlag mit den Abrissen in ihrer Lederjacke verschwinden. «Offenkundig hat dir der Schnösel aus Cuneo, der mich zur Königin seines Immobilienimperiums machen will, ganz schön Feuer unterm Hintern gemacht. Sonst noch was?»

«Eine Sache gibt es noch, aber ich weiß nicht, ob ich dich darum bitten kann.»

«Was soll das denn heißen? Du holst dir auf dem Sterbebett zum letzten Mal einen runter, spendest mir dein Sperma, und jetzt kriegst du Schiss?»

Er lässt den Kopf weiter an die Wand gelehnt, sieht aber zu Isa hinüber.

«Ich hatte mich schon gefragt, wo du abgeblieben bist.»

«Das kannst du dich fragen, bis du schwarz wirst; die Erziehung von dem Kleinen ist meine Sache. Ich hab im Internet schon Springerstiefel Größe 18 gekauft. Also was gibt's noch?»

«Bevor die Claros, die Inhaber des Hotels, ihre Tochter adoptiert haben, hatten sie einen Sohn. Ich glaube, er ist kurz nach der Geburt gestorben. Wenn das, wie ich vermute, im Krankenhaus passiert ist, würde mich interessieren, woran er gestorben ist.»

Jetzt erwidert Isa seinen Blick.

«Und *ich* hab mich gefragt, wo *du* abgeblieben bist, verdammt.»

«Entschuldige. Du hast recht.»

«Herrgott noch mal …» Isa steckt die Hände in die Taschen. «Das ideale Thema, wenn am nächsten Tag ein Ultraschall ansteht.»

Marta Claro öffnet ein Küchenfenster und schüttelt einen Putzlappen aus, von dem ein paar Brösel herabfallen. Kaum hat sie das Fenster wieder geschlossen, ist aus der Dunkelheit schon ein Spatz aufgetaucht und hüpft in dem Rechteck herum, das das Licht aus der Küche auf den Boden wirft.

«Lässt du mich mal ziehen, bevor du sie fertig geraucht hast?», fragt Isa.

«Bist du verrückt? Wenn ich dieses Zeug rauche, solltest du nicht mal neben mir stehen.»

«Klar doch», sagt Isa, steht auf und streckt sich. «Hätte ich mir denken können.»

34.

Am zwölften Tag stiegen wir in das Tal hinab, und unsere Maulesel waren wegen des Mangels an Futter und des ständigen Gehens schon ganz schwach. Von den frühen Morgenstunden an wehte der Wind ohne Unterlass, und das Schicksal führte uns kein einziges Mal an eine geschützte Stelle. Der Meister hatte seit zwei Tagen kein Wort mehr zu mir gesprochen, und unser letztes Werkzeug und unsere letzten Kleider hatte ich wohlweislich in Frankreich auf einem Markt verkauft, denn auf unserem weiteren Weg fanden wir keinen mehr.

Der Abstieg zu dem kleinen Dorf, das kein Wanderer und keine Karte je erwähnt hatten, dauerte zwei Stunden, und wir erreichten es um die neunte Stunde. Der Hauptweg führte zur Kirche und daselbst weiter ins Dorf, das ein wenig abseits lag. Im Ort angekommen, fanden wir weder einen Menschen noch eine Herberge. Wir verharrten auf dem Platz, und eine lange Weile geschah nichts, und es begann zu dunkeln, und ich sah weder Mensch noch Vieh, nur zwei Raben, die sich auf einem rauchenden Schornstein niederließen, um sich zu wärmen.

Wenn wir sonst in ein Dorf gelangten, trat stets jemand auf uns zu und fragte, ob wir Franzosen seien, oder Händler, oder Pilger auf der Rückkehr von hochheiligen Orten, oder Soldaten; denn die Neugierde des Menschen ist stärker als seine Angst, doch in diesem Dorfe geschah nichts dergleichen. Die Maulesel waren unruhig vom Rauschen des Wassers, das unter den Häusern und darinnen und darum herum floss, stampften auf den Boden, und einer ließ unter sich und verschmierte seinen Unrat, und die Raben stiegen von den Dächern in das Dunkel auf wie schwarze Seelen. So verging die Nacht; der Meister fiebernd, ich hungernd, beide zu verängstigt, um unsere Schwäche zu gestehen.

In der Morgendämmerung nahten sechs Männer, jeder aus einer anderen Gasse. Zunächst musterten sie uns mit strengster Miene, und dann, diese Prüfung beendet, winkte mich jener, der zuerst eingetroffen war, zu sich.

«Ist jener dein Vater?», fragte er, mich anblickend mit dem einzigen Auge, das er hatte.

«Mein Meister», erwiderte ich dem Mann, der eine Spanne größer war als ich und wie die anderen in groben Stoff gekleidet. Gleichwohl zeigte er keine Befangenheit angesichts unserer einst kostbaren Kleidung.

«Jenseits der Grenze hat uns ein Unwetter überrascht», begann ich zu erzählen, wie ich es immer tat, «und vier unserer Maulesel stürzten in einen Graben; sie waren schwer beladen mit Körben und Fässchen und Krügen und Tüchern, mit denen wir Handel zu treiben gedachten …» Doch da spürte ich, wie mein Meister neben mich trat und mir eine Hand auf die Schulter legte und mir so bedeutete, nicht weiter zu lügen.

«Ich bin Johannes Van Drift», sagte er, und es waren die ersten aufrichtigen Worte, die ich aus seinem Munde hörte, seitdem wir die Flucht hatten ergreifen müssen, «geschätzter Maler in Frankreich, Spanien und den Landen des Nordens, aus welchen ich auch gebürtig bin. Hier bin ich in Ungnade gefallen, wurde gejagt und verfolgt, ausgehungert und all meines Besitzes beraubt, mit Ausnahme meines Talentes. Als meine Schuld sieht man es an, dass ich, bittet man mich um Aufrichtigkeit,

zu freimütig spreche, dass ich das Laster des Spiels pflege, wofür ich jedoch Abbitte leiste, und dass mein Haar diese Farbe hat, die dort, von woher wir kommen, als verdächtig gilt.»
«Kommt mit», sagte der Mann, und wir folgten ihm.
Er gab uns Unterkunft, ein Lager und Speise, ohne eine Gegenleistung zu verlangen. Des Tags schlief mein Meister, gebeutelt vom Fieber, und des Nachts schrieb er, so glaube ich, da ich ihn weinen und rufen und flehen hörte, Briefe an seine Verfolger sowie an seine Fürsprecher, von denen er hoffte, sie würden ihn aufnehmen, in Florenz, Padua, Rom oder auch Mailand. Nachdem das Fieber abgeklungen war, dank eines starken, bitteren Brandes, den man ihm verabreicht und von dem auch ich getrunken hatte, verließ er erstmals das Haus. Im Dorfe regte sich kaum Leben, weder zogen Fremde hindurch, noch wurde Markt gehalten. All das, wessen man bedurfte, gewann man vom Vieh und vom Land und aus dem Wald und aus dem Fluss. Viele Dörfer wie dieses hatte ich gesehen in den fünf Jahren, die ich der Schüler meines Meisters gewesen war, doch keines noch wie Clot. Kein Herr hielt seine Hand über dieses Dorf, kein Heerführer, kein Bischof, kein Vogt. Keine Glocken läuteten zum Morgengebet, zur Messe, zum Grabe oder zur Abendandacht, denn es gab weder Glocken noch Turm. Jeder im Dorfe konnte in der Volkssprache schreiben sowie rechnen, auch die Weiber, und nie hörte ich jemanden beten oder eine Lehre aus der Heiligen Schrift aufsagen. Geburt und Tod wurden nicht von Kreuzen noch von Sakramenten begleitet. Niemand nahm die Beichte ab oder spendete den Leib Christi. Ich fragte den Meister, ob diese Menschen Albigenser seien, oder Katharer, oder andere Häretiker, die in die Berge geflohen waren, nachdem ihre Brüder zum rechten Glauben

gebeugt worden waren, doch der Meister lachte über mein Unwissen und sagte: *Stultus caelum confundet cum inferno et invocabit ignem.*

Wenige Tage darauf hieß er mich, die Körbe zu öffnen, in denen wir …

Bramard spürt, wie sein Handy unter der Bettdecke vibriert. Er sieht nach, welcher Name auf dem Display steht.

«Ciao.»

«Bist du beim Essen?»

«Nein, ich bin im Bett.»

«Wieso denn im Bett? Es ist … Viertel nach neun. Wir hier haben noch gar nicht gegessen!»

«Ihr seid ja auch Lebemänner. Gibt's was Neues?»

«Abgesehen davon, dass sie uns in einem Hotel untergebracht haben, wo alles pink ist, sogar die Klobrille? Auch die Stühle sind mit so was wie pinken, ausgestopften Socken gepolstert. Auch das Frühstücksbuffet …»

«Brauchst du Gesellschaft, Vincenzo?»

«I wo, ich hab doch Pedrelli, die alte Stimmungskanone. Oder, Pedrelli? Pedrelli lässt schön grüßen. Was liest du denn gerade?»

«Dokumente über den Meister von Clot.»

«Wieso? Ist der auch verschwunden?»

«Wegen der Fresken. Also, wenn du Neuigkeiten hast, erzähl, ansonsten …»

«Was für Neuigkeiten soll ich denn haben? Die Brocani schwebt rum wie ein toter Elf, Lupita Lozano sagt, dass sie keine Ahnung hat, wer Masimine Orusa ist, und die ICA, die Firma, die den Staudamm gebaut hat, hat ihren Sitz in einem Gebäude, das vor zehn Jahren abgerissen wurde.»

«Und die Firma, die ihn heute betreibt?»

«Die ADIS? Die sagen, dass sie noch Teile des Archivs haben, der Rest aber beim Umzug verloren gegangen ist. Morgen schauen sie, ob sie Informationen über den Unfall mit dem Ingenieur und seiner Frau finden, also, falls sie die entsprechenden Akten irgendwo aufstöbern. Ich hoffe, sie finden was, so wie ich hoffe, Pedrelli mal in Jeans zu sehen.»

«Sieht also nicht gut aus.»

«Wieso denn? Neunzehn Grad, wir werden in einem BMW herumkutschiert, andauernd sind Dutzende von Leuten um uns herum, und unser Chauffeur lässt uns manchmal sogar allein aufs Klo gehen!»

«Was soll das heißen?»

«Soll heißen, dass er uns an der ganz kurzen Leine hält und an jemanden berichtet, von dem ich nicht weiß, auf welcher Seite er steht.»

«Ruf die Pes an.»

«Den Teufel werd ich tun. Wenn sie nicht tot ist, sondern abhebt, was soll ich ihr dann sagen? Ich bin dieser Typ, der vor zwanzig Jahren mal mit einem anderen Typen nach Rom gekommen ist …»

«Ich habe ihr schon Bescheid gegeben.»

«Worüber?»

«Dass du da bist, und warum.»

«Keine Chance. Ich ruf sie nicht an.»

«Ich schick dir ihre Nummer. Für alle Fälle.»

«Es gibt keine Fälle. Keinen einzigen.» Bramard hört das *ping*, das das Eintreffen seiner Nachricht anzeigt.

«Hab sie dir gerade geschickt.»

«Dann lösch ich sie.»

«Wie du meinst. Nacht.»

«Nacht am Arsch.»

Bramard beendet das Gespräch. Er sieht zu Trepet hinüber, der im Bad auf dem kleinen Vorleger liegt und ihn mustert. Seine Augen zwei graue Knöpfe im Halbdunkel. Dann nimmt er wieder die Blätter aus Hochglanzpapier zur Hand, auf die das Dokument kopiert ist.

Wenige Tage darauf hieß er mich, die Körbe zu öffnen, in denen wir das Material für unsere Kunst mitführten, und zu erfassen, was vorhanden war und woran uns mangelte. Ich tat, wie mir befohlen, und zwei Männer aus dem Dorfe gingen hinab ins Tal, um zu beschaffen, was uns fehlte; mit welchem Gelde, habe ich nie erfahren. Ich hatte Anweisung gegeben, das Gerüst zu errichten, und des Nachts fertigte ich auf schlichtem Holz Entwürfe zu Kapiteln aus der Heiligen Schrift, ähnlich jenen, die wir in anderen Kirchen auf Putz festgehalten hatten. Jeden Abend begutachtete der Meister sie, und fast immer befand er sie für besser als jene, die wir zuvor angefertigt hatten. Dergleichen war die geringe Anerkennung, die ich von ihm seit meinem dreizehnten Lebensjahr erhielt, seitdem mein Vater, der an mir verzweifelt hatte, ihn gebeten, mich in seine Werkstatt aufzunehmen, da ich von Schrifttum, Musik, Handel und Zahlen nichts verstand und noch heute nichts verstehe.

Im zweiten Monat hieß er mich, den Putz vorzubereiten, und ich unterwies drei Männer aus Clot darin, ihn aufzubringen. Durch den Regen verzögerte sich jeweils die Trocknung, was mir mehr Zeit als nötig verschaffte, um die einfache Farbe der Grundierung zu mischen. In diesen Tagen rief mich der Meister zu einer Unterredung zu sich und erzählte mir Begebenheiten aus dem Dorfe, die auf den Wänden der Kirche mit unseren Händen zum Leben zu erwecken der Rat der Männer ihn beauftragt hatte.

Also verbrannte ich die Entwürfe und fertigte neue an, die der Meister berichtigte, denn unsere Kunst gehorcht dem Auftrag. Dies das erste Gebot, und das zweite, dass in unserer Kunst alles darauf ankommt, die Menschen an einen Ort zu führen, der tauglich ist zum Schauen. Wieder und wieder sagte der Meister zu mir: «Minico»,

so sagte er, «bevor du auch nur eine Linie zeichnest, sei dessen eingedenk, dass du die Augen jener Menschen lenkst, die heute sind, und jener, die noch kommen werden. Wie der Gelehrte die Knoten in der Schrift löst, damit das schlichte Gemüt dort Licht sehe, wo zuvor Dunkelheit herrschte, so werken wir, jetzt und fürderhin, mit Formen und Farben, damit dem Betrachter sich alles eröffne, rein und gerecht und heilig, oder grausam, stets jedoch in seiner wahren Natur, in der Gott es schuf.» Und dem folgte ich treulich.
Die Mauern der Kirche waren unverputzt und eigneten sich gut für unser Handwerk. Sobald der Putz getrocknet war, begannen wir unsere Arbeit. Der Winter neigte sich dem Ende zu, und dementsprechend wählte der Meister die Farben und ging mit Kühnheit ans Werk. Er rief Männer und Weiber aus dem Dorfe herbei und nahm ihre Umrisse für die Figuren im Hintergrunde, und eine wählte er für die junge Madonna aus und ließ sie mehrmals für sich stehen. Wenn der Abend kam, befahl er mir: «Zünde das Licht an und geh schlafen», und ich tat, wir mir geheißen, denn seine Hände lagen im Fieber der Farben und der Formen.
Der Sommer kam auch in diese Gefilde, in denen der Winter wie festgekettet schien. Das Gras erblühte, und alles bereitete sich vor, Früchte zu tragen. Ich mindere meine Schuld nicht, meine Brüder, wenn ich sage, dass wir uns den Gottseibeiuns zwar vorstellen mit den Augen einer Bestie, den Füßen eines Ziegenbocks und mit Rabenflügeln, er aber auch lieblich sein kann und trügerisch wie ein Sperling. Ich verschließe die Augen nicht vor meinem Fehltritt, Brüder, wenn ich sage, dass wir zwar glauben, die Verdammnis komme mit Schwefel und Dämpfen daher, sie aber auch das Kleid des Schweigens tragen kann und sanft rauschen wie ein Bächlein.

Die Schuld kann ich der Jugend geben, denn ich sah und verstand doch nicht, denn ich berührte mit den Händen die Verdammnis, die mein Meister und ich auf diesen Wänden preisten, und wollte sie doch nicht wahrhaben. Eine Madonna mit Salamander hatte man nicht beauftragt, auch sahen wir nie eine oder hörten von ihr reden, und als ich den Meister nach dieser Seltsamkeit befragte, sagte er, es sei Brauch in jedem Dorfe, alte heidnische Symbole in den heiligen Glauben zu versetzen, als Banner der Sünde, die einst geherrscht habe, aber nie wieder herrschen werde. Mein Fehler muss gegen meine Jugend aufgewogen werden, und seiner gegen das gemütskranke Empfinden, das seine Glieder und sein Denken erfasst hatte, ohne dass ich zur rechten Zeit darauf achtgab, wohin es führte.

Der Fluch zeigte sich in jener Nacht, in der die Männer des Dorfes sich auf dem Platz versammelten, alle, nicht jedoch die sehr jungen und sehr alten, und mit verbundenen Augen an einen geheimen Ort geführt wurden. In den Tagen, die auf diese Nacht folgten, kehrten nicht alle der Männer zurück, und jene, die zurückkehrten, hielten sich im Verborgenen und überließen den Ort allein den Weibern. Mein Meister verfiel in düstere Stimmung, vielleicht weil er, da die Liebe ihn hatte blind werden lassen, erst jetzt begriff, was in den Mondnächten, in denen man uns den Zutritt zur Kirche verweigerte, dort vor sich ging, und in jenem Raum, den ungeschmückt zu lassen man uns geheißen hatte.

Unser Werk war fast getan, und in der Emilia, wo mein Meister Unterkunft und Auftrag gefunden hatte, erwartete man uns bereits, als er jenes letzte Gemälde entwarf und heimlich und in nur zwei Tagen und zwei Nächten vollendete. Ich hatte mich gerade zur Ruhe gelegt, als er mich weckte.

«Wach auf, zieh dich an und gib keinen Laut von dir», sagte er. Kurz darauf suchten wir in der Dunkelheit das Weite, auf unseren beiden Mauleseln, die nach einem Jahr der Ruhe wieder bei Kräften waren. Einen Tag und eine Nacht lang blickte er nicht zurück, nahm keine Speise zu sich, duldete keinen Halt und sagte kein Wort. Erst in der Nähe von Cuneo hieß mich mein Meister mich unter einen Baum setzen, um zu dem Manne zu sprechen, der ich geworden war, und nicht mehr zu dem Knaben, den er ein Jahr zuvor auf der Passhöhe zurückgelassen hatte, von der aus man der ersten Dächer von Clot gewahr wurde.
«Ich habe eine Frau geliebt», sagte er, «die von Banden gehalten wurde, die stärker sind als jene der Ehe. Bald wird sie das Alter erreicht haben, um in den Raum geführt zu werden, sie wird das Zeichen sehen, das ich hinterlassen habe, und sie wird wählen können: ob sie die Ihren verrät, indem sie meine Hand annimmt, oder ob sie mich verrät, indem sie die Sitten der Ihren annimmt. Sei es so oder so, mein Schicksal ist ungewiss, und von der Verdammnis trennt mich nur wenig. In der Stadt, die du dort siehst, gibt es ein Kloster, und hier in meinem Beutel trage ich ein Schreiben, in dem ich darum bitte, dich aufzunehmen und dir Schutz zu gewähren. Die Mönche dort wissen um die Sucho, so wie alle heiligen Männer in dieser Gegend. Sie haben versucht, sie auszumerzen, aber dieses Tal dort oben ist ein Nadelöhr, durch das nicht einmal der Heilige Geist zu gehen vermag. Lerne also aus meinem Fehler, so viel du kannst, empfange die heiligen Weihen, die dich fern vom Laster halten mögen, von den Weibern und der Malerei. Mein Leben ist verloren, und deines von diesem Übel kaum erst berührt. Schneide den schwärenden Teil heraus, und gewähre mir deine Vergebung.»

Mit diesen Worten beugte er das Haupt und wartete, dass ich ihm die Hand auflegte, wie der Mann Gottes, der ich, wie er hoffte, sein würde. So begann mein Weg durch die Welt, der mich zu dem weltlichen Mann werden ließ, welcher ich heute bin, kundig und erfahren und mit all meinen Schwächen.

Ich blieb drei Jahre in dem Kloster, das nun Eures ist, suchte weniger Heiligkeit als Rechtschaffenheit zu erreichen, und versagte doch auf beiden Wegen. Als ich ausreichend Mut gefasst hatte, um mir mein Verderben einzugestehen, fuhr ich zur See, machte halt in vielen Häfen, wo ich die Zahlen lernte, und die Schrift, damit die Zahlen ein Wesen bekämen. Zahlreiche Kriege focht ich aus und sah die ersten noch als heilig an, doch erkannte ich mit der Zeit, dass heilig nur mein Hunger war.

Ich verlor meinen Namen und gab mir andere, alle würdig, für wahr genommen zu werden. Ich trieb Handel mit Menschen, in deren Ländern ich die schlafbringende Krankheit kennenlernte und viele Spiele mit Karten und Figuren. Ich sah, wie zu Tode betrübte Menschen aufblühten und wie die Besten zugrunde gingen, und lernte das *sic transit gloria mundi*.

Ich hinterließ keine Saat auf meinen Wegen, und wenn etwas meine Augen hat, so trägt es nicht meinen Namen, also wird, was ich bin, in und mit mir sterben.

In diesen Tagen im Finistère rückt mein unwiderrufliches Ende näher, und ich verbringe sie in einer Hütte, die mir Schutz bietet, ohne auf das Meer zu blicken, dessen ich nun überdrüssig bin, und täusche die Brüder hier, die wie Ihr alle großen Dünkel hegen, Erlösung zu bringen.

Ich hungere, doch ich leide nicht, denn Abbitte werde ich keine leisten.

Diesen äußerst dürftig geschriebenen Brief vertraue ich dem Pilger in der Zelle neben meiner an, der aus Santiago zurückgekehrt ist und sich hier nun läutert.
Er wird ihn nach Ligurien bringen und ihn dort an Salzhändler übergeben. Sie werden ihn in Euer Kloster weitertragen, wo ich meine einzigen wahrhaft friedvollen Tage verlebt habe.
Niemand wird ihn in Empfang nehmen, niemand wird sich des Namens dessen erinnern, der ihn verfasst hat.
Niemand wird daraus Lehren ziehen, denn so weit mein Weg mich auch geführt hat, kann ich doch nur sagen, dass ich in allen Dingen die Sünde und die Finsternis suchte, die ich während meiner Tage in Clot in mir und um mich herum hatte brennen spüren, ohne sie jedoch noch einmal in solch reiner Form zu finden. Mit diesem letzten Brief erfülle ich also das zweite Gebot meines Meisters; möge er für jene, die ihn lesen, ein Ort sein, der «tauglich ist zum Schauen», zum Schauen jener Verderbnis, die uns alle bedroht und in ihren Fängen hält.

Noch eine Weile betrachtet Bramard das letzte Blatt.

Im selben Moment, siebenhundert Kilometer entfernt in einem Hotel, in einem Speisesaal mit pinken Wänden an einem Tisch mit pinker Tischdecke, hört Arcadipane Pedrelli, der gerade die Vorzüge von roten Rüben aufzählt, nicht mehr zu, nimmt sein Handy und fängt an, eine sehr komplizierte Nachricht zu schreiben.

35.

Um sieben Uhr ist das Erdgeschoss des Hotels Papi schon von einer japanischen und einer chilenischen Reisegruppe verstopft, die das erste Zeitfenster für einen Besuch in den Vatikanischen Museen gebucht haben und jetzt das Gedränge am Frühstücksbuffet vermeiden wollen. Dadurch entsteht ein alles hinwegfegender Sturm, dem sich Arcadipane und Pedrelli dank des passgenauen Eintreffens des Letzteren entzogen haben, der bei der Rückkehr von seinem Sechs-Uhr-morgens-Spaziergang in die Vorposten der beiden Reisegruppen gestolpert ist und so geistesgegenwärtig war, sich ein paar Croissants zu sichern, seinem Vorgesetzten eine Nachricht zu schicken und sich quer über zwei Hocker zu legen, bevor die Horden alles überrannt haben. Nun essen sie ihre Croissants, während sie wie die Hühner auf der Stange im Frühstücksraum hocken, der im Grunde der Korridor ist, der die Rezeption des Hotels, die ein breiter Korridor ist, mit der Küche verbindet, die ein schmaler Korridor ist. Mit Blick auf die pinke Wand und die Knie an die Brust gedrückt, weil das Brett, auf dem man seine Sachen abstellen kann, kaum breiter ist als eine Regenrinne, bemühen sie sich, ihren Teller vor den Touristen zu verstecken.

«Was steht heute auf dem Programm, Commissario?»

«Wie – was steht heute auf dem Programm? Wir sind doch nicht auf Hochzeitsreise. Schieb deinen Cappuccino ein bisschen zur Seite, sonst taucht dein Sitznachbar noch seinen Ellbogen rein, während er ein Selfie macht.»

«Verzeihung», sagt Pedrelli zu dem Touristen.

Weißes Hemd mit Fliege unter der Windjacke, der Blick

eines Hermelins – Arcadipanes Vize scheint nach dem gestrigen bleiernen Tag wieder ganz bei sich zu sein. Hinter ihnen wuseln weiterhin die Touristen herum, rempeln sie an mit Ellbogen, Kameras und Reiseführern von Rom. Als Arcadipane zum hundertsten Mal berührt wird, trinkt er seinen Kaffee aus und will aufstehen.

«Du hast dich kein bisschen verändert!»

Er dreht sich um. Vor ihm steht Franca Pes und mustert ihn mit einem Blick aus ihren großen grünen Augen, der sich seinen Weg durch die blonde, ihren ganzen Kopf überwuchernde Mähne bahnt. Franca Pes ist noch immer der Typ Frau, in dem sich beeindruckende Dimensionen (Haarpracht, Kopf, Mund, Brüste, Entschlossenheit und Guerillataktik) mit Geschmacksverirrungen vereinen, die selbst jemand wie Arcadipane als abgrundtief empfindet (dürre Beine, flache Schuhe, ein knielanger Rock wie ein Backfisch, ein Gürtel aus recycelten Autoreifen und ein Anstecker mit der Aufschrift «Frauen bei der Polizei – her damit!»). Vor zwanzig Jahren war so eine Erscheinung noch ein Hingucker; die aktuelle, eingesunkene und zugleich etwas erweiterte Version hat zwar eine ganz andere Wirkung, aber noch immer ist Franca Pes eine Frau, die auffällt. Wenn auch aus anderen Gründen.

«Wie viele Jahre?», fragt Arcadipane.

«Siebenundsechzig», erwidert Franca gereizt. «Aber statt so einer Frage kannst du mir auch gleich deinen Kaffee ins Gesicht schütten.»

«Wie viele Jahre wir uns nicht gesehen haben, meinte ich!»

«Fünfundzwanzig. Bramard und ich haben übrigens gewettet, ob du dich bei mir melden würdest, und wann.»

«Freut mich, dass ihr euren Spaß habt. Wer hat gewonnen?»

«Ist nicht wichtig. Gehen wir?»

«Willst du nicht erst frühstücken?», fragt Arcadipane, der selbst gerne noch einen Kaffee trinken würde. «Die Japaner sind fast alle weg.»

«Das sind Koreaner», sagt Franca mit einem Blick auf das Buffet, das aussieht wie ein Gemälde von Cézanne, nur ohne Äpfel und mit pinker Tischdecke. «Und ich denke überhaupt nicht daran, irgendetwas von diesem Zeug hier zu essen.»

«Gut, dann können wir los. Draußen steht –»

«Nein, der steht da nicht mehr.»

«Wer? Colajanni?»

«Ich hab ihm gesagt, dass ich mich um alles kümmere.»

«Mit diesen Worten?»

«Nein. Ich hab ihm gesagt, er soll sich verpissen.»

Arcadipane sieht in Richtung des Hoteleingangs, der jedoch hinter zwei Wänden liegt.

«Aber bist du denn noch bei der Polizei?»

«Nein, ich bin im Ruhestand. Ich arbeite als Beraterin.»

«Und wen berätst du?»

«Wenn ich ein Mann wäre, würdest du mich das nicht fragen. Ich berate Leute, die Beratung brauchen, wie jetzt zum Beispiel du. Ende der Durchsage.»

«Wie du meinst. Heute Vormittag müssen wir zu dieser Firma …»

«Zur ADIS? Das könnt ihr euch schenken, die haben nichts gefunden, falls sie überhaupt je gesucht haben. Nein, wir treffen jetzt einen Bekannten von mir. Er erwartet uns im Parco Savello.»

«Und wer ist das?»

«Das erzähl ich euch während der Fahrt. Und wer ist er hier?»

«Das ist Pedrelli.»

«Sehr erfreut, Signora Pes.» Sie geben sich die Hand.

«Wie angenehm, dass du ein Gentleman bist. Wenigstens einer.»

«Woher willst du wissen, dass er ein Gentleman ist?»

«Mein unübersehbarer Busen. Auf den hast du als Erstes geschaut, er nicht. Aber jetzt los, ich stehe in zweiter Reihe.»

Franca Pes marschiert den Korridor hinab und schiebt dabei die Luft und ein paar Koreaner zur Seite, die zu spät dran sind. Ihr gerader Rücken und ihr Körperschwerpunkt lassen noch immer die Frau erkennen, die für das Getümmel geboren wurde und die, so Gott will, im Getümmel auch ihren letzten Furz lassen wird.

36.

Ester sitzt an ihrem Tisch, frühstückt und zeichnet. Der Raum ist leer. Keine Journalisten. Bramard, Botta und Lavezzi sind die einzigen Gäste in der *Sosta del pellegrino*. Die beiden Polizisten kommen im Wechsel mit anderen Kollegen jeweils morgens beziehungsweise abends aus Cuneo herauf, um Ludwig Ubac rund um die Uhr zu überwachen. Die Wanzen und die Kameras, die bei der Hausdurchsuchung in seinem Container versteckt wurden, liefern nichts, was von Interesse wäre. Ludwig bekommt nie Besuch. Er hat kein Telefon, in das er etwas Belastendes sagen könnte. Nicht einmal einen Hund, dem gegenüber ihm etwas Vertrauliches herausrutscht. Er spricht nicht im Schlaf. Manchmal sieht man ihn auf dem Dorfplatz, wo er kleine Einkäufe erledigt und mit der Frau vom Lebensmittelladen ein paar Worte wechselt. Wenn er jemandem begegnet, grüßt er ihn mit einer Geste, und der andere grüßt auf dieselbe Weise zurück. Um sechs Uhr isst er zu Abend – Suppe, Käse, hin und wieder Dosenfleisch oder Thunfisch –, anschließend zieht er aus einem der Wandregale, die er selbst gebaut hat, ein Buch und liest ein paar Stunden. Wenn er die Öllampe ausmacht, ist es nie nach neun Uhr. Sein Werkzeug zur Holzverarbeitung hat er zurückbekommen, doch im Moment benutzt er es nicht. Beitel, Zangen, Schneckenbohrer, Stichsägen, Winkel, Raspeln, Bügelsägen, Hobel, Schlichthobel und Grabstichel, sie alle schweigen. So oder so sind es alte Geräte, die beim Gebrauch kaum Lärm machen würden. Nichts Elektrisches. Hinter der Hütte steht ein Generator, den er aber nie anschaltet. Vom Bürgermeister hat Bramard kürzlich erfahren, dass Ubac vor seiner Zeit im Gefängnis ein Geländemotorrad hatte, mit dem er manchmal ins Dorf gefahren ist. Seit Jahren hat niemand mehr diese Maschine gesehen, und in der Umgebung des Containers wurde sie nicht entdeckt. Bei der Durchsuchung wurden nur zwei Kanister mit Benzin für den Generator gefunden sowie einer mit Öl für die Lampe. Keine explosiven Stoffe.

All das kann vieles bedeuten: Ludwig hat Vera Ladich irgendwo versteckt und war schon seit Tagen nicht mehr bei ihr, wobei er das Risiko in Kauf nimmt, dass sie verhungert und verdurstet. Oder es hat viel zu bedeuten, aber in einem anderen Sinn: Er hat sie umgebracht und verschwinden lassen, dann spielt Zeit keine Rolle mehr. Oder es hat gar nichts zu bedeuten, und Ludwig hat, abgesehen von dem Anruf, nicht das Geringste mit Vera Ladich und Terenzio Fuci zu tun.

Tags zuvor hat Bramard ein paar Stunden in Lavezzis Zimmer verbracht und am Computer die Bilder aus dem Inneren des Containers betrachtet, die die versteckte Überwachungskamera liefert. Beim Anblick von Ludwig Ubacs minimalistischem Leben in körnigen Farben musste er an den Moment denken, in dem ein müder Körper sich hinlegt, um sich auszuruhen. Weil er selbst einen Körper hat, der rasch ermüdet, sehnt er sich in letzter Zeit häufig nach diesem Gefühl und erlebt es auch oft. Im Leben von Ludwig Ubac scheint sich dieser Moment über den ganzen Tag zu erstrecken. Es ist ein bewegendes Schauspiel, wenn man es als eine lang anhaltende Welle von enormer Kraftanstrengung betrachtet. Was hat diese Erschöpfung verursacht, von der Ludwig sich erholen will? Was musste er verschieben, beseitigen oder stützen? War es die Anstrengung eines einzigen Augenblicks, oder drückt ihn eine Last, die er seit Jahren trägt? Das weiß niemand außer Ludwig Ubac selbst. Aber es ist der Knoten, den Bramard nun tastend auflöst.

Er nimmt einen Schluck von seinem Filterkaffee und schlägt den Band mit dem Fotoessay über den Meister von

Clot auf, in dem er gestern Abend zum ersten Mal geblättert hat, nachdem er den Brief von Johannes' Schüler Minico Curto gelesen hatte. Er hat auf dem Bett gelegen, und weil er zu müde war, um dem Text zu folgen, hat er nur die Fotos der Fresken betrachtet, die Johannes und sein Lehrling auf den Wänden der Kirche hinterlassen haben. Auf den Aufnahmen aus den 1960er-Jahren erscheinen die Farben verbraucht und wahrhaftig. Als hätte nicht einmal ihr heiliges Schicksal Jesus Christus, den heiligen Josef und die Muttergottes vor der Verdammnis durch die Zeit bewahrt, die auf den Menschen lastet. Als wären ihre Antlitze nicht gemalt worden, um in alle Ewigkeit zu leben, sondern um ebenfalls zu altern und dann dem Tod und der Vergessenheit anheimzufallen. Ein ketzerischer Zustand, dem die jüngste Restaurierung ein Ende gemacht hat, indem sie die Uhr ihrer Jahre zurück in die Epoche gedreht hat, in der Johannes Van Drift sie gemalt hat, dabei aber unterschlagend, wie sie seinem Willen zufolge fünfhundert Jahre später aussehen sollten.

Bramard fängt an zu lesen. Er sucht nach einer Übersetzung der okzitanischen Verse, die der Maler unter dem Fresko in der Apsis hinterlassen hat.

«Das gefällt ihm», sagt Ester.

Bramard hat sie nicht kommen hören. Sie streichelt Trepet, der eingerollt unter dem Tisch liegt und mit halb geschlossenen Augen ein Geräusch von sich gibt wie eine Espressokanne, aus der gerade der Kaffee steigt.

«Das kann ich mir vorstellen. Was habt ihr beide denn gestern Abend noch gemacht?»

«Wir waren im Wald spazieren.»

«Und wie hat Trepet sich benommen?»

«Hmm … Eigentlich war er ganz brav, aber …», sagt Ester und wiegt den Kopf hin und her. «Er frisst Kacka.»

«Dann musst du ihm sagen, dass er das nicht tun soll.»

«Das hab ich probiert, aber er lernt nicht besonders schnell.»

«Ja, das ist charakteristisch für ihn.»

«Was soll das heißen?»

«Nichts. Er lernt eben nicht besonders schnell.»

Ester widmet sich eine Zeit lang ausschließlich dem Hund. Mit dem Zeigefinger streicht sie die Furche in der Schädeldecke entlang, die die beiden Hemisphären teilt. Vor und zurück. Trepet starrt sie wie hypnotisiert an.

«Die Frau, die ein Kind kriegt, ist die nicht mehr da?», fragt Ester, und als sie Corsos zögerliche Miene sieht, fügt sie hinzu: «Die mit den komischen Haaren.»

«Woher weißt du denn, dass sie ein Kind kriegt?»

«Das hat Marta gesagt, als sie ihr was zu essen gemacht hat.»

«Ja, richtig. Nein, sie ist nicht mehr da.»

«Ist sie zu dem Papa von dem Kind gefahren?»

«Nicht ganz. Das ist alles ein bisschen kompliziert. Aber musst du nicht zum Bus?»

Ester sieht hinaus auf den Dorfplatz. Aus der Straßeneinmündung auf der anderen Seite lugt die obere Hälfte eines Fahrzeugs hervor, mit der Aufschrift *Schulbus*. Ester zuckt mit den Schultern, als wäre das nebensächlich.

«Marta sagt, dass ich ihr ähnlich sehe», sagt sie dann auch.

«Wem – Isa?»

Ester stellt sich neben Corso, sodass sich ihre Schultern berühren. Sie deutet auf das Buch auf dem Tisch, das bei einem Foto der Heiligen Familie aufgeschlagen ist, die Johannes in dem Raum hinter dem Altar gemalt hat. Mit dem Finger beschreibt sie einen Kreis um das Gesicht des Babys, das Maria stillt.

«Dem kleinen Jesus?», fragt Corso.

«Es ist ein Mädchen.»

In der typischen Manier von Kindern, die glauben, recht zu haben, und keine Lust haben zu erklären, warum, spielt Ester an dem Teddybären herum, der am Schulterriemen ihres Rucksacks baumelt.

«Deswegen wollten Ottavio und Marta mich sofort haben, als sie mich gesehen haben.»

«Ach ja?»

«Ja, sie haben sofort gewusst, dass ich die Rettung für das Dorf bin. Das haben sie mir erzählt, als ich klein war.»

Corso blickt wieder auf das Kind in den Armen der Madonna, mit seiner nordischen Hautfarbe, den dünnen rotblonden Haaren, die sich im Nacken leicht kräuseln und dunkler werden, dem Hals, dem die Mühen des Trinkens anzusehen sind, der Wärme, die dem Leib der Mutter entströmt, der schläfrigen Lust dieses Transfers von Leben. Der Bus lässt ein Hupen hören.

«Ich muss los», sagt Ester.

Bramard sieht ihr nach, wie sie im Foyer verschwindet, dann draußen hinter dem Fenster wieder auftaucht und zum Bus läuft, der jetzt in der Mitte des Platzes steht. Ihre Haare treiben im Grau des Morgens wie ein kleiner roter Rettungsring auf einem Meer, über dem sich ein Sturm zusammenbraut.

37.

Nachdem Franca Pes den Kangoo mit den Schiebetüren an einer Mauer geparkt hat, die eine schmale Straße säumt, sind sie zu Fuß zu einem kleinen Platz gegangen, wo sie nun seit fünf Minuten darauf warten, dass der Park geöffnet wird. Über ihren Köpfen ziehen ozeanische Wolken vorüber, die im Kontrast zur frischen, aber nicht kühlen Luft stehen sowie zu dem nordafrikanischen Licht, das schon jetzt, um kurz vor acht, über der Stadt liegt. Auf das Öffnen des Tores warten außer ihnen noch ein Falschparker, ein alter Mann, der gerade einen Maroniofen angeworfen hat, und eine Romafrau mit Decke, Hündchen und einem Teller für die Almosen. Außer diesen Leuten, die im Kommen und Gehen des Parks arbeiten, stehen noch zwei Kleinfamilien nordländischer Touristen herum, in der klassischen Zusammensetzung Vater, Mutter, fünfzehnjähriger Sohn, dreizehnjährige Tochter und ein noch unbestimmbares Wesen im Tragetuch. Der Junge trägt, wie der Vater, knielange Hosen, der Vater denselben Haarschnitt wie der Sohn, die Tochter einen Pagenkopf wie die Mutter, und das Baby hat wenige, wallende Haare, der Rotz läuft ihm aus der Nase. Das alles gewürzt mit Batterien, Trekkingschuhen, Wollsocken, Cityrucksäcken, Feldflaschen aus Metall, die an Gürteln baumeln, und einem schwachen Geruch nach Dill.

Franca Pes lehnt sich mit dem Hintern an den Rand des Brunnens, betrachtet gelangweilt die beiden Familien und streicht mit der Hand durch den Wasserstrahl, den die große Maske speit. Seitdem sie auf dem kleinen Platz stehen, wirkt sie jünger und gedankenverloren, als würde die Schönheit der

Umgebung sie durchdringen, dafür jedoch einen Preis fordern. Ein Zustand, den nur Menschen kennen, die in dieser Stadt zur Welt gekommen sind. Wer nicht hier geboren ist, versteht das nicht. Auch Arcadipane versteht es nicht, sondern hat vielmehr nach einem ersten Blick alles – den Brunnen, die Kirche, die Loggia, die Pes, das Eingangsportal, ja, den ganzen Aventin – in der bei ihm geräumigen Kategorie «Alter Kram» verstaut. Jetzt geht er unruhig auf und ab und sieht auf die Uhr.

«Wann kommt dein Freund denn endlich?»

«Er ist kein Freund von mir, und er kommt auch nicht», antwortet Franca, die offenbar ganz fasziniert ist von dem Wasser und seinen Spiegelungen. «Er ist schon drin.»

«Wie, er ist schon drin?»

«Er hat einen Schlüssel.»

«Und wo hat er den her?»

Franca antwortet nicht, sondern führt eine Hand mit etwas Wasser darin an die Lippen. Arcadipane sucht Trost bei Pedrelli; der studiert gerade, wie jeder Piemontese, den man auch nur einen Moment aus den Augen lässt, mit dem Interesse eines Ingenieurs irgendeinen Apparillo, in diesem Fall den Ofen des Maronibraters.

«Ich dachte, der wäre Privatdetektiv!», stößt Arcadipane hervor, genervt von diesem Umstand und von einer Menge anderer. «Kein Aufseher.»

Franca Pes verpasst dem Strahl ein paar Ohrfeigen und unterbricht dadurch das monotone Gurgeln von Wasser, das in Wasser fällt.

«Er ist kein Freund von mir, er ist hier nicht der Aufpasser, er arbeitet schon seit vielen Jahren nicht mehr als Privatdetektiv, und er hat einen Schlüssel für den Park, weil er mit bestimmten Leuten befreundet ist, wie ich dir schon im Auto erklärt habe. Aber sag mal, hast du eigentlich mal mit jemandem über dieses Problem gesprochen?»

«Über welches Problem?»

«Dass du unfähig bist, anderen Menschen zuzuhören.»

Arcadipane steckt sich beiläufig ein Sucai in den Mund.

«Ich hab schon eine Therapeutin», sagt er. «Vielen Dank auch.»

«Ich hoffe, noch nicht lange», sagt Franca und richtet sich auf. «Schau, sie machen auf.»

Ein Fiat Panda mit dem Logo einer Behörde, einer Gesellschaft, einer Firma, eines Verbandes, eines städtischen Betriebes oder eines eingetragenen Vereins hält vor dem Eingang des Parks. Der Fahrer steigt aus, schiebt lärmend den Riegel des Gittertores zurück, tritt mit einer leichten Verbeugung zur Seite und lässt die Romafrau eintreten. Ihr folgen die Nordländer und dann sie drei. Der Maroniverkäufer und der Falschparker haben ihre Arbeitsplätze schon eingenommen.

Der Park ist sauber und schließt am anderen Ende mit einer kleinen Mauer ab, jenseits derer sich Rom erstreckt. All das geht Arcadipane sonst wo vorbei, genau wie die wenigen, hoch aufragenden Bäume und die zahlreichen Orangenbäume in großen Kübeln, die, wie Franca Pes erklärt, dem Park den Namen verleihen, unter dem man ihn in Rom kennt. Ganz anders führt sich dagegen Pedrelli auf: Er schreitet mit hochgereckter Nase einher, wie ein Ästhet, der sich der Kontemplation hingibt.

Franca steuert auf einen etwa sechzigjährigen Mann zu, der in einer Ecke am anderen Ende auf einen Kinderwagen für Neugeborene aufpasst.

«Ciao, Federico», begrüßt sie ihn leise. Er lächelt wohlwollend. Sie küssen sich auf die Wangen. Federico Amidei ist groß gewachsen, hat weißes Haar und das Gesicht eines Schauspielers aus Fotoromanen, der das Ende dieses Genres dank bestimmter Exzesse überlebt hat. Sein langes, dichtes Haar ähnelt stark dem von Terenzio Fuci, und in fünfzehn Jahren sieht es vielleicht exakt genauso aus. Was Arcadipane aus rein persönlichen haartechnischen Gründen schlechte Laune macht.

«Das ist Arcadipane», stellt Franca Pes ihn vor.

«Commissario …», sagt der Mann, der offenbar schon informiert ist, und gibt ihm die Hand.

«Und dann ist da noch sein Vi…» Franca sieht sich um. «Da ist er ja, dort drüben!»

«Pedrelli!», ruft Arcadipane und winkt ihn von dem Mäuerchen zurück, von wo aus er, tief ein- und ausatmend, Rom bewundert hat.

«Ein herrlicher Ort!», sagt Pedrelli, als er zurück ist, mit derselben Reinheit des Herzens, die Arcadipane auch an ihm beobachtet hat, als er einen Mafioso untersuchte, der mit einem Genickschuss getötet worden war, und dabei von franziskanischem Staunen erfüllt die Ameisenkolonne betrachtete, die schon seit Tagen die Überreste des Hühnchens von dem Teller abtransportierte, auf den der Boss mit dem Gesicht geschlagen war.

«Penelope, nicht wahr?», fragt Franca Pes und deutet auf den Kinderwagen. «Darf ich?»

«Natürlich.»

Sie schiebt die Decke ein wenig zur Seite. Arcadipane beugt sich aus Pflichtgefühl ebenfalls über den Kinderwagen und erblickt dort unter einer gehäkelten Mütze ein rundes Köpfchen, darin zwei geschlossene Augen und einen Schnuller. Das kleine Gesicht erinnert ihn an den Mürbteig, den Mariangela immer klumpenweise in Frischhaltefolie gewickelt und in den Kühlschrank gelegt hat und mit dem sie dann Kuchen buk. Hässlich, runzlig, gelbstichig, aber das Endergebnis war gelungen. Was auch in diesem Fall zu hoffen ist.

«So ein süßes Kind», sagt die Pes. «Wie alt ist sie jetzt?»

«Zwei Monate. In denen sie immer nur ungefähr sechs Stunden geschlafen hat. Wirklich ausruhen kann sich die Mamma nur dann, wenn wir mit dem Kinderwagen herumstreunen. Und weil man bei uns im Viertel nachts besser nicht auf der Straße unterwegs ist, packe ich sie ins Auto, und wir fahren hierher. Da kann ich das Tor zusperren und werde nicht ausgeraubt.»

«Nachtschichten hast du ja früher auch schon gemacht», sagt Franca Pes und reibt ihm über die breiten Schultern. «Wenn auch aus anderen Gründen.»

Die beiden zwinkern einander zu. Berufliche Geschichten? Gemeinsame horizontale Abenteuer? Drogenhandel? Ein wohlwollender Tadel? Wie auch immer, warum zum Teufel zwinkern sie sich so ostentativ zu? Im Park sind noch andere Besucher. Sollen sie sich doch zu Hause zuzwinkern.

«So viel Schlaf, alles vergeudet!», sagt Amidei lachend. Offenkundig aalt er sich gerne in den Schmeicheleien für seine Taten der Vergangenheit. «Wenn ich heute daran zurückdenke …» Er sieht auf die Uhr. «Also, zur Sache. Denn bald wacht sie auf, und ich bringe sie nach Hause. Dann kann ich auch ein bisschen schlafen.»

Franca Pes holt eine Packung Kaugummi hervor. Arcadipane hätte gedacht, dass es diese Sorte gar nicht mehr zu kaufen gibt. Wahrscheinlich kriegt sie die aus Amerika geschickt, versteckt in einer Lieferung Kokain. Sie bietet allen einen an. Nur Federico nimmt einen, Federico Amidei, der 1968 aus dem Polizeidienst verabschiedet wurde, dann drei Jahre lang von der Bildfläche verschwunden war, weil er sich in subversive rechte Zirkel eingeschmuggelt hatte, sei es, um Verbindungen dorthin zu knüpfen, sie zu überprüfen oder zu festigen, der dann 1971 in Rom als Privatdetektiv in Kreisen der Politik und des Showbusiness wieder auftauchte, eine Tätigkeit, der er nachging, bis er 2001 einen Laden eröffnete, in dem er mit antiquarischen Möbeln und Münzen handelt und beim Kauf und Verkauf alter Dokumente vermittelt. Olivfarbener Teint und ein Lächeln wie ein Crooner. Einer von den Männern, die man sich besser zu Freunden macht, vor denen man sich aber ebenso – wie auch Franca Pes bestätigt hat – in Acht nehmen sollte.

«Und Sie ermitteln im Fall von Vera Ladich?», fragt er und sieht Arcadipane mit seinen kaffeesatzfarbenen Augen an.

«Von Vera Ladich und Terenzio Fuci», stellt Arcadipane klar. «Was wissen Sie denn über die Angelegenheit?»

«Über das, was da oben im Norden passiert ist, so gut wie nichts, außer dem, was die Zeitungen berichten. Aber weil ich mich einmal in diesem Milieu bewegt habe …»

«Wissen Sie etwas, das die anderen nicht wissen. Wie wär's, wenn Sie uns das einfach erzählen? Dann können Sie schlafen gehen, und wir steigen weiter wie gewöhnliche Sterbliche den Kalvarienberg hinauf.»

Federico Amidei lächelt.

«Sie sind ziemlich ungeduldig», stellt er fest.

«Ich hab ihm schon gesagt, dass das ein Problem darstellt», sagt Franca Pes mit einem jetzt weniger breiten Lächeln. «Und wenn man ihn irgendwo *nicht* hinbringen sollte, dann nach Rom.»

«Gut, dann halten wir demnächst einen Kongress zu dem Thema ab. Pedrelli, kannst du mal aufhören, dich andauernd umzuschauen, dein Notizbuch zu zücken und irgendwas aufzuschreiben? Du musst hier keine Belege sammeln, um die Reisekosten zu rechtfertigen. Und den Ausblick genießt du dann, wenn du zur Silberhochzeit herkommst, okay?»

«Zynisch auch noch», sagt Federico Amidei und nickt. «Mit Ihnen zu arbeiten, ist sicher nicht leicht.»

«So wie es sicher leicht ist, mit Ihnen *nicht* zu arbeiten. Also los, was wissen Sie über die Ladich?»

Amidei scheint einen Augenblick lang zu überlegen, ob er dieses Gespräch fortsetzen oder gehen soll. Aber die Kleine schläft, Franca Pes wirft ihm einen Blick zu, der um Verzeihung bittet, das Morgenlicht ist atemberaubend, und wahrscheinlich hat er es schon unzählige Male mit Idioten zu tun gehabt, die gefährlicher waren als der hier, also …

«Vera Ladich hat sieben Filme gedreht. Alle entstanden

in Rom und Umgebung, und alle unter der Leitung desselben Regisseurs, Sergio Vescovi. Nach dem zweiten, der 1965 herauskam, waren die Leute in Frankreich und in Amerika ganz verrückt nach *Mademoiselle le look*. Sie bekam millionenschwere Angebote von Regisseuren, mit denen jede italienische Schauspielerin hätte drehen wollen. Sie hat sie nicht einmal gelesen. In Italien wussten alle, dass Vera Ladich nur mit Sergio Vescovi drehte und dass Sergio Vescovi nur für die Veronica Film arbeitete, das heißt für Terenzio Fuci. Aber weil die Produzenten und Regisseure in anderen Ländern keine Ahnung hatten, haben sie sich nach Kräften bemüht.»

«Weil sie *wovon* keine Ahnung hatten?»

«Dass Vera Ladich keinen Schritt ohne ihren Ehemann oder ihre gemeinsame Sekretärin machte.»

«Signorina Brocani», sagt Arcadipane, und im selben Moment friert es ihn an den Füßen.

«Und das bezieht sich nicht nur auf die Arbeit am Set. Als die Ladich berühmt wurde, herrschte in Rom vielleicht nicht mehr das Dolce Vita wie zehn Jahre zuvor, aber man konnte sich immer noch prächtig amüsieren: Restaurants, Nachtclubs, Lokale, Partys in großen Villen, Sportwagen, Seitensprünge, Paparazzi und nächtliche Ausflüge nach Capri oder in die Versilia.»

«Und alles ohne Vera Ladich.»

«In der Öffentlichkeit zeigte sie sich nur bei den Premieren ihrer Filme in Rom, an ihrer Seite immer ihr Ehemann und die Brocani. Man hat sie nie bei einem Empfang oder der Eröffnung eines Kinos gesehen, nie hat sie die Stadt verlassen. Auch die beiden Male, als sie in Cannes als beste Schauspielerin ausgezeichnet wurde, hat ihr Mann den Preis entgegengenommen. Keine Interviews, keine Werbung, keine Wohltätigkeitsveranstaltungen. Jeden Donnerstag der Besuch bei ihrem Bruder, den sie nie hat ausfallen lassen, selbst wenn sie drehte.

Vielleicht ist das der Grund, weshalb sie nie im Ausland gearbeitet hat.»

Pedrelli macht sich in seinem Büchlein Notizen, in seiner winzigen Druckschrift, die an einen leitenden Angestellten bei Fiat denken lässt. Im Eifer des Gefechts hat er sogar die Windjacke geöffnet.

«Also ein Leben wie eine Nonne.»

Federico Amidei holt eine Zigarette aus der Tasche seines zweireihigen Mantels. Er zündet sie an. Als er die erste Rauchwolke ausstößt, wendet er sich vom Kinderwagen ab.

«Die Familie Fuci ihrerseits war seit jeher eng mit den erzkonservativen Kreisen des Vatikans verbunden. Ein Cousin von Terenzio war Kardinal, ein Onkel Bischof. Und das war nicht alles nur Fassade. Hier in Rom gibt es einen Haufen Leute, die sich um eine Audienz beim Heiligen Vater bemühen, aber privat die schlimmsten Dinge treiben. Die Fucis waren von einem anderen Schlag. Sie hielten sich für Kreuzfahrer, für Jesuiten, Terenzios Bruder Amilcare zwar mehr als Terenzio selbst, aber der Stamm, dem sie entsprossen sind, war derselbe. Haben Sie den Film *Todo modo* gesehen?»

«Nein.»

«Da geht es um Tage der spirituellen Einkehr, mit Übungen im Geiste von Ignatius von Loyola, Fasten, Nachtwachen und Gebeten, alles nach strengen Regeln. Amilcare Fuci und seine Frau haben angeblich nach der Geburt der ersten Tochter vor dem Papst Keuschheit gelobt.»

«Daher auch der Spitzname!», sagt die Pes kichernd.

«Welcher Spitzname, wenn die Frage erlaubt ist?»

«Amilcare ‹Fuco› – Amilcare, die Drohne», sagt Federico Amidei, bleibt dabei aber ernst. Man merkt ihm an, dass er bei der Arbeit ist, und wenn er bei der Arbeit ist, lacht er nur, sofern es die Arbeit erfordert.

Ein beständiger Wind hat eingesetzt und die Wolken vertrieben. Man sieht sie nur noch, wenn man nach Süden schaut, in Richtung Neapel, obwohl der ein oder andere Ausläufer noch über den Vororten der Stadt hängt. Anstelle der nordländischen Touristen steht jetzt eine Reisegruppe aus Spanien inklusive Reiseführer auf der Aussichtsterrasse und blickt auf Rom hinab. Alle in einer Reihe entlang der Mauer. Goya hätte aus dieser Ansicht eine Exekution gemacht. Nur weiß Arcadipane nicht …

«Und alle wussten das?», fragt er.

«Was?»

«Dass die Ladich so zurückgezogen lebte.»

«In den Zeitungen stand es nicht, aber wer sich in ihrem Umfeld bewegte, dem musste es auffallen.»

«Aber niemand hatte etwas dagegen einzuwenden?»

«Wer hätte denn dagegen etwas einwenden sollen? Sie fühlte sich wohl mit diesem Leben!»

«Sie fühlte sich wohl mit diesem Leben?»

«Mit nur einem Anruf hätte sie sich einen millionenschweren Liebhaber besorgen oder von heute auf morgen nach Frankreich oder Kalifornien ziehen können. Sie hätte sich vertraglich zusichern lassen können, dass ihr Bruder in jeder Luxusklinik ihrer Wahl untergebracht wird. Wenn sie das nicht tat, muss sie ihre Gründe gehabt haben. Vielleicht hat sie Fuci geliebt, oder sonst irgendetwas. In dieser Welt gab es Gott sei Dank schlimmere Schicksale und dunklere Geheimnisse, sonst hätte ich es da nicht dreißig Jahre lang ausgehalten.»

«Und worin bestand Ihre Arbeit genau?»

Federico Amidei raucht und sieht auf den Kinderwagen hinab.

«Hier in Rom zählen nicht das Geld oder die Position, die jemand hat. Das sind erwünschte Begleiterscheinungen. Hier zählt das, was einer weiß.» Er schnippt die Zigarette weg, die noch ein oder zwei Züge hergegeben hätte. «Und ich bin sehr gut darin, Dinge zu wissen und sie dann nicht mehr zu wissen.»

«Wissen und nicht wissen.»

«Manchen Menschen ist damit geholfen, etwas zu wissen, und manchen damit, dass andere etwas nicht wissen. Ich sorge für beides.»

Arcadipane holt das zweite Sucai des Tages aus der Tasche und steckt es sich in den Mund.

«Und warum machen Sie das jetzt?», fragt er.

«Was?»

«Uns das erzählen, was Sie uns gleich erzählen werden.»

Federico Amidei mustert ihn und lässt dabei seine gefährliche Seite erahnen, von der Franca Pes gesprochen hat.

«Was essen Sie da?»

Arcadipane holt ein Sucai aus der Tasche und zeigt es ihm.

«Nie gesehen. Was ist das?»

«Vergiss es», sagt Franca Pes. «In Rom würden wir die Dinger nicht mal während der Fastenzeit nach einem Atomkrieg lutschen.»

«Probieren Sie doch mal eines!», schlägt Pedrelli vor, weil die Piemonteser einfach gerne die Spendierhosen anhaben, vorausgesetzt, die gehören jemand anderem.

Unwillig bietet Arcadipane Amidei ein Bonbon an. Amidei nimmt es, betrachtet prüfend die schlichte Form, die mineralische Farbe, die kühle Konsistenz. Trotz alledem steckt er es sich, da er ein Mann von Welt ist, in den Mund. Die anderen sehen ihm zu, wie er konzentriert darauf herumkaut.

«Ich schulde dieser Signora einen Gefallen», sagt er dann und deutet auf Franca Pes, schluckt das Sucai hinunter, holt eine Zigarette aus der Tasche und zündet sie sich an.

«Was für eine Art Gefallen?», will Arcadipane wissen.

«Ich habe Ihnen gesagt, dass es hier in Rom darauf ankommt, was man weiß. Wenn ich Ihnen jetzt also das erzähle, was ich über Fuci und Vera Ladich weiß, dann deshalb, weil die hier anwesende Signora Pes etwas über mich weiß. Ich begleiche eine Schuld, um es ganz konkret zu sagen. Daher vermute ich, dass die Signora wiederum bei Ihnen in der Schuld steht.»

«Von Schuld kann keine Rede sein.»

«Dann will sie Ihnen vielleicht ein Geschenk machen; wie auch immer, die Gründe gehen mich nichts an. Möchten Sie jetzt hören, was ich Ihnen zu sagen habe, oder gehen wir alle wieder nach Hause, ich mit der Kleinen und Sie mit Ihren Büßerkaramellen?»

Arcadipane ist erleichtert, dass er keine Pistole dabeihat. Er nickt, zum Zeichen, dass Amidei reden soll. Das Baby im Kinderwagen gibt ein Quaken von sich. Amidei legt eine Hand auf den Griff und schiebt den Wagen vor und zurück. Die Bewegung verursacht auf dem feinen Kies ein leises Brandungsrauschen.

«Zum ersten Mal habe ich mit Terenzio Fuci am 23. Oktober 1973 gesprochen», fängt Amidei an, jetzt wieder mit seiner beruflichen Stimme. «Er rief mich am Vormittag an und fragte mich, ob wir uns mittags treffen könnten. Ich wusste, wer er war, aber wir waren uns noch nie begegnet. Auf meine Nachfrage hin erklärte er mir, dass ein Freund ihm meine Nummer gegeben hätte, allerdings ohne diesen Freund beim Namen zu nennen. Er sagte mir, ich solle nach Bracciano kommen, wo er, wie ich später erfuhr, eine Villa besaß. Als Treffpunkt schlug er jedoch einen Aussichtspunkt auf einer Anhöhe vor. Er kam mit dem eigenen Auto, ohne Chauffeur. Nach zwei Sätzen Small Talk kam er zum Punkt: Am Morgen jenes Tages war er aufgewacht und hatte seine Frau nicht neben sich im Bett vorgefunden. Sie hatte in der Nacht oder sehr früh am Morgen das Haus verlassen, ohne ihm oder der Brocani Bescheid zu geben. Als sie nach drei Stunden nicht zurückgekommen war und auch nicht angerufen hatte, hatte er beschlossen, sich an mich zu wenden. Er wollte, dass ich sie suchte.»

«War das nicht ein bisschen früh, um einen Privatdetektiv zu beauftragen?»

«Der erste merkwürdige Punkt.»

«Und der zweite?»

«1973 war sein Bruder Amilcare in der Position, dass er mit einem einzigen Anruf ganze Schwadronen an Carabinieri und Polizisten in Bewegung hätte setzen können, aus egal welchen privaten Gründen und mit maximaler Diskretion.»

«Also wollte Fuci nicht, dass sein Bruder vom Verschwinden seiner Frau erfuhr.»

«Ich kannte ja ihre familiären Verhältnisse, und mir kam sofort der Verdacht, dass die Ladich sich mit jemandem abgesetzt hatte, was erklärt hätte, dass Fuci seinen Bruder heraushalten wollte. Der Form halber fragte ich ihn, ob er glaube, dass seine Frau entführt worden war. Erst wenige Wochen zuvor war ich im Entführungsfall Getty hinzugezogen worden; ich hatte da zwar nichts erreichen können, aber es hatte sich bestimmt herumgesprochen. Fuci meinte, das könne er ausschließen. Sie sei vermutlich nur kurzzeitig ein wenig durcheinander und sei geflohen, um sich dem Druck für eine Weile zu entziehen. Über mein Honorar brauchte ich nicht zu verhandeln; in dem Handkoffer, den er dabeihatte, befanden sich fünf Millionen Lire, weitere fünf Millionen sollte ich bekommen, wenn ich die Ladich gefunden hätte.»

«Fünf Millionen Lire waren damals ein Haufen Geld», sagt Franca Pes anerkennend.

«Ja, das war wirklich viel. Selbstredend bedeutete diese Summe auch die Verpflichtung zu absoluter Diskretion.»

«Und was haben Sie dann gemacht?»

«Das, was ich in solchen Fällen immer gemacht habe: Ich habe meine Fühler ausgestreckt, mit ein paar Leuten gesprochen, bei meinen Kontakten nachgehört, die ich an den Orten hatte, die man passieren musste, wenn man Rom verlassen wollte. Es ging schnell; nach zwei Tagen war ich in dem Reisebüro, in dem Vera Ladich am 22. Oktober, vierundzwanzig Stunden vor ihrem Verschwinden, ein Flugticket gekauft hatte.»

«Ein Flugticket.»

«Nach Edinburgh, Abflug am 23. Oktober um neun Uhr morgens, nur Hinflug. Zuerst hatte sie ihn unter dem Namen Anna Mattalia kaufen wollen, doch ihr Pass mit diesem Namen war abgelaufen, weshalb sie den verwenden musste, der auf Vera Ladich lautete.»

«Und so haben Sie erfahren, dass Vera Ladich in Wirklichkeit Anna Mattalia war, geboren in Clot und nicht in Basovizza. 1946 und nicht 1944.»

«Die Dame im Reisebüro hatte eine Kopie des Passes gemacht, bevor sie bemerkte, dass er abgelaufen war. Gegen eine kleine Summe hat sie im Papierkorb gekramt und mir die Kopie ausgehändigt.»

Das Baby quengelt, es hat seinen Schnuller verloren. Federico Amidei steckt ihn ihm zurück in den Mund. Die Kleine gibt zu verstehen, dass das für den Moment ausreicht, die Welt sich aber darauf vorbereiten muss, dass sie erneut aufwacht.

«Gehen wir ein Stück», sagt Amidei.

Sie setzen sich in Bewegung, Arcadipane rechts von Amidei, Franca Pes links von ihm, Pedrelli einen Schritt dahinter. Der Duft der Orangen vermischt sich mit jenem der Maroni, den der Wind von außerhalb der Mauer herbeiträgt. Sie kommen an einem Pärchen vorbei, das eine Tüte Maroni isst. Sie beklagt sich darüber, dass sie außen hart und verbrannt sind, und innen roh. Sie sagt das mit einem Anflug der Bestürzung, wie sie für die Leute aus Brescia typisch ist, er kommentiert es mit einem doppelten Nicken und sieht dabei auf sein Handy. Die Sonne steht mittlerweile so hoch, dass sie erste Schatten wirft und die Temperatur in der Stadt um fünf Grad gestiegen ist.

«Haben Sie Fuci davon erzählt?»

«Dass ich wusste, dass sie Anna Mattalia war? Nein, aber unmittelbar nach meinem Besuch in dem Reisebüro habe ich ihn von einer Telefonzelle aus angerufen und ihm von dem

Ticket nach Edinburgh berichtet. Ich habe ihm vorgeschlagen, ich könnte zurück ins Reisebüro gehen, für den Abend einen Flug nach Edinburgh buchen, dort Vera Ladich aufspüren und sie ihm tags darauf zurückbringen. Aber er hat abgelehnt.»

«Inwiefern abgelehnt?»

«Die Sache hatte sich geklärt. Signora Ladich war kurz zuvor nach Hause zurückgekehrt. Ein Missverständnis. Am Nachmittag würde er mir die fünf Millionen zukommen lassen, und damit sollte ich die Angelegenheit als erledigt betrachten.»

Sie haben das Mäuerchen erreicht. Vor ihnen erstreckt sich die Stadt mit ihren Kuppeln und Dächern, über die die flachen Sonnenstrahlen streifen. Über den Häusern eher ein dünner Schleier als Dunst. Millionen Menschen, die atmen, schwitzen, Körpersäfte von sich geben und weinen. Ein gewaltiger Austausch von Flüssigkeiten zwischen Mensch und Atmosphäre – das ist eine Metropole. Als steckte man den Kopf in eine bunte Plastiktüte, in der bezaubernde Musik erklingt, die aber nur ein kleines Loch hat, durch das das Kohlendioxid entweichen kann. Und der Sauerstoff eindringen.

Die Kleine wacht auf. Diesmal liegt es nicht am Schnuller, das sieht man sofort. Federico Amidei nimmt die Tasche, die am Griff des Kinderwagens hängt, und setzt sich auf die Bank, vor der sie stehen. Er holt eine Thermoskanne mit heißem Wasser und Milchpulver heraus und bereitet das Fläschchen zu. Das Baby weint.

«Soll ich sie nehmen?», fragt Franca Pes.

Federico Amidei nickt, während er das Wasser in das Fläschchen gießt und dabei die Linien im Blick behält, die die Milliliter anzeigen.

Franca Pes hebt die Kleine behutsam aus dem Wagen, und die beruhigt sich, sobald sie an Francas Schulter liegt. Die Sonne scheint ihr ins Gesicht, mit geschlossenen Augen kippelt sie mit dem Kopf vor und zurück, als würde sie mit den Lippen die Sonnenstrahlen suchen. Mit der Hand stützt Franca Pes ihr den Nacken.

«Ich glaube, sie muss gewickelt werden.»

«Nach dem Fläschchen», sagt Federico Amidei.

Franca Pes reicht ihm die Kleine, die in der Tat, kaum aus der Decke geholt, auf diesen zwei Quadratmetern einen pflanzlichen Geruch von säuerlicher Scheiße verbreitet. Jetzt aber trinkt sie seelenruhig, bewegt dabei die Hände und schreibt Wörter in die Luft, die ihrer Fantasie entspringen.

«Erzähl ihm noch den Rest», sagt Franca Pes. «Das, womit du bis jetzt herausgerückt bist, reicht nicht, um die Schuld zu begleichen.»

In dem Blick, den die beiden wechseln, erahnt Arcadipane, dass Federico Amidei und Franca Pes etwas verbindet, das nichts mit Liebe oder Sex zu tun hat, sondern mit Dingen, die nicht ganz sauber waren und schlecht ausgegangen sind und bei denen eine Menge Leute Federn gelassen haben.

«Hast du ihm die Artikel gezeigt?»

«Nein», sagt Franca.

Er sieht auf die Kleine hinab, und es ist klar, dass er den Blick nicht von ihr wenden wird, bis sie aufgehört hat zu trinken und er zu erzählen.

«Eine Woche nach diesem Anruf erschien in einer überregionalen Wochenzeitschrift die Nachricht, dass die Schauspielerin Vera Ladich und der Regisseur Sergio Vescovi eine heimliche Beziehung führten. Der Artikel berichtet, dass der Ehemann der Ladich, der Produzent Terenzio Fuci, tief verletzt und am Boden zerstört sei, seitdem er von der Affäre erfahren habe, die offenkundig schon eine ganze Weile andauere. Die Zeitungen nehmen die Nachricht auf. Man spricht davon, dass die Trennung kurz bevorsteht oder das Paar sich zumindest eine Auszeit genommen hat. Die Zeitschrift, die den Scoop gelandet hat, deutet in ihrer nächsten Ausgabe an, das treulose Liebespaar habe sich ins Ausland absetzen wollen, was Fuci aber herausgefunden habe. In den folgenden Monaten äußert sich keiner der Beteiligten in der Öffentlichkeit, und das Thema verschwindet aus dem allgemeinen Blickfeld, aber dann, ausgerechnet kurz vor Weihnachten, gibt Vera Ladich ebendieser Illustrierten ein Interview, in dem sie erklärt, dass sie ihren Fehltritt bereut. Sie bedauert den Schmerz, den sie ihrem geliebten Ehemann zugefügt hat, und kündigt an, sie werde sich aus dem Filmgeschäft zurückziehen und sich künftig ausschließlich ihrer Familie widmen.»

Arcadipane hat sich das alles angehört, die Hände in den Jackentaschen, und die Sonne genossen, die ihm den Nacken wärmt. Pedrelli steht neben ihm und streckt den Bleistift auf halber Höhe in die Luft. Franca Pes hat sich erneut einen Kaugummi in den Mund gesteckt, ohne jedoch den anderen einen anzubieten, um Amideis Bericht nicht zu unterbrechen.

«Also war sie mit dem Regisseur in Edinburgh?», fragt Arcadipane, in der Hoffnung, dass der Kreis sich schließt.

Federico Amidei sieht ihn an und schüttelt den Kopf. So leicht schließt der Kreis sich nicht.

«In den Tagen, an denen ich versucht habe, Vera Ladich ausfindig zu machen, habe ich Sergio Vescovi in einer Bar an der Piazza di Spagna getroffen. Ich wollte ihn fragen, ob er wusste, wo Vera abgeblieben war. Also war er nicht in Schottland, sondern in Rom.»

«Dann war er nicht bei Vera Ladich?»

«Nein.»

«Vielleicht hat er gelogen. Immerhin hatte die beiden eine Beziehung.»

«Sie hatten keine Beziehung.»

«Und das haben Sie auch von … Vescovo erfahren?»

«Sergio Vescovi», verbessert ihn Franca Pes.

«Sergio Vescovi.»

«Wer ihn kannte, wusste, dass er niemals eine Beziehung mit Vera Ladich hätte haben können.»

«Niemals.»

Federico Amidei mustert ihn, um herauszufinden, ob er es kapiert hat.

«Was wussten Sie über ihn?», fragt Arcadipane.

«Das, was alle wussten, aber ich besaß Fotografien, von denen er nicht gewollt hätte, dass sie an die Öffentlichkeit gelangten. Als ich ihn nach dem fragte, was ich wissen wollte, konnte ich also sicher sein, dass er die Wahrheit sagte.»

Arcadipane sieht zu Franca hinüber, die die Augen leicht schließt, wie um zu sagen: Lass gut sein, das erklär ich dir später.

«Aber wenn der Scoop über die Affäre eine Ente war», sagt Arcadipane, der jetzt versucht, die Puzzleteile so gut es geht zusammenzufügen, «warum haben Vescovi und Vera Ladich die Meldung dann nicht dementiert?»

«Das weiß ich nicht.»

«Und was wissen Sie?»

«Dass die Zeitschrift, die die Nachricht verbreitet hat, zu einer Verlagsgruppe gehörte, an der die Familie Fuci Anteile besaß.»

Arcadipane will sich ein Sucai in den Mund schieben, aber es fällt ihm aus der Hand, er bückt sich, hebt es vom Boden auf und schiebt es sich, diesmal sorgfältiger, erneut zwischen die Lippen. Er kaut darauf herum. Der Park ist mittlerweile voller Menschen. Touristen und Einheimische gehen nur wenige Meter entfernt an ihnen vorbei, betrachten das Baby, das von einem weißhaarigen Mann gefüttert wird, die Frau mit den breiten Schultern und der Lockenpracht, die ihr wie ein Wasserfall vom Kopf herabfällt, den Typen in der Windjacke, der das Gesicht eines Metallarbeiters und die Frisur von Gianni Agnelli hat, und diesen seltsamen Kerl in der Lammfelljacke, der Sachen isst, die er vom Boden aufgehoben hat. Doch in der Blase, in der die vier sich befinden, sind die Gespräche der Passanten, die Litanei der Romafrau und die Rufe des Kastanienrösters nicht zu hören. Nur die Wärme der Sonne dringt herein, der Duft der Orangen, der Rauch des Maroniofens und der Geruch des Marihuanas, das die vier Schüler rauchen, die auf einer Bank in der prallen Sonne lümmeln und den Unterricht schwänzen. Von dieser Mischung betäubt, sieht Arcadipane auf die Stadt hinab, die in wenigen Jahren Franca Pes und Federico Amidei mitsamt ihrer Vergangenheit verschlingen wird, mit ihren Geheimnissen und ihren Missetaten, mitsamt dem, was sie wissen, und dem, was sie nicht wissen, mitsamt den Informationen, die sie verkauft und jenen, die sie gegen Bezahlung zurückgehalten haben. Und Turin wird dasselbe mit ihm und Pedrelli machen. Im Verlauf weniger Jahre wird es sie verschlingen, verdauen und wieder ausscheißen. Für einen kurzen Augenblick glaubt er die Menschen zu verstehen, die in Clot leben oder in Dörfern, die noch kleiner sind. Die Menschen, von denen er nie kapiert hat, was zum Teufel sie auf der Welt machen. Die beschlossen haben, etwas von sich selbst zu bewahren, indem sie in die Gegenrichtung arbeiten, Gegenstände entfernen, Personen entfernen und alles der Zeit überlassen, die spürbar tröpfchenweise verrinnt. Rom stellt einen vor die Frage, ob man bleiben will oder eher dafür gemacht ist, woanders zu leben. Bei Arcadipane lautet die Antwort eindeutig: woanders.

«Commissario?», wendet sich Pedrelli an ihn.

«Ja, sicher», antwortet er, auch wenn er nicht die geringste Ahnung hat, wessen er sich sicher ist oder warum er das gesagt hat.

Federico Amidei klopft Penelope auf den Rücken, damit sie ein Bäuerchen macht, und breitet währenddessen eine gepolsterte Matte auf der Bank aus, um die Kleine zu wickeln. Wer weiß, was diese Hände schon alles gemacht haben … Und jetzt machen sie das hier.

«Wie viel haben Sie dafür bekommen?», fragt Arcadipane.

«Wofür?», erwidert Amidei, der, obwohl er Großvater ist,

bei der Reinigung eines Oberschenkels voller Rundungen, Wülste und Vertiefungen eine gewisse Geschicklichkeit erkennen lässt.

«Dafür, dass Sie diese Fotokopie zurückgehalten haben, die beweist, dass Vera Ladich Anna Mattalia war.»

«Zehn Millionen.»

«Zehn Millionen dafür, dass Sie sie aufgespürt haben, zehn Millionen für das Schweigen bezüglich ihrer Identität, und für die andere Sache?»

«Was glauben Sie denn?»

«Noch mal zehn Millionen?»

«Naaain!», erwidert Amidei, und mit einer wirklich äußerst geschickten Bewegung faltet er die in Ungnade gefallene Windel zusammen. «Geld ist wichtig, aber man muss auch ans Alter denken. In diesem Umfeld hält man es nicht allzu lange aus.»

Mit der nach unten klappenden Handbewegung eines Basketballspielers wirft er die Windel in einen zwei Meter entfernten Abfalleimer.

«Den Antiquitätenladen.»

«Sehen Sie? Schon nach ein paar Tagen in Rom haben Sie etliche Kilo Ihrer savoyischen Dummheit verloren.»

Federico Amidei schließt die frische Windel, dann den Strampelanzug. Er kitzelt Penelope am Bauch, die lacht, aber auch ein bisschen schläft. Kinder besitzen die wunderbare Fähigkeit, zwei natürlichen Impulsen gleichzeitig nachgeben zu können. Das verliert sich im Lauf der Zeit, mit der Ausrede, man wolle immer nur eine Sache genießen. Ein schwerer Fehler. Wenn man dann stirbt, macht man ebenfalls nur eine Sache, die aber gründlich.

«Noch eine letzte Frage.»

«Bitte», sagt Federico Amidei und legt die Kleine behutsam in den Wagen.

«Lebt Sergio Vescovi noch?»

«Meinen Sie im künstlerischen Sinn?»

«Ich meine in dem Sinn, dass man ihn befragen könnte.»

«Ich glaube, er besitzt ein Landgut irgendwo in der Toskana. Mit Ihren umfassenden Möglichkeiten finden Sie ihn bestimmt im Handumdrehen. Das Letzte, was ich von ihm gehört habe, war aber, dass er neun Monate im Jahr in Thailand verbringt, wo er sich mit einer Kiste voll Rum und Viagra in einem Urlaubsresort verbarrikadiert. Also viel Glück. Ciao, Franca Pes», sagt er und gibt ihr einen Kuss auf die Wangen, streift dabei aber auch ihre Lippen. «Es war mir ein Vergnügen, die Konten endlich auszugleichen.»

«Ciao, Federico», erwidert Franca und streichelt ihm ihrerseits über die Wange. «Du bist noch immer dasselbe bewundernswerte Stück Scheiße.»

Amidei lacht, hebt eine Hand und macht sich mit dem Kinderwagen auf den Weg.

«Grüßt mir Turin. Wenn mich eines Tages die Lust auf Rheuma, schweres Essen und Scherereien überkommt, besuche ich euch.»

Sie sehen ihm nach, wie er sich eine Schneise durch die Besucher bahnt, die sich unweigerlich nach diesem hochgewachsenen Mann mit langem, dichtem, weißem Haar umsehen, der einen Kinderwagen aus den Siebzigerjahren vor sich herschiebt.

Als er verschwunden ist, setzen sich die drei, ohne sich zu verständigen, gleichzeitig auf die Bank. In die Düfte, die in der Luft liegen, hat sich der schwache Geruch von Penelopes Scheiße gemischt, der in einem blasphemischen Zusammenspiel mit dem Altar des Vaterlandes in der Ferne harmoniert. Es ist gerade mal kurz nach neun, und sie fühlen sich erschöpft, kaputt und ausgetrocknet, als hätten sie stundenlang gebeichtet und dabei noch nicht einmal alles gestanden.

«Eine Sache gibt's, die ich nicht verstanden hab», sagt Franca Pes.

«Du Glückliche. Ich hab mehr als nur eine nicht verstanden.»

«Was wusste Federico außer der Wahrheit über Vera Ladichs Identität noch? Ich meine das, wofür er den Laden bekommen hat.»

«Er wusste, dass Vescovi in diesen Tagen in Rom war und daher nicht Vera Ladichs Geliebter sein konnte. Dass also der Skandal um die angebliche Affäre eine Erfindung von Fuci war.»

«Aber wenn Vera Ladich keine Beziehung mit Sergio Vescovi hatte, warum hat Fuci dann den Zeitungen eine entsprechende Information gesteckt? Was hat es ihm denn gebracht, dass er als Gehörnter dasteht? Das kapier ich nicht.»

«Ich auch nicht.»

«Das heißt?»

«Das heißt, dass wir diesen Vescovi finden müssen. Pedrelli, hast du das alles aufgeschrieben? Denn mir brummt dermaßen der Schädel, dass ich mich jetzt erst mal hinlegen muss.»

«Gewiss, Commissario. Sobald wir eine freie Minute haben, ordne ich meine Notizen, und wir gehen das Ganze noch einmal durch.»

«Noch mal durchgehen, hervorragend.»

«Aber diese Sache mit den Daten ist doch irgendwie eigenartig.»

«Welche Daten?»

«Vera Ladich ist am 23. Oktober 1973 nach Edinburgh geflogen, der Ingenieur und seine Frau sind am 25. Oktober 1962 bei dem Unfall in dem Entlastungsstollen umgekommen, und dieses Jahr am 24. Oktober wurde Fuci ermordet, und Vera Ladich ist verschwunden.»

«Du meinst also, wenn dir ein Vogel auf den Kopf scheißt, kann das Zufall sein, aber wenn dir eine Kuh auf den Kopf scheißt, hast du es irgendwie drauf angelegt?»

Alle drei starren auf ihre Schuhe, während die Metapher

noch ein paar Sekunden lang nachklingt. Dann schauen sie auf Arcadipanes rechten Mokassin. Mit dem Fortschreiten der Zeit und dem Fortschreiten Arcadipanes ist das Klebeband teilweise ausgefranst und teilweise mit dem Kunstleder verwachsen, was den Schuh wie ein Raumschiff aussehen lässt.

«Hast du gesehen, wie dein Freund Federico ausgesehen hat?», sagt Arcadipane. «Hat die Nacht durchgemacht und ist frisch wie eine Rose. Wenn ich mal Großvater bin, kann ich noch von Glück sagen, wenn ich mir die Windeln selbst wechseln kann.»

«Penelope ist seine Tochter.»

«Seine Tochter?»

«Die Mutter ist eine junge Frau, zweiunddreißig Jahre alt. Hast du seine Augen nicht gesehen? Er gibt jede Woche zweitausend Euro für Kokain aus. Klar, dass er nachts wie ein Löwe durch die Gegend streicht.»

«Sieht man ihm nicht an. Seine Zähne sind perfekt.»

«Alle künstlich. Oben und unten jeweils dreißigtausend Euro. Ein Zahnarzt, zu dem die Schauspieler und Kokser gehen, die sich noch nicht komplett ruiniert haben.»

«Was für eine Welt», sagt Arcadipane, schüttelt den Kopf und fischt in der Tasche nach ein paar Sucai. Auf seiner Handfläche liegen drei Stück, die er den anderen beiden anbietet. Franca Pes nimmt sich eines.

«Als ob ich die essen würde», sagt Pedrelli. «Wenn wir auf dem Rückweg an einem Supermarkt vorbeikommen, können wir ja vielleicht kurz anhalten. Dann besorge ich mir einen Joghurt.»

38.

Dass er alt geworden ist, hat Bramard festgestellt, als die Kinder in der Schule zwei Gegenstände, die für ihn zum täglichen Gebrauch gehören – Stofftaschentücher und Computermaus –, mit geradezu historischem Interesse betrachtet haben.

Dies erklärt wohl auch, warum Isa in die Tasche mit dem Laptop keine Maus gepackt hat und er sich jetzt schon seit ein paar Minuten damit abmüht, den Film an einer bestimmten Stelle anzuhalten.

In *Ein Nachmittag im August* spielt Vera Ladich eine gut situierte Römerin namens Carla, eine junge Frau, die mit einem erfolgreichen Architekten verheiratet ist, mit dem sie zwei Kinder hat, die noch klein sind. Ein beschauliches, großbürgerliches Leben, das ihr ausreichend Zeit lässt, um sich der Einrichtung der Wohnung zu widmen, ihren Freundinnen, dem Reiten und den Freizeitaktivitäten der Kinder, die einen privaten Kindergarten und eine private Grundschule besuchen, wo Betreuerinnen und Lehrerinnen englische Muttersprachlerinnen sind. Alfredo, ihr Ehemann, beschließt, den Sommer zu nutzen, um das Bad renovieren zu lassen. Er selbst muss im August eine Baustelle in Cortina beaufsichtigen, während Carla und die Kinder den Monat in ihrem Haus in Porto Ercole verbringen sollen. So können die Handwerker in Ruhe das alte Bad herausschlagen, die neuen Installationen vornehmen und den Boden fliesen. Alles verläuft wie geplant, doch vor Maria Himmelfahrt muss Carla für ein paar Tage nach Rom zurück, weil eine Freundin nach einem Selbstmordversuch, der eher ein Hilferuf und nicht ernsthaft gefährlich war, im Krankenhaus liegt. Sie übernachtet in der Wohnung, wo am nächsten Morgen die Handwerker eintreffen, unter ihnen Saverio, ein junger Mann aus einem Vorort, der noch in der Probezeit ist. Eines Nachmittags im August, als Saverio allein in der Wohnung ist, um die alten Fliesen abzuschlagen, lernen die beiden sich kennen, fühlen sich zueinander hingezogen, schlafen miteinander. Mit dieser unerklärlichen Tat, die völlig aus dem Rahmen von Carlas Leben fällt, scheint die Geschichte an ihr Ende zu kommen. Sie hat Alfredo noch nie betrogen. Sie kehrt nach Porto Ercole zurück, wo die Kinder bei ihrer Großmutter väterlicherseits sind. Sie nimmt ihre Gewohnheiten wieder auf: Strand, Rommé mit Urlaubsbekanntschaften, zärtliche Telefonate mit dem Ehemann. Doch schon bald findet sie eine Ausrede, um erneut nach Rom zu fahren und Saverio wiederzusehen, dem mittlerweile gekündigt wurde, weil er Werkzeug gestohlen hat. Sie trifft ihn in seiner Vorortwelt, dann in einer schäbigen Pension, und schließlich bittet Saverio sie um Geld, mit dem er Schulden begleichen will. Angeblich sind Leute hinter ihm her, Leute, die ihm Übles antun könnten. Carla kann keine solche Summe abheben, ohne dass Alfredo es bemerken und sie zu Rede stellen würde. Also verfällt sie auf die Idee, einen Diebstahl in der Wohnung vorzutäuschen. Ähnlich einer Kugel, die auf einer schiefen Ebene anfängt zu rollen, steuert Carlas Leben auf Verderben und Katastrophe zu.

Bramard müht sich ab, mit seinem Zeigefinger das Touchpad zu bedienen, aber den Gelenken, die nach so vielen Jahren Felskletterei versteift und geschwollen sind, fehlt offenkundig die hierfür erforderliche Beweglichkeit. Der Cursor saust ruckartig hin und her, begleitet von einem hektischen Klicken. Irgendwann schafft er es, der Film läuft weiter, und er sieht zum x-ten Mal die Szene, in der Carla nachts ihre fünf und sieben Jahre alten Kinder weckt. Sie ruft sie zu sich an ihr Bett, in dem sie bis eben allein geschlafen hat. Sie umarmt sie. Sobald die Kinder eingeschlafen sind, wird sie fortgehen. Sie hat sich für

Saverio entschieden, für den Abgrund, vielleicht wird sie ihre Kinder nie wiedersehen, vielleicht ist es besser so. Sie drückt sie an sich. Sie kann es ihnen nicht erklären, sie sind noch zu klein. Und sie kann nicht einmal sich selbst erklären, warum sie beschlossen hat, ihr perfektes Leben in Trümmer zu schlagen. Ihre aller perfekte Leben. Daher schweigt sie und umarmt die beiden noch einmal. Dann lächelt sie. «Und jetzt geht wieder schlafen», sagt sie. Sie wollen schon gehen, da greift Carla noch ein letztes Mal nach ihnen. Carla in Großaufnahme. «Vergesst nie …», sagt sie, dann dieser leichte Seitenblick in die Kamera, zu Bramard, der ihr zusieht, einer der sieben Augenblicke, die aus ihr *Mademoiselle le look* gemacht haben, dann murmelt sie: «… die Liebe, die ich euch entgegenbringe.»

Mit einem unangemessenen Schlag auf das Touchpad hält Bramard den Film an, Carlas Blick, die letzte Silbe. Er betrachtet Carla und die Kinder. Der Computer auf seinem Schoß gibt eine angenehme Wärme ab, das Zimmer ist so kalt wie immer, aber daran hat er sich mittlerweile gewöhnt. Er nimmt das Notizbuch zur Hand, das neben ihm liegt, und schreibt diesen Satz unter die anderen, die Vera Ladich in den beiden vorigen Filmen in die Kamera gesagt hat:

«… ich bitte euch …»

«… dann wird mir das Böse kein Leid antun können …»

«… die Liebe, die ich euch entgegenbringe …»

Er versucht, die Sätze zu einem sinnvollen Ganzen zu vereinen, aber das gelingt ihm nicht, es entsteht dabei nur ein Anflug von Traurigkeit und Resignation. Sein Telefon läutet; es liegt auf dem Nachttisch, auf dem auch die Schachteln mit den Tabletten liegen, die er morgens und abends nehmen muss, in einem Fall auch nach dem Mittagessen. Der Klingelton ist derselbe wie bei den alten Telefonen aus den Siebzigerjahren. Ani hat es ihm so eingestellt, ohne dass er sie darum bitten musste. Es ist Isa.

«Ciao, hör zu, beim Ultraschall war ich nicht. Der wurde

auf morgen verschoben. Also weiß ich nicht, ob es ein Junge oder ein Mädchen wird, und ich weiß auch nicht, ob ich es dir sagen würde.»

«Alles klar.»

«Gibt's bei dir irgendwas Neues?»

«Ich schaue mir gerade die Filme an, und dann will ich diesen Fortsetzungsroman zu Ende lesen. Büroarbeit, sozusagen. Hast du etwas herausfinden können?»

«Die ein oder andere Sache. Ich hab dir gerade eine Mail geschickt, aber ich kann's dir auch so erzählen.»

«Hast du Vincenzo schon berichtet?»

«Nein, noch nicht.»

«Okay, dann mach das noch.»

«Kannst du das nicht machen?»

«Könnte ich, aber du weißt doch, warum ich nicht will. *Er* ist dein Vorgesetzter.»

«Ich bin bei der Verkehrspolizei, also ist er nicht mein Vorgesetzter.»

«Du weißt auch, wie ich darüber denke. Also ruf ihn an.»

«Okay, dann eröffne ich eine Gruppe mit uns dreien, und wenn ich dir schreibe, liest er es auch. Einverstanden?»

«Wie du willst. Aber wenn du Lust hast, dann erzähl's mir jetzt.»

«Wenn ich Lust habe … Ich sollte was für dich recherchieren, Sachen, die mir völlig am Arsch vorbeigehen …»

«Isa?»

«Hör zu, ich bin total genervt.»

«Das merke ich.»

«Andauernd ist mir schlecht, ich schlafe beschissen, ich hab das Gefühl, ich bin eine Tonne, und Angela geht mir auf die Nerven. Ich weiß nicht, ob das alles richtig war.»

Bramard schweigt, und Isa weint vielleicht ein bisschen, auch wenn davon nichts zu hören ist.

«Es wird alles gut gehen.»

«Klar, für dich wird alles gut gehen, du hast dir nur einen von der Palme gewedelt und musstest weder Blumen kaufen, noch mich zum Essen einladen und anschließend das Bidet benutzen.»

«Du magst keine Blumen. Zum Essen lade ich dich noch ein. Und aufs Bidet kann ich jetzt immer noch gehen.»

«Ach, leck mich doch.»

«Der Arzt hat gesagt, ich kann überall hingehen. Ich muss nur langsam machen.»

Isa lacht, weint aber auch ein bisschen.

«Willst du jetzt hören, was ich rausgefunden habe?»

«Ja, das will ich.»

«Also, fangen wir mit den vierzehn Eintrittskarten an, die im Haus von Ludwig Ubac gefunden wurden.»

«Ja, fangen wir damit an.»

«Das sind Kinokarten aus der Zeit, in der die Filme von Vera Ladich in den Kinos liefen. Um rauszufinden, aus welchem Kino sie stammen und für welche Filme sie waren, brauche ich Zeit. So viel zu diesen Tickets.»

«Das ist schon einmal etwas. Der Sohn von Ottavio und Marta?»

«Er ist im Mai 2002 im Krankenhaus von Cuneo gestorben, im Alter von zwei Jahren und zehn Monaten. Er hatte einen seltenen Gendefekt, aber ich hab keine Lust, dir das zu erklären. Was ich dazu gefunden habe, habe ich dir per Mail geschickt.»

«Alles klar. Was machst du gerade?»

«Ich hänge rum, kotze und heule.»

«Ist Angela nicht da?»

«Sie ist in ihrem Atelier und arbeitet, und das ist auch besser so. Und du, gib mir jetzt bitte keine Ratschläge, vor allem keine Lektüretipps.»

«Warum nicht?»

«Weil mich das rasend macht. Da schau ich mir lieber auch einen Film mit der Ladich an.»

«Willst du herkommen?»

«Nein, das würde alles nur noch schlimmer machen. Außerdem muss ich mich um die Kinokarten kümmern, das geht von hier aus besser. Ist bei dir zu Hause alles in Ordnung? Das frag ich dich irgendwie nie.»

«Alles in Ordnung.»

«Das stimmt doch nicht.»

«Nein, das stimmt nicht, aber du weißt doch ohnehin alles.»

«Und deiner Lebensgefährtin …»

«Elena.»

«Hast du es ihr gesagt?»

«Ja.»

«Ist sie wütend auf mich?»

«Auf dich nicht. Auf mich. Weil ich hier bei Vincenzo bin, anstatt mich zu Hause auszuruhen.»

«So wie Angela.»

«Das hättest du vorher wissen können. Hab ich dir doch gesagt.»

«Wir sind schon zwei Knallköpfe, oder?», sagt Isa lachend. «Arcadipane auch. Aber der ist noch dazu hässlich. Ich mach Schluss, ich muss kotzen», sagt sie dann und legt auf.

Bramard legt das Telefon so auf das Nachttischchen, dass es völlig sinnlos auf dem Stapel aus Tablettenschachteln balanciert. Er sieht zu, wie es schwankt und dann zur Ruhe kommt. Er schließt den Film, öffnet das WLAN des Hotels, tippt das Passwort *pellegrino* ein und öffnet seine Mails.

Die Mail von Isa steht ganz oben. Darunter eine Handvoll Spam und ein paar Nachrichten von der Schule, an der er unterrichtet hat und die ihn noch nicht aus dem Verteiler genommen hat. Der Betreff von Isas Mail lautet «Wolcott-Rallison-Syndrom». Er öffnet sie. Die Mail ist leer, bis auf einen Link, der auf eine Internetseite führt. Bramard klickt ihn an.

Das Wolcott-Rallison-Syndrom (WRS) ist eine sehr seltene Erbkrankheit; zu den Symptomen gehören permanenter neonataler Diabetes mellitus (PNDM), multiple epiphysäre Dysplasie sowie andere klinische Anzeichen, wie etwa rezidivierende Episoden von akuter Leberinsuffizienz. Bislang wurden weniger als sechzig Fälle der Erkrankung beschrieben. Der Großteil der Patienten ist jeweils mit anderen Patienten blutsverwandt. Das WRS ist vermutlich unterdiagnostiziert, weil die Patienten versterben, bevor die Krankheit erkannt wird. Der Diabetes setzt sehr früh ein, für gewöhnlich manifestiert er sich in den ersten sechs Lebensmonaten, er ist permanent, und die Patienten sind vom ersten Auftreten an insulinpflichtig. Die Knochendysplasie entwickelt sich in den ersten beiden Lebensjahren und geht mit geringer Körpergröße einher (Kleinwüchsigkeit mit verkürztem Rumpf). Vom ersten Auftreten des Diabetes an zeigen die Röntgenbilder mangelnde Mineralisierung oder Anzeichen epiphysärer Dysplasie an Röhrenknochen, Becken und Wirbelsäule, während der Schädel für gewöhnlich nicht betroffen ist. Der Befall der Leber ist das dritte charakteristische Kennzeichen und die schwerwiegendste Komplikation, da sie lebensbedrohlich sein kann. Sie besteht in einer Zunahme der Leberenzyme, des Anschwellens der Leber und rezidivierender Leberinsuffizienz. Die weiteren Symptome fallen unterschiedlich aus, je nach Patient sowie Art und Schwere der Erkrankung …

Bramard geht im Text zurück nach oben und liest erneut: «Der Großteil der Patienten ist jeweils mit anderen Patienten blutsverwandt. Das WRS ist vermutlich unterdiagnostiziert, weil die Patienten versterben, bevor die Krankheit erkannt wird.»

Er steht auf und geht ein paarmal im Zimmer auf und ab, die Hände in den Taschen, die Füße in Strümpfen, durch die er die Ritzen zwischen den Leisten des Parketts spürt. Er hat Lust zu rauchen, weiß aber, dass er nicht darf. Er tritt vor das Fenster. Ester und Trepet sind draußen auf dem Platz. Ester versucht, mit dem Hund zu spielen, indem sie ein Stöckchen wirft. Um sie zufriedenzustellen, schlurft Trepet auf seinen drei Beinen zu dem Stöckchen, schnüffelt daran und sieht zu Ester. Sie ruft ihn, er kommt zu ihr zurück, ohne Stöckchen. «Bravo», hört Bramard sie sagen. «Bist auch so ein guter Hund.» Wie schon gestern hat Ester ihn mit rausgenommen, als sie von der Schule zurückgekommen ist. Jetzt gehen sie die Straße entlang, die aus dem Dorf hinaus und in den Wald führt. Auch als sie schon im Wald verschwunden sind, kann Corso weiterhin Esters rote Windjacke sehen. Trepet mit seinem dunklen Fell dagegen ist hinter dem spärlichen Laub und dem bräunlichen Gestrüpp nicht mehr zu erkennen.

Er geht zum Nachttisch, nimmt das Telefon zur Hand und sucht die Nachrichten von Arcadipane.

«Ich muss mit Ludwig Ubac reden», schreibt Bramard.

Während er auf eine Antwort wartet, sieht er, dass er in eine WhatsApp-Gruppe aufgenommen worden ist.

Isa, er und Arcadipane. Name der Gruppe: «Zwei alte Säcke und ein heißer Feger.»

39.

Mit einem Zahnstocher reinigt Arcadipane die kleinen Löcher in dem Metalltischchen. Er weiß nicht genau, womit sie verschmutzt sind – sie stehen hier im Freien unter einer Pergola –, er weiß nur, dass das, was er da macht, nicht besonders hygienisch ist, dass es ihn beruhigt und er so nicht mit Franca Pes und Pedrelli reden muss, während sie darauf warten, dass jemand kommt und ihre Bestellung aufnimmt.

Das *Ping* seines Handys reißt ihn aus seinen Gedanken, die eher träge als düster sind. Er nimmt das Telefon zur Hand und sieht auf das Display. Er ist in eine WhatsApp-Gruppe aufgenommen worden. Isa, er und Bramard. Läuft ja prima, denkt er, als er den Namen der Gruppe liest. Im selben Augenblick kommt eine Nachricht von Bramard.

Bramard
Ich muss mit Ludwig Ubac reden.

Er denkt nach und antwortet dann:

Arcadipane
Okay, ich verständige das Wachpersonal. Mach keinen Scheiß.

Weil er das Telefon schon in der Hand hat, schreibt er Mariangela, die sich weiterhin in Schweigen hüllt. Er versucht, über Bande zu spielen.

Arcadipane
Alles okay mit Loredana? Ich hab ihr geschrieben, aber sie antwortet nicht. Wie war die letzte Prüfung?

Sie antwortet sofort.

Mariangela
Das war am Montag. Ist nicht gut gelaufen. Du bist wie immer zu spät dran.

Er beschließt, auf Provokationen nicht einzugehen.

Arcadipane
Durchgefallen?

Mariangela
28 Punkte von 30, aber sie hat die Note streichen lassen, weil sie ihr den Durchschnitt kaputt machen würde.

Arcadipane
Ist sie wahnsinnig?

Mariangela
Sie ist nicht wahnsinnig, sie ist ehrgeizig. Vielleicht ein bisschen zu starrsinnig. Wie dem auch sei, so was muss sie allein entscheiden. Du könntest sie doch zur Abwechslung mal anrufen und

mit ihr reden. Statt immer nur zu schreiben.

Natürlich musste sie da wieder einen Konjunktiv unterbringen.

Arcadipane
Wenn du wegen der Wohnung sauer bist, lass das nicht an mir aus.

Mariangela
Die Wohnung gehört zur Hälfte dir. An wem sollte ich das denn sonst auslassen?

Arcadipane
Wenn sie zur Hälfte mir gehört, dann verkauf doch deine Hälfte!

Schweigen. Arcadipane legt, nicht unzufrieden, das Handy zurück auf den Tisch. Ein Junge kommt, verteilt Platzdeckchen und fragt, was sie möchten. Arcadipane hat bis jetzt noch keinen Blick auf das laminierte Blatt geworfen, das als Speisekarte dient. Während Pedrelli und Franca Pes ihre Bestellungen aufgeben, nimmt er es zur Hand und studiert es, entdeckt aber keine ihm bekannten Gerichte. Die meisten Namen sind ihm völlig unverständlich. Dann kommen ihm Bedenken. Gewichtige und erschütternde Bedenken. Er greift wieder zum Handy.

Arcadipane
Das war ein Scherz!

Mariangela
Aber ich habe schon ernsthaft darüber nachgedacht. Gian Pietro und ich haben mal einen Plan gezeichnet. Wenn die Hausgemeinschaft uns erlaubt, dass wir in die blinde Wand auf dem Treppenabsatz eine Tür machen …

Arcadipane
Du bist nicht starrsinnig, sondern wahnsinnig!

Mariangela
… könnten wir die Wohnung wirklich in zwei Einheiten aufteilen. Nur ein zweites Bad müssten wir dann noch einbauen.

Darauf antwortet er nicht mehr; was er zu sagen hatte, hat er gesagt. Er legt das Handy auf den Tisch und liest wieder in der Speisekarte, kann sich aber nicht konzentrieren. Das Telefon klingelt. Er sieht auf das Display: eine unbekannte Nummer, wahrscheinlich der Rechtsanwalt, der Architekt oder die Hausverwaltung, die Mariangela schon mobilisiert hat. Er steht auf und signalisiert den anderen, dass er rangehen muss.

«Bestell du für mich», sagt er zu Pedrelli, eine Hand auf dem Mikrofon. Dann entfernt er sich auf dem Gehsteig ein paar Schritte. Sie sind ganz in der Nähe des Hotels. Die Gebäude hier erinnern stark an Turin.

«Ja?», sagt er in offiziösem Ton.

«Vincenzo Arcadipane?»

«Am Apparat.»

«Guten Tag, hier Hotel Papi. Ich wollte Ihnen mitteilen, dass für Sie gerade ein Paket abgegeben wurde.»

«Aber ich erwarte kein Paket. Wer ist denn der Absender?»

«Das kann ich Ihnen nicht sagen. Es wurde persönlich überbracht.»

«Von wem?»

«Von einem Mann. Auf dem Paket stehen weder Adressat noch Absender, aber er sagte, es sei für Sie.»

Arcadipane denkt nach.

«War das ein groß gewachsener Mann um die sechzig, mit langen weißen Haaren?»

«Nein, eher nicht. Er hat seinen Roller vor dem Eingang abgestellt und den Helm aufbehalten. Hat nur das Paket dagelassen und war im nächsten Moment wieder weg. Also, groß war er jedenfalls nicht.»

Schweigen.

«Ich dachte, es wäre gut, wenn ich Ihnen Bescheid gebe.»

«Ja, das war gut. Ich bin gleich da.»

Arcadipane gibt die Adresse des Hotels in das Navi seines Handys ein und stellt fest, dass es bis dorthin nur vier Minuten zu Fuß sind. Er sieht kurz zum Lokal zurück: Pedrelli und die Pes schwatzen miteinander. Pedrelli hat seine Windjacke ausgezogen. In Turin sieht er mit seinem grauen Anzug und seiner tresterfarbenen Krawatte wie ein Gerichtsvollzieher aus, aber je weiter man ihn nach Süden verschiebt, desto mehr geht seine Erscheinung in Richtung Bestatter. In Palermo wäre er wahrscheinlich einer von denen, die Leichen exhumieren.

Er dreht die Spitzen seiner Füße um hundertachtzig Grad, folgt wie ein Wünschelrutengänger seinem Handy und erreicht das Hotel. Aus dem Frühstückskorridor dröhnt das Lärmen eines Staubsaugers, aus dem Speisesaal das Klappern von Geschirr, obwohl der Raum fast leer zu sein scheint.

Der Mann an der Rezeption trägt ein pinkes Dienstsakko und klingt ganz anders als am Telefon. Aber er wiederholt genau das, was er vorhin gesagt hat. Weitere Details kann er keine nennen, außer dass der Roller klein war und schon etwas älter, keiner von den großen, wie man sie heute hat und die wie Motorräder aussehen. Und als der Typ das Visier hochgeklappt hat, war zu sehen, dass er eine Brille trug. Und er hatte eine Weste an, aber der Portier könnte nicht sagen, in welcher Farbe.

Das Paket ist ein gepolsterter Umschlag, wie Kurierdienste sie verwenden. Er lässt sich biegen, als enthielte er Papier. Arcadipane öffnet ihn und lugt hinein. Irgendwelche Dokumente. Er klemmt sich den Umschlag unter den Arm, bedankt sich beim Portier und geht hinaus.

Als Pedrelli ihn kommen sieht, schießt er wie ein Erdmännchen in die Höhe. Aus seinem Blick sprechen Besorgnis, Enttäuschung und Tadel, alles Gefühle, die er zum Glück – ganz Piemontese – hinunterschluckt. Als Arcadipane Platz nimmt, setzt auch er sich wieder, ohne ein Wort.

«Stendhal-Syndrom?», fragt Franca Pes, die schon beim Essen ist und rein gar nichts Piemontesisches an sich hat.

«Dieser Umschlag wurde für mich im Hotel abgegeben. Ohne Absender.»

«Und was ist drin?», will Pedrelli wissen.

«Das sehen wir später. Jetzt essen wir erst mal, ich fall fast um vor Hunger. Was isst du denn da?», fragt Arcadipane Franca Pes.

«Dinkelsalat mit Garnelen und anderen Sachen, die du nicht magst.»

«Na dann viel Glück. Und was hast du für uns bestellt?»

«Poke», sagt Pedrelli. «Da kommt es schon.»

Der Kellner stellt zwei Schüsselchen auf den Tisch und macht wieder kehrt. Arcadipane sieht sofort, dass das überhaupt nicht geht, und schiebt das Unvermeidliche noch ein bisschen hinaus, indem er sich von dem Wasser einschenkt, das nicht mal kohlensäurehaltig ist, aber Geduld, der Fußmarsch hat ihn durstig gemacht. Dann muss er der erbarmungslosen Wirklichkeit ins Auge sehen.

«Was ist das für ein Zeug?»

«Ein typisch hawaiianisches Gericht auf der Grundlage von gehäutetem Thunfisch, der nur kurz angebraten wurde. Dazu Meersalz, Kimchi und Limu-Algen. Ein leichtes und vitaminreiches Essen; aber ich habe etwas Reis dazu bestellt, weil ich weiß, dass Sie ein Freund von Kohlenhydraten sind.»

Arcadipane nimmt seine Gabel und stochert in der Masse herum.

Franca Pes ist schon fertig und steht auf.

«Was habt ihr jetzt vor?»

Arcadipane mustert sie von oben bis unten.

«Wir versuchen herauszufinden, was das für Dokumente sind und wer sie uns geschickt hat.»

«Ich habe noch ein paar Sachen zu erledigen. Unter anderem muss ich Sergio Vescovi finden. Wenn irgendwas Interessantes dabei ist, gebt mir Bescheid. Könnt ihr für mich zahlen?»

«Aber selbstverständlich», sagt Pedrelli im Brustton der Ritterlichkeit, während er die Stäbchen über seine Schüssel galoppieren lässt.

«Du bist ein Schatz», sagt Franca und schlüpft in ihre Jacke.

Sie geht zu dem Kangoo, den sie vor dem Lokal in zweiter Reihe abgestellt hat. Ohne Warnblinker. Sie lässt den Motor an und fährt los.

«Probieren Sie es doch!», sagt Pedrelli ermunternd. «In Turin esse ich das oft, und hier ist es wirklich vorzüglich.»

Arcadipane sieht auf sein Handy. Zumindest an der Mariangela-Front herrscht Ruhe.

40.

In Clot geht die Sonne zweimal unter. Das erste Mal ganz plötzlich: Die Kugel treibt auf dem Grat des Bergrückens, bis einer der höchsten Gipfel sie halbiert und wenige Sekunden darauf verschlingt. Das zweite Mal dauert es länger, wie jeder Sonnenuntergang, in Clot jedoch länger als anderswo, weil sich das Licht zurückzieht, ohne ein Versprechen auf Wiederkehr zu geben.

Als Bramard den Container erreicht, ist dieses zweite Verwelken des Tages in vollem Gange. Die Luft leuchtet schon im Glanz der Nacht, schimmert aber noch so hell, dass man alles erkennen kann. Ein wunderschöner Moment, vor allem im Gebirge, auch wenn man den Mut haben muss, ihn auszuhalten, auf ihn zu warten, ihn vergehen zu sehen. Bramard hat den Mut dazu, aber das ist nicht sein Verdienst: Er wurde zu dieser Stunde geboren, und sein Leben war immer genauso wie dieser Augenblick. Wenn er eine Vorhersage treffen sollte, würde er sagen, dass er sich auf diese Art auch aus dem Staub machen wird. Jetzt aber erfüllt ihn eine bescheidene Freude: Trotz des Aufstiegs sind seine Beine nicht mehr so schwer wie in den letzten Tagen. Etwas in seinem Körper kommt wieder ins Lot. Der Gedanke stimmt ihn froh.

Er geht auf den Container zu, der in einem sanften Blau gehalten ist, sein Alter sieht man ihm an. Blau ist eine Farbe, die schön altert, so wie Rot. Gelb und Grau dagegen nicht. Orange stirbt eher, als dass es altert.

Bramard klopft an die Tür. Die beiden Männer vom Wachpersonal sind verständigt, er weiß, dass sie ihn im Blick haben.

Gerade als er nochmals klopfen will, hört er, wie hinter dem Container jemand ruft. Er steigt die zwei Stufen hinab und geht an der Längsseite des Hauses entlang. Kaum ist er um die hintere Ecke gebogen, steht er vor Ludwig, der mit einem Zugmesser einen meterlangen Baumstamm entrindet. An seinem Gürtel hängt eine Hippe, mit der er die Äste abgeschlagen hat, die jetzt unter seinen Füßen knacken.

«Fragen Sie mich nicht, was ich da mache», sagt er. «Ich habe Lust dazu, also mache ich es, und warum ich es gemacht habe, weiß ich erst später. In jedem Fall aber hab ich ein bisschen mit Holz gearbeitet und Bewegung bekommen.»

Bramard betrachtet Ubacs stämmige Arme, die weder Ellbogen noch Bizepse haben, sondern gleichmäßig wie Röhren sind. Sie stecken eng in dem dunkelgrünen Wollpullover, den er auch an jenem Abend getragen hat, als er Bramard und Martina in seinen Container gebeten hat. Sein Hals dagegen ist schmal, fast elegant.

«Ich wollte kurz mit Ihnen sprechen», sagt Corso.

«Recht viel anderes kann man hier ja nicht machen. Was wollen Sie wissen?»

Bramard geht zu ihm. Abgesehen von der Werkbank, die sauber und ordentlich ist, ist der Bereich unter dem Vordach vollgestopft mit Kübeln, Gestellen, Planen, Holz und leeren Kanistern. An der Wand ein Stapel Brennholz, daneben ein kleinerer Haufen mit Holzstücken verschiedener Größe, deren Formen das Ergebnis einer Stichsäge oder einer Kreissäge sind. Überreste der Arbeit an einem größeren Objekt.

«Was wissen Sie über die Sucho?», fragt Bramard.

«Ich weiß, wie man sie macht. Das wissen alle hier im Dorf. Aber das ist ein Geheimnis, das wir lieber für uns behalten.»

«Ich meine nicht den Schnaps. Sondern die Zeremonie, die in gewissen Dokumenten erwähnt wird.»

Ludwig Ubac dreht den Baumstamm ein wenig herum, sodass die Seite, die noch von Rinde bedeckt ist, nach oben zeigt.

«Es gibt nur zwei Dokumente, in denen von der Sucho die Rede ist.» Er beugt sich nach unten und setzt seine Arbeit fort. «Der Brief von Minico Curto, der möglicherweise eine Fälschung aus dem siebzehnten Jahrhundert ist, und das Buch von Corrado Dao, der diesen Brief für echt hält.»

«Und dann sind da noch die Fresken.»

«So wie es Fresken gibt, die Wilde zeigen, Sirenen, Drachen, Jungbrunnen und Tatzelwürmer.» Ubac stößt auf ein Astloch und hackt es mit zwei trockenen Schlägen heraus.

«Sie halten die Sucho also für eine Legende?»

Ludwig richtet sich auf, als hätte er zu lange in gebeugter Stellung verharrt.

«Sie wirken wie einer, der sich in den Bergen auskennt», sagt er und wischt sich mit dem Ärmel den Schweiß von der Stirn. «Dann müssten Sie eigentlich auch wissen, dass es an Orten wie diesem keinen anderen Zeitvertreib gibt, als sich eine Vergangenheit zusammenzufabulieren. Ein paar Täler weiter bereiten sie alle vier Jahre monatelang eine Karnevalsfeier vor, die an die Vertreibung der Sarazenen erinnert, obwohl alle wissen, dass die Araber nie bis in diese Gegend gekommen sind. Clot hat sich die Sucho ausgedacht.»

Bramard sieht zurück zu dem Weg, den er heraufgekommen ist. Der Wald ist ein dunkles, verschwommenes Geflecht, das sich bis hinab zu den Laternen auf dem Staudamm erstreckt. Der See ein schwarzer Kanalschacht, in den das Licht stürzt.

«Wer ist dieser Muret?», fragt er.

«So heißt in unserer Sprache das Murmeltier.»

«Ich meine in der Sucho. Wer ist dieser Muret in der Sucho?»

Ludwig hält inne und mustert Bramard.

«Sie haben nicht die Absicht, so bald wieder zu verschwinden, oder?»

Als sie den Container betreten haben, bedeutet Ubac Corso, kurz zu warten. Dann geht er zum Tisch und zündet mit einem Streichholz, das dort liegt, die Öllampe an. Er hängt sie an die Decke und bittet Corso mit einer Geste an den Tisch. Während dieser sich setzt, holt Ludwig eine Feldflasche, eine Flasche Ricard, ein Schälchen mit ein paar Süßigkeiten, Oliven. Der Ofen ist aus, und Ludwig macht nicht den Anschein, ihn anzünden zu wollen. Dann setzt auch er sich. In der Wolle seiner Strickjacke und in seinen Haaren hängen Sägemehl und ein paar Bröckchen Baumrinde. Er füllt zwei Gläser mit jeweils einem Fingerbreit Pastis und gibt Wasser hinzu. Er ist es, der die Dosis bestimmt, als hätten sie beide schon oft miteinander getrunken.

«In einem Monat können wir Schnee dazugeben. Eis habe ich im Moment keines.»

Bramard prostet Ludwig zu. Sie trinken. Ludwig hat Durst, weil er gearbeitet hat, Bramard hat seit acht Monaten keinen Pastis mehr getrunken.

«Der Muret», sagt Ludwig, «ist der Mann auf dem Fresko, der die anderen führt, die alle in Kapuzen stecken. Er ist der Einzige, der weiß, wo man die Sucho findet.»

«Was bedeutet Sucho?»

«Stamm.»

«Wie der Stamm eines Baumes?»

«Wie der Stamm eines Baumes. Aber auch im Sinne von Abstammung oder Sippschaft. In der Legende bezeichnet Sucho sowohl das Spiel als auch den Saal, in dem in einer bestimmten Nacht des Jahres alle Männer der Gemeinschaft im Alter zwischen sechzehn und fünfzig Jahren die Sucho spielen.»

«Und wo liegt dieser Saal?»

Ludwig lächelt. Seine Zähne sind klein, und unten fehlt einer.

«Da, wo auch die Insel Aiaia liegt, die Schatzinsel, Macondo und Arkham!»

Bramard lässt den Blick über die Wände schweifen, die von Büchern bedeckt sind. Größtenteils Belletristik, aber auch Lyrik, Bücher auf Französisch, antiquarische Sachbücher. Er stellt sich vor, wie Ludwig in jungen Jahren nach Cuneo gefahren ist, dort immer in dieselbe Buchhandlung gegangen und dann mit einem Rucksack voller Bücher zurückgekommen ist, wobei er den ein oder anderen Band am Sitz seines Motorrades festgezurrt hat, weil eine Geländemaschine keinen Gepäckträger hat. Irgendwann hört er damit auf und fängt an, die Bücher noch einmal zu lesen. Er liest das, was er schon einmal gelesen hat, genauer. Und versteht endlich. Ein Schicksal, das Bramard kennt.

«Was geschieht in der Sucho?»

Ludwig verdünnt seinen Pastis noch ein wenig und macht dasselbe mit dem von Corso.

«Warum interessiert Sie diese Geschichte?»

«Das wissen Sie.»

Ludwig Ubac nimmt einen Schluck, benetzt sich vielleicht auch nur die Lippen.

«In der Sucho kämpfen die Männer miteinander. Mit bloßen Fäusten. Sie behalten die Kapuzen auf und kämpfen so lange, bis alle zu Boden gegangen sind.»

«Worum kämpfen sie?»

«Um die Nachkommenschaft. Der Sieger darf bis zum Ende des folgenden Jahres einmal im Monat als Einziger mit allen Frauen des Dorfes schlafen, die älter als sechzehn und noch im gebärfähigen Alter sind.»

«Und die anderen?»

«Ziehen die Kinder auf, als wären es ihre eigenen, und warten auf die nächste Sucho. Auch bei den Wölfen kann sich nur das dominante Männchen fortpflanzen, bis ein anderes Männchen es herausfordert und besiegt. Ein Pakt, den die Gemeinschaft geschlossen hat und der dazu dient, sie zu stärken. Wenn sich die Rangordnung nie erneuert, wird das Rudel schwach und antriebslos. Wenn sie sich zu oft erneuert, verliert die Gemeinschaft ihren Zusammenhalt.»

«Und wenn eine Frau sich diesem Pakt nicht fügt?»

Ludwig schenkt erneut einen Fingerbreit Pastis in die Gläser, die mittlerweile leer sind. Kaum hat er Wasser hinzugegeben, trübt sich die glasklare Flüssigkeit ein.

«Dann muss sie das Dorf verlassen. Oder den Muret heiraten. Die Frau des Muret ist die einzige, die nicht mit dem Sieger der Sucho schlafen muss. Aber all das wissen Sie doch schon. Warum sind Sie dann hier?»

Bramard nimmt einen Schluck, benetzt sich vielleicht auch nur die Lippen.

«Haben Sie Corrado Dao einmal kennengelernt?»

Ludwig nickt.

«War er Ihr Lehrer?»

«Nein. Er ist 1958 nach Clot gekommen, nachdem sein Vorgänger hinausgeworfen worden war. Ich war damals schon achtzehn.»

«Warum wurde sein Vorgänger hinausgeworfen?»

«Unstimmigkeiten. Dorfgeschichten. Die Lehrer waren normalerweise Auswärtige und deswegen nicht gut gelitten. Dao dagegen war hier aus der Gegend, wenn auch nicht aus Clot selbst. Er kannte die Mentalität der Leute, sprach unsere Sprache.»

«Und er wollte die Fresken erforschen.»

«Er hatte zu dem Thema seine eigenen Ansichten.»

«Wie etwa die, dass die Sucho ein alter Brauch sei, den ein keltischer Stamm hier ins Tal gebracht habe. Ein Ritual, das in Clot noch zu der Zeit praktiziert wurde, als Johannes Van Drift die Fresken geschaffen hat?»

Ludwig sieht ihn schweigend an, lächelt und schüttelt den Kopf.

«Ich habe eine Taschenlampe», sagt er. «Aber die werden Sie nicht brauchen, der Mond scheint.»

Sie trinken aus, dann steht Bramard auf, macht seine Jacke zu und geht zur Tür. Dort dreht er sich noch einmal um. Ludwig sitzt am Tisch und sieht ihn an. Die Hippe, die er am Gürtel trägt, berührt ganz leicht das Linoleum des Bodens.

«Sie müssen sie sehr geliebt haben», sagt Corso.

Obwohl der Ofen aus ist, gibt er ein Zischen von sich. Ein Windstoß, der über das Dach gefegt und in das Ofenrohr gefahren ist.

«Aber das reicht nicht aus, wie Sie wissen.»

Corso nickt und drückt die Klinke.

«Nein, das reicht niemals aus.»

Der Mond steht hoch am Himmel, der Pfad, der zum Weg führt, ist deutlich zu erkennen. Wie Ludwig Ubac gesagt hat.

41.

«Ciao.»

«Ciao.»

«Was ist denn mit deiner Stimme los? Hast du geschlafen?»

«Nein, ich bin einfach nur müde. Aber das klingt jetzt wie der Anfang eines Gesprächs zwischen einer Frau und ihrem Mann, der gerade auf Dienstreise ist.»

«Neulich im Zug habe ich überlegt … Wie lange kennen wir uns jetzt schon? Seit dem Jahr, bevor du Commissario geworden bist, oder?»

«1980.»

«Dreiunddreißig Jahre.»

«Dreiunddreißig. Hier ist es kurz vor zehn am Abend. Und bei euch?»

Ein kurzes Schweigen entsteht. Corso weiß, dass Arcadipane jetzt auf die Uhr schaut.

«Sehr witzig.»

«Wenn man zweimal am Tag miteinander telefoniert, muss man sich irgendwas einfallen lassen.»

«Also heute hab ich dich angerufen, weil ich dir erzählen wollte, was bei dem Gespräch mit Amidei, diesem Idioten, rausgekommen ist, und nicht, weil ich Sehnsucht nach dir hatte. Das nennt man Zusammenführung von Informationen.»

«Aber sicher. Also willst du jetzt wahrscheinlich irgendwas anderes zusammenführen.»

«Nein, jetzt habe ich Sehnsucht nach dir.»

Bramard hört, wie Arcadipane am anderen Ende der Leitung etwas in ein Glas füllt.

«Trinkst du?»

«Das ist das Wasser für die dritten Zähne. Natürlich trinke ich!» Und er nimmt einen Schluck. «Kann ich dir jetzt was erzählen, oder willst du auch noch wissen, was ich anhabe?»

«Ich weiß, was du anhast.»

«Von mir aus. Sobald du auch noch weißt, wer Fuci umgebracht hat und wo die Ladich abgeblieben ist, ruf mich an, ja? Also was jetzt?»

«Lass hören.»

«Heute hat jemand in unserem Hotel einen verschlossenen Umschlag abgegeben, so einen gelben, wie Kurierdienste sie verwenden. Er hat dem Typen von der Rezeption gesagt, der Umschlag sei für mich, und ist dann mit seinem Roller wieder abgerauscht. Er hat nicht gesagt, wer er ist, und hat auch den Helm nicht abgenommen.»

«Interessant.»

«Sonst hätte ich dich nicht angerufen.»

«Was war in dem Umschlag?»

«Wenn du mich reden lässt, komme ich jetzt dazu. In dem Umschlag waren die Kopie eines Zeitungsartikels und ein paar Dokumente, die ich gerade gelesen habe. Soweit ich verstanden habe, sind das die Unterlagen, aus denen der Autor des Artikels Informationen und Angaben übernommen hat. Untersuchungen, Projektpläne und anderes Material, in dem es um Staudämme geht. Das müssen wir von jemandem anschauen lassen, der sich damit auskennt. Ich hab die Pes schon gefragt.»

«Und der Artikel?»

«Zumindest der gibt keine Rätsel auf. Der Artikel ist eine Untersuchung, die dieser Journalist, ein gewisser ...» Er blättert in den Papieren. «Gianni Polidòri, oder Polídori ...»

«Nie gehört.»

«Komisch, du weißt doch sonst immer alles. Dieser Polídori hat 1964 in einer Halbmonatszeitschrift mit dem Titel ... *Il Maggio* ...»

«Ja, an die erinnere ich mich.»

«Na siehst du. Da hat er diese Untersuchung über fünf Staudämme in Norditalien veröffentlicht, bei denen seiner Ansicht nach Sicherheitsrisiken bestehen.»

«Ein Jahr nach der Katastrophe von Longarone.»

«Ganz genau. Einer der Staudämme, um die es in dem Artikel geht, ist der von Clot, bei dem laut dem Autor ein ähnliches Risiko besteht wie bei dem von Longarone. Kurz gesagt, dass ein Teil des oberhalb des Sees gelegenen Berges abrutschen könnte.»

«Ja, das habe ich gesehen.»

«Was hast du gesehen?»

«Eine Abbruchkante im Wald.»

«Eine Abbruchkante? Und davon erzählst du mir nichts?»

«Ich habe einen alten Mann gefragt. Er meinte, sie sei schon vor dem Bau des Staudamms da gewesen.»

«Ja klar, und die Alten von Clot sind alles promovierte Geologen! Alles Ingenieure, Fachgebiet Staudämme! Manchmal bist du so intelligent, dass du schon wieder dumm bist. Was übrigens das genaue Gegenteil von Pedrelli ist.»

«Gibt es in den Unterlagen Belege für diese Gefahr?»

«Keine Ahnung, ich versteh da natürlich nur Bahnhof, aber jetzt, wo du das sagst – wieso sollen wir unsere Zeit damit vergeuden, einen Geologen zu finden? Wir zeigen das alles einfach einem Alten aus Clot. Dann spendieren wir ihm noch zwei Gläser von diesem stinkenden Zeug, das sie da trinken, und dann soll er uns ein Gutachten erstellen!» Er blättert wieder in den Dokumenten. «Hör zu … An einer Stelle heißt es: ‹Die ICA, die Gesellschaft mit staatlicher Beteiligung, die den Stausee von Clot durchgesetzt, geplant und errichtet hat und ihn jetzt betreibt, ist nicht bereit, eine Stellungnahme abzugeben; in einem Schreiben lehnt sie ein persönliches Treffen ab und droht mit rechtlichen Schritten, die *Il Maggio*, wenn dieser Artikel erschienen ist, vermutlich zu gewärtigen hat. Einen

Beleg dafür, dass unsere Warnungen nicht unbegründet sind, stellt jedoch die Tatsache dar, dass die ICA wenige Tage nach der Katastrophe von Longarone am 9. Oktober des vergangenen Jahres beschlossen hat, die Wassermenge des Stausees dauerhaft um über ein Drittel zu verringern. Bis zum heutigen Tag enthält das Becken damit nur noch eine geradezu lächerliche Menge. Diese Entscheidung wäre vollkommen sinnlos, bestünden keine geologischen Risiken, denn nach Aussage etlicher Fachleute verringert eine solche Absenkung des Wasserspiegels die Leistung des Kraftwerks um die Hälfte, wodurch der Betrieb des Staudamms von Clot auf lange Sicht – wenn man die Kosten für Unterhalt und Verwaltung miteinberechnet – unumgänglich defizitär wird …› Und so weiter und so fort …»

«Mit diesem Gianni Polidòri oder Polídori sollten wir mal reden.»

«Der ist schon gestorben. Acht Jahre nach dem Artikel. Wir haben mit einem seiner Kollegen bei der Zeitschrift gesprochen. Kehlkopfkrebs. Nichts Verdächtiges. Zwei Päckchen Muratti am Tag.»

Bramard starrt auf die halb geöffnete Tür des Badezimmers. Das Licht der Nachttischlampe fällt durch den zwanzig Zentimeter breiten Spalt und verjüngt sich zu einem Streifen, der bis zu Trepets rosafarbenem Bauch reicht. Der Hund liegt seit ein paar Stunden auf dem Vorleger und schläft, erschöpft von den Anstrengungen der spielerisch-pädagogischen Aktivitäten, die die Tochter der Claros ihm aufgebürdet hat.

«Wissen wir, ob das mit dem Inhalt des Stausees stimmt?»

«Wir werden das überprüfen lassen, aber auf den ersten Blick sieht es wirklich so aus, als wäre er noch immer nur zum Teil gefüllt.»

«Und die Dokumente? Wann kannst du die jemandem vorlegen?»

«Ich warte noch auf Rückmeldung von Franca Pes. Inzwischen habe ich Pedrelli Kopien davon machen lassen, und morgen gehen wir zu der Gesellschaft, die den Staudamm betreibt. Dann wollen wir mal sehen, ob sie uns, wenn wir ihnen das hier präsentieren, nicht doch ihre Archive öffnen. Bis dahin sucht Franca nach Sergio Vescovi. Er ist der Einzige, der uns erklären kann, was es mit der Reise von Vera Ladich nach Edinburgh und der angeblichen Affäre auf sich hat. Hast du mittlerweile mit Ubac gesprochen?»

«Heute Abend.»

«Und?»

«Er hat sie geliebt.»

«Wieso denn ausgerechnet sie? Sie war doch nur eine der schärfsten Frauen der Welt! Bist du sicher, dass ihr nicht wieder dieses abartige Gesöff getrunken habt? Vergiss nicht, du bist noch in der Genesungsphase! Wer weiß, was dieses Zeug bei dir bewirkt, mit den ganzen Medikamenten, die du nimmst!»

«Ich glaube, sie hat ihn betrogen.»

«Wen?»

«Ludwig Ubac.»

«Mit wem?»

«Nicht in diesem Sinn.»

«In welchem Sinn dann?»

«Das weiß ich nicht.»

«Na klasse. Es hilft ungemein, wenn wir diesem Kuddelmuddel noch etwas hinzufügen, was wir nicht wissen. Jetzt nimm deine Tabletten und mach die Badezimmertür zu, damit du das Schnarchen vom Hund nicht hörst, und schalt das Licht aus. Morgen reden wir weiter, wenn wir beide wieder einen klaren Kopf haben.»

«Ich will erst noch die Filme von Vera Ladich zu Ende schauen. In diesen Filmen ist irgendetwas … die Momente, in denen sie in die Kamera schaut …»

«Corso?»

«Ja?»

«Du bist in Clot, weil ich dich darum gebeten habe. Also muss ich dich das jetzt fragen: Schaffst du das, oder muss ich mir Sorgen machen? Du kannst jederzeit Martina anrufen, dann bist du in zwei Stunden zu Hause.»

«Ich versuche, Ordnung reinzubringen.»

«Okay, aber das scheint heute Abend nicht zu funktionieren. Also vergiss die Filme von der Ladich, die Alten mit den gebrochenen Nasen, die fehlenden Kreuze, die Geburten von der Nachkriegszeit bis vorgestern, die Verzeichnisse des Einwohnermeldeamts, den Sohn der Claros und alles andere, was du mir heute erzählt hast. Nimm deine Tabletten, ruf Elena nicht an, denn wenn sie dich so hört, schickt sie sofort jemanden, der dich abholt, und jemanden, der mich aus dem Weg räumt. Mach das Licht aus und schlaf.»

«In Ordnung. Aber vorher lese ich noch ein bisschen; ich will diesen Fortsetzungsroman zu Ende kriegen …»

«Vergiss auch den Roman, der Tag ist vorbei. Nur noch eine Sache, dann machen wir Schluss.»

«Einverstanden.»

«Weißt du, was ein Poke ist?»

«Nein. Was ist das?»

«Keine Ahnung, aber ich hab heute eins gegessen, und zack, sitz ich auf dem Klo. Und das jetzt schon seit zwei Stunden.»

42.

Das Foyer des Hotels Papi ist pink. Franca Pes ist zu spät, und es ist neun Uhr. Arcadipane ruft sie an. Sie geht nicht ran. Wenn die Dinge schieflaufen, ist das Foyer des Hotels Papi noch pinker.

«Versuch du es weiter», sagt Arcadipane. «Ich lass uns inzwischen ein Taxi rufen.»

«In Ordnung.»

An der Rezeption steht eine junge Frau in einem pinken Kostüm. Sie ist freundlich. «Sehr gerne», sagt sie und nennt Arcadipane die Taxinummer, die er schon wieder vergessen hat, als er zurück bei Pedrelli ist.

«Und?»

«Nichts. Es läutet, aber sie nimmt nicht ab.»

«Vergessen wir's. Das Taxi ist gleich hier.»

Im Taxi sagen sie kein Wort. Die Nachfolgegesellschaft der ICA hat ihren Sitz im Stadtviertel EUR, weshalb sie einmal quer durch die ganze Stadt fahren müssen, was der Fahrer aber zuvor gerechtfertigt hat: lieber mitten durchs Zentrum, anstatt es zu umrunden, wie es alle machen, was aber doppelt so lange dauert. Sie können ihm nur vertrauen – oder auch nicht, aber auch dann müssten sie sitzen bleiben und sich von ihm chauffieren lassen.

Abgesehen von dem einen Mal, als er mit Bramard hier war und Franca Pes kennengelernt hat (wo ist die nur abgeblieben, diese Chaotin?), war er nur noch zweimal in Rom: einmal mit Mariangela und einmal mit Mariangela und den Kindern. Das erste Mal war im Winter, beim zweiten Mal war es sehr heiß.

Die übliche Tour mit Besichtigung von Museen und Steinhaufen, Durst, Schläfrigkeit, ruinierten Füßen, Besucherschlangen und dem Verlangen danach, fünfmal am Tag zu Mittag zu essen und nach dem Abendessen literweise Bier zu trinken. All das hat er mit Mariangela gemacht, auch wenn ihm damals ein Hotelzimmer und ein nahe gelegenes Restaurant genügt hätten. Mit den Kindern ging dagegen ein Großteil der Energie dafür drauf, ihr Gejammer und ihre Langeweile abzufedern und so zu tun, als sei nicht auch ihm langweilig und nach Jammern zumute. Ach ja, dann war er noch ein viertes Mal hier, wie ihm jetzt einfällt, zu dieser Fortbildung über die europäische Datenbank für Fingerabdrücke. Damals waren sie in einem Hotelkasten am Stadtrand untergebracht, mit Besprechungsräumen, Fitnessstudio und nächtlicher Aussicht auf einen Kreisverkehr, an dem die Prostituierten standen. Eines Abends meinten zwei Kollegen aus Trento, die zu viel getrunken hatten, es könnte lustig sein zu sehen, wie die Damen in ihren Stöckelschuhen über die Felder flüchteten. Die beiden rasten vom Parkplatz aus los und schrien «Polizei! Polizei!», aber in Zivil und ohne Blaulicht. Einer der beiden brach sich bei der Aktion den Kiefer, der andere, als er in einen Graben fiel, ein Bein.

«Sehen Sie das, Commissario? Wunderschön.»

«Ja, wunderschön.»

Schon nach zehn Minuten hat das römische Chaos sie verschluckt. Touristen, Leute, die keine Touristen sind, Verkehr, Geschäfte, Reisebusse, Ruinen, Motorroller, Brücken, Palazzi, Reisegruppen, Vespas, Marktstände, Polizisten, Penner, Leute, die fotografieren, und noch mehr Motorroller, die sich zwischen den Autos hindurchschlängeln und bei Schlaglöchern hochschnellen wie Schallplattennadeln bei einem Kratzer. Angesichts dieses Gewusels kommt Arcadipane – wie bei seinem ersten Besuch – der Gedanke, dass diese Stadt wie eine Untersuchung der Prostata ist: Erst ist es ungewohnt, dann glaubt man ein paar Sekunden lang sogar, es könnte einem gefallen, aber wenn man nicht gerade spezielle Vorlieben hat, sehnt man sich irgendwann danach, dass der Finger wieder draußen ist.

Der Sitz der ADIS ist ein Glaspalast aus den Sechzigerjahren, der wie viele andere Gebäude in der Umgebung ziemlich heruntergekommen aussieht. Der Wachmann am Eingang kontrolliert ihre Dienstmarken und gibt oben Bescheid. Lift. Oberste Etage. Eine Frau notiert ihre Namen und führt sie in einen Warteraum, in dem sechs mit Leder bezogene Metallstühle stehen. Zwanzig Jahre Gesäßreiben hat auf dem Leder wunderschöne Risse hinterlassen, wie bei Landkarten. Abgesehen davon liegt ein Geruch in der Luft, der normalerweise den Gestank auf dem Klo überdecken soll, und die Zeitschriften auf dem Tischchen sind Architekturzeitschriften.

Sie haben noch nicht lange dort gesessen, als ein Mann hereinkommt, der so gekleidet ist, wie man sich kleidet, wenn man so ein Mann ist. Er ist Abteilungsleiter, sein Name ist wie sein Anzug: wie Tausende andere auch. Er nimmt sie mit in einen Besprechungsraum, den klassischen Ort, wenn man Nervensägen abfertigen will. Das Wasser in den Flaschen auf dem Tisch zeigt Spuren von Schleim, was erahnen lässt, dass auf dieser Etage nur selten Nervensägen abgefertigt werden.

«Im Zuge einer Untersuchung sind diese Dokumente in unseren Besitz gelangt», sagt Arcadipane, zieht aus dem Umschlag aber nur den Artikel hervor. «Wir wüssten gerne, wie Ihre Firma zu der Angelegenheit steht.»

Er hat beschlossen, sich kurzzufassen. Direkt auf den Punkt zu kommen. Er hat nicht viel geschlafen, und die spitzen, blank polierten Schuhe sind ihm lästig.

Der Mann, der 1964 noch nicht auf der Welt war, liest den Artikel. Er lässt sich Zeit, und während er die Seiten umblättert, wechselt seine Gesichtsfarbe mehrmals.

«Wenn Sie mich zehn Minuten entschuldigen würden; ich

muss mich nur eben mit der zuständigen Person kurzschließen», sagt er und steht auf.

«Bitte, schließen Sie sich kurz.»

Aus den zehn Minuten wird eine Viertelstunde, dann zwanzig Minuten. Pedrelli blättert in einer Broschüre über die Staudämme. An Broschüren ist der Piemontese immer interessiert. Er kann sich nicht vorstellen, dass Menschen lügen oder prahlen, schon gar nicht schriftlich, und wenn sie noch dazu so gelungene Fotos dazutun. Arcadipane geht auf und ab und bleibt immer wieder vor der Glasfront stehen. Er sieht hinab auf das Stadtviertel, das nur aus geraden Linien, Kreisen und Bögen besteht und wo die einzigen unregelmäßigen Formen die Menschen sind. Ein Anblick, der etwas Betäubendes hat.

«Guten Tag», ist eine Baritonstimme zu hören, die Arcadipane nicht unbekannt ist. Er sagt sich, dass das unmöglich ist, dann dreht er sich um, und in der Tür steht tatsächlich Alberto Spurio, der Anwalt der Veronica Film.

An den Seiten trägt er die Haare kürzer, was ihn größer und unsympathischer wirken lässt. Sein Anzug ist mehr oder weniger derselbe wie beim letzten Mal, aber er hat kein Köfferchen dabei. Also wird er sie vielleicht auch nicht auffordern, eine vierzehn Seiten lange Verschwiegenheitserklärung zu unterschreiben. Aber wer weiß?

«Was machen Sie denn hier?», entfährt es Arcadipane, und er merkt sofort, dass er viel lässiger hätte reagieren können.

«Dasselbe könnte ich Sie fragen», entgegnet Spurio und nickt beifällig. «Die ADIS wird von unserer Kanzlei betreut, und ich bin zu einer Besprechung hier.»

«Also sind Sie sowohl der Anwalt der Veronica Film als auch der ADIS?»

Alberto Spurio bedeutet ihnen, sich zu setzen, und nimmt, um ein Missverständnis zu vermeiden, selbst Platz.

«Ich persönlich vertrete die Interessen der Veronica Film

und der Familie Fuci, während die Kanzlei, deren Mitinhaber ich bin, die Neri-Spurio-Domenicali, so wie die meisten Kanzleien mehrere Mandanten hat, darunter die ADIS.»

«Und die anderen Anwälte von Rom?», sagt Arcadipane und setzt sich. «Im Tiber ertränkt?»

Spurio tut, als habe er die Bemerkung nicht gehört. Er blättert den Artikel durch, den er natürlich längst kennt.

«Ich will mich kurzfassen», sagt er in zackigem Ton, «denn diese Angelegenheit ist es nicht wert, dass Sie oder ich damit Zeit vergeuden.»

Er hat schöne Hände, das ja. Irgendein Vorfahr vom Land, ein Fährmann oder ein Hanfbauer, muss sie ihm über Generationen hinweg gegen seinen Willen vermacht haben: quadratische Nägel, kräftige Finger, ausladende Handflächen, hervortretende Adern.

«Ich kann nicht für die andere beteiligte Gesellschaft sprechen, die erfolgreich zu Rechtsmitteln gegriffen hat, aber was die ICA betrifft, nur so viel: Gegen die Halbmonatszeitschrift *Il Maggio*, die der Democrazia Cristiana sowie Amilcare Fuci offen feindselig gegenüberstand, wurde Anzeige erstattet, weil sie falsche und unausgewogene Informationen verbreitet hatte, aus Dokumenten, die der ICA unrechtmäßigerweise entwendet wurden.»

«Unrechtmäßigerweise?»

«Die Dokumente, auf die Gianni Polídori sich bezieht, befanden sich in einem Ordner, der ohne Genehmigung aus den Aktenschränken entwendet wurde. Die Spur führte zu einem Angestellten, der dafür möglicherweise eine gewisse Summe erhalten hatte oder auch von dem Journalisten überredet worden war, ihm dieses Konvolut zu beschaffen, aus ganz ordinärem politischem Aktivismus heraus. Jedenfalls verurteilte das Gericht die Zeitschrift zur Zahlung einer Geldstrafe in Höhe von zehn Millionen Lire, wegen Nutzung vertraulicher Dokumente sowie – was schwerer wog – wegen verfälschender Bearbeitung und Veröffentlichung von Auszügen, die, aus dem Kontext gerissen, missverständlich sein konnten.»

«Also alles Ammenmärchen, oder was?»

«Niemand schenkte dem Artikel Beachtung. Selbst die *Unità*, in der Tina Merlin vor und nach der Katastrophe von Longarone ihre denunziatorischen Artikel veröffentlicht hatte, widmete diesen Lügengeschichten keine einzige Zeile.»

«Aber der Artikel behauptet, dass der Staudamm von Clot an einer ungeeigneten Stelle errichtet wurde. Dass Clot auf der Liste der geeigneten Standorte nicht unter den ersten zehn lag.»

Alberto Spurio legt die Kopien auf den Tisch und platziert seine schönen Hände darauf, als wolle er die Blätter wie eine Teigplatte auseinanderziehen.

«In eine solche Entscheidung fließen Hunderte Faktoren ein. Warum hätte sich Amilcare Fuci für einen Staudamm an einem ungeeigneten Ort einsetzen sollen? Um sich ganze fünfzig Wählerstimmen zu sichern? Um seinem Bruder eine Ehefrau zu verschaffen? Da gibt es weniger mühsame Wege, vor allem für jemanden, der in der Filmbranche oder in der Politik tätig ist.»

«Wirtschaftliche Interessen?»

«Dieser Staudamm ist eines der wenigen großen Bauprojekte der Nachkriegszeit, die in der vorgesehenen Zeit fertiggestellt wurden und bei denen das veranschlagte Budget nicht überzogen wurde. Das bedeutet: keine künstlich aufgeblasenen Materialkosten, keine abgeänderten Projektpläne, keine Auftragsvergabe an Subunternehmer, keine manipulierten Ausschreibungen, keine Abnahmen mit Verzögerung. Jede Lira der öffentlichen Gelder, die für diesen Staudamm aufgewendet wurden, wurde sachgemäß verbucht und überprüft. Nennen Sie mir ein einziges Projekt, das auch nur annähernd so transparent durchgeführt wurde. Ich will ganz offen mit Ihnen sein …»

«Deswegen sind wir hier!»

«Ihr Vorgehen ist nicht nur planlos, sondern trägt auch in keinster Weise dazu bei, den Mörder von Terenzio Fuci dingfest zu machen, ganz abgesehen davon, dass Sie keinen Finger rühren, um Signora Ladich zu finden! Ich hoffe, Ihre Vorgesetzten wissen, auf welche Weise Sie Ihre Zeit vergeuden, und halten zu Ihnen. Ansonsten …»

«Enden wir angesichts des Mangels an Anwälten als Rechtsverdreher in Rom?»

Als sie den Sitz der ADIS verlassen, ist es nach zwölf, und die Sonne hat die fünf Stufen aus Beton, die vom Eingang des Gebäudes zum Gehsteig führen, schon zum Glühen gebracht. Nicht auszudenken, was das im Sommer für ein Ort ist.

«Na also», sagt Pedrelli. «Das ist doch gar nicht so schlecht gelaufen.»

«Ja klar, sie hätten uns auch einen Besen in den Hintern stecken können und ihn dann anzünden. Aber sie haben davon abgesehen, ihn anzuzünden.»

«Sie sind einfach zu pessimistisch, Commissario! Sollen wir ein Taxi rufen?»

«Bloß nicht wieder ein Taxi, dann knöpfen die uns noch mal fünfundfünfzig Euro ab. Ich versuche mal, die Pes zu erreichen.»

«Derweil hole ich mir in einer Bar eine Flasche Wasser. Soll ich Ihnen eine mitbringen?»

«Ja, mit Kohlensäure. Und lass dir eine Quittung geben!»

Arcadipane schaltet sein Handy ein. Gerade eben hat Isa eine neue Nachricht in die Chatgruppe gestellt.

Isa

Ich hab jetzt die Bestätigung, dass
die Kinokarten, die man im Haus
von Ubac gefunden hat, alle vom

Cinema Alpi in Cuneo stammen, und zwar aus der Zeit zwischen 1960 und 1975. Könnten also Karten für Vorstellungen mit Filmen mit der Ladich sein.

Arcadipane
Also ist es nicht sicher, ob es Karten für Vera-Ladich-Filme sind?

Bramard
Lässt sich das zweifelsfrei feststellen?

Isa
Morgen auf dem Weg nach Clot fahre ich in Cuneo vorbei und spreche mit dem Besitzer des Cinema Alpi und mit seinem Vater, der das Kino damals geleitet hat. Die können mir sagen, ob man anhand der Nummern auf den Karten nachvollziehen kann, für welchen Tag und für welche Vorstellung sie waren. Außerdem hab ich das Foto von Ludwig ausgedruckt, das die Carabinieri in ihrer Kartei haben. Das zeig ich ihnen. Vielleicht ...

Arcadipane
Er hat alle sieben Filme zweimal gesehen. Vielleicht ...

Bramard
Ja, vielleicht ... Warst du beim
Ultraschall?

Isa
Heute Nachmittag. Aber das wird
ja keine Oscarverleihung. Mir
reicht, wenn alles dran ist.

Arcadipanes Handy klingelt, während er es noch in der Hand hat. Es ist Franca Pes. Er geht ran.

«Wo zum Teu…?»

«Ich habe Sergio Vescovi gefunden.»

«Ah.»

«Ist das Turinerisch für ‹Vielen Dank, alleine hätte ich das nie geschafft, du bist wirklich eine ausgefuchste Spürhündin›?»

«Spürhündin? Also, gib mir die Adresse, dann nehmen wir ein Taxi, und wir treffen uns dort.»

«Wenn du fünfhundert Euro lockermachen kannst … Es ist ein bisschen außerhalb von Rom. Ich bin aber sowieso gleich bei euch. Ich habe noch fünf Minuten bis zur ADIS.»

«Ah.»

«‹Ah› – ist das schon wieder Turinerisch, diesmal für ‹Gott sei Dank hab ich auf Bramard gehört, diesen alten Haudegen, und hab die Pes angerufen, solche Frauen gibt's ja heutzutage kaum noch, denn machen wir uns nichts vor, ich bin ein erbärmlicher Wicht, der alleine nicht mal das Kolosseum finden würde›? Ich weiß, dass ihr da oben in so gekünstelten Floskeln redet … ich sag nur, savoyisches Understatement …»

«Wir warten hier auf dich.»

Als er das Handy in die Tasche steckt, gibt es ein *Pling-pling* von sich. Er sieht nach: Der Name der Gruppe «Zwei alte Säcke und ein heißer Feger» wurde geändert. Neuer Name: «Zwei alte Säcke und ein heißer Feger, vielleicht.»

43.

Isa
Heute Nachmittag. Aber das wird ja keine Oscarverleihung. Mir würde es schon reichen, wenn man alles sehen kann.

Bramard starrt auf das Display. Nichts. Ende der Nachrichten.

Vielleicht sollte er ihr ein paar Worte schreiben, privat. Gleich kommt er in den Wald, da hat er kein Netz mehr. Gerade als er darüber nachdenkt, piept sein Handy. Der Name der Gruppe wurde geändert.

Er steckt das Handy in die Tasche und ruft mit einem Pfiff Trepet zu sich, der stehen geblieben ist und zurück zum Dorf schaut. Jetzt holt er ihn auf seinen drei Pfoten ein, die hervortretenden Augen trüb vor Traurigkeit.

«Heute musst du dich mit mir zufriedengeben», sagt Bramard und streichelt ihm den Kopf. «Die Mamma hat gesagt, dass Ester Hausaufgaben machen muss.»

Sie gehen weiter. Im Rucksack hat Corso das Brot und den Käse, die Marta Claro ihm mitgegeben hat. Noch eine halbe Stunde bis Gias Vej. Er will herausfinden, ob seine Beine – so wie es ihm gestern vorkam, als er von Ludwig zurückgekommen ist – noch ein bisschen so sind, wie sie früher einmal waren. Er will sich noch einmal diese Wiese ansehen. Diesen Ort, der eigentlich zu ihm sprechen sollte, stattdessen aber nur Worte wispert, die er nicht begreift. Er will ihn noch einmal unter dem unbeständigen Himmel von heute sehen, unter den tief hängenden Wolken, im kalten und weichen Wind, der den Winter bringt.

Ein letzter Blick zurück auf die Häuser von Clot, die sich im Schatten aneinanderdrängen wie Schwarzbrotkrümel in einer Schublade. Ausgerechnet er, der so lange gelebt hat, ohne irgendetwas zu wollen, und der nun damit zufrieden sein könnte, am Leben zu sein, will jetzt etwas. Immer mit der Ruhe, Corso, sagt er sich, immer mit der Ruhe.

44.

Den Fahrstil von Franca Pes könnte man als «gut» bezeichnen, auch wenn er das Ergebnis einer Reihe zweifelhafter Entscheidungen ist. So hat sie etwa den Sitz so weit nach hinten gestellt, dass sie das Lenkrad nur mit den Fingerkuppen berühren kann, als wäre es ein Touchscreen, anstatt es mit beiden Händen fest zu umfassen. Dazu eine Bifokalbrille, wie man sie beim Autofahren keinesfalls tragen sollte, die sie aber, wie sie behauptet, braucht, um die Anzeigen auf dem Armaturenbrett lesen zu können. Drittens fährt sie andauernd zu dicht auf, was unerklärlich ist, weil sie so langsam fährt, als würde die Fahrt niemals enden. Viertens trägt sie, obwohl Herbst ist, einen Rock, der nicht einmal die Knie bedeckt, ohne Strümpfe und ohne Scham, was weder ihrem Fahrstil hilft noch demjenigen, der ihr dabei zusehen muss.

«Passt dir mein Fahrstil nicht?»

Im Grunde ist er einfach nur unverschämt.

«Aber woher denn», erwidert Arcadipane. «Du hast recht, wenn du langsam fährst. In diesem Chaos!»

«Ich finde, in Turin ist es noch schlimmer.»

«Was ist schlimmer?»

«Der Verkehr, und wie die Leute fahren. Und dann diese parallelen Fahrspuren an der Seite.»

«Was stört dich denn an denen?»

«Wenn du links abbiegen willst, musst du fünfhundert Meter vorher auf die rechte Spur wechseln. Aber was machst du, wenn du nicht weißt, wo du abbiegen musst, oder wenn du es zu spät merkst?»

«Nimm das Navi.»

«Navi ist wie Porno: auf dem schnellsten Weg zum Ziel», sagt sie mit der Stimme eines Navis, klingt dabei aber wie ein DJ. «Beim Fahren und bei dieser anderen Sache bin ich ganz alte Schule: keine Eile, und immer offen für Unvorhergesehenes.»

Arcadipane starrt auf den Verkehr und malt sich mit Grausen dieses Unvorhergesehene aus.

«Das ist eine äußerst interessante Sichtweise», meldet sich Pedrelli von der Rückbank.

Arcadipane dreht sich um und sieht ihn an.

«Eine interessante Sichtweise? Das sagst ausgerechnet du? Du druckst dir doch vor jeder Fahrt die Wegbeschreibung aus, weil du Angst hast, dass das Navi nicht funktioniert!»

«Lass unseren Pedrelli in Ruhe», sagt Franca Pes. «Ich finde, er ist …» Sie bewegt die Hand in einer schneidenden Geste auf und ab, wie um zu sagen: *Huiuiui!*

«Er ist *was*?», fragt Arcadipane, schon völlig erschöpft, obwohl der Tag gerade mal zur Hälfte vorüber ist.

«Im Bett ist er bestimmt einer von der Sorte: zuschlagen und abhauen, zuschlagen und abhauen», sagt Franca Pes und nickt wissend.

«Um Gottes willen!», ruft Pedrelli belustigt. «Ich bin verheiratet, und das schon seit …»

«Wie ‹zuschlagen und abhauen›?»

«Jahaaa! Pedrelli ist ein stilles Wasser. Wie Che Guevara geschrieben hat: Wenn der Feind stärker ist als du, zwinge ihn zum Kampf in unwegsamem Gelände. Pedrelli scheint mir so ein unwegsames Gelände zu sein, stimmt's? So richtig guerillamäßig!»

«I wo!», versucht Pedrelli sich zu wehren. Endlich bekommt seine Erscheinung etwas Farbe: im Gesicht.

«Tut mir leid, wenn ich euch aus eurem unwegsamen Gelände wieder rausholen muss», schaltet sich Arcadipane ein, «aber Vera Ladich ist jetzt seit … hundertachtzig Stunden verschwunden. Brauchen wir noch lange, bis wir bei diesem Vescovi sind?»

«Siehst du, wie ungeduldig du bist? Noch ein Problem: Du hörst den Leuten nicht zu, fährst mit Navi, und du bist ungeduldig. Aber wenn du dir Zeit lässt, kriegst du viel mehr mit. Zum Beispiel, dass wir verfolgt werden.»

«Wir werden verfolgt?»

«Ein Roller. Roter Helm, aber dreh dich nicht um.»

«Wie lange schon?»

«Keine Ahnung. Aber spätestens, seit ich euch bei der ADIS abgeholt habe.»

Ein paar Sekunden lang herrscht Schweigen.

«Könnte das jemand von der ADIS sein?», fragt Pedrelli. «Jemand, den Spurio auf uns angesetzt hat?»

«Keine Ahnung», sagt Franca Pes. «Aber ich mag es nicht, wenn ich verfolgt werde. Und ich will ihn nicht zu Vescovi führen.»

Arcadipane denkt nach. Wenn sie auf ihrer Fahrt quer durch Rom verfolgt werden, bedeutet das, dass die Ereignisse von Clot ihren Ursprung in der Hauptstadt haben. Damit steht wieder die Möglichkeit einer Entführung im Raum, verübt von jemandem, der ortskundig ist, dem es mit dem Lösegeld nicht eilt oder der vielleicht schon, ohne dass sie davon erfahren haben, eine entsprechende Forderung gestellt hat, und es ist nicht gesagt, dass es dabei um Geld geht. Jemand, der operieren kann, ohne dass die Polizei von seiner Forderung Wind bekommt, obwohl sie ihn auf Schritt und Tritt verfolgt. Zu so etwas sind normalerweise nur Organisationen in der Lage, die wie die Mafia aufgebaut sind – aber warum haben sie dann nicht auch Fuci gekidnappt? Warum haben sie ihn umgebracht, und warum auf diese Weise? Warum haben sie Masimine Orusa entführt, die rein gar nichts mit der Familie Fuci oder dem Staudamm zu tun hat? Oder geht es gar nicht um Fuci oder die beiden Frauen? Die Sache mit dem Staudamm gehört jedenfalls noch längst nicht der Vergangenheit an, und irgendjemand hat dabei noch eine Menge zu verlieren: Ansehen, Geld und Wohlwollen.

Arcadipane wirft einen verstohlenen Blick in den Rückspiegel: Der Roller mit dem Mann im roten Helm ist ein paar Autos hinter ihnen.

Am besten wäre es, wenn es sich um Versicherungsbetrug handelte. Das hatte er schon einmal, bei einem Toten aus den besseren Turiner Kreisen. Es ging um einen millionenschweren Versicherungsvertrag, der bei Selbstmord keine Leistung vorsah. Die Versicherungsgesellschaft hielt es für richtig, einen Privatermittler in den Ring zu schicken, ohne die Polizei zu informieren.

Eines Abends hatte Pedrelli ihn, Arcadipane, angerufen – drei Tage nach dem Mord oder Selbstmord, das war zu dem Zeitpunkt noch offen –, um ihm mitzuteilen, dass sie in der Wohnung, wo es passiert war, einen Typen erwischt hatten. Als er ihm den Namen nannte, wusste Arcadipane sofort, wer der Kerl war und was er dort gewollt hatte: ein ehemaliger Polizist, der jetzt als Privatdetektiv arbeitete, ein patenter Bursche, aber moralisch nicht ganz sauber. Vor allem Frauen, aber auch Hehlerei, um die Frauen zu bezahlen. Arcadipane und er hatten zusammengearbeitet, bevor er aus disziplinarischen Gründen aus dem Dienst entfernt wurde.

Er tat so, als hätte es dieses Telefonat nie gegeben, und nahm sich vor, ihm am nächsten Morgen aus dem Verkehr zu ziehen. Ein Denkzettel. Der Typ – er hieß Follonica, stammte aber nicht aus der Toskana – lud ihn in einen Spanferkelimbiss im Klinikviertel ein, in dem er bekannt war. Es war Sonntag am frühen Vormittag. Polizisten wissen, wo man zu ungewöhnlichen Zeiten gut essen kann, aber Privatdetektive wissen das auch. Im Grunde ist man in beiden Berufen mit denselben Zwängen, Rückschlägen, Arbeitszeiten und Familienkatastrophen konfrontiert. Der einzige Unterschied ist so ähnlich wie der im Fußball zwischen Profi und Freizeitkicker. Wer Polizist und Profi ist, kann, wenn er merkt, dass ihm die Puste ausgeht, zu einer Freizeitmannschaft wechseln. In die Gegenrichtung wechselt dagegen nie jemand.

Sie aßen üppige Panini mit Schinken vom Holzkohlegrill, Senf und Sauerkraut. Follonica berichtete, dass die Nacht im Gefängnis ihm geholfen hatte, ein bisschen Ordnung in seine Gedanken zu bringen. Er machte gerade eine schwierige Phase durch: Mit seiner rechtmäßigen Ehefrau hatte er bereits vier Kinder, und ein Jahr zuvor hatte ihm eine Frau die Rechnung für ein fünftes präsentiert, von dem er nichts gewusst hatte. Briefe an die Ehefrau, Androhung eines DNA-Tests, lauter Scherereien. Um seine Ehe zu retten, hatte er schließlich zugestimmt, der Frau monatlich dreihundert Euro zu überweisen und eine Vasektomie durchführen zu lassen. Damit brachte er seiner Frau gegenüber seine guten Absichten zum Ausdruck: Er wollte keine weiteren Überraschungen mehr, weder zu Hause noch außerhalb. Der Arzt hatte ihm versichert, weder seine Libido noch sein Leistungsvermögen würden durch den Eingriff abnehmen. Jetzt, sechs Monate danach, konnte er das bestätigen, und doch stimmte etwas nicht mehr. Er konnte keine Fußballspiele mehr ansehen, keine Boxkämpfe, nicht einmal mehr Filme, in denen Männer sich prügelten. Körperliche Auseinandersetzungen zwischen Männern sowie Unfälle jeglicher Art bescherten ihm Panikattacken. Eines Nachts hatte seine Frau ihn gefunden, wie er vor dem Fernseher saß und weinte, weil ein kroatischer Skifahrer bei einem Abfahrtslauf in Japan gestürzt war.

Manche Stimmen behaupteten, die Operation sei irreversibel, doch unter den Ärzten gab es verschiedene Meinungen. Das Geld für eine Refertilisierungsoperation hatte er schon zur Seite gelegt. Erfolg war nicht garantiert, aber einen Versuch war es wert. Nach dem Gespräch wirkte er erleichtert.

Das Panino war sensationell, das Bier nicht zu kalt, und Turin erlebte einen der seltenen Momente, in denen die Stadt erwacht und einen ganz besonderen Duft verströmt.

«Commissario?»

«Ja?»

«Haben Sie gehört, was Signora Franca gesagt hat?»

«Nein, ich habe nachgedacht.»

«Ich hab gesagt, als Erstes müssen wir herausfinden, ob sie mich oder euch verfolgen. Ich glaube, er hat es auf euch abgesehen, wenn man bedenkt, wo ich war, bevor ich euch abgeholt habe.»

«Wieso, wo warst du denn?»

«In einer Kirchengemeinde.»

«Und was hast du da gemacht?»

«Ich habe einen Pfarrer getroffen, aber das erzähl ich euch, wenn sich daraus etwas ergibt. Jetzt kümmern wir uns lieber um unser Rothelmchen, okay? Finden wir doch mal raus, ob er hinter euch oder hinter mir her ist.»

«Ja, finden wir es raus.»

Franca Pes nimmt den Fuß vom Gas.

«Siehst du da vorne das Hotel mit dem grünen Schild? Da bleib ich stehen, steig aus und geh hinein. Du winkst mir zum Abschied zu, setzt dich hinters Steuer und fährst los.»

«Und wohin?»

«Nirgendwohin. Fahr weiter bis zur nächsten Kreuzung und tu dann so, als wüsstest du nicht, wo du bist. Das fällt dir garantiert nicht schwer. Dann bieg rechts ab, dann wieder rechts und noch mal rechts. Du fährst also einmal um den Block. Wenn du wieder beim Hotel bist, bleibst du zwanzig Meter weiter vorne stehen und wartest. Kapiert?»

«Und wenn der Typ mir nicht folgt, weil er hinter dir her ist?»

«Dann versperrst du ihm den Weg, sobald du wieder da bist.»

«Ich soll einem Typen den Weg versperren, von dem wir uns nicht sicher sind, ob er uns verfolgt?»

«Wir ermitteln, also können wir das machen. Und ich bin mir absolut sicher. Aber jetzt los, sonst wird er noch misstrauisch.»

Franca Pes gibt wieder Gas und erreicht mit moderater Geschwindigkeit das Hotel. Sie bleibt in zweiter Reihe stehen, diesmal mit Warnblinker. Sie steigt aus, und Arcadipane tut es ihr gleich. Sie verabschieden sich. Über dem Dach eines geparkten Golfs erscheint der rote Integralhelm des Unbekannten. Arcadipane steigt wieder ein.

«Vielleicht sollte ich mich nach vorne setzen», meint Pedrelli. «Das wäre glaubwürdiger.»

«Schieb dir das blaue Kissen da unter die Jacke», erwidert Arcadipane und legt den ersten Gang ein. «Tu so, als wärst du eine Schwangere, die hinten sitzt, damit sie die Beine ausstrecken kann.»

Franca Pes ist im Hotel verschwunden. An der nächsten Ampel biegt Arcadipane rechts ab. Er fährt zögerlich, sieht sich andauernd um, als wüsste er nicht, in welche Richtung er fahren soll. Er ist ein miserabler Schauspieler, aber Rothelmchen kann sein Gesicht nicht sehen. Er bleibt ihnen auf den Fersen. Arcadipane biegt wieder rechts ab und fährt dann zwei Blocks weit, um nicht wie ein Volltrottel zu wirken. Er kann ja genauso gut an der nächsten Ecke abbiegen. Aber das ist eine Einbahnstraße. Er fährt weiter. Hinter ihnen noch immer der Roller. Arcadipane hat das schachbrettartige Straßennetz von Turin vor Augen, aber als er endlich rechts abbiegen kann, führt ihn das nicht in die Straße mit dem Hotel.

«Was für eine beschissene Stadt!»

Er biegt ein paarmal aufs Geratewohl ab und landet schließlich wieder in der richtigen Straße, ohne zu wissen, wie er da hingekommen ist. Pedrelli schweigt, er ist nicht eigentlich ein Mann der Tat. Das grüne Schild des Hotels taucht vor ihnen auf, sie fahren daran vorbei, und wie vereinbart fährt Arcadipane zwanzig Meter weiter rechts ran und bleibt vor einer Einfahrt stehen. Er beugt sich zum Handschuhfach hinab, als wolle er etwas herausnehmen, und sieht dabei in den Seitenspiegel. Der Kerl mit dem Roller, offenbar überrumpelt, steht zehn Meter hinter ihnen. Beide Füße auf dem Boden. Er fixiert den Kangoo und macht jetzt keine gute Figur, als Franca Pes ihn wie ein Rugbyspieler von hinten mit der Schulter rammt, sodass er mitsamt seinem Roller zu Boden kracht.

Arcadipane springt aus dem Kangoo, so auch Pedrelli, der aber kurz mit der Schiebetür zu kämpfen hat. Im nächsten Moment ist Arcadipane auf dem Typen, der sich ein Bein unter dem Roller eingeklemmt und Franca Pes direkt vor dem Gesicht hat. Er wirkt ziemlich benommen und hält sich eine Hand.

«Ich glaube, ich hab mir das Handgelenk gebrochen», sagt er.

«Runter mit dem Helm!», schreit Franca Pes ihn an.

Aus der Stofftasche, die am Lenker hing, sind Kiwis auf die Straße gekullert. Wenn ein Mann ein Kilo Kiwis dabei hat, kann das nur bedeuten, dass seine Frau es schon mit Joghurt versucht hat, mit einem Glas warmem Wasser am Morgen, mit Leinsamen, Pflaumen, Gymnastik, einem Fußbänkchen, wenn sie auf der Schüssel sitzt, mit Getreide, ballaststoffreicher Ernährung, Joggen und Familienaufstellung.

«Okay, okay», sagt Arcadipane, «jetzt beruhigen wir uns alle erst mal.»

Pedrelli ist ein paar Meter entfernt stehen geblieben, kreidebleich im Gesicht. Arcadipane fordert ihn mit einem Blick auf herzukommen, und zusammen hieven sie den Roller zur Seite und befreien das Bein des Fahrers, der sich aufsetzt und sich noch immer das Handgelenk hält.

«Verdammt, tut das weh!», stöhnt er. «Vielleicht sollte ich Eis drauftun.»

«Vergiss es», schnauzt Franca Pes ihn an, die nicht wie eine dieser Murmeln wirkt, die, wenn sie einmal eine Richtung eingeschlagen haben, auch woandershin sausen können. «Wieso verfolgst du uns?»

«Ich bin Journalist», sagt der Rollerfahrer und versucht, den Helm abzunehmen.

«Journalist?», fragt Franca Pes mit aufgerissenen Augen.

«Ich war mal Journalist», räumt er ein. Mit der linken Hand allein kriegt er den Helm nicht vom Kopf. «Ich habe Ihnen den Umschlag ins Hotel gebracht.»

Arcadipane bedeutet Pedrelli, mit anzupacken. Gemeinsam helfen sie dem Rollerfahrer, aufzustehen und den Helm abzunehmen. Dabei kommt das Gesicht eines Mannes zum Vorschein, der etwa zehn Jahre älter als Arcadipane ist, mit gefügigem Blick, blasser Haut und lichtem Bartwuchs, und so dürr wie ein Junge, den irgendein ungreifbares Scheitern quält.

«Ich heiße Tommaso Spinapolice», sagt er leise.

Während aus der Einfahrt jemand schreiend seine Zweifel bezüglich der Identität dieses Arschlochs äußert, das seine Karre vor dem Tor abgestellt hat, betrachtet Arcadipane seinen Artgenossen mit dem verbeulten Roller, dem gebrochenen Handgelenk, den über den Boden verstreuten Kiwis und der Ehefrau, die unter Verstopfung leidet und ihm zu Hause wahrscheinlich den Rest geben wird.

Manchmal ist das Leben wirklich schwer, denkt er.

45.

Er hat das Brot und den Käse gegessen und einen Schluck aus der Feldflasche genommen. Der Himmel über ihm ist eine kompakte Masse aus Wolken, die, wäre es kälter, Schnee verheißen würden, während sie jetzt aussehen, als könnten sie einen dünnen, beharrlichen, mit Sicherheit lange andauernden Regen herabschicken. Dennoch will er nicht umkehren. Also bleibt er dort, wo er sitzt, auf dem flachen, breiten Felsen, neben dem Fucis Jaguar stand. Der Stein gleicht den anderen, die über die Wiese verstreut liegen und heute fahler wirken als sonst, seitdem der Himmel beschlossen hat, sich das Licht als Unterpfand zu sichern.

Die rot-weißen Absperrbänder hat teilweise der Wind fortgerissen, und nur noch an den Pflöcken ist das Vieleck abzulesen, in dem sich das alles abgespielt hat. Er weiß, dass der Ort kein Zufall ist. Dass diese Wiese und diese Felsblöcke ein wichtiger Bestandteil des Spiels sind, das sie spielen. Er steht auf und geht zu der Stelle, an der er die Fallen gefunden hat, die ihn vor ein paar Tagen zu Ubac geführt haben. Martina kommt ihm in den Sinn. Dass er sie mitten in der Nacht hierher mitgenommen hat, dann in den Wald und dann in Ubacs Container, erscheint ihm jetzt nicht mehr nur dumm, sondern geradezu verrückt. Was hat er sich dabei gedacht? Nichts. Das ist das Problem. Als er kürzlich mit ihr telefoniert hat, hat sie gelacht, während sie über diese Nacht sprach, als sähe sie darin jetzt – mit ein paar Tagen Abstand – ein exzentrisches Abenteuer und kein hochgefährliches. Doch genau das war es gewesen.

Darin kommt sie ganz nach ihm: alles Bestehende vernichten, sobald sich eine Möglichkeit abzeichnet, ans Ziel zu kommen. Ihr Ziel ist es dabei nicht, einen Mörder zu finden, sondern in einem abgelegenen Winkel der Erde ein weiteres Frauenhaus zu eröffnen. Aber auf Details kommt es nicht an. So oder so stellt diese Haltung ein sicheres Geleit für die Einsamkeit dar. Da kennt Bramard sich aus.

Der Ruf eines Mäusebussards – der von allen Schreien der Bergwelt der vorwurfsvollste ist – holt ihn auf die Wiese zurück, zu Vera Ladich, zu Terenzio Fuci, zum Grund seines Hierseins. Trepet senkt, nachdem er – vielleicht aus einer uralten Furcht heraus – den Himmel abgesucht hat, die Schnauze und fährt mit der Katalogisierung der Gerüche fort.

Corso betrachtet den konturlosen Streifen aus jungen Pflanzen, der den Wald von der Lichtung von Gias Vej trennt. Um die ersten alten Bäume zu erreichen, muss man zehn, manchmal zwanzig Schritte durch diesen dichten Bewuchs gehen. Das bedeutet, dass die Lichtung bis vor einem halben Jahrhundert ausgedehnter war und eine andere Form hatte. Um dem Wald Weidefläche abzuringen, fällten die Bewohner von Clot, die Vieh besaßen – also so gut wie alle –, jedes Jahr akkurat die jungen Bäume, die er als Vorposten schickte. Ein Krieg, der Jahrhunderte angedauert haben muss, ohne dass einer der beiden Kontrahenten die Absicht hatte, den anderen wirklich zu vernichten. Ein Gleichgewicht, das dadurch stabil blieb, dass jede Seite gerade so viel Druck auf die Grenze ausübte, wie nötig war, um dem Druck des Feindes standzuhalten. Am Alter der jüngeren Bäume lässt sich ablesen, dass dieser Pakt vor etwa fünfzig Jahren zerbrach. Einer der beiden Kontrahenten, der Mensch, hat Boden aufgegeben, und der Wald, der nicht mehr auf Widerstand traf, hat begonnen, die Grenze zu verschieben. In hundert Jahren oder nur wenig später wird Wald sein, wo heute noch Lichtung ist.

Bramard geht zwischen den jungen Tannen umher und streicht mit der Hand über ihre weichen Spitzen.

«Die Menschen an einen Ort zu führen, der tauglich ist zum Schauen», hatte Minico Curto in dem Brief geschrieben, in dem er von seinem Handwerk und von Johannes, dem Meister von Clot, berichtet.

Gleiches galt für Bramard, als er seinen Beruf noch ausüben konnte. Der Ort und die Schwingungen, die von dem herrührten, was dort geschehen war. Er, der von Berufs wegen immer ein paar Stunden oder ein paar Tage danach an einen solchen Ort kam, spürte diese Vibrationen und versuchte, sie mit einem Element aus der Palette der menschlichen Leidenschaften in Verbindung zu bringen, die zu einem Verbrechen führen können. Wenn dabei eine Reaktion entstand, isolierte er diese Leidenschaften, fügte Farbstoffe hinzu, um sie sichtbarer zu machen, und übersetzte sie dann in Fakten: eine logische Abfolge von Ereignissen, die zu einem Schuss geführt hatten, einer Messerstecherei, einer Strangulierung, einer Vergiftung und so fort. Der Moment, in dem ein Pakt zwischen zwei Seiten gebrochen wurde, in dem die Masken des friedliebenden Zusammenlebens fielen und das Wesen des Menschen unverstellt zutage trat. Ein Mord ist eine Denkschrift für jene, die das Glück haben, ihn aus der Ferne zu beobachten.

Das war seine Arbeit gewesen: ein Zusammenspiel aus Intuition, Logik, Erfahrung, Zynismus, der Grammatik des menschlichen Handelns und der Geschicklichkeit im Vermischen dieser Elemente. Der Teil, der Begabung erforderte, kam erst später hinzu: nicht nur zu erkennen, was geschehen war, sondern auch in der Lage zu sein, es den anderen vor Augen zu führen, sodass sie es ebenfalls begriffen. Den Schauplatz präsentieren und somit die Kollegen, den Untersuchungsrichter, den Staatsanwalt, die Richter und den Schuldigen selbst «an einen Ort zu führen, der tauglich ist zum Schauen». Auf diese Weise hatte er die meisten Geständnisse erhalten. Indem er den Schuldigen an einen Ort geführt hatte, von dem aus dieser in deutlicher, vollumfänglicher und unerwarteter Weise das betrachten konnte, was er getan hatte.

Er sieht sich um. Von oben her fallen die ersten Tropfen jenes Nieselregens, der einen Menschen in den Bergen, sofern nicht zumindest ein Hochspannungsmast, eine asphaltierte Straße oder ein Gebäude in Sichtweite ist, im Handumdrehen ins Mittelalter zurückschleudert. Vielleicht sucht sein Blick deshalb den Staudamm. Ein grauer, neunzig Meter hoher Pfropf, der einmal 18,42 Millionen Kubikmeter Wasser zurückhalten sollte, von denen heute nur noch knapp zehn Millionen übrig sind.

Trepet schlägt an, und Bramard ist sich sicher, dass der Ort, an dem er sich befindet, nicht tauglich ist, um zu schauen, was er sucht.

46.

«Was ziehst du denn so ein Gesicht? Röntgen ist Röntgen, oder?»

Arcadipane drückt sich um eine Antwort, streckt die Beine aus und lehnt den Kopf an die Wand, um den Rücken und die Halswirbelsäule zu entlasten. Wegen der Stunden über der Kloschüssel – dank des Poke – und des zu dicken Kopfkissens war die letzte Nacht erneut ein Desaster.

«Wann müssen wir bei Vescovi sein?», fragt er.

«Ich hab ihn angerufen. Er meinte, wir könnten auch später kommen. Er reist erst in zwei Tagen ab, nicht in zwei Stunden. Aber was für ein Stress! Wenn du es schon so eilig hattest, hätten wir es doch so machen können, wie ich vorgeschlagen habe.»

«Ihn mitten auf der Straße ausquetschen und ihn dann da liegen lassen, mit seinem gebrochenen Handgelenk, dem kaputten Roller und den Kiwis, die überall auf dem Gehsteig rumkullern? Damit er erst dich anzeigt, weil du dich auf ihn geworfen hast, und dann mich, weil ich dich nicht davon abgehalten habe? Nein danke, ich will meine Pension nicht aufs Spiel setzen. Ich hab nämlich keine Staatsgeheimnisse im Tresor liegen, die ich nach und nach verkaufen kann, um mir das Altersheim zu finanzieren.»

«Dann gib jetzt Ruhe. Wir haben es doch so gemacht, wie du wolltest, oder?»

«Nein, haben wir nicht! ‹Wenn wir in die Notaufnahme gehen, verplempern wir den ganzen Tag›», imitiert er sie und schüttelt eine nicht vorhandene Haarpracht. «‹Gehen wir lieber zu meinem Freund Carlo.› Schon seit vierzig Minuten sind sie jetzt da drin, dein toller Freund Carlo und dieser Spinapolace. Ich frag mich, ob das überhaupt legal ist, was er da mit ihm macht!»

«Dann geh doch rein und hol ihn da raus, deinen ‹Spinapolace›! Carlo wäre heute eigentlich gar nicht in der Praxis. Er hat uns einen Riesengefallen getan, dass er gekommen ist.»

Arcadipane steht auf und geht zu dem einzigen Fenster im Raum, durch das Licht hereinfällt, aber weil es römisches Licht ist, ist es mehr als genug. Pedrelli geht vor dem Kangoo auf und ab, der natürlich nicht ordentlich geparkt ist. Als ihre Blicke sich treffen, dreht Pedrelli sich zu ihm hoch und streckt den Daumen nach oben. Arcadipane hält den Daumen nach unten und denkt, dass Botta mit seiner Pfadfinderei sie wirklich zu kompletten Idioten gemacht hat. Die Tür hinter ihm geht auf.

«Kommt rein», ist die Stimme eines Mannes zu hören.

Tommaso Spinapolice sitzt auf einem Tisch aus Edelstahl in der Mitte des Raumes. Mit seinem Abflussloch ließe der Tisch an einen Seziersaal denken, aber er ist nur hundertzwanzig mal sechzig Zentimeter. Spinapolice ist zwar nicht mehr so bleich wie vorhin, mit den herabbaumelnden Beinen und dem gesenkten Kopf sieht er trotzdem immer noch wie ein Junge aus, der gerade etwas ganz Schlimmes verbrochen hat.

Carlo D'Amico dagegen – weißer Kittel, aber offen getragen; professionelles Auftreten, aber herzlich; kahler Schädel, aber gebräunt und schön gerundet; hochwertige Segelschuhe, aber genau im richtigen Maß abgenutzt; breite Schultern, aber nicht arrogant – studiert mit prüfendem Blick zwei kleine Röntgenbilder, die vor großformatigen Leuchtkästen hängen.

«Unser lieber Tommaso hier hat nichts Gravierendes, keine Frakturen», sagt er mit einer Stimme, die so sanft und unerträglich ist wie Erbsencremesuppe, «nur eine leichte Zerrung des scapholunären Bandes. Wir haben ihm» – *Wieso denn ‹wir›, du bist doch allein!* – «einen hübschen Gipsverband angelegt, der das Handgelenk stabilisiert und die Schmerzempfindlichkeit verringert. Sie nehmen jetzt eine Woche lang ein Schmerzmittel, und nach zwei Wochen nehmen Sie den Verband wieder ab. Dann machen Sie selbstständig ein bisschen Physiotherapie zum Wiederaufbau, mit einem Tennisball, einfach hochwerfen und wieder auffangen. Und bald sind Sie wieder ganz der Alte. Einverstanden?»

Tommaso Spinapolice nickt betrübt, lächelt aber auch ein bisschen.

«Und vom Roller lassen wir mindestens einen Monat lang schön brav die Finger.» – *Wer lässt hier die Finger vom Roller?* – «Es gibt zwei Bewegungen, die ein solches verletztes Band gar nicht mag: Gas geben beim Rollerfahren und Kickern.»

«Danke, Carlo», sagt Franca Pes und geht auf ihn zu. «Du bist ein Schatz, wie immer.» Sie umarmt ihn und vergräbt das Gesicht in seinem Brusthaar, das gut sichtbar, aber nicht zu üppig ist und unter einem Oberteil hervortritt, das, würde Arcadipane es tragen, einfach nur ein ganz gewöhnliches T-Shirt wäre; bei Carlo aber ist es «das Erste, was ich in der Eile gefunden habe».

«Nichts zu danken, Franca. Für dich tue ich doch alles.» Carlo gibt ihr einen Kuss, mitten auf die Birne, genau an die Stelle, wo all die Locken ihren Ursprung zu haben scheinen.

Arcadipane steht bei der Tür und sieht zu. Angesichts der Tatsache, dass Carlo D'Amico etwa fünfundvierzig Jahre alt ist und nie und nimmer Francas Neffe sein kann, will er sich gar nicht vorstellen, welche krummen Dinger mit diesem Besuch vergolten werden. Also stellt er es sich nicht vor.

«Also dann», sagt Franca Pes und löst sich von Carlo, «jetzt bringen wir den Herrn nach Hause und erlösen dich.»

Erst macht sie ihn platt und bricht ihm dabei fast den Arm, denkt Arcadipane, und jetzt ist er plötzlich «der Herr». Wenn sie auf ihn geschossen hätte, was wäre er dann – die Liebe ihres Lebens?

«Ehrlich gesagt habe ich meiner Frau schon geschrieben, dass sie mich abholen soll», schaltet sich Tommaso Spinapolice zaghaft ein. «Sie müsste jeden Moment hier sein.»

«In Ordnung», sagt Franca Pes und wirft Arcadipane einen Blick zu. «Aber ich glaube, wir sollten uns vorher noch kurz unterhalten, nicht wahr, Commissario?»

Arcadipane steckt die Hände in die Hosentaschen und betrachtet die drei.

«Das war wirklich sehr freundlich von Ihnen, Carlo, und wenn wir nicht in so einer beschissenen Situation wären, würde ich Sie natürlich auf einen Cocktail einladen, aber wir müssen noch mit Signor Spinapolace …»

«Spinapolice», verbessert ihn Franca Pes, und auch der Betroffene selbst hat schon die Hand gehoben, um den Fehler zu signalisieren, der aber, Gott bewahre, nicht weiter schlimm ist.

«Ja natürlich, Spinapolice. Wir müssen mit ihm sprechen, und zwar unverzüglich. Ich will Sie ja nicht aus Ihrer Praxis werfen, aber …»

«Kein Problem, ich muss sowieso mal eben telefonieren.»

Carlo D'Amico geht hinaus. Spinapolice, der noch immer auf dem Stahltisch sitzt, ist jetzt allein in der Mitte des Raumes. Rechts von ihm, um den Fluchtweg durch die Tür abzuschneiden, steht Arcadipane. Links von ihm, zwischen dem Medikamentenschränkchen und der Waage, Franca Pes. Tommaso Spinapolice zieht seine Jacke wieder an, vermutlich hat Carlo ihm den Blutdruck gemessen.

«Entschuldigen Sie bitte die Unannehmlichkeiten …», sagt er und betrachtet seine Hand. Offenkundig bemerkt er nicht, wie absurd seine Worte sind. «Aber nachdem ich die Dokumente im Hotel abgegeben hatte, wollte ich sichergehen, dass Sie die Sache nicht unter den Tisch fallen lassen.»

«Warum denn unter den Tisch fallen lassen? Sie wissen doch, dass wir in einem Mordfall und in einer mutmaßlichen Entführung ermitteln?»

«Ja, das habe ich in der Zeitung gelesen. Und weil es um Fuci und den Staudamm von Clot geht, dachte ich, das wäre eine gute Gelegenheit, dieses Kapitel noch einmal aufzuschlagen. Ich habe noch ein paar Kontakte bei der Polizei, und so habe ich erfahren, dass Sie nach Rom kommen und wo Sie wohnen.»

«Haben Sie das von Colajanni?»

«Nein. Wer ist das?»

Als er diese Frage stellt, die für seine Verhältnisse geradezu verwegen ist, lassen seine Augen den Mann erkennen, der er einmal gewesen sein muss und den man heute nicht mehr in ihm vermuten würde. Ein Phänomen, durch das in der Rückschau alles in einem anderen Licht erscheint: der rote Helm, die Beschattung, der Umschlag mit den Dokumenten, der Roller, sein Kleinmut wie der eines gescholtenen Kindes, selbst der Stoffbeutel mit den Kiwis. Auch die Tatsache, dass er zugestimmt hat, hierher zu gehen und nicht in eine Notaufnahme. In all dem, was bis gerade eben als ein Anzeichen von Arglosigkeit und Unbedarftheit wirken konnte, kommen nun – durch diese Augen – Absicht, Hartnäckigkeit und Zielstrebigkeit zum Ausdruck. Andererseits: Wenn man auf den Gipfeln der Alpen Muscheln findet, warum sollte sich dann nicht auch in einem so unwahrscheinlichen Wesen wie Tommaso Spinapolace eine archaische Form von Kühnheit erhalten haben, denkt Arcadipane.

«Nicht so wichtig», sagt er und verändert ebenfalls den Tonfall. «Aber weshalb haben Sie mich nicht persönlich kontaktiert? Warum der Umschlag?»

«Ich wollte erst einmal die Fühler ausstrecken», erklärt Spinapolice, «um zu wissen, auf welcher Seite Sie stehen. In dieser Angelegenheit geht es um gewichtige Interessen, und ich wäre deswegen schon einmal fast draufgegangen.»

«Wann?»

«1976.»

«Was war denn 1976?»

Gerade als Tommaso Spinapolice den Mund aufmacht, um kundzutun, was 1976 passiert ist, fliegt die Tür auf, und eine Frau kommt hereingestürmt, in grünem Blazer, heller Hose und mit einem Bob wie aus den Sechzigerjahren. Nachdem die kinetische Energie ihres Eintretens verflogen ist, steht sie einen Moment lang verunsichert da – vielleicht hat sie nicht mit so vielen Leuten gerechnet. Sie ist um die fünfzig, ihre Absätze lärmen, und sie trägt eine beutelartige Handtasche über der Schulter. Sie hat sich wirklich gut gehalten, auch wenn sie jetzt anfängt zu weinen und ihr Make-up dabei abblättert.

«Tommaso!», ruft sie. Als sie erkennt, warum er hier ist, läuft sie zu ihm und umarmt ihn. «Was hast du angestellt?»

Er umarmt sie mit seinem heilen Arm und flüstert ihr etwas ins Ohr, was er ihr bestimmt schon am Telefon gesagt hat, aber sie scheint es noch immer nicht zu fassen. Er ist ja ganz weiß und dürr und ganz durch den Wind, und dann das Handgelenk, zeig her, ist das etwa ein Gips? Dabei fährst du doch immer so vorsichtig! Dann umfasst sie sein Gesicht mit beiden Händen, küsst ihn auf seinen dünnen Bart und hinterlässt dabei Lippenstiftflecken. Arcadipane kann sich des Gedankens nicht erwehren, dass es nur einen Ort gibt, an dem er schon einmal zwei Exemplare so unterschiedlicher Spezies in solch engem Kontakt miteinander gesehen hat: an den Fischständen auf dem Markt an der Porta Palazzo. Meist am Samstagabend gegen sechs Uhr, wenn eine Bernsteinmakrele, die für die Kundschaft des Marktes zu teuer ist, den Tag neben dem einzigen übrig gebliebenen Tintenfisch beendet, der schon ganz zerfleddert ist und dessen Auge längst stumpf ist. Normalerweise dauert diese Nachbarschaft nur wenige Minuten, in denen die beiden Tiere sich spiegeln und ihre Schicksale miteinander vergleichen, bis ein Restaurantkoch die Bernsteinmakrele zu einem Schnäppchenpreis mitnimmt und der Tintenfisch erst in einem Eimer landet und dann zwischen den großen Drehbürsten der Lastwagen, die den Marktplatz reinigen.

«Das ist Raffaella, meine Ehefrau», sagt Spinapolice, um sie zu bremsen und gleichzeitig die Form zu wahren.

Arcadipane mustert die beiden mit ichthyologischem Interesse und vergisst dabei seine nicht unwichtige Frage, die noch auf eine Antwort wartet. Insbesondere das Wort Ehefrau zwingt ihn dazu, die Paarung Bernsteinmakrele-Tintenfisch an der Porta Palazzo zu revidieren, weil darin nicht das gelegentliche und zufällige Aufeinandertreffen mitschwingt, das er vor Augen hatte. Außerdem sind auch er und Mariangela … Na gut, Mariangela ist keine Bernsteinmakrele, und er kein Tintenfisch … Aber Schattenfisch und Seeteufel, ja, das passt. Wenn auch über zwanzig Jahre lang in nebeneinanderliegenden Schalen mit Eiswürfeln. Also ist es im Grunde gar nicht so eigenartig … Dann kommt ihm Ariel in den Sinn. Welcher Fisch wäre sie? Eine Auster, denkt er, und fühlt sich dabei wie ein alter Lüstling. Woraus im Übrigen folgt, dass sie recht hätte: Auster und Seeteufel sind eine entsetzliche Kombination!

«Commissario?», sagt Franca Pes.

«Ja?»

«Die Signora hat gefragt, wie es zu dem Unfall gekommen ist.»

«Ich würde sagen, das kann Ihnen Ihr Ehemann später in aller Ruhe erklären. Jetzt aber … Ich verstehe, dass Sie einen Schrecken bekommen haben, aber wir müssen wirklich dringend mit ihm unter vier Augen reden.»

«Kommt überhaupt nicht infrage», sagt die Ehefrau.

«Und warum?», erwidert Arcadipane, der eher verblüfft als verärgert ist. Eine Bernsteinmakrele an einem Fischstand würde ihn niemals beißen.

Die Frau löst sich vom Tintenfi… – von ihrem Ehemann und lenkt ihre Hektik in ihre Hände, wühlt in ihrer beutelartigen Tasche und zieht schließlich das heraus, wonach sie gesucht hat: eine Visitenkarte, zwei sogar, eine für Arcadipane und eine für Franca Pes. Darauf steht *Raffaella Tuttolomondo*, und darunter *Fachanwältin für Strafrecht.*

«Nein, Raffaella», sagt Tommaso Spinapolice und legt ihr seine heile Hand auf den Arm, offenkundig, um sie zur Vernunft zu bringen. «Das ist unnötig. Wir wollten gerade …»

«Tommaso! Du bist ein guter Mensch, das weiß ich. Aber du hättest im Leben lernen müssen, dass ein gutes Herz und Redlichkeit nicht immer belohnt werden. Ich bin dir viel wert, und du bist mir viel wert, also halt dich da jetzt raus» – sie schiebt seine Hand von ihrem Arm und bettet sie auf das Edelstahl –, «und die beiden Herrschaften von der Polizei erklären mir, was hier los ist. Erstens: Warum liegt dein Roller demoliert unter dem roten Auto da draußen? Zweitens: Wer ist dieser Schmierendarsteller, der mich beruhigen wollte, und wer ist der andere, der mir einen Beutel mit Kiwis in die Hand drücken wollte? Und drittens: Was zum Teufel machst du mit einem eingegipsten Handgelenk auf der Liege einer Tierarztpraxis!?»

47.

Corso Bramard steigt aus der Dusche, stellt sich auf das verschwitzte T-Shirt, das er vor dem Waschbecken auf dem Boden ausgebreitet hat, und fängt an, sich abzutrocknen. Der Vorleger ist das Reich von Trepet, der ein paar Meter entfernt darauf liegt und schläft.

Sie sind erst vor Kurzem von der Wanderung nach Gias Vej zurückgekommen. Bramard hat an der Bar einen Filterkaffee getrunken, während Trepet eine Schüssel Wasser und ein paar Reste vom Mittagessen bekommen hat. Ester müsste bald nach Hause kommen, aber wie Marta Claro ihm beim Frühstück gesagt hat: heute kein gemeinsamer Zeitvertreib – Arbeitsblätter in Mathematik.

Als Corso mit dem Abtrocknen fertig ist, hängt er das Handtuch an den Haken hinter der Tür. Er betrachtet seinen abgemagerten Körper, an dem er jetzt Sehnen und Muskeln erkennen kann, die früher von Fleisch und Kraft bedeckt waren. Seitdem er erkrankt ist, empfindet er eine ungekannte Zärtlichkeit für diese Maschine, die ihm zuvor treu gedient hatte, ohne Aufmerksamkeit zu verlangen. In Zeiten des Verfalls den Blick auf die vergangene Schönheit zu richten, ist eine weit verbreitete Reaktion, doch es ist nicht nur das. Er ist im Begriff zu sterben, in einem sehr weiten Sinn. Auch wenn der Eingriff gut verlaufen ist und Bramard wieder ganz der Alte wird, ist er doch nur scheinbar über den Berg und wird weiter hinaufsteigen müssen. So ist es nun mal.

Das Telefon läutet; es steckt in der Tasche der Hose, und die hängt an der Türklinke. Er wollte eigentlich eine andere Hose anziehen, aber jetzt schlüpft er, ohne nachzudenken, rein und geht ran.

«Einen Moment», sagt er und zieht dann, aus einem Schamgefühl heraus, das mit der neuen Zuwendung zu seinem Körper zu tun hat, auch noch das Hemd an und knöpft es zu.

«Jetzt bin ich da.»

«Was machst du gerade?», fragt Arcadipane.

«Nichts», antwortet Corso, noch immer im Fahrwasser des Schamgefühls. «Gibt's was Neues?»

«Aber hallo. Sitzt du bequem? Das wird jetzt nämlich ein bisschen dauern.»

«Dann warte bitte noch kurz.»

Corso wickelt sich ein trockenes Handtuch um den Kopf und geht ins Zimmer. Er platziert ein Kissen am Kopfteil des Bettes und setzt sich so hin, dass er die müden Beine ausstrecken kann.

«Da bin ich wieder.»

«Sag mal, wo steckst du denn?»

«In meinem Zimmer.»

«War gerade eine Frau bei dir?»

«Welche Frau denn?»

«Was weiß denn ich! Ist Elena gekommen?»

«Nein. Sie redet kaum noch mit mir.»

«Genieß es. Also, kann ich jetzt loslegen?»

«Ja, leg los.»

«Tommaso Spinapolace – sagt dir der Name was?»

«Nein, wer ist das?»

«Wieder ein Journalist, aber der lebt noch. Na ja, die Pes hat versucht, ihn umzubringen, aber …»

«Apropos, wie läuft's mit ihr?»

«Darüber reden wir ein andermal. Spinapolace ist der Typ, der im Hotel den Umschlag mit dem Artikel und den Dokumenten über den Staudamm von Clot abgegeben hat.»

«Wie habt ihr ihn gefunden?»

«Lange Geschichte, erzähl ich dir nachher. Entscheidend ist, dass er am Leben ist – trotz Franca Pes – und dass er uns, nachdem wir seine Frau beruhigt hatten, ein paar Sächelchen erzählen konnte.»

«Was hat denn seine Frau damit zu tun?»

«Nichts. Hör zu. Dieser Spinapolace hat 1976 angefangen, als Journalist zu arbeiten, schwarz, für ein paar Zeitungen aus Rom. Hauptsächlich hat er die Art von Geschichten recherchiert, bei denen man sich die Hacken ablaufen und den Leuten auf die Nerven gehen muss und vielleicht auch den ein oder anderen Schlag aufs Maul bekommt. Was man eben jemandem aufdrückt, der noch nicht lange dabei ist und den Willen und das Zeug dazu hat, sich einen Namen zu machen. Weißt du, was ich meine?»

«Ja, ich weiß.»

«Okay, wenn du das weißt, dann geht's weiter. Im November 1975 wird Pasolini ermordet. Ein paar Monate später wird Giuseppe Pelosi verurteilt, weil er den Mord gestanden hat, aber man weiß ja, dass es da von vielen Seiten Zweifel gab und die Presse damals andere Spuren verfolgt hat.»

«Ja, genau.»

«1976, als Pelosi schon im Gefängnis saß, sammelte Spinapolace noch Informationen im Umfeld der Stricherjungen, weil ihm zu Ohren gekommen war, dass in der Mordnacht mehrere Autos am Wasserflughafen abgestellt waren und jemand gesehen haben wollte, wie Pasolini von einer ganzen Gruppe umgebracht worden war. Er ging der Spur nach und fand heraus, dass Pasolini nicht der Einzige aus der Welt des römischen Showbusiness war, der in diesem Milieu verkehrte. Etliche Regisseure und Schauspieler taten das schon seit Jahren, wenn auch nicht so offensiv; sie holten die Jungen zu sich nach Hause oder trafen sie in Hotels. Unter diesen Männern aus der Branche findet sich auch der Name Sergio Vescovi, der Regisseur, der die Filme mit der Ladich gedreht hat und angeblich eine Affäre mit ihr hatte. Mit dem reden wir jetzt gleich. Der Spion, mit dem Franca Pes befreundet ist, hat uns gesagt, dass eine solche Affäre undenkbar gewesen wäre, und jetzt wissen wir auch, warum. Vescovi ist auch vom anderen Ufer.»

«Diesen Ausdruck würde ich nicht benutzen.»

«Nicht? Kann man das nicht mehr sagen?»

«Nein.»

«Besondere Vorlieben?»

«Auch nicht. Erzähl weiter.»

«Also, Spinapolace sucht ihn. Nicht, weil ihn Vescovis Vorlieben interessieren, sondern weil er wissen will, ob er mit bestimmten Jungs aus diesem Umfeld Kontakt hatte, die möglicherweise mit dem Mord an Pasolini zu tun haben könnten. Aber als Sergio Vescovi erfährt, warum Spinapolace mit ihm reden will, entzieht er sich ihm. Spinapolace lässt nicht locker, und eines Tages wird sein Auto zertrümmert. Er bekommt einen Schrecken, kapiert aber, dass er einen wunden Punkt getroffen hat, und weil er jung ist und Eier hat, bleibt er dran. An Sergio Vescovi persönlich kommt er nicht ran, daher beschließt er, es über die Frau zu versuchen, von der alle sagen, sie sei seine beste Freundin oder sogar seine Muse.»

«Vera Ladich.»

«Die sich drei Jahre zuvor aus dem Filmbusiness zurückgezogen hat, und zwar wegen der angeblichen Beziehung mit Sergio Vescovi. Spinapolace versucht, Kontakt zu ihr aufzunehmen, rennt aber natürlich gegen eine Wand. Jeder andere hätte an dieser Stelle aufgegeben, aber Spinapolace, auf den du, wenn du ihn heute siehst, keine Lira setzen würdest, war damals wohl wirklich eine Klette; er klemmt sich hinter sie, versucht, mit ihr zu reden, spürt ihr nach und findet heraus, dass die berühmte Diva vollkommen zurückgezogen lebt, mit einer Ausnahme: Jeden Donnerstag verlässt sie in Begleitung ihres Chauffeurs und ihrer Sekretärin das Haus und fährt in eine Klinik außerhalb von Rom, wo sie dann den Tag verbringt. Warum? ‹Was macht sie da?›, fragt sich Spinapolace. Natürlich weiß er, dass die Ladich mit Fuci verheiratet ist, dass Fuci der Bruder von Amilcare ist und dass man dieser Familie besser nicht auf die Füße tritt, aber weil er …»

«Jung ist und Eier hat …»

«Besticht er in der Klinik einen Pfleger, der ihm erlaubt, so nahe ranzugehen, dass er Fotos machen kann, auf denen zu sehen ist, wie Vera Ladich im Park der Villa Greppi mit einem Mann spazieren geht, der ein paar Jahre älter ist als sie und ihr ähnlich sieht.»

«Und dann erfährt er von dem bestochenen Pfleger, dass es sich bei dem Patienten um den aus Clot gebürtigen Aldo Mattalia handelt, recherchiert ein bisschen und findet heraus, dass die Schauspielerin in Wirklichkeit nicht Vera Ladich heißt, sondern Anna Mattalia, und dass auch sie in Clot geboren wurde, also dort, wo Amilcare Fuci, aus welchen Gründen auch immer, um jeden Preis einen Staudamm errichten wollte.»

«Ganz genau, und jetzt wird die Sache richtig heiß, denn als er zu seinem Chef geht und ihm erzählen will, was er herausgefunden hat, sagt ihm dieser Typ – der überhaupt nicht jung ist und schon gar keine Eier hat –, dass ihn die Geschichte nicht interessiert und er nicht mal die Fotos sehen will. Woraufhin Spinapolace ein paar Gerüchte sät, in der Hoffnung, eine andere Zeitung zu finden, die aus der Story vielleicht etwas machen will. Folge: Ein paar Tage später wird seine Wohnung verwüstet, und die Fotos sind verschwunden. Spinapolace geht in sich und will die Sache schon zu den Akten legen, als ihn ein anderer Journalist kontaktiert, der von seinen Recherchen Wind bekommen hat.»

«Gianni Polídori.»

«Oder Polidòri, der Jahre zuvor diese Untersuchung über den Staudamm von Clot durchgeführt hatte, die ihm eine Anzeige einbrachte. Polidòri liegt mittlerweile im Sterben und will dieses Konvolut mit Dokumenten, das er seitdem unter Verschluss hält, an jemanden weitergeben, diese Informationen, die auf mysteriöse Weise aus den Archiven der ICA geschmuggelt wurden. Laut denen Clot kein geeigneter Standort für so einen Staudamm ist. Und wer wäre da besser geeignet als ein junger, dummer Journalist, der allen Leuten auf die Nerven geht und seine Nase in eine Angelegenheit steckt, in der es ebenfalls um den Staudamm und die Familie Fuci geht?»

«Also hat Spinapolace es jetzt mit der Frage nach Vera Ladich und ihrem Bruder zu tun, und dann liegen ihm auch noch die Unterlagen der Untersuchung vor, in denen steht, dass der Damm an einem ungeeigneten Ort errichtet wurde.»

«So ist es. Und dann hat er vermutlich das gemacht, was auch wir jetzt machen: die Puzzleteile zusammensetzen, um herauszufinden, ob das eine mit dem anderen zu tun hat. Nur schreiben wir damals das Jahr 1976, in der Schaltzentrale der Macht der Democrazia Cristiana sitzt Amilcare Fuci, und unser junger Bursche mit den Eiern wird eines Tages, als er mit dem Roller in Rom unterwegs ist, um ein paar Leuten ein paar Fragen zu stellen, von einem Auto, das plötzlich neben ihm ausschert, umgestoßen, und dann setzt der Wagen sogar noch zurück und versucht, ihn zu überfahren. Spinapolace landet im Krankenhaus, mit Frakturen im Oberarm und im Becken, dazu einem Schädeltrauma, von dem er sich erst nach sechs Monaten wieder erholt, ohne je wieder ganz der Alte zu werden. Während seiner Genesung versucht er, anhand des Nummernschilds, das er aus den Augenwinkeln noch hat sehen können, etwas über das Auto herauszufinden. Ein Freund, der bei der Polizei arbeitet und ihm wohlgesinnt ist, teilt ihm mit, dass der Wagen auf den SID zugelassen ist, den Geheimdienst. Er rät ihm, von alldem die Finger zu lassen, was Spinapolace, der durch die gebrochenen Knochen schlagartig nicht mehr ganz so jung ist und auch nicht mehr so viele

Eier hat, auch macht. Bis letzte Woche, als Terenzio Fuci ums Leben kommt und die Ladich verschwindet und Spinapolace meint, jetzt, wo die Fuci-Brüder tot sind und die Democrazia Cristiana nur noch in den Geschichtsbüchern lebendig, könnte er diese Dokumente ja mal entstauben und sie – mit der gebotenen Vorsicht – jemandem anvertrauen, und zwar meiner Wenigkeit. Und damit mittelbar auch dir.»

Bramard nimmt die Feldflasche vom Nachttisch und trinkt einen Schluck, als wäre er nach diesem Wortschwall nicht mehr ganz bei sich.

«Also weiß Spinapolace nicht, warum dieser Damm ausgerechnet hier gebaut wurde?»

«Nein, das weiß er nicht. Aber wenn wir dir Kost und Logis in einem Dreisternehotel bezahlen, muss das doch einen Grund haben, oder? Denk mal drüber nach, wir sprechen uns später wieder. Wir sind jetzt fast bei Vescovi.»

48.

Das Landgut besitzt weder ein Tor noch eine Einfriedung, nur einen niedrigen Zaun aus runden, horizontal übereinander montierten Pflöcken, wie auf einer Ranch. Es ist nicht zu erahnen, wie groß es ist, denn der Zaun verläuft in beide Richtungen parallel zur Flanke des Hügels bis zum Horizont.

Nachdem sie auf das Gelände eingefahren sind, folgen sie einer weiß gekiesten Straße durch einen Olivenhain. Die Uhr des Kangoo zeigt 16.38 Uhr. Es ist noch hell, und der Himmel ist von dem unwirklichen Blau der Säcke für den Hausmüll. Vor zehn Minuten haben sie in der Ferne das Dorf Itri und seine Burg gesehen, aber schon seit einiger Zeit könnten sie überall sein, in irgendeiner beliebigen Hügellandschaft südlich von Rom und zehn Kilometer vom Meer entfernt.

Zwischen den Olivenbäumen sind jetzt immer wieder landwirtschaftliche Geräte zu sehen, dann Paddocks mit Pferden, eine Weide, auf der weit voneinander entfernt afrikanisch anmutende Chianina-Rinder stehen und grasen, Schafe und schließlich ein Landhaus mit Schuppen auf der einen Seite und einem Getreidespeicher auf der anderen.

Sie parken auf einem mit Schilfrohr überdachten Streifen, auf dem schon fünf oder sechs Autos stehen. Noch bevor sie die Türen öffnen, riecht es nach Ziege, und kaum sind sie ausgestiegen, sehen sie die Tiere in einem Gehege neben dem Parkplatz, das von einem engmaschigen Zaun eingefasst wird. Ein Mann in Arbeitskluft empfängt sie; er trägt das kurzärmlige Hemd über der Hose, ist um die fünfunddreißig, vielleicht ein Inder, jedenfalls hat er dunkle Haut, und das Weiß seiner Augen ist kein reines Weiß. Kurze, pechschwarze, ungekämmte Haare. Wunderschöne Lippen.

«Der Signore erwartet Sie», sagt er, wie eine Figur in einem alten Film, der in einer britischen Kolonie spielt. Auch sein Tonfall ist entsprechend.

Arcadipane, Pedrelli und die Pes folgen ihm zum Haus und sehen sich um. Das Gut wirkt wie ein landwirtschaftlicher Betrieb, der auf Hochtouren läuft. Eine Scheune voller Heu. Zwei Silos. Ein Arbeiter, der einen kleinen Traktor in den Olivenhain steuert, und dem Gestank nach zu urteilen, der in der Luft liegt, müssen irgendwo auch Schweine sein.

Sobald sie das Haus betreten haben, sind sie in einer anderen Welt. Der Flur mit seiner Einrichtung aus den Siebzigerjahren wirft sie in der Zeit zurück, und erst recht die Tapete mit braun-orangefarbenen Rauten, die auf den rustikalen, unregelmäßigen Wänden in bizarre Schieflagen geraten und so die beabsichtigte psychedelische Wirkung noch verstärken. Die Kommoden biegen sich unter allen möglichen Gegenständen, Spiegeln und Telefonen aus Bakelit oder rotem, orangefarbenem oder weißem Plastik. Anstatt nach Tieren riecht es hier nach Weihrauch. Nicht nach irgendeinem Räucherkraut, sondern nach echtem Weihrauch, wie man ihn bei Beerdigungen verwendet. Arcadipane, Pedrelli und Franca Pes können weder Blicke wechseln noch sich anderweitig austauschen, weil der vollgestopfte Flur sie dazu zwingt, dem Mann im Gänsemarsch zu folgen. Als sich vor ihnen eine japanische Schiebetür öffnet, die ins Wohnzimmer führt, erwartet Sergio Vescovi sie bereits. Er sitzt auf einem Sofa mit haselnussfarbenem Samtbezug. Es besteht aus fünf Modulen, eines davon ist ein Eckmodul. Auf dem sitzt er.

«Bitte.»

Er ist kahl, seine Wangen hängen schlaff herab, und sein Gesicht ist fleckig, aber es ist nicht zu übersehen, dass er einmal ein schöner Mann war, wenn auch vermutlich für seinen eigenen Geschmack nicht schön genug. Ob er mittlerweile dickleibig oder dünn ist, ist nicht zu erkennen, denn er trägt einen weiten Kaftan, dessen Farbe sich nicht von der des Sofas abhebt. Wenn man mit halb geschlossenen Augen hinsieht, verschmelzen Mann, Kaftan und Sofa zur Gestalt eines Walfisches, der sich im Prozess der Zersetzung befindet. Was auch den Weihrauch erklären würde.

Arcadipane und Franca Pes versinken in zwei Sesseln oder Sofamodulen, die einzeln stehen, in Positionen, wie sie der Audienz entsprechen, die hier gewährt wird. Pedrelli zieht einen Stuhl heran, der an einem Glastisch steht, und setzt sich zwischen die beiden, einen halben Meter näher an Arcadipane.

«Danke, Gamage», sagt Vescovi mit einer Geste zu dem Mann, der sie hereingeführt hat. Zwischen den Fingern hält er ein dünnes Lakritzstäbchen.

«Kann ich Ihnen etwas Kühles zu trinken anbieten, vielleicht einen der Säfte, die wir hier herstellen?», fragt er. «Für Anfang November war es ein furchtbar heißer Tag.»

«Vielen Dank, aber …»

«Ich nehme gerne einen Saft», sagt Franca Pes.

«Ich auch», stimmt Pedrelli ein.

Sergio Vescovi löst den Rücken von der Sofalehne. Er ist nicht fettleibig, ganz im Gegenteil, die Beine, die unter dem Kaftan hervorragen, sind dürr und haben dieselben Probleme wie seine Gesichtshaut.

«Sampath?», ruft er. «Bring ein paar Säfte!»

Arcadipane sieht sich um. Der Raum ist mit ähnlichen Möbeln eingerichtet wie der Flur, dazu einfarbige Teppiche in grellen Farben. An den Wänden hängen große Schwarz-Weiß-Fotografien, eingefasst in Rahmen aus vergoldetem Stuck. Einige der Aufnahmen zeigen Vera Ladich in sehr jungen Jahren, vielleicht am Set, vielleicht abseits davon. Auf einem ist sie mit einem Mann zu sehen, der Vescovi sein könnte, sie liegen sich in den Armen und tun so, als tanzten sie. Der Sergio Vescovi, der vor ihnen sitzt, hat von dem Mann auf dem Foto nur noch die Augen: bemerkenswert, tiefschwarz und mit einem unzufriedenen Blick, der sich selbst neben dem von *Mademoiselle le look* behaupten kann.

«Sampath?», ruft Vescovi erneut, lauter und ungeduldiger, und wendet sich dann lächelnd wieder seinen Gästen zu.

«Da sind Sie nun also. Ich habe mich schon gefragt, wie lange es wohl dauern wird, bis jemand kommt und mich verhören will.»

«Keine Sorge», erwidert Arcadipane und macht seine Jacke auf, weil es in dem Raum so warm und stickig ist. «Das hier wird kein Verhör.»

«Aber warum denn nicht? Tun wir doch so, als wäre es ein Verhör, streng nach den Vorschriften. Frage – Antwort. Von mir aus können Sie das Gespräch auch aufzeichnen, wenn Sie möchten. Ich weiß alles über Vera – Leben, Werk und Wirkung. Ah, da ist ja unser guter Sampath! Wo warst du denn so lange, hast du den Stier gemolken?», sagt Vescovi lachend. «Stell den Saft ab und dann verschwinde, denn hier beginnt gleich ein Verhör. Aber warum hast du denn keinen Pflaumensaft gebracht?»

«Ist aus», antwortet Sampath, der ein Verwandter des Mannes sein könnte, der sie hereingeführt hat. Nur dass er deutlich jünger ist, um die zwanzig. Und noch nicht lange in Italien.

«Wieso ist der aus? Ich habe euch doch neulich gesagt, ihr sollt wieder welchen machen. Aber egal; jetzt geh, denn die Herrschaften hier haben sicher noch eine Menge zu tun. Bitte bedienen Sie sich; ich bin schon gespannt, was Sie sagen werden.»

Pedrelli streckt sich vor und schenkt sich ein, aus einem der beiden Krüge, die der junge Mann auf dem niedrigen Tischchen aus schwarzem Plastik abgestellt hat, dessen Beine in Löwenpfoten enden. Fragend hält er Franca Pes den Krug hin.

«Ja, den nehme ich auch.»

Pedrelli schenkt ein zweites Glas ein und reicht es ihr.

«Kosten Sie und sagen Sie mir: Was glauben Sie, ist das?», fordert Vescovi sie auf.

Sie kosten.

«Aprikose», meint Franca Pes.

«Mispel», meint Pedrelli.

«Bravo! Mispel, Mispel!», ruft Vescovi und hebt die Hände, als würde jemand eine Waffe auf ihn richten. «Wenn Sie, Commissario, genauso feine Sinne haben, dann bin ich aufgeschmissen! Ich ergebe mich, holen Sie die Handschellen raus!»

«Nur mit der Ruhe, wir werden Sie nicht festnehmen.»

«Wie schade!»

«Ich bin Commissario Arcadipane. Das hier sind mein Vize Pedrelli und Signora Pes, eine Mitarbeiterin. Mit ihr haben Sie bereits telefoniert.»

«Aber natürlich», sagt Vescovi und sammelt sich wieder. «Ein Verhör muss mit den Formalitäten anfangen. Also, was möchten Sie wissen? Nehmen Sie doch auch etwas Saft. Mispeln sind im Dienst doch erlaubt, oder?»

«Vielen Dank, aber nein. Wir sind hier, weil wir uns von Ihnen Aufklärung über einige Aspekte des Lebens von Vera Ladich erhoffen. Als Erstes würde ich gern Ihre Version der Geschichte Ihrer Affäre mit Signora Ladich hören sowie des anschließenden Skandals, der dazu führte, dass sie sich aus dem Filmgeschäft zurückzog.»

«Gelogen. Alles erstunken und erlogen. Eine faustdicke Lüge, die eigens für die Presse in die Welt gesetzt wurde. Und das ist nicht meine Version, sondern die Wahrheit.»

«Also hatten Sie zu keinem Zeitpunkt eine Beziehung mit Vera Ladich?»

«Nun, was ist eine Beziehung? Haben wir zehn Jahre lang zusammen gearbeitet? Ja. War sie meine beste Freundin, meine Muse, die Schauspielerin, der ich meinen Erfolg verdanke? Aber sicher. Haben wir jemals nebeneinander geschlafen,

Liebkosungen ausgetauscht? Selbstverständlich. Sex oder so etwas? Niemals.»

«Also kein Liebesverhältnis?»

«Nun, was ist ein Liebesverhältnis …?»

«Schon gut, schon gut, ich habe verstanden.»

«Ich weiß. War nur ein Scherz.»

Der Mann, der vor ihnen sitzt, steigt die Stufen von der Bühne herab. Zuerst steigt seine Stimme herab, die eine Oktave tiefer sinkt, dann seine Schultern, seine forcierte Lebhaftigkeit. Eine plötzliche Veränderung, schon die zweite, die sie heute bei einem Menschen erleben. Ein untrügliches Zeichen dafür sind Vescovis traurige Augen, die jetzt, eingezwängt zwischen Augenringen und buschigen Brauen, erschöpft wirken, obwohl sein Mund weiterhin lächelt.

«Wenn zwischen Ihnen nichts war, warum haben Sie dann die angebliche Beziehung nicht abgestritten?»

«Weil Terenzio Fuci mich gebeten hat, es nicht zu tun. Ich wusste, dass Vera nach diesen Vorfällen ihren Beruf aufgeben würde, und niemand wollte Sergio Vescovi ohne Vera Ladich. Terenzio bat mich darum, die Rolle des Liebhabers zu spielen, und ich willigte ein. Im Gegenzug bekam ich von der Veronica Film einen Vertrag über fünf Filme, die ich in den folgenden fünfzehn Jahren drehte, einer entsetzlicher als der andere. Alles, was Sie hier sehen» – mit einer Geste verweist er auf die Einrichtung, das Haus, das Landgut – «habe ich mit dem Geld aus den Filmen mit Vera gekauft, instandgehalten habe ich es aber mit dem Geld aus den anderen Filmen, denen in Europa keinerlei Aufmerksamkeit zuteilwurde, wir haben einfach einen zu guten Geschmack, aber im Mittleren Osten und in Indien werden sie noch heute hin und wieder gezeigt. Einen Teil meiner Tantiemen bekomme ich in Rupien.»

Ein kurzes Schweigen entsteht in dem Wohnzimmer, in dem es dunkler wird, je tiefer draußen die Sonne sinkt. Man hört, wie Franca Pes einen Schluck nimmt.

«Aber Sie waren mit Vera befreundet», wirft Pedrelli ein, der keinen Schluck genommen hat und das vielleicht auch nicht mehr tun wird.

«Unsere Freundschaft begann nach dem zweiten Film, also 1965. Ich hatte Vera noch als Anna kennengelernt, und während der ersten Jahre war sie misstrauisch, obwohl wir zusammen arbeiteten. Sie glaubte, ich sollte sie überwachen. Sie vertraute mir nicht. Aber ich war ihr schon längst verfallen. Sie konnte nicht schauspielern, aber das war auch gar nicht nötig. Es genügte, sie vor die Kamera zu stellen, und ein Wunder geschah. Das hatte ich schon erkannt, als sie zum ersten Mal in die Kamera blickte und diese drei Worte aussprach, die nicht im Drehbuch standen: ‹… ich bitte euch …› Und im nächsten Film wieder so ein Halbsatz, der nicht im Text stand: ‹… dann wird mir das Böse kein Leid antun können …› Wenn mir ein Verdienst zukommt, dann, dass ich erkannte: Was sie da tat, konnte sogar aus einem mittelmäßigen Regisseur wie mir einen Künstler machen. Im Lauf der Jahre hat Vera dann begriffen, dass ich sie verehrte. Und sie öffnete sich mir, wir wurden Freunde. Ich war der Einzige, den sie treffen konnte, ohne dass Terenzio oder die Brocani dabei waren, diese Gottesanbeterin. Und beide hatten wir etwas zu verbergen.»

«Also hat Vera sich Ihnen anvertraut?»

«Ja, das hat sie. Und sie mochte mich. Dennoch habe ich sie hintergangen. Aber alle haben Vera hintergangen. Sie wollten sie haben, und wenn sie feststellten, dass das nicht möglich war, versuchten sie, sie zu zerstören. Ich dagegen habe sie aus Ehrgeiz und aus Angst hintergangen. Zumindest in dieser Hinsicht war ich originell.»

«Aus Angst, keine Arbeit mehr zu bekommen?», will Franca Pes wissen.

«Ja, aber auch, weil Terenzio vieles über mich wusste. Dinge, die ich Ihnen, wenn Sie Ihren Weg hierher gefunden haben, nicht zu erklären brauche. In jenen Jahren wurde Homosexualität gerade so hingenommen, und das auch nur bei einem talentierten Regisseur wie Pasolini, Friede seiner Seele. Aber was wäre ich schon gewesen, mit der Schwulenmarke um den Hals? Ein erbärmlicher Abklatsch von Pasolini, ohne seine Intelligenz, seinen Mut, seine provokante Genialität, ja nicht einmal mit einem so tragischen Tod. Ich wäre im Grunde der gewesen, der ich heute bin, bloß ohne Geld, ohne diesen Ort, ohne meine singhalesischen Jungs und ohne den Ruhm des Regisseurs, der die goldenen Jahre des italienischen Kinos miterlebt und obendrauf noch eine Affäre mit Vera Ladich im Lebenslauf stehen hat. Ich sage das nicht gern, aber Terenzio Fuci hat sein Wort gehalten. Das passiert in dieser Branche nicht oft. Mitte der Siebzigerjahre wollte ein Journalist seine Nase in mein Privatleben stecken, und Fuci hat ihn zum Schweigen gebracht. Sicher nicht aus Gutherzigkeit. Ich war nur eine Schachfigur, mit deren Hilfe dieser Kerl an Vera herankommen wollte, und über Vera an die Familie Fuci, aber wie sagt man so schön: Wenn man das Schiff rettet, rettet man auch die Ratten an Bord.»

Arcadipane erhebt sich unter Mühen von seinem Sessel und schenkt sich etwas von dem anderen Saft ein.

«Kaki», sagt Vescovi.

Arcadipane nickt zustimmend, auch weil das Glas jetzt schon voll ist. Dann setzt er sich wieder.

«Eine Sache gib es noch, die mir nicht klar ist: Hat Vera Ladich ihren Mann geliebt?»

«Nein.»

«Sind Sie sicher?»

«Es gibt zwei Dinge, derer ich mir sicher bin. Vera hat Terenzio nie geliebt. Und Terenzio hat Vera zeit seines Lebens unendlich geliebt. Ich würde sogar so weit gehen zu sagen, dass Fuci der einzige Mensch war, der sie je wirklich geliebt hat.»

«Er hat sie geliebt.»

Vescovi schüttelt den Kopf und lächelt.

«Zugegeben, es war eine krankhafte, abnorme, religiöse, klaustrophobische Liebe, aber wir können ja nicht bestimmen, wie wir lieben, für uns selbst nicht, und für die anderen noch viel weniger, nicht wahr?»

«Aber warum ist sie dann …?»

«Warum Vera ihr Leben lang bei ihm geblieben ist? Sicher nicht wegen des Kinos oder des Erfolgs. Die Schauspielerei hat sie nie interessiert. Von der Bühne abzutreten, war für sie eine Erleichterung, kein Opfer.»

«Aber wenn nicht wegen des Erfolgs, warum dann?»

«Ich weiß es nicht», sagt Sergio Vescovi und sieht dabei zum ersten Mal seinen Gesprächspartnern nicht direkt in die Augen. Er schüttelt den Kopf. «Ich glaube, das hat alles seinen Anfang in diesem Bergdorf genommen, aus dem sie und ihr Bruder stammten, aber Vera wollte nie darüber reden, nicht einmal mit mir. Und wenn sie es mir nicht erzählt hat, dürfte es auch sonst niemand in Rom wissen.»

Der Raum liegt jetzt in der Abenddämmerung, und über all den frivolen Gegenständen schwebt mit einem Mal die Melancholie eines verlassenen Rummelplatzes. Gedankenverloren nimmt Arcadipane einen Schluck.

«Eines wollte ich Sie noch fragen», sagt er und versucht, den Brei in seinem Mund zu schlucken.

«Nur zu», ermuntert Vescovi ihn, «aber wenn es Ihnen nichts ausmacht, würde ich vorschlagen, dass wir in die Küche gehen. Hier drin wird es allmählich kühl, aber drüben müssten die Jungs schon Feuer im Kamin gemacht haben. Und inzwischen sind wir ja so weit miteinander vertraut, dass wir in ein weniger förmliches Ambiente wechseln können.»

Als er aufsteht und sich mit hochgerecktem Kinn zwischen ihnen hindurchschiebt, wird erkennbar, dass Sergio Vescovi ein schmächtiger Mann ist, über achtzig Jahre alt und mit sich vorwölbendem Bauch. Von seinen Augen, die wirken, als seien sie von Natur aus tiefschwarz, rinnen ein paar Tropfen Wimperntusche herab, die das Dämmerlicht nicht verbergen kann.

Sobald er an ihnen vorübergegangen ist, sucht Franca Pes Arcadipanes Aufmerksamkeit und deutet mit einer Kopfbewegung auf ein gerahmtes Foto, das auf dem Klavier steht.

«Als er jung war, hat er ausgesehen wie Anthony Perkins», flüstert sie.

Arcadipane weiß nicht, wer das ist. Dann stehen sie auf und folgen Vescovi.

49.

Es klopft an der Tür. Bramard öffnet die Augen und sieht aus dem Fenster. Es ist nach fünf Uhr und schon fast dunkel.

Er setzt die Brille ab, mit der er eingeschlafen ist, und nimmt den Computer von den Beinen, auf dem er den vorletzten Film mit Vera Ladich angeschaut hat. Wie viel davon hat er gesehen, bevor er eingeschlafen ist – zehn Minuten, zwanzig? Es klopft erneut.

«Komme.»

Beim Aufstieg nach Gias Vej ist er zügig gegangen, um seine Kräfte zu erproben, und beim Abstieg ist er zügig gegangen, weil ihm in den zwei Stunden, während derer er auf dem Felsen gesessen und die Wiese betrachtet hatte, die Kälte in die Knochen geschlichen war. Die Folgen: das Medikament ausgelassen, das er mittags hätte nehmen sollen, Knieschmerzen, Erschöpfung, eine Nachricht von Elena, die sich Sorgen macht, weil er nicht ans Telefon geht, und der Schlaf, der ihn für ein paar Stunden aus der Welt entführt hat. Und was hat er dabei gewonnen? Noch immer ist ihm Gias Vej mit seinem vergilbten Gras, den dunklen Steinen und dem Streifen, der mit jungen Pflanzen bestanden ist, ein Rätsel.

Er öffnet die Tür. Es ist Ester. Er wusste es.

«Hast du geschlafen?»

«Ein bisschen, aber es ist gut, dass du mich geweckt hast. Bist du fertig mit den Hausaufgaben?»

Ester nickt und späht ins Zimmer.

«Trepet liegt auf dem Vorleger im Bad und schläft. Für ihn war das heute auch eine große Anstrengung.»

«Wart ihr im Wald?»

«Wir sind nach Gias Vej gegangen, aber es hat ihm nicht so viel Spaß gemacht, wie wenn du mit ihm dorthin gehst.»

Ester zuckt mit den Schultern: Na ja, so ist das eben. Sie trägt ein leichtes, cremefarbenes Sweatshirt und hat die kupferroten Haare wie immer mit einem Gummiband mehrfach zusammengebunden, sodass nicht zu erkennen ist, wie lang sie sind. Vermutlich ziemlich lang. Sie ist ein schönes Mädchen, mehr als schön. Vielleicht weil ihre Augen die Farbe bestimmter Häfen haben, wo das Wasser weder tief noch flach ist. Und ihre Haut die Farbe von Dünen, die im Wind ihre Gestalt verändern. Nichts an ihr erinnert an die Berge – außer die Cordhose, die Halbstiefel und der Marmeladenfleck auf der Lippe –, und doch sind die Berge ihre Heimat. Aber ihre Heimat ist überall. Das macht Ester aus. Abgesehen davon, dass sie schön und rätselhaft ist.

«Ich könnte ihm was zu fressen geben.»

«Das würde ihn bestimmt freuen. Ich hole ihn.»

«Mhm.»

Ein paar Sekunden später steht Bramard wieder in der Tür, jetzt aber mit dem Hund.

«Aber jag ihn nicht zu viel herum, er ist nicht mehr der Jüngste.»

«Wenn er gefressen hat, gehen wir nur ein bisschen auf den Platz. Zum Trainieren.»

«Das klingt vernünftig. Und er hat heute nur ganz wenig Kacka gefressen. Du leistest also gute Arbeit.»

«Bei mir frisst er andauernd welches.»

«Er wird es schon noch lernen.»

Ester beugt sich zu Trepet hinab und krault ihn am Hals. Der Hund, der noch im Gravitationsfeld des Schlafes schwebt, schwankt ein wenig und schließt die Augen.

«Heute hat mich ein Mann gefragt, ob du hier im Hotel wohnst», sagt Ester.

«Wann war das?»

«Im Bus von der Schule nach Hause.»

«Wusste er, wie ich heiße?»

«Ja. Er hat gesagt: Signor Bramard.»

«Wie sah er aus?»

«Er war alt und eher klein.»

«So alt wie ich?»

«Älter. Ich habe ihm gesagt, dass du hier wohnst, aber als wir ausgestiegen sind, ist er in eine andere Richtung gegangen.»

«Hast du gesehen, wohin?»

Ester schüttelt den Kopf, nein, das hat sie nicht gesehen, dann drückt sie Trepet mit den Händen die Ohren nach unten und zieht die Haut über der Schnauze nach hinten. Der Hund lässt sie gewähren, wie eine alte Diva.

«Kann ich dich was fragen?», sagt Ester.

«Sicher.»

«Wenn du keine Pistole hast», sagt sie und neigt den Kopf, um zu begutachten, was ihre Hände mit Trepets Maske angestellt haben, «was arbeitest du dann wirklich?»

50.

In der Küche riecht es noch nach Rauch, wie er beim Entzünden eines Kaminfeuers entsteht. Ein Geruch, der für Menschen eines gewissen Alters voller Versprechen ist, die größtenteils auch gehalten werden: Wärme, Essen, der flackernde Widerschein des Feuers, der Männern wie Frauen Schönheit verleiht. Als Arcadipane, Franca Pes und Pedrelli diesen Widerschein auf den Gesichtern der vier Singhalesen sehen, die am Tisch sitzen und von ihrem Eintreten überrascht werden, bleiben sie in der Tür stehen. Vescovi dagegen ist schon in der Küche, läuft gestikulierend herum und ruft: «Los! Los!» Die vier stehen wortlos auf und verschwinden, jeder in eine andere Richtung. Gekränkt, aber auch so träge wie Katzen, die von einem sonnenbeschienenen Fensterbrett verscheucht werden.

Sergio Vescovi, der dem Kaftan auf dem Weg durch den Flur eine schlecht sitzende Strickjacke hinzugefügt hat, nimmt auf dem Stuhl Platz, den der Mann mit den Säften etwas abgerückt vom Tisch hat stehen lassen. Franca Pes, Arcadipane und Pedrelli setzen sich auf die anderen. Sorgfältig, wie er ist, hat Pedrelli sein Glas mitgenommen. Die Küche ist groß und wirkt antik, so wie es sich für die Küche eines alten Landgutes gehört. Der Kamin ist hoch und breit und der Rauchfang viel zu groß, als dass der Kamin wirklich wärmen könnte, aber der Geruch, das Licht und der Widerschein – das genügt. Der Tisch hat eine große Platte aus Marmor, auf der früher Pasta gemacht wurde, das Spülbecken ist aus teurem Naturstein. Der Wasserhahn tropft. In einer Schüssel liegt ein Dutzend Einmachgläser im Wasser.

«Übermorgen fliege ich wieder nach Trincomalee», sagt Vescovi. «Dass Sie mich Anfang November hier antreffen, ist reiner Zufall. Normalerweise bin ich ab dem Monatsersten unten, aber dieses Jahr musste ich hier Arbeiten beaufsichtigen. Und zwei der Jungs sind erst im Sommer nach Italien gekommen. Also musste ich noch eine Weile ein Auge auf sie haben. Die Singhalesen sind ehrliche und vertrauenswürdige Menschen, aber wenn man sie aus ihrem gewohnten Umfeld reißt, brauchen sie Zeit.»

«Halten sie den Betrieb hier am Laufen?»

«Absolut. Gamage ist schon seit fünfzehn Jahren bei mir. Ich spiele den Landadligen aus früheren Zeiten: Ich spaziere über die Felder, begutachte das Vieh, halte im Schatten der Olivenbäume ein Nickerchen und genieße mein Biogemüse. Es war nie meine Absicht, so zu tun, als wäre ich der geborene Gutsverwalter. Ich kann nicht einmal mit einer Hacke umgehen, geschweige denn mit all diesen Landmaschinen. Und beim Gedanken an Gülle packt mich das Grausen. Aber ich sehe mit Freude zu, wie die anderen arbeiten und abends verschwitzt und dreckig zurückkommen. Mittlerweile haben die fleischlichen Gelüste der Kontemplation das Feld überlassen. Wäre das schon vor fünfzehn Jahren passiert, hätte es meinen Finanzen und meiner Gesundheit zum Nutzen gereicht. Aber Sie wollten mich doch noch etwas fragen, nicht wahr?»

«Vorhin haben Sie von etwas gesprochen, was Vera Ladich getan hat und weshalb sie das Filmbusiness so oder so hätte verlassen müssen. Ich vermute, Sie meinten damit die zwei Tage, während derer sie verschwunden war.»

«Drei.»

«Drei, sicher. Wissen Sie, wo sie in dieser Zeit war?»

«Ich weiß es. Und Sie?»

«In Schottland.»

«In Schottland.»

«Und warum?»

«Bevor ich darauf antworte – darf ich Sie fragen, ob Sie glauben, dass Vera tot ist?»

Arcadipane sieht Franca Pes an, die Vescovi ansieht. Pedrelli nimmt einen Schluck Saft.

«Warum wollen Sie das wissen?»

«Ich habe Bedenken, dass das, was ich gerade tue, nicht besonders elegant ist.»

«Elegant?»

«Nach dem, was ich Ihnen erzählt habe, dürfte klar sein, dass ich nicht der Inbegriff der Rechtschaffenheit bin. Nun gut, aber obwohl ich in dieser Hinsicht Vertrauen verspielt habe … ist mir sehr daran gelegen, die Eleganz nicht zu verlieren. Denn wissen Sie, auch ein Betrug kann elegant sein, oder ein Mord, eine Unterlassung, niederträchtiges Verhalten. Sogar eine Enthauptung – aber den Saum eines Lebens umzuschlagen, dessen Inhaberin das Zeitliche gesegnet hat … das ist womöglich nicht sehr elegant.»

«Möchten Sie hören, dass die Informationen, die Sie uns geben, entscheidend sein könnten, um Vera Ladich lebend aufzufinden?»

«Sind das die Worte, die Sie normalerweise verwenden?»

«Ja. Sind sie in Ihren Augen elegant genug?»

Sergio Vescovi gerät ins Stocken. Franca Pes wirft Arcadipane einen Blick zu.

«Dieser Saft ist wirklich etwas ganz Besonderes», schaltet sich Pedrelli ein, der in den zwanzig Jahren, die er nun schon versucht, einen schwierigen Charakter in die Schranken zu weisen, das Gefühl für den richtigen Zeitpunkt für eine Ablenkung zur Perfektion gebracht hat.

«Vielen Dank, Sie sind sehr freundlich», sagt Vescovi mit Betonung auf dem *Sie*.

Franca Pes streckt den Arm aus und legt mit einer Bewegung, mit der sie das Spiel ein für alle Mal beendet, ihre Hand auf die von Vescovi.

«Es ist wirklich wichtig», sagt sie. «Wo war Vera in diesen drei Tagen, und mit wem?»

Sergio Vescovi nickt, zufrieden, dass endlich jemand seine «eleganten» Bedenken verstanden hat. Er dreht die Handfläche nach oben und ergreift die Hand der Pes, um zu signalisieren, dass die kleine Unstimmigkeit, was ihn betrifft, vergessen ist.

«Ihre Arbeit ist wirklich nicht leicht», räumt er ein.

«Ganz im Gegenteil», sagt Arcadipane. «Wir wissen, dass Vera am 23. Oktober 1973 nach Edinburgh geflogen ist. Was wir dagegen nicht wissen: warum und – gegebenenfalls – mit wem.»

«Einen Augenblick», sagt Vescovi und steht auf. «Ich bin gleich wieder da.»

Er geht hinaus und lässt die drei in der Küche allein. Das Feuer im Kamin flackert nur noch schwach. Vielleicht müsste man eines der Holzscheite hineinwerfen, die die Singhalesen neben dem Kamin aufgeschichtet haben. Arcadipane tut das und blickt dann ins Feuer, den Ellbogen auf den Kaminsims gestützt.

«Was, wenn er jetzt abhaut?», flüstert Franca Pes.

«Warum sollte er denn abhauen?»

«Weil du unhöflich warst.»

Wie sie so am Tisch sitzt, das Kinn auf die verschränkten Hände gestützt, wirkt sie wie ein Mädchen, das gleich ein Geständnis mit unabsehbaren Folgen macht. Vor ihrem Wiedersehen hatte Arcadipane geglaubt, sich ziemlich deutlich daran zu erinnern, wie sie vor dreißig Jahren ausgesehen hat, aber nun hat die Franca Pes von heute die Erinnerung ganz und gar überlagert. In Gedanken kann er sich andere Kleidung oder eine Uniform an ihr vorstellen, aber das Gesicht bleibt dasselbe wie das, das er jetzt vor sich hat.

«Haben Sie geglaubt, ich würde abhauen?», sagt Vescovi, als er zurückkommt, eine nordafrikanische Kappe auf dem Kopf.

«Aber woher denn!», entgegnet die Pes.

Vescovi legt eine Single auf die marmorne Tischplatte.

«*Pazza idea* und auf der B-Seite *Morire tra le viole*», leiert Pedrelli herunter, mit gelangweiltem Blick angesichts dieser kinderleichten Aufgabe. «Erschienen im Frühjahr 1973.»

Vescovi ist dagegen offenkundig beeindruckt.

«Wie mir scheint, sind Sie ein Mann voller Überraschungen.»

«Ja, aber was hat das mit unserer Frage zu tun?», sagt Arcadipane, noch immer auf den Kamin gestützt, und bringt alle wieder zurück zum Thema.

Sergio Vescovi setzt sich wieder, nimmt die Schallplatte in die Hand und betrachtet das Cover, dessen linke Hälfte ganz von Patty Pravos Gesicht eingenommen wird: schwarze Augen, schwarze Nase, schwarzer Mund, rote Augen.

«Vera mochte die Lieder von Patty Pravo sehr. Sie ist ihr nur einmal begegnet, bei der Premiere unseres letzten Films, Anfang 1973. Hätte Vera mehr Freiheiten gehabt, dann glaube ich, sie wären enge Freundinnen geworden, aber so etwas konnte Terenzio natürlich nicht zulassen. Patty war in diesen Monaten in einen Skandal verwickelt. Riccardo Fogli hatte seine Ehefrau Viola Valentino für sie sitzen lassen und stieg kurz darauf bei seiner Band aus, den Pooh. Die Veronica Film bezog einen Teil ihres Kapitals von Investoren, die Verbindungen zum Vatikan hatten. Da konnte Vera Ladich natürlich keinesfalls eine Frau zur Freundin haben, die eine Familie zerstört hatte.»

«Ja, aber noch mal: Was hat das alles mit Edinburgh zu tun?»

«Das hat mit Edinburgh zu tun, weil Edinburgh in Schottland liegt, und weil in Schottland Gretna Green liegt.»

«Um Gottes willen!», entfährt es Pedrelli.

«Was ist denn?»

«Ihr Vize kennt sich in vielen Dingen ziemlich gut aus», sagt Vescovi. «Sie sollten ihm mehr Wertschätzung entgegenbringen.»

Pedrelli ist aufgesprungen, aber exakt am selben Fleck geblieben, eine Hand flach auf dem Tisch, die andere am Glas.

«1973 hat Patty Pravo im schottischen Gretna Green Riccardo Fogli geheiratet.»

«Ja und?», fragt Arcadipane, der mit den Gedanken noch nicht ganz gefolgt ist, sich aber ruckartig vom Kamin gelöst hat, weil er plötzlich eine starke Hitze verspürt.

«In diesen drei Tagen ist Vera Ladich nach Gretna Green gereist, um sich dort ebenfalls zu verheiraten», sagt Franca Pes.

Schweigen.

«Aber sie war doch schon verheiratet!», sagt Arcadipane in dem Versuch, den Schwung aus der Sache zu nehmen.

«Riccardo Fogli war doch auch schon verheiratet», sagt Sergio Vescovi lachend. «In Gretna Green wird man nach keltischem Ritus getraut. Diese Ehen besitzen in Italien keine Gültigkeit, aber mit einer solchen Eheschließung können auch Menschen heiraten, die bereits verheiratet sind.»

Arcadipane kramt in der Tasche und steckt sich ein Sucai in den Mund. Es ist erst das dritte seit seiner Ankunft in Rom. Wann hat er das letzte Mal so wenige am Tag gelutscht? Also ist Turin das Problem!

«Ich glaube, Patty hat Vera bei der Premierenfeier von ihrem Plan erzählt. Die Öffentlichkeit hat davon erst viel später erfahren. Wenn sich zwei Seelenverwandte begegnen, vertrauen sie einander manchmal Dinge an, die sie noch nicht einmal ihren engsten Freunden verraten würden. Und Vera erinnerte sich genau im richtigen Moment an Gretna Green. Drei Tage reichen aus, um nach Schottland zu reisen, zu heiraten und wieder zurückzukehren.»

«Aber wen hat sie geheiratet?»

«Das weiß ich nicht», antwortet Vescovi. «Sie sagte mir nur, dass sie nach Schottland fahren würde, um dort zu heiraten, doch nach ihrer Rückkehr war ich, wie gesagt, vor die Wahl gestellt, weil Fuci völlig außer sich war. Auf Veras Seite bleiben und dem Kino entsagen, oder der werden, der ich heute bin. Meine Entscheidung ermunterte Vera natürlich nicht dazu, mir noch mehr Details anzuvertrauen.»

«Haben Sie Fuci gesagt, dass Vera nach Schottland gefahren war, um zu heiraten?», fragt Franca Pes.

«Das war nicht nötig, er wusste es bereits. Fragen Sie mich nicht, woher.»

«Und Sie haben nicht die geringste Vermutung, mit wem Vera etwas so Verrücktes getan haben könnte?»

«Ich sehe in diesen drei Tagen nichts Verrücktes. Vera mag den Rest ihres Lebens verrückt gewesen sein, aber nicht während dieser drei Tage. Und ich bin überzeugt: Wo auch immer sie sich jetzt befindet, auf der Erde oder darunter, sie wird ihr Handeln nicht bereuen. Und das war's auch schon mit dem, was Ihnen der alte perverse Regisseur, der mit einem Bein im Grab steht und mit dem anderen in Sri Lanka, über Vera Ladich erzählen kann. Würden Sie wohl bitte noch ein Holzscheit ins Feuer legen? Am Abend wird es hier immer recht feucht ...»

Arcadipane kommt der Bitte nach. Franca Pes ist bereits aufgestanden und reicht Sergio Vescovi die Hand.

«Maestro», sagt sie zum Abschied.

«Zu gütig.»

Pedrelli trinkt seinen Saft aus und steht ebenfalls auf.

«Es war mir ein Vergnügen», sagt er und gibt Vescovi die Hand.

«Und Sie sind wahrlich eine Überraschung. Ich begleite Sie hinaus.»

Die drei gehen durch den Flur und lassen Arcadipane zurück, der noch immer beim Kamin steht, als wäre er der Hausherr, der, der bleibt. Er holt sie an der Haustür ein, als Pedrelli und die Pes schon in den Hof hinaustreten. Bullige weiße Schemen zeichnen sich auf dem Gelände ab und verströmen ein helles und beruhigendes Licht, das den Hecken aus Klebsamen ihr sanftes Grün zurückgibt. Der Geruch der Schweine hat sich verzogen, und in der Luft liegt nur noch ein schwaches Gelüst nach Aufschnitt. Was entschieden eleganter ist. Als sie durch die Tür hinaustreten, kommt Arcadipane leicht in Berührung mit Sergio Vescovis Körper, der aus der Nähe betrachtet noch immer einen stattlichen Eindruck macht.

Sie gehen ein paar Schritte Richtung Auto. Dann bleibt Arcadipane stehen und dreht sich zu Vescovi um.

«Sind Sie sicher?»

«Was meinen Sie?», fragt Vescovi zurück, der in der Tür steht und wartet.

«Dass Sie nicht wissen, mit wem die Ladich in Schottland war.»

«Ich kann Ihnen keinen Namen sagen.»

«Was können Sie uns dann sagen?»

Vescovi holt das dünne Lakritzstäbchen aus der Tasche und steckt es sich in den Mund.

«Mittlerweile glaube ich, es war jemand, den sie in dem Nest zurückgelassen hatte, aus dem sie stammte. Jemand, mit dem sie noch gesprochen hat, als sie schon in dem Gefängnis lebte, in das Fuci sie gesperrt hatte.»

«Wie meinen Sie: sprechen?»

«Vor den Augen Fucis und Millionen anderer, darunter auch meinen. Ein Einfall, wie Dumas ihn hätte haben können, hätte es zu seinen Zeiten schon das Kino gegeben. Dabei war es diese Kleine aus den Bergen … Wer hätte das gedacht! *Mademoiselle le look* … dieses durchtriebene Stück!»

Arcadipane steckt sich ein Sucai in den Mund. Noch bevor sie beim Auto sind, hat er Lavezzis Nummer gewählt, indem er auf das Bild von Schlumpfinchen tippt, das in seinen Favoriten seinen Untergebenen repräsentiert.

51.

Die Tür der Kirche steht einen Spaltbreit offen, im Inneren brennt Licht. Bramard zieht den Türflügel so weit auf, dass er eintreten kann.

Der Mann sitzt mit dem Rücken zu ihm in einer der Bänke, in der Mitte des Kirchenschiffs. Er trägt einen grauen Hut mit Ohrenschützern, der auch den Nacken bedeckt. Einen nicht mehr neuen blauen Mantel. Er blickt auf die linke Wand, sodass sein Profil sichtbar ist. Sein Gesicht wirkt hölzern, seine Haut von der Farbe und vielleicht auch der Beschaffenheit einer Walnuss. Ein Mann, der unverkennbar viel geraucht hat.

Corso geht auf ihn zu. In der Kirche ist es kalt, der Raum giert nach dem Klang der Schritte und lässt ihn sofort anschwellen.

Er setzt sich nicht in dieselbe Bank, sondern in die dahinter, damit er dem Mann nicht den Blick versperrt, aber doch in sein Sichtfeld gelangt.

«Seit über fünfzig Jahren habe ich diese Kirche nicht mehr betreten», sagt Corrado Dao, «und doch hing der Schlüssel die ganze Zeit neben meiner Haustür, als hätte es jederzeit sein können, dass ich plötzlich noch einmal hierherkommen müsste.»

Er reibt sich mit einem Taschentuch die Augen. Es sind keine Tränen, sondern die wachsartige, kaum sichtbare Substanz, die alte Augen produzieren, wenn sie gerührt sind.

«Ich bin Corso Bramard. Ich ermittle zusammen mit Commissario Arcadipane im Fall Terenzio Fuci und Vera Ladich.»

Jetzt sieht Corrado Dao ihn an. Er hat ein Gesicht wie die Alten von Clot, nur haben die Bücher und das Forschen es fügsamer und offener gemacht und dafür gesorgt, dass daraus noch immer eine kindliche Neugier spricht. Seine Augen sind efeugrün, die Haare waren früher vermutlich einmal von kräftigem Kastanienbraun.

«Ich vermute, Sie waren es, der die junge Dame zu mir geschickt hat.»

«Ja, Isa Mancini.»

«Sie haben die Bücher also gefunden?»

«Ja, Ihr Buch über den Meister von Clot und auch den Brief von Minico Curto.»

Corrado Dao nickt, wie er wohl auch früher genickt hat, wenn seine Schüler besonders fleißig waren. Manche Menschen sind geborene Pädagogen, und er ist so einer.

«Glauben Sie wirklich, dass es die Sucho gab? Dass sie nicht nur eine Legende ist?»

«Ich bin mir sicher», sagt Dao und nickt erneut. «So wie Sie.»

«Wie lange?»

«Wie lange sie praktiziert wurde? Offiziell bis Mitte des sechzehnten Jahrhunderts. Zuvor hatte man hin und wieder versucht, sie auszurotten, aber diese Versuche waren eher zaghaft. Die Bewohner von Clot hatten ja keinerlei Absicht, andere zu bekehren; sie wollten den Ritus nur innerhalb ihrer Gemeinschaft aufrechterhalten. Es war dann Papst Paul IV., ein vormaliger Inquisitor, der die Sache in die Hand nahm. Er sah sich als den bewaffneten Arm der Gegenreformation. Und wenn eine kleine Gemeinde, die so ein Ritual von einer Generation an die nächste weitergab, vor Luther noch hatte geduldet werden können, war es nach dem Schisma …»

«Wie hat er dem ein Ende gemacht?»

Corrado Dao stützt einen Arm auf die hölzerne Rückenlehne. Seine Finger sind gelblich. Die Zigaretten. Aber seine

Zähne sind noch gut in Schuss, wenn auch ein wenig unregelmäßig.

«Die Juden hatte er in Ghettos gezwungen, wo sie weiterhin ihren Glauben praktizieren konnten. Das Judentum galt als ein Urahn des Christentums, der zwar nicht vorzeigbar war, aber doch noch eine Art Verwandter. Die Sucho dagegen war ein heidnisches Ritual, das sich dem Christentum widersetzt und sich in Clot seinen eigenen Rückzugsort geschaffen hatte, seine eigene Festung. Und um eine Festung zu schleifen, unternimmt man einen Feldzug, der, wenn er im Glauben wurzelt, zu einem Kreuzzug wird. Paul nahm schwäbische und Schweizer Söldner in Dienst. Das Dorf konnte ein paar Wochen lang Widerstand leisten, fiel jedoch letztlich. Zahlreiche Bewohner wurden umgebracht, und wer überlebte, wurde gezwungen, dem Irrglauben abzuschwören. Die alten Gräber wurden geöffnet und die Überreste der Toten verbrannt, zusammen mit den Gefallenen, denn schließlich waren ja alle im ketzerischen Glauben gestorben. Es war ein Massaker, aber mit etwas Zynismus könnte man sagen, dass es in der Geschichte schlimmere gab.»

«Woher wissen Sie das alles? Ich habe nirgendwo etwas davon gelesen.»

«Dokumente aus den Archiven des Vatikans. Als ich nach Clot kam, war ich noch jung, aber ich hatte schon einen beträchtlichen Teil meines Lebens dem Studium dieser Fresken gewidmet, und das habe ich dann fortgesetzt, ohne dass ich sie erneut in echt sehen musste. Hingabe und urteilsfreies Denken werden manchmal belohnt, bisweilen sogar von den Archiven des Vatikans.»

«Warum diese Hingabe?»

«Ausgerechnet Sie fragen mich das?», sagt Dao lächelnd. «Zugegeben, Sie sind vierundzwanzig Jahre jünger als ich, aber Sie könnten jetzt irgendwo Ihren Ruhestand genießen, Zeit mit Ihrer Tochter verbringen, die wiederzufinden Sie so viel Mühe gekostet hat, oder irgendwo weit weg von diesem feuchten Tal wieder zu Kräften kommen.»

«Haben Sie Nachforschungen über mich angestellt?»

«Ich stelle Nachforschungen über alles an, was mich interessiert. Sehen Sie darin bitte keine Unverschämtheit oder eine Form von Schnüffelei. Ich mache mir nichts aus all diesen Informationen. Ich bin nur neugierig. Sie sind ein interessanter Mann. Nicht so interessant wie Johannes Van Drift, aber doch interessant.»

Corrado Dao wendet den Kopf, um die Fresken in ihrer Gesamtheit zu betrachten.

«Maler, Dichter, Botschafter, Höfling, Verführer, Häretiker, Spieler, Flüchtiger, Duellant, Liebhaber, Reisender, Kartograf, Söldner, Verräter. Für all das bräuchte man mehrere Leben, und ihm ist es gelungen, alles in einem zu vereinen, noch dazu in einem nicht besonders langen.»

Bramard folgt seinem Blick, der jetzt auf dem Fresko über dem Eingang ruht, das die Männer mit den Kapuzen zeigt, die vom Muret in den Saal der Sucho geführt werden.

«Glauben Sie wirklich, dass ein Mann, der so viel von der Welt gesehen hatte, erst ganz zum Schluss erkannt hat, was er da malt?»

Dao zieht trotzig die Schultern hoch. Unter dem Mantel trägt er höchstwahrscheinlich ein Sakko. Und ganz sicher eine Krawatte. Schmaler Knoten, neutrale Farbe, wie Pedrelli.

«Ich weiß es nicht. Jedenfalls glaube ich nicht, dass es ihm Schwierigkeiten bereitete, was in Clot vor sich ging. Er hatte an vielen Höfen gelebt. Ihm waren die unterschiedlichsten sexuellen Praktiken vertraut. Möglicherweise sah er ausgerechnet in der Sucho ein unbeflecktes Ritual, ein ursprüngliches Erbe. Das Primitive übte eine starke Anziehung auf ihn aus. Wie Sie sehen, hat seine Malerei nichts Affektiertes oder Gekünsteltes. Aber dann verliebte er sich in diese Frau, und wie alle Männer tappte er in die Falle der Besitzgier.»

«Ist Ihnen nie in den Sinn gekommen, dass Minico Curto sich die Geschichte nur ausgedacht haben könnte, aus einem literarischen Drang heraus? Um sich selbst die Rolle eines bedeutenden Zeugen zuzuschreiben? Oder dass der Brief eine Fälschung ist?»

Dao scheint tatsächlich über diese Vermutung nachzudenken. Dann steht er auf.

«Kommen Sie», sagt er.

Er geht zum Altar, und Corso folgt ihm, aber als Dao um den Altar herum zu der Tür gehen will, die in die Apsis führt, berührt Corso ihn an der Schulter und bringt ihn zum Stehen. Eine Geste, die ihn selbst mehr überrascht als Dao, der ihn jetzt abwartend ansieht.

«Ja?», sagt Dao dann auch.

Bramard deutet auf die Wand links vom Altar, wo zwei kleine Leuchten die Farben der Madonna della Labreno aus dem Grau der Säulen und des Bodens hervortreten lassen.

«Warum der Salamander?»

Dao geht an ihm vorbei, mit einer Gleichgültigkeit, die erkennen lässt, dass Johannes und seine Fresken ihm mehr bedeutet haben als jeder andere Mensch. Isa hat recherchiert: keine Ehefrauen, keine Beziehungen, keine Kinder. Keine Gerüchte über Homosexualität. Corrado Dao hat sein gesamtes Leben bis zum Ruhestand als Grundschullehrer gearbeitet. Er hat seine Existenz ganz seinen Schülern und den Forschungen über Johannes und die Sucho gewidmet. Jetzt steht dieser Mann, der auf so rätselhafte Weise durchs Leben gegangen ist, vor der Madonna della Labreno, dem berühmtesten Werk des Johannes Van Drift, eines mäßig bedeutenden Malers der ersten Hälfte des sechzehnten Jahrhunderts, den nur eine Handvoll Gelehrter von internationalem Rang kennt sowie der ein oder andere ortsansässige Liebhaber der Malerei.

«‹Labreno a la poaa, pilha ton dalh e vai t'estremar›», zitiert Corrado Dao. «‹Wenn du auf die Felder gehst und einen Salamander siehst, nimm deine Sichel und versteck dich.› Ein Sprichwort aus der Gegend hier. Es spielt darauf an, dass ein Salamander Regen verheißt. Regen spendet Leben und macht den Boden fruchtbar. Der Salamander könnte also ein Fruchtbarkeitssymbol sein; zumindest ist das die naheliegendste der bisher vorgebrachten Deutungen.»

«Der Sie aber nicht zustimmen.»

«Nur teilweise», sagt Dao. «Wenn diese Madonna, wie ich glaube, eine junge Frau darstellt, die nach Vollendung des sechzehnten Lebensjahres in das Geheimnis der Sucho eingeweiht werden sollte, könnte der Salamander tatsächlich darauf anspielen, dass ihr Schoß schon bald befruchtet wird. Dann wäre der Salamander, im Ideal der Sucho, das Sinnbild einer Gemeinschaft, die den Egoismus des Einzelnen zurückstellt zugunsten der Notwendigkeit, den kräftigsten oder nützlichsten Samen um des Gemeinwohles willen weiterzugeben. Nicht immer ging der Stärkste als Sieger aus der Sucho hervor. Manchmal verbreitete im folgenden Jahr auch der Pfiffigste seinen Samen, oder der, der am meisten Glück gehabt hatte, oder auch der, der sich besonders regelwidrig verhalten hatte. Denken Sie an die Ilias: Odysseus ist der Inbegriff des Listenreichen, Achilles des Zornigen, Ajax des Starken, und so weiter. Alles wertvolle Eigenschaften. Der Muret war der Einzige, der mit unverhülltem Gesicht an der Sucho teilnahm und daher wusste, mit welchen Mitteln der Sieger die anderen zu Boden gerungen hatte. Seine Aufgabe bestand darin sicherzustellen, dass keine Waffen außer den eigenen Händen verwendet wurden.»

«Aber …»

«Aber was?»

«Sie meinten, Sie stimmen dieser Deutung nur teilweise zu.»

Schon die ganze Zeit, während er vor der Madonna della Labreno steht, hat Corrado Dao die Hände in den Manteltaschen vergraben. Bramard weiß, dass er die Finger der rechten Hand in ein Päckchen Zigaretten geschoben hat und jetzt die Fingerspitzen über die Filter gleiten lässt.

«Wäre der Salamander nur ein Fruchtbarkeitssymbol, würden sich außen an der Kirche weitere entsprechende Darstellungen finden, ebenso im Dorf und in der Umgebung», sagt Dao. «Ich weiß, es ist eine gewagte These, aber ich glaube, er gibt einen Hinweis darauf, wo sich die Sucho befand. Der Saal, in dem das Spiel abgehalten wurde. Und das glauben Sie doch auch, nicht wahr?»

Bramard tritt einen Schritt vor und stellt sich neben Dao. Jetzt wirken sie wie zwei Andächtige vor dem Adressaten ihrer Gebete, aber ihre Blicke gelten ausschließlich der kleinen schwarz-gelben Amphibie, die die Brust der Frau schmückt.

«Haben Sie je versucht, den Hinweis zu entziffern?», fragt Corrado. «Herauszufinden, wo der Saal der Sucho lag?»

«Ich glaube nicht, dass zu meinen wenigen Talenten das Geschick eines Indiana Jones gehört. Und der Saal wurde ohnehin von dem Kreuzzug zerstört, den Paul IV. ausgerufen hatte.»

«Steht das in den Dokumenten aus den päpstlichen Archiven?»

«Zwischen den Zeilen», sagt Dao. «Nachdem sie Clot eingenommen hatten, folterten die vom Papst gesandten Inquisitoren den Muret, vor den Augen seiner Frau und seiner Kinder. Schließlich redete er, und der Saal der Sucho wurde gefunden und zerstört.»

«Wo lag er?»

«Das wird nicht gesagt. Der letzte Muret nahm das Geheimnis mit ins Grab. Angeblich wurde er zusammen mit seiner Familie auf dem Dorfplatz bei lebendigem Leibe verbrannt. Alle waren geknebelt, damit sie denen, die zusahen, wie sie verbrannten, im Todeskampf nicht den Ort der Sucho verraten konnten.»

Bramard tritt einen Schritt näher an die Wand heran. Er betrachtet das Antlitz der Madonna, ihre Miene, die zwischen Scham und dem Willen zur Verführung schwankt.

«Hat Johannes in der Madonna die Frau porträtiert, in die er sich hier in Clot verliebt hat?»

«Wenn wir Minico Curto glauben, ja. Es könnte aber auch das Gesicht irgendeines anderen Mädchens sein oder eines, das nur in Johannes' Vorstellung und in seinen Gelüsten existierte.»

«Was Sie aber nicht glauben.»

«Nein. Ich glaube, dass Johannes sich in dieses Mädchen verliebt hat – und dass diese Liebe vielleicht erwidert wurde –, nachdem er sie als Modell für die Madonna ausgewählt hatte. Dass er den Salamander auf Vorschlag des Muret hinzugefügt hat, ohne etwas von der Bedeutung des Tieres zu wissen, und dass ihm das Mädchen dann, als es sechzehn wurde, von der Sucho erzählt und ihm erklärt hat, was dieses Ritual für sie bedeutete. Wahrscheinlich hat Johannes dann Druck ausgeübt, damit ihm die junge Frau zugesprochen wurde, wollte den Muret dazu überreden, sie gehen zu lassen, und drohte vielleicht sogar damit, dafür zu sorgen, dass die Inquisition von dem Ritual erfuhr. Jedenfalls kam die traute Beziehung zwischen Johannes und Clot zu einem Ende. Johannes erkannte, dass sich die Dinge für ihn zum Schlechten wandten, und bereitete seine Flucht vor. Zuvor jedoch – zwar nicht in nur zwei Nächten, wie Minico behauptet, jedenfalls aber in größter Eile – malte er das Fresko in der Apsis. So viel habe ich zumindest aus den Schriften, den mündlichen Berichten und den historischen Umständen geschlossen. Beweise im engeren Sinne gibt es keine, wie Sie selbst wissen. Sonst wäre diese ganze Geschichte nicht so fesselnd. So wie auch die Fälle nicht so fesselnd wären, in denen man jemanden wie Sie braucht, um den Schuldigen zu finden.»

Bei den letzten Sätzen ist Daos Stimme schwach geworden,

wie Schritte schwach werden, wenn man nicht weiß, ob die eigenen Beine nachgeben oder der Boden. Ein Gefühl, das Bramard nur zu gut kennt.

«Sind Sie müde?», fragt er.

«Ja. Nicht wegen der Fahrt hierher, sondern weil ich nach so langer Zeit wieder einmal hier bin.»

«Verstehe. Zeigen Sie mir, was Sie mir zeigen wollten, dann lasse ich Sie in Ruhe, und Sie können sich ausruhen.»

Sie umrunden den Altar und erreichen den kleinen offenen Durchgang, der in die Apsis führt. Dort gibt es keine Beleuchtung. Wenige Schritte hinter dem Eingang bleiben sie stehen, noch im Rechteck des Lichtes, das von den Lampen in dem Raum hereinfällt, aus dem sie gekommen sind. Corrado nimmt den Hut ab. Er fährt sich mit der Hand durch die spärlichen, schlohweißen Haare. Jetzt sieht er aus wie der sechsundachtzigjährige Mann, der er ist. Er setzt den Hut wieder auf und betrachtet das Fresko auf der unverputzten Wand.

«Sie haben mich gefragt, ob mir nie in den Sinn gekommen ist, Minico Curto könnte sich das alles ausgedacht haben», sagt er. «Die Antwort auf Ihre Frage findet sich hier.» Er deutet auf die Heilige Familie, die im Dunkel und vom Standort der beiden aus betrachtet wie ein Plakat in Schwarz-Weiß wirkt.

«Was bedeuten die okzitanischen Verse, die am unteren Rand stehen?», fragt Bramard. «In Ihrem Buch kommen Sie auf sämtliche lateinische Inschriften zu sprechen, aber diese hier erwähnen Sie nicht.»

Aus der Tasche, in der Bramard die Zigaretten vermutet, zieht Corrado Dao ein Brillenetui. Mit Bedacht setzt er die Brille auf. Eine eingespielte Handbewegung, die er hinter dem Pult schon Tausende Male ausgeführt hat und von der er weiß, dass sie ihre Zeit braucht, und dass diese Zeit nicht vergeudet ist. Dann tritt er in die Mitte des Raumes. Bramard folgt ihm.

«Öffnen Sie bitte die Fensterläden», sagt Dao. «Vielleicht scheint der Mond noch ein wenig.»

Bramard betrachtet die Frau, den Mann und das Kind an der Wand. Er denkt an Ester und daran, mit welcher Gewissheit sie gesagt hat, das Kind sei ein Mädchen und kein Junge. In der unerklärlichen Ähnlichkeit zwischen der Haut und den Haaren des Kindes in dem Gemälde und jenen von Ester verspürt er jetzt eine Ahnung von Unausweichlichkeit, von Vorherbestimmung, die ihn für einen Augenblick bestürzt, aber auch erhebt. Sein Herzschlag verlangsamt sich. Seine Beine fühlen sich erschöpfter an.

Er geht zu einem der Fensterläden, der, wie ihm scheint, von einem hellen Rand umrahmt wird. Er klappt ihn auf, und das bleiche Licht des Mondes überflutet ihn, ohne ihn jedoch zu blenden. Die Wiese draußen, der Friedhof, die Grabsteine – alles wirkt sanft, keineswegs gespenstisch. Er stellt sich auf die Zehenspitzen, um besser sehen zu können, und vergisst dabei, dass das, was ihn eigentlich interessiert, hinter ihm ist. Da sieht er, wie sich auf dem Dorfplatz etwas bewegt, am äußersten Rand des Sichtfeldes, das das Fenster ihm eröffnet. Er rückt ein wenig zur Seite und streckt sich. Die Laternen auf dem Platz lassen deutlicher erkennen, was dort vor sich geht: Lavezzi holt einen Mann vom Rücksitz der Giulietta, auf der das Blaulicht kreist. Der Mann ist groß gewachsen, und seine auf dem Rücken verschränkten Hände stecken in Handschellen, wie bei einem Verdächtigen, der gefährlich werden könnte. Er trägt eine ärmellose Weste aus Schafwolle. Es ist Ludwig Ubac.

Lavezzi hat seinen Arm mit dem von Ubac verschränkt und führt ihn zum Rathaus. Botta sperrt das Auto ab, schließt zu den beiden auf und sichert Ubacs unbewachte Seite. Neben der Giulietta hält ein zweiter Wagen. Es ist eines der Autos, die jeden Tag von Cuneo heraufkommen, um Botta und Lavezzi bei der Überwachung abzulösen. Auch auf diesem Wagen kreist das Blaulicht, ohne Sirene. Mit unverschämter Wucht schlägt der blaue Widerschein wie ein Karussell auf die Fassaden des Hotels, des Rathauses und der beiden Geschäfte.

Bramard sieht sich nach Dao um. Er steht noch immer an derselben Stelle und blickt auf das Fresko, den Hut auf dem Kopf, die Hände in den Taschen. Er spürt, dass Bramard ihn ansieht, und dreht sich zu ihm.

«Ist alles in Ordnung?», fragt er.

Bramard schüttelt den Kopf und steuert mit eiligen Schritten auf den Eingang der Apsis zu.

«Würden Sie bitte abschließen?», sagt er.

In einem pferdeartigen Laufschritt eilt er durch das Kirchenschiff und zur Tür hinaus. Die Kälte, die ihm wie eine Ohrfeige ins Gesicht schlägt, erfrischt ihn, und er läuft los, die Straße hinab. Er fliegt durch die drei Kurven und erreicht die Wiese. Sein Handy sendet Signaltöne, die ihm die Anrufe anzeigen, die er verpasst hat, als er kein Netz hatte. Während er weiterhastet, sieht er nach, so gut es im Mondlicht geht. Ein Anruf von Martina, sechs von Arcadipane, drei von Lavezzi und einer von einer unbekannten Nummer. Während ihm die Zahlen durch den Kopf schwirren, tritt er auf einen der Steine, die den Rand des Weges säumen. Er spürt, wie die Schuhsohle sich zur Seite biegt, dann dehnt sich etwas und erschlafft plötzlich wieder. Er stürzt nicht, knickt aber ein. Das Gras ist nass, jedoch nicht eiskalt. Es ist der rechte Fuß. Corso richtet sich auf, wischt das Handy ab, das auf den feuchten Boden gefallen ist, und humpelt weiter, während er wählt.

52.

Laut den Schildern sind es noch zehn Kilometer bis Frosinone, und von dort sind sie in anderthalb Stunden in Rom, hat Franca Pes gesagt. Um halb acht Uhr abends sind auf der E45 Autos, Lastwagen und jede Menge Transporter kleiner Firmen unterwegs, die von ihren Liefertouren oder den Baustellen im Umland in die Stadt zurückfahren. Ermüdung und Anspannung sind zu spüren, in den Überholmanövern, in den nicht gesetzten Blinkern beim Spurwechsel, in den durchdringenden Blicken, die zwischen den Wagen hin und her fliegen. Abgemildert wird all das durch die noch lauwarme Luft, die halb heruntergelassenen Fenster und die Hoffnung, dass am Stadtrand nicht der übliche Stau entsteht.

Arcadipane hat sein Handy in den Schoß gelegt. Seitdem sie das Landgut von Sergio Vescovi verlassen haben, hat er ununterbrochen telefoniert. Er hat Lavezzi angerufen, der nicht rangegangen ist, dann Botta, der ihm schließlich Lavezzi gegeben hat, dann den Richter, den Generalleutnant, die Kollegen aus Cuneo. Sechs Versuche bei Bramard, alle erfolglos. Drei oder vier Gespräche mit Isa, die diese eine Sache für ihn überprüfen soll. Dann das Telefon ausgemacht.

Franca Pes und Pedrelli haben seinen Anrufversuchen, Gesprächen und Erklärungen schweigend zugehört. Sie wissen, dass das jetzt eine entscheidende Phase ist, ein falsches Wort oder ein Anruf vor einem anderen können zu Spannungen führen, zu Fehlern und Missverständnissen, die sich durch die weiteren Untersuchungen ziehen und das Getriebe wie Pech verschmieren können.

Nach Arcadipanes letztem Gespräch mit Lavezzi haben sie deshalb nicht einmal versucht, einen Kommentar abzugeben.

Seine Miene und die wenigen Worte, mit denen er geantwortet hat, haben alles gesagt. Und jetzt, wo sie miteinander sprechen könnten, sind sie zu erschöpft. Arcadipane kommt es vor, als sei es eine halbe Ewigkeit her, dass er das pinke Foyer des Hotels Papi verlassen und dabei geflucht hat, weil Franca Pes zu spät dran war. Spinapolice kommt ihm geradezu wie ein Freund aus Kindheitstagen vor, den er seit Jahren nicht mehr gesehen hat. Sergio Vescovi wie ein Kamerad aus der Armee. Dabei war es erst diesen Nachmittag, dass sie Spinapolice umgenietet haben, und der Kakisaft bei Vescovi liegt erst ein paar Stunden zurück. Er hat noch immer Fasern zwischen den Zähnen!

«Das glaub ich jetzt nicht», sagt Franca Pes und nimmt die Hand vom Schaltknüppel, um das Radio lauter zu stellen.

Ein paar Sekunden lang verbreitet sich im Kangoo die Stimme einer Frau, die auf Französisch singt, aber dann merkt Arcadipane, dass das nur an seiner Müdigkeit und der theatralischen Stimme der Frau liegt – sie singt auf Italienisch. Eine halbe Strophe lang rätselt er herum, als sie sagt, dass er ihr sagt, dass er müde ist und dass sie will, dass … Aber wer ist hier müde? Wer will was? Warum legt sie ihm die Jacke über das Gesicht? Dann kommt erneut der Refrain, und er erkennt das Lied.

«Ist das die Platte von Vescovi?»

«Ja, das ist sie», sagt Franca Pes und wiegt den Kopf hin und her, und wenn nicht gerade eben das passiert wäre, was passiert ist, würde sie sogar mitsummen. Eigentlich müssten sie ja zufrieden sein, wenn sie einen Fall abgeschlossen haben, aber der Nachklapp, der Arcadipane und Pedrelli morgen erwartet, verheißt nicht gerade Unbeschwertheit.

«Der Song stand neun Wochen lang an der Spitze der Singlecharts», doziert Pedrelli. «Jemand hatte das Gerücht gestreut, das Lied handle von ihr und Fogli. Der Skandal hat sicher verkaufsfördernd gewirkt.»

«Kann ich diesen Mann bitte behalten?», sagt Franca Pes. «Ich vergöttere Menschen, die so viel wissen.»

Arcadipane schaut auf sein Handy. Er weiß, dass der Anruf kommen wird. Nur eine Frage der Zeit. Das Lied strebt jetzt offenbar seinem Ende entgegen, sie ist alles in allem bereit, sich abzufinden. Wenn man nicht in einem gediegenen Restaurant essen kann, ist eine Trattoria immer noch besser als zu fasten. Apropos, sie haben ja gar nicht zu Mittag gegessen! Gegen ein, zwei römische Spezialitäten vor dem Rückflug hätte Arcadipane nichts einzuwenden, obwohl er müde ist und eine Dusche bräuchte. Auch um Franca Pes, dieser Heiligen, ein Essen zu spendieren; ohne sie hätten sie Vescovi wahrscheinlich irgendwo in Fernost aufspüren müssen! Dem Generalleutnant hat er nichts davon erzählt, denn mit der Pes in Hörweite … außerdem ist es sinnlos, den Karren vor die Ochsen zu spannen, aber eine Belobigung, eine anerkennende Erwähnung oder zumindest die Erstattung der Benzinkosten …

Das Handy auf seinem Bauch vibriert, dann klingelt es. Da ist er ja.

«Sechs Mal hab ich versucht, dich anzurufen, wo warst du denn, verdammt noch mal?»

«Ich war in der Kirche. Und gerade habe ich gesehen, wie Lavezzi und Botta Ubac ins Rathaus gebracht haben. Sie haben ihm Handschellen angelegt.»

«Ja, er ist verhaftet, sie werden ihn jede Minute abholen. Aber warum bist du denn so außer Atem?»

«Ich bin gerannt. Und ich habe mir den Knöchel verletzt.»

«Ach so. Also, wir haben uns eine Menge zu erzählen, vor allem du!»

«Warum habt ihr ihn festnehmen lassen?»

Arcadipane erzählt von dem Treffen mit Vescovi, und dass sie jetzt wissen, was Vera Ladich in Schottland gemacht hat.

Außerdem sagt Vescovi, dass sie in all den Jahren, die sie in Rom gelebt hat, Kontakt zu jemandem aus Clot gehalten hat. Dafür hat sie die Filme genutzt. Er hat versucht, Isa zu erreichen, um ihr zu sagen, sie soll das und auch noch ein paar andere Sachen überprüfen, aber sie geht nicht ran. Hat Bramard mit ihr gesprochen? Nein, hat er nicht. Hoffen wir, dass der Ultraschall nicht irgendwelche Auffälligkeiten gezeigt hat. Jedenfalls hat Ludwig, wie's der Zufall will, zu Hause vierzehn Kinokarten aufgehoben, und die Ladich hat sieben Filme gedreht. Also hat er die Filme alle mindestens zweimal gesehen. Um die Botschaft zu verstehen. Welche Botschaft? Das müssen sie noch herausfinden, aber all das reicht aus, um Ubac festzuhalten. Was genau ist passiert? Auch das wird sich herausstellen, aber wahrscheinlich waren Anna Mattalia und Ludwig Ubac damals ein Paar, und dann taucht Fuci auf, verheißt der jungen Frau eine Karriere beim Film, die Mattalia lässt sich überreden, außerdem tut sich durch den Pakt die Möglichkeit auf, ihren Bruder an einem Ort unterzubringen, an dem er bestmöglich versorgt wird, also verlässt sie Ubac und geht nach Rom, um dort ein Leben auf großem Fuß zu führen, das aber, wie sie bald erkennt, ein beschissenes Leben ist. Fuci ist krankhaft eifersüchtig, hat Angst, sie könnte ihn betrügen, und schirmt sie von der Außenwelt ab. Sie darf nicht allein ausgehen, mit niemandem telefonieren oder anderweitig Kontakt halten. Außer bei den Besuchen bei ihrem Bruder wird sie auf Schritt und Tritt von der Brocani begleitet und darf allein keinen Fuß vor die Tür setzen. Sie ist jung, aber nicht dumm, und deswegen, so glaubt Vescovi, kommt sie irgendwann auf die Idee, Ludwig Ubac vermittels der Filme Nachrichten zukommen zu lassen, vielleicht um ihm zu sagen, dass sie an ihn denkt, dass sie ihn noch immer begehrt, dass er kommen und sie retten soll. Bis sie es dann irgendwann doch schaffen, miteinander Kontakt aufzunehmen, und ihre Hochzeit nach keltischem Ritus in Schottland planen. Ja, nach keltischem Ritus, das erklär ich dir später. Sie entkommt aus Rom und fliegt nach Edinburgh, wo Ubac sie erwartet. Sie heiraten oder auch nicht, das wissen wir im Moment noch nicht. Doch vor oder nach der Eheschließung ändert sie ihre Meinung – immerhin sind über zehn Jahre vergangen, und Ubac ist vielleicht ein ganz anderer Mann geworden, oder Fuci ist es gelungen, sie aufzuspüren, und er droht, ihrem Bruder die Unterstützung zu entziehen. Jedenfalls kehrt Vera Ladich zur Vernunft zurück. Und nach Rom. Um ihre Eskapade zu vertuschen, und als Begründung dafür, dass er sie aus dem Filmbusiness entfernen will, konstruiert Fuci den Skandal um die angebliche Beziehung mit Vescovi. Der spielt mit, weil es ihm gelegen kommt und weil Fuci Dinge über ihn weiß, die ihn ruinieren könnten. Jetzt hat Fuci wieder alles unter Kontrolle: Vera zieht sich vollkommen ins Privatleben zurück und geht aus alldem als eine Frau hervor, die sich, nachdem sie auf Abwege geraten ist, dafür entscheidet, ihre Karriere dem Mann zu opfern, den sie liebt. Fuci spielt den Großherzigen, der einen solchen Betrug verzeihen kann und sogar weiter mit dem Regisseur arbeitet, der ihm Hörner aufgesetzt hat. Wie aufgeschlossen! Wie modern! Und Vescovi macht weiter seine erbärmlichen Filme und verkauft sie nach Asien. Alles in Butter, jeder ist mehr oder weniger an dem Platz, an dem Fuci ihn haben wollte. Außer Ubac, der eine Scheißwut hat, weil er Vera Ladich zum zweiten Mal verloren hat. Jahrelang brütet er vor sich hin, bis die Möglichkeit der Vergeltung buchstäblich vor seiner Tür steht. Fuci und die Ladich kommen wegen der Gräber nach Clot. Fünfzig Jahre sind vergangen, sie glauben, dass Ubac, falls er überhaupt noch lebt, sich mit der Sache abgefunden hat, aber Ubac hat ein Elefantengedächtnis. Er lässt die Gelegenheit nicht ungenutzt und macht die beiden kalt.

Im Auto herrscht Schweigen, so wie am anderen Ende der Leitung, wo auch immer Bramard sich befinden mag.

«Es gibt keine Beweise dafür, dass Ubac wusste, dass Fuci

und die Ladich im Dorf waren», sagt er schließlich, «und wir wissen nicht mit Sicherheit, ob diese Kinokarten für Vorstellungen mit Filmen von Vera Ladich waren. Auf dem Jaguar waren keine Fingerabdrücke von Ludwig Ubac, und seine DNA war weder auf den Autositzen noch auf dem Kabel, mit dem Fuci erwürgt wurde. Wenn sich alles so zugetragen hätte, wie du glaubst, würde das bedeuten, er hat Vera Ladich – tot oder lebendig – von Gias Vej weggeschafft, ohne eine einzige Spur auf dem Gelände zu hinterlassen. Und warum hätte er dann angerufen, um zu melden, dass dort ein Auto mit einem Toten steht? Was hätte ihm das gebracht? Und was ist mit Masimine Orusa? Warum hätte er auch sie verschwinden lassen sollen? Auch am Panda von Masimine Orusa wurden keinerlei Spuren von Ubac gefunden.»

Arcadipane hat sich das alles angehört und dabei versucht, einen Faden des Klebebandes abzureißen, das noch immer seinen Mokassin zusammenhält. Während der drei Tage in Rom hat er sich etliche Male vorgenommen, sich ein Paar Schuhe zu kaufen, aber dafür war nun wirklich keine Zeit.

«Er hat gestanden», sagt er.

Schweigen.

«Was soll das heißen: Er hat gestanden?»

«Er hat gestanden, Terenzio Fuci und Vera Ladich umgebracht zu haben. Kurz nachdem Botta und Lavezzi in den Container gekommen sind, um ihn festzunehmen. Er hat gesagt, er wolle sich von einer Last befreien, und hat dann die beiden Verbrechen gestanden. Und er hat versprochen, uns morgen den Ort zu zeigen, an dem er die Leiche von Vera Ladich versteckt hat.»

Bramard schweigt. Arcadipane weiß, was er denkt: Ich habe zwei oder drei Mal mit diesem Mann gesprochen und bin nicht aus ihm schlau geworden. Auch ihm ist das schon passiert, und nicht nur einmal. Aber er ist Arcadipane. Er ist ein Mittelfeldspieler, bei ihm geht es um Menge, und wichtig ist, dass die Waage – mit den Fehlern, die er begangen hat, und den Dingen, die gut gelaufen sind – sich zum Schluss auf die Seite neigt, die ihm den Sieg bringt. Bei Bramard ist es anders. Er hat einmal im Leben einen Fehler gemacht, und dieser Fehler hat sein Leben ruiniert. Und im Grunde war es nicht einmal ein Fehler; er hätte einfach nur etwas mehr Zeit gebraucht. Es ist nicht schön, sich das einzugestehen, aber er hätte ein anderes Opfer gebraucht. Nicht Michelle. Weder Michelle noch Martina.

«Und Masimine Orusa?», fragt Corso.

«Bis jetzt hat er nur das gesagt, was ich gerade erzählt habe. Von der Orusa hat er nicht gesprochen. Zur Stunde bringen sie ihn ins Gefängnis nach Cuneo, wo ein Anwalt auf ihn wartet. Der hat schon eine Befragung vorbereitet, mit einem patenten Kollegen, und er wird Ubac auch nach Orusa fragen. Ubac hat erklärt, dass er, bis ich morgen eintreffe, nichts über die Leiche und ihren Verbleib sagen wird, aber vielleicht überlegt er es sich bis dahin anders. Wir fliegen auf jeden Fall um sieben Uhr vierzig nach Levaldigi. Dann eine Stunde mit dem Auto, und wir sind da.»

Schweigen.

«Ich will mit ihm reden», sagt Bramard.

«Wie stellst du dir das denn vor, Herrgott noch mal! Er ist verhaftet, der Richter ist eingeschaltet, ich kann dich nicht einfach zu ihm lassen. Wenn er das dem Anwalt steckt, macht der uns rund.»

«Fünf Minuten. Bevor ihr ihn wegbringt.»

«Vergiss es», erwidert Arcadipane, der jetzt endlich den Faden von dem Mokassin loskriegt. «Es hätte besser enden können, aber immerhin ist es vorbei. Und jetzt essen wir was und gehen ins Bett, einverstanden?»

53.

Als meine Mutter mit vierzehn Jahren zum ersten Mal nach Frankreich fuhr, war sie noch nie zuvor mit dem Zug gefahren, außer einmal für einen Ausflug nach Turin, der bei ihr einen nachhaltigen Eindruck hinterlassen hatte. Ihr Vater war Süßwarenhändler und besaß in der Nähe von Genua eine kleine Produktionsstätte. Durch Vermittlung eines Kunden hatte er eine Stelle für sie gefunden, bei einer deutschen Witwe, die die Winter in Nizza verbrachte. Er wollte, dass sie Französisch lernte und ein bisschen etwas von der Welt sah.

Im ersten Winter spülte sie Geschirr und flickte Kleidung. Sie schlief im Dachgeschoss der Villa, die auf das Meer blickte, zusammen mit drei weiteren Mädchen, zwei Französinnen und einer Italienerin. Madame Heinle hatte oft Gäste, doch für diese Aufgaben gab es zwei echte Dienstmädchen und eine Köchin. Die vier anderen Mädchen verrichteten niedere Arbeiten und machten Besorgungen. Auch im Garten arbeiteten sie ein wenig. In der Villa verkehrte das mondäne Publikum der Côte d'Azur, Schriftsteller, Dichter und Maler, vor allem aber Musiker, denn Martha Heinle war eine recht bekannte Opernsängerin gewesen. Nachdem ihr Ehemann erkrankt war, hatte sie sich von der Bühne zurückgezogen und auch als Witwe nicht wieder gesungen, aber in der Villa lief ständig eine Schallplatte, oder irgendjemand spielte Klavier. Meine Mutter hatte ein paar Stunden Unterricht genommen. Sie konnte einige Genueser Lieder spielen. Hafenlieder. Die waren ein bisschen unanständig. Martha Heinle hatte Freude daran, sich von ihr vorspielen zu lassen, vor allem, wenn Besuch da war. Sie lachte, nannte sie *meine kleine genuesische Schlampe* oder, wenn bei einem Empfang nach dem Abendessen Franzosen anwesend waren, *ma petite salope génoise*. Madame war eine große, sehr magere Frau mit einer länglichen Nase. Sie zog sich dreimal am Tag um, auch wenn keine Gäste da waren. Die Sonne vermied sie.

Sie besaß ein unermessliches Vermögen, das sie aus mehreren Bergwerken in Norddeutschland sowie weiteren Abbaurechten in Afrika bezog. Meine Mutter hasste sie, aber in gewisser Hinsicht bewunderte sie sie auch. Sie fürchtete sie und suchte gleichzeitig ihre Nähe. Madame Heinle war eine Frau, die das Leben und die Welt kennengelernt hatte und meiner Mutter Zugang zu Dingen ermöglichte, die ihr in dem bescheidenen Dasein ihrer jüdischen Familie verschlossen blieben. Im Oktober freute sie sich immer auf den Dienst bei Madame Heinle, und im März freute sie sich, wenn sie nach Genua zurückkehrte.

Sie arbeitete vier Winter in Nizza, bis 1939, als Signora Heinle den Kunden meines Großvaters wissen ließ, dass sie diesen Winter nicht am Meer verbringen werde. Meine Mutter sagte später, Madame Heinle hätte durch ihre Verbindungen in höchste Kreise davon erfahren, dass Deutschland in Frankreich einmarschieren würde. Während der ersten Kriegsjahre hörte meine Mutter nichts von ihr. In Italien verschlimmerte sich die Lage, insbesondere für die Juden. 1943 wurden sie und ihre Mutter dann abgeholt und deportiert. Sie kamen in ein kleines Lager. Ihre Mutter wurde in ein benachbartes Lager verlegt, und nach Kriegsende fanden sie sich wieder, aber die Mutter war krank und starb bald darauf. Von ihrem Vater hat man nie wieder etwas gehört.

In dem Lager, in dem meine Mutter interniert war, schufteten die Insassen sich fast zu Tode, vor allem wegen der Kälte und all der Entbehrungen. Regelmäßig fand eine Auswahl statt. Die schwächsten der Frauen wurden an Ort und Stelle mit einem Schuss in den Kopf getötet. Der Kommandant schaltete ein Grammofon ein und schloss Lautsprecher daran an. Er liebte Musik. Opernarien. Er ging prüfend vor den Frauen auf und ab und wählte nach eigenem Ermessen die vier schwächsten aus. Einmal blieb er vor meiner Mutter stehen und hob die Pistole, doch in diesem Augenblick fing meine Mutter an zu singen, die einzige deutsche Melodie, die sie kannte. Es war das Lied *Es war einmal ein König* von Beethoven. Sie hatte es in der Villa von Madame Heinle gelernt, die es oft gespielt hatte. Es ist ein Lied, das Mephisto in Goethes *Faust* singt. Von diesem Tag an verwendete der Kommandant anstatt des Grammofons meine Mutter. Das Lied erzählt von Flöhen, die von einem König in Gold gekleidet und verhätschelt werden. Der Kommandant hatte den Text abgeändert: In seiner Version wurden vier der Flöhe zerquetscht. Er amüsierte sich bei der Vorstellung, dass die Flöhe aus dem Lied jüdische Frauen seien. Er machte sich einen Spaß daraus, vier Schüsse abzugeben, wenn meine Mutter zu der Stelle kam, an der die Diener die vier Flöhe zerdrücken.

Eines Tages rief der Kommandant meine Mutter in sein Büro und fragte sie, woher sie das Lied kenne. Meine Mutter antwortete, Madame Heinle habe es ihr beigebracht, eine berühmte deutsche Sängerin.

Vier Tage später fuhr ein Wagen im Lager vor. Meiner Mutter war gesagt worden, sie solle sich waschen. Der Chauffeur öffnete die Tür, und Madame Heinle stieg aus. Man hatte eigens einen Steg verlegt, damit sie in das Büro ihres Neffen gelangen konnte, ohne sich schmutzig zu machen.

Meine Mutter wurde gerufen. Man gab ihr Schnaps. Madame Heinle schien nicht überrascht, sie in dem Lager vorzufinden, auch nicht davon, dass sie so geschwächt war. Sie sagte nur, dass sie sie wieder in Dienst nehmen würde. Sie fuhren zurück nach Nizza, wo meine Mutter nach und nach wieder zu Kräften kam, wobei ihr allerdings die Arbeit nicht erspart wurde. Nach dem Lager fragte Madame Heinle nie.

Eines Tages ließ sie die Koffer packen, reiste ab und hinterließ meiner Mutter eine bescheidene Summe Geld. Meine Mutter wollte nach Italien zurückkehren, nach Cuneo, wo vielleicht noch Verwandte von ihr lebten. Doch mit dem Zug konnte sie nicht reisen. Der Norden Italiens war fest in der Hand der Deutschen und der Faschisten, und sie war Jüdin.

Sie ging zu Fuß zur Grenze und bezahlte dort einen Schleuser, der sie über die Berge nach Italien brachte. Dieser Schleuser war mein Vater. Als ich zur Welt kam, wollte sie mich Ludwig nennen, weil es ihr das Leben gerettet hatte, dass sie das Lied *Es war einmal ein König* von Beethoven kannte. Eines Tages fragte ich sie, ob es sie nicht jedes Mal traurig stimme, wenn sie mich beim Namen rief, weil es sie an ihre Zeit im Lager erinnerte. Sie bejahte. Sie hatte überlebt, indem sie mit diesem Lied zahllose Frauen umgebracht hatte. Und damit diese Erinnerung nie verblasste, hatte sie sie mit dem Kostbarsten verknüpft, das sie besaß.»

Ein paar Sekunden lang schweigen sie.

«Das war nicht das, wonach ich Sie gefragt hatte.»

«Aber das war die Antwort auf die erste Frage, die Sie mir gestellt haben, als Sie mit Ihrer Tochter bei mir waren. Damals konnte ich sie Ihnen nicht beantworten.»

Bramard betrachtet Ludwig Ubacs Gesicht durch den Spalt, den das geöffnete Autofenster freigibt. Der Regen, der mittags vorhergesagt wurde, fällt jetzt dicht durch die Dunkelheit, in kalten, fast schnurgeraden Fäden.

«Aber jetzt lautete meine Frage, ob Sie wirklich Terenzio Fuci und Vera Ladich umgebracht haben.»

«Ja, ich habe sie umgebracht.»

«Auf welche Weise?»

«Ich habe sie stranguliert, mit einem Kabel, das ich vom Haus der Familie Mattalia abgeschnitten habe, am Balkon auf der Rückseite.»

Bramard stützt sich am Auto ab; ihm ist kalt, und er hat Lust zu rauchen. Die ersten Tropfen rinnen ihm den Rücken hinab.

«Wenn Sie, wie Sie behaupten, die Leiche hier in der Nähe versteckt haben, warum haben die Hunde sie dann nicht gefunden?»

Mit den Händen, die noch immer in Handschellen stecken, kratzt Ludwig sich an den Wangen.

«Hunde wollen immer irgendjemandem zu Gefallen sein. Sie sind leicht zu täuschen.»

Lavezzi nähert sich unauffällig. Auf dem Platz sind weitere Polizisten eingetroffen, insgesamt etwa zehn. Die Presse ist noch nicht da, aber das ist nur eine Frage von Stunden.

«Fünf Minuten, hat Arcadipane gesagt. Wir müssen jetzt wirklich los.»

Corso nickt. Er weiß ohnehin, dass Ubac seine letzte Antwort gegeben hat. Er tritt einen Schritt zurück, dann schließt sich das Fenster, Botta setzt sich ans Steuer und Lavezzi zusammen mit einem anderen Beamten neben Ubac.

Als der Motor des Wagens anspringt, steht er schon vor der Tür des Hotels. Er wartet, bis er hört, wie die Giulietta und die anderen Autos den Platz verlassen. Ihr Lärm wird vom Regen und dem Abhang, auf dem er in die Tiefe sinkt, verschluckt. Bramard dreht sich um und blickt über die jetzt leere Fläche. Der Wind hat aufgefrischt, wodurch der Regen um ein paar Grad schräger fällt. Über der Kurzwarenhandlung ist Licht hinter einem Fenster, das ihm noch nie aufgefallen ist. Es kommt von einer Lampe oder vielleicht von mehreren Kerzen. Der Schornstein auf dem Dach raucht.

Er betritt das Hotel. Hinter der Theke steht Ottavio Claro. Man sieht ihm an, dass er fragen möchte, aber auch, dass er nicht fragen wird.

«Wer wohnt über der Kurzwarenhandlung?», fragt Corso.

«In der Wohnung hat früher der Grundschullehrer gewohnt. Ich habe gehört, dass er hier ist, aber ich habe ihn nie kennengelernt. Wenn er gefragt hätte, hätte ich ihm ein Zimmer gegeben. Da oben hat er vermutlich nicht mal Licht.»

Bramard geht in sein Zimmer hinauf. Er hat nicht gegessen, er hat keinen Hunger. Vielleicht ist in seinem Rucksack noch etwas Brot vom Vormittag, dann muss er die Medikamente nicht auf leeren Magen nehmen.

«Entschuldige», sagt er zu Trepet, der im Badezimmer liegt und döst. Dann hebt er ihn in die Dusche und dreht den Wasserhahn des Waschbeckens auf. Beim Geräusch des fließenden Wassers fängt der Hund an zu pinkeln. Bramard hat keine Lust, mit ihm noch mal rauszugehen. Er setzt ihn wieder auf den Vorleger, macht die Dusche sauber und stellt sich unter das warme Wasser, um sich die Kälte der Kirche, des Regens und all dessen, was passiert ist, abzuwaschen. Er trocknet sich ab. Er sollte Martina anrufen, doch dazu ist er zu müde. Er sollte versuchen, Elena alles zu erklären, doch dazu ist er zu müde. Er sollte schlafen, doch dazu ist er zu müde.

Er streckt sich auf dem Bett aus. Auf seinen Schienbeinen haben sich blaue Flecken gebildet. Vielleicht auf der Wanderung nach Gias Vej heute Vormittag, auf dem Weg durch den Wald, aber er hat nichts bemerkt, und das ist kein gutes Zeichen.

Er nimmt die letzten drei Ausgaben von *Le milieu du siècle* zur Hand. Botta hat sich bei dem Freund seines Vaters erkundigt, der ein Buchantiquariat führt. Nach ein paar Tagen kam die Antwort: Die neunzehn Ausgaben, die zwischen November 1852 und März des darauffolgenden Jahres erschienen sind und den Roman *L'histoire d'une jeune femme pas du tout désolée* in voller Länge enthalten, haben einen Marktwert zwischen achttausend und zehntausend Euro, wenn sie gut erhalten sind und keine Seiten fehlen, wie es hier der Fall ist. Eine kostspielige Lektüre – vielleicht ein Geschenk Fucis an Vera? Oder hatte Vera darum gebeten?

Eine Stunde und fünfundzwanzig Minuten später weiß Bramard, wie der Roman endet. Colette, die Hauptfigur, hat durch eine Krankheit ihren Vater verloren und durch die Habgier ihrer Mitbürger und ihrer Geschäftspartner ihren gesamten Besitz. Danach begann ein Leidensweg, ein Leben in Armut und Würdelosigkeit, während dessen sie auch noch ihre Mutter Camille an die Schwindsucht verloren hat. Erst nachdem sie durch Zufall in den Dienst einer Adligen tritt, einer Zynikerin, die jedoch das Leben bravourös meistert, beginnt Colettes gesellschaftlicher Aufstieg. Sie macht sich ihre Schönheit zunutze, mehr jedoch noch ihre Raffinesse. In den gehobenen Kreisen verführt sie Männer, knüpft Beziehungen, schmiedet Ränke und erpresst den ein oder anderen, bis sie eines Tages reich ist, verwitwet, noch immer jung, und einen neuen Namen trägt, den ein Hauch von Aristokratie umweht. Mithilfe ihres Geldes macht sie ihren jüngeren Bruder ausfindig, der mittlerweile ein Mann geworden ist und am Hafen arbeitet, und gemeinsam kehren sie in ihren Heimatort Douai zurück, wo sie nach achtzehn Jahren niemand mehr erkennt. Nach und nach kauft Colette die Besitzungen ihres Vaters zurück und verstrickt alle ihre ehemaligen Geschäftspartner in ein Geflecht aus Schulden, sodass sie ihr letztlich ihr Hab und Gut abtreten müssen. Bevor sie sie verjagt – allesamt verarmt und gedemütigt –, zitiert Colette sie auf einen Hügel, von dem aus man das Dorf überblickt. Von dort müssen sie mitansehen, wie ihre Höfe und Ernten in einer letzten Geste der Verachtung in Brand gesteckt werden. Nach vollbrachter Rache besteigen Colette und ihr Bruder ein Schiff nach Amerika, reich und vom Schicksal belohnt.

Nachdem Bramard die Lektüre des Romans beendet hat, trinkt er einen Schluck Wasser und schreibt ein paar Zeilen in sein Notizbuch, anschließend schaltet er den Computer ein, um die anderthalb Filme zu sehen, die ihm in der Filmografie von Vera Ladich noch fehlen.

Zwei Stunden und zehn Minuten später hinkt er in Begleitung Trepets auf den Dorfplatz und raucht eine der Gitanes, die er in dem Laden gekauft und dann vor sich selbst hinter dem Heizkörper seines Zimmers versteckt hat.

Er geht auf und ab und denkt über den Roman und die Filme nach.

Der Knöchel tut ihm weh. Das Licht in der Wohnung des Grundschullehrers ist schwächer als vorhin, aber es brennt noch.

54.

Das Zimmermädchen richtet das Buffet an. In dem Korridor, der auch als Speisesaal dient, wechselt sie sich mit einem Jungen ab, der abgemagert wirkt, dessen schmale Schultern vom Schmerz verzogen sind und dessen Blick erkennen lässt, dass er den falschen Beruf gewählt hat für jemanden, der lieber ausschläft. Die junge Frau hat dieses Problem nicht. Sie arbeitet energisch und strukturiert. Sie sagt ihm, wo und wie er die Tabletts platzieren soll. Der Junge ist vermutlich noch in der Probezeit, denn er hat noch keinen Anspruch auf eine pinke Uniform.

Arcadipane trinkt seinen Cappuccino und beobachtet die beiden. Wenn er anschließend Zeit hat, trinkt er noch einen Espresso. Er ist früh aufgestanden, damit er in Ruhe frühstücken kann, er mag es nicht, abgehetzt am Flughafen anzukommen. Da ist er ganz alte Schule, so wie Leute, die organisierte Reisen machen. «Es wird empfohlen, sich anderthalb Stunden vor Abflug am Flughafen einzufinden», stand auf dem Begleitblatt mit dem Logo des Reisebüros. Ihr Flug geht um sieben Uhr vierzig. Jetzt ist es Viertel vor sechs. Eine halbe Stunde mit dem Taxi. Alles im Lot.

Pedrelli hat das Frühstück schon erledigt und ist jetzt vermutlich in seinem Zimmer, meditiert und spült sich die Nase. Er wirkt immer wie ein Maschinchen mit gesundem Turiner Menschenverstand, und dann kommt er auf einmal mit dieser Sache mit den Liedern um die Ecke! Na ja, aber auch in Turin, das ja wirkt, als sei es mit Verstand errichtet worden, steht die Mole Antonelliana, die in architektonischer Hinsicht nicht ein

Körnchen Vernunft enthält. Erst gestern Abend haben sie darüber gesprochen, als sie in einer Trattoria beim Essen waren, die Franca Pes vorgeschlagen hatte. Es war ein angenehmer Abend, sie haben sogar ein wenig gelacht, trotz der Erschöpfung und des Gedankens, dass sie in wenigen Stunden in der Kälte durch den Wald stapfen und eine Schauspielerin ausgraben werden, die seit einer Woche unter der Erde liegt.

In diesem Moment erscheint Franca Pes am Ende des Korridors. Sie trägt dieselbe Kleidung wie am Vorabend, obwohl sie gestern schon den ganzen Tag darin herumgelaufen ist.

«Was machst du denn hier?», fragt Arcadipane.

«Ich mache, dass wir sofort losmüssen.»

«Aber ich hab dir doch gesagt, dass wir ein Taxi nehmen. Das wäre doch nicht nötig –»

«Es ist aber nötig, weil Lupita Lozano auf uns wartet.»

«Wieso Lupita Lozano? Mit der haben wir doch schon gesprochen!»

«Und jetzt sprechen wir noch mal mit ihr. Mir hat das keine Ruhe gelassen, deswegen habe ich gestern den Priester der Pfingstkirche getroffen, in die sie geht. Die Menschen in diesen Gemeinschaften sind sehr eng miteinander verbunden, ein bisschen so wie früher. Ich habe ihm die Lage erklärt, und dass die Lozano möglicherweise in etwas hineingeraten ist, das sie überfordert. Er hat versprochen, mit ihr zu reden.»

«Und?»

«Er hat mit ihr geredet und mir kurz vor Mitternacht eine Nachricht geschickt, die ich aber erst heute Morgen gesehen habe. Zum Glück hatte ich Pedrellis Ratschlag befolgt …»

«Hat er dich dazu überredet, früh aufzustehen, damit er mit dir dann diese Geschichte mit der Teekanne machen kann?»

«Ich glaube nicht, dass er das für mich tun würde, aber wie du siehst, hat es zumindest heute Morgen etwas gebracht. Ich hab den Priester angerufen. Er ist bei Lupita und wartet dort auf uns.»

«Aber unser Flug geht gleich, den können wir nicht sausen lassen!»

«Sie wohnt in Corviale, das liegt auf dem Weg nach Fiumincino», sagt Franca Pes und sieht auf die Uhr. «Wenn wir uns beeilen, haben wir vierzig Minuten mit ihr, vielleicht ein bisschen mehr. Sag du Pedrelli Bescheid, denn wenn er mir im Pyjama die Tür aufmacht, weiß ich nicht, ob ich mich zurückhalten kann.»

55.

Er hat nur wenige Stunden geschlafen, dafür aber tief.

Er hätte es nie für möglich gehalten, doch mittlerweile vertraut er seinen Gedanken nur noch bedingt. Darüber grübelt er jetzt schon fünf Minuten lang nach – seitdem er aufgewacht ist –, die Hände zwischen Kopf und Kissen, den Blick starr an die Decke geheftet. Aber wenn er seinen Gedanken nur noch wenig vertraut, dann seinen Grübeleien noch viel weniger.

Er lässt Trepet im Zimmer, weil der spät in der Nacht noch gepinkelt hat und jetzt noch schläft, und geht hinunter, um zu frühstücken. Er hat Hunger. Gestern Abend hat er nichts gegessen, und er hat geraucht. Sein Körper signalisiert ihm einen bevorstehenden Zusammenbruch, aber wie am Ende einer besonders langen Oper bemerken das Orchester und die Sänger ihr Zucken nicht, trotz der Erschöpfung. Bramard dagegen ahnt, dass ihm nicht mehr viel Zeit bleibt, bevor er kollabiert.

Corrado Dao hat an einem Tisch in der Mitte des Raumes Platz genommen. In der Ecke sitzen ein paar Polizisten beim Frühstück. Wahrscheinlich warten sie darauf, dass Ubac kommt. Und Arcadipane. Sie essen schweigend, weil es früh ist und im Raum noch ein paar weitere Personen sind, die wie Journalisten aussehen. Offenkundig ist die Nachricht durchgesickert, aber bis jetzt nur durch die schmalen Löcher, durch die sie nur jene erreicht, die die besten Kontakte haben, und das sind normalerweise alte Hasen, die die Dinge für sich behalten, bis sie sie so präsentieren können, wie es sich gehört.

Bramard geht zu Corrado an den Tisch, der dieselbe Kleidung wie gestern trägt, nur hat er den blauen Mantel über der

Weste geöffnet. Bramard findet, dass er aussieht wie Leonardo Sciascia in hohem Alter, auch wenn Sciascia die sechsundachtzig nie erreicht hat.

«Nehmen Sie Platz.»

Corso hätte sich auch ohne diese Aufforderung gesetzt.

«Ich muss mich bei Ihnen entschuldigen», sagt Bramard. «Wegen mir haben Sie gestern den letzten Bus versäumt. Ich hätte Sie nach Hause gebracht, aber ich habe kein Auto. Und wie Sie vermutlich bemerkt haben, waren die anderen alle sehr beschäftigt.»

«Das ist nicht weiter schlimm. Ich habe die Schlüssel zu meiner alten Wohnung dabei. Dort gibt es zwar keinen Strom, aber alles andere funktioniert noch. Auch die Öllampe. Ich habe besser geschlafen als in meinem eigenen Bett.»

«Aber Sie haben das Licht bis spätabends angelassen.»

Dao nimmt einen Schluck von seinem Cappuccino. Vor ihm auf dem Tisch liegen nur ein paar Reiscracker.

«Genau wie Sie, falls Ihr Zimmer das im zweiten Stock neben der Treppe ist.»

Corso nimmt einen Krümel, der neben Daos Tasse liegt, und platziert ihn vor sich in einem der Quadrate der Tischdecke. Mit dem Finger schiebt er ihn das granatrote Viereck entlang, das das weiße Feld umschließt.

«Ich musste noch meine Hausaufgaben machen», sagt er.

«Welche Hausaufgaben?»

«‹Edle Dame, ich bitte euch, übt Nachsicht | mit der Liebe, die ich euch entgegenbringe, seitdem ich das Böse ertrage | dann wird mir das Böse kein Leid antun können | ja mir wird sogar scheinen, als trügen wir es zu gleichen Teilen.›»

«Sie waren fleißig», sagt Dao anerkennend.

«Können Sie es auf Okzitanisch sagen?»

«‹Bona domna, si us plaz, siaz sufrenz | del bes qe·us voill q'eu sui del mal sofrire, | e pois, lo mal no poira dan tener, | anç m'er semblan qe·l partam egalmenz.› Eigenartig, dass ein

Bischof solche Worte geschrieben hat, nicht wahr? Dante reiht Folquet de Marselha übrigens in die Seligen des neunten Gesangs ein, weist den Leser aber darauf hin, dass er in der ersten Hälfte seines Lebens ein verliebter Dichter war. So wie Dante selbst. Zwei von Venus Geblendete, die zum Glauben zurückgefunden haben.»

«Sind diese Verse eine Botschaft von Johannes? War es das, was Sie mir gestern Abend in der Kirche sagen wollten?»

«Folquet de Marselha hat als Troubadour zahlreiche Dichter der folgenden Jahrhunderte beeinflusst. Mit Sicherheit kannte Johannes seine Werke, er hatte ja an etlichen französischen Höfen verkehrt. Ich glaube, diese Verse sind die letzte Botschaft, die er der Frau, die er liebte, hinterlassen hat. Er wusste, dass sie in diesem Raum mit dem Sieger der Sucho das Lager teilen würde. Vielleicht hat er gehofft, sie würde es sich, wenn sie die Verse liest, anders überlegen und fliehen, um ihn zu suchen. Die Darstellung der Heiligen Familie auf dem Fresko ist eine Vision ihrer gemeinsamen Zukunft. Das Kind an der Brust der Frau hat dieselben roten Haare und dieselben nordischen Züge wie Josef. Und in diesem Josef hat Johannes, wie ich glaube, sich selbst porträtiert. Das Fresko ist ein Wunsch, ein Vorzeichen und eine Einladung.»

«Warum erwähnen Sie all das nicht in Ihrem Buch?»

«Ich fand es angemessen, diese geheime Kommunikation zu respektieren.»

Ottavio Claro hat gerade einen Mann bedient, der vor dem Fenster sitzt, und bleibt jetzt vor ihrem Tisch stehen.

«Filterkaffee», sagt Corso. «Und etwas Brot mit Butter.»

«Marmelade?»

«Nein, danke.»

Claro geht wieder. Die Polizisten stehen vor der Tür und rauchen. Ein paar Journalisten haben sich ihnen angeschlossen, in der Hoffnung, das Ritual des Rauchens könne eine vertrauliche Atmosphäre schaffen. Bramard hat immer allein geraucht und so gut wie nie bei Tisch. Er hat das Rauchen immer als etwas sehr Privates empfunden, etwas Intimes, wie alles andere, von dem man weiß, dass man sich damit schadet: Liebe, Sex, in den Bergen herumklettern. Hinter den Fensterscheiben fällt weiterhin Regen, nicht stark, aber geduldig.

«Wussten Sie, dass Vera Ladich diese Verse in ihre Filme eingebaut hat?»

Corrado Dao hat seinen Cappuccino ausgetrunken.

«Beim vierten Film ist es mir aufgefallen», sagt er. «Und beim fünften war ich mir sicher.»

«Haben Sie sie für Anna übersetzt?»

«Das war nicht nötig. Jedermann hier kennt sie.»

Ottavio Claro stellt den Filterkaffee, Brot und Butter auf den Tisch. Dao nutzt die Gelegenheit und bestellt einen Espresso. Dann wartet er, bis Ottavio wieder weg ist.

«Wissen Sie, was einen intelligenten Menschen von jemandem unterscheidet, der nur glaubt, intelligent zu sein?»

«Ich glaube schon, aber sagen Sie mir, wie Sie darüber denken.»

«Jemand, der wirklich intelligent ist, ist in der Lage, auch an Dinge zu glauben, die er nicht versteht. Als ich in dieses Dorf kam, hielt ich mich für intelligent: Ich war mit der Geschichte und der Sprache der Region vertraut, hatte mich eingehend mit Johannes' Leben beschäftigt, jeden Zentimeter seiner Fresken analysiert, nach Entsprechungen mit den mündlichen Überlieferungen, den Liedern und den alten Geschichten gesucht, die von der Sucho handeln, aber ich war nicht intelligent genug, um zu glauben. Nicht einmal an das, was ich unmittelbar vor Augen hatte.»

Bramard sieht ihm zu, wie er seinen Kaffee zuckert – zu stark für einen Mann seines Alters. Zu stark für jedes Alter. Dann nimmt er einen kleinen Schluck, wobei seine Unterlippe feucht bleibt. Auch das typisch für alte Menschen, denen in gewisser Hinsicht alles egal ist.

«Also wurde die Sucho weiterhin praktiziert.»

«Ja», antwortet Dao, obwohl Corsos Satz keine Frage war. «Irgendwie hatte sie den Kreuzzug von Papst Paul IV. überstanden, und anschließend hatte man hier in diesem abgelegenen Dorf die Tradition bewahrt, von Generation zu Generation weitergegeben und geheim gehalten.»

«Und wann haben Sie das begriffen?»

Dao holt eine Zigarettenpackung aus der Tasche. Rote Diana im Softpack. Nicht die Marke, die man bei einem Mann wie Dao erwarten würde. Aber vielleicht hat er früher eine andere geraucht, und die Diana sind ein Kompromiss, mit dem er sich arrangiert hat. Kein besonders harter Kompromiss, denkt Bramard. Dao stellt die Packung auf den Tisch, als sei sie eine Sanduhr. Sie zeigt an, dass dieses Gespräch nicht ewig dauern wird.

«Zu spät», sagt Dao und nimmt die Hand von der Packung.

«Zu spät wofür?»

Dao trinkt seinen Espresso aus, indem er die Tasse mehrmals zum Mund führt und jedes Mal nachsieht, wie viel noch in der Tasse übrig ist. Als wäre es erforderlich, diesen Kaffee zu Ende zu bringen, so wie die letzten Dinge.

«Haben Sie Lust, ein paar Schritte zu gehen?», fragt er, stellt die Tasse ab und nimmt die Zigaretten in die Hand.

«Sehr gerne.»

«Dann verbinden wir diese Lust mit der Lust zu rauchen, die wir beide verspüren.»

56.

Diesmal fährt Franca Pes schneller. Zu so früher Stunde herrscht noch wenig Verkehr, dennoch wechselt sie bei Bedarf auf die Spur, die Taxis und Bussen vorbehalten ist. Arcadipane sitzt neben ihr, Pedrelli hinter Arcadipane, und hinter Pedrelli liegt ihr Gepäck. Außer den Benzinkosten, denkt Arcadipane, sollte man Franca Pes auch die Strafzettel erstatten.

Er sieht auf die Uhr des Kangoo. Eine unmögliche Uhrzeit, aber er wartet jetzt schon, seitdem sie losgefahren sind, zehn Minuten lang. Und später ist vielleicht keine Zeit mehr. Er drückt auf das Icon, auf das er drücken muss, und hält sich das Telefon ans Ohr. Sie geht sofort ran.

«Hey.»

«Hab ich dich aufgeweckt?»

«Nein.»

«Ich hör dich schlecht.»

«Das liegt an der Freisprechanlage, ich bin im Auto. Ich schalt sie aus.»

«Nein, schon gut, verstehen tun wir uns ja.»

«Okay. Also, was gibt's?»

«Wie, was gibt's, ich hab's gestern Abend hundert Mal bei dir probiert!»

«Angela und ich haben uns gestritten, aber ich hab deine Nachricht gehört. Ich bin auf dem Weg.»

«Du sitzt um diese Uhrzeit schon im Auto?»

«Ich hab im Auto geschlafen. Als ich heute früh zum Pinkeln aufgestanden bin, hab ich die Nachricht gesehen und bin sofort los.»

«Was soll das heißen, du hast im Auto geschlafen? Wo denn?»

«An der Raststätte, da ist es am sichersten. Und die Toiletten sind die ganze Nacht auf.»

«Aber du bist schwanger, verdammt! Wenn ihr euch gestritten habt, hätte dann nicht die andere abhauen können?»

«Sie wollte, aber das wollte ich nicht.»

«Ihr habt echt einen an der Waffel! Ich lass dir dein Kind noch vor der Geburt wegnehmen.»

«Sag das nicht noch mal, sonst willige ich ein. Also was zum Henker willst du?»

«Du fährst zu dem Kino in Cuneo?»

«Bist du auch einer von diesen Schwachmaten, die ein Fragezeichen hinter Dinge setzen, die sie schon wissen?»

«Schon gut, schon gut, ich hab's kapiert. Sag mal, und das mit den Tickets nach Edinburgh? Hast du das überprüfen können?»

«Wann denn? Heute Nacht im Auto? Glaubst du, man kommt einfach so an die Passagierlisten der Fluggesellschaften ran, die 1973 von Italien nach Edinburgh geflogen sind? Ich weiß nicht mal, ob solche Daten überhaupt irgendwo aufbewahrt werden.»

«Aber ihr mit euren Computern findet doch alles!»

«Na klar, im Netz kannst du sogar Sets kaufen, mit denen du dich als Frau selbst befruchten kannst.»

«Okay, beruhig dich wieder. Als Erstes also Cuneo. Die Kinokarten. Die Vorstellungen. Und zeig dem ehemaligen Inhaber das Foto. Sobald du wieder vor einem Computer sitzt, versuch, irgendwas über die Flüge rauszufinden. Wenn sich herausstellt, dass Ubac in diesen Tagen nach England oder nach Schottland geflogen ist, ist das eine wichtige Bestätigung.»

«Seit ich schwanger bin, bist du so wunderbar einfühlsam. Wann schlagt ihr hier auf?»

«So gegen neun. Fahr vorsichtig und schnall dich an.»

«Ich schnall mich nicht an. Der Gurt nervt.»

«Sondererlaubnis für Schwangere?»

«Nein, ich spiel die Gesetzlose. Ich ruf dich an, sobald ich was weiß.»

Mit einem Seufzen legt Arcadipane auf. In den Radionachrichten geht es um Fahrraddiebstähle in Italien. Turin liegt in der Rangliste ganz oben, mit achtzehntausend Diebstählen pro Jahr. Arcadipane hält es für möglich, dass er diejenigen kennt, die für mindestens die Hälfte der Fälle verantwortlich sind. Ein Gutteil der Räder steht auf der Terrasse der Bar unten im Haus am Corso Brescia. Ob sie die Wohnung schon verkauft hat? Oder noch schlimmer, mit Gipsplatten unterteilt?

«Ist es von dir?», fragt Franca Pes.

«Was?»

«Das Kind.»

«Welches Kind?»

«Das von der Frau, mit der du gerade gesprochen hast.»

Arcadipane sieht zum Fenster hinaus.

«Nein, von Pedrelli.»

57.

Noch bevor sie die Kirche erreichen, haben Bramard und Dao ihre Zigaretten zu Ende geraucht.

Dao ist ein Mann, der in den Bergen aufgewachsen ist, das ist an seinem Gang zu erkennen, aber er ist auch ein Mann, der sechsundachtzig Jahre alt ist, im Gehen raucht und dabei Gedanken wälzt, die jeden Moment zu einer Entscheidung kristallisieren können. Corso spürt das. Deshalb fügt er sich in Daos Schweigen. Außerdem ist er selbst ein Mann, der zweiundsechzig Jahre alt ist und einen Eingriff hinter sich hat, für den ihm eine Erfolgsquote von dreißig Prozent prophezeit worden war. Und der im Gehen raucht und einen halb gebrochenen Knöchel hat.

Als sie auf dem Platz vor der Kirche stehen, gönnt Dao sich ein paar Sekunden, um wieder zu Atem zu kommen. Clot liegt wie immer im Schatten, aber die ersten Sonnenstrahlen erreichen schon den Rand des Staudammes und werfen ein spiegelndes Licht auf die Häuser.

«Auf seine Weise ist er auch irgendwie schön, finden Sie nicht?»

«Nein», erwidert Corso. «Was glauben Sie, warum wollte Amilcare Fuci ihn ausgerechnet hier bauen? Aus den Unterlagen geht hervor, dass es Dutzende anderer Standorte gegeben hätte, die besser geeignet gewesen wären.»

«Haben Sie es noch immer nicht begriffen?»

«Vielleicht schon, aber in diesem Dorf gibt es so manches, was man begreifen muss. Sie hatten dafür vier Jahre Zeit, ich vier Tage.»

Dao nickt. Er zieht eine weitere Zigarette aus der Packung. Das Feuerzeug, das er verwendet, ist rosafarben, ein billiges Modell. Echte Raucher scheren sich nicht um das Feuerzeug. So wie echte Jäger ihren Schuhen mehr Aufmerksamkeit schenken als ihrem Gewehr.

«Es gibt zwei Sorten niederträchtiger Menschen», sagt er und stößt die erste Rauchwolke aus. «Die einen benutzen das Böse, um Geld zu machen. Die anderen benutzen Geld, um Böses zu stiften. Amilcare Fuci ging es nicht ums Geld.»

«Worum ging es ihm dann?»

«Er wollte die Welt reinigen», sagt Dao und nimmt einen Zug. «Und das Reich Gottes auf Erden errichten.»

Corso spürt ein Pulsieren im Knöchel. Er hat den Schuh zu eng geschnürt. Dabei sollte er doch wissen, dass es nicht klug ist, etwas, das anschwillt, einzuengen. Doch es gibt Dinge, die man immer wieder vergisst. Wenn etwa Schmerz entsteht, fühlt es sich stets an wie das erste Mal.

«Die Sucho – wollte Fuci deshalb den Staudamm hier in Clot haben?»

Dao blickt ihn an und streicht sich dabei mit dem Daumen der Hand, in der er die Zigarette hält, über die Lippen. Eine Schreibtischgeste, die Geste eines Gelehrten. Oder von jemandem, der die Filme von Godard verehrt.

«Meinem Vorgänger an der Schule war vermutlich etwas aufgefallen», sagt er und nickt. «Er stammte aus einer Familie von Kirchenmännern, möglicherweise hat er mit jemandem aus diesen Kreisen darüber gesprochen. Jedenfalls schickte die Kurie einen Pfarrer nach Clot, weil man Bedenken hatte, an den Gerüchten über das Ritual könnte etwas dran sein. Nach wenigen Wochen bekam man im Dorf mit, dass der Lehrer in die Sache verwickelt war, und verjagte ihn. Ich glaube, damit hat alles angefangen, aber ich konnte nie mit meinem Vorgänger sprechen, er ist ein paar Jahre darauf verstorben. Jedenfalls war das Gerücht nach Rom durchgedrungen. Und alles, was in den Vatikan durchdrang, drang auch zu Amilcare Fuci.»

«Und der war besessen von Häresie und Sünde.»

Corrado Dao betrachtet den Staudamm, wie man es bei einer Schwester tut, die einem Kummer bereitet hat, mit der man aber dennoch gemeinsam aufgewachsen ist.

«Vielleicht glaubte er, wenn er dieses Ritual ausmerzen würde, das den Kreuzzug Pauls IV. überlebt hatte, würde ihm das einen Platz im Himmelreich sichern. Aber es waren die Fünfzigerjahre, er konnte weder Schweizer Söldner dingen noch Feuer legen oder auf Folter zurückgreifen.»

«Und deshalb wählte er als Mittel seines Kreuzzugs einen Staudamm.»

Dao wendet sich um und blickt hinunter ins Dorf: Die Journalisten und die Polizisten sind wieder ins Hotel gegangen, und die Bewohner von Clot haben, falls sie überhaupt je das Haus verlassen haben, seit einer Woche einen Grund mehr, sich zu verkriechen.

«Wer sich bereit erklärte, den Ort zu verlassen, sollte als Gegenleistung eine stattliche Summe erhalten, und wer bleiben wollte, sollte der Sucho entsagen und bekäme dafür eine Leibrente für sich selbst und seine Nachkommen. In beiden Fällen würde die Sucho keine neuen Jünger gewinnen. Ein nie zu Papier gebrachter Vertrag. Ein fairer finanzieller Ausgleich, der dem Geist der Zeit entsprach. Dass es Tote gibt, war nicht vorgesehen.»

«Aber es gab welche. Damals und heute.»

Corrado Dao begnügt sich mit einem Nicken.

Bramard betrachtet ihn in dem eigentümlichen Licht, das schon das der Morgensonne sein muss. Hinter Daos Gesicht mit den Flecken, die der Rauch und die zahllosen Stunden bei künstlicher Beleuchtung hinterlassen haben, erkennt er den Wesenskern eines Mannes, der ihm ähnlich ist: eine Berufung, ein Fehler, vielleicht mehr als einer – das wird er bald erfahren –, dann ein Leben, geprägt von Umdenken und dem Willen zur Wiedergutmachung, zwei inneren Haltungen, die im Zusammenspiel das Gegenteil von Nachsicht mit sich selbst sind.

«Unter das Fresko», sagt Corso, «hat Johannes noch zwei weitere Verse geschrieben, die Vera in keinem der Filme zitiert. Ich habe versucht herauszufinden, woher sie stammen, bin aber auf nichts gestoßen. Aus der Dichtung von Folquet stammen sie nicht. Ich kann mir vorstellen, dass Sie wissen, was diese Verse zu bedeuten haben.»

Kurz nachdem sie das Hotel verlassen hatten, hatte es aufgehört zu regnen, aber jetzt lässt der Himmel erkennen, dass er nur eine Atempause macht. Die Luft ist satt von Feuchtigkeit. Die Dinge stehen schwer in der Welt.

Corrado Dao nimmt einen letzten Zug und wirft die halb gerauchte Zigarette weg.

«Schaffen Sie das mit dem Knöchel?», fragt er.

Zwanzig Minuten später sind sie dort, wo zwei Spaziergänger schon nach zehn Minuten angekommen wären. Die Öffnung des Entlastungsstollens liegt nur ein paar Schritte entfernt versteckt im Gestrüpp.

Dao tritt vor das Gittertor, das mit einem Vorhängeschloss gesichert ist. Mit einem Arm wischt er die Farnblätter zur Seite, sodass die Namen des Ingenieurs und seiner Frau zu lesen sind, das Datum, die Inschrift, die ihnen gebührt. Corso starrt auf den Rücken des blauen Wintermantels.

«War es Aldo Mattalia?», fragt er.

Corrado Dao dreht sich um und versucht, in Corsos Gesicht zu erkennen, wie er darauf gekommen ist.

«Wenn jemand ins Gefängnis geht, kann das zwei Gründe haben», sagt Corso. «Entweder verbüßt er die Strafe für ein Vergehen, das er selbst begangen hat, oder er nimmt die Strafe für jemand anderen auf sich. Als ich erfahren habe, was für ein

Leben Vera Ladich mit Terenzio Fuci führte, habe ich mich gefragt, wofür sie büßen musste.»

Dao wendet sich wieder der Tafel zu.

«Wäre er an einem anderen Ort zur Welt gekommen, hätte ihm eine Zukunft als eigenbrötlerischer Künstler offengestanden», sagt er, «oder als Exzentriker, aber in Clot gab es für jemanden wie Aldo nur ein Leben als Idiot oder als Verrückter.»

Unter seiner Mütze lugen vereinzelte schweißnasse Haare hervor. Es fängt wieder an zu regnen. Auf seinem Mantel zeichnen sich die ersten dunklen Flecken ab.

«Hat er es getan, weil er den Staudamm nicht wollte?»

«Ja.»

«Und warum wollte er ihn nicht?»

Dao reckt den Kopf in Richtung Tafel vor, als stünde das, was er zu sagen hat, dort in sehr kleinen Buchstaben.

«Aus denselben Gründen, aus denen das halbe Dorf ihn nicht wollte», sagt er und zupft ein Blatt ab, das auf der Bronzeplakette festklebt. «Die alten Bewohner von Clot wussten noch, dass in Gias Vej schon immer Erdrutsche abgegangen waren. Die Legenden über die Sucho berichten, dass Clot einst an der flachen Stelle des Tals lag, wo heute der See ist, und nach einem Bergsturz weiter talabwärts wiederaufgebaut wurde. Nur das Haus des Muret, das aus irgendeinem Grund nicht versetzt werden konnte, blieb an seinem Ort neben dem Bach. Nichts hinterlässt in Berichten glaubwürdigere Anhaltspunkte als die Erinnerung an frühere Naturkatastrophen. Und jetzt sollte in diesem flachen Abschnitt des Tals ein See entstehen. Daher entschied sich die Hälfte der Einwohner dafür, das Geld zu nehmen und wegzuziehen.»

«Nicht jedoch die Familie Mattalia.»

«Chiaffredo war ein altmodischer Mann, er wäre niemals aus Clot weggegangen. Außerdem war da noch Aldo. Er war schon über zwanzig, war so, wie er eben war, und ging keiner Arbeit nach. Eine Leibrente hätte ihm ein Auskommen gesichert, wenn seine Eltern nicht mehr am Leben wären. Sie glaubten, der Staudamm würde für Aldo im Lauf der Zeit seinen Schrecken verlieren, doch …»

Der Regen ist heftiger geworden. Blätter fallen auf den Weg, der sich immer mehr in Matsch verwandelt.

«Anfangs hat er die anderen nur belästigt und wollte sie von der Gefahr überzeugen. Aber dann ging er immer öfter zur Baustelle hinauf und störte dort die Arbeiten. Weil seine Eltern Angst hatten, es könnte etwas passieren, sperrten sie ihn zu Hause ein. Anna mochte Aldo sehr, niemand hatte so viel Nachsicht mit ihm wie sie. Immer wieder versuchte sie, ihn zu beruhigen, aber er war fest davon überzeugt, dass irgendwann das Wasser kommen und sie alle unter sich begraben würde. Und dann fing er an, die Briefe zu schreiben.»

«Welche Briefe?»

«An Zeitungen, an die Carabinieri, an das Parlament, an den Staatspräsidenten. Er brachte sie in den Lebensmittelladen, der auch als Postamt fungierte, dort frankierte man sie und warf sie, kaum war Aldo aus der Tür, in den Ofen. Als er feststellen musste, dass auf seine Briefe keine Antworten kamen, schien er sich mit der Situation abzufinden und wurde geistesabwesend und apathisch. Anna machte sich große Sorgen. Sie vertraute sich mir an, sie ahnte, dass etwas Furchtbares geschehen könnte. Aber ich war zu sehr mit meinen Forschungen über die Fresken und den Meister von Clot beschäftigt, um mich um Aldo Mattalia zu kümmern.»

Dao lässt die Farnblätter wieder zurückfallen und richtet sich auf. Die Schultern seines Mantels sind jetzt ganz dunkel. Er zündet sich eine Zigarette an. Die Art, wie er sie in seinem Handinneren birgt, lässt erkennen, dass er es gewohnt ist, im Regen zu rauchen. Corso stellt sich vor, wie er in der Gegend um seinen Wohnort ausgedehnte Spaziergänge gemacht hat, geraucht und sich all das vor Augen geführt hat, was er gerade erzählt hat und noch erzählen wird.

«Ich hatte mich jahrelang mit Clot beschäftigt und lebte jetzt mitten in der Dorfgemeinschaft. Ich wollte belegen, dass die Sucho keine Legende war. Dass sie bis zu dem Kreuzzug Pauls IV. existiert hatte. Wie gesagt, ich hielt mich für intelligent, in Wahrheit war ich jedoch blind. Der Kreuzzug, der die Sucho ausgemerzt hatte, hatte sich in den drei Jahren zuvor zugetragen, ohne dass ich etwas davon mitbekommen hatte.»

«Ist Ihnen das klar geworden, nachdem Aldo den Unfall provoziert hatte?»

Corrado Dao sieht Corso an. Kleine Augen, die das Graubraun der Umgebung angenommen haben.

«Es gab keinen Unfall», sagt er.

Er zieht ein Taschentuch aus der Manteltasche und wischt sich das Weiß ab, das seine Worte in seinen Mundwinkeln zurückgelassen haben. Der dichte Regen fällt senkrecht, schlägt auf die Felsen wie eine Peitsche auf die Kruppe eines Pferdes.

«Eines Vormittags während des Unterrichts sah ich durch das Fenster, dass sich das ganze Dorf vor dem Hotel versammelt hatte», erzählt Dao weiter und nimmt einen langsamen, tiefen, nachdenklichen Zug. «Zu der Zeit war Amilcare Fuci mit seinem Bruder in Clot, um die letzten Abnahmen am Staudamm zu beaufsichtigen. Eine Stunde zuvor hatte Aldo versucht, Amilcares Zimmer zu betreten. Weil ihm das nicht gelungen war, war er in das Nachbarzimmer gegangen, in dem der Ingenieur und seine Frau schliefen. Er hatte sie als Geiseln genommen und bedrohte sie mit einem Messer. Er sagte, er würde sie erst dann freilassen, wenn der Staudamm abgerissen würde.»

Bramard betrachtet Corrado Dao ein paar Sekunden lang, wie er raucht, den Schirm seiner Mütze, der die rote Diana vor dem Regen schützt.

«Haben Sie versucht, mit ihm zu reden?»

«Ja, aber er war schon völlig von Sinnen. Fuci und sein Bruder versprachen ihm, sie würden seinen Forderungen nachkommen – was natürlich gelogen war –, aber durch das Fenster des Zimmers konnte Aldo den Staudamm sehen und verlangte, dass er vor seinen Augen abgerissen würde. Nicht einmal Anna konnte ihn zur Vernunft bringen. Jemand schlug vor, die Carabinieri zu rufen, aber das lehnte Amilcare Fuci ab. Er wollte nicht, dass irgendetwas an die Öffentlichkeit gelangte. Die Sache zog sich bis in den Nachmittag hin, bis die Fuci-Brüder beschlossen, ein paar Arbeiter zu holen, die die Tür eintreten sollten. Aldo bekam mit, was vor sich ging. Schreie waren zu hören. Als die Tür offen war, war es schon zu spät. Aus Raserei oder aus Panik hatte Aldo dem Ingenieur die Kehle durchgeschnitten und seiner Frau mit dem Messer in die Brust gestochen. Als man sie fand, lebte sie noch, aber wenige Minuten später war sie tot.»

Bramard sieht auf die Gedenktafel oder auf das, was davon hinter den Farnblättern zu erkennen ist. Er zündet sich ebenfalls eine Zigarette an. Rauch und Wärme füllen seinen Mund. Sein Knöchel ist nur noch ein schwerer, kalter Knoten.

«Wer hatte die Idee mit dem Unfall?»

«Das weiß ich nicht. Vielleicht Amilcare Fuci. Hätte man den Mord gemeldet, hätte das die Aufmerksamkeit auf Aldos Anschuldigungen gelenkt, und die Inbetriebnahme des Staudamms wäre durch weitere Prüfungen hinausgezögert oder verhindert worden. Amilcare Fuci gab zu verstehen, dass er kurz davor war, die finanzielle Entschädigung für die Bewohner zu streichen. In den Verträgen war es unmissverständlich formuliert: Der Staudamm musste in Betrieb gehen. Für die Bewohner von Clot hätte das bedeutet, im Schatten einer neunzig Meter hohen Mauer zu leben, ohne jedweden Ausgleich. Ein Unfall dagegen, insbesondere einer, der dem Leichtsinn geschuldet war, wäre weitaus leichter zu handhaben. Außer den Dorfbewohnern und einigen Arbeitern wusste niemand, was sich wirklich ereignet hatte. Der Bürgermeister rief alle zu einer Versammlung ins Rathaus. Nach ein paar

Stunden stand die Entscheidung fest. In der Nacht wurden die Leichen hierher gebracht» – Dao zeigt auf die Öffnung im Hang – «und der Stollen durch eine Explosion zerstört. Erst dann verständigte man die Carabinieri.»

«Hielten Sie das für richtig?»

Dao schüttelt den Kopf.

«Anna bat mich, das Geschehen zu akzeptieren und niemals irgendjemandem davon zu erzählen. Sie war sicher, dass ihr Bruder im Gefängnis nicht lange überlebt oder dass man ihn vorher umgebracht hätte, um zu verhindern, dass er etwas verriet. In jener Nacht mussten wir alle schwierige Entscheidungen treffen. Ich entschied mich dafür, diese Last für den Rest meines Lebens zu tragen.»

«Und Anna entschied sich für Terenzio Fuci», sagt Corso und nimmt einen bedächtigen Zug, um sich Zeit zu verschaffen, die richtigen Worte zu finden. «Dafür, ihm nach Rom zu folgen und sein Eigentum zu werden. Und anstatt im Gefängnis zu landen, sollte Aldo im Gegenzug in einer guten Klinik untergebracht werden, wo Anna ihn besuchen konnte. War das die Vereinbarung?»

Dao nickt.

«Ich glaube, er war überhaupt nur wegen ihr nach Clot gekommen. Vielleicht hatte sein Bruder oder jemand, der am Staudamm arbeitete, ihm von ihr erzählt. Ich brauche Ihnen nicht zu sagen, dass Anna etwas ganz Besonderes an sich hatte, etwas, das über bloße Schönheit hinausging und das jedem, der sie sah, auffallen musste. Unmittelbar nach seiner Ankunft hatte Terenzio Fuci Chiaffredo Mattalia gefragt, ob er Anna zu einem Vorsprechen einladen dürfe, aber Mattalia hatte abgelehnt. Ich weiß nicht, ob Anna je von dieser Anfrage erfahren hat. Einige Zeit zuvor hatte es zwischen ihr und ihrem Vater eine Auseinandersetzung gegeben. Er hatte sie von der Schwesternschule genommen und hielt sie zu Hause fest. Jedenfalls wäre Anna, hätte Aldo nicht diese Wahnsinnstat begangen, nie nach Rom gegangen. Und niemals hätte sie Clot verlassen, um als Schauspielerin Karriere zu machen.»

«Wegen Ludwig? War er der Grund, weshalb sie nie nach Rom gegangen wäre?»

Dao nimmt einen Zug und kaut auf dem Rauch herum. Corso sieht sich um. Bodennebel ist aus dem Tal heraufgestiegen und hat das Dorf verschluckt, nur noch die höchsten Schornsteine ragen hervor wie Periskope. In wenigen Augenblicken wird der Wind den Nebel den Abhang hinauf in Richtung Gias Vej schieben, und auf halbem Weg wird er ausfransen und sich mit den Wolken vermischen.

«Das würde erklären, warum Anna, nachdem sie Vera Ladich geworden war, sich an die Verse unter dem Fresko erinnert hat: ‹Ich bitte euch, übt Nachsicht | mit der Liebe, die ich euch entgegenbringe, seitdem ich das Böse ertrage | dann wird mir das Böse kein Leid antun können | ja mir wird sogar scheinen, als trügen wir es zu gleichen Teilen …› Johannes hatte seiner Frau diese Botschaft durch die Malerei vermittelt, Vera konnte dasselbe durch die Filme machen. So konnte sie Ludwig mitteilen, dass sie ihn noch immer liebte und an ihn dachte, auch wenn die Umstände sie zu dieser Entscheidung gezwungen hatten. Offenbar haben diese Nachrichten ihren Zweck erfüllt, wenn Ludwig Ubac vor neun Tagen den Mann umgebracht hat, der vor fünfzig Jahren mit seinem erpresserischen Vorgehen Ludwigs und Annas Leben zerstört hat. Was meinen Sie? Hat es sich so zugetragen?»

Dao sieht ihn an, ohne zu antworten. Sein Mantel ist jetzt nachtblau. Die Blätter über ihren Köpfen halten dem Regen nicht mehr stand.

«Sie haben ihn festgenommen», sagt Dao. «Dann wird es sich wohl so zugetragen haben.»

«Ja», sagt Bramard, in der einen Hand die Zigarette, die andere in der Tasche der kanadischen Jacke, die mittlerweile klatschnass ist. «Vermutlich hat es sich so zugetragen, aber warum hätte er dann auch Vera umbringen sollen?»

Sie sehen einander in die Augen. Zwei Männer, die im Regen rauchen, auf einem Weg, der jetzt nur noch Matsch ist. Einer der beiden ohne Kopfbedeckung, der andere mit einer Mütze, die dem Wasser nichts mehr entgegenzusetzen hat.

«Ist das Ihre Vermutung?», fragt Corrado Dao. «Dass Vera noch lebt?»

«Nein», sagt Corso kopfschüttelnd. «Ich bin mir sicher. Vera Ladich lebt. So wie ich mir sicher bin, dass Terenzio Fuci keinen Verdacht geschöpft hat, als Vera ihn darum gebeten hat, gemeinsam nach Clot zu fahren, um ihren Bruder zu beerdigen. Zwar löste Aldos Tod die Kette, die Vera ihr ganzes Leben lang an Fuci gefesselt hatte, aber immerhin waren fünfzig Jahre vergangen. Terenzio war davon überzeugt, dass Vera eine gewisse Zuneigung zu ihm entwickelt hatte, wenn sie ihn auch nicht liebte. Er war es gewesen, der aus Anna Mattalia die Schauspielerin Vera Ladich gemacht hatte, doch keine Schauspielerin kann jahrzehntelang eine Rolle spielen. Wahrscheinlich hat er keinerlei Verdacht geschöpft, als sie ihn an jenem Abend darum gebeten hat, mit ihr hinaufzufahren, um den See von oben zu betrachten.»

«Also wissen Sie jetzt, wie alles gelaufen ist?»

Corso kratzt sich an der Wange, wo ihn ein Wasserrinnsal kitzelt, und schüttelt dann den Kopf.

«Ich weiß nicht, wer von beiden Terenzio Fuci erdrosselt hat, Vera oder Ludwig. Ich weiß nicht, wie sie es geschafft haben, die Spuren um das Auto herum unkenntlich zu machen, und ich weiß ebenso wenig, wo Vera sich versteckt oder warum Ludwig behauptet, sie umgebracht zu haben; aber ehrlich gesagt beschäftigt mich, seitdem wir heute Morgen gemeinsam gefrühstückt haben, eine andere Frage.»

Dao sieht zu, wie Bramard die Gitanes an die Lippen führt und fest daran zieht. Er birgt sie im Hohlraum seiner Hand, und irgendwann lodert die Glut wie durch Zauberhand wieder auf und frisst sich durch das Papier und den Tabak. Corso behält den Rauch lange im Mund, und als er ihn wieder ausstößt, steigt die dichte Wolke trotz des Regens nach oben.

«Warum sind Sie nach Clot gekommen?», fragt er.

Corrado Dao antwortet nicht, sondern sieht Corso nur aus seinen kleinen Augen durch den Vorhang aus Regen an.

«Vor ein paar Tagen», fährt Corso fort, «haben Sie zu meiner Kollegin gesagt, Sie wollten nicht nach Clot kommen, und jetzt stehen Sie hier und erzählen mir haarklein, wie alles abgelaufen ist: die Sucho, der Kreuzzug von Amilcare Fuci, der Mord an dem Ingenieur und seiner Frau, die Inszenierung des Unfalls, die Beziehung zwischen Anna und Ludwig, die Erpressung durch Terenzio ... Warum haben Sie uns das nicht schon letzte Woche erzählt? Sie wollten sich doch von dieser Last befreien.»

Corrado Dao nimmt einen Atemzug durch seine Diana.

«Es wäre noch zu früh gewesen.»

«Wofür zu früh?»

Dao blickt auf die andere Seite des Tals, wo sich jetzt im Nebel schemenhaft der leere Fleck von Gias Vej abzeichnet.

«‹Li mars se levara XL cobdes sobre tota la terra, et non s'estendra, et li mars tornara en son istament. Et li peisson cridaran sobre la mar et las bestias et li aucel sobre terra s'aiostaran et cridaran.›»

«Sind das die Verse unter dem Fresko, nach denen ich Sie gefragt hatte? Die, zu denen ich nichts gefunden habe?»

Dao nickt.

«‹Das Meer wird sich um vierzig Ellen erheben, ohne sich auszubreiten, um dann wieder an seinen angestammten Platz zurückzukehren. Die Fische im Meer werden schreien und die Tiere und Vögel auf dem Land werden sich zusammenrotten und brüllen.› Johannes hat diese Verse der okzitanischen Fassung der *Doctrina Pueril* von Ramon Llull entnommen, die ihrerseits das Nikodemusevangelium zitiert.»

Bramard sieht ihn an. Der Regen hat die Gitanes in seiner Hand verlöschen lassen.

«Wie ist das zu verstehen?»

Corrado Dao lächelt und blickt auf seine Schuhe hinab. Es sind schlichte Wanderschuhe. Vermutlich von derselben Machart wie jene, die er damals im Oktober 1962 getragen hat. Nur dass es an jenem Tag nicht regnete, jetzt dagegen stehen die Schuhe bis zur Hälfte im Wasser, das nun allmählich den Weg hinabfließt.

«Ich hielt mich für intelligent», sagt Dao, «aber ich war nicht intelligent genug, um das zu glauben, was direkt vor meinen Augen stand. Machen Sie nicht denselben Fehler wie ich. Verlassen Sie diesen Ort.»

Bramard lässt seine Zigarette zu Boden fallen, die sofort vom Wasser erfasst und ein paar Meter weit mitgerissen wird.

«Warum soll ich Clot verlassen? Wo ist Vera?»

Dao lächelt gelassen.

«Es ist zu spät.»

Bramard macht einen Schritt auf ihn zu.

«Wo ist der Saal der Sucho?»

Corrado Dao schüttelt den Kopf, dann schließt er die Augen, richtet das Gesicht zum Himmel und dreht die Handflächen in einer empfangenden Geste nach oben.

«Bringen Sie das Mädchen fort», sagt er. «Sie ist die Einzige, die keine Schuld trägt.»

Bramard macht einen Schritt zurück, knickt leicht ein, als würde sein ramponierter Fuß im Matsch versinken, macht noch einen Schritt, dreht sich um und läuft, so schnell er kann, ins Dorf.

58.

Arcadipane betrachtet die Bäume, die den linken Straßenrand säumen. Die an den Ästen verbliebenen Blätter leuchten jetzt in herbstlichen Farben; eine breite Palette von Gelb bis Rot, diamanten schimmernd im Licht der gerade aufgegangenen Sonne. Ein Moment des Durchatmens, bevor er wieder auf den Ozeanriesen aus Stahlbeton blickt, der am Fenster vorüberzieht, neun Stockwerke hoch und einen Kilometer lang.

«Was ist denn das für ein Monster?»

Franca Pes fährt schnell, aber nicht zu schnell, weil sie die Nummern der Treppenaufgänge im Blick behalten muss.

«Das ist der zentrale ‹Riegel› von Corviale. Kennst du das: Du lädst jemanden zum Essen ein und willst was ganz Besonderes kochen, um Eindruck zu machen, fabrizierst dann aber nur Mist?»

Arcadipane kann den Blick nicht von dem grauen Dampfer lassen, der aussieht, als sei er wieder an die Oberfläche getrieben worden, nachdem er Jahrzehnte unter einem unermesslichen Druck verbracht hat, der die einzelnen Schichten dieser Torte aufeinandergepresst hat, wobei wie durch ein Wunder die Fenster heil geblieben sind.

«Nein», gesteht er. «Ich koche nicht.»

«Ist ja auch egal. Das ist jedenfalls das Ergebnis. Mitte der Achtzigerjahre ist dieses Ding fertig geworden, und schon ein paar Wochen später haben da siebenhundert Familien illegal gewohnt. Ich weiß das noch, weil es meine letzten Jahre im Dienst waren und wir oft hier draußen waren. Da, der Block da ist es!»

«Und das Auto lässt du ohne Bedenken hier stehen?»

«Was glaubst du, warum ich mir ausgerechnet so eine Karre gekauft hab? Kein Mensch klaut in Rom einen Kangoo. An wen soll man den denn weiterverscherbeln, wenn schon jeder Installateur einen Mercedes will?»

Sie hasten zu einem der Eingänge. Jemand hat ein großes Auge auf das Pflaster gemalt. Weil etliche Steine fehlen, sieht es aus, als blicke das Auge aus einem Fernseher, dem ein paar Pixel fehlen. Auf der Brüstung aus Beton eine Menge Schriftzüge ohne jede zeichnerische Ambition. Einer lautet: «Rom ist schön, aber hier ein bischen zu schön.» Als sie vor dem Klingelbrett stehen, läutet Franca Pes. Manche der Klingeln haben keinen Namen, bei anderen steht der Name auf einem Streifen Klebeband. Über die Gegensprechanlage fragt eine Männerstimme, wer da ist.

«Franca Pes», sagt Franca Pes.

Der Aufzug ist kaputt, aber sie müssen nur in den dritten Stock. Verglichen mit dem Hauseingang ist das Treppenhaus gar nicht so hässlich, nur dass statt des Geländers ein Gitter angebracht ist, das von den Stufen bis zur Decke reicht.

Auf dem Treppenabsatz erwartet sie ein Mann, vermutlich der Pfarrer der Pfingstgemeinde. Als er sieht, wie sehr sie außer Atem sind, schaut er sie an, als wolle er sie auffordern, erst einmal zur Ruhe zu kommen, weil sie, wenn sie in diesem Zustand die Lozano ausquetschen würden, keinen Erfolg hätten. Er ist klein und stammt offenkundig aus Südamerika, hat dunkle Haut und silbern glänzendes Haar. Die ruhige Art, mit der er sie begrüßt, ist der zweite Versuch, ihnen seine Botschaft zu übermitteln. Er trägt schlichte, «zivile» Kleidung: blaues Hemd, Jeans und Mokassins mit Troddeln.

Die Wohnung ist typisch Vorstadt, bescheiden, aber gepflegt. Die Möbel sind nicht neu, manches Stück stammt vom Wertstoffhof. Das meiste Geld steckt in den Deckenlampen, an denen Glasanhänger in allen möglichen Größen baumeln.

Der Pfarrer führt sie in den Flur. «Piero, einfach nur Piero», so möchte er genannt werden, hat er gesagt, nachdem Arcadipane es mit einem «Don» versucht hatte. Der Name Piero muss ein Kompromiss sein, um seinen Gläubigen das Leben leichter zu machen. Er zeigt auf eine Tür, hinter deren Glasfüllung ein heruntergelassener Rollladen zu sehen ist, und bedeutet ihnen, leise zu sein. «Dos niños», sagt er.

Lupita Lozano wartet im Wohnzimmer, an das sich eine kleine Küche anschließt. Es riecht nach Frittiertem, was aber trotz der frühen Stunde nicht unangenehm ist. Sie trägt die ozeanblaue Uniform der Villa Greppi. Wie Franca Pes vorhin gesagt hat, muss sie bald los zum Dienst. Man sieht ihr an, dass sie nicht geschlafen hat, dass der Pfarrer schon eine ganze Weile hier ist, dass beide müde sind und die Lozano zudem besorgt. Als sie jetzt zu viert im Wohnzimmer sind und es fast ganz ausfüllen, steht sie denn auch nicht auf, sondern grüßt nur mit einem Kopfnicken. Spielzeug liegt herum, aber säuberlich aufgeräumt auf zwei Ablagen und einer Kommode. Es ist offensichtlich, dass sie nicht im Geld schwimmen, dennoch ist keine Spur von Verwahrlosung zu sehen. Nicht einmal in den Flicken der grünen Tischdecke.

«Wollen wir uns einen Moment setzen?», fragt Piero.

Niemand antwortet, aber alle nehmen Platz.

«Also, Lupita, das sind die Herrschaften; ich glaube, wir sollten ihnen jetzt etwas erzählen, nicht wahr?»

Sein Tonfall sowie der Plural zeigen an, dass Piero – oder wie auch immer er heißt – Geduld und Beharrlichkeit als seine Waffen gewählt hat. Seine Hände sind die eines Bauern. Nicht sehr viel anders als die von Alberto Spurio, dem Anwalt – als würden Hände völlig wahllos verteilt.

«Ich kann mir vorstellen, Sie möchten uns etwas über Vera Ladich erzählen», sagt Franca Pes, um ihr zu helfen.

Lupita Lozano nickt. Sie sucht noch nach Worten.

«Als ich Sie in der Villa Greppi gefragt habe», sagt Arcadipane, «ob Sie Masimine Orusa kennen und ob Sie jemals ein Einschreiben von ihr erhalten haben, haben Sie verneint. Vielleicht haben Sie in den vergangenen Tagen noch einmal darüber nachgedacht, und es ist Ihnen etwas eingefallen. So etwas kommt vor.»

Lupita Lozano nickt erneut. Sie wirkt so verängstigt, dass es Arcadipane nicht wundern würde, wenn sie den Mund aufmachte und auf einmal ihr perfektes Italienisch verloren hätte.

«Ein paar Monate vor Aldos Tod», sagt sie jedoch in dem vorzüglichen Italienisch, das sie auch beim letzten Mal gesprochen hat, «hat Signora Ladich mich gebeten, einen Brief aufzugeben.»

«Aha!», entfährt es Arcadipane.

«Sie war allein bei ihm, als ich ins Zimmer kam, um seinen Blutdruck zu messen. Er war seit Monaten bettlägerig, am Ausgang der Krankheit gab es keinen Zweifel mehr. Die Signora gab mir einen Umschlag, der bereits frankiert war. Sie bat mich, meinen Namen und Anschrift als Absender darauf zu schreiben, ihn dann an mich zu nehmen und noch am selben Abend aufzugeben.»

«Haben Sie das getan?»

«Nach all den Jahren, in denen ich Aldo betreut hatte, wusste ich, dass die Signora kaum Freiheiten genoss. Dass sie keine Freunde hatte. Mir kam nicht in den Sinn, dass das mit dem Brief falsch sein könnte.»

«Natürlich, es war ja nur ein einfacher Gefallen», sagt Arcadipane verständnisvoll. «Niemand kann Ihnen einen Vorwurf machen. An wen war der Brief adressiert? An Masimine Orusa?»

Wieder nickt Lupita. Dann nimmt sie einen Schluck Wasser aus einem Glas, das sie zwischen den Knien festgeklemmt hält und das Arcadipane bis jetzt nicht bemerkt hat.

«In der Woche darauf hat sich die Signora bei mir dafür

bedankt, dass ich den Brief aufgegeben hatte. Sie sagte, ihre Freundin würde vielleicht an meine Adresse antworten. Und dass ich ihr einen Gefallen täte, wenn ich ihr das Antwortschreiben übergeben würde, ohne dass meine Kolleginnen oder Signorina Brocani etwas mitbekämen.»

«Wann kam die Antwort?»

«Erst nach einer Weile. Nach zehn Tagen vielleicht. Es war ein Einschreiben.»

«Und die Absenderin war Masimine Orusa? Die Frau, an die Signora Ladich ihren Brief gerichtet hatte?»

«Ja.»

«Und Sie haben die Antwort der Signora überbracht.»

«Ja, am darauffolgenden Donnerstag. Sie hat den Brief sofort gelesen, wir waren allein im Zimmer. Sie wirkte verstört. Sie hat geweint. Das war immer wieder einmal vorgekommen, seitdem Aldo erkrankt war, aber an diesem Tag war es anders. Ich fragte sie, ob ich etwas tun könne, ob sie antworten wolle und ich ihre Antwort zur Post bringen solle. Sie verneinte und bat mich, sie allein zu lassen. Aber am Donnerstag darauf gab sie mir drei Briefe.»

Arcadipane sieht zu Franca Pes hinüber und wendet sich dann wieder Lupita Lozano zu. Sie wirkt abgekämpft, aber auch erleichtert, als hätte die größte Hürde darin bestanden anzufangen.

«Drei Briefe. Alle für Masimine Orusa?»

Lupita Lozano schüttelt den Kopf.

«Nur einer.»

«Und die beiden anderen?»

«Bevor ich sie zur Post gebracht habe, habe ich auf den Umschlägen die Adressen gelesen, ich war neugierig, aber außer Masimina …»

«Masimine Orusa», verbessert Pedrelli sie, was ihm einen scharfen Blick von Arcadipane einbringt.

«Masimine Orusa, ja. Von den anderen Namen kann ich

mich nur noch an einen erinnern, denn in Stuttgart hatte ich einen Deutschlehrer, der Ludwig hieß.»

«Ludwig Ubac.»

«Ja, Ludwig. Den Nachnamen weiß ich nicht mehr.»

«Und der dritte Brief?»

«Ich weiß es nicht mehr, es war aber auch ein Männername. Mit einem kurzen Nachnamen.»

«So ähnlich wie Ubac?»

«Genau so kurz, aber nicht Ubac.»

Arcadipane denkt nach, aber es fällt ihm nichts ein. Er sieht auf die Uhr. Der Zeitrahmen, den sie sich gesetzt haben, geht zu Ende. Aus der Nachbarwohnung sind Schläge zu hören, wie wenn jemand das Sieb einer Kaffeemaschine ausklopft.

«Haben Sie danach noch weitere Briefe erhalten oder aufgegeben?»

«Ein paar.»

«Wie viele? Und an wen waren sie adressiert?»

«Es waren immer Briefe zwischen Signora Ladich und Signora Orusa.»

«Verstehe. Also, wir müssen jetzt los, unser Flug geht gleich. Wir haben etwas sehr Wichtiges zu erledigen. Und Sie rufen jetzt bitte in der Klinik an und melden sich für heute krank.»

«Aber ich kann doch nicht …»

«Tun Sie es bitte, den Grund dafür lassen Sie unsere Sorge sein. Signora Pes bringt uns jetzt zum Flughafen, holt Sie auf dem Rückweg ab und nimmt Sie mit aufs Präsidium. Sie brauchen sich keine Sorgen zu machen, Sie haben sich nichts zuschulden kommen lassen, wir brauchen nur eine protokollierte Aussage von Ihnen mit Ihrer Unterschrift. In Ordnung? Auf dem Präsidium. Erst einmal vielen Dank …», schließt Arcadipane und will aufstehen.

«Lupita», sagt der Pfarrer, der während des Gesprächs wie verschwunden wirkte.

Lupita senkt den Blick.

«Du musst ihnen auch von der anderen Sache erzählen.»

Arcadipanes Handy klingelt. Er sieht nach. Es ist Lavezzi. Wahrscheinlich irgendwelche organisatorischen Details über Ludwig. Wahrscheinlich überstellen sie ihn gerade vom Gefängnis in Cuneo nach Clot. Das kann warten. Er drückt ihn weg.

«Dann lassen Sie diese andere Sache mal hören», sagt er und lässt seinen Hintern wieder auf den Stuhl fallen.

59.

«Er geht nicht ran», sagt Lavezzi. «Vielleicht sitzen sie schon im Flieger.»

«Er hat gesagt, der Flug geht um sieben Uhr vierzig. Versuch's noch mal.»

Lavezzi ist genervt. Er ist doch nicht sein Sekretär! Normalerweise erledigt Botta solchen Kram, aber der ist jetzt mit Ubac und den beiden Kollegen aus Cuneo in dem Raum dort. Arcadipane hat es ihnen eingebläut: Wenn ihr mit Ludwig Ubac in Clot seid, will ich, dass immer einer von euch bei ihm ist, du oder Botta! Überall sonst sollen sich die zuständigen Kollegen um ihn kümmern, aber in Clot … Sie hätten ihn wirklich ein bisschen später aus dem Gefängnis zurückbringen können. Stattdessen müssen sie sich jetzt hier im Rathaus mit ihm herumschlagen, bis Arcadipane wieder auftaucht …

Bramard sieht ihm zu, während er noch mal anruft, das Telefon auf laut gestellt. Er hört, wie es klingelt. Dann wird er weggedrückt.

«Keine Chance», sagt Lavezzi und will das Handy schon in die Tasche stecken, als ein *Ping* eine neue Nachricht anzeigt. Er öffnet sie, liest sie und zeigt sie dann Bramard: *Später, verdammt!*

«Offenbar ist er gerade mit etwas Wichtigem beschäftigt», folgert er.

«Das, worum ich dich bitte, ist garantiert wichtiger.»

«Kann ich mir vorstellen, aber ohne die Erlaubnis des Commissario nehme ich diese Verantwortung nicht auf mich.»

Corso tritt vor das Fenster des Treppenabsatzes, auf dem

sie seit zehn Minuten stehen und diskutieren. Ubacs Pflichtverteidiger steht unten auf dem Platz und telefoniert mit dem Handy. Um sich vor dem Regen zu schützen, drückt er sich unter das Halbdach des öffentlichen Fernsprechers. Vermutlich hat er die Akten nicht gelesen, sonst hätte er sich nicht dort hingestellt. Es gibt dort zwar keine Spuren, die er verfälschen könnte, aber er hätte es trotzdem nicht getan.

«Gleich wird etwas passieren», sagt Bramard.

Lavezzi antwortet nicht, aber Bramard weiß, dass er lächelt.

«Hast du gehört, was ich gesagt habe?»

«Ich habe es gehört. Was soll denn passieren?»

«Ubac weiß es. Und deswegen muss ich mit ihm reden.»

Bramard dreht sich zu ihm, weil er hofft, dass sein Gesicht, seine nassen Haare, seine roten Augen und seine wegen des schmerzenden Knöchels verzerrte Miene vielleicht mehr vermögen als Worte.

«Wenn du siehst, dass der Verteidiger zurückkommt», sagt er, «klopfst du, und ich komme wieder heraus. Nur zwei Minuten.»

Lavezzi sieht ihn erst eine Weile an, tritt dann neben ihn ans Fenster und blickt hinunter auf den Verteidiger.

«Zwei Minuten. Und wenn es rauskommt, war ich auf dem Klo. Du bist auf eigene Faust hineingegangen.»

Als er den Raum betreten hat, wird Corso klar, dass die Bewohner von Clot damals genau hier über das Schicksal von Aldo, Anna und Ludwig entschieden haben und vielleicht auch, fünfzig Jahre im Voraus, über das von Terenzio Fuci. Er zögert kurz, befindet dann aber, dass es so genau richtig ist. Dort, wo alles angefangen hat, soll auch alles enden.

Ludwig Ubac sitzt mit dem Rücken zur Tür. Er trägt seine ärmellose Weste aus Schafwolle. Seine Haare liegen flach am Nacken an. Anders als Corso hat er letzte Nacht vermutlich geschlafen oder hatte zumindest die innere Ruhe, um sich auszustrecken. Damit ist klar, wer im Vorteil ist.

Botta und die Polizisten in Uniform mustern Bramard argwöhnisch, vor allem die beiden, die ihn nicht kennen. Weniger, weil er sich nicht ausweist, sondern eher wegen seiner triefnassen Kleidung, der matschverschmierten Schuhe und der Art, wie er hereingehumpelt kommt. Der Ofen ist aus, und vermutlich ist es kalt in dem Raum, denn alle tragen Jacken und Mützen, aber seitdem er Dao hat stehen lassen, spürt Corso nichts mehr. Nur das Pulsieren im Knöchel, das sich aber eher wie eine Nachricht von der Peripherie des Reiches anfühlt: abgemildert, schon veraltet, vielleicht nicht einmal wahr.

Mit einer Geste gibt Botta den beiden anderen zu verstehen: abwarten, mal schauen, was passiert.

Dadurch ermutigt, setzt Bramard sich neben Ludwig, der weiterhin geradeaus starrt. Er beugt sich über den Tisch zu ihm. Er will nicht, dass die drei anderen ihn hören.

«Wo ist Vera?», flüstert er.

Ludwig sieht ihn an.

«Das erfährst du, wenn die anderen es erfahren.»

Seine Stimme ist jetzt die des Mannes, der die Leben anderer Menschen in der Hand hatte, sie gegen Geld in der Dunkelheit über die Grenze gebracht hat. Des Mannes, der zu jedem dieser Leben Du gesagt hat, wie er es jetzt auch mit Bramard macht, weil er weiß, wenn etwas schiefgegangen wäre, wäre er der Letzte gewesen, der dafür hätte zahlen müssen. Niemand spielt den Priester, wenn er im Grunde keiner ist, auch wenn er noch so wenig danach aussieht. Und kein Krimineller wird mehr von Gutherzigkeit als von Egoismus getrieben.

Corso kommt wieder in den Sinn, was Dao vorhin gesagt hat: «Ich kannte die Geschichte, die Dokumente, die Sprache, ich hatte jeden Zentimeter der Fresken analysiert, aber ich war nicht intelligent genug, um zu glauben. Nicht einmal an das, was mir unmittelbar vor Augen stand.» «Amilcare Fuci ging es nicht ums Geld, sondern er wollte die Welt reinigen. Das Reich Gottes auf Erden errichten.»

Er schließt die Augen, atmet tief durch und versucht, wieder zu einer Ruhe zu finden, die er nicht hat.

Es ist, als verberge jede Karte in diesem Spiel eine andere, um die Aufmerksamkeit von ihr abzulenken: Der Staudamm ist die Karte, mit der Fuci den Kreuzzug verdecken wollte; die Explosion im Stollen ist die Karte, die den Mord an dem Ingenieur und seiner Frau verdeckt hat; die Heilige Familie ist der Kniff, den Johannes ersonnen hat, um der Frau, die er liebte, etwas mitzuteilen; die Verse von Folquet de Marselha sind chiffrierte Nachrichten, die Vera Ladich unter dem Gitter ihrer Zellentür durchgeschoben hat. Auch die Personen, die am Spieltisch sitzen, sind maskiert: Vera Ladich ist in Wahrheit Anna Mattalia; *Mademoiselle le look* eine unglückliche Gefangene; der liebevolle Terenzio Fuci ein Kerkermeister; der fromme Amilcare ein Fanatiker. Und der Mann, den Corso vor sich hat? Ludwig, der einsame Träumer?

Ubac führt seine Hände, die in Handschellen stecken, ans Gesicht und kratzt sich den Bart. Dieselbe Geste, die er gestern gemacht hat, als Corso im Regen stand und durch das Fenster der Giulietta, die ihn ins Gefängnis bringen sollte, mit ihm gesprochen hat. Seine Hände sind kräftig, wuchtig, hart, aber auch elegant, wie die Hände eines Taschenspielers, der mit der Rechten Spiralen in die Luft malt, um das Publikum abzulenken, während er mit der Linken seine Tricks vollführt.

«Gestern haben Sie mir die Lebensgeschichte Ihrer Mutter erzählt», sagt Bramard. «Ich wusste bereits, dass Vera Ladich noch am Leben ist, und Sie wussten, dass ich es wusste, aber anstatt mich davon zu überzeugen, Sie hätten sie umgebracht, haben Sie mir erklärt, warum Sie Ludwig heißen.»

Ludwig Ubac wendet den Blick ab. Corso weiß, dass er auf dem richtigen Weg ist. Er weiß nur nicht, ob die Zeit ausreichen wird, ihn bis zum Ende zu gehen. Er legt eine Faust auf den Tisch und stützt das Kinn darauf. Seine Hand ist schmutzig vom Matsch, so wie der Ärmel seiner Jacke. Er muss gestürzt sein, als er den Weg hinabgerannt ist, aber er kann sich nicht daran erinnern.

«Früher bin ich oft gefragt worden, warum ich Corso heiße», fährt er fort. «Ich konnte das mit einer guten Geschichte erklären. So gut, dass niemand, der sie gehört hatte, mich fragte, warum ich Bramard heiße. Haben Sie mir deshalb erzählt, warum Sie Ludwig heißen? Was bedeutet Ubac?»

Ludwig starrt jetzt auf das Fenster, hinter dem der Regen in einer grauen Wand herabstürzt.

«Verzeihung!»

Bramard dreht sich um. Einer der beiden Beamten ist einen Schritt vorgetreten, wie beim Appell. Er ist um die fünfunddreißig, einer von der Sorte, die einfache Aufgaben übernehmen, wie etwa die Überstellung von Personen; entweder, weil er erst im fortgeschrittenen Alter in den Polizeidienst eingetreten ist, oder weil er nur wenig vertrauenswürdig ist. Die dritte Möglichkeit wäre, dass er ein aufgeweckter Kopf ist, weshalb er mit seinen Vorgesetzten aneinandergeraten ist, aber wahrscheinlich ist es einer der beiden anderen Gründe.

«Ich stamme aus dem Nachbartal», sagt er, «und bei uns bezeichnet *ubac* die Kehrseite.»

«In welchem Sinn?»

Der Beamte starrt auf eine Stelle knapp unterhalb der Deckenlampe. Kein Zweifel, es ist einer der ersten beiden Gründe.

«Die Seite des Tals, wo keine Sonne hinkommt», erklärt er. «Das Gegenteil von *adrech*, das ist die Seite, die der Sonne ausgesetzt ist.»

Bramard nickt, zum Zeichen des Danks. Eine Bewegung, die der andere im schummrigen Licht des Raumes vermutlich nicht mitbekommt. Dann stützt er den Kopf wieder auf die Faust. Aus dieser Haltung heraus sieht er Ludwig an: die ruhigen Augen wie aus einer vergangenen Zeit, die strenge Miene eines kriegerischen Priesters.

«Du warst der letzte Muret», sagt Corso.

Ludwig sieht ihn an und lächelt. Wie ein Kind beim Versteckspiel, in dem Moment, in dem es entdeckt wird, bevor es dann einen Schrecken bekommt, schreit, verzweifelt, lügt, abstreitet, behauptet, verraten worden zu sein, und zum Mal läuft, um in der nächsten Runde nicht mit dem Suchen dran zu sein. Denn es ist immer schön, wenn jemand einen entdeckt und versteht. Auch wenn man alles getan hat, um nicht entdeckt zu werden. Das ist menschlich. Und Ludwig Ubac ist ein Mensch, sehr viel mehr als manch anderer. Allerdings ist er von der Sorte Mensch, mit der ein Polizist es besonders schwer hat. Einer, der nach so einem Lächeln nichts mehr sagen wird. Bramard weiß das, weil er vom selben Schlag ist.

«Dao hat gesagt, ich soll das Mädchen wegschaffen», sagt Corso. «Wo ist der Saal der Sucho? Was habt ihr vor?»

Ludwig starrt wieder geradeaus und schweigt.

Bramard holt eine Gitanes aus der Innentasche seiner Jacke. Zwar ist der Regen in die Tasche gelangt, aber er hofft, dass er nicht durch die Pappschachtel und das Stanniolpapier gedrungen ist. Er steht auf und geht zum Ofen. Auf einer Ablage liegt eine Schachtel Wachsstreichhölzer.

«Ich rauche», sagt er laut, vielleicht um es die Beamten wissen zu lassen, so als wäre er ein Häftling, oder vielleicht weil sich der Mund, während der Geist durch seine Gänge rauscht, an den einfachsten Dingen festhält, an den vorliegenden Tatsachen, am Unbestreitbaren. Corso wendet sich zum Fenster, öffnet es einen Spalt weit. Die kalte Luft und der Rauch, den er ohne ein Gefühl der Erleichterung ausstößt, tauschen die Plätze. Auf dem Dorfplatz stehen die Autos der Polizei, die einen zivil, die anderen weiß-blau. Die Straßenlaternen sind eingeschaltet, so sehr verdunkeln die Wolkendecke und der Regen den Ort. Der Pflichtverteidiger steht nicht mehr unter dem Halbdach des Fernsprechers. Corso hofft, dass er einen Kaffee trinken gegangen ist, aber er weiß, dass er keinen Kaffee trinken gegangen ist.

«Corrado Dao sagt, er sei hier, um seine Schuld abzutragen. Worin besteht deine Schuld?»

«Ich habe Fuci ermordet, das habe ich euch doch schon gesagt.»

«Ich meine die Schuld, die du seit damals mit dir herumträgst. Warum hast du sie nicht geheiratet, wenn ihr euch geliebt habt? Warum hast du zugelassen, dass sie mit Fuci nach Rom gegangen ist? Du warst der Muret, du konntest dir deine Frau aussuchen. Hat sie dich wegen Aldo darum gebeten, und du hast ihr gehorcht? Ist das die Schuld, derentwegen du jetzt hier sitzt?»

Er spricht die Worte so leise aus, wie man ein Gebet spricht, weil der, der sie hören soll, im eigenen Inneren ist, nur dort. In dem Moment klopft es an der Tür. Bramard nimmt sich die Zeit für einen Zug und macht dann die vier Schritte, die er braucht, um zu öffnen.

«Sie hat nicht mich geliebt», sagt Ludwig, als Bramard den zweiten Schritt macht.

Corso bleibt stehen und wendet den Kopf, gerade so weit, dass ihre Blicke sich begegnen.

«Warum, wen hat sie denn dann ge…?», setzt er an, hält aber inne, als er sich die Antwort selbst gegeben hat.

Es klopft erneut, heftiger und länger.

Ubac lächelt, die Tränen rinnen ihm in den Mund.

«Das ist jetzt nicht mehr wichtig», sagt er. «Jetzt nicht mehr.»

Bramard humpelt weiter auf die Tür zu, in der in diesem Augenblick Lavezzi erscheint.

60.

Das Handy vibriert und massiert ihm weiter den Oberschenkel. Arcadipane sieht nach: schon wieder Lavezzi, dieser Hornochse. Kann der denn seine Nachrichten nicht lesen? Er sieht nach der Uhrzeit. Sie haben noch sieben Minuten. Erst dann Lavezzi.

Auch weil Lupita auf dem Sofa bleich geworden ist – was ein Zeichen dafür ist, dass es jetzt ans Eingemachte geht, dass es da noch etwas Größeres gibt als die Briefe an die Orusa, an Ubac und an diesen dritten Typen mit dem kurzen Nachnamen, von dem sie noch nicht wissen, wer es ist. Arcadipane steckt das Handy in die Tasche.

Der Pfarrer hat sich neben Lupita Lozano auf das Sofa gesetzt und ihre Hand genommen. Würde er nicht aus jeder Pore Rechtschaffenheit verströmen, könnte man das als eine unschickliche Geste ansehen, aber aller Augen richten sich jetzt auf Lozanos verschlossenen Mund.

«Lupita …», sagt Piero.

«Ich weiß …», sagt sie und nickt. «Es ist nur … Ich hätte meine Arbeit verlieren können … Ich habe zwei kleine Kinder … Der Pater unterstützt mich, so gut er kann, aber das ist nicht viel.»

«Wir haben keine Zeit mehr», unterbricht Arcadipane sie. «Was haben Sie uns zu sagen? Dass Sie von Signora Ladich Geld verlangt haben, dafür, dass Sie die Briefe aufgegeben und empfangen haben? Das ist kein Vergehen, falls Sie das glauben sollten … Ich spreche Sie von Ihren juristischen Sünden frei, und der Don spricht Sie in der Beichte frei, einverstanden?»

Er will schon aufstehen, als er bemerkt, dass ihr Gesicht sich zusammengezogen hat wie eine Dörrpflaume. Also war das nicht der Punkt. Oder anders gesagt: Das ist nur das Ende des Schwanzes der Eidechse, das noch zwischen den Steinen hervorlugt.

«Zeig es ihnen», sagt der Pfarrer.

Lupita Lozano nickt, bleibt aber sitzen.

«Die Signora hatte nie Geld bei sich», sagt sie. «Signorina Brocani hat sich um alles gekümmert, also konnte die Signora nicht …» Und wieder gerät sie ins Stocken.

«Wissen Sie, allmählich …», will Arcadipane schon loslegen, aber Franca Pes kommt ihm zuvor, indem sie aufsteht, ihren Stuhl zurückschiebt, zu Lupita geht und sich vor ihr hinkniet. Als der Don oder was auch immer er ist, gesehen hat, dass sie näher kommt, hat er seine Hand weggenommen, und das war richtig so, denn jetzt nimmt Franca Pes die Hände von Lupita Lozano und drückt sie, wie bei einem Kind, das man ins Hier und Jetzt zurückholen will.

«Sehen Sie mich an», sagt sie.

Lozano sieht sie an, und Arcadipane denkt, dass sie auf einem guten Weg sind.

«Ich habe auch zwei Kinder, von einem Mann, der eines schönen Tages festgestellt hat, dass es ihm zu schwierig war, ein Vater zu sein. Ich war jung, ich hatte Angst, und ich hatte eine gefährliche und schlecht bezahlte Arbeit. Meine Mutter wohnte weit weg, ich hatte niemanden, genau wie Sie. Jeden Tag, wenn ich ins Bett gegangen bin, habe ich mich gefragt, ob ich es am nächsten Tag schaffen würde aufzustehen. Die Kinder großzuziehen, ihnen all das zu geben, was sie brauchen.»

Arcadipane kann ihr Gesicht nicht sehen, ist sich aber sicher, dass sie weint.

«Also verstehe ich Sie sehr gut. Und auch die Herrschaften hier.» Sie dreht sich ruckartig um, und Arcadipane kann gerade noch rechtzeitig nicken. «Sie sind in dieser ganzen

Geschichte die einzige Unschuldige. Also brauchen Sie keine Angst zu haben. Ich bin bei Ihnen und werde Ihnen helfen. Einverstanden?»

Lupita Lozano starrt sie an, wie eine Kröte in die grell leuchtenden Scheinwerfer eines Land Rover Defender mit Breitreifen starrt. Dann löst sie behutsam die Finger aus den Händen von Franca Pes, die weiterhin nickt, um unmissverständlich zu bekräftigen, dass sie es ernst meint und dass Lupita das Richtige tut. Sie steht auf und geht zu der Kommode, auf der der Fernseher steht, immerhin ein Zweiunddreißig-Zoll-Flachbildschirm mit einem Receiver von Sky.

Lupita Lozano öffnet eine der mittleren Schubladen, zieht sie ganz heraus und stellt sie auf den Boden. Dann bückt sie sich und holt einen durchsichtigen Umschlag hervor, der mit Klebeband an der Unterseite der darüber liegenden Schublade befestigt war. Sie knüllt die vier Streifen Klebeband zusammen und zieht ein paar Blätter aus dem Umschlag. Dann setzt sie sich zwischen den Pfarrer und Franca Pes, die jetzt rechts neben ihr auf dem Sofa sitzt. Arcadipane sieht auf die Uhr an der Wand. Wenn sie den Flug verpassen, sind sie am Arsch!

«Was ist das?», fragt er.

Franca Pes reißt die Augen auf. Also muss sie den Titel des Dokuments gesehen haben.

«Eine Kopie des Testaments der Signora Ladich», sagt Lupita Lozano.

«Wie, das Testament?», will jetzt sogar Pedrelli wissen.

«Sie sagte, diese Briefe seien ihr wichtiger als alles andere auf der Welt, und ... da sie mir ja kein Geld geben konnte ...»

«Würden Sie es bitte kurz Signora Pes zeigen ... Franca, bitte wirf einen Blick darauf.»

Franca schnappt sich das Dokument, kein bisschen mehr so fürsorglich wie noch gerade eben. Sie liest.

«Wie hat sie es Ihnen zukommen lassen?», fragt Arcadipane währenddessen.

«Als Aldo gestorben ist, hat sie Signorina Brocani gebeten, sie ein paar Stunden mit ihm allein zu lassen. In dieser Zeit hat sie einen Notar kommen lassen. Gemeinsam haben sie in Aldos Zimmer das Testament verfasst, nur ich war noch bei ihnen, und zum Schluss haben wir unterschrieben.»

«Was hat sie Ihnen vermacht?»

«‹… Grundbesitz, Geld, Wertpapiere›», liest Franca Pes vor, «‹die gegebenenfalls in den Besitz von Frau Ladich Vera, geborene Anna Mattalia, nach dem Tod ihres Ehemannes Terenzio Fuci gelangt sein werden, sei dieser Tod auch durch Gewalteinwirkung verursacht. Die oben bezeichneten Sachen werden, in Gänze und nicht nur zu Teilen sowie ohne Einschränkung durch das Recht, als Erbe vermacht der Signora Lozano Lupita, zusätzlich die Wohnung in der Via Babuino 42, die bereits auf den Namen der Signora Ladich Vera eingetragen ist, sowie sämtliche anderen Güter, die nicht im Besitz der Aktiengesellschaft Veronica Film sind …›» – Franca Pes wird langsamer, bis sie die letzten Worte regelrecht skandiert – «‹… die oben genannten Verfügungen sind als gültig und nicht anfechtbar zu verstehen, unter welchen Umständen auch immer Signora Ladich Vera zu Tode kommt, durch natürliche Ursachen oder Gewalteinwirkung.›»

Arcadipane stützt einen Arm auf den Tisch, den anderen lässt er herabhängen.

«Was soll das denn heißen, verdammt? Dass sie vorausgesehen hat …»

«Entschuldigen Sie bitte», unterbricht ihn Don Piero. «Lupita, sag ihm, was die Signora den Notar damals gefragt hat.»

«Ja», sagt Lupita Lozano, bleibt aber still.

«Also? Was hat sie ihn gefragt?»

«Sie hat ihn gefragt», sagt sie und knetet die Hände, «ob man einfügen könne, dass das Testament auch gilt bei Mord, Massenmord, Überschwemmung oder einer durch Fahrlässigkeit verursachten Katastrophe.»

«Überschwemmung und …»

«Aber der Notar hat gesagt, es sei nicht möglich, diese Dinge aufzuzählen.»

Arcadipane schaut Franca Pes an, die Lupita Lozano anschaut. Ein Dreieck aus Blicken, das eine geschlagene Minute und sogar noch länger Bestand hat, bis Pedrelli Arcadipane am Ellbogen berührt.

«Commissario?»

Arcadipane fährt hoch und hastet zur Tür, ohne ein Wort, eine Bemerkung oder einen Gruß. Franca Pes und Pedrelli stürzen ihm hinterher, Franca Pes mit dem Testament in der Hand. Während sie durch den Flur laufen, glaubt Arcadipane zu sehen, dass aus der Tür des Kinderzimmers ein Junge hervorlugt, ein kleiner, schwarz glänzender Kopf, der aussieht, als sei er auf einen Schlafanzug mit Zeichnungen von Superhelden montiert, aber sicher ist er sich nicht, denn schon eine Sekunde später rennen sein zerfetzter Mokassin, Pedrellis Schühchen und die Absätze von Franca Pes die Treppe hinunter. Währenddessen wählt Arcadipane Bramards Nummer. Nicht erreichbar. Er versucht es bei Lavezzi.

«Commissario, seit einer halben Stunde …»

«Halbe Stunde am Arsch, evakuiert sofort das ganze Dorf! Ich ruf den Generalleutnant an und alle anderen hohen Tiere, aber ihr bringt auf der Stelle alle weg, kapiert?»

«Sicher, Commissario, die Evakuierung läuft schon.»

«Wie, sie läuft schon?» Arcadipane verlangsamt den Schritt. «Seit wann denn?»

«Seit zehn Minuten.»

Sie hasten jetzt über das Pixelauge auf dem Platz vor dem Hochhaus.

«Und wer hat das angeordnet?»

«Bramard.»

«Aha. Aber wieso … Na, ist ja auch egal. Wo ist er jetzt? Er geht nicht ans Telefon.»

Eilig zwängen sie sich in den Kangoo.

«Das weiß ich nicht, er hat gesagt, er muss den Saal finden. Und dass er zur Kirche hinaufgehen würde.»

«Was will er denn in der Kirche?»

«Das weiß ich nicht, er humpelte irgendwie …»

«Wieso humpelt er denn?»

Franca Pes startet den Motor, lässt ihn aufheulen und jagt mit jaulenden Reifen los, die aber überhaupt nicht so klingen wie im Film, sondern trostloser, wie ein Luftballon, dem die Luft ausgeht, oder ein Katheter, der etwas absaugt.

«Das weiß ich nicht, Commissario, hier herrscht ein Riesenchaos, und es regnet …»

«Hat Ubac es ihm gesagt?»

«Was?»

«Hat er Bramard gesagt, wo der Sprengstoff lagert, der damals von der Baustelle gestohlen wurde?»

Lavezzi schweigt.

«Hat er es ihm gesagt oder nicht?»

«Das weiß ich nicht, ich war nicht dabei. Botta sagt, sie haben nur von einem Saal gesprochen.»

«Was denn für ein Saal?»

«Das weiß ich nicht, hier geht es wirklich drunter und drüber. Ach ja, und Ubac bewegt sich nicht.»

«Was soll das heißen?»

Franca Pes nimmt eine Kurve etwas weiter, und eine Radkappe schrammt über den Bordstein und saust über die dahinter liegende Wiese, wie der Schild des Achilles, nachdem dieser zu Boden gestreckt wurde.

«Er will nicht weggehen. Wir haben es mit allen Mitteln versucht, aber wir kriegen ihn nicht vom Fleck. Er wiegt bestimmt hundert Kilo.»

«Dann gebt ihm einen Stromschlag, Herrgott noch mal. Habt ihr denn keine Elektroschockpistole?»

«Nein.»

«Egal, wie auch immer, schafft ihn in ein Auto, aber du quetschst ihn weiter aus, verstanden? Mach du das, nicht Botta, der ist zu gutmütig. Und alle anderen bringt ihr auch weg.»

«Aber auch die …»

«Was denn?»

«Verbarrikadieren sich in ihren Häusern. Und wir sind nur zu acht. Und dann geht uns auch noch Ubacs Anwalt auf die Nerven.»

«Wer ist denn das?»

«Das weiß ich nicht, Commissario, aber sagen Sie: Stimmt das? Stürzt gleich der Staudamm ein?»

«Glaubst du, Bramard und ich haben uns abgesprochen, um uns einen Jux zu machen? Weg mit den Leuten, aber schnell! Verdammt, Franca, ich will dieses Flugzeug lebend erreichen!»

«In Ordnung, Commissario, dann machen wir weiter. Auch wenn es dafür, wie der Bürgermeister angemerkt hat, eigentlich eine Verordnung bräuchte.»

«Der kann sich seine Verordnung in den Arsch schieben. Verpasst ihm auch einen Elektroschock und packt ihn auf den Laster. Wir sitzen schon fast im Flieger. Ich mach jetzt Schluss, ich muss eine Etage höher anrufen, damit die uns in Levaldigi einen Hubschrauber bereitstellen, wenn wir in zwei Stunden landen. Ruf du inzwischen die Betreibergesellschaft vom Staudamm an und frag, ob sie Evakuierungspläne haben oder ob es Sicherheitszonen für den Notfall gibt. Und ob sie diesen beschissenen See ablassen können. Und die Sprengmeister oder wie die heißen. Aber das lass Botta machen, ja? Und geratet nicht in Panik. Ich leg jetzt auf, wegen der anderen Telefonate. Wenn wir in der Luft sind, setzt euch mit der Flugüberwachung in Verbindung, die sollen uns dann informieren.»

Arcadipane legt auf, triefend vor Schweiß, wie die anderen auch. Wahrscheinlich stinkt es im Auto nach gestrandetem Walfisch.

«Commissario?»

«Ja, was denn?»

«Der Generalleutnant … Sie sollten ihn anrufen, wir sind schon fast am Flughafen.»

«Ja, ja …», sagt Arcadipane und wählt.

Während er darauf wartet, dass der Generalleutnant rangeht, jagt Franca Pes laut hupend die Taxispur entlang. Sie ist durchgeschwitzt, ihr Äußeres völlig ramponiert, die Halsnerven angespannt, und ihre Hände umklammern das Lenkrad.

Vor dem Eingang zu den Abflügen steigt sie in die Eisen.

«Ich wusste gar nicht, dass du zwei Kinder hast», sagt Arcadipane, als er die Tür öffnet.

«Ich hab kein einziges Kind, du Vollpfosten! Und jetzt raus mit dir!»

«Sehr wohl.» Er gibt ihr einen flüchtigen Kuss auf die Wange. «Danke, Franca.»

61.

Wer jetzt die Kirche beträte, sähe in der vordersten Bank auf der linken Seite, direkt vor dem Altar, einen Mann sitzen. Vermutlich würde dem Besucher auffallen, dass der Mann nasse Haare hat – und draußen regnet es ja auch –, aber deutlich irritierter wäre er wohl von der Ruhe, mit der der Mann dort sitzt, obwohl durch den ganzen Kirchenraum eine Alarmsirene heult. Der Lärm erklärt die aufgebrochene Tür und die Holzsplitter am Eingang, nicht jedoch die Blutstropfen auf der Schwelle.

Erst wenn der Besucher sich dem Mann nähern würde, sähe er, dass dessen klatschnasse Kleidung auf dem Steinboden eine Pfütze gebildet hat, dass seine rechte Hand blutet und dass neben ihm auf der Bank eine verrostete Eisenstange liegt, so lang wie ein Spazierstock. Das Werkzeug des Einbruchs.

Und wenn er sich vor ihn stellen würde, sähe er auch sein Gesicht, ein Gesicht mit komplexen Zügen, dem die Erschöpfung und der körperliche Schmerz eine bestimmte Schönheit verliehen haben, was sonst nur jungen Menschen widerfährt; ein Paradox, denn der Mann wirkt älter, als er ist. Schließlich würde der Besucher wohl vermuten, dass sein Denken trotz des lärmenden Durcheinanders des Alarms auf die methodische, effiziente und ideenreiche Weise arbeitet, die ihn von anderen unterscheidet, vor allem in Situationen, in denen die anderen sich verhaspeln oder der Verlockung nachgeben, naheliegende Schlussfolgerungen zu ziehen.

Bramard kratzt sich an der Wange, ohne den Blick von dem Tier auf der Brust der Madonna della Labreno zu nehmen. Obwohl nur wenig Licht hereinfällt und das Grau vor den Fenstern undurchdringlich ist, glänzt der Salamander auf hypnotische Weise in plastischem Schwarz-Gelb, wie das Auge eines Mahlstroms, das dem Betrachter zugleich Angst macht und ihn anzieht.

Corso ruft sich in Erinnerung, was Dao gesagt hat, als sie sich zum ersten Mal in dieser Kirche getroffen haben: «… ich glaube, er gibt einen Hinweis darauf, wo sich die Sucho befand. Der Saal, in dem das Spiel abgehalten wurde.»

Er wägt diese Behauptung ab, und in seinen Gedanken wird sie zu einem Eckstein, den er auf dem Boden absetzt, nachdem er sich als geeignet erwiesen hat, dann steht er auf und tritt vor den Altar. Kurz lenkt ihn die Sorge wegen des Alarms ab; er fragt sich, ob und wie laut er im Dorf zu hören ist, sagt sich dann aber, dass das wohl egal ist, wenn Lavezzi und die anderen das tun, worum er sie gebeten hat. Vermutlich haben sie Arcadipane angerufen, der wahrscheinlich nicht begriffen hat, warum das Dorf evakuiert werden soll, aber wenn er Bramard kennt und weiß, dass der Hinweis von ihm kam, wird er keine gegenteilige Order gegeben haben.

Er wendet sich wieder der Madonna und dem Salamander zu.

Der Einzige, der wusste, wo sich der Saal der Sucho befand, war immer der Muret. Ludwigs Vater ist 1958 gestorben, als Ludwig achtzehn Jahre alt war, und mit Sicherheit hat er seinem Sohn den Staffelstab und damit auch dieses Geheimnis übergeben. Aber Ludwig wird nicht reden. Und deshalb steht Bramard jetzt hier in dieser Kirche, anstatt Ludwig im Ratssaal zu verhören. Er muss den Saal der Sucho allein finden. Er muss Vera Ladich allein finden. Und das muss ihm gelingen, bevor sie das in die Tat umsetzen kann, worauf sie vermutlich schon ein Leben lang wartet.

Er denkt an seinen zweiten Besuch bei Ubac in dem Container zurück. Als er ihn gefragt hat, was es mit dem Muret auf sich hat, hat Ludwig so getan, als würde er nicht verstehen, und hat geantwortet: «So heißt in unserer Sprache das Murmeltier.»

Warum ist der Mann, der die Sucho anführt, ein *muret*, ein Murmeltier? Weil er Wache hält? Weil er die anderen vor Gefahren warnt? Was machen Murmeltiere sonst noch? Sie leben in kleinen Familienverbänden, ernähren sich von Blumen und Wurzeln, legen Gänge und Höhlen an, in denen sie sich im Herbst vergraben, um … Liegt der Saal der Sucho möglicherweise unter der Erde?

Er setzt sich wieder auf die Bank, an dieselbe Stelle, seine Kleidung tropft nicht mehr, die kanadische Jacke hat sich mit Wasser vollgesogen und ist starr und schwer, als wäre sie aus Gusseisen. Er dreht diesen zweiten Stein in den Händen, betrachtet ihn eingehend und versucht, ihn auf dem Eckstein zu platzieren: Der Salamander zeigt den Ort der Sucho an, und dieser Ort liegt unter der Erde.

Er blickt erst auf den Salamander auf dem Fresko und dann auf den Steinboden. Nicht hier; hier wurde ein Sonar eingesetzt, und gäbe es unterirdische Räume oder Gänge, hätte man sie entdeckt. Dasselbe gilt für den Friedhof. Auch die Kellerräume der Gebäude in Clot wurden durchsucht, unter jeder Falltür wurde nachgesehen. Doch die einzige Darstellung eines Salamanders in diesem Ort ist und bleibt die, vor der er sitzt.

Er muss anders denken, verrenkter, so wie er es früher instinktiv getan hat, ohne dass er es sich hätte vornehmen müssen. «… *ubac* bezeichnet die Kehrseite», hat der Beamte gesagt. «Die Seite des Tals, wo keine Sonne hinkommt, das Gegenteil von *adrech* …» Also könnte sich der Saal der Sucho irgendwo auf der Schattenseite des Tals befinden. Aber während der Untersuchungen wurde jede Höhle vermessen, jeder Schacht, jeder natürliche Stollen oder Gang. Höhlenforscher haben die Karten studiert und sämtliche Felsspalten erkundet. Nein, das

Wort *ubac* muss sich auf etwas anderes beziehen … Vielleicht bedeutet es so viel wie «im Schatten von etwas»? Oder «auf der Kehrseite», «im Gegenteil» – aber wovon?

Er legt diesen Stein zur Seite, wirft ihn aber nicht weg. Er könnte ihn noch brauchen.

Er geht durch das Kirchenschiff, diesmal in Richtung Eingang. Die Hände hat er in den Jackentaschen; das Stanniolpapier hat seine Beschaffenheit bewahrt, während die Schachtel nur noch Brei ist. Fünf Meter vor der Eingangstür, die er vor wenigen Minuten aufgebrochen hat, bleibt er stehen; er hatte keine Zeit, sich beim Bürgermeister den Schlüssel zu holen oder Dao zu suchen. Das rote Licht der Warnlampe pulsiert unter dem Gebälk der Decke, wie ein Auge, das etwas sehen will, dann nicht mehr, dann doch wieder. Der Rhythmus scheint sich jenem anzupassen, in dem Bramards Knöchel und die Verletzung an seiner Hand pulsieren und der letztlich auch der seines Herzens ist.

«Die Menschen an einen Ort zu führen, der tauglich ist zum Schauen …», hatte Minico Curto geschrieben, «… dass in unserer Kunst alles darauf ankommt, die Menschen an einen Ort zu führen, der tauglich ist zum Schauen.»

Bramard versucht, diesen Stein auf den ersten beiden zu platzieren: Der Salamander verweist auf den Saal der Sucho; der Ort, an dem sie gespielt wurde, liegt unter der Erde; es gibt einen Ort, der tauglich ist zum Schauen. Er zerlegt diesen kleinen Turm wieder und ordnet die Steine in einer anderen Reihenfolge an: Der Saal, in dem die Sucho gespielt wurde, liegt unter der Erde; der Salamander zeigt an, wo dieser Saal liegt; es gibt einen Ort, der tauglich ist, ihn zu schauen.

Er wendet den Blick von der roten Warnlampe ab und betrachtet das große Fresko über der Eingangstür: die Männer mit den Kapuzen, das Seil, das sie verbindet, der Muret, der sie das Tal hinaufführt. Der Saal der Sucho liegt nicht unten im Tal oder im Dorf, sondern oben im Tal, das hat er verstanden – aber wo genau? Welcher Ort ist tauglich, um den Salamander zu schauen, der auf den Saal verweist?

Auf dem Fresko ist der Bach zu sehen, der zu Johannes' Zeit durch die Senke floss, in der jetzt der See liegt. Bramard blickt auf diese weite Ebene. Neben dem Bachlauf ist der Umriss einer Hütte zu erkennen. Ihm fällt wieder das Protokoll des ersten Verhörs von Ludwig Ubac ein, des Muret:

«Arcadipane: … während Sie in einem Container hausen … wie haben Sie den hier heraufgeschafft?

Ludwig: Den haben die vom Staudamm gebracht.

Arcadipane: Wann?

Ludwig: Unser Haus stand am Bach, in dem Abschnitt oberhalb des Wehrs, es war also bestimmt, im See unterzugehen.»

Was Ludwig im ersten Verhör geäußert hat, deckt sich mit dem, was Dao gesagt hat: «Die Legenden über die Sucho berichten, dass Clot einst an der flachen Stelle des Tals lag, wo heute der See ist, und nach einem Bergsturz weiter talabwärts wiederaufgebaut wurde. Nur das Haus des Muret, das aus irgendeinem Grund nicht versetzt werden konnte, blieb an seinem Ort neben dem Bach.»

Während er zurück zu der Bank geht, auf der er gesessen hat, betrachtet er die aufeinanderliegenden Steine: Der Saal der Sucho liegt unter der Erde; der Salamander ist das Zeichen, das auf ihn verweist; es gibt einen Ort, der tauglich ist, den Salamander zu schauen; das Haus des Muret lag auf dieser Hochebene und konnte aus irgendeinem Grund nicht versetzt werden.

Er holt ein triefendes Taschentuch aus der Hosentasche und wickelt es um die Schnittwunde, die zwar nicht tief, aber lang ist, ergreift dann die rostige Eisenstange, mit der er die Eingangstür aufgebrochen hat, und geht hinaus.

Vor der Tür erwartet ihn der energische, senkrechte Regen, den er dort zurückgelassen hat. Der Himmel ist noch einmal eine Handbreit tiefer gesunken und hat jetzt die Gipfel der Berge verschluckt, die das Tal umstehen. Der ganze Vorplatz ist eine einzige Pfütze.

Corso wirft einen kurzen Blick auf den Dorfplatz und entdeckt dort weder das Chaos noch die Reglosigkeit, auf die er gehofft hatte. Zwischen den Regenschwaden glaubt er, Lavezzi und noch drei, vier andere auszumachen, die um ein paar Autos herumgehen. Der Alarm ist so laut, dass er jede Stimme, die möglicherweise bis hier heraufdringen könnte, übertönt.

Er könnte hinuntergehen, Arcadipane anrufen, bei der Evakuierung helfen oder versuchen, noch das ein oder andere aus Ludwig herauszuquetschen, falls sie ihn nicht schon weggebracht haben. Oder, wenn alle Stricke reißen, ins erstbeste Auto steigen und Elena, Martina, Ani und Matei diesen auch ihm selbst rätselhaften Menschen zurückbringen, der er im Moment ist und wohl noch eine Weile sein wird.

All das könnte er tun. Oder er folgt dieser Ahnung und geht hinauf zum Staudamm.

Corso nickt, ohne zu wissen, was er bejaht, und schlägt ohne Hast den Weg ein, der bergauf führt.

62.

Das Gebäude stammt aus der Zeit des Faschismus: sich überlagernde Rechtecke und Quadrate, ein senkrecht aufragender Turm, Art-déco-Schrift und eine grau-grüne Fassade, die zwischenzeitlich bestimmt renoviert wurde. Doch das Plakat eines Zeichentrickfilms, der am Wochenende auf dem Programm steht, genügt, um dem alten Bau seine Wucht zu nehmen: dem Cinema Alpi in Cuneo.

Isa hat direkt davor geparkt. Auf der Straße herrscht kaum Verkehr, nur der ein oder andere Passant, aus den Fenstern eines Nachbargebäudes Hammerschläge und Staubwolken wie bei Renovierungsarbeiten. Das Kino ist geschlossen.

Sie ruft an, so wie man ihr es gesagt hat. Als jemand rangeht, sagt sie, wer sie ist.

«Also, ich stehe jetzt vor der Tür», fügt sie hinzu.

Sie setzt sich auf eine der drei Stufen vor dem Eingang, der für die Zeit entworfen wurde, als dieses Kino unter den wenigen, die es damals hier gab, vielleicht das bedeutendste war. Sie ist erschöpft, im weitestmöglichen Sinn, und am Rücken schmerzt sie eine Stelle, die bis jetzt, soweit sie sich erinnern kann, noch nie ein Lebenszeichen von sich gegeben hat.

Letzte Nacht im Auto hat sie sich im Halbschlaf immer wieder gefragt, wie ihr Leben in zehn Monaten aussehen wird, in einem Jahr. Wie sie das, was auf sie zukommt, hinkriegen und mit ihrer Arbeit verbinden kann, die, wie sie weiß, keine Arbeit ist. Die Einzigen, die sie kennt, die eine vergleichbare Besessenheit deichseln können, sind Bramard und Arcadipane, die sie auf ihre Weise gernhat, die aber ganz sicher keine leuchtenden Beispiele gelungener Familienführung sind. Es ist unglaublich, wie weit man sich nach einer so einschneidenden Entscheidung innerhalb weniger Monate von dem Menschen entfremden kann, der man damals war.

«Signorina Mancini?»

Das Foyer ist noch faschistischer als die Fassade, denkt Isa, und betrachtet die großen Schwarz-Weiß-Fotografien von Schauspielern. Unter ihnen ist auch Vera Ladich, so jung, wie sie in den Filmen immer war; sie raucht und lächelt nicht, so wie sie in den Filmen häufig geraucht und fast nie gelächelt hat.

Während sie zur Kasse gehen, hört Isa das Geräusch ihrer Springerstiefel auf dem Marmorboden. Modesto Dovetta, der aussieht wie ein mittelgroßer Setter mit spitzem Gesicht, sagt irgendetwas, aber das ist nur die Art von Geplänkel, die man vorausschickt, weil es unpassend wäre, sofort zur Sache zu kommen. Isa hört ihm nicht zu; sie hat gelernt, an den Frequenzen zu erkennen, wenn es sich um Belanglosigkeiten handelt. Dadurch spart sie Zeit und Speicherplatz, und sie wird erst dann wieder aufmerksam, wenn die Frequenz wechselt, also jetzt.

«Das ist mein Vater», sagt Modesto Dovetta. «Mein Großvater hat das Kino gegründet, und mein Vater hat hier unmittelbar nach dem Krieg als kleiner Junge angefangen zu arbeiten. Erst hat er geputzt und Karten abgerissen, dann war er im Vorführraum, und Ende der Fünfzigerjahre hat er das Kino dann übernommen. Er hört nicht mehr besonders gut, aber sein Gedächtnis ist leider noch recht ordentlich.»

Der alte Dovetta sieht aus wie sein Sohn, der sechs Wochen lang auf einem Maisgrill getrocknet wurde: eine gelbliche Erscheinung, Haut, die an den Knochen klebt, ein voluminöser Kopf, auf dem die weißen Haare sorgsam nach hinten gelegt sind.

«Papà?», sagt der Sohn, um auf sich aufmerksam zu machen. «Das hier ist Signora Mancini. Ich habe dir von ihr erzählt. Sie will dir ein Foto zeigen. Setz deine Brille auf.»

Der Alte fixiert Isa, vielleicht fragt er sich, was für ein Tier da vor ihm steht.

«Wer ist das?», fragt er dann auch.

«Das ist Signorina Mancini. Ich hab dir auf der Herfahrt von ihr erzählt. Sie will etwas über die Filme von Vera Ladich wissen. Weißt du noch?»

«Da habe ich mir immer einen runtergeholt, das weiß ich noch.»

«Papà! Bitte!» Modesto Dovetta zieht die Brille aus der Jackentasche seines Vaters und setzt sie ihm auf. Der Alte scheint das erst nicht zu verstehen. Mit der Handfläche tastet er die Brille ab.

«Ist das ein Mann?», fragt er.

«Das ist Signorina Mancini. Jetzt schau dir das Foto an. Zeigen Sie es ihm.»

Aus der Tasche ihrer Bomberjacke holt Isa das Bild aus den Akten der Carabinieri, das sie ausgedruckt hat. Der Mann, den sie dem alten Dovetta zeigt, ist Ludwig Ubac im Alter von etwa vierzig Jahren, mit kurzen Haaren, nicht viel anders, als er heute aussieht, nur der dunkle Bart verleiht seiner Erscheinung etwas Arabisches.

Modesto Dovetta nimmt das Foto und legt es auf die Kassentheke, damit sein Vater es besser betrachten kann. Der alte Dovetta streckt die Arme zur Seite und stützt die Hände auf das Resopal, wie er es vermutlich schon Tausende Male gemacht hat, wenn er einen Geldschein kontrolliert hat, ein Dokument, einen Ausweis, der zu irgendeiner Art von Ermäßigung berechtigte. Er scheint die Angelegenheit sehr ernst zu nehmen.

«Das ist nicht Vera Ladich!», sagt er.

Isa steckt die Hände in die Taschen. Der Alte ist witzig. Anstatt Radios sollte man solche Typen in die Autos einbauen.

«Nein, Papà, das ist nicht *Mademoiselle le look …*»

«Bei dem hier hätte ich mir ja auch keinen runtergeholt.»

«Jetzt hör auf damit, dass du … mit dieser Sache. Kannst du dich an diesen Herrn erinnern? Hast du ihn hier im Kino mal gesehen?»

Der Alte hebt kaum merklich die Hand, wie um zu sagen: Sei still, ich muss nachdenken, halt mich nicht davon ab; jedes Mal, wenn du den Mund aufmachst, frage ich mich, ob es nicht besser gewesen wäre, ich hätte mir am Tag deiner Zeugung mein Vergnügen eigenhändig bereitet.

Der Sohn wirft Isa einen raschen Blick zu und seufzt: ein unmöglicher Kerl. Isa nickt, zum Zeichen, dass sie das verstanden hat.

«Der ist immer mit dem Motorrad gekommen», sagt der alte Dovetta, aber er ist noch nicht fertig; das erkennt man daran, dass er die Zähne aufeinanderpresst, als säße er auf dem Klo. «Mit einer Geländemaschine», schiebt er dann auch hinterher.

Modesto Dovetta sieht Isa an und nickt. In seinem Blick liegt ein Hauch von Stolz auf den Vater.

«Stammen die Eintrittskarten aus der Zeit, in der die Filme von Vera Ladich liefen?», fragt Isa. «Wissen Sie noch, ob er für die Filme mit Vera Ladich hier war? Möglicherweise hat er sich jeden Film zweimal angeschaut.»

Der alte Dovetta starrt auf das Foto, noch immer mit aufgestützten Armen, die Zähne gebleckt in dem Kraftakt, die Vergangenheit mit bloßen Händen zu exhumieren. Er trägt unübersehbar ein Gebiss, aber eines von der alten Machart, bei dem das künstliche Zahnfleisch sehr künstlich ist.

«Er hat sie sich angesehen», sagt er. «In der Nachmittagsvorstellung. Nur ein Mal.»

Isa holt die Eintrittskarten aus dem Umschlag und breitet sie auf der Theke aus. Sie sind nach Nummern geordnet.

«Für jede Vorstellung gibt es zwei Karten.»

Der Alte sieht sie an.

«Wer bist du?»

«Warum gibt es für jede Vorstellung zwei Karten?», hakt Isa nach.

Der alte Dovetta pfeift durch die Zähne. Eine klingende Äußerung ganz eigener Natur.

«Er war mit einer Frau da», so die Aussage, die daraus hervorgeht.

Schweigen.

«Er war mit einer Frau daaa!», ruft der Alte und hämmert mit der Faust auf die Theke.

«Schon gut, Papà, schon gut! Beruhig dich!»

Isa sucht im Blick von Modesto Dovetta eine Bestätigung für die Glaubwürdigkeit seines Vaters. Er neigt den Kopf ganz leicht zur Seite, was in diesem Zusammenhang so viel bedeutet wie: fünfundachtzig Prozent. Also ziemlich viel.

«Mit diesen Eintrittskarten sind also immer zwei Leute in dieselbe Vorstellung gegangen?»

«Wer bist du?»

«Papà, hör zu, was die Signorina dich fragt. Es ist wichtig.»

Der Alte nickt maßvoll.

«Er war mit einer Frau da», wiederholt er.

«War das seine Verlobte?», versucht es Isa.

Er schüttelt den Kopf.

Isa schaut auf die Karten und überlegt. Dann holt sie ihr Handy heraus, öffnet den Ordner mit den Fotos und durchsucht ihn. Bald findet sie die Aufnahme, die sie in der Wohnung in Saluzzo gemacht hat: ein altes Ausweisdokument, das aus einer Schublade heraussteht. Sie zeigt dem Alten das Foto.

«Das ist sie», verkündet er ohne zu zögern. «Ich kann mich an sie erinnern, denn wenn sie aus dem Kino kamen, hat sie immer geweint, und er hat sie nicht getröstet. Es wirkte überhaupt nicht, als wären sie ein Paar. Manche Dinge vergisst man nicht. Wer bist du?»

Isa hält das Handy noch immer hoch, aber der Alte ist mit den Gedanken schon woanders.

«Bist du dir sicher, Papà?»

«So sicher, wie du ein Idiot bist.» Dann sieht er wieder Isa an: «Wer bist du?»

Als sie draußen ist, ruft sie Arcadipane an. Nicht erreichbar, so die Ansage. Wahrscheinlich sitzt er im Flieger. Sie versucht es bei Bramard. Auch er nicht erreichbar.

Während sie ins Auto steigt, schreibt sie eine Nachricht in die Gruppe: «Zwei alte Säcke und ein heißer Feger, vielleicht.» Dann lässt sie den Motor an.

Dovetta junior schließt die Tür des Kinos ab. Dovetta senior steht neben ihm und wartet, mit gebeugten Beinen, wie alte Menschen, die immer so aussehen, als wollten sie sich setzen. Isa hat schon den Rückwärtsgang eingelegt, fährt aber noch nicht los.

Dovetta junior ist fertig, steckt den Schlüssel in die Tasche und dreht sich um, sein Vater sieht ihn mit einem Blick an, den Isa vorher nicht an ihm gesehen hat. Modesto Dovetta streichelt ihm sanft über den behaarten Nacken, dann haken sie sich unter und steigen die Treppe hinab. Isa beobachtet dieses Phänomen, das manchmal zwischen Menschen entsteht und das sie selbst bis jetzt noch nicht erlebt hat. Sie spürt, dass das, was sie in ihrem Bauch trägt, die Dinge verändern könnte. Sie dreht sich nach vorne, drückt die Kupplung, legt den ersten Gang ein und fährt dann weg oder flieht, je nach Sichtweise.

63.

Auf die Eisenstange gestützt, geht er über die Krone des Staudamms. Der Knöchel hat mittlerweile das unwägbare Gewicht abwesender Dinge.

Während des Aufstiegs hat er den Stiefel aufgeschnürt, dann wieder zugeschnürt, jetzt sind die Senkel von Neuem locker. Eine effiziente Anlage sorgt dafür, dass der Regen von diesem wenige Meter breiten Asphaltstreifen abfließt, der von zwei niedrigen Seitenwänden eingefasst wird. Zwei Kilometer weiter unten haben sich die Dächer von Clot dem Grau angepasst, das vom Himmel herabsinkt, und die Schornsteine rauchen wie rasend. Auf der anderen Seite ruht der See still unter dem heftig herabgehenden Regen. Seine herkömmliche finstere Farbe erinnert an ein Begräbnis, bei dem wenige nichtssagende Trauergäste sich von einem Verstorbenen verabschieden, der ihnen zeit seines Lebens nie Heiterkeit beschert hat.

Am Ende des Asphaltstreifens biegt er auf den Weg ein, der am Ufer des Speicherbeckens verläuft. Auf dem Boden Bonbonpapier, Zigarettenkippen, ein Flaschenkorken, ein zusammengeknülltes Taschentuch – Abfall von Sommersonntagen, zurückgelassen ohne böse Absichten.

Als er die Stelle erreicht hat, an der sich ehemals das Dorf befunden haben könnte – vorausgesetzt, das Fresko ist verlässlich –, bleibt er stehen und blickt zum *ubac* hinüber, auf die jenseits des Sees gelegene Schattenseite. Der Hang steigt, mit einigen steileren Abschnitten, mäßig an, bis zu einem ersten Grat auf zweitausend Metern Höhe, direkt dahinter erhebt sich in dreitausend Metern die Gipfelkrone.

Corso ruft sich in Erinnerung, dass die Männer nichts sehen konnten, wenn sie zur Sucho geführt wurden, ihre Gedanken waren vernebelt von der Angst, dem Begehren und dem Schnaps, der noch heute den Namen des Rituals trägt. Der Saal kann nicht allzu weit vom Dorf entfernt sein.

Er wendet den Blick wieder von der hinteren Gipfelkette ab und konzentriert sich auf den Teil des Hangs, der zum See hin abfällt. Dort sucht er nach einem Objekt, das an einen Salamander erinnert, aber in diesem Gebiet ist der Wald vom Menschen so gut wie unberührt; es gibt weder Trockenmauern noch Abschnitte mit jungen Pflanzen, wo sich früher vielleicht Lichtungen oder Weiden erstreckt haben, und auch keine Straßen oder Wege, die so deutlich hervortreten, dass man sie von hier aus sehen könnte.

Er geht den Weg weiter bergauf. Nach zehn Minuten bleibt er erneut stehen und sucht den Hang ab, aber noch immer entdeckt er in seinem Sichtfeld nichts Auffälliges.

Irgendetwas macht er falsch. Der Stein ist der richtige, da ist er sich sicher: Der *ubac* ist die Gegenseite, die umgekehrte, die, die im Schatten liegt. Aber es ist, als platziere er den Stein verkehrt herum. Er müsste jetzt rauchen, das würde ihm beim Nachdenken helfen, dabei, diesen Stein zu bewegen, ihn herumzudrehen, ihn sich vor Augen zu führen, aber die Zigaretten sind mittlerweile Brei, von den Streichhölzern ganz zu schweigen, und es regnet und regnet.

Verkehrt herum … die Rückseite.

Er betrachtet das Wegstück, das er gekommen ist, dann jenes, das er bis zum Ende des Sees noch zurücklegen müsste. Er schätzt ab, welches Stück kürzer ist, und geht dann weiter, leicht bergan. Jeder Schritt kostet ihn Mühe, und der Schmerz steigt jetzt vom Knöchel aus das Bein nach oben, aber still zu stehen ist noch schlimmer.

Als er das Ende der Wasserfläche erreicht hat, überquert er den steil herabstürzenden Bach, der den See speist. Dazu braucht er fünf Minuten. Die Schwierigkeit besteht nicht in der Strömung, die von der hundert Meter langen Hochebene gemildert wird, sondern darin, den kaputten Fuß sicher zwischen die Steine des Bachbetts zu setzen. Behutsam tastet er sich vor und stützt sich mit der Hand ab, wenn die Eisenstange nicht ausreicht. Bevor er das andere Ufer erreicht, stürzt er ein paarmal und spürt dabei die Kluft zwischen der Eiseskälte des Baches und jener des Regens, dann folgt er weiter dem Weg und geht wieder hinab in Richtung Staudamm.

Jetzt nimmt er die andere Seite in den Blick, den *andrech*, der in der Sonne liegt, was man sich heute nur schwer vorstellen kann.

Wieder bleibt er dort stehen, wo sich, wie er vermutet, vor der Befüllung des Beckens das alte Dorf sowie das Haus des Muret und der Familie Ubac befanden – ein und dasselbe Haus, wie er jetzt weiß. Er sucht den Hang ab und entdeckt den Pfad, auf dem er vor ein paar Tagen von Gias Vej herabgegangen ist. Er war mehrmals auf dieser Lichtung: tagsüber, bei Nacht, mit Arcadipane, allein und mit Martina. Sorgfältig hat er den Felsen untersucht, neben dem der Jaguar zum Stehen gekommen war. Kein Salamander, keine Inschrift, kein Hinweis auf Bearbeitung durch Menschenhand. Ebenso wenig auf den anderen Felsblöcken, die verstreut auf der gelblich gewordenen Weide liegen, die sich der Wald Stück für Stück zurückholt, wobei er als Vorhut junge Kiefern schickt, heller als die älteren.

Corso stellt die Eisenstange vor sich und stützt sich auch mit der anderen Hand darauf. Unter Mühen geht er in die Knie, den Blick weiter auf Gias Vej geheftet. Dann richtet er sich wieder auf und steigt quer über den Hang hinab zum Ufer des Sees. Sein gesunder Fuß arbeitet hart, um das ganze Gewicht zu tragen, aber noch härter arbeitet sein Vorstellungsvermögen bei dem Versuch, aus der Ansicht von Gias Vej die Bäume zu entfernen, die dort vor hundert Jahren noch nicht standen.

Als er am Ufer steht und seine Augen sich an die Vorstellung gewöhnt haben, erkennt er es.

Die über die Hochebene verteilten, azurblauen Felsbrocken glänzen jetzt, durch den Regen und auf die Entfernung betrachtet, schwarz. Der ausgedehnte Fleck aus vergilbtem Gras erinnert – ohne das helle Grün der jungen Bäume, die den Umriss verfälschen – an die Form, die Corso nun schon seit mehreren Stunden vor Augen steht. Der *ubac*, die Rückseite: das Schwarz, das zu Gelb wird, Gelb-Schwarz. Wie das Negativ des Fotos von einem Salamander.

Er steigt den Hang hinauf zum Weg und geht weiter, jetzt leichten Schrittes, soweit der Knöchel, die Erschöpfung und der schwergängige Boden es ihm erlauben. In der Tasche hat er den letzten Stein, den er einfügen muss, und er weiß, dass es dafür nur eine Stelle geben kann, wie es eben ist, wenn man sorgfältig gearbeitet hat.

In jener Nacht wurden in der Nähe des Jaguars und auf der ganzen Wiese keine Spuren gefunden.

Die Eisenstange, die er wieder entwurzelt hat und jetzt hinter sich herschleift, hat ihm möglicherweise nicht nur dazu gedient, die Tür der Kirche aufzubrechen und sich so lange auf den Beinen zu halten. Wenn dem so wäre, wäre er noch immer ein guter Ermittler. Der Gedanke, es könnte ihm genügen, mit dieser Gewissheit zu krepieren, tut ihm gut und ist zugleich unendlich schmerzhaft.

64.

Kaum hat das Flugzeug die Rollphase beendet, stehen Arcadipane und Pedrelli auf. Die Kabinencrew ist sofort alarmiert und bittet die Passagiere, sitzen zu bleiben, damit alle geordnet aussteigen können.

Während sich ein Fahrzeug nähert und die Gangway an das Flugzeug schiebt, schaltet Arcadipane sein Handy ein. Lavezzi geht nicht ran. Er probiert es bei Botta.

«Commissario, wie schön, Sie zu hören …»

«Ja, ja, schon gut. Wie ist die Lage? Bitte sag mir, dass du gute Nachrichten hast.»

«Die guten Nachrichten sind, dass wir mit der Betreibergesellschaft des Staudamms gesprochen haben, mit dem Katastrophenschutz und allen anderen zuständigen Stellen. Sie sagen, dass die weiter talabwärts gelegenen Dörfer angesichts der reduzierten Füllmenge des Staubeckens nicht gefährdet wären, falls der See überläuft oder der Damm birst. Sie liegen relativ weit entfernt, und bis dorthin hätte das Wasser an Geschwindigkeit verloren. Aber diese Berechnungen wurden in aller Hast angestellt, und auch auf deren Seite herrscht ein ziemliches Durcheinander, also lassen wir diese Dörfer trotzdem evakuieren. Und wir haben die Straße am Taleingang gesperrt, sodass niemand mehr heraufkommt.»

Am Fuß der Gangway erwarten sie ein paar Beamte. Rasch geben sich alle die Hand. Die Beamten bringen sie zu dem Hubschrauber, der ein Stück weiter auf dem Rollfeld bereitsteht. Der Regen lässt kleine Wölkchen vom Asphalt aufsteigen.

«Und das Ablassen des Wassers?»

«Das wird ziemlich lange dauern, Commissario, und außerdem regnet es. Aber sie haben dennoch damit angefangen.»

«Und was sagen die Sprengmeister?»

«Sie haben am Fundament des Staudamms angefangen, aber einfach so auf gut Glück zu suchen, ist gefährlich, denn wir wissen nicht, um welchen Sprengstoff es sich handelt und wie er gezündet werden soll. Ludwig wurde damals verurteilt, weil er Minen gestohlen hatte, die zum Freisprengen von Stollen dienen. Diese Technik heißt ‹Drill and blast›. Dabei wird der Fels zertrümmert, und es entstehen Druckwellen, die sich im Gestein fortsetzen. So wird eine Art kleines Erdbeben ausgelöst. Aber wir sammeln gerade Informationen über sämtliche Sprengstoffe, die in den letzten Jahren aus den Lagern verschwunden sind.»

«Und dieses Arschloch sagt natürlich noch immer kein Wort!»

«Wir beaufsichtigen ihn, sodass er nichts in die Wege leiten kann, aber wenn Sie mich fragen: Ich glaube, damit hat er gerechnet. Auch Bramard scheint das so zu sehen.»

«Wisst ihr, wo er steckt?»

«Lavezzi ist zur Kirche raufgegangen. Die Tür war aufgebrochen, der Alarm hat geheult, aber von Bramard keine Spur. Wir glauben, dass er diesen Saal sucht. Wahrscheinlich bildet er sich ein, dass die Ladich dort ist.»

Sie haben den Hubschrauber erreicht, dessen Rotorblätter sich schon drehen. «Er ist kein Kind mehr» – Arcadipane muss jetzt schreien –, «der kommt schon klar. Und jetzt die schlechten Nachrichten.»

«Wir haben nur etwa zehn Leute aus den Häusern herausbekommen. Die anderen verbarrikadieren sich und wollen von alldem nichts wissen. Was sollen wir jetzt machen?»

«Ist die Feuerwehr da?»

«Ja.»

«Dann sollen sie die Türen aufbrechen.»

«Ganz ehrlich, Commissario, mir scheint, hier hat fast jeder ein Jagdgewehr im Haus.»

«Wieso, haben sie euch bedroht?»

«Nein, aber sie haben Möbel vor die Türen geschoben und sich dahinter verschanzt und machen keinen Mucks. Wir rufen, wir klopfen, aber keine Reaktion. Ich habe da kein gutes Gefühl …»

Arcadipane setzt sich neben Pedrelli auf die Bank. Zwei Beamte von der Flugbereitschaft schnallen sie an und setzen ihnen Kopfhörer auf. Arcadipane schiebt seinen kurz nach oben, um das Gespräch zu Ende zu führen.

«Versucht es weiter, aber übertreibt es nicht. Das fehlt uns noch, dass einer von uns wegen dieser dreißig Vollidioten eine Kugel abkriegt. Und versucht weiter, Ubac auszuquetschen. Damit meine ich nicht, dass ihr handgreiflich werden sollt, aber ihr braucht ihn auch nicht mit Samthandschuhen anzufassen, verstanden? Wenn du glaubst, du kannst das nicht, dann lass es Lavezzi machen. Falls Martinengo schon da ist, soll er ihn unterstützen. Du kümmerst dich weiter um die Evakuierung, koordinierst alles und bleibst in Kontakt mit der Feuerwehr und dem Katastrophenschutz. Wir sind in knapp einer halben Stunde da.»

«Alles klar, Commissario. Guten Flug.»

Arcadipane beendet das Gespräch. *Guten Flug am Arsch*, denkt er, *der bleibt selbst dann höflich, wenn ihm ein Staudamm auf den Kopf fällt!*

Während sich die Kufen des Hubschraubers vom Boden lösen, ertönt ein *Ping*. Eine neue Nachricht in der Gruppe «Zwei alte Säcke und ein heißer Feger, vielleicht». Sie ist von Isa. Arcadipane liest sie.

«Heilige Scheiße!»

«Was ist denn, Commissario?», fragt Pedrelli besorgt.

Arcadipane ignoriert ihn und ruft Isa an, bevor sie so weit

oben sind, dass er keinen Empfang mehr hat. Isa geht sofort ran.

«Hast du's gelesen?», fragt sie, bevor er etwas sagen kann.

«Ja, hab ich. Bist du dir sicher?»

«Ziemlich. Mir ist wieder dieses Foto eingefallen, das in ihrer Wohnung in Saluzzo an der Wand hängt. Eine englische oder irische Landschaft. Ich hatte euch ja gesagt, dass das aussieht wie aus den Siebzigern, weißt du noch?»

«Hat sie das eventuell in Schottland gemacht?»

«Ja, in diesem Dorf ... Gretna Green. Weiß Corso davon?»

Die Verbindung wird schlechter.

«Keine Ahnung. Lavezzi und Botta wissen nicht, wo er steckt. Bestimmt ist ihm klar, dass die Ladich noch lebt. Ich glaube, er sucht sie. Und er weiß auch ... Hörst du mich noch?»

«Schlecht, aber ich bin sowieso auf dem Weg nach Clot. Sobald ich da bin, melde ich mich.»

«Nein! Das ganze Tal wird gerade evakuiert. Es kann sein, dass der Staudamm bricht.»

Schweigen.

«Hast du gehört? Es kann sein, dass der Staudamm bricht. Fahr nicht weiter!»

«Warum soll der denn brechen?»

«Das kann ich dir jetzt nicht erklären! Dreh um, hast du verstanden? Sei nicht so stur wie sonst immer! Jetzt nicht! Hast du verstanden?»

Schweigen.

«Kannst du mich hören?»

Pedrelli hält ihm sein Handy hin, das keine Balken mehr anzeigt. Kein Netz.

Arcadipane sieht auf die Uhr, obwohl es völlig egal ist, wie spät es ist. Es könnte im nächsten Augenblick passieren, in zwei Stunden, morgen oder auch nie. Er sieht hinaus. In Levaldigi hat es schon stark geregnet, aber hier schüttet es geradezu.

Arcadipane hat schon mehrmals in einem Hubschrauber gesessen, und kein einziges Mal war er dabei mit sich und der Welt zufrieden. Die Leute, die er kennengelernt hat und die vom Hubschrauberfliegen begeistert waren, waren entweder verrückt oder frivol. Dann ist da noch Pedrelli, der wie immer eine Kategorie für sich ist.

«Cuneo – *der Keil*», sagt er denn jetzt auch und deutet auf das Gebiet, das sie überfliegen. «Wenn man es von hier oben betrachtet, versteht man, warum sie es so genannt haben, nicht wahr?»

Arcadipane nickt, weil das hier vielleicht das Letzte ist, was sie gemeinsam tun, dann nimmt er den Kopf zwischen die Hände und starrt auf das geriffelte Bodenblech dieses Ungetüms, das sie nach Clot bringt.

Seine Mokassins sind zwei Fetzen aus durchgekautem Leder. Das Klebeband dagegen sitzt fest und glänzt, dass es eine wahre Freude ist.

65.

Der Felsblock ist mehrere Meter lang, einen Meter breit und mehr oder weniger rechteckig. Geglättet und geschliffen von den Kräften des Bodens, die ihn an die Oberfläche geschoben haben, von den Brüchen, die ihm seine Ausmaße und seine unregelmäßige Form verliehen haben, im Lauf der Jahrhunderte von den Unbilden des Wetters abgemildert und abgeschliffen, wobei aber die ursprüngliche Gestalt des Steins erhalten geblieben ist.

Trotz des Hobels der Zeit haben sich kleine Vertiefungen erhalten, die der Regen jetzt erkennen lässt, Lachen, in denen das Leben herumzuwirbeln scheint, doch es sind nur die Tropfen, die das Wasser erzittern lassen. Das nasse Blau schimmert samten. Die Flechten braune, metallisch glänzende Flecken.

Corso fängt auf der talwärts gelegenen Seite an. Er kniet sich hin und versucht, die Hände unter den Fels zu schieben, aber die Erde ist fest und undurchdringlich. Er krabbelt an die Längsseite des Steins, wie ein Büßer, der die beste Stelle sucht, um seine Reue zu bekunden, und versucht es dort noch einmal. Er gräbt und dringt ein Stück weit unter den Felsen vor, also kann er nicht allzu dick sein. Er reißt ein paar Grasbüschel aus und versucht, die Eisenstange als Hebel zu benutzen, aber sie bewegt sich nicht. Um mehr Druck ausüben zu können, stellt er sich hin. Nichts.

Mit einer Hand wischt er sich über das Gesicht, um seine Augen vom Wasser zu befreien. Gleichzeitig holt er Atem. Das Taschentuch hat er verloren, und die Wunde blutet, aber der Regen spült das Rot auf der Stelle fort.

Er betrachtet den Felsen.

Hat der Muret den Saal möglicherweise durch einen anderen Eingang betreten und den Stein dann von innen zur Seite geschoben? Hat die Familie Ubac über die Jahrhunderte hinweg das Wissen von diesen beiden Zugängen weitergegeben? Eine detaillierte Karte mit Gängen und Stollen? Sicher ist nur, dass Ludwig Ubac, der letzte Muret, der dieses Geheimnis kennt, kein Wort darüber verlieren wird. Corso bleiben nur dieser Stein, eine Eisenstange, ein gebrochener Knöchel, eine verletzte Hand und sehr wenig Zeit.

Er geht zu der Querseite, die talaufwärts zeigt, legt sich auf den Rücken und versucht, den Felsen mit seinem gesunden Fuß wegzuschieben. Er bewegt sich keinen Millimeter.

Dann rutscht er ein Stück zur Seite, kniet sich hin und setzt die Eisenstange an. Er drückt und drückt, und irgendwann spürt er, wie sie auf etwas anderes aus Eisen stößt. Etwas Rundes. Aha, denkt er, unter dem Stein ist also eine Schiene oder irgendein Mechanismus. Er legt sich wieder hin, krallt sich am nassen Gras fest und drückt erneut, diesmal nicht talabwärts, sondern seitwärts. Der wuchtige Fels verschiebt sich ein wenig, wie der Deckel einer Schmuckschatulle, der sich öffnet, indem er sich auf einem Stift dreht. Er versucht, den Stein mit den Händen anzuheben oder zu schieben. Plötzlich spürt er, wie in seinem Rücken gleich etwas reißt, er weiß, das wäre das Ende, also versucht er, sich zu entspannen und seine Kraft geschmeidiger einzusetzen. Er stöhnt, knirscht mit den Zähnen, der Regen erstickt den Klang, bevor er seine Ohren erreichen kann, doch als er auf die Stelle zwischen Fels und Erde blickt, entdeckt er dort einen Spalt.

Etwa zwanzig Zentimeter.

Er beugt sich ganz dicht hinab. Der Rand des Schachtes ist aus Stein. Darin eingefasst eine Schiene mit einer alten und verrosteten, beweglichen Metallkugel. Damit lässt sich der Stein von innen zur Seite schieben. Darunter totale Finsternis.

Er schiebt eine Hand in den Spalt, dann den Arm bis zum Ellbogen. Als er ihn schon wieder herausziehen will, stößt er auf eine harte, flache Oberfläche. Er erkundet sie mit den Fingern. Sie endet mit einer glatten Kante, hinter der nur Leere ist. Eine Stufe.

Er verschiebt den Stein weiter, bis der Spalt so breit ist, dass er hindurchschlüpfen kann.

Die jungen Kiefern, die ihn hier herauf geführt haben, sehen vom Rand der Lichtung aus zu. Der Regen lässt sie in grellem Grün leuchten, und ein schwacher Wind beugt ihre Kronen zu einer Geste der Zustimmung. Die älteren Bäume dahinter betrachten das Geschehen teilnahmslos, wie Eltern, die dieses Schauspiel schon unzählige Male gesehen haben.

66.

Weil sie so schnell fährt und der Regen die Frontscheibe, sobald die Scheibenwischer darüber hinweggeglitten sind, sofort wieder überflutet, sieht sie die roten Bremsleuchten erst im letzten Moment. Sie klammert sich am Lenkrad fest, bremst, schaltet herunter und lässt die Kupplung hochschnellen. Der Wagen ist neu, hervorragendes Fahrwerk, hochwertige Bremsscheiben, effektive Bremszangen, die Beläge erst vor Kurzem gewechselt, Angela legt Wert darauf, dass das Auto in Schuss gehalten wird. Deshalb kommt sie jetzt zehn Zentimeter hinter der Stoßstange des Ibiza am Ende des Staus zum Stehen.

Einen Moment lang genießt sie die am Lenkrad festgeschweißten Hände und das Adrenalin, dem sie sich, seitdem sie schwanger ist, nicht mehr spontan hingeben kann. Das Motorrad steht in der Garage, ihre Schichten leistet sie am Schreibtisch ab, und bei der Straßenpolizei ist nicht mehr zu erwarten als Unfälle, betrunkene Lastwagenfahrer oder die ein oder andere Raststättenrauferei zwischen Strichern und Kunden, die geil und geizig sind. Der Rest ist Langeweile, Protokolle, Benzingutscheine, Spesenabrechnungen, Erstellung des Dienstplans und Kollegen, die mit Polizisten so viel zu tun haben wie ein sterilisierter Pekinese mit einem Wolf.

Sie lässt die Arme sinken und entspannt den Hals. Eine Minute, um ihre Gedanken zu ordnen, dann öffnet sie die Tür und steigt aus. Sie will nachsehen, was los ist, und sie braucht frische Luft.

Sofort schlägt ihr der kalte Regen unangenehm ins Gesicht.

Der Stau ist ganze sechs Autos lang. Ein Typ von der örtlichen Polizei – Kappe mit Regenschutz, wasserdichter Umhang – geht die Reihe der Wagen ab und erklärt, dass hier Schluss ist: Straße gesperrt, ein Erdrutsch, umgestürzte Bäume, ein Unfall. Das werden sie sich ausgedacht haben, jedenfalls ist es ganz sicher nicht das, was gerade wirklich passiert.

Das kurze *tuut* einer diskret betätigten Hupe zwingt sie, die Tür zu schließen und sich gegen den Pathfinder zu pressen, dann rollt langsam ein Zivilfahrzeug an ihr vorüber, mit Blaulicht, aber ohne Sirene. Bestimmt Kollegen. Als der Wagen die Sperre erreicht, tritt einer der fünf oder sechs Typen, die sie bewachen, an die Fahrertür. Die Insassen weisen sich aus, vielleicht kennt man sich auch, denn der Typ macht eine Geste, stiefelt in großen Schritten zur Sperre und öffnet sie zusammen mit einem Kollegen. Das Fahrzeug mit dem Blaulicht fährt weiter, die Sperre wird wieder geschlossen.

Isa steigt wieder in den Pathfinder. Sie nimmt das zusammengeknüllte T-Shirt vom Beifahrersitz, das sie letzte Nacht getragen hat, wischt sich damit über Gesicht und Haare und trocknet sich den Hals ab. Sie nimmt einen Schluck von dem Nahrungsergänzungsmittel, obwohl sie weiß, dass das Schwachsinn ist – ein paar Salze, Zucker, Farbstoffe. Angela liegt ihr dauernd in den Ohren: Kauf dir zwei Päckchen Magnesium, iss einen Apfel, leg dich hin, und ich leck dich, dann geht's dir besser. Die wenigen Male, die sie auf Angela gehört hat, musste sie ihr recht geben. Sie blinkt und schert aus der Wagenreihe aus, die ein paar Autos länger geworden ist. Heizung und Lüftung sind bis zum Anschlag aufgedreht, denn sobald Isa runterdreht, beschlagen die Scheiben.

Bevor sie die Schranke erreicht, holt sie ihren Dienstausweis hervor. Dann lässt sie das Fenster herab. Der Mann, der vor die Fahrertür tritt, hat einen müden Blick, bläuliche Lippen und die schlaffen Wangen dessen, der das unaufgeregte Leben eines Schutzmannes führt.

«Guten Tag», sagt er, «ich muss Sie leider bitten, wieder umzudrehen …»

Isa gibt ihm ihren Ausweis. Er sieht offenbar schlecht, denn er hält ihn sich direkt vor die Augen. Seine Brille würde ihm bei dem Regen vermutlich herunterrutschen.

«Hier steht, dass Sie von der Straßenpolizei sind. Was führt Sie dann hierher nach Vercelli?»

«Ich arbeite mit Commissario Arcadipane zusammen.»

Der Mann wirkt nicht überzeugt, er mustert die Autositze, dann Isas Frisur, ihre Ohrringe.

«Und Sie wollen da wirklich rauffahren?»

«Ja. Und ich hab's eilig.»

Er gibt ihr den Ausweis zurück. Eines seiner Augen ist von hellerem Braun als das andere.

«Wissen Sie, was dort oben vor sich geht?»

«Ich bin informiert. Genau deswegen will ich hin.»

Der Beamte der örtlichen Polizei sieht sich Rat suchend nach seinen Kollegen um, doch die stehen schwatzend unter ihren Regenschirmen. Die ersten Autos in der Kolonne scheren aus, um wieder talabwärts zu fahren. Ein kleines Gedränge entsteht. Die Straße ist schmal, Isas Auto blockiert einen Oldtimer.

«In Ordnung», sagt der Beamte. «Aber passen Sie auf sich auf.»

Isa nimmt ihren Dienstausweis wieder entgegen.

«Warum?»

«Ich weiß auch nicht. Meine Tochter hat die gleiche Frisur wie Sie. Passen Sie auf sich auf.»

Isa lächelt, er lächelt ebenfalls. Sie legt den ersten Gang ein. Die Typen mit den Regenschirmen öffnen die Sperre.

Auf der Fahrt hinauf kommen ihr Fahrzeuge des Katastrophenschutzes entgegen, ein Mannschaftswagen der Forstpolizei, Autos von Leuten, die die Dörfer unterhalb von Clot verlassen. Als sie durch diese Ortschaften fährt, brennt in den

Häusern kein Licht, die Läden sind geschlossen, und wer noch da ist, schließt sich jetzt der kleinen Karawane an. Wie viele Menschen an einem Ort leben, merkt man erst, wenn man sie hinausschaffen muss. Und in diesen Dörfern hier sind es nicht viele.

Hinter den letzten Häusern verläuft die Straße ein Stück weit trügerisch flach, bevor die Serpentinen beginnen. Isa nimmt sie zügig, aber nicht riskant. Als hinter einer Kehre die Silhouette des Staudamms auftaucht, wirft sie ruckartig den Kopf zurück, als hätte sie einen Stupser auf die Nase bekommen. Sie weiß, sie wird ihn jetzt ein paar Sekunden lang sehen, dann verschwindet er wieder hinter den Kurven, und sobald er erneut vor ihr auftaucht, ist sie in Clot.

Fuß vom Gas, und ihre Hände lenken den Wagen rechts ran.

Sobald sie zum Stehen gekommen ist, stellt sie das Gebläse der Heizung ab, das ihr plötzlich auf die Nerven geht. Jetzt ist nur noch zu hören, wie der Regen aufs Blech schlägt und wieder abprallt. Sie steigt aus.

Sie tritt an das Mäuerchen, das die Straße von der Böschung trennt. Den Regen spürt sie nicht. Unter ihr strömt der Fluss dahin, schmal und im Großen und Ganzen friedlich – der endlose, dünne Schwanz dieses imposanten Tieres, das der See darstellt.

Sie blickt auf sein bläuliches Grau hinab, das sich weiß färbt, wenn es den Felsbrocken ausweicht. Die Hände hat sie auf die Flanken gelegt, doch sie würde sie lieber in die Taschen ihrer Bomberjacke stecken. Nicht wegen dem, was darin ist, sondern wegen dem, was darunter ist. Sie erlaubt es sich. Legt die Hände auf den Bauch, berührt ihn durch das Synthetikgewebe des Futters hindurch. Ganz allein steht sie da. Wenn jetzt jemand vorüberkäme, wäre sie eine junge Frau mit bizarrer Frisur, die Hände in den Taschen ihrer Bomberjacke, die auf den Fluss hinabsieht und nachdenkt. Mehr nicht.

Ein Wanderer über einem Meer aus Scheiße, denkt sie und kichert. Dabei weint sie.

Dann stampft sie mit einem Fuß auf, wie um sich zu sagen: «Jetzt aber los!» Sie dreht sich um, steigt ein und fährt weiter. Bei der ersten etwas breiteren Stelle wird sie langsamer, macht kehrt und fährt wieder hinab.

67.

Als sie noch ziemlich weit entfernt sind, bemerkt Arcadipane einen Typen in Kleidung mit Reflektorstreifen, der mit den Armen Zeichen gibt.

«Landen wir hier?», fragt er in sein Headset.

Das ist einer dieser dämlichen Sätze, die man von sich gibt, wenn man eine gewisse Erleichterung verspürt und nichts zu sagen noch schlimmer wäre. Und so nickt der Beamte der Flugbereitschaft, der sie begleitet hat, auch nur und schweigt ansonsten.

Pedrelli klebt, wie schon während des gesamten Flugs, mit dem Gesicht an der Scheibe.

«Von hier oben sieht er wirklich viel kleiner aus», stellt er fest.

Arcadipane lässt den Blick über das Dorf schweifen, über den Platz, auf dem ein paar Autos stehen und Menschen hin und her gehen, dazwischen die roten Einsatzfahrzeuge der Feuerwehr und zwei weiße Wagen des Katastrophenschutzes. Alles Leute, die eigentlich nicht mehr hier sein sollten.

Der Hubschrauber nähert sich im Sinkflug der Wiese, die Dorf und Kirche voneinander trennt. In den letzten Tagen haben sie das Gras dort mehr als einmal niedergetrampelt, aber jetzt schimmert es dunkel und glänzt. Die Stellen, an denen das Wasser steht und den Himmel widerspiegelt, sind deutlich zu erkennen. Sie sind das Letzte, was Arcadipane sieht, bevor er die Augen schließt und sich das Gesicht massiert.

Als die Kufen auf dem Boden aufsetzen, in dieser unsicheren Art, die einem zu verstehen gibt, dass man es möglicherweise geschafft hat, macht er die Augen wieder auf. Die Fluggastkabine schwankt noch ein paar Sekunden, dann signalisiert ihnen der Beamte, dass sie die Gurte lösen können, und öffnet die Tür. Als sie draußen stehen, sieht Arcadipane zu dieser Handvoll beschissener Häuser hinüber, von wo aus Botta ihnen entgegenkommt, offenkundig mit einem Schirm ausgerüstet. Garantiert der einzige weit und breit. Wäre Noah ein Pfadfinder gewesen, hätte er mit dem ganzen Holz ein Signalfeuer gemacht und wäre singend drumherum getanzt.

«Commissario?»

«Da sind wir!»

«Geht's Ihnen gut?»

«Nein, aber das liegt nur am Hubschrauber. Wie ist die Lage hier?»

«Die Sprengmeister haben das Fundament des Staudamms untersucht», sagt Botta und fordert sie mit einer Geste auf, ihm ins Dorf zu folgen. «Bislang haben sie nichts gefunden.»

«Und Ubac sagt noch immer nichts?»

«Nein. Lavezzi nimmt ihn im Rathaus weiter in die Mangel.»

In die Mangel, denkt Arcadipane. Wenn Botta solche Ausdrücke gebraucht, könnte er ihn umbringen. Er geht neben ihm her und hält sich dabei vom Regenschirm fern. Auch im Tod würde er sich ein wenig Würde bewahren wollen. Pedrelli geht hinter ihnen. Arcadipane hört, wie das flinke Schlurfen seiner Stiefelchen ihnen über das Straßenpflaster folgt.

«Und die Evakuierung?»

«Ein paar der Einwohner konnten wir nach gutem Zureden wegbringen, aber etwa zehn Personen verschanzen sich noch in ihren Häusern, darunter einer, der hier früher wohl einmal Grundschullehrer war. Und dann gibt es noch ein großes Problem.»

«Sind die anderen etwa klein?» Am Ende des Weges ist die offene Fläche des Dorfplatzes zu sehen, von wo aus ihnen das

Licht der Straßenlaternen entgegenscheint. «Was ist das für ein großes Problem?»

«Das Mädchen ist nirgendwo zu finden.»

Arcadipane bleibt stehen, wenige Zentimeter neben der Öffnung eines Regenrohrs, aus dem das Wasser schießt und seine Füße überschwemmt.

«Das Mädchen aus dem Hotel?»

«Ja, die Tochter der Claros.»

«Und wo ist sie, verdammt noch mal?»

«Das wissen wir nicht. Aber sie geht wohl regelmäßig mit dem Hund im Wald spazieren.»

«Mit welchem Hund?»

Botta sieht zu Boden.

«Mit Ihrem.»

«Mit Trepet? Heute Vormittag? Bei dem Regen?»

«Sie ist heute nicht in die Schule gegangen. Sie hat das Haus früh verlassen. Ihr Vater und jemand vom Katastrophenschutz suchen sie. Die Mutter ist im Hotel geblieben, für den Fall, dass sie zurückkommt. Aber wenn sie – was vermutlich der Fall ist – im Wald oberhalb des Staudamms ist, ist sie nicht in Gefahr.»

«Und Bramard?»

«Die Arbeiter, die das Staubecken ablassen, sagen, sie hätten jemanden gesehen, der um den See herumging und gehumpelt hat. Aber seitdem haben wir keine Spur mehr von ihm.»

Arcadipane geht weiter und denkt so schnell nach, wie er kann.

«Informieren Sie die Besatzung des Hubschraubers über das Verschwinden des Mädchens und schicken Sie noch mehr Leute los, die sie suchen sollen. Die Einsatzkräfte, die im Dorf verbleiben, sollen die letzten Alten aus ihren Häusern holen und wegschleifen. Wenn sie nicht runter ins Tal wollen, dann bringt sie nach oben. Aber sie müssen in jedem Fall weg von hier. Ubac packt ihr auch in einen Wagen und macht mit ihm dasselbe. Ich will, dass alle oberhalb des Staudamms sind.»

An der Einmündung auf den Platz bleibt er stehen. Ein paar Männer des Katastrophenschutzes bugsieren einen alten Mann und zwei alte Frauen, die alles andere als überzeugt aussehen, in einen Mannschaftswagen.

«Wieder drei weniger», sagt Arcadipane erleichtert. «Und jetzt … Botta, du hörst mal bei den Sprengmeistern nach. Sie sollen dir sagen, ob es sinnvoll ist, weiter nach Sprengstoff zu suchen, oder ob wir uns eine andere Strategie überlegen sollten. Wir kümmern uns um die Familie Claro und die anderen, die noch da sind.»

«Gewiss, Commissario.»

«Pedrelli, du übernimmst das Kommando. Sprich mit dem Generalleutnant.»

«Aber, Commissario, wo –?»

«Ich geh rauf zum Staudamm», sagt Arcadipane und schlägt den Weg ein, den sie gekommen sind.

«Commissario!», versucht Pedrelli es noch einmal.

Arcadipane dreht sich nicht um.

Sie hören, wie sich das *Tschick, tschack* seiner zerfetzten Mokassins bis zur Ecke entfernt. Dann, als er verschwunden ist, schlüpft Pedrelli unter den Regenschirm, den Botta noch immer hochhält, und sie machen sich auf ins Hotel, um die Zuständigen anzurufen und alles zu koordinieren.

68.

Auf der letzten Stufe bleibt er stehen. Er hat mitgezählt. Sechzehn. Aber jetzt ist die Treppe zu Ende, so wie das an der Wand angebrachte Seil, das ihm als Handlauf gedient hat. Der durch die Öffnung dringende Schimmer hat die Dunkelheit, durch die er herabgestiegen ist, ein wenig abgemildert.

Er zieht sein Handy heraus, um die Taschenlampe einzuschalten, aber es geht nicht an. Wahrscheinlich hat der Regen es kaputt gemacht. Jetzt sieht er so gut wie nichts mehr. Nach allem, was er weiß, könnte vor ihm der Siphon einer Höhle liegen, eine Art Rutsche, eine Mauer oder ein Brunnen.

Vom Dunkel umschlossen, steht er eine Weile da und denkt nach, dann streckt er die Hände aus und tastet nach den Wänden. Der Stollen, in dem er sich befindet, ist nicht breiter als anderthalb Meter. Wände aus verdichteter, trockener Erde, aus denen hier und da Steine ragen. Niedrige Decke. Über seinem Kopf eine Handbreit Platz.

Er beugt sich vor und tastet den Boden ab. Glatter Fels.

Er geht ein paar Schritte. Es kommt ihm vor, als mache der Gang eine Biegung nach rechts und führe leicht bergab. Er passt sein Verhalten diesem Eindruck an und setzt vorsichtig einen Fuß vor den anderen, um etwaige Hindernisse oder ein plötzliches Abfallen des Terrains rechtzeitig zu bemerken. Dabei setzt er zur Erkundung immer den linken Fuß als ersten. Den rechten zieht er nur noch nach. Michelle kommt ihm in den Sinn. Um sie wiederzufinden, hat er einen Großteil seines Lebens damit zugebracht, in die Unterwelt hinabzusteigen, aber das hier ist vielleicht wirklich das Ende der Reise.

Nachdem er zehn oder zwanzig Schritte gemacht hat, hört er Musik. Leise und weit entfernt, aber das einzig Lebendige hier unten, woran er sich klammern kann. Er geht in ihre Richtung, doch gerade als ihm einfallen will, welches Stück es ist, verstummt sie.

Er stellt sich vor, wie derjenige, der sie ausgeschaltet hat, jetzt in der Dunkelheit auf seinen Atem lauscht, auf seine Schritte.

Beim Weitergehen versucht er, keinen Lärm zu machen, aber die Eisenstange in seiner Hand schlägt immer wieder gegen die Wände des Ganges, und wenn sie auf Gestein trifft, singt sie leise. Auch die Schuhsohle, die er hinter sich herzieht, dröhnt geradezu in der Stille.

Jetzt kommt es ihm vor, als tauche aus der Finsternis ein Lichtschimmer auf – ein Schwarm selbst leuchtender Insekten, die eine rechteckige Form bilden. Nach ein paar weiteren Metern wird das Rechteck zu einer Tür, einer durchlöcherten Eisenplatte, hinter der Licht zu erahnen ist. Mit jedem behutsamen Schritt erkennt er hinter der Schwelle deutlicher eine aufrecht stehende Gestalt.

«Mein Name ist Corso Bramard», sagt er. «Darf ich näher kommen?»

Er wartet auf eine Antwort, die jedoch ausbleibt.

Er steht jetzt so dicht vor dem Gitter, dass er dahinter eine etwa siebzigjährige Frau erkennen kann, die noch vor wenigen Tagen vermutlich jünger ausgesehen hat. Nicht einmal die zu große Jacke, die schlaffe Mütze und die schmutzig blonden Haarsträhnen, die darunter hervortreten, können der Schönheit einen Abbruch tun, die Anna Mattalia ihr ganzes Leben lang wie eine Last mit sich geschleppt hat.

Lange sieht Corso in ihre großen, flüssigen, priesterlichen Augen, mit denen sie ihn fixiert. Jetzt begreift er, wie unglücklich die Menschen gewesen sein müssen, die Angst hatten, diese Augen zu verlieren, nicht mehr von ihnen gesehen zu werden.

Wenn es Dinge gibt, deretwegen man vielleicht ein Unrecht begeht oder sogar Gewalt anwendet, dann, so muss Corso sich eingestehen, wären diese Augen vielleicht … Er versucht, die Barriere einzuschätzen, die ihn von diesen Augen trennt. Die Eisenplatte, aus der die Tür gefertigt ist, ist alt und etwa zehn Zentimeter dick. Die Löcher so breit wie der Durchmesser eines kleinen Fingers. Das alte Schloss ließe sich vielleicht aufbrechen, aber die Ketten, mit denen die Tür gesichert ist, sind neu und mit zwei ebenfalls neuen Vorhängeschlössern versehen.

«Denken Sie nicht einmal daran», sagt Anna Mattalia.

«Woran?»

«Die Eisenstange zu verwenden, die Sie in der Hand haben. Die Tür ist stabil, und ich brauche nur ein paar Sekunden.»

«Ich weiß. Dergleichen hatte ich nicht vor.»

«Weshalb sind Sie dann hier?»

«Um mit Ihnen zu reden. Um zu verstehen.»

Sie sieht an Bramard vorbei in das Dunkel, aus dem er gekommen ist. Dasselbe Dunkel, das wahrscheinlich auch sie an jenem Abend durchschritten hat, nachdem sie Terenzio Fuci ermordet oder zugesehen hat, wie er ermordet wurde.

«Für mich gibt es nichts zu reden», sagt sie. «Und wenn Sie hier sind, haben Sie bereits alles verstanden.»

Corso nickt; teilweise stimmt das ja auch. Der Saal, der sich hinter Anna Mattalia abzeichnet, ist ein natürlicher Hohlraum, etwa von der Fläche des Dorfplatzes eines kleinen Ortes. Er muss hoch sein, denn die Decke ist nicht zu erkennen. An den Wänden sind Zeichen, die Bramard abzulenken drohen, doch dazu hat er jetzt keine Zeit.

«Ist Masimine bei Ihnen?», fragt er.

Anna tritt einen Schritt zur Seite. In der Mitte des Saales erkennt Corso ein breites Bett, auf dem Masimines Leiche liegt, die Decke bis zum Kinn hochgezogen, ihr mineralisches Gesicht, ihre Haare, die auf dem Kissen eine graue Aureole bilden. Neben dem Bett eine Halterung mit einem Tropf. Der

Beutel mit der Flüssigkeit ist halb leer. Der Schlauch mit dem Katheter ist aufgerollt, wie man es macht, wenn er nicht mehr benötigt wird.

«Hat sie gelitten?»

«Das weiß ich nicht. Sie sagte, Morphium sei ein großer Trost, und sobald man ohnmächtig geworden ist, spürt man nichts mehr. Ich dachte, es würde sie beruhigen, wenn ich so tun würde, als glaubte ich das. Die Schmerzen waren ja ihr Beruf, und somit auch die Lügen. In gewisser Hinsicht galt das für uns beide.»

Annas Stimme ist wie ein randvoll mit dunklem Honig gefülltes Glas. Dasselbe Gefühl von Süße, Trübheit und Gefahr.

«Wann ist es passiert?»

«Das weiß ich nicht», sagt Anna noch einmal. «Vor ein paar Stunden. Ich habe nicht auf die Uhr geschaut.» Dann begreift sie, dass die Frage zweideutig ist. «Vorher wollte ich noch etwas Zeit mit ihr verbringen», fügt sie hinzu.

Hinter dem Bett stehen ein Tisch, zwei Stühle und eine Truhe, die Ludwig Ubac in den letzten Monaten gezimmert hat, während er den Saal vorbereitete, der Anna Mattalia und Masimine Orusa so lange wie nötig beherbergen sollte, vermutlich nur wenige Tage. Jetzt weiß Corso, was es mit den Holzabfällen hinter dem Container auf sich hatte.

Hinter Anna stehen Plastikkisten voller Lebensmittel und Konservendosen. Ein kleiner Herd, ein paar Töpfe und eine Menge Wasserkanister. Ludwig wusste, er würde nicht mehr hierherkommen können, sobald man Fucis Leichnam entdeckt hätte. Indem er den Verdacht auf sich gezogen und gestanden hat, hat er die Aufmerksamkeit von diesem Ort abgelenkt, damit die beiden Frauen die letzten Tage gemeinsam verbringen konnten. Auf der Truhe steht die rechteckige Tasche, die Masimine bei ihren Patientenbesuchen immer dabeihatte. Corso hofft, dass die Medikamente ausgereicht haben, um ihr wenigstens ein bisschen Freude zu ermöglichen.

«Hat Ludwig Terenzio umgebracht? Oder waren Sie es?»

Anna stützt die Hände auf das Gitter und lehnt die Stirn dagegen. Ihre Augen blicken genau durch zwei der Löcher. Eine Eisentür, angefertigt vor Jahrhunderten und doch wie gemacht für die Augen von *Mademoiselle le look*.

«Ich», sagt sie. «Ludwig hat nur den Draht besorgt, diesen Ort vorbereitet und den Stein zur Seite geschoben, damit ich hier herunterkommen konnte.»

«Und Masimine?»

«Sie war bereits hier. Sie konnte sich nur noch mit Mühe bewegen. Und außerdem war das etwas, das ich allein erledigen musste.»

«Haben Sie ihn noch immer so sehr gehasst?»

«Unsinn. Hätte ich ihn gehasst, hätte ich ihn schon vor Jahren umbringen können. Hass ist so leicht zu befriedigen. Wirklich schwierig war es, die Liebe zu spielen. Deswegen war ich diejenige, die es tun musste. Er sollte verstehen, dass er genau wie ich in einer Fiktion gelebt hatte. Mit dem Unterschied, dass ich spielte und es wusste, und er nicht.»

«Und deswegen haben Sie diesen Flachdraht verwendet?»

«Wissen Sie, woher er stammt?»

«Ja.»

«Masimine und ich saßen abends oft dort. Dort wurde uns klar, wer wir waren und was wir wollten. Und als wir es begriffen hatten, haben wir den Draht abgerissen; eine Ausrede, um die Lampe nicht einschalten zu müssen, die mein Vater am Balkon angebracht hatte. Nur im Dunkeln konnten wir die sein, die wir waren.» Sie sieht sich um und verzieht das Gesicht, sodass ihre Grübchen hervortreten. «Und wie Sie sehen, hat sich daran kaum etwas geändert. Daher habe ich Ludwig gebeten, den Draht zu holen.»

«Und Ludwig hat ihn geholt.»

Anna braucht nicht zu nicken, um das zu bestätigen.

«Dao hat mir von Ihrem Bruder und dem fingierten Unfall

erzählt. Aber Ludwig? Warum hilft er Ihnen? Wofür sucht er Vergebung?»

Vera lächelt, wie man lächelt, wenn einem selbst etwas vollkommen klar ist, die anderen aber keine Ahnung haben.

«Was glauben Sie, wie mein Vater von mir und Masimine erfahren hat? Er war viel zu altmodisch, um sich so etwas auch nur vorstellen zu können.»

Corso lehnt sich an die Wand und rutscht hinab, bis er auf dem Boden sitzt. Von dieser Position aus sieht er in der Rückwand des Saales eine Öffnung; sie muss zu dem anderen Eingang führen, durch den Ludwig Ubac am Abend des 24. Oktobers in den Saal der Sucho gelangt ist, woraufhin er durch den Tunnel zu dem großen Stein ging und diesen von innen zur Seite schob, damit Vera herabsteigen konnte, ohne auf der Wiese von Gias Vej Spuren zu hinterlassen. Auf dem Boden des Saals verlaufen drei Kabel, die in dieser Öffnung verschwinden und vielleicht mit einem Generator verbunden sind. Das Licht im Raum ist gleichmäßig, sicher jedoch künstlich, aber es riecht nicht nach Benzin. Kein Geräusch ist zu hören, kein Vibrieren zu spüren. Wenn dort irgendwo ein Generator steht, muss dieser Tunnel sehr lang sein.

«Warum hat Ludwig es Ihrem Vater erzählt?»

«Weil er wollte, dass ich ihn heirate. Mein Vater war einverstanden, und auch ich hätte einverstanden sein sollen. Als Ehefrau des Muret wäre mir die Sucho erspart geblieben; leider mochte ich Ludwig nur so, wie man einen Freund mag, aber …»

«… geliebt haben Sie Masimine.»

«Wir hatten geplant, uns nach Frankreich abzusetzen. Wir hatten geglaubt, Ludwig würde uns bereitwillig helfen, würde sich freuen, uns glücklich zu wissen. Wir waren ja gemeinsam aufgewachsen. Auch mit Masimine war er befreundet. Also haben wir uns ihm anvertraut.»

«Und er hat Sie hintergangen.»

«Vielleicht hätte er es nicht bereut, hätte Aldo sich dann nicht mit dem Ingenieur und dessen Frau in diesem Zimmer eingeschlossen. Aber so … Bevor ich Clot verließ, bat er mich, ihm zu verzeihen. Ich erwiderte, ich würde ihm erst dann verzeihen, wenn er mir zu gegebener Zeit helfen würde. Vor einigen Monaten war diese Zeit gekommen.»

Corso kniet sich hin, wie um seinen Rücken zu entlasten oder zu beten – was beides in gewisser Hinsicht zutrifft –, dann lehnt er sich an die gegenüberliegende Wand, von wo aus er die andere Seite des Saales einsehen kann. Dort stehen mittelgroße, industriell gefertigte Holzkisten. Verdächtig viele, wenn es sich dabei um das handelt, was er vermutet. Ein Kabel, das unter dem Bett beginnt, endet genau dort.

«Genügt Ihnen Fuci denn nicht?»

Anna dreht sich um, blickt in die Richtung, in die auch Corso blickt, und sieht ihn dann wieder an.

«Es war nicht nur Terenzio. Es waren alle.»

«Auch das Mädchen?»

«Dao hat Ihnen doch gesagt, Sie sollen sie wegbringen.»

«Und ihre Eltern? Sie waren gerade mal auf der Welt, als das alles passiert ist.»

«Sie sind nicht ihre Eltern. Sie sind Abkömmlinge der Sucho und dieses Ortes, so wie alle anderen. Und wenn Sie jetzt hier sind, wird das Dorf wohl gerade evakuiert, oder?»

«Sie wissen, dass das nicht so einfach geht.»

Sie nickt, als habe sie von Anfang an darauf gesetzt, dass die Bewohner von Clot ihr Dorf nicht verlassen wollen. Der Blick aus ihren bezaubernden Augen ist jetzt fest und frei von jedem Zweifel. Corso begreift, dass die Frau, die vor ihm steht, schon seit langer Zeit nicht mehr Anna Mattalia ist. Er könnte nicht sagen, wann es passiert ist: als sie damals in das Auto stieg, um nach Rom zu fahren, als sie ihren Namen änderte oder als sie aufhörte, über die Filme mit Masimine zu kommunizieren – aber Terenzio Fuci hat es geschafft. Es ist ihm gelungen, Anna

Mattalia in Vera Ladich zu verwandeln. Aus ihr die Frau zu machen, die er aus ihr machen wollte.

«Wie haben Sie hierhergefunden?», fragt sie, als erahne sie seine Gedanken und wolle sie entschärfen.

«Wollen Sie das wirklich wissen?»

«Deshalb sind Sie doch hier, oder? Um Zeit zu gewinnen und das ein oder andere Leben zu retten. Oder glauben Sie ernsthaft, Sie könnten mich von meinem Vorhaben abbringen?»

Corso hat Lust zu rauchen, schon seit Stunden. Das wäre zumindest ein wenig Feuer und Wärme, jetzt, wo alles in ihm kalt ist.

«*L'histoire d'une jeune femme pas du tout désolée*», sagt er. «Warum sollte jemand, der sich nicht für antiquarische Bücher interessiert, so viel Geld für einen vergessenen Fortsetzungsroman ausgeben? Ich habe ihn gelesen, und als Colette sich am Schluss an den Einwohnern von Douai rächt, die ihr Leben zerstört haben …»

«Und sonst? Ich glaube nicht, dass Sie nur aufgrund eines alten Romans hier sind.»

«Die Fresken, die Verse von Folquet de Marselha, die Sie in die Filme eingestreut haben, der Sprengstoff, den Ludwig gestohlen hat, die drei Tage, während derer Sie verschwunden waren …»

«Vescovi!», sagt sie lächelnd und ohne Groll. «Er lebt also noch, der arme Kerl! Das Leben ist wirklich ungerecht: Ich besaß eine Begabung, die ich nicht wollte, während er, der immer Künstler sein wollte …»

Ein tiefes, lang gezogenes Geräusch lenkt sie ab. Es kommt vom Bett. Corso kann nicht sagen, was es ist, oder vielleicht doch, aber er schiebt den Gedanken zur Seite.

«Das ist ganz natürlich», sagt Vera und lächelt. «Masimine hat gesagt, dass so etwas passieren kann. Selbst daran hat sie gedacht. ‹Das letzte Wort, das du von mir hören wirst›, sagte sie, ‹wird vermutlich eine Gaswolke sein.› Sie war eine freundliche Frau, wissen Sie? Und sie achtete auf ihre Mitmenschen.»

Corso nickt. Ein schöner Gedanke. Vera dreht sich um und betrachtet Masimine.

«Die Schwesternschule war ihre Idee. So konnten wir zusammenbleiben. Die Ausbildung hat sie nicht ernsthaft interessiert, aber ich glaube, nach einer Weile hat sie in dieser Arbeit ihre Berufung gefunden. Ich freue mich für sie; sie hatte auch ohne mich ein erfülltes Leben. Ich ohne sie dagegen nicht.»

«Sie waren eine herausragende Schauspielerin.»

Vera dreht sich zu ihm, auf den Lippen ein unzufriedenes Lächeln.

«Ich bitte Sie, ruinieren Sie mir meine letzten Momente nicht mit dem Gerede von der Künstlerin, die das Publikum mit Emotionen beschenkt. Ich habe die Filme nur gemacht, um mit Masimine sprechen zu können. Und wissen Sie, worauf ich mein ganzes Leben lang gehofft habe?»

«Worauf?»

«Dass Terenzio stirbt oder, schlimmer, dass Aldo stirbt. So habe ich mein Leben verbracht: Ich habe auf diese wenigen Tage gewartet und das herbeigesehnt, was ich gleich tun werde. Manche Menschen verwässern wenig Glück mit einer Menge Leben; mir ist das Gegenteil widerfahren.»

«Sind Sie wirklich fest entschlossen?»

Vera nickt, als wolle sie sich von Corso verabschieden, und geht dann zu dem Bett. Sie zieht die Decke weg und entblößt Masimines Leiche. Sie ergreift ihre Hand, vielleicht, um sie an ihre Lippen zu führen, aber der Arm leistet bereits Widerstand. Sie lächelt und streichelt ihn, wie um zu sagen: *Alles in Ordnung, ist nicht so wichtig.* Dann beugt sie sich hinab und küsst Masimine.

«Sie haben zehn Minuten», sagt sie.

«Sie brauchen das nicht zu tun.»

«Was? Ihnen zehn Minuten zugestehen? Glauben Sie nicht,

ich tue das aus Menschenliebe. Sie sind mir vollkommen gleichgültig. Wir wollen nur keinen Mann in unserer Nähe. Deshalb sind auch weder Ludwig noch Dao hier. Der einzige, den ich bei mir haben wollte, wäre mein Bruder. Aber das ist nicht mehr möglich.»

«Die drei Grabstellen auf dem Friedhof sind also …»

«Ich glaube nicht, dass Teile von uns dort landen werden, aber sie stehen sozusagen symbolisch für Aldo und uns beide. Aber Sie gehen jetzt besser. Dieses Gespräch wird ein wenig melodramatisch, und Sie haben nur noch … etwas mehr als neun Minuten.»

«Ich meinte, Sie brauchen das hier nicht zu tun.»

«Da liegen Sie falsch. Das ist das Zweite in meinem Leben, das ich wirklich tun muss, und auch das Letzte. Beim ersten Mal haben Masimine und ich bezahlt, und diesmal werden die anderen bezahlen. Mein Vater pflegte zu sagen: ‹Am Samstag wird abgerechnet›, und damit meinte er, dass das Leben dir eines Tages eine Rechnung präsentiert, wenn auch spät. Für Clot ist dieser Tag jetzt gekommen.»

«Auch für Ludwig und Dao?»

Vera Ladich zieht die Bettdecke wieder bis zu Masimines Kinn hoch, wie um sie vor der Kälte zu schützen, die jetzt hier unten herrscht, dann geht sie um das Bett herum und setzt sich neben sie.

«Ich habe ihnen geschrieben und ihnen erklärt, was ich vorhabe, und sie haben sich angeboten, mir zu helfen. Wenn sie jetzt in Clot bleiben wollen, ist das ihre Entscheidung.» Sie beugt sich vor und hebt eine kleine schwarze Box vom Boden, die mit einem Kabel verbunden ist. «Wenn Sie dasselbe wollen, steigen Sie hinab zum See. Ansonsten würde ich Ihnen raten, bergauf zu laufen.»

Mithilfe der Eisenstange richtet Corso sich auf. Auch ohne das Kabel mit dem Blick zu verfolgen, weiß er, wo es endet.

«Gehen Sie», sagt Vera jetzt nur noch, als sie sieht, dass er sich nicht bewegt. «Ich habe Ihnen gesagt, dass ich nicht in der Gegenwart eines Mannes sterben will, aber wenn Sie mir keine Wahl lassen …»

Corso blickt eine Sekunde lang in diese Augen, die doch auch eine Krankheit sind, dann dreht er sich um und humpelt durch den Tunnel zurück.

Beim Gehen stößt er gegen die Wände, die rasch wieder in vollkommener Dunkelheit und absoluter Stille versinken. Nach der Hälfte des Weges lässt er die Stange fallen und nimmt die Hände zu Hilfe, bis er über die erste Treppenstufe stolpert. Während er die sechzehn Stufen hinaufsteigt und sich an dem Seil festhält, das an der Wand befestigt ist, glaubt er, wieder die Melodie von vorhin zu hören, aber er ist jetzt zu weit entfernt und zu sehr außer Atem, um zu überlegen, um welches Stück es sich handelt.

Oben stützt er sich auf die Arme und klettert hinaus, wie ein Verstorbener, der seinem Grab entsteigt. Als er aufrecht steht, sieht er hinauf zu der Abbruchkante, wo die Erschütterungen der Explosion, falls sie stark genug sind, einen Erdrutsch auslösen werden. Dreihundert Meter Gelände bis zum See. Corso trägt eine Armbanduhr, aber er weiß nicht, ob er in der Lage wäre, sie zu lesen, und auch nicht, ob das ratsam wäre.

Er schleppt sich bergan. Er fragt sich, ob er die Explosion hören wird. Vielleicht hat sie schon stattgefunden. Vielleicht rutscht der Hang schon ab, und er mit ihm.

Er erreicht die Stelle, wo der Hang flacher wird und in den Fuß des Hügels übergeht. Er lässt sich zu Boden fallen, ins Gras und in den Matsch. Nach ein paar Sekunden sucht er mit dem Blick den See. Alles wirkt wie erstarrt, bis auf den Regen. Am einen Ende der Krone des Staudamms glaubt er, weit entfernt und winzig, eine ihm nur allzu vertraute Silhouette zu erkennen.

69.

Als Arcadipane den Staudamm erreicht, ist er klatschnass und außer Atem, und seine Füße sind zwei Klumpen aus Matsch, die – um das Positive zu sehen – seine Mokassins zusammenhalten.

Während er das Dorf verlassen hat, zur Kirche hinaufgegangen ist, an der Tafel für die beiden Verstorbenen vorbei und dann bis zum Damm, immer gebückter, und ihm überall der Regen unter die Kleidung drang, hat er an Ariel und ihre orthopädischen Schuhe gedacht, an Mariangela, die seine Wohnung verkaufen will, an Loredana und ihre bizarren Prüfungen, an Giovannis Verlobte, die in Modena sitzt und keinen Schinken isst, an Isa und ihr Kleines, an die Socken, die Pedrelli seit dreißig Jahren jeden Morgen gebügelt und immer paarweise in der zweiten Schublade seiner Kommode vorfindet. Mit einem Wort: an das Glück. Das Glück, das ihn umgibt und dem er ständig ausweicht wie herabfliegender Taubenscheiße.

Warum versucht er nicht endlich, sich zu merken, an welchen Tagen Loredana ihre Prüfungen hat? Warum sagt er nicht zu Mariangela: Einverstanden, wir verkaufen die Wohnung, und ciao, mach's gut? Warum kauft er sich mit dem Geld dann nicht eine gepflegte Zweizimmerwohnung, anstatt weiter in diesem elenden Loch zu hausen, im sechsten Stock ohne Aufzug, wo es nach Witwe und Motten stinkt? Warum setzt er sich nicht mal an einem Sonntagvormittag in aller Frühe in seinen Alfa 33, der ihm schon so viel Freude bereitet hat, fährt nach Modena und sieht sich ein Spiel von Giovanni an? Er könnte ein bisschen in der Innenstadt abhängen, darauf warten, dass das Stadion öffnet, ein Notizbuch kaufen, das er nie benutzen würde, sich langweilen, Zeitung lesen, Ariel anrufen, Loredana oder sogar Bramard, vorausgesetzt, er bringt ihn aus dieser Sache heil wieder heraus! Keine Fälle, keine Beweise, keine Kadaver mit einem Loch im Körper, das ein anderes ist als die, mit denen wir auf die Welt kommen. Nur ein kurzer Schwatz, mal hören, wie's so geht, über die alten Zeiten reden, sich an den Fürzen des anderen wärmen, was wäre daran falsch? Warum nimmt er Ariel nicht mit nach Modena, und sie gucken das Spiel gemeinsam? Auf der Rückfahrt könnten sie an einer Raststätte haltmachen und abschätzig über die Panini reden, die zu teuer, zu klein und zu kalt sind, und währenddessen durch die Gänge schlendern bis zu dem Regal mit den Boxen mit zweihundertsechzig Filzstiften, die wirklich ein Schnäppchen wären, wenn nicht die Hälfte gar nicht schreiben würde, und außerdem – wem soll man die schenken? Und sie dann trotzdem kaufen.

All das geht Arcadipane durch den Kopf, als er, die Augen mit der Hand vor dem Regen schützend, das Ufer des Sees nach Bramard absucht. Er ist es gewohnt, dass Bramard auf eigene Faust loszieht, dass er die Karten in der Hand behält und sie erst kurz vor Schluss ausspielt, und dass die Verschaltungen seines Denkens den meisten Menschen ein Rätsel sind, Arcadipane eingeschlossen, aber wenn er jetzt in die Luft fliegen würde, würde er ihm buchstäblich die Ei… Und dann sieht er sie.

Auf die Entfernung, durch den Regen und mit einem von Müdigkeit getrübten Blick könnte es sich auch nur um irgendjemanden in einem gelben Regenmantel und mit übergezogener Kapuze handeln, nur ist dieser Regenmantel, der da zwischen den Bäumen hervorlugt, klein, und daneben trottet hechelnd ein dreibeiniger Hund.

Arcadipane hebt einen Arm und schwenkt ihn hin und her.

Das Mädchen scheint ihn nicht zu bemerken. Sie geht ein einsehbares Stück des Weges herab, verschwindet hinter dem Häuschen für die Wartungsarbeiten, taucht am anderen Ende der Dammkrone wieder auf und geht in Arcadipanes Richtung. Sie bräuchte jetzt nur den Blick zu heben, ihn zu bemerken und schneller zu gehen, bis sie bei ihm ist, dann könnte er sie in Sicherheit bringen. Doch in diesem Moment rollt ein dumpfes, unnatürliches Geräusch durch das Gelände und erfüllt es durch und durch. Ein Vibrieren, das durch Arcadipanes Matschbrocken von Füßen dringt, ihm zu den Knien hinaufsteigt, in die Hoden und in den Brustkorb und sich schließlich wie ein Klumpen in der Halswirbelsäule festsetzt.

Nach einem kurzen Moment der Betäubung geht Arcadipane auf das Mädchen zu. Er weiß, dass auf dem gegenüberliegenden Berghang etwas vor sich geht, aber er wendet den Blick nicht von ihr ab. Sie ist in der Mitte des Dammes stehen geblieben und hat sich umgedreht, um genau das zu beobachten, was er nicht sehen will.

«Ester?», sagt er in einer Lautstärke, die nicht gegen das Getöse der Stämme und Äste ankommt, das sich jetzt in der Luft ausbreitet.

Während er weitergeht, schielt er aus den Augenwinkeln auf den Hang, wo Felsbrocken herabstürzen, mit dem Geräusch, das eine Handvoll Kies in einer Regenrinne macht. Es wirkt, als rollten sie nicht einmal besonders schnell herab, aber der Eindruck täuscht, weil die drei Hektar Berghang, auf denen diese Felsen liegen, sanft in den See gleiten, aus dem brauner, brodelnder Schaum aufsteigt.

«Ester!», schreit er. «Weg von da!»

Sie müssten jetzt ans andere Ende des Damms rennen und dort den Hang hinaufsteigen und sich an allem festhalten, was sie zwischen die Finger kriegen. Aber Ester in ihrem gelben Regenmantel steht noch immer reglos da, Trepet dicht neben ihren ebenfalls gelben Gummistiefeln.

Als er sie erreicht hat, packt Arcadipane den Hund und klemmt ihn sich unter den Arm, doch als er nach Ester greift, um sie sich auf die Schultern zu setzen, sieht sie ihn an.

«Bleib hier», sagt sie und nimmt seine Hand. «Du brauchst keine Angst zu haben.»

Arcadipane erstarrt, Esters kleine, warme Finger zwischen seinen.

Er blickt auf die Stelle, an der der Berg in den See taucht, wie eine Schlange, die unter eine Decke schlüpft und sie dabei anhebt. Braune Wellen breiten sich in sämtliche Richtungen über die Wasseroberfläche aus. Hinter ihm schreit jemand, es sind mehrere Stimmen, jedoch weit entfernt. Wahrscheinlich Esters Vater und die Männer, die er losgeschickt hat, um sie zu suchen. Doch er dreht sich nicht um, erwidert ihre Rufe nicht, und vor allem flieht er nicht.

Er beugt sich vor und sieht, wie das Wasser an der Staumauer hinaufsteigt. Er drückt Esters Hand ganz fest, und noch fester drückt er Trepet, der ein Pfeifen wie ein Dudelsack von sich gibt, sich aber nicht wehrt. Arcadipane schließt die Augen.

Das Wasser, das aus den Abflussrohren strömt, überflutet nach und nach den Gehweg. Arcadipane spürt, wie es den Matsch an seinen Mokassins abwäscht, in die Schuhe läuft und bis zu den Knöcheln steigt. Er bemerkt eine gewisse Wärme an seinem Unterleib und hofft, dass er sich nur in die Hose gepinkelt hat und nichts Schlimmeres. Der Hund zittert, wie er selbst. Das fällt ihm auf, denn Esters Hand ist ganz ruhig und fest.

Nach ein oder zwei Minuten fließt das Wasser wieder von der Fahrbahn ab, mit derselben Ruhe, mit der es sie in Besitz genommen hat.

Als er die Augen öffnet, ist der See ein riesiger brauner Fleck, auf dem Baumstämme, Äste und Geröll schwimmen. Der Berg scheint ein Stück Haut verloren zu haben, nichts

Schwerwiegendes, eine Schürfwunde, aus der noch hier und da ein Stein ins Wasser rollt. Und auf all das geht weiterhin der Regen nieder, so wie zuvor.

Er blickt zu Ester hinüber, die ihre Kapuze zurückgeschoben hat. Ihre roten Haare sind klatschnass und kleben ihr am Kopf.

«Jetzt können wir gehen», sagt sie mit dem ganzen Ernst eines Menschen, der gerade seine Aufgabe erfüllt hat.

Arcadipane schlurft ein paar Meter, ohne Esters Hand loszulassen. Ottavio Claro und die anderen kommen auf sie zugelaufen.

«Stell dir vor», sagt Ester, «Trepet hat heute kein einziges Mal Kacka gefressen.»

70.

Während der gesamten Fahrt ist er nie schneller als achtzig gefahren.

Weil die Straße nass war, natürlich, und wegen der Erschöpfung, die jetzt auch seine inneren Organe fest im Griff hat; weil er seinen Reflexen nur bedingt vertraut und weil die Mokassins auf den Pedalen nicht richtig greifen; weil er mit der Müdigkeit kämpft und der Wagen noch keine Winterreifen drauf hat; vor allem jedoch, um Zeit zum Reden zu haben, was er und Bramard fünfundneunzig Kilometer lang letztlich dann doch vermieden haben.

Gleichwohl hat er in den letzten Stunden viele Worte von sich gegeben. Zunächst, um dem Generalleutnant die Ereignisse im Detail zu schildern; dann, um den Präsidenten der Provinz sowie den Präsidenten der Region auf den neuesten Stand zu bringen; sodann, um die Bürgermeister der Talgemeinden zu beruhigen; und schließlich, um mit dem Leiter des Katastrophenschutzes und den zuständigen Behörden die nächsten Schritte abzustimmen. Er konnte sich glücklich schätzen, wenn sie zumindest teilweise im Bilde waren, denn wenn nicht, musste er jedes Mal alles von vorn erklären: der Plan, den Anna Mattalia und Masimine Orusa ausgeheckt hatten, um Fuci zu beseitigen und durch die Blutflecken auf den Autositzen die Ermittlungen auf eine falsche Fährte in Richtung Entführung zu locken; die beiden Frauen, die sich von Anfang an mithilfe von Ludwigs tatkräftiger Unterstützung in dem unterirdischen Raum versteckt gehalten hatten; ihr Vorhaben, zumindest die letzten Tage gemeinsam zu verbringen, nachdem sie ein Leben lang getrennt gewesen waren – auch angesichts dessen, dass sich Masimine Orusas Krankheit im Endstadium befand; der Sprengstoff, den Ludwig Ubac im Lauf der Jahre in dem unterirdischen Raum angesammelt hatte; Anna Mattalias fester Entschluss, ihn zu zünden, damit Clot überschwemmt würde, sobald Masimine Orusa ein neues, besseres Leben begonnen hätte; die Explosion, die nicht die Wirkung hatte, die Anna sich vermutlich erhofft hatte; der Erdrutsch, der gewaltig, aber nicht gewaltig genug gewesen war; das Staubecken, dessen Füllmenge genau wegen dieses Risikos, das die Abbruchkante darstellte, zum Glück seit Jahren niedrig gehalten wurde.

Je nach Gesprächspartner hat Arcadipane entschieden, was und wie viel davon er berichtete, wobei er stets die Geschichte mit der Sucho weggelassen hat, weil sie zu verwickelt ist, sowie die von Ester Claro. Was hätte er da auch sagen sollen? Dass ein Mädchen, das aussieht wie eine Nachfahrin von Johannes, dem Meister von Clot, den Wassern Einhalt geboten und so das Dorf gerettet hatte? Reichte es nicht, dass er, Bramard, Isa, Pedrelli und Franca Pes nur die eine Hälfte des Falls gelöst hatten und die andere Hälfte das Schicksal – um nicht zu sagen, dass sie ein Schweineglück gehabt hatten? Sollte er sich auch noch die Narrenkappe aufsetzen?

Und dann Lavezzi, Pedrelli, Botta und die Kollegen aus Cuneo und Turin – will er die etwa über die jüngsten Ereignisse im Unklaren lassen? Will er nicht auch ihnen alles erzählen, auch wenn es zum zehnten Mal ist, ihnen, die das Risiko auf sich genommen haben, unter diesem Staudamm begraben zu werden, falls der See überschwappen würde?

Irgendwann saß er im Restaurant des Hotels an einem Tisch, vor sich die zwölfte Tasse dieses grässlichen Kaffees, und erzählte einem Typen, der ihn gefragt hatte, was denn passiert sei, die Geschichte, die er schon so oft erzählt hatte. Doch als er bei der unterirdischen Kammer mit dem Sprengstoff angekommen war, hatte er innegehalten und den Kerl gefragt: «Aber wer sind Sie denn eigentlich?» «Der Techniker für die Alarmanlagen. Man hat mir gesagt, dass der Alarm in der Kirche nicht mehr abzustellen ist. Ich geh jetzt gleich rauf, aber erzählen Sie erst noch zu Ende, das ist wirklich spannend!»

Mit Bramard dagegen hat er sich nur oben auf dem Damm ausgetauscht – von wo aus er ihn entdeckt hatte, wie er den Hang herabstieg, an dem ein Stück weiter der Erdrutsch abging –, als er selbst, das Mädchen und die anderen schon den Weg hinunter nach Clot einschlagen wollten. Auf seine trockene Art hatte Corso berichtet, was passiert war, als wäre das alles naheliegend und unausweichlich gewesen. Schlichte Fakten. Und als er ihn gefragt hatte, wo zum Teufel dieser Saal der Sucho denn jetzt sei, hatte Bramard nur zu der Linie hinaufgeblickt, an der sich der Erdrutsch gelöst und dabei die Lichtung von Gias Vej in zwei Hälften gerissen hatte. Was bedeutete, dass dieser Saal nicht mehr existierte, so wie Anna Mattalia nicht mehr existierte, oder Vera Ladich, Masimine Orusa, die Sucho und alles andere. Dann hatte er sich zu Ester hinabgebeugt und sie auf die Stirn geküsst.

Während der folgenden Stunden musste Arcadipane viel erklären, Berichte schreiben, telefonieren, Menschen in Sicherheit bringen, sich die Journalisten vom Leib halten und in Gedanken auch schon eine Presseerklärung vorbereiten. Bramard wurde währenddessen in einem Krankenwagen festgehalten. Durch ein Fenster des Restaurants hatte Arcadipane ihn wieder aussteigen sehen, mit einem Pflaster auf der Stirn und einer bandagierten Hand, ein Hosenbein war unten aufgeschnitten, darunter war ein Verband zu erkennen. Er humpelte, wie zuvor. Seine Kleidung war klatschnass und von Matsch bedeckt, wie zuvor. Er hatte von jemandem eine Zigarette geschnorrt und sich unter das Vordach des Rathauses gestellt, wo er gestanden hatte, bis Arcadipane ihn hatte holen lassen, damit sie gemeinsam den Bericht schrieben und noch mit ein paar Leuten redeten, die informiert werden mussten.

«Hier nach rechts», sagt Corso jetzt.

Arcadipane folgt der Anweisung, so wie er es tut, seitdem sie die Hauptstraße verlassen haben und auf Straßen fahren, die nur kennt, wer in dieser Gegend wohnt, schmale Nebenstraßen, die direkt über die Flanken der Hügel verlaufen, anstatt um sie herumzuführen. Die kleinen Dörfer, durch die sie kommen, liegen im Dunkel der Nacht leer da – es ist mittlerweile zehn Uhr abends –, in manchen Häusern brennt Licht, die Laternen erhellen jeweils die Ortsmitte mit dem Dorfplatz, der Kirche und dem Rathaus, und dann die dünnen Arterien, die sich von dort aus in alle Richtungen erstrecken, bis an die Ränder dieser Körper, die zwar alt, aber niemals groß sind.

Sie erreichen eine Ortschaft, die aussieht wie alle anderen, von der aus jedoch Corsos Haus, das noch ein paar Kilometer entfernt liegt, schon zu erahnen ist.

«Wollen wir darüber sprechen?», fragt Arcadipane.

«Ah ja?»

«Das war eine Frage.»

«Auch von meiner Seite.»

Sie lächeln, denn so gewinnen sie weitere drei oder vier Minuten Schweigen, die ausreichen, um zu der Schotterstraße zu gelangen, in die sie einbiegen müssen. Jetzt braucht Arcadipane keine Anweisungen mehr. Diese Straße ist er schon oft entlanggefahren, jedes Mal, um um Hilfe zu bitten. Die er jedes Mal bekommen hat.

Der Alfa 33 holpert, als die Reifen vom Asphalt auf die Schotterstraße rollen, die hinauf zu Corsos Hof führt. Der L-förmige Grundriss ist typisch für die Gebäude dieser Gegend, die alles andere als ärmlich waren, gleichmäßig aufgeteilt in Wohnbereich, Stall, überdachten Hof und Wirtschaftsräume. Der Heuschober ist mittlerweile verglast.

Arcadipane bleibt im Hof stehen und stellt den Motor ab.

Er neigt den Kopf nach vorne und sieht hinauf zu der Tür am oberen Ende der Außentreppe. Sie ist geschlossen, die Fenster sind dunkel.

«Was glaubst du – woher weht der Wind?», fragt er.

Schon von Weitem hat Bramard bemerkt, dass nirgendwo im Haus Licht brennt. Und der Yaris steht nicht im Hof.

«Von nirgendwoher», sagt er. «Das ist am schlimmsten.»

Der Motor des Alfa gibt jetzt nur noch das leise Knistern von sich, das durch die Abkühlung entsteht, weshalb Trepets rhythmisches Schnarchen von der Rückbank deutlich zu hören ist. Er schläft, seitdem sie losgefahren sind, zwischen die beiden Gepäckstücke gezwängt wie ein unförmiger Rollkoffer, dem ein Rad fehlt. Arcadipane deutet auf Bramards Hose.

«Du hättest dich zumindest umziehen und duschen können.»

Corso streicht sich mit der Hand über die Oberschenkel, wo der Matsch inzwischen getrocknet ist, ein paar Brocken fallen auf den Sitz, und er macht sich daran, sie einzusammeln.

«Lass gut sein», sagt Arcadipane mit einer großzügigen Geste. Er selbst konnte sich im Hotel noch waschen und eine andere Hose anziehen (warum genau das nötig war, braucht er jetzt nicht zu erklären), aber wegen seiner Schuhe und seiner Jacke ist das Innere des Autos jetzt ziemlich versaut.

«Willst du raufkommen und was essen?», fragt Corso.

«Nein. Hast du Lust, dass wir irgendwo was Warmes essen gehen?»

«Nein.»

Bramard öffnet die Tür und dreht sich so, dass er zuerst den linken Fuß auf den Boden setzt. Er hält sich am Türgriff fest und richtet sich auf. Ein paar kleine Hüpfer, um sicheren Stand zu finden, dann sieht er hinüber zum Haus. Arcadipane hat jetzt Corsos Hintern vor sich, der so schlammverkrustet ist wie seine Jacke. In den letzten zehn Stunden hat dieser Mann sich allem ausgesetzt, was er vermeiden sollte: Kälte,

Anspannung, Erschöpfung, Regen, Angst, extreme körperliche Anstrengung. Und Arcadipane weiß, dass das, was Corso ihm erzählt hat, nur ein Teil dessen ist, was passiert ist. Denn so ist Corso Bramard nun einmal, und so wird er auch bleiben.

«Jetzt haben wir's dann doch noch ganz gut hingekriegt, oder?», sagt Arcadipane.

«Gut?», meint Corso, dreht sich um und neigt den Kopf ein wenig, um Arcadipane anzusehen.

«Ich finde schon. Wenn du nicht alles begriffen und die Anweisung zur Evakuierung gegeben hättest …»

«Zwei Stunden später hättest du es auch begriffen und die Anweisung gegeben.»

«Aber du hast es früher begriffen.»

«Es ist nie früh genug.»

«Wenn wir zu früh dran wären, hätten wir keine Arbeit mehr.»

Darüber denkt Bramard kurz nach. Dann nickt er zustimmend. Aus der Tasche seiner kanadischen Jacke holt er eine Packung Gitanes Maïs; er hat Arcadipane genötigt, ihm in dem Laden in Clot, der eigens dafür öffnen musste, welche zu kaufen. In dem Rucksack, den er jetzt von der Rückbank nimmt, sind noch fünf weitere Packungen. Bevor er den Tragegurt packt, streichelt er Trepet den Kopf. Der Hund öffnet misstrauisch die Augen, erkennt, dass es sich nicht um Arcadipane handelt, und streckt anerkennend die Zunge heraus.

«Danke für die Zigaretten», sagt Bramard, als er den Rucksack heraushebt.

«Als Vergütung für eine Woche Arbeit ist es nicht gerade viel, aber rauch sie nicht alle gleich heute Abend.»

«Warum sollte ich?»

«Weil ich das so machen würde. Außerdem gab es in diesem Fall kein ‹früh genug› oder ‹zu spät›. Die Ladich und ihre Freundin waren fest entschlossen. Da konntest du nichts machen.»

Corso kratzt sich den zerzausten Bart, der im schwachen Schein des Standlichts wie lackiert wirkt. Diese Geste hat Arcadipane nicht oft an ihm gesehen, und immer nur, wenn etwas zu Ende ging.

«Zum Glück war das Mädchen da», sagt er dann.

Arcadipane sieht ihn an. Im Auto haben sie aus einer alten Gewohnheit heraus nicht miteinander geredet, aber auch, um nicht zu Schlussfolgerungen mit Bezug auf Ester und ihre roten Haare zu gelangen. Schlussfolgerungen, die es nicht gibt. Und wenn es sie gibt, liegen sie auf einem Gebiet, das keiner von ihnen beiden betreten will.

«Wie wär's, wenn wir darüber schlafen und morgen über alles sprechen?», schlägt Arcadipane vor.

«Morgen?»

«Ich ruf dich an. Jetzt geh duschen, iss was und leg dich hin. Außerdem gibt es noch einen Haufen Papierkram zu erledigen, und da brauchen wir dich.»

Corso nickt.

«Ciao.»

Arcadipane sieht ihm nach, wie er hinauf zu der Tür steigt, hinter der, wie sie beide wissen, niemand ihn erwartet.

Jedenfalls war es eine große Liebe, denkt Arcadipane, ohne sich zu fragen, ob er damit Anna Mattalia meint, Corso oder sich selbst. Er wendet und fährt den Schotterweg zurück. Die wahre Bitterkeit liegt darin, dass er Bramard morgen nicht anrufen wird und Bramard sich keine Sekunde lang fragen wird, warum.

71.

Drinnen stellt er den Rucksack ab. Die Heizung ist aufgedreht, aber es riecht nicht nach Essen. Die Gerüche, die noch in der Luft liegen, sind von gestern. Der frischeste ist der nach Kaffee. Sie müssen heute Morgen nach dem Frühstück gefahren sein.

Er schaltet das Licht an. Das Wohnzimmer ist aufgeräumt, zu aufgeräumt. Er geht in die Küche, dreht den Wasserhahn auf und wäscht sich mit der unverletzten Hand das Gesicht, wobei er auf das Pflaster auf seiner Stirn achtet.

Das Telefon vibriert stumm. Er holt es aus der Jackentasche. Nachdem sie es drei oder vier Stunden lang in einer Dose mit Reis aufbewahrt hatten, haben Marta und Ottavio Claro es ihm vorhin voll funktionstüchtig wieder zurückgegeben. Es ist eine Nachricht von Isa.

Isa
Hab gehört, du lebst noch.

Bramard
Mehr oder weniger. Aber du hast tolle Arbeit geleistet.

Isa
Seit wann ist es tolle Arbeit, wenn man auf Arcadipane hört?

Bramard
Okay, aber du hast auf einen anderen gehört.

Isa
Auf eine andere.

Bramard starrt auf sein Handy. In den Linien seiner Hand sind noch Reste von Matsch.

Isa
Heulst du jetzt wie ein erbärmlicher alter Sack?

Bramard
Noch nicht.

Isa
Okay, wir hören uns, wenn du fertig bist.

Isa
Falls du nicht vorher stirbst.

Bramard wartet noch eine Weile. Nichts. Keine weiteren Nachrichten mehr.

Er trocknet sich das Gesicht ab, entfernt das Wasser oder was auch immer er da mit dem Geschirrtuch abwischt, und bleibt dann noch ein paar Sekunden stehen, die Hände auf die steinerne Spüle gestützt. Im Becken liegt ein benutztes Küchenmesser, an dem noch etwas Weißes klebt.

Er geht zum Kühlschrank: Reste in Plastikbehältern, die Käseplatte und im mittleren Fach ein Teller mit einem fertigen Gericht, bedeckt mit Frischhaltefolie. Er schließt den Kühlschrank wieder und geht zur Wohnungstür.

Er überquert den Hof. Er hat das Außenlicht nicht eingeschaltet, aber an den Orten, an denen man als Kind viel Zeit verbracht hat, findet man sich sein ganzes Leben lang auch im Dunkeln zurecht. Bevor er die Treppe hinaufsteigt, die zum alten Heuschober führt, bleibt er stehen. Zwischen den Vorhängen hinter den großen Scheiben dringt ein wenig Licht hindurch. Langsam steigt er die Stufen hinauf. Stufen sind das Schlimmste, wenn man einen kaputten Knöchel hat. Er öffnet die Tür und geht hinein.

Ani sitzt am anderen Ende des Raumes, in der Ecke zwischen den beiden Bücherregalen, in dem Sessel mit den hölzernen Armlehnen, in dem sie lieber sitzt als in den anderen oder auf dem Sofa. Sie hat die Beine untergeschlagen. Das einzige Licht im Raum ist das der Stehlampe, deren Leuchte über Anis Kopf schwebt. Sie sieht ihn an.

«Mamma und Matei sind zu Caterina gefahren», sagt sie.

«Dachte ich mir.»

«Hast du schon gegessen?»

«Nein, aber ich habe die Rouladen mit der Bresaola gesehen. Danke, dass du daran gedacht hast.»

«Frischkäse war keiner mehr da, deswegen habe ich Mascarpone genommen.» Sie deutet auf den Tisch, der näher an Corso ist als an ihr. «Ich hab mit deiner Maschine ein bisschen Filterkaffee gemacht. Also, wenn du willst ...»

«Du hast doch mal gesagt, du magst ihn nicht.»

«Mit viel Zucker und Milch geht's schon.»

Bramard geht zum Tisch und nimmt eine der drei Tassen, die verkehrt herum auf dem Tablett stehen. Er spült sie immer nur unter dem Wasserhahn ab, weshalb sie Flecken haben. Das ist ihm egal. Es gefällt ihm. Er schenkt sich Kaffee ein und schaltet die Platte der Kaffeemaschine aus.

«Du siehst überhaupt nicht gut aus», sagt Ani.

«Ich weiß. Was liest du?»

«*Madame Bovary.* In der Schule haben wir ein Kapitel

durchgenommen. Das hat mir gefallen, aber ich fand es sinnlos, nur ein Kapitel einer Geschichte zu lesen. Ich hab's mir genommen, ohne dich zu fragen.»

«Du brauchst nicht zu fragen.» Bramard nimmt einen Schluck. Das erste Gute, was er seit heute Morgen trinkt. «Du weißt, du kannst dir jedes Buch nehmen, das du willst.»

«Aber ich frag dich lieber. Du warst halt bloß nicht da … Mamma lässt ausrichten, dass ihr euch morgen hört.»

«In Ordnung.»

«Sie war ziemlich wütend.»

«Kann ich mir vorstellen.»

«Willst du dich nicht setzen?»

«In Filmen sagen sie das meist, wenn sie eine schlechte Nachricht überbringen müssen.»

«Die hab ich dir schon überbracht. Du wirkst nur so müde. Was hast du denn da gemacht?»

Corso fasst sich an die Stirn.

«Hier am Kopf?»

«Am Kopf, an der Hand, überall.»

Bramard legt die wenigen Schritte zurück, die ihn von dem Sessel trennen. Humpelnd eine volle Kaffeetasse zu balancieren, ist nicht das Schwierigste, was er heute zu bewerkstelligen hatte, aber dennoch … Er setzt sich und kann dabei ein Seufzen nicht unterdrücken. Jetzt, wo er im Licht sitzt, betrachtet Ani ihn wie eine von einer Überschwemmung verwüstete Wohnung, die man sich bis jetzt nur vorgestellt hat.

«Wie hat es deine Mutter erfahren?», fragt er.

«Durch die Bilder im Fernsehen. Da warst du zu sehen. Mamma hat heimlich geweint, du weißt ja, wie sie ist. Und dann hat sie uns gesagt, wir sollen packen. Und im Fernsehen hast du sogar noch besser ausgesehen als jetzt in echt.»

«Um wie viel Uhr war das?»

«So gegen vier.»

«Also habt ihr noch zu Hause gegessen?»

«Ja, aber was hat das damit zu tun?»

Bramard schüttelt den Kopf, um zu signalisieren, dass das nicht weiter wichtig ist, aber es nervt ihn, wenn er sich von solchen Dingen eine falsche Vorstellung macht. Und eben weil ihm derlei Fragen durch den Kopf gehen, ist er jetzt in der Lage, in der er ist.

«Und du bist nicht mitgefahren?»

«Ich muss morgen für die Schule was am Computer machen, und bei Caterina ist das Internet ziemlich langsam, da dauert es einen halben Tag, wenn ich ein Video runterladen will.»

«Ist das ein Grund?»

Ani macht eine Geste, die besagt: geht so. Im Gesicht kommt sie nach Elena, aber sie ist nicht so blass, und ihre Augen sind etwas länglicher.

«Deine Mutter war vermutlich nicht einverstanden.»

«Nein, aber ich bin schon sechzehn. Und ich hätte es blöd gefunden, wenn du nach Hause kommst und niemand da ist.»

Bramard nimmt wieder einen Schluck Kaffee.

«Ein schöner Gedanke. Aber ich glaube, deine Mutter hat recht.»

«In welcher Hinsicht?»

«Irgendwie in jeder Hinsicht.»

«Dass für dich deine Arbeit das Wichtigste ist? Dass du nicht darauf verzichten kannst?»

«Es ist keine Arbeit, aber ja, so in etwa.»

Ani klappt das Buch zu und lässt als Lesezeichen einen Finger zwischen den Seiten. Sie trägt eine Jeans und einen Secondhandpullover. Ein Bild wie aus den Siebzigern. Ihre Frisur ist dagegen noch die eines kleinen Mädchens und lässt keinerlei Rückschlüsse zu. Das liegt daran, dass Ani gleichsam Antikörper gegen alle Arten von Klischees hat. Deshalb sprechen sie beide jetzt miteinander, um diese Uhrzeit, auf diese Art und Weise und in genau diesem Raum hier. Nur für so etwas ist eine Bibliothek wirklich von Nutzen.

«Wie erklärst du dir das?», fragt sie, mit einer dieser Fragen, die in einem Dialog ein ganzes Dutzend Fragen und Antworten überspringen.

Corso glaubt, er sollte es genauso machen, also steht er auf, nicht ohne vorher die Tasse auf den Boden gestellt zu haben, und humpelt zu dem Regal mit den französischen Autoren. Er findet es sofort, weil er den Buchrücken noch gut vor Augen hat. Er zieht es heraus, bringt es Ani und reicht es ihr.

«Cyrano de Bergerac», liest sie vor. «Ich hab den Film gesehen. Ich fand ihn langweilig, aber die Liebesgeschichte war schön.»

Corso setzt sich wieder. Er nimmt den dritten Schluck von seinem Kaffee.

«‹Gut, reißt mir alles weg, den Lorbeer und die Rose!›», zitiert er. «‹Nur zu! Doch euch zum Trotz bleibt mir noch eine große, kostbare Habe, die ich stolz vors Angesicht des Herrgotts tragen werde …›»

Ani sieht Corso an.

«Was trägt er denn da vors Angesicht des Herrgotts?»

«‹Mein Federbusch!›», deklamiert Corso.

Dann nur noch das Summen der alten Halogenleuchte. Sie verbraucht Unmengen Strom, aber Corso hat dieses Licht schon immer gemocht. Und auch den Geruch der Insekten, die darin verenden.

«Was soll das bedeuten?»

«Dass er Roxane in seiner Todesstunde endlich seine Liebe gestehen könnte, doch er muss sich entscheiden, was er ins Jenseits mitnimmt, und er entscheidet sich für den Federbusch.»

«Was ist denn ein Federbusch?»

«Die Feder, die er am Hut trägt.»

«Und er zieht Roxane den Federbusch vor?»

«Ich glaube nicht, dass er ihn ihr vorzieht. Aber es ist eben sein Federbusch.»

Ani schlägt das Buch auf und blättert darin.

«Willst du mich warnen?»

«Wovor sollte ich dich warnen wollen?»

«Vor Männern, die ihren Federbusch vorziehen?»

«Es geht nicht um Männer oder Frauen, sondern um Menschen.»

Ani blättert ein paar Seiten weiter.

«Bin ich so jemand?»

«Wie?»

«Jemand, der seinen Federbusch vorzieht?»

«Das weiß ich nicht. Es ist noch zu früh, um das zu sagen. Irgendwann wirst du es wissen.»

Ani trommelt mit den Fingern auf dem festen Einband des Buches herum, das gediegen wirkt, aber aus einer Buchreihe stammt, die man am Zeitungskiosk kaufen konnte.

«Und wenn du es jetzt sagen müsstest – habe ich so einen Federbusch oder nicht?»

Bramard nimmt einen Schluck.

«Ja, du hast einen.»

Ani lächelt, aber nur schwach. Sie überlegt, welche Folgen das hat, welche Grenzen es ihr setzt.

«Ich weiß nicht, ob ich es lesen will.»

«Lass es liegen, ich räum es dann weg. Ich geh jetzt duschen.»

«Ich wollte es nicht sagen», meint Ani und hält sich kichernd die Nase zu, «aber eine Dusche kannst du wirklich vertragen. Und ruf Martina an. Mamma und sie haben telefoniert.»

«Ich hab schon mit ihr gesprochen.»

«Und deine Medikamente?»

«Die nehme ich jetzt gleich.»

«Erst musst du was essen.»

«Die Rouladen mit der Bresaola sind ja noch da.»

«Alles klar. Ich les noch ein bisschen. Ich hab morgen erst zur zweiten Stunde.»

Corso nickt und steht auf.
«Grüß sie schön von mir», sagt er im Weggehen.
«Wen?»
«Madame Bovary.»

72.

Schließlich muss er sich mit einem winzigen Parkplatz zwischen einem Audi Kombi und einer Platane zufriedengeben, in den er sich mit Müh und Not hineinzwängen kann.

Heute ist nicht der ideale Abend, um die Nummer eines Verrenkungskünstlers aufzuführen, aber er hat jetzt zwanzig Minuten lang gesucht, in diesem Viertel, wo die Leute Autos für fünfzigtausend Euro kaufen und dann auf der Straße parken, weil die Garagen zu teuer sind. Zwanzig Minuten, in denen ihm kein einziges Mal in den Sinn gekommen ist, dass er vor seinem Haus garantiert einen Platz gefunden hätte.

Er öffnet die Tür, wobei er halbherzig darauf achtet, den Audi nicht zu zerkratzen, und schält sich dann aus dem Auto, in der demütigenden Bewegung, zu der ihn die Umstände zwingen. Zum Glück ist es schon fast Mitternacht, und die Bewohner des Viertels haben die Übereinkunft geschlossen, die Gehsteige in der Nacht all jenen zu überlassen, die vögeln wollen, Drogen nehmen oder mit einem Gedanken im Kopf spazieren gehen, der durchgerüttelt werden muss, bevor er in die Tat umgesetzt wird. Also sind nur wenige Menschen unterwegs, und die interessieren sich für anderes.

Er lässt Trepet aussteigen, der nach der langen Ruhepause geradezu erfrischt ist.

Bis zur Hausnummer 66 sind es etwa fünfzig Meter, auf denen der Hund zweimal Wasser lässt und einmal unter Mühen defäkiert, wobei Arcadipane seine Hinterlassenschaft mit einem Taschentuch beseitigen muss, weil die Tüten weiß Gott wo sind. Er klingelt einmal. Er hat seine Ankunft mit einer

Nachricht angekündigt und darauf die Antwort erhalten: «Dann wasch ich mich schon mal untenrum.»

Der Türöffner summt. Arcadipane nimmt den Aufzug. Drei Etagen. Während der Fahrt sieht Trepet zu Boden, die Nähe ist ihm lästig. Die Tür der Wohnung steht einen Spalt weit offen, hoffentlich nicht schon seit der letzten Pizzalieferung.

Kaum haben sie die Wohnung betreten, trottet der Hund in die Küche; er weiß, dass da seine Schälchen stehen. Während Arcadipane die Jacke auszieht, hört er, wie Trepet im Trockenfutter herumwühlt, dann das *Lap, lap* des Wasserschälchens, dann wieder kurz das Trockenfutter. Er hängt die Jacke an das Seil und geht ins Wohnzimmer, wo Ariel am Tisch und nicht auf dem Sofa sitzt, in einem Herrenunterhemd und einer Laufhose aus Polyester, barfuß, mit umwerfenden Füßen, zierlichen und rätselhaften Beinen – ihren Beinen eben. Die Haare hat sie nonchalant nach oben gebunden. Wie bei allen Frauen, die schön sind, bewirken die unordentlich hochgesteckten Haare auch bei ihr, dass all jene sich erniedrigt fühlen, die nicht schön sind.

«Sind das noch Schuhe, oder hast du zwei Murmeltieren ins Maul getreten?», fragt sie und sieht ihn an. «Ich hoffe, es waren die Murmeltiere.»

Den linken Schuh kann Arcadipane mit einer einzigen Bewegung abschütteln, beim rechten muss er sich etwas mehr abmühen und beide Hände zu Hilfe nehmen. Das Wasser und der Matsch haben das bisschen verbliebene Leder noch weiter schrumpfen lassen. Das Klebeband zieht er seit dem Nachmittag hinter sich her wie eine aufgelöste Rolle Fliegenpapier.

«Ich geh mal duschen», sagt er.

«In Ordnung», erwidert sie, auf einem Bleistift herumkauend, und sieht wieder auf den Bildschirm. «Ich les derweil noch ein bisschen etwas über den … ‹fünfundfünfzigjährigen Kommissar aus der Basilikata, von dessen unauffälligem Äußeren man sich nicht täuschen lassen sollte›. Hast du übrigens gesehen, dass da eine Umfrage läuft: ‹War es richtig, dass die RAI eine Retrospektive der Filme mit Vera Ladich gezeigt hat?› Ich habe natürlich mit Ja gestimmt. In deinem Namen. Wenn du morgen früh ins Büro gehst, ist der ganze Wirbel bestimmt schon wieder vorbei.»

«Okay», sagt Arcadipane.

«Ein Sparringspartner sollte zumindest die Arme heben, um seine Gage zu kriegen, findest du nicht?»

«Ich bekomme von dir keine Gage.»

«Stimmt, was du von mir kriegst, setze ich als Spende von der Steuer ab. Und jetzt geh duschen. In der Zwischenzeit quäle ich ein bisschen dein Dreibein. Trepeeet? Ich hab dir eine Protheeese gekauft! Mal schauen, ob er der Versuchung widerstehen kann.»

Das Badezimmer sieht aus wie jedes andere auch, bis auf die etwas breitere Tür, die Seile und den Spülknopf neben dem Klo, auf dem steht «Ziehen und gleichzeitig drücken».

Er stellt die Reisetasche auf dem Boden ab, dreht das Wasser in der Dusche auf und zieht sich aus. Der Dampf lässt den Spiegel beschlagen, aber nicht so schnell, dass Arcadipane der Anblick seines Körpers erspart bliebe, den die zurückliegenden Tage nur an den falschen Stellen haben abmagern lassen. Seine Haare stehen in alle Richtungen ab, sein Bart ist ein rauchschwarzer Schleier, seine Augen sind unauffindbar in ihren Höhlen versunken. Aber dann erledigt die Kondensation Gott sei Dank ihre Arbeit.

In der Dusche steht er erst eine Weile reglos und mit verschränkten Armen unter dem Wasserstrahl, während seine Haut durch das heiße Wasser röter und röter wird. Er denkt daran zurück, wie sich erst vor wenigen Stunden auf dem Staudamm das eiskalte Wasser in seine Knöchel gefressen hat; an das Mädchen mit den nordischen Haaren; an die beiden Frauen in der Höhle; an all die Tage, an denen sie Hypothesen aufgestellt haben und dabei direkt über den Köpfen der beiden hin und her gegangen sind. An Corso, der zu ihnen hinuntergestiegen ist und der jetzt in diesem leeren Haus sitzt und seine Tabletten zählt, bevor er ins Bett geht. Und er selbst?

Er mustert seine Füße. Bis zu seinem dreißigsten Lebensjahr waren sie ausgesprochen schön. Die Beine oberhalb der Knöchel waren immer plump, wie die Stämme von Olivenbäumen, aber seine Füße, als er noch jung war … kräftig, mit ausgewogenen Proportionen, wie bei einer griechischen Statue. Und eines Tages schaust du sie an, und auch sie sind hässlich geworden. Nichts zu machen – man wird alt, und die Füße werden hässlich. Am Anfang sind sie das Schönste, was man hat, und am Ende das Furchtbarste. Die Füße von alten Menschen sind immer entsetzlich, vor allem, wenn sie wie die seinen krumm und rissig werden.

Er seift sich behutsam ein, nicht wie sonst, wo er herumfuhrwerkt, als würde er eine Schubkarre schrubben, und trocknet sich dann mit dem großen Handtuch ab, das Ariel für ihn bereitgelegt hat. Als er aus der Dusche draußen ist, setzt er sich aufs Klo und pinkelt, obwohl er das schon in der Dusche getan hat. Auf seine Füße. Damit sie ihre Lektion lernen.

Währenddessen sieht er auf seinem Handy nach. Eine Handvoll Nachrichten von Pedrelli: ein Merkzettel mit den Dingen, die sie erledigen müssen, sobald sie morgen im Büro sind. Der Piemontese muss immer wissen, was er am nächsten Tag zu tun hat, und vor allem muss er auch den anderen sagen, was sie zu tun haben, und sei es nur, dass sie im Urlaub bleiben sollen. Besser, man stellt die Dinge klar. Außerdem wurde doch ganz Italien mit dieser Methode errichtet: auf Nägel schlagen, die schon in der Wand stecken – was soll man denn da entgegnen, Herrgott noch mal?

Er überfliegt die anderen Nachrichten. Mariangela: «Lass hören, wie's dir geht, und sag, ob du was brauchst!» Loredana: «Dreißig Punkte mit Auszeichnung, Papà! Hdl.» Giovanni:

«Der typische Mittelfeldspieler, der einfach nicht lockerlässt. Wir sind stolz auf dich.»

Er antwortet Mariangela: «Mir geht's gut, ich ruf dich morgen an, bereit die Papiere vor, wir verkaufen die Wohnung.» Er kopiert einen Teil der Nachricht und schickt sie ab. Er fügt «Mir geht's gut, ich ruf dich morgen an» in den Chat mit Loredana ein und schreibt dazu: «Es gibt da jemanden, den ich dir gerne vorstellen würde.» Er kopiert die Nachricht und schickt sie ab. In den Chat mit Giovanni fügt er ein: «Mir geht's gut, ich ruf dich morgen an. Es gibt da jemanden, den ich dir gerne vorstellen würde.» Und schickt die Nachricht ab.

Er steht auf und sucht in seiner Reisetasche nach einer frischen Unterhose. Während er sie anzieht, treffen zwei Nachrichten ein. Loredana: «Alles klar, Papà, jetzt ruh dich aus.» Giovanni: «Ja, ruf an. Wir haben dir auch was zu sagen.» Über diese zweite Nachricht grübelt er lange nach. Dann schließt er den Chat, zieht ein Unterhemd an und verlässt das Bad.

Ariel sitzt im Bett, den Rücken an das Kissen und das Kissen an die Wand gelehnt. Sie starrt auf das Tablet und trägt diese Brille à la verrückter Professor, die sie für das Tablet aufsetzt, aber nicht für den Computer, warum auch immer. Das Unterhemd hat sie ausgezogen, was vermuten lässt, dass sie auch den Rest ausgezogen hat. Die Bettdecke hat sie bis knapp unter ihre kleinen, festen Brüste hochgezogen, die vom Licht des Displays erhellt werden. Arcadipane betrachtet die Brüste und findet sie wie immer ergreifend und noch so manch anderes, dann hebt er seine Hälfte der Bettdecke und legt sich hin, die Arme unter dem Kopf verschränkt. Ariel sieht ihr Video zu Ende, er blickt zur Decke hoch, sie schaltet das Tablet aus, er reibt sich mit den Händen das Gesicht, sie legt das Tablet auf das Nachtkästchen neben die Lampe, die sie jedoch anlässt.

«Hast du dir schon einen Anwalt genommen?», fragt sie.

«Einen Anwalt? Wieso denn einen Anwalt?»

«Da du dieses Dorf vor dem Untergang gerettet hast, wirst

du wegen Verbrechen gegen die Menschlichkeit angeklagt werden. Garantiert. Ich kenne einen hervorragenden Anwalt. Du kannst ihn anrufen, wenn du willst, jetzt gleich, ich hab ihm schon Bescheid gesagt.»

Er schließt die Augen, ohne zu antworten. Er spürt, wie sie ihn ansieht.

«Ich habe überhaupt kein Dorf gerettet. Der Erdrutsch war einfach nicht so groß, wie sie gehofft hatten. Mehr nicht.»

«Bravo, eine kluge Verteidigungsstrategie: nicht ‹Verbrechen gegen die Menschlichkeit›, sondern ‹Versuchtes Verbrechen gegen die Menschlichkeit›. Wenn der Richter darauf reinfällt, hängen sie dich zwanzig Zentimeter weiter unten auf. Aber probieren kann man's ja mal, klar. Willst du seine Nummer?»

«Morgen», brummt Arcadipane.

«Morgen? Du willst doch wohl jetzt nicht schlafen? Ich bin gerade total rallig. Ich war noch nie mit einem Gesetzlosen im Bett.»

«Stimmt nicht.»

«Dass ich rallig bin? Willst du mir mal eine Hand in die Windel schieben?»

«Du warst mal mit einem Typen zusammen, der Kreditkarten kopiert hat. Und mit einem, der zwei Jahre wegen illegalen Medikamentenhandels gekriegt hat. Hast du selbst erzählt.»

«Stimmt, das hatte ich ganz vergessen. Dann sagen wir, ich war noch nie mit einem nervigen Gesetzlosen im Bett, der sich alles merkt, was ich je gesagt habe.»

Arcadipane dreht sich auf die Seite und sieht sie an, ohne den Kopf zu heben. Die Bettwäsche ist nicht mehr ganz frisch. Gerade so lange benutzt, dass sie schon nach Ariel riecht, aber auch noch nach der Maisstärke, die die kolumbianische Haushaltshilfe beim Bügeln verwendet. Sie behauptet, die Stärke würde schlechte Gerüche entfernen. Sie behandelt alles damit: Handtücher, die Fächer im Kühlschrank, Teppiche, gekochten Kohl, Schuhe, Trepet.

«Bevor du was sagst: Ich bin im Bad und mach eine Wäsche.»

«Was soll ich denn sagen?»

«Dass dir die letzten Tage gezeigt haben, was im Leben wirklich wichtig ist … dass du schon geglaubt hattest, alles zu verstehen, aber dann … O Schicksal! O Leben! Wie viel Verbitterung gibt es, nur wegen Nichtigkeiten, während das, was wirklich zählt … Aber es stimmt: Man muss viel erlebt haben, um das zu begreifen … Ist es das, worauf du hinauswillst? Falls ja, geh ich ins Bad und mach eine Wäsche, und du kannst dir das alles selbst erzählen. Red so lange, wie du willst, ich komm dann nach dem Schleudergang wieder.»

Arcadipane legt ihr eine Hand auf den Bauch.

«Ui, da hab ich jetzt aber sauber danebengelegen!», sagt Ariel. «Die Sehnsucht nach Mutterschaft – *die* regt sich in dir! Siehst du, ich hatte doch den Eindruck, dass du ein bisschen zugenommen hast. Aber du weißt ja, wie es ist: Beim Anblick eines kleinen, untersetzten Polizisten in mittleren Jahren denkt man als Letztes an eine Scheinschwangerschaft. Warum eigentlich? Na, zumindest sind wir, was das angeht, pari, denn ich setze auf dasselbe Pferd, oder zumindest auf ein ähnliches, denn ich werfe meinen Penisneid in die Waagschale. Entschuldige, dass ich ‹Pferd› gesagt habe, damit wollte ich keinesfalls andeuten, dass du irgendetwas Bestimmtes machen sollst. Manche Dinge müssen ganz spontan kommen. Oh, entschuldige, dass ich ‹kommen› gesagt habe, ich wollte nicht andeuten, dass du irgendetwas tun sollst, worauf du keine Lust hast. Oh, entschuldige, dass ich ‹Lust› gesagt habe. Im Grunde hast du recht, schlafen wir drüber … Oh, entschuldige, dass ich ‹darüber schla…›»

«Ich hab dich vermisst.»

«Ruf nicht aus dem Schlafzimmer nach mir, wenn ich im Bad bin und die Waschmaschine läuft. Ich hab dir schon tausendmal gesagt, dass ich dich dann nicht höre!»

Arcadipane lässt die Hand von Ariels Bauch zu ihrem Gesicht hochgleiten und hält dabei kurz bei einer ihrer Brüste inne. Er bleibt eine Weile in dieser Haltung, die Hand auf den wunderschönen Knochen dieses Gesichts, dann nimmt er die Hand wieder weg und legt sich rücklings auf die Matratze.

«Lass uns schlafen», sagt er und schließt die Augen.

Ein paar Sekunden lang ist nur Trepets kindliches Schnarchen zu hören. Die Gleichmäßigkeit des Geräuschs wiegt Arcadipane in die Selbstvergessenheit, nach der er sich seit Tagen sehnt. Ein Walhall, in dem die Erschöpfung, seine Gedanken, die Angst, die Wohnung am Corso Brescia, das Notizbuch in Modena, das er nicht gekauft hat, Bramards Krankheit, Ester, der Saal der Sucho, der Wagen, der Ludwig Ubac abtransportiert, der Alarm in der Kirche, der noch immer heult, Isas Ultraschall, die Sperrholzfrisur von Franca Pes, ein Poke, in dem die Leiche eines holländischen Malers aus dem sechzehnten Jahrhundert schwimmt, Pedrellis beschissener Peugeot ... alles, was er gesehen hat, was gewesen ist und was sein wird, scheint sich ganz geschmeidig von seiner Person zu lösen, wie das Fleisch an den Knochen von Heiligen, die man in kochendes Wasser gibt, um aus ihnen Reliquien zu machen. Jemand schaltet die Nachttischlampe aus. Die Orange auf der Innenseite seiner Augenlider wird erst blau, dann anthrazit, dann schwarz.

Als Ariel sich auf ihn setzt, spürt er, wie ihre Haare, die sie gelöst hat, über sein Gesicht streichen, wie ihre hervorstehenden Knochen die richtige Position suchen, wie ihr Gesicht sich auf die Stelle zwischen seiner Schulter und seinem Hals drückt, ihren Atem, der so lauwarm ist wie eine Tasse Milch, ihre Brüste, die immer ihre ganz eigene Temperatur haben, das Gewicht ihres Körpers, das er jedes Mal wieder falsch einschätzt. Er öffnet die Augen. Unter dem halb geschlossenen Rollladen fallen die Lichter der Straße herein: von den Straßenlaternen, von einer blinkenden Ampel, aus einigen der

Fenster gegenüber. Die beiden Kordeln neben der Balkontür werfen einen lustlosen Schatten an die Decke.

«Schläfst du?», fragt sie, und die Frage ist in seinem Ohr weniger Schall als vielmehr angenehme Wärme.

«Nein.»

«Zum Glück! Ich hab schon geglaubt, dieser Typ da unter mir ist von der Totenstarre erfasst. Nicht, dass mich das abschrecken würde; ich hab in den nächsten Tagen keine Termine und in der Kammer einen Haufen Wunderbäume. Aber ich müsste irgendwann jemanden holen, der dich runterträgt. Ich bin jetzt zum zweiten Mal oben, aber glaub nicht, dass das zur Gewohnheit wird. So vorwurfsvoll, wie du mich anschaust, weiß ich nicht, wann wir uns wiedersehen.»

Sie verbleiben ein paar Augenblicke so, die für jeden von ihnen unterschiedlich sind. Ariel hat einen Arm ausgestreckt und den anderen auf Arcadipanes Brust abgestützt.

«Weißt du noch, was ich dir damals in dem Hotel am Meer gesagt habe?», fragt Arcadipane.

«Nein.»

«Du weißt nicht mehr, dass ich dir gesagt habe, dass ich dich liebe?»

«Ach, du warst das?»

«Ist das so schrecklich?»

«Ja», flüstert Ariel und sucht sich mit dem Kopf einen Platz zwischen seinem Hals und seiner Schulter.

Er schließt die Augen und atmet ihren Duft ein, den Duft von etwas, das problematisch ist, von etwas, das er will.

«Aber geh jetzt nicht wieder runter», sagt er.

«Wo sollte ich denn hin? Meine Waschmaschine läuft doch schon.»